In die Sterne

Buch Eins der Serie *Aufstieg der Republik*

von

James Rosone

Illustration © Tom Edwards

Tom EdwardsDesign.com

Ins Deutsche übertragen von

Ingrid Könemann-Yarnell

ingridsbooktranslations.com

©2020

Inhaltsverzeichnis

Prolog

2050 A.D.

Nach dem Ende des Dritten Weltkriegs lag ein
Großteil der Welt in Schutt und Asche. Beinahe zwei
Millionen Menschen waren entweder dem Konflikt selbst
zum Opfer gefallen oder als Resultat der nachfolgenden
Hungersnot und globalen Krise umgekommen.
Asien und Nordamerika waren weitgehend zerstört, die
Bevölkerung litt Hunger, neue Regierungen kamen an die
Macht. Die Asiatische Allianz übernahm die Herrschaft
über die Territorien, die von China, Indien, Japan, Nord-
und Südkorea und dem Rest Südostasiens übriggeblieben
waren. Die Vereinigten Staaten, Kanada, Mexiko,
Zentralamerika und die Karibik schlossen sich zusammen
und gründeten die Republik. Als sich die Europäische
Union mit der Russischen Föderation zur Erweiterten
Europäischen Union oder GEU zusammentat, entschied
sich Großbritannien gegen diese Verbindung und trat
stattdessen der Republik bei.

Der Nahe Osten wurde Teil der GEU, was sie nach
dem Krieg zur stärksten Handels- und Militärmacht

machte. Kurz danach bildete sich die Afrikanische Union, die sich wiederum der Asiatischen Allianz anschloss.

Um einem potenziell bevorstehenden Kalten Krieg vorzubeugen, einigten sich die politischen Führer auf ein Abkommen, das darauf zielte, die Menschheit im gemeinsamen Ziel der Kolonisierung des Planeten Mars zu vereinen. Dieses Abkommen, das alle Nationen dazu verpflichtete, fünfzig Jahre lang ihre Technologien, Ressourcen und Hoheitsgebiete im Weltraum zu teilen, wurde als das ‚Abkommen zur Erkundung des Weltraums' oder SET bekannt. Es war die erste bedeutende globale Regelung des Verhaltens der Menschheit im Weltraum und leitete eine neue Epoche weltweiten Friedens ein.

Kapitel Eins
Eine Neue Era

2075 A.D.

Orbitalstation Mars

Commander Miles Hunt wandte sich Dr. Katherine Johnson zu. »Wenn das funktioniert, Doktor, ändert sich die Dynamik der Macht im Sol-System.«

Dr. Johnson lächelte, während ihre Augen auf dem Bildschirm von einem System zum anderen huschten. »Wenn es funktioniert, Commander, hat das Auswirkungen auf die Zukunft der Menschheit. Die gesamte Galaxie wird offen vor uns liegen.«

Hunt lächelte bei dieser Vorstellung, äußerte sich aber nicht weiter. Wie alle anderen war auch er im Moment nur ein Zuschauer. Was als nächstes geschah unterlag nicht seiner Kontrolle.

»Aries Vier startbereit«, krächzte eine Stimme über das gesicherte Kommunikationsnetzwerk. Das Videobild eines synthetischen Humanoiden, der das Schiff steuern würde, erschien auf einem der Bildschirme. Commander Hunt fiel erneut auf, wie realistisch das Auftreten dieses hochentwickelten Roboters war. Mit Ausnahme seiner

Gesichtszüge, die frei von den Emotionen waren, die sich in den Zügen des menschlichen Gesichts widerspiegelten, würde niemand den Roboter von einem Menschen aus Fleisch und Blut unterscheiden können.

Die Anspannung der Anwesenden, ob dieser vierte Test erfolgreich verlaufen würde, stand greifbar im Raum. Der Missionskontrolleur drehte sich zu Dr. Johnson um, als ob er um Erlaubnis bitten würde. Sie nickte.

Vice Admiral Chester Bailey neigte sich Commander Hunt zu und flüsterte:»Falls dieser Test danebengeht, wird der Senat sicher alle weiteren Gelder streichen. Sind Sie zuversichtlich, dass es funktionieren wird?«

Hunt sah den Leiter des gesamten Schneller-als-das-Licht-, ihres FTL-Programms, an und flüsterte zurück:»Der Test wird erfolgreich verlaufen, Admiral. Es funktionierte, als wir vor einem Monat die unbemannte Drohne starteten. Und heute wird es auch funktionieren.«

Trotz dieses letzten Erfolgs war Hunt nervös. Dieser Test war von entscheidender Bedeutung. Während Vice Admiral Bailey die Verantwortung für das gesamte Programm trug, war Hunt auf dem Mars DARPAs Projektleiter für das FTL-Programm. Er hatte mehr als sechs Jahre auf dieses Projekt verwendet und mit allen

Mitteln darum gekämpft, die benötigte finanzielle Unterstützung zu erhalten.

»Ihr Wort in Gottes Ohr«, erwiderte Bailey mit leiser, aber scharfer Stimme. »Ich riskiere meinen Arsch hier.«

Der Vice Admiral sah zurück auf die Bildschirme.

»Aries Vier, Einsatzleitung hier. Grünes Licht für die Mission. Viel Glück.«

Hochrangige Mitglieder des Weltraumkommandos und mehrere einflussreiche Senatoren des Haushaltsausschusses standen so gebannt wie alle anderen da und starrten auf die Videoeinspielung des Testschiffes. Commander Hunt nahm ein gedämpftes Murmeln der Menge wahr; einige drückten Skepsis, andere Optimismus aus. Alle warteten aufgeregt darauf, ob es wirklich gelingen würde. Das Aries-Projekt hatte sie Jahrzehnte der Forschung gekostet und dabei über vier Trillionen Dollar geschluckt. Nach drei spektakulären Fehlschlägen stand das Projekt nun vor dem Ende.

Das Funkgerät ertönte erneut. »Motoren aktiviert. Einnahme der Testposition.«

Der erste Test des Alcubierre-Antriebs lag fünfzehn Jahre zurück und endete mit der Explosion des Schiffs und dem Tod des Piloten, gerade als sich die Warp-Blase aufzubauen begann. Niemand war sich sicher gewesen, wieso das Schiff in Flammen aufgegangen oder was schiefgelaufen war. Ein Jahr später hatten die Wissenschaftler entschieden, dass es dem Schiff nicht gelungen war, ein Energieraumgewicht zu erzeugen, das niedriger als das benötigte Vakuum für die Entstehung der Warp-Blase war. Dieser Test war der letzte bemannte Test gewesen.

Beim zweiten Versuch, sechs Jahre später, hatte Aries Zwei die Warp-Blase zwar erfolgreich aufgebaut, war aber Bruchteile von Sekunden vor dem Sprung explodiert. Noch Jahre nach dem Studium dieses misslungenen Experiments waren sich die Wissenschaftler uneinig, was geschehen war. Trotz dieses Misserfolgs hatte der Test bewiesen, dass eine Warp-Blase erzeugt werden konnte. Das Programm durfte fortgesetzt werden.

Der dritte Test vor drei Jahren präsentierte sich zunächst als überwältigender Erfolg - bis Aries Drei die Warp-Blase verließ. Augenblicke später zerstörte die Freigabe von vorwärts orientierten Partikeln das Beobachtungsschiff und alles, was sich dort im Umfeld befand. Die Masse der nachfolgenden Partikel erreichte Aries Drei und überflutete sie mit einer solch gewaltigen Welle, dass sie eine komplette Zerstörung nach sich zog. Glücklicherweise hatte sich für dieses Problem eine einfache Lösung gefunden.

»Aries Vier hat die Testposition erreicht. Endkontrolle der Systeme läuft«, verkündete der synthetische humanoide Testpilot mit emotionsloser Stimme. »Ich aktiviere den Alcubierre-Antrieb.«

Kurz darauf berichtete die emotionslose Kreatur: »Alcubierre-Antrieb aktiviert.«

Die Gruppe der Wissenschaftler, Politiker und hochrangigen Militärangehörigen beobachteten konzentriert, wie Aries Vier die Warp-Blase aufbaute. Einen Augenblick lang war vor dem Hintergrund der Schwärze des Weltraums eine bläulich leuchtende Farbverzerrung zu sehen – und dann war das Schiff verschwunden.

Und dann tauchte es am vorgegebenen Zielort in der Nähe des Planeten Venus wieder auf. Diesen Bestimmungsort hatten sie für den Fall gewählt, dass es erneut zu einem Unfall kommen sollte. Dort gab es nichts Entscheidendes, was durch die Explosion eines Schiffs zerstört werden konnte.

Der Raum hielt kollektiv den Atem in der Erwartung an, ob Dr. Katherine Johnson und ihr Team endlich die letzte technische Herausforderung überwunden und den FTL-Antrieb zur Realität gemacht hatten.

Alles nur ein Propagandazirkus, erinnerte sich Commander Hunt. Nur wenige der Anwesenden wussten, dass Dr. Johnson bereits vor einem Monat den FTL-Antrieb erfolgreich mit einem unbemannten Schiff getestet hatte. Dieser Test diente einfach nur dazu, zusätzliche Geldmittel zu garantieren.

Die Zeit schien stillzustehen, während sie die Meldung der Beobachtungsmannschaft am anderen Ende erwarteten. Sie sollte die Ankunft des Schiffs bestätigen und damit offiziell den erfolgreichen Einsatz der neuen Technologie. Sekunden verstrichen, dann eine Minute, und immer noch nichts. Die kurze Verzögerung in der Übertragung der Videoeinspielung und der Kommunikation ließ alle unbewusst die Daumen drücken. Nach dem Austausch einiger zusätzlichen Nachrichten zwischen der Orbitalstation Mars und den Beobachtern, erwachte dann endlich das Funkgerät des Testschiffs zum Leben.

»Hier spricht Aries Vier. Alle Systeme im grünen Bereich. Keine roten Warnsignale. Das Schiff verzeichnet keinerlei Probleme. Alle scheint im Rahmen normaler Parameter zu funktionieren«, verkündete der synthetische humanoide Pilot.

Der Raum brach in Jubel aus. Die Anwesenden umarmten sich, rundum gab es High-Fives und glückliches

Händeschütteln. Der Menschheit war gerade der Einstieg in eine neue Epoche gelungen – die Era des Vorstoßes in die Tiefen des Weltalls.

Enthusiastisch schüttelte Admiral Bailey Commander Hunt die Hand und zog ihn näher an sich heran, um ungehört sprechen zu können. »Sie haben es geschafft, Miles. Ich bin stolz auf Sie. Das werde ich nicht vergessen.«

****

Von der Nachrichtenagentur *Reuters*:

Nach zwanzig Jahren der Forschung und der Investition von Billionen von US-Dollar, gelang Dr. Katherine Johnsons Team von Wissenschaftlern heute der erfolgreiche Test des Alcubierre-Antriebs. Das Testschiff *Aries Vier* legte von der Orbitalstation Mars zu einem Punkt in der Nähe des Planeten Venus eine Entfernung von 108,2 Millionen Kilometer zurück, deren Überwindung lediglich vier Minuten in Anspruch nahm.

Das positive Testergebnis des Schneller-als-das-Licht-Antriebs, des FTL, ermöglicht der Menschheit nun zum ersten Mal, die Tiefen des Weltraums weit über unser Sonnensystem hinaus zu erforschen. Mehrere Regierungen planen bereits formelle Gespräche über die Zusammensetzung von Erkundungsteams zur Reise nach Alpha Centauri und in andere Sternensysteme, in denen wir erdähnliche, bewohnbare Planeten vermuten.

Von *BBC Online*:

Die Erweiterte Europäische Union hat offiziell den Technologietransfer des erst kürzlich erfundenen Neurolink-Implantats an die Republik genehmigt, im Tausch gegen die Technologie des Alcubierre-Antriebs. Der Präsident der Republik beteuerte heute Morgen in einem vom Fernsehen übertragenen Interview, dass sein Land zu seinen Verpflichtungen aus dem Abkommen zur Erkundung des Weltraums steht. Des Weiteren erklärte er, dass die Republik die FTL-Technologie mit allen Unterzeichnerstaaten teilen und sicherstellen wird, dass die Menschheit insgesamt von diesem Erfolg profitiert.

Der Anführer der Asiatischen Allianz bekundete ebenfalls, dass sie ihre neue bahnbrechende Technologie in Inertialdämpfung und künstlicher Schwerkraft öffentlich zugänglich machen werden - Entdeckungen, die sie letztes Jahr mithilfe von Chengdus Super-AI gemacht hatten. Viele Wissenschaftler und Ingenieure sind davon überzeugt, dass diese Technologien in ihrer Wichtigkeit dem FTL-System hinsichtlich der künftigen Raumfahrt und der Expansion der Menschheit zu den Sternen in Nichts nachstehen.

Einige Analytiker befürchten weiterhin die Entwicklung eines neuen Kalten Kriegs im Weltraum. Die vorherrschende Meinung ist jedoch, dass ihre Bedenken durch die Bereitwilligkeit der Weltregierungen, diese Technologien miteinander zu teilen, ausgeräumt werden. Mit dem heutigen Tag beschreitet die Menschheit einen neuen Pfad der Weltraumerkundung - vereint in ihrem Bestreben, die Sterne zu besiedeln.

Kapitel Zwei
Probleme mit Piraten

CMS Dolly
Mars-Gürtelsektor

Die Minendrohne M-337 stabilisierte ihre Position in der Nähe des gigantischen Asteroiden und hustete zwei kurze Treibstoffwolken aus. Unmittelbar nachdem sich die Drohne endgültig in Stellung gebracht hatte, aktivierte der Bediener ein letztes Mal den Laserschneider des Schiffs, um den riesigen Brocken Eis von dem freischwebenden Gestein zu trennen.

»Vorsicht, Hank. Das ist ein großes Stück«, warnte Joshee.

Bilde ich mir das nur ein, oder tritt sein indischer Akzent deutlicher hervor, sobald er gestresst ist?, fragte sich Hank.

Er konzentrierte sich auf den Bildschirm. »Bereite den Greifarm vor«, wies er Joshee an. »Beinahe geschafft.« Schweiß tropfte ihm das Gesicht herunter. Hank hob die linke Hand, um die salzige Flüssigkeit wegzuwischen, traf aber nur den Gesichtsschutz seines Helms.

Joshee kicherte. »Vergessen, dein Durag zu tragen?«, fragte er belustigt.

Frustriert schüttelte Hank den Kopf. »Ja. Ich war wohl zu sehr in Eile, mich einzukleiden.«

»Vielleicht ist es an der Zeit, in ein neueres Schiff zu investieren, in dem wir keine EVA beim Abbau tragen müssen. Diese verdammten Außeneinsatzanzüge sind einfach schrecklich«, kommentierte Joshee.

Hank ignorierte diesen Vorschlag. »Das Eis ist abgetrennt, Joshee. Zieh das Ding mit dem Greifarm zum Transporter hinüber.«

»Auf dem Weg …. gut gezielt. Einholung des Kabels …. jetzt«, bestätigte Joshee. Dann gab er ihrem synthetischen humanoiden Arbeitsgerät weitere Anweisungen. »Lola, sobald das Eis an der Ladevorrichtung ankommt, schneide es mit der Fräse zurecht, damit es in den Transporter passt. Danach bringst du den Transporter bitte zurück zum Schiff zum Entladen. Diesen Vorgang wiederholst du, bis der ganze Eisbrocken auf dem Schiff untergebracht hast.«

»Sehr wohl, Eure Erhabene Durchlaucht«, erwiderte der menschenähnliche Roboter mit emotionsloser Stimme.

»Himmel noch mal, Joshee. Hör endlich auf, dich von Lola so rufen zu lassen. Das ist doch lächerlich«, rügte Hank.

Joshee ließ ein kehliges Gelächter hören. »Schon in Ordnung, Spielverderber. Sobald wir hier fertig sind, ändere ich es. Ich wollte nur hören, was du von meinem neuen Titel hältst.«

Hank schnaubte nur.

»Wie lange wird sie brauchen, um den Block zu schneiden und ihn zurückzubringen?«, fragte Joshee.

»Lange genug, um mit der Aufbereitung der anderen Schnitte zu beginnen. Wo ist Jorge? Er kommt in Rückstand«, bemerkte Hank verärgert.

Vorbei an den offenen Türen der Ladebereiche schwebte Joshee zum anderen Ende des Frachtraums hinüber und klammerte sich an den Haltegriffen nahe der großen Aufbereitungsanlage fest. »Er sprach von einer dringenden Bio-Pause. Irgendetwas an meiner Kochkunst hat ihm wohl nicht zugesagt«, erklärte Joshee. »Ich übernehme die Bearbeitung des nächsten Sets der Eisklötze, bis er zurück ist. Danach können wir essen gehen.«

Hank kicherte. »Mir schmeckt deine Küche, Joshee, aber im Gürtel sollten wir das Kochen wirklich unserem

Koch überlassen. Dein Zeug ist manchmal etwas scharf gewürzt.«

»Ihr sagtet doch alle, ihr wollt es scharf.«

»Scharf, ja – aber nicht indisch scharf«, konterte Hank. »Ein deutlicher Unterschied.«

Joshee aktivierte einen der mechanischen Arme im Ladebereich, um den ersten der etwa einen Quadratmeter großen Blöcke, die Lola heute bereits geliefert hatte, zu ergreifen. Der mechanische Arm senkte den Block in einen der mächtigen Behälter, die entlang der inneren Wand des Frachtraums verankert waren. Jedes dieser insgesamt sechs Becken konnte ungefähr dreißig Quadratmeter Eis aufnehmen. Das Eis würde nun innerhalb weniger Stunden durch Erhitzung schmelzen. Während dieses Vorgangs würden dem Wasser sämtliche wertvollen Materialien, wie Strontium Klathrate oder andere wesentliche Isotope, entzogen werden. Die verbliebene Flüssigkeit würde bis zu ihrer Rückkehr zur MOS, der Orbitalstation Mars, in Vorratstanks untergebracht werden – zumindest bis BlueOrigin ihre neue Verarbeitungsanlage auf halbem Weg zwischen der MOS und dem Gürtel vollendet hatte.

Obwohl es ein langer und mühsamer Prozess war, stellte der Abbau von Eis ein überaus lohnendes Geschäft dar. Diese Art des Abbaus lag nur wenigen. Denen, die sich dafür entschieden hatten, ging es in der Regel gut, sofern es ihnen gelang, eine zuverlässige Eisquelle aufzutun.

»Lass uns essen gehen, Hank.« Joshee deutete in Richtung des unter Druck stehenden Bereichs des Schiffs.

Hank nickte. »Ich will der Drohne nur noch eingeben, den nächsten Eisblock zu finden. Dann können wir direkt nach der Pause weitermachen.«

Joshee nickte zustimmend und machte sich auf den Weg zur Luftschleuse am anderen Ende des höhlenartigen Frachtraums. Das war der Nachteil, ein älteres Schiff einzusetzen – um den Kontrollarm, den Transporter oder die Abbaudrohne zu manipulieren, mussten sie Arbeitsplätze im Frachtraum selbst finden. Der innere Bereich des eigentlichen Schiffs war nicht sehr groß. Dort stand ihnen nur ein begrenzter Raum zur Verfügung, ohne die Stationen mit den nötigen Funktionen, die der weit größere Frachtraum bot.

Das Schiff erschien größer, wenn die Türen zu diesem Bereich abgeriegelt waren und das gesamte Schiff unter Druck stand. Die Eingänge zum Frachtraum standen allerdings meist offen, insbesondere wenn sich Ausrüstungsgegenstände außerhalb des Schiffs befanden. Es kostete Zeit, den gewölbeartigen Raum unter Druck zu setzen, nur um ihn dann wieder abzulassen. Deshalb folgten sie diesem Muster nur beim Umzug an einen neuen Standort.

Nachdem er der Drohne ihren Auftrag übermittelt hatte, folgte Hank seinem Freund Joshee, der bereits an der Luftschleuse auf ihn wartete. Sein Gesichtsausdruck verriet Hank, dass er wieder einmal kurz davorstand, ihm mitzuteilen, dass das Schiff ein Haufen Altmetall war und sie auf ein neueres Schiff umsteigen sollten. Überraschenderweise hielt er seine Zunge in Zaum.

Vielleicht hat er Recht, ging es Hank durch den Kopf.

»Was hältst du von dem Neuen?«, erkundigte sich Joshee, während sie durch die Luftschleuse schwebten.

Joshee schloss hinter Hank die Tür und verriegelte sie. Hank begann die Kammer unter Druck zu setzen, um ihnen den Zugang zum Rest des Schiffs zu ermöglichen.

»Er ist noch grün hinter den Ohren, aber ich denke, er hat das Zeug zu einem guten Weltraumkumpel«, murmelte Hank, während er mehrere Tasten drückte. Ein laut zischendes Geräusch verriet, dass das Abteil mit Sauerstoff geflutet wurde.

Das Licht neben der Tür wechselte von Rot auf Grün und Hank zog den Hebel nach oben. Vor ihnen lag der Zutritt in den Flur, der weiter ins Innere des Schiffes führte. Die beiden Freunde nutzten die Handgriffe entlang des

Korridors, um sich mit deren Hilfe durch das Schiff voran zu bewegen. Schließlich erreichten sie die Cantina, in der ihr Koch Ivan gerade eine Mahlzeit für die sieben Mannschaftsmitglieder zubereitet hatte.

Die Cantina erfüllte die Doppelfunktion eines Aufenthalts- und Umkleideraums. Auf einer Seite standen die Wandschränke der Mannschaft, in der ihre EVA-Anzüge untergebracht waren. Außerdem gab es dort einen Fernseher und zwei Computerstationen. Ohne Schwerkraft an Bord bestand kein Bedarf an Tischen und Stühlen. Die Leute schwebten einfach umher - während sie ihre Mahlzeit zu sich nahmen, beim Fernsehen oder beim Videospiel.

Die Kommunikationsvorrichtung an Hanks Pullover krächzte. »Hank, Eric hier. Bittest du Ivan, mir etwas zum Essen aus der Cantina zu bringen?«

Hank berührte den Fühler des Kommunikators. »Ich bin gerade selbst in der Cantina, Eric. Gib mir 15 Minuten, und ich bringe dir selbst etwas vorbei«, erwiderte Hank.

Ivan reichte Hank einen vorbereiteten Essensbehälter. »Hast du eine Idee, wann wir zur MOS zurückkehren?«, fragte der Koch. »Uns gehen langsam die Vorräte aus.«

Hank zog die linke Augenbraue hoch. »Tatsächlich? Wir sind doch gerade erst fünf Wochen unterwegs.«

Ivan schüttelte den Kopf. »Hey, allein die Anreise dauerte zwei Wochen«, entgegnete er. »Und wir brauchen mindestens zwei Wochen, um nach Hause zu kommen. Ich habe im besten Fall noch vier Wochen Verpflegung zur Hand.«

»Dann bleiben uns noch gut zwei Wochen zum Abbau«, schloss Hank daraus.

»Habt ihr heute wieder einen guten Brocken gefunden?«, wollte Ivan wissen.

Joshee nickte. »Oh ja. Hank hat tatsächlich zwei Massen entdeckt. Die erste ist beinahe schon verarbeitet. Lola schneidet gerade die zweite zurecht und bringt sie zurück.«

»Super. Dann wird das wohl ein guter Zahltag werden«, freute sich Ivan.

»Davon gehe ich aus. Packst du mir bitte eine Portion für Eric ein? Ich bringe sie ihm dann gleich«, bat Hank.

»Aber sicher«, nickte Ivan.

Hastig schlang Hank seine Mahlzeit hinunter. Gerade als er soweit war, Erics Essen auf die Brücke zu liefern, krächzte sein Kommunikator erneut. »Hank! Ich empfange einen Kontakt, der sich auf uns zubewegt!«

Hank schüttelte den Kopf. »Hey, bleib ruhig, Eric. Kein Grund, sich Sorgen zu machen. Sieh dir den Monitor an und sage mir, welche Art Kontakt es ist.«

Während er auf Erics Antwort wartete, schwebte Hank aus der Cantina hinaus zur Brücke hinüber. Es war Erics erster Wachdienst allein auf der Brücke. Seine Unerfahrenheit zeigte sich. Hanks Frau hatte ihn dazu überredet, den Jungen einzustellen – er war mit einer ihrer Freundinnen verwandt und brauchte einen Job. Die Aufsicht auf der Brücke war der sicherste Posten, den Hank sich denken konnte, bis sie ihn ausreichend im Weltraumabbau trainiert hatten.

»Hmmh …. ich bin mir nicht sicher«, stotterte Eric, bevor er hinzufügte: »Es hat keines dieser Transponder-Dingsdas, auf die ich achten soll, wie du es mir beigebracht hast. Es erschien plötzlich auf dem Radar und scheint auf uns zuzukommen.«

»Was heißt, es hat keinen Transpondercode? Jedes Schiff hat einen Transpondercode. Dadurch wissen wir, um welche Art Schiff es sich handelt und wo es hingehört.«

»Ich sage dir, Hank, es hat keinen Transpondercode«, erwiderte der junge Mann. Seine Stimme verriet eine leichte Irritation, dass Hank ihm nicht glauben wollte.

Aufgebracht schüttelte Hank den Kopf. »Ich bin gleich da. Das ist besser kein Witz, Eric, sonst werde ich stinksauer. Ich habe wichtigere Dinge zu tun.«

Mit Hilfe der Reling entlang der Gänge zog sich Hank beim Schweben durch das Fahrzeug voran. Nachdem er den Mittelteil des Schiffs durchquert hatte, erreichte er endlich den Leiterbereich, der ihn hoch zur Brücke führen würde.

Als Nervenzentrum ihres Schiffs hatte diese Brücke nicht viel zu bieten. Einen Sessel für den Piloten, den Kopiloten, und einen für den Radar- und den Kommunikationsoffizier. Das war alles. Direkt hinter der Brücke befand sich ein weiterer Raum mit Sitzplätzen für die übrigen Mannschaftsmitglieder im Fall eines Transits. Im Gegensatz zu einem Kriegsschiff war diese Brücke ringsum mit Fenstern ausgestattet, die ihnen den freien Ausblick ermöglichten.

Sobald er den Radarschirm erreicht hatte, scheuchte Hank den Jungen aus seinem Stuhl, um selbst Platz zu nehmen. Schnell überflog er den Bildschirm. Der Radar suchte ihr Umfeld ab und tatsächlich .... das Schiff, das Eric entdeckt hatte, sandte keinen Transpondercode aus.

Was zum Teufel ....?, fragte sich Hank. Jedes Schiff, das er kannte, hatte einen Transponder, einen schiffsspezifischen Code, der das Heimatland des Schiffs identifizierte und welchem Typ es angehörte.

»Siehst du? Ich sagte doch, dass es keine Identifikation ausstrahlt.« Eric fühlte sich bestätigt.

»Ja, ja. Schon gut.«

Hank griff nach dem Kopfhörer und setzte ihn auf.

»Unbekanntes Schiff, hier spricht die *Dolly*, ein Minenschiff der Republik. Bitte identifizieren Sie sich.«

Ein Augenblick verging ohne Reaktion auf seine Anfrage. Hank wechselte auf ein Breitbandnetzwerk. Er hoffte, seine Nachricht würde diese Leute durch die Übermittlung auf zusätzlichen Frequenzen erreichen.

Vielleicht kommunizieren sie auf einem anderen Kanal als wir....?

Hank versuchte erneut, das unbekannte Schiff anzusprechen. *Nur noch 230 Kilometer zwischen ihnen und dem fremden Schiff. Und es kam ihrer Position unaufhaltsam näher.*

»Versuche es doch mit der Kamera, Hank«, schlug der Junge vor.

Verdammt. Warum habe ich nicht daran gedacht?

Mit der Linse auf das ankommende Schiff gerichtet, zoomte Hank, so nahe es ihm die Kamera erlaubte, an es heran. Was er sah, ließ seinen Puls höher schlagen. Ein Gefühl der Panik überkam ihn.

Dieses Schiff kommt nicht in friedlicher Absicht, wurde ihm klar.

Hank schnappte sich den Kopfhörer, der ihn mit der Lautsprecheranlage des Schiffs verband. »Hier spricht der Captain. Ich vermute, dass ein Piratenschiff auf uns zu hält. Sichert das, was ihr gerade tut. Sofortige Schließung des äußeren Frachtraums. Ich initiiere den Neustart der Motoren. Sobald wir soweit sind, verschwinden wir.« Den Transporter und die Abbaudrohne würden sie nach ihrer gelungenen Flucht einsammeln.

Hank schob sich aus dem Stuhl vor dem Radarschirm nach oben und hangelte sich entlang der Haltegriffe zum Pilotensitz hinüber, in den er sich fallen ließ. Sofort schnallte er sich an und begann den Start der Motoren.

Das Display auf seinem Bildschirm verriet ihm, dass seine Querstrahlsteueranlage innerhalb von sechzig Sekunden bereitstehen würde. Erst drei Minuten danach würde dann der Hauptmotor einsatzbereit sein.

Joshee, zusammen mit ihrem Koch Ivan, erschien nun ebenfalls auf der Brücke. Ivan hatte mehrere Jahre in der Marine der Republik gedient und betrieb ihre einzige Selbstverteidigungswaffe. Joshee und Ivan warfen nur einen Blick auf die Kamera und auf den Radarschirm und wussten sofort, dass ihnen Ärger bevorstand. Sie handelten ohne Zögern.

Hank wandte sich an Joshee. »Schicke per Funk einen Hilferuf an jedes Schiff der Republik, das sich in der näheren Umgebung aufhält«, ordnete er an. »Stell sicher, dass die MOS weiß, dass wir in Schwierigkeiten stecken und übermittele ihnen unsere genaue Position.«

»An alle, setzt die Helme auf und aktiviert eure EVA-Anzüge«, gab Ivan durch. »Die Lage könnte brenzlig werden, Leute.« Schnell befolgte er seinen eigenen Rat, setzte seinen Helm auf und befestigte den Versorgungsschlauch an seinem Anzug.

»Mach die Waffe einsatzbereit, Ivan«, rief Hank ihm zu. »Die Motoren sind gleich startbereit und dann machen wir uns aus dem Staub.« Während er sprach, manipulierte er die Querstrahlensteueranlage.

Noch eine Minute für die Motoren .... Sobald sie den Gürtel hinter sich gelassen hatten, würde er versuchen, diese Kerle auf Höchstgeschwindigkeit abzuschütteln.

»Schon dabei, Chef.«

Ivan legte einige Schalter um und machte ihre einzige Selbstverteidigungswaffe, eine einläufige 20mm-Maschinenkanone, betriebsbereit. Die hatte Hank, auf Ivans

Drängen, vor einigen Jahren an der Oberseite des Schiffes nahe dem Mannschaftsraum hinter der Brücke montiert - für den unwahrscheinlichen Fall, dass sie Piraten begegnen würden. Auf diese Weise konnte Ivan schnell ein neues Magazin einlegen, falls ihm die Munition ausging.

Die nächsten sechzig Sekunden vergingen wie in einem bösen Traum. Jeder kam seinen individuellen Verpflichtungen nach. In der Vergangenheit hatten sie einige wenige Übungen wie diese durchgeführt. *Angesichts der Tatsache, wie lange es dauerte, der gegenwärtigen Bedrohung gerecht zu werden, sollten sie zukünftig wohl mehr trainieren,* tadelte Hank sich selbst.

»Sie antworten immer noch nicht auf unseren Aufruf«, teilte Joshee Hank mit.

Nachdem sie zwei große Asteroiden umrundet hatten, beschleunigte Hank das Schiff ein wenig. Bevor er allerdings die Motoren endlich richtig hochfahren konnte, versperrten ihnen noch einige Dutzend Asteroiden den Weg.

»Soll ich einen Warnschuss abgeben?«, erkundigte sich Ivan.

»Ich hoffe, ihr steckt in euren abgedichteten EVA-Anzügen, tragt euren Helm und seid angeschnallt. Wir werden versuchen, ihnen zu entkommen«, rief Hank über die Lautsprecheranlage aus.

»Hey! Soll ich schießen, Hank?«, fragte Ivan erneut und dieses Mal lauter.

»Ja. Schieß ihnen vor den Bug. Vielleicht weckt sie das auf«, erwiderte Hank eilig. Seine gesamte Konzentration war darauf gerichtet, sie um das treibende Gestein herum zu manövrieren.

Eine Sekunde später feuerte Ivan zwei Mal kurz hintereinander. Die 20mm-Projektile schossen unmittelbar am Bug des sich nähernden Schiffes vorbei. Sie verfehlten ihr Ziel, aber mit Absicht – sie überbrachten die Warnung, dass sich die *Dolly* verteidigen konnte, aber die Hoffnung hegte, dass es nicht soweit kommen würde.

Plötzlich krächzte das Funkgerät und eine Stimme mit ausgeprägtem irischem Akzent ertönte. »Hier spricht Captain Liam auf der Gaelic. Stellen Sie das Feuer ein und bereiten Sie sich auf das Boarden vor. Falls Sie kooperieren, wird niemandem etwas geschehen. Falls Sie erneut auf uns schießen, erwidern wir das Feuer.«

Nervös sah sich die Brückenbesatzung an.

»Wer zum Teufel ist das?«, fragte Joshee. »Ich habe noch nie von einem Captain Liam oder der Gaelic gehört.«

»Festhalten, Leute, ich gebe Vollgas«, kündigte Hank an. Mit dem Hochfahren der Motoren gewann das Schiff schnell an Geschwindigkeit.

Gerade hatten sie eine gewisse Entfernung zwischen sich und die Piraten gebracht, als Ivan laut warnte: »Er schießt auf uns!«

Das Schiff rüttelte und schepperte mit zwei Einschlägen. Alarmsignale ertönten und eine Reihe roter Warnlichter blitzten auf Hanks Computermonitor auf.

»Wir wurden getroffen. Sie haben es auf unsere Motoren abgesehen!«, rief Joshee hektisch aus.

»Erwidere das Feuer, Ivan. Leg sie lahm!«, schrie Hank. Er versuchte, hinter einem Asteroiden Schutz vor dem Piratenschiff zu finden. Geröll flog durch den Weltraum, als einige der Schienengewehrprojektile auf das Gestein aufschlugen, anstatt ihr Schiff zu treffen.

Ivan drückte auf den Abzug und feuerte ein halbes Dutzend Projektile auf das Piratenschiff ab. Hank wusste, dass er die Mittellinie des Schiffs anvisierte, in der Hoffnung, etwas funktionell Entscheidendes zu treffen. Zudem war es viel einfacher, ein großes Ziel zu treffen, als ein bestimmtes Ziel im Visier zu haben und dies zu verfehlen.

Das Piratenschiff verlor mehrere Metallteile. Es führte Ausweichmanöver durch, um dem Kugelhagel, der von Hanks Schiff ausging, zu entgehen. Ivan feuerte erneut ein Dutzend Mal und Hank schickte ein Stoßgebet zum Himmel, dass der Pilot der Piraten den Angriff abbrechen und sich an einem anderen Ort ein leichteres Opfer suchen würde.

Das Piratenschiff nahm weitere Treffer hin. Erneut drückte Ivan auf den Abzug.

Klick, klick, klick.

»Die Munition ist alle. Ich muss das Magazin wechseln!« Ivan schrie, um gehört zu werden. Er löste seinen Sicherheitsgurt und schwebte von seinem Sitz zum Magazin hinüber, zog das alte 100-Schuss Magazin heraus und griff nach einem neuen, um es einzulegen.

Joshee, der das Piratenschiff beobachtete, rief ihm aufgeregt zu: »Beeil dich, Ivan! Er greift erneut an. Vorbereitung auf den Einschlag!«

Hank versuchte mittels seines Hilfstriebwerks ihr Förderschiff nach rechts zu lenken. Verzweifelt bemühte er sich, durch ein erneutes Hochfahren der Motoren dem Einschlag der Geschosse, die auf sie zukamen, zu entgehen. Ohne Erfolg. Dieses Mal durchschlugen mehrere Projektile den Rumpf des Förderschiffs und erreichten den Mannschaftsraum hinter der Brücke.

Eine gewaltige Dekompression schüttelte die Brücke. Luft entwich aus 3-cm großen Löchern, mit denen ihr Zuhause gespickt worden war. Hank wandte sich um. Geiser gefrorenen Blutes entwichen aus kleinen Löchern in den Schutzanzügen seiner Freunde. Die Magrail-Projektile hatten ihre Körper wie ein heißes Messer in Butter zerfetzt.

Sekunden später funkte und flammte der Brückenbereich um Hank herum mit dem Einschlag weiterer Geschosse auf. Eines der Projektile durchschlug eine Seite seines Schiffs und riss ihm auf dem Weg durch das Schiff den rechten Arm und das rechte Bein ab. Hanks Anzug verlor in weniger als einer Sekunde den Druck. Er starb, bevor sein Gehirn Gelegenheit hatte, Schmerz zu registrieren.

Die Mannschaft war tot, das Schiff manövrierunfähig. Die CMS *Dolly* trieb hilflos umher. Vor ihrem endgültigen Zusammenbruch flackerte die Energieversorgung an Bord ein letztes Mal kurz auf.

Nicht lange danach übernahm ein Team der Piraten die Kontrolle über das Schiff. Sie machten sich daran, seine Fracht und sämtliche Gegenstände von Wert aus dem Förderschiff zu entfernen. Sobald sie alles, an dem sie

Interesse hatten, an sich genommen hatten, schleppten sie das Wrack mithilfe eines Traktorstrahls zurück in ihr Versteck, um dank seiner ihre Sammlung gestohlener Schiffe zu bereichern. Die *Dolly* würde dort entweder in ein Piratenschiff verwandelt oder als Altmetall Verwertung finden.

Ohne effektive Militär- oder Polizeimacht, die den Gürtel patrouillierte, entwickelte sich die Piraterie wahrlich zu einem blühenden Wirtschaftszweig.

****

Captain Liam Patrick sah sich die Liste der gerade vom Förderschiff gestohlenen Dinge an. Neben einigen Tonnen Wasser auch gereinigte Isotopen und Mineralien. Klang nicht unbedingt beeindruckend, aber dieser Fischzug würde ihnen gute zwanzig bis dreißig Millionen einbringen, und dazu noch ein Förderschiff – etwas, das ihnen nicht zu oft über den Weg lief.

An seinen ersten Offizier gewandt erkundigte sich Liam:»Wie groß ist der Schaden?«

David zuckte mit den Schultern.»Könnte schlimmer sein, Captain. Aber falls wir weiter bewaffnete Förderschiffe verfolgen, sollten wir die Gaelic vielleicht mit Panzerplatten ausrüsten, bevor eines dieser Schiffe eines Tages einmal Glück hat.«

Liam entwisch ein tiefer Seufzer. Diesen Teil des Jobs hasste er. Nicht den Raub – im Gürtel gab es genug Erz and Eis, um sie reich zu machen. Er hasste das Morden. Die meisten Abbaucrews gaben ihre Ladung auf und flogen mit ihrem Leben davon. Gelegentlich, so wie heute, gerieten sie an eine Mannschaft, die sich für den Kampf entschied. Das Ergebnis war immer das Gleiche. Die Besatzung des Förderschiffs wurde getötet und ihre Familien blieben für immer im Ungewissen darüber zurück, was geschehen war.

Die Welt, die wir erbauen, wird für das was wir tun um sie zu errichten, geradestehen müssen, dachte Liam für sich.

Kapitel Drei

Eine geheime Mission

Fünfzehn Jahre später

2090

Hilton Moorea Lagoon Resort & Spa
Tahiti

»Beeil dich, Miles. Unser Pendelbus wartet«, winkte Lilly ihm ungeduldig zu. Sie konnte ihre Aufregung kaum zügeln.

»Ich habe nur noch den Koffer geholt. Bin schon auf dem Weg«, erwiderte er und zog ihr Gepäck hinter sich her.

Sobald sich die gläserne automatische Tür öffnete, wurden sie von frischer Luft und dem Duft von Wildblumen empfangen. Schnell folgte Miles seiner Frau nach draußen. Ein Angestellter des Resorts erwartete sie bereits mit einem digitalen Schild, das ihren Namen trug.

Miles und Lilly gingen auf den Mann zu und gaben sich zu erkennen. Der Fahrer lächelte sie freundlich an und kümmerte sich umgehend um ihr Gepäck, das er im Kofferraum verstaute. Miles und seine Frau Lilly stiegen in den Wagen ein.

Die beiden waren soeben am Fa'a'ā Internationalen Flughafen in Tahiti eingetroffen, um hier ihren dreißigsten Hochzeitstag und Miles' Beförderung und sein renommiertes neues Kommando zu feiern.

In wenigen Monaten würde er das neueste Kriegsschiff der Weltraumflotte für die sich ständig vergrößernde Weltraummarine kommandieren. Es war das Erste einer vollkommen neuen Klasse im Bau befindlicher erdferner Raumschiffe. Sie hatten wahrhaft Grund zum Feiern, und wo konnten sie das besser als weitab von allem auf einer kleinen polynesischen Insel mitten im Pazifischen Ozean?

Kurz nachdem alle bequem in seinem elektrischen Fahrzeug Platz genommen hatten, lieferte sie ihr Fahrer bereits an ihrem nur wenige Kilometer entfernten Kai ab. Beim Aussteigen wurden sie mit einem fantastischen Ausblick auf die Insel Moorea und seine berühmten Dschungel-bewachsenen Berge belohnt.

Lilly drückte Miles an sich, während der Fahrer ihren Koffer an den Bootssteward weiterreichte. »Alles ist so wunderschön. Danke, dass du darauf bestanden hast, hierher zu kommen«, lächelte sie freudig, trotz der gleißenden Sonne, die sie in Schweiß ausbrechen ließ.

»In jedem Fall besser als Florida. Dort ist es einfach zu flach.«

Ihr Führer lud sie ein, das Boot zu besteigen, das sie zusammen mit drei anderen Paaren für eine entspannte Woche zum Hilton Moorea Lagoon Resort & Spa transportieren würde. Miles und Lillys Kinder besuchten inzwischen die Universität. Sie waren ‚Empty-Nesters' und konnten diese Reise allein unternehmen.

Nach der Ankunft am Anlegesteg des Hotels und einem schnellen Check-in wurden sie zu ihrem Bungalow begleitet. Miles hatte eine von glasklarem blauem Wasser umspülte Überwassersuite mit einer wundervollen Aussicht gebucht. Der Hotelangestellte zeigte ihnen die Zimmer und hob einige ihrer Vorzüge hervor. Das Beeindruckendste an ihrer Unterkunft war der Ausblick aus ihren großzügigen Fenstern.

Nachdem sich der Angestellte verabschiedet hatte, lächelte Lilly Miles verführerisch an und zog einen kleinen Beutel aus ihrer Handtasche. »Du wirst es nicht glauben, aber mein kompletter Badeanzug passt in dieses kleine Ding.«

Miles spürte, dass er ein wenig errötete. Über eine Woche lang hatte sie ihn nun schon mit ihrem neuen Bikini geneckt. Trotz mehrerer Bitten, ihn doch einmal vorzuführen, hatte sie darauf bestanden, ihn als Überraschung bis nach ihrer Ankunft auf Tahiti zurückzuhalten.

Miles vergaß, was er gerade tun wollte und ging auf seine nach dreißig Jahren immer noch wunderschöne Braut zu. In diesem Augenblick zirpte sein Weltraumkommando-Kommunikator und informierte ihn, dass jemand Kontakt mit ihm aufnehmen wollte.

Das darf doch nicht wahr sein ….

Seine Frau öffnete ihre Bluse. Während er sich Lilly voller Erwartung weiter näherte, piepste das Gerät ein zweites Mal. Lilly bemerkte, wie sich seine Hand beinahe unbewusst auf den Kommunikator zubewegte und sah ihn grimmig an. »Du denkst besser nicht daran, zu antworten.«

Ihr Gesichtsausdruck verriet ihm, dass er kurz davor stand, sich einen vergnüglichen Nachmittag vor ihrem offiziellen Willkommensempfang im Resort zu verderben.

Nach einem kurzen Blick auf den Kommunikator in seiner Hand half er ihr, den BH abzulegen. »Tu's nicht«, wiederholte sie, während ihre Capri-Hose zu Boden fiel.

Das Gerät zwitscherte ein drittes Mal, lauter und eindringlicher als zuvor. Er drückte auf den Sensor des Kommunikators und hob ihn an. »Captain Hunt hier. Die Sache ist besser dringend!«, knurrte er.

Enttäuscht schüttelte Lilly den Kopf. »Die falsche Wahl, Captain.« Sie griff nach ihren Kleidern, um sich wieder anzuziehen.

»Miles, Admiral Bailey hier. Ich weiß, Sie sind auf Ihrer zweiten Hochzeitsreise. Ich würde Ihnen das niemals antun, wenn es nicht wichtig wäre. Aber es ist etwas vorgefallen. Ein Transporter ist auf dem Weg zu Ihrem Resort. Er wird sie in einer halben Stunde abholen.«

Miles stand wie angewurzelt da, nicht sicher, ob er richtig verstanden hatte. Eindeutig verärgert knöpfte Lilly gerade ihre Bluse wieder zu. Ihre Enttäuschung hinsichtlich dieser Störung stand greifbar im Raum.

„Admiral, Sie haben keine Idee, was Sie gerade unterbrochen haben. Bitte sagen Sie mir, dass dies alles ein Versehen ist«, bat er.

Kurz nach dem erfolgreichen Test des Alcubierre-Antriebs war Miles Admiral Bailey als XO zugewiesen worden. Als sein Verwaltungschef war er zusammen mit ihm aufgestiegen. Mittlerweile hatte Bailey als Kommandeur des Flottenbetriebs nun die zweithöchste Position innerhalb des Weltraumkommandos inne.

Nach einer kurzen Pause piepste das gesicherte Kommunikationsgerät erneut. Miles hörte ein verstecktes Kichern am anderen Ende, gefolgt von einem Seufzer.

»Tut mir leid, mein Freund. Ich kann mir vorstellen, dass ich …. Aber egal. Ich fürchte, auf dem Mars geht Besorgniserregendes vor. Admiral Sanchez verließ gerade mein Büro und wies mich vorher an, Sie persönlich dort hinzuschicken, um die nötigen Informationen einzuholen. Den Befehlen des Leiters des Weltraumkommandos muss ich selbstverständlich Folge leisten. Ich würde es nicht tun, wenn es nicht wichtig wäre. Ich schlug vor, jemand anderen zu schicken, aber Admiral Sanchez bestand darauf, dass Sie persönlich dem Weltraumkommando die Nachricht vom Mars zurückbringen. Sobald Ihr Transporter eintrifft, wird er Sie zum Weltraumhafen Darwin bringen. Mit ihrer Ankunft an der Orbitalstation wartet ein Transporter auf sie.«

Ungläubig und voller Frustration schüttelte Miles den Kopf; er konnte es nicht fassen. Im Verlauf seiner achtjährigen Dienstzeit im Weltraumkommando hatte Admiral Sanchez Gefallen an Miles gefunden und ihn mehr und mehr mit den geheimen Missionen für Sanchez oder Bailey betraut, die einer diskreten Hand bedurften.

Miles drückte die Sprechtaste und erwiderte: »Ich verstehe, Sir. Ich werde den Transporter erwarten.«

»Sagen Sie Lilly, es ist allein meine Schuld. Es tut mir wirklich sehr leid, Captain, aber die Sache ist wichtig. Wir machen es wieder gut. Bailey Ende.«

Plötzlich stand Lilly vor ihm. Er hatte ihr während seines Gesprächs den Rücken zugewandt.

»Lass mich raten. Du reist ab. Eine Stunde nach unserer Ankunft!« Lilly Enttäuschung und Ärger spiegelten sich auf ihrem Gesicht wider.

Miles selbst war sichtlich aufgebracht. »Ich werde es wieder gutmachen, Schatz.«

Lilly schnaubte verächtlich. »Sicher tust du das.« Sie sah aus dem Fenster und drehte sich dann wieder zu ihm um. »Also, wie lange hast du, bevor der Transporter hier ist?«

»Dreißig Minuten«, erwiderte er mit einem hoffnungsvollen Leuchten in den Augen.

»Da bleibt uns wohl nicht viel Zeit, was, Seemann?« Mit spitzbübischem Grinsen begann sie in aller Eile sich erneut ihrer Kleider zu entledigen.

****

Drei Tage später
Orbitalstation Mars

Durch das bodenhohe Fenster sah Captain Miles Hunt auf das militärische Werftgelände *Jonathan Kim* hinunter, benannt nach dem Navy SEAL, der als erster Astronaut den Mars betreten hatte. Die Werft arbeitete auf Hochtouren. Captain Hunt sah vier im Bau befindliche

Patrouillenschiffe und sechs neue Fregatten. Dank der Zunahme der Piratenaktivitäten im Gürtel war er sich sicher, dass diese Schiffe mit der Überwachung ihres Einsatzbereichs voll ausgelastet sein würden.

Auf dem Weg von der Orbitalstation hinunter auf die Marsoberfläche gab die sich um den Verbindungsschaft drehende ‚Aufzugskabine' den Blick auf das andere Ende der Werft frei, bevor sie wieder aus dem Gesichtsfeld verschwand. Hunderte von Drohnen und humanoiden Arbeitern waren mit dem Ausbau der Schiffswerft selbst betraut. Fünf neue Baubuchten standen kurz vor der Vollendung.

Interessiert sah Hunt sich die Fregatte näher an, die ihm am nächsten war. Dutzende menschenähnlicher Figuren kletterten über die Außenhaut des Schiffs. Eine Gruppe war gerade dabei an der Steuerbordseite des Raumschiffs eine lichtbrechende Panzerplatte zu montieren. Diese Panzerplatten würden feindliche Laserangriffe abwehren, indem sie die Wirksamkeit der Laser durch die Modifizierung von Radiofrequenzen drastisch verringerten - eine relativ neue Technologie, von der Miles erst kürzlich zum ersten Mal gehört hatte.

Die humanoiden Synthetiker waren akribische Maschinen, die unermüdlich arbeiteten. Sie waren die

Arbeiterbienen des späten 21. Jahrhunderts. Frei von dem Verlangen nach Luft waren Synthetiker die ultimativen Weltraumarbeiter. Sie konnten tagelang im Vakuum des Weltraums tätig sein, ohne den Bedarf nach Nahrung, Wasser, biologischen Pausen oder anderen Funktionen zu verspüren, ohne die der Mensch nicht auskommen konnte. Ihre einzige Beschränkung lag in der Ladekraft ihrer Batterien. Die überwiegende Anzahl der Synthetiker war mit einer normalen Ladung sieben Tage lang aktiv. Die am härtesten arbeitenden Raummaschinen verfügten über eine stärkere Batterie, die ihnen den Betrieb über zehn Tage gestattete. Tatsächlich gab es auch Stromzellen, die Monate überdauerten. Die durften den Humanoiden allerdings nicht länger eingesetzt werden – nicht nach dem Großen Krieg der 2040er Jahre.

Beeindruckt von den Wundern moderner Technologie nickte Hunt zufrieden und konzentrierte sich dann wieder auf den Planeten unter ihm, dessen Oberfläche sie langsam näher kamen. Die Kabine rotierte bei guter Geschwindigkeit und erzeugte ausreichend künstliche Schwerkraft, um Hunt das Gefühl zu geben, daheim auf der Erde zu sein. Privatwirtschaftliche Unternehmen versuchten weiterhin, die künstliche Schwerkrafttechnologie in einem kleineren Format zu entwickeln, um deren Anwendung außerhalb großer Orbitalstationen oder Raumschiffe zu ermöglichen. Für Schiffe, die hinreichend Strom hatten, um Schwerkraft zu produzieren, war dieses Problem bereits gelöst, aber die Integration der Technologie in all ihre raumfahrenden Fahrzeuge war ihnen bislang nicht gelungen.

In der Zwischenzeit hatte DARPA sich etwas Einzigartiges einfallen lassen, was einen Teil dieses Problems zu entschärfen schien. Sie umwickelten die Sohlen von Schuhen und Stiefeln mit einer Substanz, die der Membrane an den Füßen der Geckos ähnelte. Das erlaubte einer Person inmitten der Schwerelosigkeit auf dem Boden einer Einrichtung zu laufen, ohne vom Boden abzuheben. Natürlich konnte diese Person sich auf Wunsch auch weiterhin abstoßen und durch das Schiff schweben, aber sie hatte die Option, auf beinahe normale Weise zu gehen und sich fortzubewegen. Zusammen mit der leichten Rotation des Schiffs während der Reise durchs All vermittelte dieses Empfinden künstlicher Schwerkraft hinreichend das Gefühl, zurück auf der Erde zu sein.

Hunt war sich sicher, dass die Technologie der künstlichen Schwerkraft früher oder später so angepasst werden konnte, dass jedes raumfahrende Fahrzeug den Vorteil daraus ziehen konnte. Bis dahin arbeiteten einige der besten AI-Supercomputer an diesem Projekt. Dies war allerdings nicht der Grund, weshalb Captain Hunt sich auf dem Weg zum Mars befand. Das Weltraumkommando hatte ihn mit einer geheimen Mission beauftragt – eine, die so wichtig war, dass sie, nur um ihn abzuholen, einen Transporter den ganzen Weg nach Tahiti geschickt hatten. Es musste sich um etwas Weltbewegendes handeln.

Der Weg von der Orbitalstation hinunter zum Planeten würde den größten Teil des Tages in Anspruch nehmen. Miles störte das nicht. Er genoss die Aussicht und begrüßte die Zeit zum Überlegen. Nachdem die Kabine den Ausblick auf die Aktivitäten der Werft und auf die Station über ihm nicht länger erlaubte, nahm Hunt auf einem der Sessel Platz, von dem aus er weite Teile des Mars übersehen konnte und tagträumte von dem Schiff, dessen Kommando er bald übernehmen würde.

Sein Schiff, die *Rook*, befand sich in der Endphase der Konstruktion in der Elon Musk-Werft über der Erde. Es war das Erste seiner Klasse, ein Schlachtkreuzer – ein mächtiges Schiff, das für die Erkundung des tiefen Weltalls und, falls nötig, für den Kampf entwickelt worden war. Gemäß dem ‚Abkommen zur Erkundung des Weltraums‘, dem SET, durfte das Schlachtschiff eine gewisse Größe nicht überschreiten. Aus diesem Grund hatte das

Weltraumkommando noch den kleinsten Winkel genutzt, um es mit so viel Feuerkraft und neuester Technologie wie irgend möglich auszurüsten.

Ungleich der *Voyager*, einem Erkundungs- und Truppenschiff für den erdfernen Weltraum, würde die *Rook* über einen Quantencomputer und eine eigene Super-AI verfügen. Während die *Voyager* gebaut worden war, um ein Bataillon RAS, die Armeesoldaten der Republik, zu transportieren, war die *Rook* bis unters Dach mit Waffen und der fortschrittlichsten elektronischen Kriegsführungstechnologie ausgestattet.

Hunt öffnete sein DatenPad und sah sich sicher zum einhundertsten Mal das äußere Erscheinungsbild der *Rook* an. Es war beeindruckend. Trotz seines mattschwarzen schnittigen Flairs war es ein gedrungen wirkendes Schiff. Der vordere Abschnitt der *Rook* verfügte über drei Geschütztürme mit je zwei magnetischen Schienenkanonen vom Kaliber 24. Ihre wahre Stärke lag allerdings in den phasengesteuerten Laserbatterien. Sie waren nahe dem unteren Ende des Bugs untergebracht. Zusätzliche Feuerkraft erhielt das Schiff noch durch eine Reihe von Antischiffs-Raketensystemen. Die *Rook* war ohne Übertreibung respekteinflößend, und er sah dem Tag, an dem er ihr Kommando übernehmen würde, erwartungsvoll entgegen.

Hunt legte das DatenPad zur Seite und schloss die Augen. Tief atmete er einige Male ein und aus. Es war nicht die Zeit, an die *Rook* oder an seine Frau zu denken – das gehörte im Augenblick nicht zu seinen Aufgaben. Er musste seinen Auftrag im Blick behalten. Sie hatten ihn aus einem bestimmten Grund zum Mars geschickt. Allein darauf musste er sich nun konzentrieren.

Hunt öffnete die Augen und sah auf die Marsoberfläche hinunter. In der Entfernung erkannte er einige der Bergketten und auch die Valles Marineris, eine Reihe von Schluchten, die sich entlang der Marsoberfläche östlich der Tharsis-Region hinzogen. In einigen Bereichen über viertausend Kilometer lang, einhundertneunzig Kilometer breit und bis zu siebentausend Metern tief stellten sie eine gigantische geologische Besonderheit dar, die selbst vom Weltraum her sichtbar war.

In vielen Diskussionen wurde erwogen, das gesamte Tal abzuriegeln und es in eine riesige bewohnbare Landschaft zu verwandeln. Mehrere Entwürfe schlugen die Gestaltung von Seen und Flüssen und die Einrichtung einer weitläufigen Kolonie vor. Hunt ging davon aus, dass die Durchführung eines solchen Plans ihnen enorme

Anstrengungen abverlangen und Jahrzehnte, wenn nicht ein ganzes Jahrhundert, in Anspruch nehmen würde.

In fünfzehn Jahren war dies Hunts dritter Ausflug zum Roten Planeten. Es überraschte ihn immer wieder, wie schnell die Kolonie seit der Entdeckung des Schneller-als-das-Licht-Reisen gewachsen war. Der Umfang der Ressourcen, die die Erde zum Mars geschickt hatte, hatte dies möglich gemacht. Sicher hatte es auch nicht geschadet, eine Armee von dreihunderttausend Synthetikern zur Hand zu haben, die zwei Jahrzehnte lang rund um die Uhr tätig gewesen waren.

In diesem Zusammenhang ging Captain Hunt auf, dass bereits dreiundsechzig Jahre vergangen waren, seit die Menschheit auf dem vierten Planeten vor der Sonne gelandet war und ihn für immer verändert hatte. Auf der nördlichen Polarkappe standen nun eine große Anzahl von Hochhäusern, deren Stahl und Verbundwerkstoffe von Tausenden von 3-D-Druckern vor Ort produziert worden waren. Jeden Monat standen mehr Unterkünfte zur Verfügung, und die Anzahl der Menschen, die von der Erde auf den Mars immigrierten, wuchs in erstaunlichem Ausmaß weiter an. Selbst mit der Arbeitskraft der Synthetiker bestand eine ständige Nachfrage nach Arbeitern und Technikern. Botaniker, Gartenbauer und

Landwirte waren hochgefragt. Die höchste Priorität der Kolonie lag nicht im Erreichen der Unabhängigkeit von der Erde, sondern darin, ein Überangebot an Nahrungsmitteln zu erzeugen, das der Erde zugutekommen sollte.

Im nahegelegenen Asteroidengürtel hatte sich die Minengesellschaft *Deep Space Industries* in erstaunlichem Maße vergrößert. Der Umfang an Ressourcen, Edelmetallen und an anderen seltenen Materialien, die im Gürtel zu finden waren, stellte eine ökonomische Goldquelle dar. Firmen wie *BlueOrigin* hatten begonnen, eine ausladende Station auf halbem Weg zwischen dem Mars, der Erde und den Mineneinrichtungen im tiefen Weltraum zu bauen, um sich als Verarbeitungs- und Verteilungspartner in Position zu bringen. Getreu seines Ursprungs hatte Amazon sich ebenfalls einen Teil des Weltraummarkts gesichert.

Ressourcen aus dem Gürtel würden auf der neuen BlueOrigin-Station veredelt und dann an Käufer auf der Erde, dem Mond oder dem Mars verkauft werden. Diese Industrie stellte einen bedeutenden Wirtschaftsfaktor dar und war für jemanden, der gewillt war, die Härten des Weltalls zu meistern, sehr einträglich. Viele Möchte-Gern-Unternehmer hatten es im Gürtel versucht und versagt, aber noch mehr wurden dort täglich reicher.

Captain Hunt richtete seine Aufmerksamkeit wieder auf die Oberfläche, wo acht große Türme mittels Terraforming nach und nach ihren Teil dazu beitrugen, die Atmosphäre des Planeten zu verändern. Sie waren selbst aus großer Höhe deutlich erkennbar. Beim Gedanken daran, dass dieser Ort eines Tages der Erde in seinem grünen bewohnbaren Lebensraum gleichen würde, musste er lächeln.

Was immer die Massen anspricht….

Eine Flugbegleiterin kam auf ihn zu und unterbrach seinen Gedankengang. »Entschuldigen Sie, Sir. Darf ich Ihnen etwas zu trinken oder zu essen anbieten?« Die Frau war attraktiv, höflich und zuvorkommend zu den Passagieren im Business-Class-Abteil der Personenkabine.

Ich wollte, Lilly hätte mich begleitet, dachte er. *Dann hätten wir wenigstens einen Teil unserer zweiten Hochzeitsreise genießen können.*

Er lächelte. »Ja. Ich hätte gerne einen Whiskey und den Kabeljau in Kräuterkruste mit Wildreis.«

»Ausgezeichnete Wahl. Ich werde sofort für Sie bestellen. Möchten Sie hier essen, oder soll ich die Mahlzeit in Ihre Kabine bringen lassen?«

»Ich esse hier. Die Aussicht ist wunderbar.«

Sie nickte und wandte sich dann wenige Sitze von ihm entfernt an die nächste Reisende, um deren Bestellung aufzunehmen.

Hunt schaltete sein Tablet ein und synchronisierte es mit dem WLAN der Personenkabine. Sobald das Tablet mit dem Server verbunden war, erschien eine große Anzahl von Nachrichten und E-Mails auf dem Schirm. Einige waren als ‚dringend' markiert, andere waren Routine.

Freischaltungscode Sierra, Kilo, Yankee, November, Echo, Tango, fünf-neun, sprach Hunt in Gedanken vor sich hin. Eine Sekunde später schaltete sich sein persönlicher Assistent ein. Die in Hunts kybernetischem Implantat eingebettete Vorrichtung synchronisierte sich ebenfalls mit dem WLAN der Kabine, bevor sie die gleichen Nachrichten und Informationen herunterlud, die auf dem Tablet gespeichert waren.

Skynet, entwerfe eine Erwiderung auf die Routineangelegenheiten und beantworte deren Fragen.
Und jetzt öffne die erste dringende Nachricht, dachte Hunt.

Es war vier Jahre her, dass er einen der Neurolink-Implantate, oder NLs, wie sie allgemein genannt wurden, erhalten hatte. Er hatte sich immer noch nicht vollkommen daran gewöhnt. Zum einen fühlte es sich merkwürdig an, ein Implantat in seinem Gehirn zu haben. Zudem war es seltsam, eine AI in seinem Kopf sprechen zu hören, die beinahe alle alltäglichen Aufgaben, die er sonst immer selbst übernommen hatte, für ihn erledigte. Obwohl es wirklich praktisch war, erschien es ihm irgendwie bizarr, dass eine AI seine Absichten und Antworten auf jede E-Mail oder Nachricht vorhersehen konnte, auf die er erwidern wollte. Er hatte seinen persönlichen Assistenten *Skynet* getauft, da er seinen Gedankengang mit Sicherheit immer dann mit einer Nachricht oder einer Frage unterbrochen hatte, während Hunt gerade mit etwas anderem beschäftigt war. Nach den ersten sechs Monaten hatte sich der Assistent angepasst, trotzdem nannte Hunt ihn weiter *Skynet*. Hunts Beförderung zum Captain hatte den Neurolink unumgänglich gemacht. Gegenwärtig wurde diese Technologie nur von den obersten Rängen des Weltraumkommandos und der Speziellen Einsatztruppen genutzt. Er vermutete, dass die NL früher oder später zunächst erst dem übrigen Militär und dann auch der Zivilbevölkerung eingesetzt werden würde.

Öffne die erste dringende Nachricht, dachte Hunt.
Erste dringende Nachricht, antwortete eine leise Stimme in seinem Kopf.
Captain Miles Hunt,

Begeben Sie sich zu Sektor Fünf, wo Ihnen Commander Niles und Dr. Johnson von DARPA ein streng geheimes Briefing geben werden. Nach Erhalt dieser Informationen werden Sie diese gesichert aufbewahren und zum Weltraumkommando zurückbringen.

Unmittelbar nach Ihrer Unterweisung wird die RNS Victory *Sie zur Erde zurückbringen. Diskutieren Sie die erhaltenen Informationen mit niemandem.*

Ende der Nachricht.

Unterzeichnet:

Admiral Sanchez

Commander, US-Weltraumkommando

Hunt schüttelte den Kopf. *Deshalb war er also zum Mars geschickt worden.* Lilly würde ihn umbringen, falls sie je erfahren sollte, dass das Feiern ihres dreißigjährigen Jubiläums einer dieser albernen Nacht- und Nebelaktionen zum Opfer gefallen war.

Gerade dann brachte ihm die Flugbegleiterin sein Abendessen und schenkte ihm erneut nach. Bevor sie gehen konnte, stoppte Hunt sie. »Entschuldigen Sie, Ma'am. Wie lange, bevor wir auf der Oberfläche eintreffen?«

»In fünf Stunden«, erwiderte sie lächelnd. »Kann ich sonst noch etwas für Sie tun?«

»Nein, alles bestens. Vielen Dank«, erwiderte er.

Nachdem sie gegangen war, dachte Hunt weiter über die erhaltene Nachricht nach. Er fragte sich, was so wichtig war, dass er persönlich herkommen musste, um sie in Empfang zu nehmen.

Nachdem er gegessen und seinen zweiten Whiskey genossen hatte, suchte er sein Schlafabteil auf, um einige Stunden Ruhe zu finden. Er stellte den Wecker des Neurolinks auf eine Stunde vor ihrer Ankunft, um sich voll auf seinen Schlaf konzentrieren zu können. Irgendetwas sagte ihm, dass er, sobald sie gelandet waren, wenig Zeit zum Entspannen finden würde.

Die Kabine des Weltraumaufzugs, dessen Schaft auch ‚Bohnenstange‘ genannt wurde, setzte sich aus mehreren Ebenen zusammen. Es gab drei Coach-Ebenen, eine Business-Class-Ebene und vier Warenhaus-Ebenen. Die Lager dienten dazu, Waren von der über ihnen liegenden Orbitalstation nach unten und Mineralien und Ressourcen von der Oberfläche wieder hinauf ins All zu transportieren.

Diese Weltraumaufzüge waren unglaublich komplexe Systeme, deren Konstruktion über ein Jahrzehnt in Anspruch genommen hatte. Die sehr großen Kabinen umrundeten in kreisförmiger Bewegung die ‚Bohnenstange', die die Verbindung zwischen der Oberfläche des Planeten und der darüber liegenden Orbitalstation gewährleistete. Es war ein effizienter Weg, Menschen und Ressourcen zwischen der Oberfläche und dem All hin und her zu transportieren. Nach ihrer Einführung hatte sie zum rapiden Ausbau der Kolonien auf dem Mond, dem Mars, in Kürze auch auf der Venus, und auf mehreren Monden um Jupiter herum beigetragen.

Hunt fiel in seinem Abteil in einen tiefen Schlaf, der nach einer Weile von einem Ton in seinem Kopf unterbrochen wurde, der so lange lauter und eindringlicher wurde, bis Hunt endlich wach genug war, um ihm Schweigen zu gebieten.

Guten Morgen, Captain Hunt, grüßte ihn der PA in seinem Kopf. *Wir werden in einer Stunde auf der Oberfläche landen. Bitte packen Sie und sichern Sie Ihr Eigentum. Das Frühstück wird an der Bar im Zentrum der Passagierkabine serviert.*

Hunt gähnte, schob die Decke zur Seite und setzte sich auf. Nachdem er in seine Stiefel geschlüpft war und sie zugeschnürt hatte, griff er nach seiner Uniformjacke. Mit seinem Tablet in der Hand eilte er für ein schnelles Frühstück zur Bar.

Eine Reihe von Reisenden hatte sich schon vor ihm eingefunden und die besseren Sitze am Fenster waren belegt. Die meisten frühstückten und unterhielten sich mit ihren Tischgenossen. Hunt fand einen etwas abgelegenen Platz, an dem er allein essen konnte.

Einundvierzig Minuten später landete die Kabine auf der Oberfläche und koppelte sich an die Parkbucht an. Nach dem Abdichten der Verbindungstüren warteten die Passagiere vor den Ausgängen bereits ungeduldig auf den Druckausgleich.

Einen Augenblick später leuchtete das grüne Licht über den Türen auf und sie öffneten sich. Captain Hunt hörte ein leises, zischendes Geräusch, bevor die Passagiere die Kabine endlich verlassen durften.

Aus der Transportkabine heraus betrat er den Flur, der zur Einreisekontrolle führte. Hunt zog seinen Militärausweis und seinen Marschbefehl hervor, während die Passagiere um ihn herum ihre Ausweise und Berechtigungsdokumente für die Inspektoren bereithielten.

Obwohl die Kolonien auf dem Mars wuchsen, kontrollierten die Regierungen der verschiedenen Siedlungsbereiche streng die Anzahl der Menschen, die auf den Planeten immigrieren oder ihn als Tourist besuchen durften. Die Erzeugung von Nahrungsmitteln, die

Entwicklung der Wirtschaft und das Entstehen von Wohnraum standen auf diesem Planeten an erster Stelle. Es wäre unmöglich, dieses Ziel zu erreichen, falls die Tore sämtlichen Einwanderungslustigen offenstehen würden. Auf diesem Planeten war alles bis ins Detail strukturiert, um zu gewährleisten, dass die Versorgung der Anwohner, die den Mars bereits bevölkerten, gesichert war.

Es war so gut wie unmöglich, den Mars illegal zu betreten, obwohl es einige Leute hin und wieder dennoch versuchten. Gelegentlich gab es Probleme mit von der Erde eingeschleuster illegaler Schmuggelware, wie etwa mit Betäubungsmittel, die auf dem Roten Planeten weder gezogen noch gekocht werden konnten.

Aus diesem Grund bahnte sich gerade ein Diensthund seinen Weg durch die Passagiere, der sie und ihre Taschen ausgiebig beschnüffelte. Sein Führer wartete geduldig nicht allzu weit entfernt von ihm und erlaubte dem Tier, seine Arbeit zu machen.

Captain Hunt kam zügig voran, bis er endlich einem Einwanderungsbeamten gegenüber stand. Der Mann hinter dem Schalter warf einen Blick auf seine Uniform. »Guten Morgen, Captain. Ihre ID und Ihren Marschbefehl bitte?« Sein Gesichtsausdruck war freundlich und dennoch streng, während er Hunt sorgfältig im Auge behielt.

Hunt reichte ihm die Unterlagen und wartete. Der Beamte überflog seine ID und die Angaben in seinem Marschbefehl, worauf sich seine Haltung merklich änderte. Er gab alles Dokumente an Hunt zurück. »Genießen Sie Ihren Aufenthalt, Captain. Der Nächste.«

Hunt machte Platz für einen Mitreisendem, der nun ebenfalls seine Unterlagen zur Überprüfung vorlegte. Der Fußgängerbereich hinter der Einwanderungskontrolle mündete in eine großzügig angelegte, sechzig Meter hohe Freiluftpromenade voller Bars, Restaurants, Hotels und Geschäfte, die alle mit Neonlichtern und anderen Dekorationen geschmückt waren. Eine Symphonie kunstvoll entworfener Ansichten und Geräusche empfing jeden, der diese Promenade betrat. Dieser Teil der Kolonie sprach überwiegend die Touristen an, die allein die Erfahrung machen wollten, einen anderen Planeten zu betreten.

Im regelmäßigen Abstand von etwa fünfzehn Metern dekorierten ausladende Blumenkübel von einem Meter Höhe und zwei Metern Breite den metallenen Fußweg. In ihnen wuchsen hohe Bäume, Sträucher und Blumen. Einige der Gebäude wurden sogar von dekorativen Hängepflanzen geschmückt, oder von Rankengewächsen, die an den Wänden der Strukturen hochkletterten. All dies vermittelte eine einladende Atmosphäre. Dem etwas kritischeren Auge präsentierten sich die Pflanzen zudem als unverzichtbarer Teil dieser Biosphäre. Sie eliminierten den Kohlenstoff und leisteten ihren Beitrag zur Sauerstoffversorgung der Kolonie.

Captain Hunt bahnte sich seinen Weg durch die Masse der Menschen und Synthetiker, bis er endlich den ersten Kontrollpunkt erreicht hatte, der, in einiger Entfernung von der Kolonie, in den Regierungs- und Militärdistrikt führte. Nachdem er erneut seine ID und seinen Marschbefehl vorgezeigt hatte, durfte Hunt den kontrollierten Bereich betreten.

Nachdem er den Checkpoint hinter sich gelassen hatte, wartete er an einer der Hyperloopstationen auf das nächste Fahrzeug. Ungefähr ein Dutzend Militärangehörige, die den Aufnähern ihrer Uniformen nach alle auf dem Planeten stationiert waren, gesellten sich zu ihm.

Die Türen des ankommenden Fahrzeugs öffneten sich und entließen eine Reihe von Passagieren. Hunt und die anderen gingen an Bord und schnallten sich an.

Einem der Soldaten musste sein nervöser Gesichtsausdruck aufgefallen sein, während er sich gerade selbst anschnallte.

»Frisch von der Erde eingetroffen, Sir?«, erkundigte er sich.

»Stimmt«, erwiderte Hunt.

Der Mann lächelte. »Sieht aus, als ob Sie diese Transporter nicht wirklich mögen?« Dabei zog er seinen Sicherheitsgurt noch strammer.

Hunt zuckte mit den Achseln. »Auf dem Mars sind sie mir lieber als auf der Erde, muss ich zugeben.«

»Achtung, Passagiere. Wir verlassen in Kürze die Station«, verkündete eine Stimme über das Lautsprechersystem. »Bitte versichern Sie sich, dass Sie fest angeschnallt sind.«

Dann schlossen sich die Kabinentüren und das Fahrzeug begann langsam frei über den Gleisen auf die zylindrische Röhre am Ende der Haltestelle zuzuschweben. Captain Hunt hörte ein wiederholtes Klicken und ein zischendes Geräusch. Das sollte die Röhre vom Sauerstoff und allen anderen Gasen befreien, die Reibung verursachen konnten.

Sobald die Passagierkabine zur Abfahrt bereit war, schoss sie wie eine Kugel durch die durchsichtige zylindrische Röhre und beschleunigte auf eine Geschwindigkeit von über 1.400 km/h. Sie überflogen die Planetenoberfläche, bis sie Hunderte von Kilometern entfernt an der Seite einer niedriggelegenen Bergkette am

Rande der Polarkappe die Geschwindigkeit drosselten. Das Gebiet um den Berg herum war eine dicht bebaute Militäreinrichtung, die Teil der *Jonathan Kim*-Militäranlage war, zu der auch die Militäreinrichtung im Orbit über ihnen gehörte.

Die Anlage war von einer neun Meter hohen Wand umgeben, die in regelmäßigen Abständen von nur wenigen Kilometern mit Wachtürmen befestigt war. Dieser Wall diente allerdings mehr dazu, die Einrichtung vor Sturmböen und Sandstürmen als vor anderen Eventualitäten zu schützen. Captain Hunt konnte auch die der planetarischen Verteidigung dienenden Geschütztürme ausmachen, die verteilt über der Basis und auf den Höhen der Gebirgskette installiert waren. Diese Waffen waren meist große bodengebundene Laserwaffen und magnetische Schienenkanonen, die in erster Linie die Gefährdung ziviler Kolonien durch Meteoriten und Weltraumschrott verhindern, aber auch gegen eine orbitale Bedrohung schützen sollten. Allerdings waren diese planetarischen Waffensysteme bis zum jetzigen Zeitpunkt noch relativ unerprobt.

Das Hyperloop-Fahrzeug drosselte mit der Ankunft auf dem Militärgelände weiter die Geschwindigkeit und fuhr in den Berg selbst ein, wo an einem Bahnsteig bereits eine

Ansammlung von Personen darauf wartete, einsteigen zu dürfen.

Beim Ausstieg aus der Kabine entdeckte Hunt seinen langjährigen Freund und ehemaligen Mitschüler an der Akademie, Commander John Niles, der in Begleitung von zwei RA-Soldaten darauf wartete, ihn zu empfangen. Die Soldaten steckten nicht in ihren Ektoskelett-Kampfanzügen, waren aber bewaffnet.

Commander Niles hielt ihm die Hand entgegen. »Miles, schön, dich zu wiederzusehen. Wenn ich recht verstehe, hält diese Mission dich davon ab, deinen dreißigsten Hochzeitstag zu feiern?«

Beim Gedanken daran verzog Hunt das Gesicht. »Richtig, John. Lilly war nicht unbedingt glücklich darüber. Aber nun bin ich hier.«

John nickte. »Die Opfer, die unsere Frauen bringen, wenn sie einen Mann in Uniform heiraten ….«

Gefolgt von ihrer Sicherheitseskorte machten sich die beiden Freunde nun lachend auf den Weg zum DARPA-Gebäude.

»Also, wieso die erhöhten Sicherheitsmaßnahmen?«, drängte Hunt schließlich. »Ist die Basis nicht länger sicher?«

»Das ist sie, aber diese Männer und der Rest ihres Kommandos werden dich bis zu deiner Rückkehr zum Weltraumkommando auf der Erde begleiten. Sobald du unterrichtet wurdest, wirst du verstehen, wieso.«

Hunt nickte und wechselte das Thema, bis sie endlich die SCIF, eine gesichert untergliederte Dateneinrichtung, erreicht hatten. »Wie geht es Linda und wie gefällt es den Kindern auf dem Mars?«, erkundigte er sich.

John kicherte. »Die Kinder lieben es. Sie stellen sich jetzt mittlerweile jedem als Marsmenschen vor. Aber Linda vermisst ihre Freunde von daheim.«

»Meine Kinder machten genau das Gleiche. Ihnen gefiel die Idee, ein Marsmensch zu sein«, lachte Hunt. »Ich muss gestehen, John, dass ich enorm beeindruckt bin, wie schnell sich dieser Ort vergrößert hat. Als unsere Familie vor über zehn Jahren hier war, verdiente er kaum die Bezeichnung ‚Kolonie‘. Mittlerweile wohnen knapp zwei Millionen Menschen hier.«

»Das FTL-Reisen, mein Freund! Es hat das Wachstum und die Expansion der Kolonie möglich gemacht. Dazu kommt noch die neue Minenkolonie, die *Deep Space Industries* vor einigen Jahren erbaut hat. Es wimmelt hier nur so von Neuankömmlingen. Warte, bis *BlueOrigin* ihre neue Station in Betrieb nimmt. Wie ich höre, werden dort dauerhaft um die neuntausend Anwohner unterkommen.«

»Unglaublich, John.« Hunt schüttelte den Kopf. »Wir leben in einer erstaunlichen Zeit. Ach, und bevor ich es vergesse ... Wie steht es mit der Piraterie, die sich hier draußen, wie ich höre, mittlerweile zu einer echten Plage entwickelt? Ich dachte, die hätten wir schon vor Jahren unterdrückt.«

Die Weltraumpiraterie stellte ein wachsendes Problem dar. Organisierte kriminelle Elemente griffen im Gürtel einige der kleineren Minenfahrzeuge oder die Transporter an, die Immigranten auf dem Mars ablieferten oder wertvolle Ressourcen zwischen Kolonie, Mars und Erde hin und her beförderten. Die drei Supermächte der Erde hatten keine gute Arbeit bei der Ausmerzung dieses Übels geleistet. Die jeweiligen Regierungen hatten versprochen, militärische Fregatten und Patrouillenschiffe in Dienst zu stellen, um die Piraterie auszumerzen und die Haupttransitstraßen zu sichern. Aber das zog sich hin. Der Wert der Ressourcen, die im Gürtel abgebaut wurden, war beträchtlich. Ein einzelnes Minenschiff konnte eine Milliarde USD oder mehr in Mineralien transportieren, was es zu einem verlockenden Ziel für skrupellose Gangster machte.

»Hast du die neuen Fregatten in der Werft gesehen?«, erkundigte sich John. »Sie sollten in wenigen Monaten fertig sein. Direkt nach ihrer Fertigstellung gehen drei weitere in Produktion. Ich gehe davon aus, dass wir uns mit den Piraten nur noch kurze Zeit herumschlagen müssen.«

Zehn Minuten später hatten sie DARPA erreicht. Diese streng kontrollierte SCIF war das gleiche Gebäude, in dem Hunt während der Entwicklung des FTL-Antriebs gearbeitet hatte. Die Regierung hatte beschlossen, dass sie einige ihrer besten Forschungsanstrengungen auf dem Mars ansiedeln wollten, geschützt vor neugierigen Blicken und den Ablenkungen der Erde. Zudem war es aus Sicherheitsgründen empfehlenswert, einige der Experimente auf einem verlassenen Planeten oder im Weltall durchzuführen.

Die beiden Männer folgten den Fluren der Einrichtung bis hin zum gesicherten Labor, in dem Dr. Johnson und ihr Team tätig waren. Die Sicherheitskräfte waren zurückgeblieben und hatten sich am Eingang zu DARPA aufgebaut.

Dr. Katherine Johnson stammte aus Houston, Texas. Sie war nach ihrer Ur-Ur-Großmutter benannt, der berühmten Katherine Johnson der NASA - die dunkelhäutige Amerikanerin, die entscheidend zur Landung der ersten Menschen auf dem Mond beigetragen hatte. Sie war bei weitem eine der genialsten Wissenschaftlerinnen und Erfinderinnen des 21. Jahrhunderts.

Katherines Arbeit hatte die Theorie des mexikanischen Theoretischen Physikers Miguel Alcubierre hinsichtlich des Warp-Antriebs oder des Schneller-als-das-Licht-Reisens vorangebracht, die er 1994 - vor mehr als 96 Jahren - vorgestellt hatte. Nachdem sie Alcubierres theoretisches Problem mithilfe der künstlichen Intelligenz eines Quantencomputers gelöst hatte, ernannte DARPA sie zur Leiterin aller Forschungs- und Entwicklungsaktivitäten des Weltraumkommandos. Ihre Institution beaufsichtigte auch eine kleinere Abteilung des Militärs, die als das ‚Nationale Aufklärungsbüro' bekannt war. Das NRO war eine alte Behörde mit einer langen und geheimnisvollen Geschichte. In den letzten zwanzig Jahren war ihr eine neue wichtige Aufgabe zugewiesen worden: die Erkundung nahegelegener Sternensysteme, in der Hoffnung, einen passenden Planeten zu finden, den die Republik kolonisieren konnte.

Obwohl Katherine das ursprüngliche FTL-Problem hatte lösen können, waren drei ihrer Teams unabhängig voneinander damit beschäftigt, einen Weg zu finden, die FTL-Reisegeschwindigkeit weiter zu verbessern. Der

Weltraum war unendlich groß. Falls die Menschheit andere Sternensysteme erkunden und kolonisieren wollte, musste sie einen Weg finden, weit entfernte Orte schneller zu erreichen. Mit der heutigen FTL-Geschwindigkeit brauchten sie 15 Tage, ein Lichtjahr zu durchreisen

Vor der gesicherten Tür zu Dr. Johnsons Labor gab John einen randomisierten Code ein und sah in den Iris-Scanner. Ein Laut ertönte und die Tür öffnete sich.

Hunt lächelte, als er Katherine sah. Sie sah sich etwas mit einer Intensität an, die nur wenige verstanden, und um die sie viele Wissenschaftler beneideten.

Beim Anblick ihrer Gäste erhob sich Dr. Johnson lächelnd und eilte auf Hunt zu. Obwohl ihre Kooperation über ein Jahrzehnt her war, hatte sich während der acht Jahre oder so, die sie gemeinsam auf dem Mars gearbeitet hatten, eine echte Freundschaft zwischen ihnen entwickelt, die ihrer soliden Arbeitsbeziehung zugutegekommen war.

»Miles, schön, dich wiederzusehen«, begrüßte sie ihn herzlich. »Es tut mir so leid, dass wir dir den Urlaub verderben mussten. Ich hoffe, Lilly ist nicht allzu böse auf mich. Aber es gibt niemandem, dem ich mehr als dir mit dem vertraue, was wir entdeckt haben. Deshalb bat ich Admiral Sanchez allein dich zu schicken.«

Hunt seufzte lächelnd. »Ich verstehe, Katherine, und helfe gern aus. Leider kann ich von Lilly nicht das Gleiche behaupten.«

Katherine kannte seine Frau. Sie hatte ganz sicher ein schlechtes Gewissen, ihm seine lang geplante zweite Hochzeitsreise zu ruinieren. Tatsächlich war sie es gewesen, die Hunt vorgeschlagen hatte, Lilly nach Bora Bora zur Feier dieses besonderen Jubiläums zu entführen.

»Hoffentlich verlief wenigstens deine Reise angenehm«, fügte sie entschuldigend hinzu.

»So viel besser mit FTL als auf die alte Art«, bestätigte er. »Also, was ist nun so wichtig, dass ich persönlich herbeordert und dem Weltraumkommando berichten muss, anstatt dass du mit deiner Entdeckung zur Erde reist?«

Sie lud ihn und Commander John Niles ein, ihr zu folgen. Am Computer öffnete sie eine Datei und zog sie Datei auf die holografische Benutzeroberfläche. Zwei Dinge erschienen. Das Erste war ein ihm unbekanntes System, das zweite war ein Planet. Daneben schwebte ein Textfeld, das die Daten des Systems und des sich langsam vor ihnen drehenden Planeten enthielt.

»Vor einer Woche empfingen wir eine Nachricht von einer unserer NRO-Sonden, die – und das sage ich ohne Übertreibung - nach ihrer Rückkehr zu Sol einzigartige

Informationen lieferte. Das ist 42 Rhea, ein Sternensystem 12 Lichtjahre von der Erde entfernt. Es verfügt über drei Sonnen. Die erste ist der Hauptstern, ein K-Typ namens Rhea A, der von zwei kleineren braunen Zwergsternen, Rhea Ba und Bb im Abstand von ungefähr 1.460 astronomischen Einheiten umkreist wird. Rhea wird außerdem von einem Planeten umkreist, über den wir seit Jahrzehnten Informationen einzuholen versuchen«, fuhr sie begeistert fort, während sie weitere Bilder und Datenpunkte, die die Sonde zurückgebracht hatte, hochbrachte.

Erstaunt runzelte Hunt die Stirn. »Das Nationale Aufklärungsbüro, wirklich? Ok, jetzt hast du mich neugierig gemacht. Was war denn nun so wichtig, dass Admiral Sanchez mich persönlich beauftragt hat, die Information abzuholen?«

Katherine vergrößerte das holografische Bild des Planeten. »Das …. das ist Rhea Ab, ein Planet mit 105 Prozent der Masse der Erde. Das bedeutet, dass die Schwerkraft des Planeten ungefähr 5% höher ist als die der Erde, aber nicht genug, um Menschen negativ zu beeinflussen oder uns Probleme zu bereiten. Mehr als das, Hunt – die Sonde fand heraus, dass dieser Planet geeignet ist, menschliches Leben zu erhalten.«

Hunt stieß einen leisen Pfiff aus. »Hast du tatsächlich eben gesagt, dort ist menschliches Leben möglich? Wie setzt sich seine Atmosphäre zusammen?«

Katherine klickte auf eine Datei, die sich neben dem Bild des schwebenden Planeten öffnete: 78,09 Prozent Stickstoff, 20,95 Prozent Sauerstoff, 0,93 Prozent Argon, 0,04 Prozent Kohlendioxid. Beim Lesen überschlugen sich Hunts Gedanken. *Praktisch ein Duplikat der Bedingungen auf der Erde.*

Katherine beobachtete seinen Gesichtsausdruck. »Mein Gedanke«, kommentierte sie. »Eine Kopie der Erde. Ob du es glaubst oder nicht, er braucht 52 Jahre, um seinen Stern zu umkreisen. Deshalb gehen wir davon aus, dass seine vier Jahreszeiten ebenfalls länger ausfallen. Ach, und der Planet hat zwei Monde.«

»Wow. Wie lange ist ein Tag?«, fragte Hunt, dessen Interesse nun wirklich geweckt war.

»Unserer Rechnung nach ungefähr zweiunddreißig Stunden.«

»Großartig, das hat uns noch gefehlt, John. Acht zusätzliche Arbeitsstunden«, scherzte Hunt und stieß seinem ebenfalls lachenden Freund den Ellbogen in die Rippen.

»Haha …. aber im Ernst, Miles. Das ist eine unglaubliche Entdeckung. Rhea Ab ist nicht nur in der Lage, menschliches Leben zu unterstützen, vielmehr hat er noch einen kleineren Schwesterplaneten, weniger als zwei astronomische Einheiten entfernt, der ebenfalls menschliches Leben unterstützen und erhalten kann. Wir sehen hier die vielleicht größte Entdeckung des 21. Jahrhunderts vor uns – auf diesen Planeten könnte es sogar Leben geben.«

»Wie viele Daten konnte die Sonde sammeln, bevor sie nach Hause zurückkehren musste?«, erkundigte sich Hunt.

Katherine durchblätterte auf ihrem Tablet mehrere Dateien. »Hier«, zeigte sie auf das, wonach sie gesucht hatte. »Die Sonde verbrachte einen Monat im System, bevor sie umkehren musste. Bitte erinnere dich daran, dass dies der FTL-Drive der ersten Generation war, d.h., es dauerte vier Monate ein Lichtjahr zu überwinden. Daraus schließen wir, dass die Sonde insgesamt acht Jahre unterwegs war und zwei Jahre lang Daten sammeln konnte.

Sie brachte atmosphärische Proben beider Planeten zurück und führte Dutzende von LiDAR- und Radarscans der Planeten und umliegenden Monde durch. Sie brachte eine Unmenge an Daten zurück. Aber was wirklich unsere Aufmerksamkeit erregte, war das.«

Sie deutete auf einen Bereich von Rhea Ab und vergrößerte den Bildausschnitt. Er zeigte einen dicht bewachsenen Dschungel, der an einer steilen Felswand entlang einer kleinen Bergkette endete. Captain Hunt überkam ein Gefühl der Ehrfurcht, auf einem fernen Planeten Wachstum zu entdecken. Näheres Hinsehen gab den Blick auf mehrere Öffnungen in der Felswand frei.

»Was zum Teufel ist das?«, fragte Hunt. Er zeigte auf einen Punkt auf der vor ihnen schwebenden holografischen Wiedergabe.

»*Das* ist der Grund, weshalb wir dich persönlich eingeflogen haben«, erwiderte Katherine. »Das ist kein natürlicher Eingang in den Berg. Dieses Bild hier zeigt uns so etwas wie einen Stollenwagen. Hier drüben liegt das Werkzeug eines Minenarbeiters. Und das hier – tja, das ist ein Eingang in den Berg selbst, ungefähr drei Meter hoch und mindestens zweieinhalb Meter breit. Tatsächlich gibt es zwei. Einen hier und einen dort drüben.

»*Das,* mein Freund, ist der Beweis, dass es auf diesem Planeten intelligentes Leben gibt oder es zumindest einmal gab«, stellte Katherine voller Stolz und aufgeregter Freude über diese Entdeckung fest.

»Konnte die Sonde Städte oder Lebenszeichen auf dem Planeten ausfindig machen oder elektronische Aktivitäten irgendwelcher Art?«, forschte Hunt mit klopfendem Herzen. Die Bedeutung dessen, was sie gerade gesehen hatten, war ihm vollkommen klar.

Katherine schüttelte leicht enttäuscht den Kopf. »Leider nein. Die Sonde hat nichts entdeckt. Was aber nicht heißt, dass es dort kein Leben gibt. Sie war nur in der Lage, einen kleinen Teil der Planetenoberfläche zu scannen. Um ehrlich zu sein, wir hatten ausgesprochenes Glück, das zu finden, was uns heute vorliegt, Miles. Selbstverständlich brachten wir sofort neue, weiterentwickelte Sonden auf den Weg, um in diesem System eine Reihe von Scans und Tests durchzuführen. Aber selbst mit der zweiten Generation des FTL-Antriebs wird es eine ganze Weile dauern, bevor sie ihr Ziel erreichen. Neue Daten werden uns erst viel später zur Verfügung stehen.«

Hunt nahm sich einen Moment Zeit und studierte die Daten des Planeten. Er hatte gut zwei Jahre mit der Planung der Alpha Centauri-Expedition verbracht. In Vorbereitung auf ihre Landung und die Kolonisierung hatte er jede noch so unwichtige Information über das System und seine Planeten verinnerlicht. In Gedanken verglich er nun was er über die beiden Planeten wusste, mit dem, was er hier vor sich sah.

Einige Minuten verstrichen, ohne dass jemand die Stille unterbrach. Schließlich musste er Katherine Recht geben – dies war ein weit wichtigerer Fund als die Entdeckung von Alpha Centauri. Fragend sah er Dr. Johnson und Commander Niles an. »Wer weiß sonst noch von dieser Entdeckung?«

Die beiden lächelten sich verschwörerisch an.

»Niemand, Miles«, erwiderte Katherine. »Nicht einmal die übrigen Mitglieder unseres Forschungsteams. Mit Ausnahme von einigen NRO-Leuten im Büro nebenan, hat niemand im Labor auch nur die leiseste Ahnung. Wir hielten es auch nicht für angebracht, diese Neuigkeit über die normalen Kanäle zu übermitteln. Deshalb baten wir Admiral Sanchez, umgehend eine Vertrauensperson zu schicken, um diese Information in Besitz zu nehmen. Dieses Wissen ist zu wertvoll, um damit achtlos umzugehen.«

Seit das FTL-Reisen Wirklichkeit geworden war, hatten die drei Supermächte der Erde Hunderte mit FTL-Antrieb ausgestattete Drohnen und Sonden in die Tiefen des Weltalls gesandt. Die Warpgeschwindigkeit der Drohnenschiffe katapultierte sie in ein bekanntes Sonnensystem, wo sie eine Reihe von Scans innerhalb des Systems durchführten, bevor sie eine mit den neuesten Erkenntnissen bestückte Kommunikationssonde an Sol zurückschickten. Das Hauptaugenmerk der Republik hatte sich auf Alpha Centauri konzentriert, ohne es jedoch zu versäumen, insgeheim andere Regionen des Weltalls zu erforschen. Diese Weitsicht schien sich nun bezahlt zu machen.

John deutete erneut auf das holografische Bild und sah seinem Freund in die Augen. »Das ist eine bahnbrechende Entdeckung, Miles. Jeder Hinz und Kunz wird ein Schiff schicken wollen. Falls diese Rechnung tatsächlich aufgeht, steht uns womöglich die größte Auswanderungswelle in der Geschichte der Menschheit in eine neue Welt bevor.«

Hunt überlegte bereits, wie sie diese Information vor den anderen Mitgliedern des SET geheim halten konnten. *Und was noch wichtiger war, wie konnten sie ihr alleiniges Anrecht auf diese beiden neuen Planeten geltend machen?* Dann sprach er: »Wenn wir das Geheimnis lange genug hüten und sie nach dem Auslaufen des SET als Erste besiedeln, kann die Republik legal ihr Anrecht auf die neue Welt geltend machen, ohne sie mit den anderen Mächten teilen zu müssen.«

Katherine nickte. »So ist es. Deshalb muss dies direkt an Admiral Sanchez gehen. Das Weltraumkommando muss entscheiden, ob wir die Centauri-Mission weiter verfolgen wollen oder nicht.«

Hunt fuhr sich mit der Hand durch die Haare. »Was hat das mit Alpha Centauri zu tun?«, fragte er scharf. »Diese Mission befindet sich seit zwei Jahrzehnten in der Planung. Die *Voyager* und mein eigenes Schiff, die *Rook*, wurden speziell für diese Expedition gebaut. Was soll nun daraus werden?«

»Das ist eine politische und militärische Frage, die ich nicht beantworten kann.«

Hunt wandte sich an seinen Freund. »Was denkst du, John?«

»Unter uns gesprochen, ich würde die AC-Expedition absetzen«, warf Katherine ein, bevor John antworten konnte. »Erlauben wir den Europäern und Asiaten sich dort anzusiedeln. Sollen sie diesen Planeten für sich in Anspruch nehmen, während wir uns auf das Rhea-System konzentrieren.«

Hmmh .... »Ihr denkt wirklich, wir sollten meine Mission zu Alpha Centauri streichen?«

John zuckte mit den Achseln. »Dazu kann ich nichts sagen, Miles. Aber ich gehe davon aus, dass das Weltraumkommando dich hier sehen will. Einen der Erde näher gelegenen Planeten werden wir kaum finden. Er könnte zudem auch reich an Mineralien und anderen Ressourcen sein. Ich werde vorschlagen, deine Expedition hierher zu verlegen, anstatt Alpha Centauri zu erkunden. Falls sich bewahrheitet, was ich vermute, haben wir vielleicht eine zweite Heimatwelt gefunden.«

Hunt konnte sehen, wie erfreut Katherine und sein Freund John über diese Entdeckung waren. *Verdammt, das war er auch.* Allerdings war er sich nicht sicher, dass ihr die geplante Mission zum Opfer fallen sollte.

»Nennen wir den neuen Planeten Rhea Ab oder habt ihr beiden euch schon etwas Passenderes ausgedacht?«, forschte Hunt. Er vermutete, dass Katherine ihn bereits umgetauft hatte.

John und Katherine sahen sich kurz an. »Technisch gesehen heißt er Rhea Ab. Aber wir nennen ihn Neu-Eden«, gab sie lächelnd zu.

Hunt lachte. »Ich bin sicher kein Experte für Planetennamen, aber das klingt gut, Katherine. Warten wir ab, wie ihn das Weltraumkommando letztlich benennen wird.« Hunt hielt einen Moment inne, während ihm Fragen über Fragen durch den Kopf gingen. »Warum unterrichtest du mich den Rest des Tages nicht darüber, was ihr sonst noch auf dem Planeten entdeckt habt und über das Sonnensystem und den umliegenden Bereich? *Falls* wir tatsächlich daran denken, die Erkundung von Alpha Centauri aufzugeben, dann brauchen wir mehr Fakten als die, die ihr mir gerade präsentiert habt. Diese Mission befindet sich seit über zwei Jahrzehnten in der Planung. Die *Voyager* und mein eigenes Schiff wurden um den FTL-Antrieb herum speziell für diese Aufgabe gebaut. Es muss schon einen bedeutenden Grund geben, diesen so kurz bevorstehenden Auftrag zugunsten der neuen Entdeckung fallenzulassen, statt damit auf die Fertigstellung des nächsten Schiffs der *Hyperion*-Klasse zu warten.«

»Das wird erst in zwei Jahren sein. Wenn wir solange warten, garantiere ich, dass die anderen Mächte von diesem Planeten erfahren«, protestierte Katherine bestürzt. »Entweder wechseln sie den Kurs von Alpha Centauri aus oder sie stellen unabhängig davon eigenständige Erkundungen an. Wir müssen diesen Planeten so schnell wie möglich einnehmen, Miles …. unsere Fahne hissen und unser Anrecht auf ihn erklären. Erinnere dich daran, dass die vor 20 Jahren unterschriebene Vereinbarung bindend festlegt, dass der Planet Alpha Centauri von der Welt geteilt werden wird. Für alle anderen gilt: Wer zuerst kommt, mahlt zuerst. Das ist wichtig, Miles. Das musst du dem Weltraumkommando klarmachen.«

»Das werde ich, Katherine, aber du wirst mich begleiten«, bestimmte Hunt. »Sie werden auch mit dir reden wollen.«

Kapitel Vier

Ballade der Infanterie

Die Erde

Fort Benning, Georgia

Delta-Ausbildungszentrum,

Militärische Sondereinsatzkräfte der Republik

Master Sergeant Brian Royce, der verantwortliche Ausbilder der Delta Trainingsklasse 48573 stand vor seinen Rekruten. Dank der physischen Strapaze, der er sie gerade unterworfen hatte, tropfte ihnen der Schweiß von der Stirn. Royce strengte sie bis aufs Äußerste an, um zu sehen, ob einer der Kandidaten unter dem Druck zusammenbrechen oder aufgeben würde. Falls das geschehen sollte, würde er ihn gnadenlos aus dem Kurs entfernen und einer regulären Einheit in einem RAS-Bataillon überstellen.

Sobald die Rekruten ausreichend Flüssigkeit zu sich genommen hatte, schrie Royce sie laut an, um ihre Aufmerksamkeit zu erregen. »Hört zu, ihr Würmer! Falls euch die letzte Trainingsrunde schwerfiel, habt ihr jetzt genau 60 Minuten Zeit der Erholung, um den 10-Kilometer-Lauf mit voller Ausrüstung zu bewältigen. Schnappt euch euer Zeug und setzt euch in Bewegung!«

Die Gruppe der Auszubildenden griff nach ihren Rucksäcken, ihren persönlichen Waffen und anderen Ausrüstungsgegenständen und preschte los. Sekunden später war das gesamte Team in vollem Sprint unterwegs. Ihre Körper wurden enorm gefordert. Die Grenzen ihrer biomechanischen Implantate, Anregungsmittel und neuralen Implantate wurden bis auf das Äußerste getestet. Die Rekruten mussten verstehen, dass ihre leistungsgesteigerten Körper jetzt weit mehr Potenzial in sich trugen; ihre Fähigkeit, schneller und länger zu laufen überstieg bei weitem das, was sie bislang von sich selbst erwarten konnten.

Die Delta-Ausbilder rannten zusammen mit den jungen Männern und Frauen, riefen ihnen zu und ermutigten sie unablässig. Wenn es so aussah, als ob einer der Rekruten den Anschluss verlieren könnte, lief entweder einer der Ausbilder neben ihm her, um ihm dabei zu helfen, seine Schwäche zu überwinden, oder er feuerte ihn über seinen Neurolink an, über sich selbst hinauszuwachsen und das Unmögliche zu vollbringen. Diese letzte Phase des körperlichen Indoktrinationstrainings war am schwersten. Das Gehirn der Rekruten musste sich auf eine neue Realität einstellen – sie verfügten mittlerweile über physische

Stärken, die ihre Körper vor der Aufnahme in das Spezialeinheitentraining nicht hätten bewältigen können.

Während die Streitkräfte der Asiatischen Allianz auf genetisch modifizierte Soldaten setzte, konzentrierte sich die Republik darauf, ihre Soldaten durch körperliche Veränderung zu verbessern. Sie setzte einen bestimmten Typ medizinischer Naniten ein, der die Knochen eines Menschen verstärkte und ihm beinahe das Zehnfache der Kraft einer gewöhnlichen Person gab. Zudem verabreichte sie modifizierte Hormonergänzungsmittel, die der Muskelstärke der Soldaten zugutekam, ohne sie wie Bodybuilder aussehen zu lassen. Am wichtigsten war ihr allerdings, die physische Ausdauer der Soldaten insgesamt zu steigern. Die Soldaten erhielten ein neurales Implantat, das nicht nur die Aufnahmebereitschaft ihrer Sinne erhöhte, sondern ihnen auch erlaubte, große Mengen an Informationen zu speichern und zu rezitieren. Zu guter Letzt wurde noch ihr Blut mit Hilfe der Nanotechnologie so verändert, dass es mehr Sauerstoff aufnehmen und transportieren konnte. Das half den Rekruten schneller und länger zu laufen und den Atem für unglaublich lange Zeit anzuhalten. All dem lag das erklärte Ziel zugrunde, in der Schwerelosigkeit länger und effektiver als ein normaler

Mensch oder sogar ein genetisch modifiziertes Wesen agieren zu können.

Die Herausforderung, der all diese Verbesserungen trotzen mussten, bestand darin, den Geist zu überzeugen, dass der Körper etwas tun konnte, was ihm sein Leben lang unmöglich gewesen war. Ein Floh kann erstaunliche siebzehn Zentimeter weit springen. Sobald er in einem Glas mit einem Deckel sitzt, springt er zwar, stößt sich aber den Kopf. Mit der Zeit passt er sein Hüpfen automatisch den ihm auferlegten Grenzen an und springt sogar, nachdem der Deckel entfernt wurde nicht mehr so hoch. Einem verbesserten Soldaten erging es nicht anders - sein Gehirn kannte die Grenzen seines alten Selbst und versuchte, den Körper zu dessen Schutz abzuschalten. Deshalb war die erste Phase des Delta-Trainings am längsten und am härtesten. Es dauerte Monate, bevor das Gehirn endlich verinnerlichte, dass sein Körper jetzt weit mehr als vorher leisten konnte.

Sobald diese Gruppe der Rekruten die Grundausbildung hinter sich hatte, würden sie zum Schwerelosigkeitstraining an der Orbitalstation John Glenn antreten, bevor sie zunächst auf dem Mond und dann auf dem Mars zusätzliches Training erwartete. Typischerweise durfte sich ein Soldat erst nach zwei Jahren ungemein strapaziöser Ausbildung ein voll zertifiziertes und einsatzfähiges Deltamitglied nennen.

****

Nachdem er die Rekruten über das schroffe Gelände von Fort Benning in Grund und Boden gerannt hatte, betrat Master Sergeant Brian Royce verschwitzt und schmutzbedeckt den allein dem Ausbildungspersonal gewidmeten Trainingsraum, um dort zu duschen. Lieutenant Karen Disher stoppte ihn.

In ihrer gestärkten Uniform sah Lieutenant Disher herablassend auf ihn herunter. »Sergeant, einen Augenblick bitte«, bevor sie sich umdrehte und schnellen Schrittes in ihr Büro zurückkehrte.

Royce standen die Nackenhaare zu Berge, sobald er nur die Stimme des Lieutenants hörte. Normalerweise kam er mit jedem gut zurecht, aber für diese Frau zu arbeiten, hasste er wirklich. Die Art, wie sie die Sergeanten, insbesondere die männlichen, herabsetzte, machte ihm zu schaffen. Sie war eine der Akademie-Absolventinnen, die glaubte, sich fortwährend beweisen zu müssen. Demgegenüber hielt Royce sie für eine absolut qualifizierte Elitesoldatin, die es nicht nötig hatte, irgendjemand etwas zu beweisen.

Royce betrat ihr Büro und nahm Hab-Acht-Stellung in der Erwartung an, sie würde ihm erlauben, sich zu rühren. Stattdessen ließ sie ihn weiter strammstehen, während sie ihn von oben bis unten musterte.

»Also, Sergeant, Sie beabsichtigen, meine Trainingseinheit zu verlassen, verstehe ich das richtig?«, fragte Disher mit frostiger Stimme und gerunzelter Stirn, so als sei sie überrascht, dass einer ihrer rangältesten Unteroffiziere nicht länger für sie arbeiten wollte.

Royce erwiderte ihr zunächst nicht. Er wollte vermeiden, ihr weitere Entschuldigungen dafür zu bieten, sein und das Leben seiner Rekruten und Kollegen noch mühsamer zu machen, als es bereits war.

Sie knurrte missbilligend auf seine ausbleibende Antwort. »Offensichtlich geht Ihr Wunsch in Erfüllung, Sergeant«, kündigte Lieutenant Disher mit giftiger Stimme an. »Sie werden in die Bravo-Kompanie, 2. Bataillon versetzt, die einem RAS-Bataillon, genauer dem 32., beigeordnet wird. Ich weiß nicht, wie Sie das geschafft haben oder welche Art Gefallen Sie einlösen mussten, aber Sie gehören nicht länger zu uns. Sie haben 48 Stunden Zeit, sich bei Ihrer neuen Einheit zu melden. Und jetzt packen Sie Ihre Sachen und verschwinden Sie von hier. Wegtreten!«

Royce konnte sich beim Verlassen des Zimmers das zufriedene Lächeln nicht verkneifen. Er musste seinem alten Delta-Kumpel, dem es gelungen war, ihn in eine sich neu formierende Einheit zu verlegen, in jedem Fall ein Bier spendieren. Es war nicht leicht, einen solchen Posten zu bekommen. Viele Soldaten verlangte es danach, Teil der Expedition zu sein, die die neue Welt erkundete.

Es würde ein langer Einsatz werden. Das Bataillon war darüber unterrichtet worden, dass es sich um eine drei- bis vierjährige Mission handelte – eine lange Zeit, um von seiner Familie getrennt zu sein. Deshalb machte es Sinn, dass das Raumfahrtpersonal und die meisten Soldaten, die an dieser Expedition teilnehmen sollten, unverheiratet waren oder keine Kinder hatten. Der Einsatz war absolut freiwillig.

Dem Beginn dieser Mission sahen viele mit großer Begeisterung entgegen, andere waren allerdings beim Gedanken darüber besorgt, was geschehen würde, falls die Republik das Abkommen über die Weltraumerkundung nicht verlängern würde. Die Erweiterte Europäische Union und die Asiatische Allianz hatten Unverständnis für das offensichtliche Desinteresse der Republik gezeigt, das Abkommen zu erneuern und hatten vor der möglichen Entwicklung eines neuen Kalten Kriegs gewarnt. Die überwiegende Anzahl der Sondereinsatztruppen und der Armeeeinheiten der Republik befürchteten, dass dies eine ernstzunehmender Grund zur Sorge war und dass sich echte Auseinandersetzungen zwischen den drei Supermächten entwickeln könnten. Sollte das SET auslaufen, würde sich der Kampf um die Ressourcen in der Hauptsache um Mond, Mars, Venus, den Gürtel und die Monde und Planetoide von Jupiter und Saturn drehen.

Royce kümmerte das wenig. Er wollte die Chance, noch einmal von vorne zu beginnen – die Gelegenheit, wieder seinen eigenen Zug zu führen. Sein Posten mit dem Trainingsbataillon war hart gewesen, obwohl er immer noch dankbar dafür war, diese zweite Chance erhalten zu haben, nachdem er in seiner vorherigen Position die Karre in den Dreck gefahren hatte.

Während dieser letzten Mission auf den Mars hatte er dem Sondereinsatzführungskommando, oder JSOC, angehört. Sein Zug war an eine der drei-Buchstaben-Agenturen verliehen worden, um geheime Hinter-den-Kulissen-Dinge zu erledigen, als plötzlich alles schieflief. Seine Männer hatten Informationen über die Basis der Asiatischen Allianz auf der Marsoberfläche gesammelt, als einer seiner Deltas zufällig auf eine Wachpatrouille nahe der Einrichtung gestoßen war, die sie ausspionierten. Es kam zum Schusswechsel. Sobald einer seiner Männer von einem der überraschten Wachen getroffen worden war, hatte eine Handvoll seiner Deltas das Feuer eröffnet.

Der Angriff auf die Wachen führte zum Aussenden einer Schnellen Eingreiftruppe auf der Suche nach Royce und seinen Männern. Es hatte sie einen halben Tag gekostet, den Patrouillen und Suchtruppen auszuweichen, um sich dieser brisanten Situation zu entziehen. Dabei waren drei seiner Männer ums Leben gekommen. Die Ereignisse hatten einen internationalen Zwischenfall ausgelöst.

Royces büßte für seine Beteiligung mit dem vorläufigen Ende seiner Teilnahme an Weltraumoperationen. Er wurde auf einen Trainingsposten zurück auf der Erde versetzt, was ihm schwer zugesetzt hatte. Er hatte die letzten 15 Jahre damit verbracht, an den Grenzen des Weltraums Piraten zu jagen und die Ausdehnung der Republik in die Sterne hinaus zu sichern. Der Gedanke, nach Alpha Centauri zu reisen und dort möglicherweise auf außerirdisches Leben zu stoßen, war aufregend. Diese Gelegenheit konnte er sich nicht entgehen lassen, selbst wenn es bedeutete, dass er die Erde vielleicht nie wieder sehen würde.

Kapitel Fünf
Probleme mit der Energieversorgung

Im Orbit der Erde
Orbitalstation John Glenn
RNS *Voyager*

»Was zum Teufel geht hier vor?«, rief der technische
Offizier aufgebracht, als ein zweiter Alarm auf der Konsole
losheulte.

»Fehlermeldung für Reaktor vier. Die Energiezufuhr
zu den vorderen Magrail-Batterien ist unterbrochen. Ich
stelle auf manuelle Schaltung um«, erwiderte einer der
frustrierten Petty Officer, die für die Waffen zuständig
waren.

»Wo liegt das Problem, Morgan?«, erkundigte sich
Rear Admiral Abigail Halsey, die an ihn herantrat.

Commander Aimes Morgan knurrte nur. Er hatte im
Moment Besseres zu tun, als die Fragen des Admirals zu
beantworten. Erst musste das verdammte Schiff wieder so
funktionieren, wie es funktionieren sollte.

»Sieht aus, als sucht BlueOrigin immer noch nach dem
Defekt im Verteiler, der Reaktor Vier mit den vorderen
Magrail-Geschützen verbindet. Das bereitet uns seit

Monaten Schwierigkeiten«, erwiderte er endlich, nachdem er eine Nachricht an den Maschinenraum weitergegeben hatte.

»Ist das etwas, dass unsere Mission verzögern wird?«, forschte Admiral Halsey.

Ich schwöre, wenn sie sich noch ein einziges Mal nach der Mission erkundigt, werde ich aggressiv, dachte Morgan.

Er hielt inne und atmete tief durch, bevor er danach etwas ruhiger antworten konnte. »Ich denke nicht, Ma'am. Bis zum Auslaufen des Schiffs bleiben uns noch vier Monate. Aber ich möchte BlueOrigin zurückholen und nachhaken, wieso das Problem, von dem sie sagten, es wäre korrigiert, weiter existiert. Der Fehler ist nicht behoben, obwohl meine Teams seit Wochen daran arbeiten.«

Admiral Halsey lachte so leise, dass nur er sie hören konnte und flüsterte ihm zu: »Kopf hoch, Morgan. Sie und Ihr Team leisten fabelhafte Arbeit. Es ist ein funkelnagelneues Schiff. Probleme liegen in der Natur der Sache. Sie haben bislang Erstaunliches geleistet. Sagen Sie mir einfach, welche Unterstützung Sie brauchen, um das Schiff startklar zu bekommen und überlassen Sie mir die Details. Ok?«

»Sie haben Recht, Admiral.« Morgan stieß einen tiefen Seufzer aus. »Ich denke, wir stehen alle unter starkem Druck, das Schiff fertigzustellen. Bevor wir auch nur entfernt daran denken, es vom Stapel zu lassen, muss es auf Herz und Nieren geprüft werden, um sicherzustellen, dass das FTL- und die anderen Antriebssysteme funktionsfähig sind. Erst dann können wir die Waffen testen.«

»Ich weiß, Commander«, antwortete Halsey mit einem Nicken. »Und das werden wir. Konzentrieren Sie sich einfach auf Ihre Aufgabe und lassen Sie mich wissen, wie ich helfen kann. Ich habe die geballte Kraft des Weltraumkommandos hinter mir, die garantiert, dass wir alles haben, um dieser Mission zum Erfolg zu verhelfen.«

Morgan wandte sich um, um den Maschinenraum einen Besuch abzustatten. Admiral Halsey blieb auf der Brücke mit einer Handvoll Arbeiter zurück, die gerade letzte Hand an einige Vorrichtungen legten.

****

Admiral Abigail Halsey wanderte den langen Gang hinunter. Sie wollte sich persönlich vom Zustand der vorderen Geschütztürme überzeugen. Schließlich erreichte sie den Aufzug, der sie zu dem Teil des Schiffes bringen würde, an dem ihre nächste Inspektion stattfinden sollte.

Mit einer Länge von 1.500 Meter, einer Breite von 130 Meter und einer Höhe von 120 Meter war die *Voyager* ein großes Schiff. 12 Decks verbanden die verschiedenen Bereiche des Raumschiffs und das im Wabenmuster angelegte Netzwerk der Räume und Arbeitsstationen an Bord. Das 420-Mitglieder starke Schiffspersonal wurde von einem Kontingent von 580 Armeesoldaten der Republik ergänzt, die sie begleiten würden.

Der Mannschaft gehörten 22 Personen an, die allein dafür zuständig waren, Nahrungsmittel zu erzeugen und den Bestand ihrer Vorräte zu gewährleisten. Mit Ausnahme der Mannschaftsunterkünfte nahm das Wachstumshabitat den größten Teil des Schiffes ein. Dank genetisch modifiziertem Samen und einer rund um die Uhr stattfindenden UV-Bestrahlung konnten sie innerhalb kurzer Zeit frisches Gemüse und diverse Früchte ziehen. Es gab auch einen kleinen Bereich für Hühner, um ihrer Diät Eier und Geflügel hinzuzufügen. Eine Mission wie die ihre war entscheidend davon abhängig, die eigene Versorgung mit Nahrungsmitteln zu gewährleisten. Sie gingen davon aus, zwei Jahre oder länger unterwegs zu sein, und ihr Schiff konnte nur eine eingeschränkte Menge gefriergetrockneter Lebensmittelvorräte mit sich führen.

Im Aufzug drückte Admiral Halsey den Knopf für Deck Zwei und wartete auf das Schließen der Tür, wonach der Metallkasten sie so sanft in den nächsten Stock beförderte, dass sie seine Bewegung kaum registrierte.

Mit dem Verlassen des Fahrstuhls wurde sie im Gang von einem halben Dutzend humanoider Arbeiter, den Synthetikern, gegrüßt, die in der Zwischendecke und entlang den Wänden Bündel elektrischer Kabel verlegten. Halsey hielt einen Augenblick inne und sah ihnen zu. Es hatte sie schon immer fasziniert, wie viele elektrische Kabel und Rohrleitungen durch die Wände und Decken eines Raumschiffes verliefen. Wie bei einem Unterseeboot stand auch ihnen nur ein begrenzter Raum zur Verfügung, was bedeutete, dass sie jeden noch so kleinen Bereich voll ausnutzen mussten.

Beim Blick nach oben sah Halsey das elektromagnetische Schutzschild und lächelte. Ihm kam auf einem Raumschiff besondere Bedeutung zu. Außer einer potenziellen Verstrahlung durch die Sonne und verschiedene Sterne, mussten sie sich auch um Sonnenstürme sorgen, die elektromagnetische Impulse ausstießen. Falls ihr Schiff nicht hinreichend gegen EMPs geschützt sein sollte, bestand die Gefahr, dass sie nach dem wahrscheinlichen Versagen ihrer elektrischen Systeme damit rechnen mussten, hilflos umherzutreiben. Aus diesem Grund wurde jedes Kabel und jedes elektrische System ganz besonders gut geschützt.

Die Synth, die die Anwesenheit des Admirals nur kurz gewürdigt hatten, arbeiteten unterdessen unablässig weiter. Sie unterhielten sich nicht, lachten nicht über die Kalauer ihrer Kollegen oder diskutierten ihre Lieblingsteams. Sie erfüllten die ihnen zugewiesenen Aufgaben in unermüdlicher Akribie.

Admiral Halsey überließ die Synth ihrer Arbeit und folgte dem Gang zum vorderen Teil des Schiffes, wo sich die Geschütztürme befanden. Die Sensoren über der Eingangstür registrierten ihren Zugangscode. Die automatische Tür öffnete sich und zog sich in die Wand zurück.

Mit ihrem Eintritt sah Halsey zwei zivile Ingenieure, die einigen Unteroffizieren, jungem Schiffspersonal und zwei Synth etwas in Bezug auf die Waffensysteme erklärten. Ein dunkelroter Streifen, der im 90°-Winkel über die hellgraue Jacke oder den Overall des Personals verlief, zeichnete sie als Mitglied der Waffenabteilung des Schiffes aus. Dem irdischen System der alten Flugzeugträger zur See folgend, hatten die Raumschiffe die Methode der

Farbkodierung adoptiert, um ersichtlich zu machen, welcher Abteilung eine Person angehörte.

Der Ausbilder führte weiter aus: »Jedes Magazin der Bordkanone kann bis zu zehn 24-Zoll-Projektile aufnehmen. Das bedeutet, dass der Betreiber der Waffe in der Lage sein muss, innerhalb von zehn Sekunden ein leeres gegen ein volles Magazin auszutauschen. Falls das Schiff je in einen Kampf verwickelt werden sollte, muss die Waffe, solange es nötig ist, schussbereit sein. Sobald 70% der vollen Magazine verbraucht sind, erhält die direkt unter uns liegende Waffenkammer automatisch den Befehl, neue Geschosse zu produzieren. Sie müssen nur sicher sein, dass die leeren Magazine dort drüben abgelegt werden.« Der Ausbilder zeigte auf eine Stelle am anderen Ende des Raums.

»Das Team dort unten wird die Magazine in die Kammer hinunterziehen, neu laden und danach hier wieder in Position bringen«, erklärte der Mann und deutete auf eine andere Stelle, die den Geschützen weit näher war.

»Was, wenn den Kanonen die Munition ausgeht?«, fragte ein Artilleriemaat, der kaum alt genug aussah, um in einer Uniform zu stecken.

Der Ausbilder lächelte und antwortete in seinem starken südlichen Akzent: »Tja, falls es je dazu kommt –

Raumfahrer Dritter Klasse, richtig? – dann ist es Zeit, Frieden mit Ihrem Gott zu schließen. Diesen Waffen sollte die Munition nie ausgehen; nicht, wenn die 3-D-Drucker auf dem Deck unter uns neue Geschosse so schnell herstellen, wie wir sie verschießen können. Sollte uns die Munition tatsächlich ausgehen, dann wurde entweder das Material knapp oder etwas anderes ist geschehen.«

Master Chief Petty Officer Ian Riggs, der Halsey plötzlich bemerkt hatte, rief seine Männer zum Strammstehen auf. Halsey hob die Hand und deutete an, sie sollten fortfahren.

Master Chief Ian Riggs trat an sie heran. »Ein Überraschungsbesuch, Admiral?«, erkundigte er sich grinsend.

»Sie kennen mich doch, Riggs. Ich sehe gern selbst, wie sich die Dinge entwickeln. Werden die Männer für den Testflug nächsten Monat bereit sein?«

»Ja, Admiral. Bis dahin werden sie mit den Systemen vertraut sein«, versprach Master Chief Riggs. »Neben den Laser- und Raketenbatterien ist dies sicher unser anspruchsvollstes Waffensystem.«

»Ganz recht. Und eines der wichtigsten. In diesen Schienenkanonen liegt unsere höchste Kampfkraft«, stellte Halsey stolz fest.

Riggs kicherte. »Sie sagen es, Ma'am. Ein 24-Zoll-Panzersprenggranate hinterlässt sicher eine Beule.«

»Nicht zu vergessen, die 2,000 Pfund Sprengstoff, die sie mit sich führt«, fügte Halsey mit einem Augenzwinkern hinzu. »Das sollte ein Schiff in Stücke reißen.«

Riggs wechselte das Thema und erkundigte sich: »Waren Sie schon im Maschinenraum? Soweit ich weiß, gibt es immer noch Probleme mit dem Leistungsrelais. Uns sollen zwei allein für die Waffensysteme bestimmte Reaktoren zur Verfügung stehen, aber irgendwo auf dem Weg scheitert die Verbindung weiter. Die Reaktorleute erklärten mir nur, dass es sich wohl um ein Problem mit dem Kraftkopplungsfeld mittschiffs zwischen ihnen und uns handelt.«

Halsey stieß einen hörbaren Seufzer aus und nickte. »Ja, das Problem ist mir bekannt, Riggs. Commander Morgan ist mehr als frustriert. Mein nächster Stopp ist der Maschinenraum, um mich über den Stand der Dinge zu informieren.«

»Wenn uns etwas aufhält, Admiral, dann ist es diese Technik. Alle anderen Systeme des Schiffs funktionieren und sind testbereit.«

Sie legte eine Hand auf die Schulter des Mannes. »Danke, dass Sie weiter mit diesen Männern arbeiten,

Chief. Allein damit sind Sie in Vorbereitung auf unseren Testflug bereits ausgelastet. Wie fühlen sich Ihre Leute? Im Wissen, dass dies ein wirklich langer Einsatz sein wird?«

Riggs deutete an, sie möge ihm aus dem Geschützraum hinaus folgen. »Admiral, die meisten sind begeistert«, setzte er an. »Der Gedanke, eine neue Welt zu erkunden und möglicherweise neues Leben zu entdecken, ist mehr als aufregend. Andere wiederum sind wirklich bedrückt. Sie sind sich nicht sicher, ob sie die Erde und alles, was ihnen bekannt ist, wirklich für eine solch lange Reise ins Unbekannte verlassen wollen.«

Die Bedenken des Chiefs standen ihm im Gesicht geschrieben. »Denken Sie, es wäre besser, einige Leute zu versetzen?«, folgerte Halsey.

Riggs sah einen Moment lang unter sich. »Ich …. vielleicht. Ich würde mich gern erst privat mit einigen von ihnen unterhalten und diese Einschätzung persönlich vornehmen. Ich möchte ihnen klarmachen, dass es weder ihrer Karriere schaden noch mögliche Beförderungen ausschließen wird, falls sie an der Expedition nicht teilnehmen wollen; dass sie aber, falls sie sich zum Bleiben entschließen, akzeptieren müssen, Sol in wenigen Monaten für eine sehr lange Zeit zu verlassen.«

»Eine schwierige Entscheidung, Chief. Deshalb muss sich jeder, der an dieser Mission teilnimmt, freiwillig gemeldet haben. Gut möglich, dass wir in einigen Jahren wieder zur Erde zurückkehren. Aber über die Etablierung einer Kolonie auf Alpha Centauri hinaus ist es unsere Aufgabe, die Tiefen des Weltalls zu erkunden«, betonte sie leise aber mit Nachdruck.

Admiral Halsey sah dieser Expedition erwartungsvoll entgegen, selbst wenn es bedeutete, dass dies ihr höchster Rang in der Hierarchie des Weltraumkommandos bleiben sollte. Sie hatte die Chance, die Menschheit in die Sterne zu führen. Das war etwas, was sie sich nicht entgehen lassen konnte. Sie hätte einen Captain verlangen können, der für das Schiff zuständig war, während sie das Geschwader managte, mit dem sie auslaufen würden – aber sie wollte wieder ein Kommando übernehmen. Rang hatte seine Privilegien, und sie beabsichtigte, dies mit dem Verlassen von Sol voll auszunutzen.

»Begleiten Sie mich in den Maschinenraum, Chief«, forderte sie ihn auf und steuerte auf die nächste Gruppe der Aufzüge zu.

Chief Riggs nickte und folgte ihr. »Admiral, wenn ich mir die Frage erlauben darf, warum nehmen wir ein

Bataillon Republiksoldaten auf eine Mission wie diese mit?«

Sie schnaubte. »Genau diese Frage stellte ich auch, Chief. Der Führungsstab teilte mir mit, dass diese Expedition nach einem Kontingent RAS verlangt und – ganz nebenbei - es handelt sich nicht nur um das RAS-Bataillon. Zur weiteren Unterstützung wird uns eine Delta-Einheit begleiten.«

Mit der Erwähnung der Sondereinsatztruppe schüttelte Riggs den Kopf. Er schien von ihrer Beteiligung nicht begeistert zu sein.

»Je näher wir dem Startdatum kommen, desto umfassender werde ich informiert. Ich vermute, dass es mit der Kolonisierung von Alpha Centauri zu tun hat. Wie Sie wissen, werden sowohl die GEU als auch die Asiatische Allianz ihre eigenen Ansiedlungen etablieren. Außerdem ist es sicher keine schlechte Idee, in der Gesellschaft eines Bataillons von Armeesoldaten zu reisen, für den Fall, dass wir Leben entdecken, das sich nicht unbedingt freundlich verhält.«

»Das macht Sinn«, gab Riggs zu. »Allerdings sind das eine Menge zusätzlicher Menschen auf einem bereits ausgelasteten Schiff.«

»Das bekommen wir schon hin«, versicherte ihm Halsey. Mit der Hand strich sie vor dem Erreichen der Aufzugtüren an der Wand des Ganges entlang. »Dieses Schiff ist riesig, Chief – das größte, das wir je gebaut haben. Wir haben mehr als genug Platz für ein Bataillon Soldaten.«

Riggs drückte auf den Aufzugknopf und kurz danach öffnete sich die Tür. Nachdem sie eingestiegen waren, drückte Riggs den Knopf für das Engineering-Deck. Sekundenschnell sank der Aufzug zwei Stockwerke und bewegte sich dann seitwärts durch die Mitte des Schiffs auf den technischen Bereich zu.

Nach dem Öffnen der Aufzugstür betraten sie den großräumigen Bereich, den die technische Abteilung des Schiffs für sich in Anspruch nahm. Auch hier erkannte der Sensor Admiral Halseys Rang und Code und erlaubte ihr den Zugang.

Ein Mitarbeiter ihres Vertragspartners BlueOrigin sprach gerade zu einer Gruppe Petty Officer, die der technischen Abteilung angehörten. Halsey und Riggs blieben am Eingang stehen und sahen einen Augenblick lang schweigend zu. Im Gegensatz zu den roten Streifen der Waffencrews waren die Jacken und Overalls der technischen Mitarbeiter mit einer gelben Linie versehen.

Die Uniformen der Offiziere oder Unteroffiziere waren zudem entweder über oder unter der Farbe ihrer Abteilung mit einer goldenen Linie gekennzeichnet.

Der Ingenieur von BlueOrigin, der das Training leitete, verkündete mit donnernder Stimme: »Die Kondensatoren Eins und Zwei müssen zu jeder Zeit mindestens 30% Kapazität aufweisen. Die Waffensysteme des Schiffs sind in Bezug auf die Energiezufuhr einfach unersättlich. In einem sich lang hinziehenden Kampf könnte es passieren, dass eines der höheren Tiere von der Brücke herunterruft und verlangt, dass sie den Saft von den Reaktoren Eins und Zwei auf Drei und Vier umleiten, die die Schienenkanonen und die Impulsstrahler versorgen. Und obgleich das möglich ist, dürfen Sie jedoch der gespeicherten Batteriekapazität der Kondensatoren nie erlauben, unter 20% zu fallen. Kann mir jemand erklären, wieso dem so ist, und was noch wichtiger ist, warum Sie sich über diese Sicherheitsanweisung nicht hinwegsetzen wollen?«

Zwei Arme schossen in die Höhe. Der Ausbilder deutete auf eine junge Frau, die sehr motiviert schien, seine Frage zu beantworten.

»Das Schiff braucht Energie«, gab sie selbstbewusst von sich. »Strom, um die Lebenserhaltungsfunktionen und die Manövrierfähigkeit der Motoren zu gewährleisten.

Wenn die Waffensysteme all unsere Kapazität in Anspruch nehmen, könnte das ganze Schiff in Gefahr geraten.«

»Ganz recht. Deshalb ist das Schiff mit vier Fusionsreaktoren ausgestattet. Einer, der der Schubkraft und dem FTL-Antrieb gewidmet ist, einer, der speziell die Lebenserhaltungsfunktionen und das künstliche Schwerkraftsystem des Schiffs kontrolliert, und zwei für die Waffensysteme.

»Sollte das Schiff je angegriffen und in einem langwierigen Kampf gleichzeitig sowohl die Schienenkanonen als auch die Impulsstrahler einsetzen, stehen die Chancen günstig, dass die für die Waffensysteme bestimmten Reaktoren nicht in der Lage sein werden, die Kondensatoren schnell genug aufzuladen. Das bedeutet, dass die Brückenbesatzung von Ihnen mehr Unterstützung für die Waffensysteme verlangen wird. Als technischer Experte müssen Ihnen die Grenzen der Reaktoren in Fleisch und Blut übergehen. Tun Sie, was Sie können, um die Waffen betriebsbereit zu halten, aber gefährden Sie darüber nicht das gesamte Schiff. Haben Sie das verstanden?«, hakte der Ausbilder nach.

Alle Anwesenden nickten; seine Warnung und die Instruktionen schienen auf fruchtbaren Boden zu fallen.

Schließlich entließ er sie zurück zu ihren Abteilungsleitern, um wieder ihren regulären Aufgaben nachzukommen.

Admiral Halsey hörte Adrian Rogers gern zu. Er war einer der führenden Ingenieure und Vertragsnehmer von BlueOrigin. Sie hielt Adrian bei weitem für den intelligentesten Kopf aller an diesem Projekt Beteiligten. Er hatte ein Auge fürs Detail und besaß zudem die Fähigkeit, ein wirklich komplexes Problem in einfache Worte zu fassen, um es selbst einem Laien verständlich zu machen.

Sie winkte ihm zu, um seine Aufmerksamkeit zu erregen. *Ich will nur kurz diese Leute an meinen Assistenten weitergeben,* sagte ihr sein Neurolink. *Ich bin gleich da.* Sie nickte und wartete neben der Tür.

Halsey war immer noch nicht daran gewöhnt, den Neurolink außer für die Erledigung von Verwaltungsaufgaben zu verwenden. Sie hatte ihn nie gern zur Kommunikation eingesetzt. Sie bevorzugte Althergebrachtes – den Gebrauch ihrer eigenen Stimme. Andererseits musste sie zugeben, dass der eingebaute Persönliche Assistent wirklich hervorragend war. Ihr das Durchsehen von Hunderten von E-Mails und andere banale Aufgabe zu ersparen, hatte ihr erlaubt, sich auf weit wichtigere Fragen zu konzentrieren. Sie musste sich nur daran erinnern, diese E-Mail-Antworten hin und wieder zu überprüfen.

Kurze Zeit später steuerte Adrian auf Halsey und Riggs zu. »Admiral, Chief, wie geht es Ihnen an diesem schönen Tag? Was kann ich für Sie tun, damit er noch besser wird?«

Admiral Halsey lächelte über seine Wortgewandtheit. »Adrian, freut mich auch, Sie wiederzusehen. Ich bin froh, dass Sie weiterhin unterrichten. Allerdings gibt es ein Problem, dass ich mit Ihnen besprechen muss. Sie wissen sicher, dass wir weiterhin mit Unterbrechungen in der Energieversorgung zu kämpfen haben. Verursacht irgendwo mittschiffs, denken wir. Die Männer oben in der Waffenabteilung sagen mir, dass die Versorgung zusammenbricht, sobald sie Energie für die Schienenkanonen oder die Laserbatterien abziehen wollen. Wissen Sie inzwischen wo das Problem liegt und was es verursacht? Dieser kritische Schwachpunkt muss umgehend ausgeräumt werden.«

Er seufzte. »Es ist kompliziert, Admiral. Chief Riggs und Commander Morgan haben mir bereits einige Male davon berichtet. Wir führen umfangreiche Tests durch. Aber wir reden von Hunderten von Kilometern an verlegten Kabeln, die überprüft werden müssen. Ich denke, dass wir mittlerweile zumindest den Abschnitt des Schiffs, in dem die Schwachstelle liegt, ausfindig gemacht haben. Jetzt müssen wir feststellen, in welcher Verbindungsleitung und in welchem Verteilerkasten das Problem steckt. Ich bin zuversichtlich, dass uns das in einigen Tagen, in höchstens einer Woche, gelingen wird.« Adrian klang verhalten optimistisch. Seinem freundlichen, offenen Lächeln gelang es oft, ein drohendes Problem mit einem Kunden zu entschärfen.

Halsey nickte, wollte ihm aber deutlich machen, dass er wenig Spielraum hatte. Sie hatte das Schiff immer noch nicht offiziell abgenommen, was bedeutete, dass das Unternehmen weder die Abschlusszahlung noch seinen Bonus erhalten hatte. »Ok, Adrian. Bleiben Sie dran. Unser Testflug beginnt in vier Wochen. Ihnen bleibt also nicht viel Zeit, bevor wir die Werft verlassen.«

Adrian lächelte sie mit seinen perfekten schneeweißen Zähnen an. »Wir bleiben dran, Admiral«, versicherte er ihr. »Wir bringen das in Ordnung. Ich werde weder Sie noch das Weltraumkommando enttäuschen. Und wenn es nichts weiter zu besprechen gibt, dann mache ich mich diesbezüglich besser wieder an die Arbeit.«

Sie verabschiedeten sich und Halsey und Chief Riggs machten sich auf dem Weg zum Flugdeck, um dort nach dem Rechten zu sehen. Der Flugbetrieb der *Voyager* war auf dem untersten Deck des Schiffes untergebracht. Die orbitalen Angriffsfahrzeuge der RA beanspruchten beide Seiten der gesamten Länge des Schiffhangars für sich. Zwei rückwärtige Hangartore, waren für den Einflug von *Voyagers* Landungsfahrzeugen und Raumfähren bestimmt. Das Abheben der Raumfähren hingegen erfolgte durch die nach vorn gerichteten Startrohre. Die bereitstehenden Landungsfahrzeuge waren für die Verlegung der Infanteristen auf die Oberfläche bestimmt. Sobald ihre menschliche Fracht vollzählig versammelt war, gab ein sich hebender, gepanzerter Schutzschild den Zugriff auf das Lieferschiff frei. Ein beweglicher Arm hob das kleinere Fluggerät an und schwenkte es über die Seite des Schiffs hinaus, wo er es freigab. Die Piloten des Fliegers übernahmen die Kontrolle und lieferten ihre menschliche Fracht auf der Oberfläche ab. Mit ihrer Rückkehr zum Schiff wartete der gleiche Arm auf sie, um sie zunächst näher an die Seite der *Voyager* heranzuziehen und dann wieder sicher im Hangar unterzubringen. Die nächste Ladung Infanteristen konnte aufgenommen werden.

Die *Voyager* verfügte über insgesamt 24 orbitale Transferfahrzeuge für die Infanteristen. Zudem gab es sechs große Mehrzweckfahrzeuge, die die Drohnenpanzer und mechanisierten Kampfanzüge der RAS transportieren. Die Mechs waren die neuesten Waffen der Infanterie – dreieinhalb Meter große, gepanzerte und schwer bewaffnete Killermaschinen, die jeweils von einem einzigen Soldaten über nur zwei Pedale bedient wurden. Jeder Arm war mit einem .50-Kaliber Magrail-Geschütz und einem 20mm präzisionsgelenkten Munitionswerfer ausgestattet. Diese Mechs stellten die effektivste Bewaffnung der Armee im Fall eines Bodenkriegs dar.

Als Halsey und Riggs die Flughalle betraten, herrschte emsiger Betrieb an mehreren Shuttles. Einige Dutzend Synthetiker waren dabei, Versorgungsgüter für ihre Jungfernfahrt zu entladen. Am anderen Ende der Halle arbeitete eine Gruppe von Mechanikern an einem der neuen Drohnenpanzer der Armee, während zwei andere Männer einen der Mechs warteten.

Admiral Halsey hielt vor einer der mechanischen Killermaschinen inne. »Sie müssen zugeben, Chief, wenn Sie eine dieser Kreaturen auf sich zukommen sähen, würde Sie das zum Davonlaufen oder Aufgeben bewegen«, scherzte sie.

»Ich denke, ihre Panzerung würde mir eher Sorgen bereiten. Diese gedrungenen kleinen Pakete haben eine außerordentliche Schlagkraft und es ist beinahe unmöglich, sie außer Gefecht zu setzen.«

Ernst nickte sie ihm zu. »Hoffen wir, dass wir diese Kriegswaffen nie einsetzen müssen, Chief.«

Mit einem Blick auf seine Uhr schlug Riggs vor: »Zeit zum Mittagessen. Wollen wir zum Mannschaftsdeck gehen, bevor es zu stark besucht ist?«

Sie war einverstanden. »Sicher, Chief. Es sieht so aus, als wäre hier unten alles unter Kontrolle. Gehen Sie vor.«

Zehn Minuten später betraten sie die Kantine. Die Aussicht von hier war zweifelsohne beeindruckend. Die raumhohen Fenster boten den Besuchern der Kantine ein einzigartiges Erlebnis - es sei denn, die Schilde, die vor Druckwellen und Explosionen schützen sollten, wären geschlossen. Nach dem Betreten des Speisesaals bedienten sich Halsey und Riggs im Getränkebereich zuerst an einem frisch gebrühten Kaffee, bevor sie sich nach der Wahl ihres Mittagessens einen Platz am Fenster suchten. Da sie fünf Minuten vor dem offiziellen Beginn der Mittagspause die Einzigen im Raum waren, konnten sie ihren Sitzplatz beliebig wählen. Rang hatte eben doch seine Privilegien.

Nach einem Schluck Kaffee erkundigte sich Chief Riggs: »Admiral, wird *Columbus* uns wirklich begleiten?«

Sie zuckte mit den Achseln. »So wurde es mir gesagt.«

»Ich verstehe die Technologie dieses Teils einfach nicht. Wie zum Teufel soll es einen Weltraumaufzug einrichten und dann als orbitaler Anker fungieren?«

»Ich bin weder Wissenschaftler noch Ingenieur, Chief, aber vor einigen Monaten wurde es mir folgendermaßen erklärt: Nach der Bestimmung eines Standorts entfaltet sich *Columbus* in der Mitte des Schiffs von selbst und bildet eine schwerelose Plattform. Auf der Plattform befindet sich einer dieser neuen, hochentwickelten adaptiven Drucker. Sie wissen schon, einer dieser 3-D-Drucker.«

»Ich weiß, ich bin alt, Ma'am, aber 3-D-Drucker sind mir trotzdem ein Begriff«, grinste Riggs mit einem Griff nach seiner Tasse.

Halsey lief rot an. Sie hatte ihn nicht beleidigen wollen. »Natürlich, Chief. Wie gesagt, dieser neue Drucker produziert offenbar ein molekular perfektes Kohlenstoffnanoröhrenkabel. Nebenbei, das gleiche Material soll auch in der Panzerung der neuen Kriegsschiffe Anwendung finden. Sobald der Drucker also das Kabel fertiggestellt hat, wird es langsam mit einem daran befestigten Ankergewicht zur Oberfläche abgelassen. Nach der Verankerung des Kabels auf dem Planeten und einigen weiteren Vorbereitungen steht uns ein elementarer

Aufzug zur Verfügung, um unsere Fracht auf die Oberfläche zu verlagern.«

»Hmmh …. Klingt etwas zu einfach und ist noch unerprobt. Ich glaube, ich verzichte darauf, als Erster nach unten zu gehen.« Riggs trank den letzten Schluck seines Kaffees und konzentrierte sich nun auf sein Sandwich.

Halsey gelang es, ein Lachen zu unterdrücken. »Ja, da bin ich ganz Ihrer Meinung. Auch ich werde sicher erst einmal abwarten und zusehen. Trotzdem, es überrascht mich immer wieder, wie weit die Technologie innerhalb der letzten zehn Jahre fortgeschritten ist. Wer hätte je an künstliche Schwerkraftgeneratoren geglaubt? Es wäre schön gewesen, diese Technologie vor 40 Jahren zu haben, als ich zum ersten Mal in den Weltraum abhob. Ich hasste es, monatelang schwerelos unterwegs zu sein. Die Tatsache, dass ich hier sitze und einen Kaffee trinke, ist einfach erstaunlich.«

Er nickte. »Ich gehöre dem Weltraumkommando jetzt schon 48 Jahre lang an, Ma'am. Ich wollte, wir hätten bei meinem Eintritt nur die Hälfte von dem gehabt, was wir heute haben. Diese Kinder wissen gar nicht, wie gut es ihnen dieser Tage geht«, scherzte Riggs und deutete in Richtung der Mannschaft, die sich langsam zum Mittagessen einstellte.

»Ok, Themenwechsel. Was hört man von Europa? Ist das Weltraumkommando weiter an der Gründung dieser Kolonie interessiert? Schließlich sind unsere erdfernen Weltraumoperationen davon abhängig.«

Halsey rollte die Augen bei dieser Frage. »Ich habe keine Ahnung, Chief. Die Gruppe der Kolonisten sollte bereits vor zwei Jahren ablegen und wie wir wissen, sitzen sie heute immer noch fest.« Mit der Hand winkte sie Richtung Fenster, wo die vier Schiffe, die die Materialien für den Weltraumaufzug und andere Grundausstattungen für die geplante Kolonie anliefern sollten, sich immer noch im Orbit befanden. »Sie haben Recht, Riggs. Wir müssen die orbitale Station und diese Kolonie endlich realisieren. Sie stellen eine wichtige Versorgungsbasis für weitere erdferne Weltraumoperationen dar.«

»Na ja, Sie kennen die Chinesen. Sie wollen nicht, dass wir ohne sie dort draußen einen Stützpunkt haben«, kommentierte Riggs und lachte verhalten. Halsey und er kannten sich nach über 40 Jahren in der Flotte recht gut. Sie bildeten ein gutes Team, selbst wenn ihre Frustration ihn leicht amüsierte.

Mit der Entdeckung der medizinischen Nanos vor über 30 Jahren, war es den Wissenschaftlern gelungen, den Alterungsprozess des menschlichen Körpers entscheidend zu verlangsamen. Sie gingen davon aus, dass die Menschen bei guter Gesundheit Jahrzehnte über einhundert Jahre hinaus leben konnten. Das bedeutete auch, dass die Menschen sehr viel länger im Arbeitsleben standen. Anstatt mit dem Ende ihres Militärdienstes nach 20 oder 30 Jahren eine Rente zu kassieren, mussten Soldaten und die Angehörigen der Flotte nun 40 Jahre lang vor dem Ruhestand dienen. In Anbetracht der Tatsache, dass die Menschen gut 120, wenn nicht sogar 140 Jahre alt werden konnten, verbrachten viele vor dem Ruhestand über 50 Jahre beim Militär, bevor sie nach ihrer Pensionierung eine zweite Karriere starteten.

Nachdem sie eine Weile aus dem Fenster gesehen hatte, richtete Halsey erneut das Wort an Riggs. »Unter uns, was halten Sie vom Weltraumerkundungsabkommen? Ist es eine gute oder eine schlechte Entscheidung, das Abkommen nicht zu verlängern?«

Riggs schluckte gerade den letzten Bissen seines Sandwiches. »Ehrlich gesagt, Admiral, denke ich, dass einige starke Unternehmen uns den Beweis dafür geliefert haben, wieso unser Land sich zurückziehen sollte. Ihre Logik macht Sinn. Sie wollen unseren Einflussbereich auf neue Planeten und Monde ausweiten, ohne dass diese Kommunisten der Asiatischen Allianz dabei mitmischen.

Sie müssen zugeben, dass die Allianz dazu tendiert, uns die harte Arbeit zu überlassen, nur um sofort danach auf der Bildfläche zu erscheinen und ihr Stück des Kuchens einzufordern. Sie sahen, was im Gürtel und auf Io passiert ist. Wir machten die Arbeit und sie kassierten alle Vorteile.«

Halsey leerte ihre Tasse und schob ihr Sandwich zur Seite. »Obwohl ich Ihre Meinung teile, Chief, bin ich froh, dass wir nicht hier sein werden, um mit solch einer Entscheidung leben zu müssen. Ich fürchte, dass uns nach dem Außerkrafttreten des SET ein Konflikt bezüglich der bislang nicht kolonisierten Monde und Planeten bevorsteht.«

Riggs' linke Augenbraue fuhr angesichts ihrer harten Einschätzung in die Höhe. »Das wollen wir nicht hoffen«, erwiderte er ernst. »Seit dem letzten Großen Krieg hat die Waffentechnologie enorme Fortschritte gemacht. In den 2040ern kamen beinahe zwei Milliarden Menschen ums Leben. Den Krieg, den wir dieser Tage mit unseren weiterentwickelten Waffen führen könnten, möchte ich mir nicht vorstellen.«

Die beiden unterhielten sich noch eine Weile, bevor sie ihre Runde durch das Schiff fortsetzten. Nur noch eine

Woche, bevor die übrige Mannschaft und die Soldaten eintrafen.

Kapitel Sechs

Entscheidungen

Titusville, Florida

Kennedy Space Center

Hauptquartier des Weltraumkommandos der Republik

Vice Admiral Chester Bailey trommelte mit den Fingern auf der Tischplatte. Die Präsentation war vorüber. Captain Miles Hunt und Dr. Katherine Johnson nahmen ihm gegenüber gerade wieder Platz.

Admiral Bailey mochte Captain Hunt. Er war ein ungemein fähiger Stabschef. Im Laufe der 15 Jahre, die sie nun schon zusammenarbeiteten, hatte er Hunt als Freund schätzen gelernt. Als es an der Zeit war, einen Captain für das neueste Kriegsschiff des Weltraumkommandos zu wählen, hatte Bailey ihn mit dem Kommando über die *Rook* belohnt - dem mächtigsten erdfernen Kriegsschiff, das je gebaut worden war. Diese Entscheidung war ihm nicht schwergefallen. Hunt sollte eines Tages eine Admiralsposition einnehmen und Teil des kleinen Königreichs sein, das Bailey zu errichten plante.

In diesem Augenblick fühlte sich Admiral Bailey allerdings von den Informationen überwältigt, die ihm sein

Protegé und Dr. Johnson soeben unterbreitet hatten. Die geheime Mission, mit der Admiral Sanchez Hunt beauftragt hatte, brachte Jahrzehnte der Planung ins Wanken – Pläne, in die er persönlich einen Großteil seiner Arbeit der letzten zehn Jahre investiert hatte. Bailey sah sich im Raum um. Er konnte sehen, dass die anderen ebenso überrascht waren – alle, außer Admiral Sanchez. Dieser alte Fuchs wusste sicher schon seit Tagen um diese Entdeckung, lange bevor es dieser Raum erfahren hatte.

Nachdem Hunt und Dr. Johnson am Tisch saßen, kalkulierte Bailey, dass es besser sich, sich zuerst zu äußern, bevor einer der anderen Anwesenden Stellung bezog. Er musste ausloten, welche Auswirkungen diese Neuigkeiten nach sich ziehen mochten.

»Das sind erstaunliche Nachrichten, Dr. Johnson, und vielen Dank, Captain Hunt, dass Sie sie geheim hielten«, setzte Bailey an. »Dennoch, ich halte es nicht für angebracht, unsere gegenwärtigen Pläne zu ändern.« Dr. Johnson machte ihre Verstimmung auf diese Bemerkung hin mehr als deutlich. Sie sah aus, als ob sie lauthals gegen seine Einschätzung protestieren wollte. Demgegenüber verriet Captain Hunts stoischer Gesichtsausdruck keinen seiner Gedanken.

General Pilsner runzelte die Stirn, hielt sich aber als Kommandeur der Republikanischen Armee zurück. Bevor er sich einer Seite anschloss, wollte er erst sehen, woher der Wind wehte. Bailey beobachtete das Mienenspiel von Admiral Sanchez und Präsident Roberts auf einen möglichen Hinweis, wozu sie neigten. Schließlich waren sie diejenigen, die die endgültige Entscheidung treffen würden.

Der Präsident biss als erster an. »Wie kommen Sie zu dieser Überzeugung, Admiral? Dass es sich hier um eine unglaubliche Entdeckung handelt, ist Ihnen sicherlich klar. Wieso sollten wir unsere Pläne nicht ändern und unseren Anspruch auf diesen Planeten geltend machen?«

Mit vorgeschobenem Kinn überdachte Admiral Bailey seine Antwort, bevor er voller Überzeugung erklärte: »Herr Präsident, unser Absetzen der geplanten Alpha Centauri-Expedition wird die Asiatische Allianz und die Europäer alles andere als erfreuen. Sie werden innerhalb kürzester Zeit zu dem Schluss kommen, dass wir etwas Besseres gefunden haben – etwas, das wertvoll genug ist, dafür eine gemeinsame Kolonie aufzugeben. Und was noch schlimmer ist, es wird die Chance auf eine Erneuerung des SET zunichtemachen.

»Dazu kommt noch, dass wir jeden Vorteil verlieren, der sich uns während dieser gemeinsamen Expedition bieten könnte. Vorgesehen ist, die Konstellation *Centaurus* als etablierte Basis für unsere weitere Ausbreitung und die Kolonisierung anderer Welten zu nutzen. Eine Abweichung von unserem jetzigen Plan führt zum Verlust dieser günstigen Ausgangsstellung – womöglich für immer.«

Präsident Roberts schüttelte den Kopf. »Das SET läuft in wenigen Monaten aus und gegenwärtig besteht innerhalb unserer Regierung wenig Verlangen danach, es zu erneuern«, hielt er ihm entgegen. »Die Bevölkerung will in den Weltraum vorstoßen – ohne eine Bindung an die Asiatische Allianz oder die GEU. Wir haben die einmalige Gelegenheit, legal unseren Anspruch auf einen erdgleichen Planeten geltend zu machen, der nur fünf Prozent größer als die Erde ist. Wissen Sie, welche ökonomischen und Kolonisierungsmöglichkeiten sich daraus für uns ergeben?« Ablehnend schüttelte er den Kopf und fuhr fort. »Ich denke, diese Chance dürfen wir nicht verpassen, Admiral. Meiner Ansicht nach sollten wir sie auch nicht mit möglichen Partnern teilen müssen.«

»Selbst wenn dem das Abkommen zum Opfer fällt?«, fragte Bailey direkt. »Das SET hat beinahe 50 Jahren lang den Frieden bewahrt. Wir sind stärker gemeinsam als eine Rasse anstatt untereinander gespalten zu sein.«

Admiral Jose Sanchez hob die Hand. »Wenn ich etwas sagen darf, Herr Präsident. Admiral Bailey hebt einen wichtigen Punkt bezüglich der Centaurus-Konstellation und dem SET hervor. Falls wir die Expedition aufgeben, verlieren wir alle zukünftigen Forschungs- und Expansionsansprüche in diesem Bereich des Weltraums. Wir würden jedwede künftige Kolonisierung der Region an die GEU und die Asiatische Allianz abtreten. Gegebenenfalls könnte es sogar dazu kommen, dass diese Gruppen das SET ohne unsere Beteiligung erneuern. Strategisch würde das ein noch größeres Problem für uns darstellen.« Etwas in Sanchez' Ton verriet, dass er von dem, was er da gerade so überzeugend vorgetragen hatte, selbst nicht unbedingt überzeugt war.

Admiral Sanchez war der oberste Flottenkommandant des Weltraumkommandos, ausgestattet mit umfangreichen Machtbefugnissen. Sämtliche Streitkräfte der Republik unterlagen seinem Kommando und seiner Kontrolle. Aber er näherte sich dem Pensionsalter, was weitreichende Spekulationen hervorrief, wer eines Tages seinen Platz einnehmen würde.

General John Pilsner mischte sich zum ersten Mal in die Diskussion ein. »Angenommen, die Technik unseres Schiffs versagt und hält uns davon ab, die Reise anzutreten?«

Admiral Bailey wandte sich mit gefurchter Stirn an seinen Kollegen. »Nicht realistisch. Wenn wir ein Problem hätten, würden sie den Starttermin einfach verschieben und auf uns warten.«

»Wir könnten eine zweite Mission organisieren«, schlug Dr. Johnson vor. »Warum bringen wir nicht, wie geplant, die Gruppe in die Centaurus-Konstellation auf den Weg und schicken danach eine zweite Mission zum neuen Planeten?«

Alle starrten sie an. Sie war hier, um die Anwesenden darüber zu unterrichten, was ihr Team entdeckt hatte, nicht um eine strategische Agenda zu formulieren. Sie hatte außerhalb ihrer Kompetenzen gesprochen. Dennoch war ihre Idee der Diskussion wert.

»Ist das möglich?«, erkundigte sich der Präsident bei Admiral Sanchez. Roberts stand mitten im Wahlkampf in einem engen Kopf-an-Kopf-Rennen. Falls es ihm gelingen sollte, hier alle Seiten zufriedenzustellen, käme ihm das gelegen.

Admiral Sanchez lehnte sich in seinem Stuhl zurück und sah einen Augenblick lang konzentriert an die Decke. Bailey folgerte, dass er über seinen Neurolink ein Inventar der Schiffe abrief, die bereits in Dienst standen oder in Kürze einsatzbereit sein würden.

Sanchez wandte sich wieder dem Präsidenten zu. »Möglich ist das – aber nur, wenn wir zwei andere Missionen streichen.«

»Sie denken doch nicht ernsthaft daran, Venus oder Europa fallenzulassen?«, entfuhr es Admiral Bailey. Er war außer sich bei dem Gedanken einer möglichen Eliminierung dieser maßgeblichen Einsätze.

Mit erhobener Hand brachte Sanchez seinen Stellvertreter zum Schweigen. »Die Europa-Mission soll in zwei Monaten beginnen und Venus einige Monate danach. Ich schlage vor, dass wir diese Schiffe stattdessen für die Alpha-Expedition nutzen und die *Voyager* und die *Rook* für den neuen Auftrag.«

Frustriert schüttelte Bailey den Kopf und argumentierte: »So gern ich diese Idee auch verwirklicht sehen möchte - sie ist nicht realistisch. Diesen Schiffen fehlt der FTL-Antrieb und wir werden noch knapp ein Jahr brauchen, bevor wir soweit sind.«

»Wie bitte?«, fuhr Sanchez deutlich überrascht von dieser Ansage herum. »Ich dachte, sie seien bereits nachgerüstet.«

»Wir sind gerade dabei, sie nachzurüsten«, erklärte Bailey. »Da sie allerdings nicht für die Expedition ins Centaurus-System eingeplant waren, kam ihnen keine besondere Priorität zu.« Er hielt inne und seufzte. »Herr Präsident, momentan mangelt es uns an mit FTL-Antrieben ausgestatteten Frachtern und Transportschiffen. Der Schwerpunkt unserer Werftarbeiten lag auf der Etablierung einer militärischen Schlagkraft zur Verteidigung unserer künftigen Kolonien und von Sol. Wir sind noch einige Jahre davon entfernt, eine kleine Flotte FTL-betriebener Transporter und Frachter zur Hand zu haben. Das limitiert uns in dem, wozu wir momentan in der Lage sind.«

Admiral Bailey war immer noch aufgebracht darüber, dass sein Vorschlag, schwere Transportschiffe für erdferne Weltraumoperationen zu bauen zugunsten des Baus von Kriegsschiffen abgelehnt worden war. Er hatte damit argumentiert, dass die Versorgung der Kriegsschiffe ohne eine Transportflotte nur schwer möglich sei, und dass der Bau der Kriegsschiffe die Kapazitäten der Werften voll auslasten würden, ohne Chance, den drängenden

Produktionsansprüchen gerecht zu werden. Er hatte Recht behalten.

Nachdem er alle Argumente pro und kontra gehört und gewichtet hatte, beugte sich Präsident Roberts in seinem Stuhl nach vorn. »Möglich, dass die Geschichte mir es nachtragen wird, aber ich bin der Präsident und ich muss eine Entscheidung treffen. Wir sagen unsere Teilnahme an der Expedition nach Alpha Centauri ab und senden stattdessen eine Expedition zu dem neuen Planeten, den Dr. Johnsons Team entdeckt hat. Die Tatsache, dass es auf diesem Planeten Anzeichen von intelligentem Leben gibt, bestärkt mich in meiner Entscheidung nur noch.«

Admiral Bailey unternahm einen letzten Versuch. »Herr Präsident, wir müssen an das Gleichgewicht der Macht in Sol und darüber hinaus denken«, appellierte er voller Leidenschaft. »Wir sollten das SET oder die Möglichkeiten der Centaurus-Konstellation nicht einfach missachten. Mit etwas Zeit können wir beides verwirklichen.«

»Genug, Bailey!«, unterbrach Sanchez ihn aufgebracht. »Sie befehligen die Flottenoperationen, aber ich bin immer noch der Kommandant des Weltraumkommandos. Wenn der Präsident wünscht, dass wir die Centaurus-Expedition zugunsten der neuen Entdeckung absetzen, dann werden wir genau das tun.«

Admiral Bailey schwieg. Er bemühte sich, sein Temperament und seine Gefühle unter Kontrolle zu bekommen. *So viel für die Erneuerung des SET*, dachte er. *Dieser Trottel mochte diese Vereinbarung nie.* Er hoffte nur, dass ihr Austritt keine neue Rüstungsspirale, oder noch schlimmer, einen neuen Krieg auslösen würde.

»Damit steht es also fest«, erklärte Präsident Roberts. »Admiral Sanchez, bitte informieren Sie die Mitglieder des SET darüber, dass wir unsere Teilnahme an der bevorstehenden Expedition absagen müssen. Erklären Sie ihnen, dass die *Voyager* mit technischen Schwierigkeiten zu kämpfen hat und wir demzufolge nicht in der Lage sind, gemeinsam mit ihnen abzulegen. Wünschen Sie ihnen viel Glück und versprechen Sie ihnen, dass wir ihnen zukünftig bei Bedarf selbstverständlich gerne behilflich sein werden. In der Zwischenzeit organisieren wir eine diplomatische Mission für den Erstkontakt im neuen System.« Dann erteilte er noch einige weitere Anweisungen, bevor die Besprechung ihr Ende fand.

Captain Hunt erhob sich. Dabei sah er, wie Admiral Sanchez Dr. Johnson kurz zunickte und sie anlächelte.

Wieso beschleicht mich der Gedanke, dass diese ganze Diskussion ein abgekartetes Spiel war?, fragte er sich.

Kapitel Sieben
Beinahe menschlich

Alamogordo, New Mexico
Walburg Technologies

Dr. Alan Walburg studierte die endlosen Zeilen des Codes und durchdachte sie nun wohl schon zum hundertsten Mal. *Es könnte funktionieren* ....

Vor 50 Jahren, als Alan Student der Robotertechnik an der Universität von Südflorida in Tampa war, hatte er eine Vision. Vielleicht waren es die bewusstseinserweiternden Drogen, mit denen er am vorangegangenen Abend zum ersten Mal experimentiert hatte, aber damals hatte sich ihm die Zukunft in einem Traum offenbart: Roboter und Menschen arbeiteten zum Vorteil aller in der Welt zusammen - die Utopie einer perfekten Gesellschaft.

Und dann, wie beinahe alle unter 40 Jahren, war er zu Beginn des Dritten Weltkriegs zwischen den Vereinigten Staaten und China eingezogen worden. Als Doktorand in der Robotertechnik hatte Alan einige Vertreter von DARPA beeindruckt und war sofort dazu ausersehen worden, Teil des vom Verteidigungsministerium neu ins Leben gerufenen revolutionären Ersatzprogramms zu werden.

Seit Jahrzehnten arbeitete DARPA gemeinsam mit Boston Dynamics an der Entwicklung einer umfassend einsetzbaren Kampfdrohne. Dieser humanoide Ersatzmensch wurde entweder von einem abgelegenen Standort aus von einem menschlichen Betreiber gesteuert, oder von einer komplexen AI, die ihn autonom machte.

Die Einführung dieser neuen Technologie auf dem Schlachtfeld hatte …. grauenvolle Konsequenzen. Die Tötung eines Menschen durch einen seiner Mitmenschen war damit so leidenschaftslos geworden, dass die Regierungen solange Humanoide für sich in den Kampf schickten, bis sich der Kampf ausgebreitet und letztendlich die ganze Welt konsumiert hatte.

Nach dem Ende des Krieges, acht Jahre später, lagen die meisten Nationen am Boden. Der Krieg, die darauf folgende Hungersnot und der ökonomische Verfall kostete 20 Prozent der Bevölkerung - insgesamt 1,8 Milliarden Menschen - das Leben.

Alan hatte das Gemetzel irgendwie überstanden. Einem Großteil seiner Freunde war das nicht gelungen. Nach dem Krieg lagen die meisten Städte der Republik in Schutt und Asche da. Es bestand ein überwältigender Bedarf an Facharbeitern und körperlich leistungsfähigen Personen, um die Nation und die Welt neu zu erbauen.

Kurz nachdem Alan aus dem Militär ausgeschieden war, bestieg er an einem Wochenende die Sandia-Berge in New Mexico. Während des Campings auf dem Gipfel kehrte der bekannte Traum, den er vor dem Krieg an der USF gehabt hatte, zurück.

In diesem Moment, angesichts der kompletten Zerstörung, die der Krieg verursacht hatte, wurde ihm die Chance, seinem Land zu helfen, offenbart. Alan zog nach Alamogordo, New Mexico, und rief *Walburg Technologies* ins Leben, bevor er seinen ersten zivilen, synthetischen, humanoiden Arbeiter entwickelte. Ungleich der militärischen Version ähnlichen Designs sah seine Form dem Menschen erstaunlich ähnlich. Der einzige bedeutende Unterschied, den er einbaute, lag in ihren Augen. Während sie ansonsten einem Menschen zum Verwechseln ähnlich sahen, waren die Iriden der Synthetiker von einem gelben Kreis umgeben, der sie als Synthetiker identifizierte. Zuerst entwarf er nur ein Modell - ein Mann, ungefähr Ende Zwanzig, Anfang Dreißig. Später entwickelte er sieben weitere Versionen: drei in der Form eines Mannes, und vier, die einer Frau ähnelten.

Im Gegensatz zum Militär, das von Menschen ferngesteuerte humanoide Soldaten eingesetzt hatte, hatte Alan den Code für einen voll funktionsfähigen synthetischen Arbeiter entwickelt, der selbständig wie ein Mensch funktionieren und agieren konnte, ohne die Notwendigkeit, von einem Menschen gesteuert zu werden. Sein erster Prototyp war ein Bauarbeiter. Dieser Synth, wie Walburg ihn nannte, kam mit einem umfassend vorprogrammierten Wissen. Das erlaubte ihm, so gut wie jede Struktur, die er bauen sollte, zu errichten. Er verstand etwas von Klempner- und Elektroarbeiten, konnte Zement gießen, Teppich und Ziegelsteine legen und elektronische Geräte warten.

Die weltweite Vorstellung des neuen humanoiden Arbeiters war ein durchschlagender Erfolg. Im ersten Monat lagen Alan Bestellungen von 2.000 Einheiten für eine Baufirma in Chicago vor, 3.000 Einheiten für ein Unternehmen in Kalifornien, und weitere 2.000 Einheiten für einen Betrieb in Florida.

Was das gesamte Land wirklich überraschte, war die Tatsache, dass Alans gesamte Fabrikationsanlage von seinen eigenen humanoiden Arbeitern errichtet worden war. Dann begannen seine Synthetiker, sich selbst zu reproduzieren. Rund um die Uhr, sieben Tage die Woche, spuckte seine Roboterarmee mit unglaublicher Geschwindigkeit menschengleiche Arbeiter aus.

Schon bald erweiterte Walburg den Code seiner synthetischen Humanoiden über das einfache Bauen von Gebäuden hinaus. Sie konnten kochen, saubermachen …. Von täglichen Routinearbeiten bis hin zu schwierigeren und gefährlichen Aufgaben konnten sie einfach alles übernehmen, für das bislang die Menschen verantwortlich waren. Innerhalb von zehn Jahren verfügte so gut wie jedes Unternehmen in der Republik über zumindest einen Synthetiker.

Mitte der 2060er Jahre arbeiteten Synthetiker auf den Feldern des Mittleren Westens und in Kalifornien und bauten mehr Nahrungsmittel an, als das Land auch nur entfernt nutzen konnte. Nachdem Alan die Genehmigung zum Export seiner humanoiden Helfer erhalten hatte, stieg *Walburg Technologies* zum finanzstärksten Unternehmen der Welt auf.

Während einer Konferenz mit der NASA, BlueOrigin und SpaceX, später Musk Industries, schlug Alan den Einsatz seiner Synthetiker im Weltraum vor. Damit fasste der Gedanke der Landung eines Menschen auf dem Mars und der Kolonisation des Mondes ernsthaft Fuß.

2064 stellte Musk Industries nahe der größten Produktionsstätte der Walburg Technologies in New Mexico mit Hilfe von mehreren tausend synthetischen

Arbeitern den Weltraumaufzug fertig. Damit war der Weg nicht nur für den erdnahen Abbau auf den Asteroiden geebnet, sondern auch für das erdferne Reisen und die Kolonisierung von Mond und Mars.

Nur zwei Jahre nach der Fertigstellung des Weltraumaufzugs weihte BlueOrigin die erste Schiffswerft im hohen Orbit ein, die über dreitausend humanoide Arbeiter eingerichtet hatten. Danach machten sich die Synth an den Bau einer Raumschifffflotte, die der Kolonisation des Mondes und darüber hinaus dienen sollte. Und was den Rest angeht - so sagt man wohl - der gehört bereits zur Geschichte.

Alan sah sich die neueste Form seines Codes noch einmal genauer an. *Er war auf dem richtigen Weg. Falls er dem noch eine Weile nachging, würde er das Problem sicher lösen können.* Das war der Vorteil eines längeren Lebens – ihm stand eine Fülle von Informationen zur Verfügung, auf die er zurückgreifen konnte. Die Frage, mit der Alan gegenwärtig kämpfte, war moralischer Natur, und er war sich nicht sicher, ob ihm die Autorität zustand, sie zu beantworten. Als Zeuge des Unheils, das autonome humanoide Kampfdrohnen über Beijing und später über Los Angeles angerichtet hatten, war ihm klar, dass so etwas nie wieder geschehen durfte. Der letzte Krieg verfolgte ihn immer noch in seinen Albträumen. Und mit diesem neuen Code spielte er Gott, ohne im Vorhinein zu wissen, welche unbeabsichtigten Konsequenzen das nach sich ziehen mochte.

Alan war der Erfinder der synthetischen Humanoiden, die die Welt verwandelt hatten. Sein neuestes Projekt, eine absolut autonome künstliche Intelligenz – nicht nur eine einfache künstliche Intelligenz, sondern eine durch und durch lebendige künstliche Intelligenz – warf vollkommen neue ethische und moralische Fragen auf. Diese Synthetiker wären tatsächlich bewusstseinsklar, unabhängig, und in der Lage, über ihr Programm hinaus zu denken. Sie konnten ihre eigenen Antworten auf Fragen oder Kommandos wählen und allein entscheidend auf jedwede Situation, die sich ihnen präsentierte, reagieren.

Wie würden die Synthetiker reagieren, sobald sie sich plötzlich ihrer selbst bewusst waren? Wie würden sie sich in eine Gesellschaft integrieren, die sie mehr oder weniger als Sklaven oder Leibeigene ausgebeutet hatte? Wie würden sie ihre ehemaligen Herren sehen – eine Rasse von Menschen, die wiederholt in Kriegen versucht hatte, sich gegenseitig auszumerzen? Was, wenn er seiner Kreation dieses fantastische Geschenk machte, das Geschenk unabhängigen Denkens, und sie würden sich gegen ihre menschlichen Meister wenden?

Nein. Dieses Risiko durfte er nicht eingehen. Noch nicht. Er musste mehr Sicherheiten einbauen. Das würde Zeit in Anspruch nehmen, aber falls er tatsächlich eines Tages seiner Entwicklung das Geschenk des Lebens machen sollte, musste er gleichzeitig sicherstellen, dass er damit nicht seine eigene Spezies zum Untergang verdammte.

Kapitel Acht

Ruchlose Absichten

Orbitalstation John Glenn

RNS *Voyager*

Shimada Zengo schob seine Werkzeugkiste auf der Zwischendecke zwischen dem Reaktorraum und dem Maschinenkontrollraum vor sich her. Es war eng. Beim geringsten Verdacht auf Klaustrophobie wäre dies kein Job für ihn gewesen, aber diese Angst kannte Shimada nicht.

Mit dem Erreichen des ersten Verteilerkastens hielt er inne und drehte sich auf den Rücken. Zum Glück waren diese Korridore gut beleuchtet. Die sanfte weiße Hintergrundbeleuchtung, die in der Decke eingelassen war, wurde in diesem Bereich von der hellbeigen Farbe der Wände und des Bodens reflektiert und verstärkt. Dieses sorgfältig geplante Konstruktionsmerkmal war dazu gedacht, Wartungspersonal wie ihm die Sicht bei der Arbeit zu erleichtern.

Shimada öffnete seine Werkzeugkiste und machte sich an die Arbeit. Zunächst stellte er den oberen Einsatz, der die Mehrzahl seiner Werkzeuge enthielt, neben sich. Danach legte er auch die übrigen Werkzeuge auf dem

Boden um sich herum aus. Vorsichtig platzierte er einen Flachschraubendreher an die Innenwand der Werkzeugkiste und schob ihn so lange nach unten, bis er sich sicher war, dass er fest saß. Und dann bewegte er ihn vorsichtig so lange hin und her, bis der doppelte Boden endlich nachgab. Mit einem Kreuzschlitzschraubendreher öffnete er sodann den Verteilerkasten und packte den C-4-Sprengstoff, den er versteckt in der Werkzeugkiste eingeschleust hatte, eng um die Drähte und Kabel, die er hatte inspizieren sollen. Schließlich versicherte er sich, dass die Zeituhr ordnungsgemäß in Position war, setzte den Sprengzünder und programmierte ihn auf achtundzwanzig Stunden vom jetzigen Zeitpunkt an.

Nach der Erfüllung seiner Hauptaufgabe nutzte Shimada eines seiner diagnostischen Werkzeuge um das Leistungsrelais und die Kabel, die es fütterten, zu testen. Wie erwartet, war alles in Ordnung. Der Kurzschluss zwischen dem Maschinenraum und den Waffensystemen am Bug des Schiffs ging nicht von dieser Station aus. Nach dem erfolgreichen Abschluss des Tests und der Erfüllung seines Sabotageauftrags verstaute er ordnungsgemäß seine Werkzeuge und machte sich auf den Weg zum nächsten Verteilerkasten.

Wie ein Dutzend anderer Techniker auch kroch Shimada die folgenden sechs Stunden über eine Meile durch die Zwischendecke voran, um einen Verteilerkasten und ein Leistungsrelais nach dem anderen zu überprüfen. Die Suche ihres Arbeitgebers *BlueOrigin* nach der Ursache des Kurzschlusses in der Stromversorgung ging weiter. Da dieses Schiff nicht länger an der Alpha Centauri-Mission teilnahm, hatten sie nun etwas länger Zeit, das Problem zu orten.

Als Shimada endlich am Ende seines Inspektionsbereichs aus der Zwischendecke sprang, hörte er von zwei Kollegen, dass einer der anderen Techniker zuversichtlich war, das Problem zwei Stockwerke über ihnen entdeckt zu haben. Die Leute von BlueOrigin waren überglücklich, endlich die Ursache des Problems ausfindig gemacht zu haben, das sie seit Monaten verfolgte. Damit waren sie nun ihrem sehnsüchtig erwarteten Fertigstellungsbonus ein ganzes Stück näher.

Am Ende ihres Arbeitstages verließ die Gruppe der Dienstleister das Schiff und kehrte zur orbitalen Raumstation zurück. Zwei Stunden später trat Shimada seinen geplanten Urlaub an, um eine Woche lang die Sonne entlang der Küste Floridas zu genießen. Nur Wenige wussten, dass Shimada diese Auszeit nutzen würde, heimlich das Land zu verlassen, um endlich nach Japan zurückzukehren, wo ihn ein Heldenempfang seitens des Geheimdienstes der Asiatischen Allianz erwartete.

****

Admiral Abigail Halsey hatte gerade am Schreibtisch ihres Büros neben der Brücke Platz genommen, als sie die Vibration des Schiffes wahrnahm. Der Alarm war über alle Lautsprecher des Schiffes zu hören.

»Schadenskontrollteam, Deck Fünf, Technische Abteilung. Medizinisches Personal, Deck Fünf, Technische Abteilung.«

Admiral, bitte kommen Sie zur Brücke, forderte ihr Neurolink sie auf.

Halsey sprang auf und rannte aus ihrem Büro. Mit dem Erreichen der Brücke empfing sie ein aufgeregter Tumult.

»Was zum Teufel ist passiert?«, rief sie über den Lärm der Menge hinaus.

Der auf die Brücke abgestellte leitende Ingenieur sprach als erster. »Admiral, im technischen Bereich kam es zu einer Explosion. Wir sind dabei, herauszufinden, was geschah und ob es Verletzte gibt.«

Kurz darauf fiel die Beleuchtung vorübergehend aus, bevor sich der Backup-Generator einschaltete. Eine zweite Explosion schüttelte das Schiff, dieses Mal weit stärker als beim ersten Mal. Zusätzliche Alarmtöne schrillten und mehr rote und gelbe Lichter flackerten auf der Schadenkontrollkonsole auf.

Druckverlust, Druckverlust, warnte der Alarm.

»Commander Morgan!«, rief eine weibliche Stimme, um die Aufmerksamkeit des Ingenieurs zu erregen.

Morgan eilte zu ihr hinüber. »Was ist, Lieutenant?«

»Sir, die zweite Explosion verursachte einen Druckverlust«, erklärte sie. »Das Feuer im Reaktorraum muss kritische Masse erreicht haben, da sich das Notfallsystem eingeschaltet und den Druck in der gesamten Abteilung abgelassen hat. Das Feuer im Reaktorraum scheint gelöscht zu sein.«

Commander Morgan erteilte weitere Anweisungen und ordnete an, zusätzliche Schadenkontrollteams in die Technik zu senden. Sie mussten dort das Feuer löschen, bevor es sich weiter verbreiten konnte. Der Computer hatte offensichtlich entschieden, dass der Entzug von Sauerstoff die effektivste Lösung war, dem Feuer im Reaktorraum ein Ende zu bereiten. Dem gleichen Plan würde er auf den Rest der Abteilung anwenden, falls sie das Feuer nicht anderweitig unter Kontrolle bekamen.

Fünf angespannte Minuten vergingen, während die Schadenkontrollmannschaft fieberhaft daran arbeitete, die Kontrolle über die Situation zu erlangen. Schließlich ging auf der Brücke die Nachricht ein, dass eine Ausbreitung des Feuers vermieden werden konnte. Es dauerte weitere zehn Minuten, bevor die Teams die verletzten Mannschaftsmitglieder in die Krankenabteilung verlegt hatten. Erst dann konnten sie damit beginnen, den Schaden zu begutachten, den das Schiff erlitten hatte.

Admiral Halsey und Commander Morgan, die sich persönlich die Zerstörung am Heck des Schiffs ansehen wollten, fanden umfangreiche Feuerschäden an den Wänden und Decken der Flure vor. Der Boden war über und über mit dem chemischen Puder bedeckt, mit dem sie die elektrischen Feuer besiegt hatten.

Die Mannschaftsmitglieder traten zur Seite, als sich ihre Vorgesetzten näherten. Das Erste, was ihnen beim Betreten der technischen Abteilung entgegenstarrte, war ein klaffendes Loch in der Decke zum Reaktorraum hinüber.

»Er ist abgeriegelt, Commander«, versicherte ihnen einer der Männer.

»Wie schnell können wir den Reaktorraum wieder unter Druck setzen?« erkundigte sich Morgan. Halsey wusste, er suchte Antwort auf die Frage, wie schwerwiegend ihre Reaktoren beeinträchtigt waren.

Der Mann des Schadenkontrollteams zuckte mit den Achseln. »Vielleicht eine Stunde, Sir. Zunächst müssen wir feststellen, ob es Strahlungslecks gibt. Falls einer der Reaktoren beschädigt wurde oder Strahlung abgibt, müssen wir das weiter in den Weltraum anstatt in unser Schiff ableiten.«

Morgan nickte und kommandierte sie zurück an die Arbeit.

****

Am nächsten Tag

Während Commander Morgan Admiral Abigail Halsey darüber unterrichtete, wie das Feuer ausgebrochen und welcher Schaden entstanden war, warf sie Master Chief Riggs einen besorgten Blick zu.

»Commander, Sie sagen also, dass jemand unser Schiff absichtlich sabotiert hat?«, hakte sie skeptisch nach.

Commander Morgan sah jedem der Anwesenden ernst ins Gesicht, bevor er nickte. »Leider ja, Admiral. Eine andere Erklärung gibt es nicht. Auf der Suche nach der Ursache des Feuers entdeckten wir den Explosionsschaden.

Wir unterzogen die Trümmer einer chemischen Analyse, die uns das C-4 bestätigte. Es besteht kein Zweifel, dass dies ein geplanter Anschlag war.«

»Das ist doch unglaublich. Wer zum Teufel würde dieses Schiff sabotieren wollen?«, rief einer der Offiziere aufgebracht aus.

»Ich setze auf die Asiatische Allianz«, flüsterte Master Chief Riggs beinahe unhörbar.

Der Sicherheitschef hatte ihn dennoch gehört. »Ich denke, der Chief hat Recht.«

Mit gerunzelter Stirn fragte Halsey nach. »Tut mir leid, was sagten Sie, Chief? Einige von uns konnten Sie nicht verstehen.«

Leicht verlegen erwiderte er: »Ich bitte um Entschuldigung, Admiral. Ich sagte, dass ich davon ausgehe, dass die Asiatische Allianz dahintersteckt. Wir wissen, dass sie unglücklich darüber sind, dass wir das SET nicht erneuern. Vielleicht wollten sie nicht, dass wir über das mächtigste Raumschiff Sols verfügen, bevor ihre Expedition nächste Woche beginnt.«

Frustriert schüttelte sie den Kopf. »Bis es dafür Beweise gibt, sollten wir solche Anschuldigungen möglichst vermeiden.«

An Commander Morgan gewandt, fragte sie: »Wieviel Zeit wird die Reparatur in Anspruch nehmen? Sind die Reaktoren weiterhin funktionsfähig?«

Mit dem Blick auf seinen scheinbar durchsichtigen Notizblock blätterte Morgen einige Seiten Text durch, die nur er sehen konnte, bevor er antwortete: »Die Reaktoren sind ok. Keine Strahlungslecks oder ähnliche Probleme. Hier hatten wir Glück. Andererseits hat die Explosion beträchtlichen Schaden am Trägheitsdämpfer angerichtet. Bevor der nicht repariert ist, können wir die Station nicht verlassen. Ich schätze, dass uns das ungefähr einen Monat kostet. Und danach müssen wir ihn noch testen, um sicherzugehen, dass er voll mit dem Schiff integriert ist.«

»Können wir die neuen Teile nicht einfach fabrizieren, während wir den Testflug wie geplant durchführen?«, erkundigte sich einer der anderen Abteilungsleiter.

»Nein. Damit bringen wir die Mannschaft in höchste Gefahr«, verneinte Morgan entschieden. »Sie müssen verstehen – der menschliche Körper wird bei einem Hochgeschwindigkeitsflug ohne Dämpfer einem unglaublichen Druck ausgesetzt. Sobald wir bei voller Geschwindigkeit die Richtung wechseln, könnte die Mannschaft einer G-Last von 16 oder höher ausgesetzt werden. Das würde sie zerquetschen.

Tut mir leid, Admiral – ohne Trägheitsdämpfer stecken wir für eine Weile fest.«

Halsey seufzte unbewusst. Ihr Testflug sollte morgen beginnen. »Ich werde das Weltraumkommando über diesen Vorfall informieren und darüber, wie lange es dauern wird, das Schiff wieder einsatzbereit zu machen.«

Die Abteilungschefs erhoben sich und verließen Halseys Büro auf dem Weg zurück in ihre Bereiche. Egal ob sie erst in zwei Monaten oder bereits nächste Woche ablegen würden, sie hatten immer noch alle Hände voll zu tun.

Nachdem alle gegangen waren, klopfte ein Ensign an ihre Tür. »Entschuldigen Sie die Störung, Admiral, ein Captain vom Weltraumkommando ist gerade eingetroffen, der persönlich mit Ihnen reden muss, so sagt er. Möchten Sie ihn sehen?«

Das Weltraumkommando .... Wieso sollten sie jemanden herschicken?, fragte Halsey sich. Sie hatte doch gerade vorgehabt, sie über den Holografen anzusprechen.

Sie erhob sich hinter ihrem Schreibtisch. »Sicher. Schicken Sie ihn bitte herein.«

Halsey trat um den Schreibtisch herum auf die Tür zu. Als ein bekanntes Gesicht vor ihr erschien, lächelte sie. »Miles, so schön, Sie zu sehen. Mir wurde gesagt, dass jemand aus dem Weltraumkommando mich sprechen will. Ich wusste nicht, dass Sie immer noch dort tätig sind. Was tun Sie dieser Tage dort?«

Sie trat auf ihn zu und umarmte ihn kurz. Miles Hunt war während ihres ersten Kommandoflugs, einer Forschungsreise auf den Jupiter, ihr Stellvertreter gewesen. Danach hatten sie zusammen auf dem Mars gedient.

»Es freut mich, Sie wiederzusehen, Admiral. Und nebenbei, herzlichen Glückwunsch zur Beförderung! Es tut mir leid, dass ich an der offiziellen Zeremonie nicht teilnehmen konnte.«

Sie errötete bei seinen guten Wünschen. »Schon in Ordnung. Das Anstecken Ihrer Captain-Abzeichen habe ich ebenfalls nicht miterlebt. Zu der Zeit kommandierte ich gerade ein Schiff im Gürtel, glaube ich. Wie geht es Ihnen? Was führt Sie den ganzen Weg hoch zu uns?«

Mit einer Geste deutete sie auf eine Sitzecke am Ende des Büros, die bewusst so ausgerichtet war, dem Besucher einen großartigen Blick außerhalb des Schiffs zu gewähren, - solange die Sicherheitsblenden offenstanden, wie es gerade der Fall war.

Hunt zog einen dieser neuen durchsichtigen digitalen Notizblöcke hervor, in dem er ein Dokument aufschlug, das einer offiziellen biometrischen Unterschrift bedurfte.

»Bevor ich Sie über den Grund meines Besuchs informieren darf, Admiral, oder Ihnen Näheres mitteilen kann, muss ich Sie offiziell in ein Programm aufnehmen, auf das der Zugriff stark beschränkt ist. Sie können gern die Vertraulichkeitsverpflichtung durchlesen, aber bevor ich die Marschbefehle freischalten und Ihnen verraten darf, wieso ich hier bin, brauche ich Ihren Daumenabdruck und Ihren Iris-Scan«, erklärte er überaus geschäftsmäßig, während er ihr den Notizblock reichte.

Halsey runzelte die Stirn. »Sie sind ein echter Geheimniskrämer, was, Miles? Lassen Sie mich sehen, wozu ich mich mit meiner Unterschrift verpflichte.«

Sie nahm das Dokument entgegen und las die grundlegende Information – nicht allzu aufregend. *Wieso beschlich sie das Gefühl, dass sie, nachdem sie offiziell eingelesen war, wohl mehr wissen würde, als ihr lieb war?*

Mit dem Blick auf Hunt fragte sie: »Da bleibt mir wohl keine Wahl, oder?«

Er atmete tief durch, bevor er antwortete. »Wir haben immer eine Wahl, Admiral, obwohl uns die Konsequenzen vielleicht nicht zusagen. Admiral Sanchez teilte mir mit, dass ein anderer das Kommando über die Voyager übernehmen wird, im Fall, dass Sie sich weigern sollten, die Entgegennahme der Befehle zu unterschreiben.« Hunt hielt eine Hand nach oben, um den erwarteten Protest abzuwenden. »Abigail, ich kann Ihnen versichern, dass Ihnen das, was Sie gleich lesen werden, wirklich zusagen wird.«

Halsey schnaubte leicht irritiert bei dieser Drohung. Das Kommando über die *Voyager* und die vier Schiffe, die sie begleiten sollten, stellte die Chance ihres Lebens dar. Das Kommando über die erste Flotte der Republik, die Sol verließ um eine neue Welt zu kolonisieren, gehörte ihr.

»Wenn wir nicht befreundet wären, Miles, hätte mich das, was Sie gerade sagten, sicher etwas aufgebracht. Aber ich vertraue Ihnen und werde unterschreiben.«

Sie drückte ihren Daumen auf das Tablet, hob es an und sah in die Kamera, die ihre Iris fotografierte und deren Bild der Verpflichtungserklärung anheftete. Unmittelbar nachdem diese beiden Voraussetzungen erfüllt waren, erschienen auf dem Schirm ein neuer Marschbefehl und weitere Informationen. Hunt erhob sich und trat an das Fenster, um die anderen Schiffe, die an der Station parkten, zu bewundern. Es würde sie etwas Zeit kosten, diese neuen Informationen zu verarbeiten.

Halsey überflog zunächst die Kurzversion, bevor sie sich in den eigentlichen Befehl einlas. Sie war geschockt und wütend zu erfahren, dass das Weltraumkommando tatsächlich bereits vorab von dem geplanten Anschlag auf ihr Schiff gewusst, aber nichts unternommen hatte, um ihn zu stoppen. Diese Sabotage hatte drei ihrer Mannschaftsmitglieder das Leben gekostet und stellte praktisch eine kriegerische Handlung dar.

Hmmh.... Chief Riggs hatte Recht. Die Asiatische Allianz steckte hinter diesem Anschlag.

Gerade als sie ihrem Freund eine Erklärung abfordern wollte, wieso das Weltraumkommando so etwas auf ihrem Schiff zulassen konnte, fiel es ihr wie Schuppen von den Augen. Das Weltraumkommando *wollte* die *Voyager* außer Gefecht sehen und unfähig, Sol zu verlassen. Der Angriff lieferte zum einen die Rechtfertigung, offiziell aus dem SET auszutreten, und andererseits die glaubhafte Bestreitbarkeit von dem, was nun folgen sollte.

Sie hielt mit dem Lesen inne und starrte auf Hunts Rücken, der, von ihr abgewandt, immer noch aus dem Fenster sah. »Das NRO hat einen anderen Planeten gefunden?«

Hunt drehte sich um und nickte. »So sieht es aus. Sie nennen ihn ‚Das Neue Eden‘. Den Aufnahmen der Sonde nach ist es praktisch eine Kopie der Erde. Außerdem ist er nur fünf Prozent größer als unser Planet, was erstaunlich ist.«

Überrascht sah sie ihn an, bevor er fortfuhr: »Und da ist mehr. Worüber bislang nicht diskutiert wurde – und das bleibt zwischen uns, Admiral – ist die Tatsache, dass wir womöglich intelligentes Leben auf diesem Planeten entdeckt haben. Oder zumindest die Überreste davon.«

Halsey schwieg einen Augenblick, bevor sie ihn ansah. »Und niemand weiß von dieser Entdeckung?«, erkundigte sie sich aufgeregt und voller Begeisterung.

Hunt nahm wieder Platz und lächelte sie an. »Nicht zu diesem Zeitpunkt, nein. Die Asiatische Allianz brachte gerade eine FTL-Sonde in diese allgemeine Richtung auf den Weg, aber wir wissen nicht, ob sie auch das gleiche System ansteuert. Das Weltraumkommando will, dass wir unseren Anspruch auf das System umgehend geltend machen, bevor jemand anders die Zeichen intelligenten Lebens untersucht, die wir anscheinend gefunden haben.«

»Wieso schickten wir nicht eine zweite Expedition aus, um dieses neue System zu erkunden? Das Weltraumkommando muss wissen, dass wir nach dem Abspringen von dieser Expedition nie wieder die Gelegenheit haben werden, einen Stützpunkt in der Centaurus-Konstellation einzurichten. Dieser Teil des Weltraums wird uns für künftige Erkundungen verschlossen bleiben.« Sie sagte das in der Hoffnung, dass auch andere dieses Argument bereits geltend gemacht hatten.

Hunt beugte sich ihr gegenüber in seinem Stuhl nach vorn und erklärte: »Ich war bei der Besprechung dabei, als all dies diskutiert wurde. Admiral Bailey trug Ihre Einwendung vor. Er war dafür, Sie auf die bereits geplante Expedition zu schicken und eine zweite für diese neue Welt zusammenzustellen. Allerdings wissen Sie sicher, dass sowohl der Präsident als auch Admiral Sanchez nicht unbedingt Fans des SET sind, genauso wenig wie die Mehrheit des Senats. Die Entdeckung des neuen Planeten lieferte ihnen den entscheidenden Grund, das Abkommen nicht zu erneuern und uns stattdessen auf das neue System zu konzentrieren. Nachdem sich herausstellte, dass die Asiatische Allianz als Antwort auf unseren Rückzug von der Mission einen Angriff auf Ihr Schiff plante .... war das das i-Tüpfelchen, das sie brauchten, um der Öffentlichkeit den Rückzug vom Abkommen zu verkaufen und die Rechtfertigung dafür, diese neue Welt für uns allein zu beanspruchen.«

Admiral Halsey legte das Tablet vor sich auf dem Couchtisch ab und lehnte sich zurück. In Gedanken versunken starrte sie einen Augenblick lang an die Decke, bevor sie Hunt ins Gesicht sah.

»Sie wissen, dass dieser Sabotageakt drei meiner Leute das Leben gekostet hat?«

Hunt verzog das Gesicht und nickte schweigend.

Endlich erwiderte er: »Es war mir nicht gestattet, Sie zu warnen, Admiral. Ich wollte, sie hätten es mir erlaubt. Ich hätte sichergestellt, dass sich niemand in der Nähe der explodierenden Bombe aufhält.«

»Das ist leichter gesagt als getan. Mir fiel die schwere Aufgabe zu, die Familien der Toten zu informieren. Das ist ein Anruf, den Sie nicht machen wollen, Miles. Wissen wir noch von weiteren Verrätern auf meinem Schiff oder war es das?«

Hunt spürte den Vorwurf und den Zorn in ihrer Stimme. Das verletzte ihn. Er hatte sie immer als Freundin und Mentorin angesehen. Ihre Augen trafen sich. »Es tut mir leid, dass Sie in diese Lage gebracht wurden, Abby. Wirklich. Gegenwärtig geht das Kommando nicht von anderen Saboteuren aus. Der Geheimdienst vermutet, dass die Asiatische Allianz und vielleicht sogar die Europäer uns von künftigen eigenständigen Erkundungsreisen abhalten wollten, zumindest für eine Weile.

»Das SET läuft in einem Monat aus. Gegenwärtig ist keine andere weltraumfahrende Nation auf dieses Ereignis so gut vorbereitet wie wir. Die GEU hat sich ganz und gar auf die Centaurus-Expedition konzentriert. Allein die Asiatische Allianz hat Schiffe gebaut, die innerhalb Sols eine Herausforderung darstellen könnten.« Hunt stellte ihr die Situation nach Ansicht des Weltraumkommandos dar.

»Halten Sie es wirklich für möglich, dass wir nach dem Ende des Abkommens in einen Krieg verwickelt werden?«, fragte Halsey nervös.

Er schüttelte den Kopf. »Ich denke nicht, so wenig wie es das Weltraumkommando glaubt. Sie gehen davon aus, dass die Asiaten eine konzertierte Aktion bezüglich mehrerer Monde von Jupiter und Saturn planen. Das bringt sie in die Position, außerhalb von Sol zu erkunden und gibt ihnen einige erdferne Nachschubdepots, die früher oder später nützlich werden könnten. Sie folgen der gleichen Strategie wie wir auch.«

»Ok, na schön. Da sich mein Auftrag offensichtlich ändern wird, wie passen Sie ins Bild, Miles? Werden Sie mich immer noch begleiten?«, forschte sie interessiert.

Er musste lächeln. »Ja, ich bin dabei. Aber nicht auf der *Voyager*. Ich übernehme das Kommando der *Rook*. Wir werden Ihr vorrangiges Begleitschiff auf dieser Expedition sein.«

»Die *Rook*? Tatsächlich?«, grinste sie. »Ich wusste nicht, dass ihr neuer Skipper bereits ernannt wurde. Ich ging davon aus, dass das Weltraumkommando die *Rook* hier in Sol zurückbehalten wollte, um die Asiatische Allianz im Zaum zu halten.«

Die *Rook* war ein Schlachtschiff, das Erste einer noch zu bauenden Reihe von Schiffen dieser Klasse. Im Gegensatz zur *Voyager* war die *Rook* für den Kampf ausgelegt. Obwohl die *Voyager* dreimal so groß und schwer wie die *Rook* war, verfügte die über ebenso viel Feuerkraft und über eine weit dickere gepanzerte Ummantelung.

»Das dachte ich zunächst auch. Da es im Moment so aussieht, als ob es auf Neu-Eden echtes Leben geben könnte, wird dies eine diplomatische Mission des Erstkontakts sein«, erklärte Miles. »Falls etwas schieflaufen sollte, gibt Ihnen mein Schiff ausreichend Schlagkraft. Und wenn alles gut geht, dann soll ich unseren Fußabdruck in diesem System erweitern - nach neuen Welten suchen, die wir besiedeln können und nach möglichen Lebenszeichen über die hinaus, die wir bereits auf dem Planeten sahen. Da wir auf Neu-Eden allein auf uns gestellt sind, will das Weltraumkommando, dass wir uns verteidigen können, während wir einen soliden Stützpunkt etablieren, bevor wir mehr Raumschiffe in die Region verlegen. Unterstellt, wir werden von den jetzigen Anwohnern mit offenen Armen empfangen.«

Halsey suchte auf dem Tablet die Entfernung zu Neu-Eden: 12 Lichtjahre. Mit dem heutigen FTL würde sie das sechs Monate kosten, zwei Monate länger als die Reise nach Alpha Centauri.

»Wann legen wir ab?«, fragte sie beinahe scherzhaft.

Miles lächelte. »Sobald Ihr Schiff repariert ist.«

Kapital Neun

Sturm auf den Mond

Mondumlaufbahn – Übungsplatz X-Ray

Bravo-Kompanie, 2. Delta-Bataillon

1. Sondereinsatztruppe

Vom Flugdeck der RNS *Voyager* sah Master Sergeant Brian Royce auf die Soldaten seines Zugs hinunter. Die Hälfte von ihnen waren noch feucht hinter den Ohren, frisch aus der Grundausbildung. *Oh Mann, er konnte sich noch gut an sein Training in Fort Benning erinnern.* Die Männer waren gerade dabei, sich auf ihre letzte Übung vor dem Ablegen vorzubereiten.

Einer der Gruppenführer trat vor ihn. »Master Sergeant, die Männer sind bereit.«

Royce sah Staff Sergeant Perry an. »In Ordnung, sagen Sie ihnen, sie sollen einsteigen. Ach, und Perry – haben Sie ein Auge auf unsere neuen M90. Heute setzen wir sie zum ersten Mal aktiv im Kampf ein.«

Das M90 war die neueste Waffe der Sondereinheitstruppen. Es war ein standardmäßiges Maschinengewehr, kurz SAW genannt. Anstatt Projektile wie eine Schienenkanone oder ein mit Treibladungspulver bestücktes Projektil älterer Militärausstattungen, war das M90 eine Blasterwaffe. Es feuerte mit unglaublicher Geschwindigkeit elektrisch geladene Blitze ab. In jeder Gruppe gab es einen Soldaten mit einem solchen Gewehr. Falls sie den Deltas gefielen und sie sich als effektiv erwiesen, dann würde die Führung der Armee versuchen, sie in alle Bataillone der Armee zu integrieren. Das würde die Feuerkraft der Bodentruppen um einiges verstärken.

Perry nickte und wandte sich um, um den Befehl an seine Gruppe weiterzugeben. Sobald die sich in Richtung der Ospreys in Marsch setzte, folgte der Rest der Männer automatisch.

»Master Sergeant, ich fliege mit dem 3. und 4. Trupp«, rief Lieutenant Crocker ihm zu.

»Klingt gut, LT. Wir sehen uns auf der Oberfläche«, erwiderte Master Sergeant Royce, bevor er dem letzten seiner Soldaten in den hinteren Teil des Osprey folgte.

Nach seinem Einstieg schloss der Mannschaftsführer die Tür, um die Kabine zu verriegeln und ihr den Druckaufbau zu erlauben. Auf dem letzten Sitz neben der Tür zog Royce sich seinen Fünf-Punkt-Gurt über und schnallte sich an. Dann sah er sich in der Kabine um. Alle schienen angeschnallt und bereit zu sein.

Kurz darauf nahm der Osprey seine Position ein. Er wurde in eines der Abschussrohre nahe dem Hangardeck am vorderen Ende des Schiffes befördert. Dieser Vorgang nahm nicht allzu viel Zeit in Anspruch, da das Schiff bereits vor der Ladung seiner menschlichen Fracht nahe den Abschussrohren auf sie gewartet hatte.

Während das Schiff manövriert wurde, hörte Royce eine Reihe klickender Geräusche, wonach der Osprey innerhalb der magnetischen Röhre in Vorbereitung auf den Abschuss vom Mutterschiff frei zu schweben begann.

»Bereit zum Abschuss«, ertönte die Stimme des Piloten in ihren Helmen.

Master Sergeant Brian Royce drehte seinen Kopf so weit wie möglich nach links und sah sich die Reihen seiner Soldaten an. Die Spannung innerhalb des Truppentransporters war beinahe greifbar. Er sah jedem seiner Männer in die Augen und nickte ihm kurz zu. Sie folgten seinem Beispiel und ließen ihn umgekehrt wissen, dass sie bereit waren.

Plötzlich wechselte das Licht von der normalen weißen Kabinenbeleuchtung zu einem sanften Blau und das Raumschiff schoss mit einem Ruck nach vorn.

»Abschuss!«, kündigte der Pilot mit Begeisterung in der Stimme an.

Royce hörte ein lautes Rauschen, als die Raumfähre aus der magnetischen Röhre ausgestoßen wurde. Die Lichter, die die Startbahn beleuchteten, rasten mit alarmierender Geschwindigkeit vor den Fenstern an ihnen vorbei. Sekunden später schossen sie aus der *Voyager* in die Dunkelheit des Alls hinaus. Die künstliche Schwerkraft des Mutterschiffs blieb zurück, und die Deltas verspürten die unmittelbare Rückkehr zur Schwerelosigkeit. Der Pilot heizte die Triebwerke weiter an und steuerte ihren Osprey in Richtung der Mondoberfläche.

Die enge Wende und die Steigerung der Geschwindigkeit presste die Körper der Soldaten nun mit sieben G-Kräften in ihre Sitze. Mit dem gesteigerten Druck auf ihren Körper stöhnten einige der Männer hörbar auf. Ihre mechanischen Kampfanzüge aktivierten sich und übten Druck auf ihre Beine und ihre Gürtellinien aus, um mehr Blut in ihre Herzen und Köpfe zu pumpen und sie so vor der Ohnmacht zu bewahren.

»Haltet durch, Männer. Wir sind sieben Minuten von der Absetzzone entfernt. Ich fliege uns durch einige Schluchten und Krater, um dem Radarsystem der Basis zu entgehen«, informierte sie der Pilot.

Der Osprey flog mit zunehmender Geschwindigkeit in steilerem Winkel auf die Mondoberfläche zu. Der G-Kraft-

Monitor in der Blickfeldanzeige der Soldaten zeigte nun neun Gs. Einige anstrengende Minuten später hob der Osprey die Nase plötzlich scharf an und stabilisierte sich nur wenige Meter über der Oberfläche. Dann schoss er erneut in die Höhe, bevor er ein weiteres Mal in einen tiefen Krater abtauchte. Dieses Muster wiederholte der Pilot mehrmals geschickt, immer nahe der Mondoberfläche. Für diese Art von Konturenflug lebten Piloten, während im hinteren Teil des Osprey einige der Soldaten grün im Gesicht wurden, insbesondere diejenigen, die noch neu bei diesem Spiel waren.

»Fünf Minuten!«, warnte der Pilot mit angespannter Stimme.

Royce nutzte seinen Neurolink um mit seinem Zug Kontakt aufzunehmen. *Aufgepasst, Deltas. Unsere Gegner in dieser Trainingsmission sind zwar Synthetiker, aber sie wurden programmiert zu kämpfen und ihre Position hart zu verteidigen. Sie sind mit Elektroimpulswaffen ausgestattet, die nicht töten, aber verdammt weh tun werden. Dieses Szenario ist so realistisch wie irgend möglich. Tun Sie die Verteidiger daher nicht leichtfertig als Synthetiker ab, sondern stellen Sie sie sich als die Asiatische Allianz oder als außerirdische Rasse vor.*

Royce, der in Erwartung des bevorstehenden Manövers die Erregung seiner Männer spürte, betonte ein letztes Mal ihre Hauptziele.

Genau 20 Minuten nach unserer Landung beginnt der Angriff der RAS auf Objekt Gelb. *Das bedeutet, dass wir sehr wenig Zeit haben, die Punktverteidigungswaffen auszuschalten. Wenn wir versagen, werden es die Landefahrzeuge unserer Armee nicht auf die Oberfläche schaffen. Sobald wir die Waffen aber unschädlich gemacht haben, lautet unser nächster Auftrag, die Kommandozentrale unter der Oberfläche einzunehmen. Hooah!*

Hooah, antwortete die Gruppe einstimmig.

Er fuhr fort. *Trupp 1 liefert Unterstützungsfeuer, während Trupp 2 nach vorn ausfällt. Der Lieutenant fliegt mit Trupp 3 und 4 im zweiten Vogel ein. Sie werden rechts und links unsere Flanken schützen.*

Sobald es losgeht, übernimmt Staff Sergeant Perry das Kommando über Team Eins und Zwei. Ich kommandiere Team Drei, und der LT übernimmt Team Vier.

Denken Sie daran, die Magrail-Einstellung ist allein für den ersten Ansturm gedacht. Sobald wir die Anlage erreicht haben, kommen die Blasters zum Einsatz. Wenn ich auch nur einen von Ihnen erwische, der innerhalb der

161

Einrichtung auf Magrail feuert, wird er das ganze nächste
Jahr Wachdienst im Gürtel schieben! Ist das klar?

Hooah!, kam die Antwort.

»Drei Minuten!«, rief der Pilot in ihre Helme.

Der Osprey schlingerte von einer Seite zur anderen, während der Pilot sein Bestes gab, dem simulierten Bodenfeuer, das von der Oberfläche ausging, zu entgehen. Heute absolvierten sie das letzte Trainingsmanöver, bevor sich die Voyager auf den Weg zu einem vollkommen neuen Planeten machte. Royce wollte aus dieser Übung das Beste für seine Männer herausholen.

Die Deltas, die diesen Erstangriff durchführten, flogen aus einem anderen Winkel als die normalen Infanteriesoldaten ein. Ihr Auftrag war einfach zu beschreiben: das Ausschalten der Verteidigungssysteme von Mond und Kommandobunker, damit die Hauptstreitmacht der Infanteriesoldaten landen und die Basis selbst angreifen konnte.

»Zwei Minuten!«

In Vorbereitung überprüfte Royce nun seine eigene Waffe, um sicher zu gehen, dass sie richtig eingestellt war. Das Magrail ….

Das Sturmgewehr M85 war eine echte Schönheit. Es war das Standard-Gewehr der regulären Armee als auch der

Sondereinsatztruppen. Im Rahmen einer einzigen Waffe verfügte es über drei integrierte Einsatzmöglichkeiten. Das magnetische Schienengewehr mit einem standardmäßigen 5,56 mm-Projektil und einem Magazin, dass 300 Kugeln hielt. Das Magazin war auf jeder Seite mit einem Zählwerk versehen, das den Soldaten auf dem Laufenden hielt, wie viel Munition ihm noch blieb – gut zu wissen in einem Feuergefecht. Die Magrail-Einstellung wurde vorwiegend auf Ziele eingesetzt, die in großer Entfernung lagen oder wenn eine schwere Panzerung oder eine andere solide Art der Verteidigung im Weg stand.

Das Gewehr verfügte zudem über eine stark verkleinerte Laserstrahlwaffe. Das Militär hatte diese neue Waffe nur wenige Jahre in ihrem Arsenal, bevor es sie auch in das neue Sturmgewehr integrierte. Das Triebwerksaggregat des Blasters musste allerdings bereits nach 200 Schuss ausgewechselt werden, was ihn in seiner Wirksamkeit limitierte. Außerdem war er über eine Entfernung von 1.000 Metern hinaus nicht unbedingt treffsicher. In der Regel führten die Deltas je drei Magazine für den Blaster und das Magrail mit sich.

Zu guter Letzt integrierte das neue System noch eine dritte Waffe, die dieses Gewehr zum ultimativen Sturmgewehr der Infanterie machte – eine Waffe, die

20mm hochexplosive präzisionsgelenkte Munition aus einem 6-Schuss-Magazin verschoss. Sie ähnelte den alten M203 and M320, den 40mm leichten Granatwerfern der Infanterie, die das Militär in der Vergangenheit eingesetzt hatte. Der AI-Zielcomputer des Gewehrs konnte die präzisionsgelenkte Munition so steuern, dass sie entweder beim Aufschlag detonierte oder sich als Luftdetonation über einer Gruppe feindlicher Soldaten entlud. Es war eine wahrhaft teuflische Waffe, gleichermaßen beliebt bei Infanterie- als auch bei Sondereinheitstruppen.

Das M85 war eine unübertreffliche Waffe, nicht nur für den planetarischen sondern auch für den Weltraumeinsatz. Seit es vor fünf Jahren auf den Markt gekommen war, hatte es sich schnell zur wichtigsten Waffe der republikanischen Armee und der Delta-Bataillone entwickelt.

Der Osprey verlangsamte die Geschwindigkeit und tauchte in einen der flachen Graben des Mondes ein. Die hintere Luke öffnete sich und erlaubte den Deltas, in die Schwärze des Weltalls hinauszusehen. Das Licht im Transporter wechselte von einem sanften Blau zu einem schwachen Rot.

Royce löste seinen Sicherheitsgurt und spürte sofort, dass er zu schweben begann. Die Aktivierung der Magnete in seinen Schuhen brachten ihn umgehend auf den Boden des Osprey zurück. Er winkte den anderen zu, seinem Beispiel zu folgen.

Royce ging auf das Ende der Rampe zu. Das metallene Klicken seiner Stiefel war kurz das einzige hörbare Geräusch in diesem Frachtraum, bevor der Zug seiner unausgesprochenen Aufforderung folgte. Ohne ihre magnetisierten Stiefel hätten sie Probleme, aufrecht zu stehen oder sich koordiniert im Frachtraum zu bewegen. Dank ihrer speziell angefertigten Weltraumstiefel war es ihnen möglich, in der Schwerelosigkeit normal aufzutreten und sich fortzubewegen.

Der Mannschaftschef des Osprey stand in der Nähe der Rampe. Sobald er sah, dass alle aufgereiht in Erwartung des Kommenden bereit waren, schickte er eine Nachricht an die Piloten. Der Truppentransporter schwenkte ein wenig ein und gewann wieder an Höhe. Sie schwebten nicht länger direkt über der Mondoberfläche, vielmehr stiegen sie gerade hoch genug an, um zu gewährleisten, dass ihr Trupp in Anbetracht der Fluggeschwindigkeit sicher abspringen konnte.

Royce versicherte sich auf seiner eigenen Karte, dass sie sich der Entladezone näherten. Er musste sich auf den Absprung vorbereiten. Langsam trat er an das Ende der

Rampe heran. Unter ihm eilte die Mondoberfläche mit beeindruckender Geschwindigkeit an ihm vorbei. *Noch einmal tief Luft holen* – dann sprang er. Sein von seinem gepanzerten Kampfanzug geschützter Körper stürzte knappe 30 Meter hinter dem Schiff der Mondoberfläche entgegen.

Sekunden später stand er aufrecht da - nach einem schnellen, aber kontrollierten Fall, der so auf der Erde unmöglich gewesen wäre. Der Kampfanzug hatte den größten Teil seines Aufpralls absorbiert. Unmittelbar nach dem geglückten Sprung seiner Männer, erteilte er mit einsatzbereitem Gewehr in der Hand den Befehl, sich in Marsch zu setzen.

Wie er es von den Aufklärungsbildern her erwartet hatte, entdeckte er in Richtung ihres Ziels einen leichten Anstieg des Terrains. Gefolgt von seinen Männern verfiel er in einen schnellen Trott. Aufgrund der geringeren Schwerkraft des Mondes war es schwer, nicht einfach über die Mondoberfläche voran zu hüpfen.

»Master Sergeant, ich bringe unsere schweren Waffen auf dieser Anhöhe in Position«, rief Staff Sergeant Perry ihm zu.

Royce sah sich zur Anhöhe um, auf die Perry deutete, und nickte. »Gute Entscheidung. Tun Sie das, Staff Sergeant.«

Mit Royces Annäherung an ihr Zielobjekt begann das AI-unterstützte Weitwinkel-Display in seinem Helm, das HUD, eine dreidimensionale Karte zu entwerfen und ihm das Land vor ihm und um ihn herum darzulegen. Angaben über die jeweilige Position seiner Männer waren ebenfalls enthalten. Sobald Royce den angepeilten Hügel erreicht hatte, hob er den Kopf vorsichtig über ihn hinaus, um den Sensoren des HUDs zu erlauben, ihr Ziel und die zur Verteidigung bereitstehenden feindlichen Soldaten zu identifizieren.

Es dauerte nicht lange, bevor Dutzende roter Markierungen auf der Karte erschienen, die ihn darüber informierten, wo sich die feindlichen Soldaten in Beziehung zu ihm und seinen Soldaten aufhielten. Über den Neurolink gab er Anweisungen an seine Gruppenführer weiter, um sicherzustellen, dass sie wussten, wo sich der Feind aufhielt und wie sie ihren Angriff koordinieren sollten.

Minuten nach dem Eintreffen auf der Oberfläche befanden sich die vier Gruppen in ihren Angriffspositionen. Staff Sergeant Perry hatte die Installation ihrer schweren

Waffen überwacht und die Zielrichtung auf die feindliche Basis hin bestätigt. Die Crews hatten Royce gerade darüber informiert, dass ihre .50-Kaliber Magrail-Gewehre und die 20mm-Pulsstrahler auf seinen Angriffsbefehl oder den des Lieutenants warteten.

Royce sah zur Position des Lieutenants hinüber. Über den Neurolink teilte er ihm mit: *Der Zug ist einsatzbereit, Sir.*

Lieutenant Crocker, ihr Zugführer, war neu; er war gerade erst vor einem Monat in ihre Einheit versetzt worden. Dies war sein erstes Trainingsmanöver, in dem sie echte Munition verwandten.

Geben Sie den Befehl, Sergeant. Packen wir's an, forderte Lieutenant Crocker ihn auf, eindeutig begierig darauf, den Angriff zu starten.

Alle Teams – Angriff, jetzt!, schrie Royce ihnen über den Neurolink zu, um sie wachzurütteln.

Die beiden schweren Magrail-Kanonen und zwei schwere Blaster der Truppe eröffneten das Feuer auf den vollkommen überraschten Wachturm und die Umfriedung der Basis. Die .50-Kaliber-Projektile durchschlugen die Türme und zerstörten sie. Das blaue, flackernde Licht der Blaster vernichtete die befestigten Bunker und Wachposten mit atemberaubender Geschwindigkeit und absoluter

Präzision. Royce hatte diesen Teil des Angriffs als Ablenkung geplant. Die Feinde sollten ihre Aufmerksamkeit ganz auf die schweren Waffen richten, während sich der 3. und 4. Trupp entlang ihrer Flanke den Weg voranbahnte.

Im Schatten nachhaltigen Deckungsfeuers startete der 2. Trupp von einer Deckungsposition zur anderen eilend einen direkten Frontalangriff. Auch das gehörte zum geplanten Ablenkungsmanöver. Der Beschuss der 2. Truppe zwang die Verteidiger, ihre Aufmerksamkeit fest auf sie zu konzentrieren, während Sergeant Royce mit seiner Gruppe auf der linken und Lieutenant Crocker mit der 4. Gruppe auf der rechten Seite aufschlossen.

Royce tat sein Bestes, mit seiner Truppe Schritt zu halten, die mehr auf der Oberfläche entlanghüpfte als rannte. Die jüngeren Deltas nutzten die Vorteile der Jugend und die Fähigkeiten, die ihnen ihre verstärkten Kampfanzüge verliehen, voll aus.

In einem Bunker entlang der offenliegenden Flanke des Feindes entdeckte Royces HUD einen Synth-Verteidiger, der sich ihnen gerade mit der Absicht zuwandte, eine seiner schweren Waffen auf sie abzuschießen.

Da er die Bedrohung vor jedem anderen erkannt hatte, hob Royce sein Gewehr an, um sie auszuschalten. Das HUD platzierte ein Fadenkreuz über den Synth und erwartete Royces Schuss. Der feindliche Synth musste den Ziellaser allerdings entdeckt haben, denn er verschwand außer Sicht, wohl an eine andere Position entlang des Frontgrabens.

Royce behielt die generelle Zielrichtung seiner Waffe bei, während der Radar des Helms daran arbeitete, den Standort des Synth zu bestimmen, der zweifelsfrei irgendwo wieder auftauchen musste. Sekunden später wurde er mit einem Ziel belohnt. Zwanzig Meter weiter trat der Synth zusammen mit seiner schwerkalibrigen Waffe wieder in Erscheinung. In dem Moment, in dem er den Beschuss auf Royces Männer eröffnen wollte, schaltete das rote Fadenkreuz auf grün. Das ließ Royce wissen, dass sein HUD und seine Waffe nun synchronisiert waren und ihm ein Treffer sicher war. Wiederholt drückte er auf den Abzug. Sieben Magrail-Projektile flogen auf die Position des Synth zu, der vom Aufprall der Munition in seine Einzelteile zerlegt wurde.

Fest drückte sich Royce mit den Füßen von der porösen Mondoberfläche ab, um dank deren geringerer Schwerkraft den Abstand zur Feindeslinie schneller zu überwinden. Seine Teamkameraden hielten mit ihren Gewehren im Anschlag Schritt und nutzten die AI-unterstützen HUDs dazu, die Verteidiger, so schnell sie identifiziert werden konnten, zu neutralisieren. Innerhalb kürzester Zeit hatten die Deltas die feindliche Position überrannt und deren Sicherheitsbereich eingenommen.

Einer der Soldaten brachte in aller Eile zwei große, hochexplosive Ladungen einschließlich Sprengzünder an beiden Seiten einer enormen orbitalen Verteidigungswaffe an. Danach schloss er sich so schnell er konnte wieder seinen Kameraden an, die ein gutes Stück entfernt weiter die Verstärkungen bekämpften, die aus den Tiefen der Basis hervorströmten.

Einer der Synth-Verteidiger überraschte Royce und mehrere Männer seiner Truppe, als er grau vom Staub und Geröll der Mondoberfläche aus seinem Kampfloch nach oben schnellte und zwei Soldaten traf, bevor er ausgeschaltet werden konnte. Royce schalt sich selbst, zugelassen zu haben, dass zwei Deltas das Manöver so verlassen mussten.

Ich muss mir das Video ansehen und herausfinden, wer diesen Verteidiger übersehen hat ....

Der Gruppenführer entlang der rechten Flanke schickte ihm eine kurze NL-Nachricht, dass die Orbitalkanone auf ihrer Seite nun ebenfalls mit Sprengstoff bestückt war und darauf wartete, in die Luft gejagt zu werden. Royce erteilte den Befehl und forderte seine Männer auf, ihre eigene Explosion auszulösen.

Mit der Detonation des Sprengstoffs schossen helle Blitze nach oben. Beide orbitalen Verteidigungswaffen der Basis verloren ihren Netzanschluss. Danach blickte Royce gerade rechtzeitig nach oben, um mehrere Dutzend Landungsfahrzeuge zu entdecken, die pünktlich auf die Minute die Umlaufbahn verlassen hatten und auf die Basis zuhielten.

Die erste Welle von 200 frisch eingetroffenen Infanteriesoldaten der republikanischen Armee machten sich an die Arbeit, die Teile der Basis zu erobern, die über der Mondoberfläche angesiedelt waren. Zwischenzeitlich hatte Royces Delta-Team das Gebäude ausfindig gemacht, durch das sie die unterirdischen Stockwerke der Einrichtung erreichen konnten, in denen die Kommandozentrale untergebracht war. Während sie dort ihr Eindringen vorbereiteten, landete das zweite Kontingent von Infanteristen, das mehrere ihrer Mechs und einige Panzer mit sich brachte. Diese schweren Waffen würden kurzen Prozess mit den verbliebenen Verteidigungsposten der Feinde machen.

Royces Männer hatten sich entlang der Seite des Gebäudes aufgebaut, in das sie eindringen mussten. Sobald Royce sah, dass sie in Position waren, signalisierte er den Angriff.

Der durch die Explosion verursachte enorme Druckaustausch hob die äußere Druckschleusentür aus den Angeln. Sie segelte ins All hinaus, gefolgt von einigen Synth und mehreren Gegenständen aus dem Raum. Der Eingang stand nun weit offen. Um sicher zu gehen, dass die Synth tatsächlich neutralisiert waren, schossen Royces Männer noch schnell hinter den Synth her, bevor sie endgültig davongetragen wurden.

Unmittelbar nach dem Ausgleich des Drucks stürmten die Deltas das Gebäude, um den Vorraum von den Synth zu befreien, die sich möglicherweise hatten retten können. Da die Synth keinen Sauerstoff benötigten, standen die Chancen gut, dass sich drinnen noch einige Verteidiger verschanzt hatten.

Royces Männer stürzten mit den Blastern im Anschlag so schnell es ihnen die niedrige Schwerkraft der Mondoberfläche erlaubte in das Gebäude, wo sie tatsächlich von zwei verbliebenen Synth-Verteidigern empfangen wurden, die ohne Vorwarnung das Feuer auf sie eröffneten. Einer von Royces Männern wurde getroffen.

Sein vom Elektroschock geschüttelter Körper sank zu Boden. Für ihn war dieses Manöver vorüber.

Während seine Abteilung das gewaltsame Öffnen der nächsten Druckschleusentür vorbereitete, studierte Royce einen Augenblick die Statistik seines Zugs. Seit Angriffsbeginn hatten sie insgesamt neun Opfer zu verzeichnen. Außer den Männern, die ausgeschieden waren, schienen alle anderen in Ordnung zu sein. Ihre biomechanischen Anzüge arbeiteten wie erwartet: die Sauerstoffversorgung war optimal, Triebwerkaggregate und Waffen waren funktionsfähig. Alles verlief nach Plan, außer den unerwarteten Verlusten.

»Vorsicht, Durchbruch!«, warnte einer der jüngeren Sergeanten laut und drückte sich gegen die Wand.

Alle Teamkameraden folgten seinem Beispiel, außer einem. Er stand mit seiner auf die Tür gerichteten Waffe bereit, auf jeden zu schießen, der sich nach der Sprengung der Tür auf der anderen Seite zeigen sollte.

»Durchbruch!«, erklang die letzte Warnung.

Bumm.

Die Tür schleuderte rückwärts in den Vorraum hinein. Dem Delta, der sich um die erwarteten Feinde kümmern sollte, gelang es nicht, ihr rechtzeitig auszuweichen. Die Tür flog im Winkel frontal auf ihn zu und schmetterte seinen Körper mehrere Meter weiter hinten gegen die gegenüberliegende Wand.

Der Soldat lag auf dem Boden in sich zusammengesunken da. Angst überkam ihn, als das Glas seines Schutzhelms einen Riss zeigte, aus dem Sauerstoff entwich. Seine Lage verschlimmerte sich weiter, als danach noch ein Stück Metall seinen EVA durchbohrte und ihm in den linken Oberschenkel eindrang. Er schrie laut auf und seine Angst steigerte sich zur Panik, da das Loch in seinem Schutzanzug ebenfalls zum Verlust seines Sauerstoffs beitrug.

Royce brachte die Informationen über den Raumanzug des Mannes und seine Lebenszeichen hoch. Schnell hatte er das Problem entdeckt und trat an ihn heran, um nach ihm zu sehen. Zwei seiner Soldaten machten Anstalten, dem verwundeten Mann beizustehen, aber Royce befahl ihnen nachdrücklich an ihre Posten zurückzukehren. Der verwundete Delta sollte die Öffnungen selbst versiegeln.

Während der Rest der Truppe den nächsten Abschnitt räumte, blieb Royce neben dem verwundeten Soldaten zurück, der nun eine schnell verhärtende Dichtmasse über den Riss seines Visiers strich. Danach entfernte er ohne Zögern aber mit einem Schmerzensschrei das Metall aus seinem Oberschenkel und reparierte die offene Stelle des Schutzanzugs mit dem dazu vorgesehenen Klebematerial.

Unmittelbar nachdem der Sauerstoffverlust gestoppt war, baute der Weltraumanzug den Druck automatisch wieder auf. Zu guter Letzt setzte der Soldat noch eine Injektion biomedizinischer Naniten in seinen Blutkreislauf frei, um die Blutung seines Beins zu stoppen.

Royce beugte sich zu dem verwundeten Delta hinunter und bot ihm die Hand, um ihm bei Aufstehen behilflich zu sein. Er zog den Mann so nahe an sich heran, dass ihre Gesichtsmasken sich beinahe trafen. »Ich hoffe, Sie verstehen, weshalb ich Sie dazu zwang, sich selbst zu versorgen, Soldat«, erklärte er streng.

Der junge Mann sah ihn an und nickte. »Um zu beweisen, dass ich mich selbst verarzten kann, genau wie alle anderen auch.«

Royce nickte zufrieden. »Ganz recht. Wir gehören nicht der regulären Armee an, wir sind Sondereinsatztruppen. Das heißt, dass Sie, falls Sie nicht wirklich schwer verwundet sind, in der Lage sein müssen, sich um sich selbst zu kümmern. In der Leere des Weltalls müssen Sie blitzschnell Entscheidungen treffen, um Ihr und das Leben Ihrer Kameraden zu retten. Da draußen gibt es keinen Spielraum für Zweifel und Zögern. Ein Fehler könnte tödliche Konsequenzen für Sie haben – oder noch schlimmer - Ihr Trupp oder Ihr Zug könnte sterben. Haben Sie verstanden?«

»Hooah, Sergeant«, erwiderte der Mann schnell.

»Gut. Und jetzt wieder zurück zu ihrer Truppe, damit wir dieses Objekts endlich einnehmen können.«

Zwei Stunden später setzte der Osprey, der sie zur Mondoberfläche transportiert hatte, in der Nähe ihrer jetzigen Position wieder auf und Sergeant Royce forderte seine Männer auf, einzusteigen. Es war Zeit zur *Voyager* zurückzukehren, um die erwartete After-Action-Beurteilung des Manövers zu entwerfen.

Sie hatten ihren Auftrag erfüllt, wobei 13 von 48 Soldaten Verletzungen erlitten hatten. Nun mussten sie nachverfolgen, was geschehen war, was richtig und was falsch gelaufen war, und was sie hätten besser machen können.

Du trainierst im Kampf und du kämpfst, wie du trainierst, ging es Royce durch den Kopf. Es war wichtig, den Verlauf dieser Manöver bis ins Detail zu studieren, um vorbereitet zu sein und bestimmte Verhaltensweisen so verinnerlicht zu haben, dass sie ihnen in Fleisch und Blut übergegangen waren - *falls es tatsächlich doch einmal zum Schlimmsten kommen sollte.*

In *Voyager*s Krankenabteilung suchte Master Sergeant Royce seinen am schwersten verletzten Mann zuerst auf.

»Wie steht's um ihn, Doc?«

»Er wird es überstehen. Ich gab ihm gerade noch eine Injektion Naniten. Das wird eine Infektion verhindern und die Heilung beschleunigen.«

»Hat das nicht bereits die erste Spritze getan?«, fragte der junge Soldat überrascht.

Bei dieser Frage lachte der Arzt leise auf. »Nein, mein Junge. Die erste Spritze hielt Sie nur am Leben, Soldat. Die Medikamenteninfusion, die Ihr EVA-Anzug für Sie bereithält, enthält nicht genug Naniten, um Sie vollkommen wiederherzustellen. Sie ist nur dazu gedacht, Sie wieder gefechtsbereit zu machen oder Sie lange genug am Leben zu erhalten, um Sie zum Schiff zurückzubringen oder in ein Feldlazarett zu transportieren.«

»Schreiben Sie sich das hinter die Ohren, Hawkins. Keine Brust voller Kugeln oder Granatsplitter. Nanos können sie nicht von den Toten zurückbringen«, scherzte Royce mit seinem Mann.

»Warten Sie einige Jahre oder ein Jahrzehnt ab, Master Sergeant, und wir werden noch weit mehr können als es heute bereits möglich ist. Wie die Dinge liegen, sind wir derzeit in der Lage, nahezu jede bekannte Erkrankung des menschlichen Körpers zu heilen, einschließlich dem Krebs. Himmel noch mal, manche behaupten sogar, dass diese Naniten uns 200 Jahre und darüber hinaus am Leben erhalten können. Wer hätte das je für möglich gehalten?«, wunderte sich der Arzt laut, bevor er sich seiner nächsten Aufgabe zuwandte.

»Sobald Sie hier entlassen werden, Hawkins, melden Sie sich umgehend bei Ihrem Zugführer«, gab Royce dann die Anweisung. »Machen Sie sich Gedanken darüber, was vorgefallen ist und wie es zu Ihrer Verletzung kam. Wir wollen sichergehen, dass es nicht noch einmal passiert. Das nächste Mal kommen Sie vielleicht nicht so glücklich davon. OK?«

Der junge Delta nickte. Royce ließ ihn zurück, um nach dem Rest seines Zugs zu sehen und sich bei seinem Captain zu erkundigen, ob neue Befehle eingetroffen waren.

Vor dem offenen Büro des Captains klopfte Royce an den Türrahmen. Der Captain sah hoch und winkte ihn herein, um Platz zu nehmen. »Ich sah mir das Video der Übung und Ihre Anmerkungen an. Der Zug hat gute Arbeit geleistet«, lobte er. »Tatsächlich waren sie weit besser als ich erwartet hatte. Das Zielobjekt hatte mehr als 600 Verteidiger. Selbst der Bataillonskommandeur war beeindruckt. Halten *Sie* persönlich den Zug für einsatzbereit, falls wir jemals eine solche Mission durchführen müssten?«

Royce überlegte kurz, bevor er antwortete. »Schwer zu sagen, Sir. Um fair zu sein, einen Angriff wie diesen durchlebten wir bislang nur im Trainingsumfeld. Ich möchte glauben, dass wir damit zurechtkämen – aber bis der Feind etwas dazu zu sagen hat und die Kugeln fliegen, ist das schwer abzuschätzen.«

»Ganz Ihrer Meinung. Aus diesem Grund werden wir unablässig weiter trainieren. Ich bin mir nicht sicher, ob die Europäer oder die Asiatische Allianz solche Übungen veranstalten. Sollte es aber tatsächlich nach dem Auslaufen des SET zu Feindseligkeiten kommen …. Wir werden vorbereitet sein.«

Royce nickte. »Sir, da die Mission nach Alpha-Centauri abgesagt ist, haben Sie schon eine Vorstellung davon, wohin wir als nächstes geschickt werden?«

Der Captain sah ihm ins Gesicht. »Keine Ahnung. Mir wurde nur gesagt, dass wir in einem Monat auf der *Voyager* ablegen werden. Unsere neuen Befehle und unseren Auftrag erhalten wir erst auf dem Weg.«

Kapitel Zehn

Das Leben eines Piraten

Sol

Der Gürtel

Captain Liam Patrick sah seinen Chefingenieur überrascht an. »Willst du damit sagen, du kannst es nicht reparieren?«

Saras Augen verengten sich ein wenig, bevor sie antwortete. »Das habe ich nicht gesagt, Liam. Ich sage, dass du aufhören musst, sie einfach haltlos zusammenzuschießen. Du kannst mir nicht ständig vollkommen zerstörte Minenschiffe bringen und von mir erwarten, dass ich sie wieder zusammenflicke. Das geht auf die Dauer nicht. Ich brauche Ersatzteile und die geeigneten Werkzeuge. Himmel noch mal, ich brauche eine ganze Werft voller Werkzeuge, um all das zu bewerkstelligen.«

Liam schüttelte den Kopf. »Eines Tages werden wir eine haben. Jetzt müssen wir auf dieses Ziel hinarbeiten. Und dazu brauchen wir Geld. Verdammt, ich habe beinahe unser ganzes Geld in die 3-D-Drucker investiert, die du wolltest und dir noch dazu den neuen Synth gekauft, der dir mit den Reparaturen helfen soll. Was willst du mehr?«

»Ich will einen verdammten Standort und eine Werft, in der ich arbeiten kann«, gab sie gereizt zurück. »Ich will, dass du aufhörst, Minenarbeiter zu töten.«

Liams Gesicht verfärbte sich dunkelrot. Er stand auf und trat ans Fenster, wo er auf das kleine Königreich, das sie sich die letzten zehn Jahre aufgebaut hatten, hinaussehen konnte. Die verlorenen Leben derjenigen, die diesem Ziel zum Opfer gefallen waren, setzte auch ihm weiter zu.

Während er auf das Gewirr von Schiffen und auf zwei kleine Wohneinrichtungen an der Seite ihres massiven Asteroiden hinunter sah, erklärte Liam: »Du weißt, ich hasse das Töten so sehr wie du. Ich tue es nur, wenn mir keine andere Wahl bleibt.«

Ihr großer Traum befand sich dort draußen, nur wenige hundert Kilometer entfernt. Liam und Sara beschäftigten rund um die Uhr Teams, die einen enormen Steinbrocken aushöhlten, um sich darin eine Heimat einzurichten. Wirklich, ihr Stein war praktisch ein Planetoid. Dennoch trennten sie noch Jahre von der Erfüllung dieses Traums – ihren eigenen Stützpunkt zu haben, der von ihnen und anderen Menschen besiedelt wurde, die unabhängig von einer Welt oder einer Kolonie unter erdgebundener Regierung leben wollten. Über die Jahre hatten sie einige kleinere kommerzielle Kreuzfahrtschiffe gekauft, die einigen Hundert Menschen ausreichend Platz boten um dort ihre eigenen Nahrungsmittel anzubauen. Diese Schiffe stellten das erste Standbein ihrer neuen Kolonie da.

Sara trat neben Liam und legte ihm die Hand auf die Schulter. »Ich weiß, dass dir das Töten so schwer wie mir fällt, aber wir müssen einen Weg finden, unsere Welt mit friedlicheren Mitteln zu bauen. Wir müssen aufhören, den Gürtel zu terrorisieren.«

Er seufzte. »Der Verkauf der nächsten Ladung sollte uns einhundert Millionen einbringen«, erklärte er bedrückt. »Ich muss wissen, was du brauchst, um das Eis-Förderschiff instand zu setzen. Es muss Teil unserer Organisation werden. Hier draußen ist Wasser eine wichtige Ressource. Wir brauchen dieses Schiff, Sara. Sobald unsere Förderflotte endlich komplett ist, können wir die Piraterie hoffentlich hinter uns lassen und uns allein auf legitime Geschäfte konzentrieren.«

Resigniert seufzte Sara nun ebenfalls. »Ich habe eine Liste aller benötigten Ersatzteile zusammengestellt. Falls du nur die Teile finden kannst, die ich besonders markiert habe, komme ich zurecht. Der Spaß sollte uns zwischen 40 und 50 Millionen kosten, es sei denn, diese Hunde haben ihre Preise wieder erhöht. Ach, und ich könnte wirklich noch zwei Ingenieur-Synth gebrauchen, die sich damit auskennen, zerschossene Schiffe, wie du sie mir ständig bringst, zu reparieren und wiederherzustellen. Wir haben beinahe ein Dutzend Förderschiffe, die betriebsfähig gemacht werden müssen. Falls uns das gelingt, ja, dann sollte das unsere Piratentage beenden. Aber, Liam, selbst wenn dem nicht so ist …. Es muss einen besseren Weg geben als all diese Menschen zu töten. Die Minenarbeiter sind wie wir. Sie versuchen nur, sich ein besseres Leben zu erarbeiten.«

»Du hast Recht. Wir werden eine Lösung finden«, nickte er und fuhr sich mit der rechten Hand durch die Haare. »Aber du weißt, wie teuer Ingenieur-Synth sind. Als ich das letzte Mal nachsah, kostete allein eines dieser Modelle um die 40 Millionen.«

»Ich weiß. Aber du kannst nicht weiter billigere Modelle zum Ausbau der Basis kaufen und mir die teuren zur Instandsetzung der Schiffe verweigern. Ich versuche, mit zwölf Leuten und einem Synth eine Flotte von sieben Minenschiffen instandzusetzen und zu warten. Ich brauche Hilfe, um diese Aufgabe zu bewältigen.«

Liam nickte. »In Ordnung. Ich besorge dir einen zweiten. Aber nicht mehr. Priorität muss die Entwicklung unseres Standort sein, seine Fähigkeit, Leben aufzunehmen und zu erhalten. Sobald uns das gelungen ist, haben wir ein Zuhause und können unsere neue Gesellschaft unseren Vorstellungen nach gestalten.«

****

Zwei Tage später saß Liam im Kapitänsstuhl des Frachters *John Galt*. Sie näherten sich der orbitalen Marsstation. Der Kauf dieses massiven Frachters vor vier Jahren war eine seiner besten Entscheidungen gewesen. Seit mehr als zehn Jahren beraubte ihre Piratengang nun schon kleinere Förder- und Frachtschiffe entlang der Haupthandelsrouten – alles Teil ihres Plans, sich die nötigen Ressourcen anzueignen, um ihre eigene Station und Werft im Gürtel einzurichten.

Das Problem war, dass sie sich natürlich nicht mit einem gestohlenen Schiff an der MOS zeigen konnten, ohne damit rechnen zu müssen, erwischt zu werden. Liam hielt seine Piratenflotte sorgsam außer Sicht vor neugierigen Augen im Gürtel versteckt.

Die *John Galt* war nun für alle ihre Versorgungsausflüge zuständig. Ein Kaufpreis von knapp zwei Milliarden Dollar waren damals ein sehr hoher Preis. Sie war ein brandneues Schiff, gebaut nach Liams und Saras Anweisungen, ausgestattet mit ihren eigenen Trägheitsdämpfern und mit künstlicher Schwerkraft. Außerdem war sie FTL-fähig und verfügte über einen beachtlichen Frachtbereich, der sowohl unbehandeltes Metall als auch veredeltes Wasser transportieren konnte. Nach dem Kauf hatten seine Piraten noch einige Magrail-Geschütztürme zu Verteidigungszwecken installiert. Schließlich waren sie Piraten, die im Gürtel Chaos verursachten.

Das Funkgerät krächzte. »Hier spricht die orbitale Marsstation. Willkommen, *John Galt*. Ihre Landung an Dock Sechs Alpha ist freigegeben. Bitte erwarten Sie den Landeschlepper und die Anlegecrew.«

Ich liebe den Besuch auf der MOS, reflektierte Liam. Sie bot ihm die Gelegenheit, wieder einmal von Menschen umgeben zu sein, eine Chance zu erfahren, was innerhalb des Systems vor sich ging und welche Schiffe und Unternehmen in der Nähe seines künftigen Reichs tätig sein mochten. Die Mannschaft des MOS-Flugkontrollzentrums sagte Liam ebenfalls zu. Sie liebte es, die neuesten Neuigkeiten mit jedem zu teilen, der Interesse zeigte. Für Liam als Pirat war dies ungemein wertvoll, um ihrer möglichen Entdeckung immer einen Schritt voraus zu sein. Falls sie an der Station allerdings je erfahren sollten, wer er wirklich war und wie ihm seine großen Förderladungen in den Schoss fielen, würden sie fraglos umgehend das Feuer auf ihn eröffnen oder ein Stoßtrupp der republikanischen Armee würde ihn am Anlegedock erwarten.

Er drückte die Sprechtaste seines Funkgeräts.

»Verstanden, MOS. Wir erwarten Landecrew und Schlepper.«

Zweihundert Kilometer von der Station entfernt brachte Liam sein Schiff zu einem kompletten Stopp. Jetzt hieß es abwarten, bis ein Landeschlepper bei ihnen eintraf. Der würde ihnen zunächst einen Lotsen an Bord bringen, der sie in den Hafen steuern sollte. Danach würde der Schlepper sie mithilfe seines Traktorstrahls bei geringer Geschwindigkeit näher an die Station heranziehen. Sobald sie ihrem Ankerplatz nahe waren, würde der Lotse die Querstrahlsteueranlage übernehmen, um sie sicher an der Station anzudocken. Erst nach einer eingehenden Inspektion des Schiffs durch einen an Bord kommenden Inspektor würde ihnen erlaubt werden, ihre Fracht zum Verkauf zu entladen. Danach plante Liam einen Großeinkauf, um die nötigen Ausrüstungsgegenstände für ihre neue Heimat zu erstehen.

Stunden später traf der Schlepper endlich bei ihnen ein. Liam empfing den Lotsen des Tages an der Anlegebucht.

»Hey, Captain Dasani. Zurück mit ihrer nächsten Ladung, wie ich sehe«, grüßte ihn Mike Miller beim Betreten des Schiffs.

Lächelnd streckte er Mike die Hand entgegen. Das Personal der MOS kannte ihn als Captain Tim Dasani, den erfolgreichen Eigentümer einer Minengesellschaft, die tief im Gürtel operierte. »Ein Mann muss schließlich seine Rechnungen bezahlen, oder?«, zwinkerte Liam ihm zu.

Mike kicherte. »Mann, ihr Leute verdient doch ein Vermögen. Der Preis von Wasser, Eisen, Nickel, Gold und Platinum steigt ununterbrochen an. Die Neukonstruktion hier draußen nimmt kein Ende.« Die beiden Männer machten sich auf den Weg nach oben zur Brücke.

»Also, was gibt es Neues auf der MOS?«, erkundigte sich Liam.

Verwundert sah Mike ihn an, während er im Kapitänsstuhl Platz nahm. »Ernsthaft? Sie sind nicht über den Umfang der Piratenaktivitäten da draußen informiert? Eigentlich bin ich überrascht, dass sie Ihnen noch nicht über den Weg gelaufen sind.«

»Wer behauptet das?«, gab Liam zurück.

Mike wandte sich um. »Sie hatten eine Auseinandersetzung mit den Piraten? Dann sollten Sie eine Aussage auf der Station machen. Dort versuchen sie, so viele Hinweise wie möglich zu sammeln. Außerdem ist eine Belohnung von 25 Millionen Dollar für die Gefangennahme oder den Tod der Piraten ausgeschrieben.«

Die Höhe der Belohnung ließ Liam auflachen. »Dieser Betrag ist das Risiko nicht wert, wenn Sie mich fragen«, erklärte er. »Mit der Entdeckung des geeigneten Steins verdienen wir mehr als das nach nur einer Woche Förderung. Nein, die Piratenjagd überlasse ich anderen, die nichts zu verlieren haben. Außerdem statteten wir einen Großteil unserer Schiffe mit mehreren Magrail aus. Ich bin mir relativ sicher, dass sie uns nicht belästigen werden.«

Mike funkte dem Schlepper, dass er bereit war. Wenige Minuten später aktivierte der Schlepper seinen Traktorstrahl und begann das Schiff mit gezügelter Geschwindigkeit voranzuziehen.

Mike zeigte auf etwas am anderen Ende der angeschlossenen Schiffswerft. »Sehen Sie diese Schiffe dort drüben?«

Liam drehte den Kopf, um einen Blick auf das zu werfen, was Mike ihm zeigen wollte. Sobald er es sah, blieb ihm das Herz beinahe stehen.

»Die Republik, die GEU und die Asiatische Allianz bauen unabhängig voneinander jeweils zwei neue Patrouillenboote der Fregattenklasse. Sie sollen zum Schutz des Gürtels und einiger Haupttransportrouten gegen die Piraten eingesetzt werden.«

»Wow. Sie meinen es tatsächlich ernst, was?« Liam versuchte, überrascht und erfreut zu klingen. Insgeheim machte es ihn jedoch nervös. Das würde ihrem Geschäft einen erheblichen Dämpfer versetzen. Eine Kolonie auf einem Asteroiden der Größe Rhode Islands einzurichten setzte Ressourcen voraus - Ressourcen und Geld. Ihr Einkommen der letzten zehn Jahre stammte überwiegend aus ihren Piratenaktivitäten. Möglich, dass sie gezwungen sein würden, ihr Geld den harten Weg zu erarbeiten, falls dank dieser neuen Ordnungskräfte bald die Gefahr bestand, gefunden und gestoppt zu werden.

Liam verbrachte den Rest des Tages in angenehmer Unterhaltung mit Mike, wobei er sein Bestes gab, ihn unauffällig über die neuesten Gerüchte auf der MOS und über die drei Allianzen, die die Station verwalteten, auszuhorchen. Nachdem ihr Schiff endlich an der Station verankert war, kam der Zollinspektor an Bord, um sie und ihr Schiff einer schnellen Inspektion zu unterziehen. Nach dem Ende der Inspektion unterzeichnete der Mann ihre Papiere und erlaubte ihnen den Zugang zur Station.

Liams erster Gang führte ihn hinüber zur Tauschbörse. Dort traf er sich mit seinem Rohstoffhändler und sah sich die Preise für die diversen Ressourcen an, die gegenwärtig bevorzugt gesucht waren. Die Station würde ihm alles, was er mitgebracht hatte, abkaufen, aber einige Waren waren deutlich mehr wert als andere. Vor seiner Rückkehr in den Gürtel sah Liam sich gern an, woran besonderes Interesse bestand.

»Wasser ist immer noch sehr gefragt«, kommentierte der Händler. »Ich sehe, Sie bringen dieses Mal eine große Menge mit.«

Liam lächelte. »Ja, wir hatten Glück und fanden einen stattlichen Brocken Eis, von dem wir sogar einige gute Mineralien abscheiden konnten. Außerdem kann ich vier Tonnen Erbium anbieten.«

»Wow. Vier Tonnen Erbium sagten Sie?«, wiederholte der Handelsvertreter erstaunt. »Seit Ihrem letzten Besuch ist der Preis für dieses Zeug um 800 Prozent gestiegen. Mit der Konstruktion der neuen Kriegsschiffe an der John Glenn-Station ist die Nachfrage danach momentan ungeheuer groß.« Der Mann war mehr als erfreut; er verdiente ein halbes Prozent an allem, was Liam ihm zum Verkauf brachte.

»Und wie drückt sich das in Dollar aus?«, fragte Liam in der Hoffnung, dass ein unverhoffter Glücksfall ihnen einen Geldregen beschert hatte.

Die Finger des Mannes tanzten bereits auf dem Rechner und addierten den Gesamtwert von Liams Fracht. Strahlend über das ganze Gesicht sah er zu Liam hoch. »Captain Dasani – mit dieser Ladung verdienen Sie mehr Geld als die letzten zehn Jahre zusammen. Wenn alles unter Dach und Fach ist, bringt Ihnen die heutige Ladung 80 Milliarden Dollar ein.« Der Mann stieß ein aufgeregtes Lachen aus, als ihm bewusst wurde, wie hoch sein eigener Anteil sein würde. »Heute Abend zahlen Sie für unsere Drinks, mein Freund. Sie sind nun der drittreichste unabhängige Förderer im Gürtel.«

Liam verspürte einen leichten Schwindel bei dieser Nachricht. Er war davon ausgegangen, dass seine Ladung einige Hundert Millionen einbringen würde – genug, um die meisten Waren zu kaufen, die sie benötigten, und dazu noch ein wenig, um es auf die hohe Kante zu legen. Aber das .... Einfach unglaublich. Damit konnte er Sara ausreichend Ingenieur-Synth kaufen, um ihre bunte Mischung an Schiffen zu reparieren, die sie im Anschluss daran entweder im Gürtel zur zusätzlichen Förderung einsetzen oder mit Gewinn auf der MOS verkaufen konnten.

Später am Tag wanderte Liam zu den Geschäften hinüber, die auf der Promenade der Station geöffnet waren.

Dort boten eine Reihe Händler so ziemlich alles an, was er auch nur entfernt gebrauchen konnte. Tief im Weltraum arbeitenden Förderern bot sich hier die Gelegenheit, einige schwer auffindbare Gegenstände oder die Dinge, die sie nicht selbst herstellen konnten, zu erwerben.

Liam betrat den Walburg Technologies-Laden, wo er mehrere Modelle der Synth begutachtete, die dort für interessierte Käufer ausgestellt waren. Einer trug die Bezeichnung ‚Haushalt'. Es war der Typ Synth, der darauf programmiert war, tägliche Aufgaben und Pflichten im Haushalt zu übernehmen, einschließlich der Betreuung der Kinder. Ein anderer war ein Bauhandwerker-Synth; nach ihnen bestand die größte Nachfrage. Sie wurden in allen mit der Konstruktion von Projekten verbundenen Aufgaben eingesetzt. Ihr Programm befähigte sie, so gut wie alles zu bauen, was man sich nur vorstellen konnte. Sie wussten was zu tun war und leisteten hervorragende Arbeit. Es gab auch einen Minenarbeiter-Synth, die besonders im Gürtel äußerst beliebt waren. Sie waren Experten, die in der Schwerelosigkeit und Leere des Weltalls tagelang ununterbrochen abbauen und arbeiten konnten. Und dann gab es noch die Ingenieur-Synth. Sie waren am teuersten. Sie kannten sich im Schiffsbau aus, führten Reparaturen durch und erledigten komplexe Aufgaben, die weitreichende mathematische Fähigkeiten und Kenntnisse voraussetzten. Um diese Art Synth hatte Sara ihn gebeten.

Liam wusste, dass sie weit mehr als nur den einen benötigten, der ihnen bereits gehörte. Bisher war ihnen das allerdings finanziell unmöglich gewesen. Ein Blick auf das Preisschild verriet ihm, dass der Preis für diese Synth ebenfalls gestiegen war. Sie kosteten jetzt 50 Millionen pro Stück. Die Bauhandwerker-Synth kosteten 30 Millionen und die Minenarbeiter-Synth waren 20 Millionen. Nicht einer von ihnen war günstig zu haben. Da Liams Leute allerdings verstanden, sie optimal einzusetzen, würden die Synth innerhalb von zwei Jahren ihren Verkaufspreis erarbeitet haben und danach reine Profitmaschinen sein.

»Sie sehen sich unsere neuesten Synth an? Gibt es einen, an dem Sie besonders interessiert sind?«, sprach ihn der Manager des Ladens an. Dabei beäugte er Liam misstrauisch. Er hielt ihn offenbar für jemanden, der sich nur neugierig umsehen wollte ohne das Geld für einen Kauf zu haben.

»Ich betreibe ein kleines Geschäft im Gürtel. Und ja, ich möchte einige Synth kaufen.«

Der Verkäufer sah ihn verblüfft an. »Einige, sagten Sie? An wie viele und an welche denken Sie?«, forschte er immer noch skeptisch.

»Ich brauche fünf Ingenieur-Synth, 20 Minenarbeiter-Synth und 25 Bauhandwerker-Synth«, erklärte Liam.

Bevor der Mann den Mund öffnen konnte, um diese groteske Nachfrage abzulehnen oder sich über ihn lustig zu machen, zog Liam seine Smart-Börse hervor und zeigte ihm seinen Kontostand. Überwältigt riss der Mann die Augen bei der Ansicht des Betrages auf, bevor sich seine gesamte Haltung schlagartig änderte.

Mit seinem aufmerksamsten Lächeln erklärte er nun: »Ein äußerst erfolgreiches Kleinunternehmen würde ich sagen. Aber ja, ich habe tatsächlich all ihre Synth auf Lager. Lassen Sie mich den Vertrag entwerfen und dann liefern wir direkt an Ihr Schiff.«

Das sollte die Konstruktion der neuen Siedlung vorantreiben, dachte Liam glücklich, während er seinen Einkauf fortsetzte. *Wenn ich jetzt nur noch einige Waffen für unsere Schiffe finde ....*

Kapitel Elf
Ein neues Abenteuer

Orbitalstation John Glenn
RNS *Rook*

Miles Hunt stand mit seiner Frau, die er fest an sich drückte, einen Augenblick bewegungslos da. Tränen liefen ihm die Wangen hinunter, während er sich bemühte, die Kontrolle über seine Gefühle zu bewahren. Er spürte ihren schweren Atem, während auch sie dagegen ankämpfte, sich in ein emotionales Wrack zu verwandeln.

Er befreite sich aus ihrer Umarmung und betrachtete ihr wunderschönes Gesicht. Die blauen Augen, die ihm entgegensahen, standen voller Tränen. Sie drohten, Lillys Wimperntusche verlaufen zu lassen. Mit dem Daumen wischte er sie weg, bevor sie Lillys Makeup ruinieren konnten.

»Zwei Jahre, Schatz. Ich bin in zwei Jahren zurück«, versprach er ihr und versuchte sich selbst davon zu überzeugen, dass dieser Zeitraum nicht übertrieben lang war. Sie beugte sich vor und küsste ihn. Miles schmeckte das Salz ihrer Tränen auf seinen Lippen. Sie küssten sich einen Moment länger, bevor sie sich trennten.

»Du bist besser in zwei Jahren zurück, sonst bin ich gezwungen, mir einen jüngeren Mann zu suchen. Einen, der bei seiner Frau *bleibt*«, drohte sie ihm scherzhaft, während sie eine weitere Träne wegwischte.

Hunt sah sich verstohlen im Raum um. Viele der verheirateten Mannschaftsmitglieder taten das Gleiche wie er – sie verabschiedeten sich von ihren Lieben vor einer langen und schwierigen Mission. Dieser Einsatz unterschied sich von allen bisherigen Exkursionen in das Sonnensystem. Allein ihre Reise in dieses neue System würde sechs Monate Zeit in Anspruch nehmen; danach waren zehn Monate der Erkundung dieses Bereichs geplant, bevor sie endlich denn Rückflug antreten würden. Nach ihrer Rückkehr würde das Schiff entweder Sol unterstellt werden oder sie würden ihre Familien und Tausende von Kolonisten in die neu entdeckte Welt eskortieren.

Hunt sah seine Frau ein letztes Mal intensiv an, gab ihr einen letzten Kuss und drückte sie ein letztes Mal an sich, bevor er sich endgültig verabschiedete. Ohne auf sein Gehen zu warten, drehte Lilly sich um und ging. Andere Ehefrauen taten es ihr nach und folgten ihr zum Flugsteig der Station.

Dort würden sie die Tagesreise über die ‚Bohnenstange‘ hinunter zur Erde zurück in ihr ‚normales‘ Leben beginnen, während sich die Menschen, die sie liebten, auf den Weg zur

Erkundung eines neuen Planeten und möglicherweise einer zweiten Heimatwelt für die Menschheit machten.

Hunt strich sich die Uniformjacke glatt, drehte sich um und ging auf den Verbindungslaufsteg zu, der zu seinem Schiff führte. Auf der Gangway konnte er das Gefühl nicht abschütteln, dass diese Entsendung anders war. Es war mehr als nur die einfache Entdeckung eines neuen Planeten. Tief in ihm spürte er, dass dieser Einsatz die Menschheit verändern würde – hoffentlich zum Besseren.

****

Die Mannschaft war vollzählig an Bord, die letzten Vorräte waren geladen. Die Brücke, die die *Rook* mit der Orbitalstation verband, koppelte sich ab und zog sich zurück. Dann öffneten sich die Klammerbügel, die sie vor Ort hielten, und erlaubten dem Schiff frei in seiner Parkbucht zu schweben. Ein kleines Schleppschiff manövrierte sie aus ihrer Ankerposition hinaus. Danach konnten sie ihre Querstrahlsteueranlage aktivieren. Sobald sie hinreichend Abstand von der Station hatten, versorgte der Steuermann die Nebentriebwerke vorsichtig mit mehr Energie, während die Hauptmotoren ihr primäres Antriebssystem hochfuhren.

Dies war ihr erster Flug mit den neuen magnetoplasmadynamischen - oder MPD-Antrieben. Sie gewährten der *Rook* eine weit größere Fluggeschwindigkeit für das interplanetarische Reisen und beschleunigten die Reaktionsfähigkeit und Schnelligkeit eines Kriegsschiffes. Die *Rook*, die *Voyager* und ein kleineres Versorgungsschiff, die RNS *Gables*, waren die ersten Schiffe, die mit den neueren MPD-Triebwerken ausgestattet waren. Bislang flogen so gut wie alle interplanetarischen Raumschiffe entweder mit einem elektromagnetischen Antrieb oder mit einem Ionen-System. Und obwohl sie effektiv waren, erbrachten sie nicht die gleiche Geschwindigkeit und Kraft, die das neue System ausstoßen konnte. Die MPD-Antriebe basierten auf dem Prinzip der Lorentz-Kraft – sie arbeiteten mit der Kraft eines elektromagnetischen Felds, das auf ein geladenes Teilchen einwirkt – und erreichten damit eine signifikante Schubleistung von bis zu 200 Newtons. Der erfolgreiche Einsatz dieses neuen Antriebssystems würde die Republik über Jahrzehnte hinweg zur dominanten Instanz im interplanetarischen Reiseverkehr machen.

Das neue Antriebssystem war zudem Teil eines revolutionären Designs, das sich namentlich in der Integration zusätzlicher, nach vorn gerichteter Antriebe in ihren neu entwickelten Schiffen niederschlug. In der

Vergangenheit musste sich ein Schiff mit dem Beginn der Entschleunigung im Anflug auf eine Station oder auf einen Planeten zunächst um 180 Grad drehen. Mit dem Einsatz von Antrieben an der Vorderseite der Schiffe erübrigte sich dieses Wenden nun. Angesichts der Tatsache, dass es sich um Kriegsschiffe handelte, wollte das republikanische Militär ihre schwer gepanzerten Bugs und ihre Waffensysteme unablässig auf den Feind gerichtet sehen.

Diese bahnbrechende Entwicklung sollte einen tiefgreifenden Einfluss auf alle künftigen Schiffskonstruktionen haben.

Mit zunehmendem Abstand zwischen der *Rook* und der Station beschleunigte der Steuermann nach und nach die MPD-Triebwerke, um ihre Position nahe der *Voyager* und der *Gables* einzunehmen.

Sobald sie die beiden anderen Schiffe eingeholt hatte, reduzierte die *Rook* über ihre vorderen Antriebe die Geschwindigkeit, bis sie neben der weit größeren *Voyager* und der *Gables* zum Stillstand kam. Die *Gables* hatte in etwa die gleiche Größe wie die *Voyager*. Als reines Versorgungsschiff fehlte es ihr jedoch an der Bewaffnung.

2.484 Weltraummatrosen, 642 Armeesoldaten der Republik und 200 synthetische Humanoide standen bereit, ihre Reise in die Geschichte anzutreten.

In wenigen Stunden würde die Öffentlichkeit über die Entdeckung des bewohnbaren Planeten im Rhea-System erfahren und über die Expedition, die sich auf dem Weg dorthin befand. Natürlich würde diese Nachricht einen Feuersturm weltweiter Aktivitäten auslösen, in gespannter Erwartung der Erkenntnisse, die zum einen die Alpha Centauri- und dann auch noch die Neu-Eden-Expeditionen an die Erde weitergeben würden.

Lächelnd sah Hunt auf die Schiffe hinaus, die vor ihm im Weltraum schwebten. Er fühlte sich ungemein geehrt, an dieser Expedition teilnehmen zu dürfen.

An seinen Executive Officer, Commander Asher Johnson gewandt, bat er: »XO, bitte zeigen Sie uns ein Bild der Schiffswerft.«

Johnson nickte und befahl Lieutenant John Arnold, dem Offizier, der für Führung, Organisation und Ausbildung zuständig war, die Werft auf einem der beiden Hauptbildschirme der Brücke hochzubringen. Kurz danach erschien das Bild der expansiven Schiffswerft in Echtzeit auf dem Schirm. Hunt bat mehrere Male um eine Vergrößerung, bis sie ein weit besseres Bild der Werft samt ihren geschäftigen Aktivitäten vor sich hatten.

Captain Hunt trat nach vorn neben den Bildschirm, drehte sich um und richtete das Wort an seine

Brückenbesatzung. Dabei deutete er auf eine Anzahl riesiger Schiffsrümpfe, an denen emsig gearbeitet wurde. »Bevor wir diese Mission antreten, möchte ich Ihnen zeigen, was während unserer Abwesenheit gebaut werden wird. Insgesamt zehn dieser massiven Transportschiffe, die Sie hier in Entwicklung sehen, gehören der neuen *Ark*-Klasse an. Sie sind für die Expansion der menschlichen Rasse in den Weltraum von zentraler Bedeutung.«

Er hielt einen Moment inne, um sich der Aufmerksamkeit seiner Mannschaft zu versichern. »Jedes Schiff wird sechs Kilometern lang sein und Tausende von Passagieren aufnehmen können. In zwei Jahren, mit unserer Rückkehr nach Sol, werden diese Schiffe beinahe zur Hälfte fertiggestellt sein. Und innerhalb eines Jahrzehnts werden sie Hunderttausende von Menschen in dieses neue System transportieren. Unsere Mission wird das Schicksal der Menschheit verändern. Die Himmel stehen der menschlichen Rasse nun offen. Es ist an der Zeit, dass wir diese Chance ergreifen.«

Nach dem Ende seiner kleinen Ansprache applaudierte die Mannschaft der Brücke begeistert, dass sie unter ihm als ihrem Captain dieses unglaubliche Abenteuer antreten durften.

Er hob die Hand, um sie zu beruhigen. »Wir alle bringen Opfer, um dieser Mission anzugehören. Einige von uns sind verheiratet oder sind Eltern von kleinen Kindern, die zusammen mit dem Ehepartner zurückbleiben mussten. Meine Frau und ich feierten erst kürzlich unseren 31. Hochzeitstag, und ich habe zwei Kinder, die gerade in die Akademie aufgenommen wurden. Für einen Großteil von uns stellt diese Mission eine Herausforderung dar. Aber vergessen Sie bitte nie: wir kreieren eine bessere Zukunft für die, die wir lieben, und für unser Land. Sie bringen Ihre Opfer nicht umsonst. Sie haben eine Bestimmung, der Bedeutung zukommt. Eines Tages werden Historiker mit Bewunderung und Dankbarkeit von uns berichten.«

Nachdem er alles, was er sagen wollte, gesagt hatte, nahm Captain Hunt wieder in seinem Kommandosessel Platz. Die Besatzung nickte einvernehmlich.

»Captain, wir erhalten eine Nachricht von der *Voyager*«, kündigte Lieutenant Molly Branson, sein Kommunikationsoffizier, an.

Hunt lächelte bei der Erwähnung der *Voyager*. Er wusste, dass Admiral Halsey ihre eigene Rede geplant hatte. »Schicken Sie sie an meinen Platz.«

Hunt sah auf den kleinen Bildschirm vor sich und hörte Abigails Nachricht zu. Das Update betraf einige kurzfristige Kursänderungen in ihrer Sprung-Route. Er nickte zustimmend. Die gegenwärtige Technologie erlaubte ihrem FTL-Drive nur, eine Woche lang ununterbrochen zu arbeiten. Danach mussten sie den Warp-Antrieb abschalten und den Kondensatoren einen Tag Zeit geben, um sich neu aufzuladen. Die dritte Generation der FTL-Antriebe war doppelt so schnell wie die der zweiten, verbrauchte allerdings auch wahnsinnig viel Energie.

Im Wissen, dass sie während ihrer Reise entlang des Wegs eine Reihe von Stopps einplanen mussten, wollte das Weltraumkommando diese Zwangspausen zum Nutzen der Mission einsetzen und zusätzliche Daten von auf dem Weg gelegenen Systemen sammeln. Außerdem hatten sie eine Taktik entwickelt, die eine rudimentäre Kommunikation zwischen dem Rhea-System und Sol ermöglichen sollte. Sobald die Flotte den Warp-Antrieb abschalten musste, würde die *Gables* jedes Mal ein erdfernes Weltraumteleskop zusammen mit zwei mit FTL-Antrieb ausgestatteten Sonden in Position bringen. Eine aneinandergereihte Kette von Kommunikationsbojen sollte es möglich machen, Informationen zwischen dem Rhea-System und Sol hin und her zu senden.

Die dritte Generation der FTL-Drives bewältigte innerhalb eines Monats eine Entfernung von zwei

Lichtjahren. Man ging davon aus, dass sich diese Zeit innerhalb weniger Jahre zumindest halbieren könnte. Allerdings nur, falls es ihnen gelang, einen neuen Reaktor zu entwickeln, der weit mehr Kraft als ihre heutigen, mit Fusionsenergie betriebenen Reaktoren produzieren konnte.

Einige Minuten nach der für Hunt bestimmten Nachricht, kündigte der Kommunikationsoffizier an: »Übertragung vom Admiral der Flotte.«

Zeit für ihre Ansprache an die Truppen ....

»Stellen Sie sie an das gesamte Schiff durch«, ordnete Hunt an. Die Mannschaft musste diese Nachricht des Admirals hören.

»Achtung. Hier spricht Admiral Abigail Halsey. Heute verzeichnen wir den ersten Tag, an dem unser Volk über unser Sonnensystem hinaus vordringen wird«, begann sie. »Unsere Flotte wurde in der Absicht gebaut, Alpha Centauri und die Centaurus-Konstellation anzufliegen. Als unsere erdfernen Sonden das Rhea-System entdeckten, konzentrierten sie sich innerhalb dieses Systems auf die detaillierte Erkundung eines Planeten namens Rhea Ab. Es stellte sich heraus, dass dieser Planet praktisch ein Ebenbild der Erde ist. Seine Atmosphäre erlaubt es uns, normal zu atmen. Außerdem ist er nur ungefähr 5 % größer als die Erde. Das bedeutet, dass seine Schwerkraft nicht viel stärker als die unsere ist. Es ist der ideale Planet für uns, um dort eine neue Siedlung zu gründen. Kurz nach dieser aufregenden Entdeckung wurde entschieden, dass wir die Alpha Centauri-Expedition zugunsten dieser Mission streichen werden.«

Rundum sah Hunt ein freudiges Lächeln auf den Gesichtern seiner Brückencrew und wusste, dass es dem Rest seiner Mannschaft ebenso erging. Alle waren zunächst zutiefst enttäuscht gewesen, als sie von der Absage der Republik an der Teilnahme der Alpha-Mission erfahren hatten. Im Gegensatz zu der Führungsspitze ihrer kleinen Flotte hatte die Mannschaft nicht die geringste Ahnung, dass ihnen eine weitaus interessantere Mission übertragen worden war. Sie wussten nur, dass sie sich auf dem Weg zu einem neuen System befanden. Das war alles.

»Und da gibt es noch etwas, was Sie interessieren wird. Obwohl es uns nicht gelang, elektronische Anzeichen oder direkte Spuren von Lebensformen zu entdecken, deuten die Beobachtungen und Auswertungen unserer Wissenschaftler darauf hin, dass es auf diesem Planeten Leben geben könnte. Aus diesem Grund begleitet uns auf dieser Reise eine kleine diplomatische Gesandtschaft.

»Nach unserer Ankunft im System wird sich die *Rook* einen genaueren Überblick über das System verschaffen, während sich die *Voyager* auf die Suche nach Lebenszeichen konzentrieren wird. Sollten wir Erfolg haben, werden wir erste Kontakte aufbauen. Des Weiteren sind wir damit beauftragt, den geeignetsten Ort zu finden, unsere erste Kolonie zu etablieren und unsere erste Stadt auf diesem Planeten anzusiedeln. Die *Voyager* wird 15 Monate in diesem System verbleiben, Informationen sammeln und die verschiedensten geologischen Studien durchführen. Danach werden wir die Kolonie verlassen und zur Erde zurückkehren, um unsere Erkenntnisse dort zu präsentieren. Das republikanische Armeebataillon wird auf dem Planeten verbleiben.«

Halsey sprach weiter. »Falls alles wie geplant verläuft, steht uns entweder die größte Migrationswelle der menschlichen Geschichte in diese neue Welt bevor oder wir treffen auf eine außerirdische Rasse, mit der wir eine friedliche Koexistenz anstreben werden. In der Zwischenzeit konzentrieren Sie sich bitte auf die Ihnen übertragenen Aufgaben. Trainieren Sie, lernen Sie, und bereiten Sie sich bis zu unserer Ankunft auf dieses neue Abenteuer vor. Admiral Halsey Ende.«

Nach ihrer Übertragung herrschte auf der Brücke zunächst vollkommene Stille. Ein Großteil der Crew drehte sich ihrem Captain zu. Einige lächelten voller

Begeisterung, andere hatten Fragen, und eine Person schien aufgebracht über das Zurückhalten der Informationen. Hunt dachte für sich, dass er dieses Problem schnell aus der Welt schaffen sollte, bevor es sich später in etwas Ernstes entwickelte.

Er erhob sich, griff nach dem Handsprechgerät, über das er die komplette Schiffsbesatzung erreichen konnte, und räusperte sich. »Hier spricht der Captain. Ich bin mir sicher, dass viele von Ihnen von der Ansprache des Admirals überrascht waren. Einige von ihnen mögen glücklich über diese Information sein; andere fühlen sich in die Irre geführt. Ich möchte Ihnen etwas erklären. Rhea Ab, oder Neu-Eden, wie wir ihn auch nennen, bietet uns die Gelegenheit auf einem neuen Planeten noch einmal von vorn anzufangen – auf einem Planeten, dessen Umwelt noch nicht zerstört oder von Industriemagnaten ausgeplündert oder vom Krieg vernichtet wurde.

»Die meisten von Ihnen wissen, dass unsere Heimatwelt, die Erde, insbesondere nach dem letzten Großen Krieg, ernsthafte ökologische Schäden erlitten hat. Die mehrjährige nukleare Auseinandersetzung zwang unseren Planeten in die Knie. Neu-Eden bietet der Menschheit die Chance eines Neuanfangs. Dieses Geheimnis musste bis zur letzten Minute gewahrt werden.

Wie Sie wissen, lief das Weltraumerkundungsabkommen vor kurzem ab. Das bedeutet, dass der Republik nun legal das Recht zusteht, Neu-Eden als unseren Planeten zu beanspruchen, so wie die GEU und die Asiatische Allianz ihren Anspruch auf die Planeten des Centaurus-Systems geltend machen werden. Hätten wir an deren Expedition teilgenommen, wäre es unserem Land unmöglich, auch nur einen der beiden neuentdeckten Planeten in dem System für uns zu beanspruchen, auf das wir nun zusteuern. Neu-Eden bietet unserem Land und der Menschheit die besten Aussichten zu wachsen und zu gedeihen.«

Hunt schwieg einen Augenblick, während die Brückencrew auf weitere Ausführungen wartete.»In den nächsten sechs Monaten erwarte ich von jedem von Ihnen, dass Sie selbst die unwichtigste Information, die uns die Sonden bringen, aufmerksam studieren. Insbesondere möchte ich, dass Sie sich das System genauestens ansehen: die Monde, Planeten, Sonnen und alle sonstigen Aufzeichnungen, die uns über unser Zielgebiet bereits vorliegen. Unser Schwerpunkt hier auf der *Rook* liegt nicht auf der Gründung der Kolonie oder der Suche nach Leben. Wir sind für die Erkundung des Systems verantwortlich. Die Sonde berichtete, dass es nahe Neu-Eden möglicherweise einen zweiten bewohnbaren Planeten gibt.

Unsere Aufgabe ist es, festzustellen, ob er tatsächlich menschliches Leben unterstützen kann. Außerdem suchen wir nach Anzeichen für mögliche außerirdische Lebewesen auf dieser anderen Welt und ihren Monden. Ich möchte Ihnen allen versichern, dass wir dieser Aufgabe gewachsen sind. Mein Vertrauen in Sie ist absolut. Und jetzt an die Arbeit. Wir haben eine Menge Informationen, die vor unserer Ankunft analysiert und verarbeitet werden müssen.«

Kapitel Zwölf
Die Zeit dazwischen

RNS *Voyager*
Der Truppenbereich

Die Luft roch nach frischer Erde und süß nach
Blumen. In den Bäumen zwitscherten die Vögel ein
fröhliches Lied. Zwei Papageien kreischten und ihre
Stimmen trugen zu den wunderlichen Geräuschen des
Dschungels bei. Master Sergeant Brian Royce setzte betont
langsam einen Schritt vor den anderen. Hin und wieder sah
er vor sich nach unten, um sich zu versichern, dass er nicht
versehentlich auf einen morschen Ast trat oder einen
Stolperdraht oder eine Landmine übersah.

Zwölf Deltas folgten ihm, Mitglieder der 2. Truppe,
mit denen er heute trainierte. Jeder Soldat trug seine Waffe
in einem 45-Grad Winkel nach außen gerichtet vor sich her
und hatte ein wachsames Auge auf seinen Bereich. Das
Frontscheiben-Display ihres Helms gab alles wieder, was in
dem ihnen zugewiesenen Schussbereich vorging. Plötzlich
hob der Späher zwanzig Meter vor Royce die Hand. Die
Konzentration aller verdoppelte sich schlagartig bei dem
Signal, dass es Grund zur besonderen Vorsicht geben

könnte. Der Delta machte eine Faust, öffnete sie und senkte sie nach unten - ihr Zeichen dafür, dass sie nahe dem Boden Deckung finden mussten.

Über seinen NL fragte Royce: *Was sehen Sie, Price?*

Eine Bewegung, ungefähr 200 Meter vor uns, erwiderte der Kundschafter mit der Waffe im Anschlag.

Royce verhielt sich absolut still und versuchte über seine Sinne aufzunehmen, was um sie herum vorging. Dann hörte er etwas, das ihn alarmierte, besser gesagt, er hörte nichts. Die Vögel sangen nicht länger. Um sie herum war es plötzlich still geworden.

Halten Sie sich bereit, schärfte Royce allen über seinen NL ein. Dabei richtete er seine Waffe auf einen Punkt vor sich, auf den bereits Corporal Price zielte. Im Fall eines Angriffs würde Price sofortiges Schutzfeuer zur Abwehr des Überfalls benötigen.

Eine knappe Sekunde später sah Royce ein dunkles Objekt, das aus dem Wald heraus direkt auf ihn zuflog. Price warnte durchdringend: »Granate!« Zu spät. Bevor Royce reagieren konnte, lag sie ihm bereits vor den Füßen und explodierte. Ihm blieb keine Zeit, Deckung zu suchen oder dem Radius der Granatsplitter zu entgehen.

»Verdammt!«, fluchte Royce mit Nachdruck. Sein Kopf brach diese virtuelle Simulation realistischen

Kampfgeschehens ab. Er entledigte sich seiner Decke und setzte sich auf. Sein Puls raste, Adrenalin durchflutete seinen Körper und nach dem, was er gerade durchgemacht hatte, schwitzte er stark.

»Tut mir leid, Master Sergeant. Mehr Glück beim nächsten Mal.« Lieutenant Crocker reichte ihm ein Glas Wasser.

Royce zuckte mit den Achseln. »Schon in Ordnung. Ich bin gespannt, wie es Sergeant Wagman ‚nach meinem Ableben' ergeht.«

»Um eine Antwort auf genau diese Frage zu finden wurden Sie aus dem Verkehr gezogen. Bisher macht er seine Sache recht gut, wie es aussieht«, kommentierte der Lieutenant, der auf dem Videoschirm den Kampf weiter verfolgte.

»Vielen Dank, LT, dass Sie uns mehr Zeit in den Sims reservierten«, sagte Royce, bevor er sein Glas leerte. »Ich weiß, dass sich die RAs hier wiederholt auf die Landung vorbereiten, aber um in Bestform zu bleiben, müssen wir unser Training ebenfalls beibehalten.«

Das Truppendeck der *Voyager* verfügte über vier Simulatorräume. Jeder Raum war mit 30 virtuellen Realitätstrainingskabinen oder -betten ausgestattet. Sie ähnelten den alten Sonnenbanken des frühen Jahrhunderts.

Der Soldat legte sich auf das Bett, wonach ein Techniker alle Biofeed-Verbindungen an dem Benutzer anbrachte. Sobald er angeschlossen war, musste er nur die Augen schließen und sein Geist transportierte ihn in das jeweilig hochgeladene Trainingsprogramm. Captain Jayden Hopper, ihr Kompaniechef, ließ sie überwiegend orbitale Einfälle, das Patrouillieren in kleinen Gruppen oder Überwachungseinsätze praktizieren - in Vorbereitung auf die Herausforderungen, die sie auf Neu-Eden erwarteten.

Der Lieutenant sah es als seine Pflicht an, ihnen so viel Zeit wie möglich in den Sims zu reservieren. Lieutenant Crocker war erst spät zu ihrem Zug gestoßen. Nach der Beförderung seines Vorgängers und dessen Versetzung in eine andere Einheit - eine, die nicht an dieser Mission beteiligt war – hatte ihnen ein Offizier gefehlt. Royce hielt es für einen Glücksfall, dass Lieutenant Crocker ein ‚Mustang‘ war – ein Offizier, der seine Karriere als regulärer Soldat begonnen hatte. Er hielt sich meist im Hintergrund und überließ es Royce, seinen Zug zu führen, wie er es für angebracht hielt.

»Ach ja, bevor ich es vergesse, der Captain will Sie oben in seinem Büro sehen«, fiel es dem LT ein, bevor er einen Schluck seines Kaffees trank. Seine Augen starrten weiterhin gebannt auf den Bildschirm, auf dem er verfolgte, wie die Truppe mit dem Hinterhalt umging, den er für sie vorbereitet hatte.

»Ok. Habe ich noch Zeit für die Dusche, oder soll ich mich gleich oben melden?«, erkundigte sich Royce beim Zubinden seiner Stiefel.

Der LT wandte sich zu Royce um, schnüffelte die Luft und verzog das Gesicht. »Ich lasse ihn wissen, dass Sie zuerst duschen müssen. So wie Sie riechen, kann ich nicht zulassen, dass Sie mit ihm reden. Schließlich ist es meine Aufgabe, den Mann zu schützen und sicherzustellen, dass ihm seine Unteroffiziere keine Schmerzen zufügen«, scherzte er.

Royce lachte und machte sich auf den Weg in den Teambereich.

Während die Deltas darauf warteten, dass die *Voyager* das Rhea-System erreichte, setzten sie ihr hartes Trainingsprogramm unablässig fort. Drei Monate lang hieß es nur ‚Trainieren, trainieren, trainieren und noch mehr trainieren‘. Das hielt ihren Verstand scharf und gab ihnen weniger Zeit, in Schwierigkeiten zu geraten.

Mit dem Erreichen des Systems würde es in den Aufgabenbereich der vier Delta-Züge fallen, geeignete Landezonen zu orten und, im Fall, dass sie Lebenszeichen entdecken sollten, das Team des Ersten Kontakts zu eskortieren. Sie würden die ersten Menschen sein, die einen Fuß auf diesen neuen Planeten setzten. Und das konnten die Männer voller Vorfreude kaum erwarten.

Sie würden eine Gruppe von Wissenschaftlern und ein Team, das den ersten Kontakt knüpfen sollte, auf die Oberfläche begleiten. Dort musste der Standort, den sie für die Gründung einer Kolonie vorbestimmt hatten, bestätigt werden. Danach begann die Suche nach den Anzeichen möglichen Lebens. Sobald dieser erste Schritt erledigt war, würde das Bataillon RA-Soldaten landen und den Umfang der Basis ausweiten. Und zwei Tage danach würde die erste Gruppe der Synth mit dem Bau der Basis beginnen.

Master Sergeant Royce klopfte an Captain Hoppers Bürotür und erhielt die Erlaubnis zum Eintreten. Der Captain saß hinter seinem Schreibtisch und studierte einen Bericht. Vor ihm schwebten holografische Bilder des Planeten, zu dem sie unterwegs waren.

»Sie wollten mich sehen, Sir?«

Der Captain nickte. »Das wollte ich. Setzen Sie sich. Wir müssen reden.«

Royce nahm Platz und stellte sich geistig auf ein Gespräch ein, von dem er nicht wusste, ob es eine gute oder eine schlechte Unterhaltung sein würde.

Captain Hopper, der ihm offenbar seine Bedenken ansah, beruhigte ihn. »Es geht um Neu-Eden, Royce. Nichts negatives. Tatsächlich will ich, dass ihr Zug eine Spezialaufgabe übernimmt.«

Royce spürte ein Gefühl der Erleichterung. »Sollte dann der Lieutenant nicht auch anwesend sein?«, fragte er.

»Nein, ihn habe ich schon heute Morgen informiert. Er kennt den Plan. Die verbliebenen Wochen bis zu unserer Ankunft wird er das Training für Ihre Männer den Anforderungen Ihrer neuen Aufgabe entsprechend umstellen. Mit Ihnen will ich eine streng vertrauliche Mission besprechen, mit der wir betraut wurden.«

Royces Interesse war geweckt. Im Verlauf seiner Karriere hatte er an mehreren vertraulichen Einsätzen teilgenommen. Seine letzte Mission auf dem Mars war allerdings fehlgeschlagen und hatte ihm seine Strafversetzung in eine Trainingseinheit eingebracht.

»Was ich Ihnen jetzt zeige, Sergeant, unterliegt der strengsten Geheimhaltung«, betonte der Captain. »Sie werden es weder mit Ihrer Einheit noch mit jemandem auf diesem Schiff diskutieren, bis uns die Genehmigung dazu erteilt wurde. Haben Sie verstanden?«

Royce nickte.

«Einer der Hauptgründe, weshalb wir nach Neu-Eden und nicht nach Alpha Centauri unterwegs sind, ist der.« Der Captain zog mehrere Fotos hervor. Sie zeigten den Eingang zu einer Öffnung im Berg, vor der einige Werkzeuge lagen, die wie Bergbauutensilien aussahen. »Sie erinnern sich, dass der Admiral kurz nachdem wir Sol verlassen hatten, den Gedanken von Leben auf dem Planeten ins Spiel brachte. Wir wissen nicht, wie alt diese Geräte hier sind. Sicher ist nur, dass sie von jemandem oder von etwas hergestellt wurden. Es ist das sicherste Zeichen intelligenten Lebens außerhalb von Sol, auf das wir je einen Hinweis erhielten. Und sie scheint aktiv zu sein. Die Mine sieht aus, als sei sie weiter in Betrieb. Kein Wildwuchs oder Überwucherungen im Umfeld. Das Weltraumkommando will, dass wir uns diesen Ort näher ansehen und feststellen, was dort vor sich geht.«

Royce hob die Hand. »Captain, Sie behaupten also, dass es dort kleine grüne Männchen gibt?«, hakte er mit Ironie in der Stimme nach.

Der Captain lachte. »Sieht so aus. Und Ihrem Zug kommt die Ehre zu, sich dort einmal gründlich umzusehen und unser Team des Ersten Kontakts zu begleiten. Mit Ausnahme des Debakels auf dem Mars, was meiner Meinung nach nicht Ihr Fehler war, sind Sie der einzige

Delta der Einheit mit echter Erfahrung in Erkundungsmissionen tief hinter der Feindeslinie. Diese Aufgabe ist die Chance eines Lebens, Master Sergeant. Leider stolpern wir absolut unvorbereitet in sie hinein. Wir haben keine Ahnung, ob wir auf freundliche oder feindliche außerirdische Lebewesen stoßen werden. Ich weiß nur, dass ich Sie um diese Aufgabe extrem beneide. Aber jemand muss mit dem Rest der Einheit zurückbleiben, nur für den Fall, dass Sie auf jemanden treffen, der etwas gegen fremden Besuch hat.«

Ungläubig schüttelte Royce den Kopf. »Das ist unglaublich, Sir. Mir fehlen die Worte …. Gibt es etwas, worauf sich das Training des Zugs in Vorbereitung auf die Mission in den kommenden Wochen besonders konzentrieren sollte?« Der Ernst der Situation kam ihm langsam voll zu Bewusstsein.

Nach kurzem Überlegen schlug der Captain vor: »Vielleicht ein zusätzliches Training, Höhlen und Tunnel zu räumen. Und etwas Personenschutz könnte auch nicht schaden. Sie sehen, wie zerklüftet und stark bewaldet dieses Gebiet ist. Ich würde mein SIM-Training in einem ähnlichen Umfeld abhalten. Sobald wir den Orbit des Planeten erreichen, senden wir vorab Drohnen aus, um ein genaueres Bild dieser Gegend zu erhalten.«

Royce nickte. »Verstanden, Sir. Ich werde all das in unseren Trainingsplan einbauen. Uns bleiben noch einige Monate bis zur Ankunft.«

****

RNS *Voyager*
Die wissenschaftliche Abteilung

Professor Audrey Lancaster sah auf den Videoschirm. Sie wurde es nie leid, die wirbelnden Farben und das schwache Glitzern der Sterne zu sehen, die außerhalb ihrer Warp-Blase an der *Voyager* vorbeirauschten. Das war eines der unglaublichsten Dinge, die sie je gesehen hatte. Es erinnerte sie an die Winter ihrer Kindheit in Wisconsin. Der Schnee, den die Scheinwerfer ihres Minivans während der Fahrt durch die Nacht illuminierte, hatte in ihr die Illusion erweckt, durch den Weltraum zu fliegen. Es war eine ihrer schönsten Erinnerungen.

Schließlich zwang sie sich, den Blick von diesem Bild abzuwenden und sich erneut ihrer Computeranlage zu widmen. Auch hier war sie überwältigt, was ihr zwischenzeitlich möglich war. *Schön, wenn mir bei Harvard diese unbegrenzte Rechnerleistung zur Verfügung gestanden hätte,* dachte sie wehmütig. Die Art, wie dieses

Programm Zahlen bearbeiten konnte, war einfach sagenhaft.

Seit zwei Wochen arbeitete Audrey an einem soziolinguistischen Problem, das ihr seit Jahrzehnten auf der Seele lag. Als Doktorandin hatte sie Irak und Russland besucht, um Veränderungen in der chaldäischen Sprache zu untersuchen. In ihrer Dissertation behandelte sie die Frage, wie in der Folge des Friedens von Turkmantschai von 1828 und dem Ersten und Zweiten Weltkrieg, drei massive Migrationswellen nach Russland die chaldäische Sprache beeinflusst hatten. Am faszinierendsten fand sie den kurzen Zeitraum, den die Entwicklung der englischen Sprache in Anspruch genommen hatte – im Vergleich zu einer Sprache, die eine Geschichte von 6.000 Jahren aufzuweisen hatte, unabhängig davon, dass wichtige Weltgeschehen die assyrisch-chaldäische Diaspora negativ beeinflusst hatten.

Als das Weltraumkommando sie vor zwei Jahren dazu eingeladen hatte, sich dem Team des Ersten Kontakts anzuschließen, war sie hocherfreut gewesen. Obwohl sie dafür ihre unkündbare Professorenstelle bei Harvard aufgeben musste, war dies angesichts der Tatsache, dass sie eine der führenden soziolinguistischen Koryphäen der Welt war, nicht weiter tragisch. Nach ihrer Rückkehr von der

Expedition würde es einfach genug sein, auf ihre Stelle zurückzukehren. Sie sollte nur fünf Jahre unterwegs sein.

Audrey sah dies als eine wundervolle Gelegenheit. Falls die Menschen auf Alpha Centauri tatsächlich fühlende Wesen antreffen sollten, verlangte das nach einem Team wissenschaftlicher Experten, das die Sprache dieser Außerirdischen verstand und eine effektive Kommunikation in Gang bringen konnte. Als die Centaurus-Mission dann plötzlich abgesetzt wurde, hinterfragte Audrey zunächst ihre weitere Teilnahme. Dr. Katherine Johnson hatte sich eingeschaltet und die Erlaubnis erhalten, mit Audrey die Hintergründe dieser neuen Mission zu teilen.

Der Blick auf diese Bilder – Bilder, die eine offensichtlich funktionstüchtige Mine auf einem fremden Planeten zeigten – hatte das Abkommen für sie besiegelt. Sie wusste nun, dass diese Expedition nicht darauf angewiesen war, per Zufall auf eine außerirdische Rasse zu stoßen; nein, sie würden die Ersten sein, die tatsächlich Kontakt aufnahmen. Audrey wollte sich das in keinem Fall entgehen lassen. Sie entschied sich dafür, weiter an der Expedition teilzunehmen.

Im Wissen, dass ihr sechseinhalb Monate Reisezeit bevorstanden, hatte Audrey einige linguistische Projekte mitgebracht, denen sie sich schon immer annehmen wollte. Ihr stand viel Zeit zur Verfügung, sie hatte zum ersten Mal Zugang zu einem Quantencomputer und Zugriff auf eine überragende Künstliche Intelligenz, mit denen sie die schwersten linguistischen Herausforderungen angehen konnte. In einigen Jahren, nach ihrer Rückkehr zur Erde, würde sie eine Reihe dieser noch ungelösten Probleme gelöst haben und damit weiter ihren Status als eine der weltbesten Forscherinnen in ihrem Feld verfestigten.

Der Computer, der ihr den Weg von der alten chaldäischen Sprache zur derzeit gesprochenen Sprache aufzeigte, half ihr, ein Schema zu entdecken. Auseinandersetzungen zwischen sich bekämpfenden Faktionen, die Vorstellung neuer Technologien, die Migration ganzer Völkergruppen in neue Regionen und tödlich um sich greifende Epidemien – all das nahm Einfluss auf eine Sprache und mit der Zeit prägten sich diese Veränderungen weiter aus. Um etwas für die Nachwelt zu kreieren, führte Audrey die gleichen Kalkulationen für alle derzeit auf der Erde gesprochenen Sprachen sowie für alle nicht länger gesprochenen toten Sprachen durch. Die Infografik, die das AI erstellte, war faszinierend. Die Modifikation einer Sprache als Folge der wanderlustigen Natur des menschlichen Wesens erklärte vieles. Berücksichtigte man dabei noch die

Verbreitung von Krankheiten, von Pestilenz und andauerndem Kriegsgeschehen, resultierte das in der gegenwärtig umfassendsten Erklärung der Entwicklung einer Sprache über einen gewissen Zeitraum hinweg.

Nach ihrer Promotion in Soziolinguistik hatte Audrey ein starkes Interesse an vergleichender Linguistik entwickelt, obwohl sie in diesem Bereich nie einen Abschluss anstrebte. Sie war die geborene Akademikerin, ständig auf der Suche nach neuen Erkenntnissen in jedwedem Bereich, der mit Sprache zu tun hatte. Dank ihrer sprachübergreifenden Studien von Syntax und Morphologie und ihrem Verständnis, wie sich die Sprache mit der Zeit wandelte, hoffte Audrey ausreichend Informationen zur Hand zu haben, um jede ihr bisher unbekannte Sprache schnell verstehen und analysieren zu können. Als die unbestrittene Sprachexpertin an Bord würde es ihre Aufgabe sein, sich mit der Sprache der Außerirdischen zu befassen und einen Weg zu finden, mit ihnen ins Gespräch zu kommen. Es war eine gewaltige Aufgabe, der sie mit Begeisterung entgegensah.

****

Drei Monate später
RNS *Voyager*

Admiral Abigail Halsey verließ ihr Büro und betrat die Brücke. Ein Mitglied ihrer Besatzung hatte sie davon unterrichtet, dass sie in zehn Minuten in das Rhea-Sternensystem vordringen würden. Sie fand ihren Stuhl im Zentrum der Brücke, setzte sich und sah sich im Raum um. Alle waren sichtlich nervös. Nach Monaten der Reise durch das Weltall hatten sie nun endlich ihr Ziel erreicht - das System, dem der Planet Neu-Eden angehörte.

Das Bild der an ihnen vorbeirasenden Sternenlichter vermischt mit der farbenprächtigen Aura um die Warp-Blase herum boten einen faszinierenden, beinahe hypnotischen Ausblick. Halsey überlegte, wie leicht es wäre, ihren Gedanken einfach freien Lauf zu lassen und stundenlang ziellos nach draußen zu starren.

»Zehn Sekunden bis zum Verlassen des Warp«, kündigte der Navigationsoffizier mit ruhiger Stimme an.

Diese Warnung erging an das gesamte Schiff, damit sich alle entsprechend vorbereiten konnten. Trotz der Trägheitsdämpfer war es immer noch etwas holprig, die Warpgeschwindigkeit zu verlassen.

.... Und dann endlich hatten die *Voyager* und ihre Begleitschiffe ihren ersten großen Auftritt im Rhea-System.

Sobald sie die Warp-Blase verlassen hatten, wurde die Mannschaft aktiv und folgte den eingeübten Schritten.

»Ops, ich will einen systemweiten Scan. Nutzen Sie das gesamte Spektrum, das uns zur Verfügung steht. Und schicken Sie eine Nachricht an die *Rook,* dass wir solange zurückbleiben und die *Gables* schützen werden, bis sie uns einen sicheren Weg weisen«, befahl Admiral Halsey, die bereits begonnen hatte, sich ein Bild von dem Bereich zu machen, wo sie sich gerade befanden.

Nach 26 FTL-Sprüngen führte die Crew praktisch automatisch die nötigen Schritte durch, die einem Sprung folgen mussten. Aber dies war ihre Endstation. Sie waren nicht länger nur auf der Durchreise.

»Beginn des systemweiten Scans«, verkündete Lieutenant Moore, ihr Ops-Offizier.

Der operative Betrieb, der Ops-Bereich der Brücke, umfasste fünf Positionen, die rund um die Uhr besetzt waren. Die aktive- und passive Scanner-Suite wurde von drei Mannschaftsmitgliedern bedient, während die verbliebenen Zuständigkeiten vom rangältesten

Unteroffizier im Dienst und dem für die Abteilung zuständigen Offizier übernommen wurden.

Es würde einige Zeit dauern, bis ihnen das elektronische Abtasten des Systems die ersten verwertbaren Daten lieferte. In der Zwischenzeit würden sie sich mitsamt dem Versorgungsschiff im Hintergrund halten und zunächst einmal abwarten, was es in diesem System zu sehen gab.

Auf dem Bildschirm verfolgte Halsey, wie die *Rook* ihre Haupttriebwerke startete. Sie verspürte eine leichte Eifersucht auf ihren Freund Hunt, dem die Aufgaben der Erkundung, des Schutzes, und falls nötig, des Kampfs übertragen worden waren.

Der Admiral befahl dem leitenden Offizier ihrer wissenschaftlichen Abteilung seine Abteilung auf die Bearbeitung einer Flut von Daten vorzubereiten, die die soeben ausgesetzten Drohnen und die Systemscans in Kürze liefern würden. Sie wies ihn darauf hin, besondere Sorgfalt auf die Identifizierung des Orts zu verwenden, den Dr. Johnsons Team ihr zur primären Untersuchung ans Herz gelegt hatte. Falls es auf diesem Planeten da unten Leben gab, dann wollte sie es finden.

****

RNS *Rook*

Nach ihrem letzten Sprung ordnete Captain Hunt an, das Schiff vom FTL-Antrieb abzukoppeln und den normalen Betrieb aufzunehmen.

»Ok, Leute. Wir haben es geschafft«, verkündete Hunt. »Das System liegt offen vor uns. Ops, bringen Sie unseren Suchradar und die elektronischen Antennen in Position. Ich will ein komplettes Bild des gesamten Bereichs. Suchen Sie nach Hinweisen auf existierende ELINT oder MASINT-Aktivitäten in diesem System. Achten Sie dabei besonders auf Neu-Eden und seine Monde. Falls jemand oder etwas von der Oberfläche her Daten versendet, will ich umgehend informiert werden.«

Als nächstes nahm Hunt durch das Antippen seines Klopfsensors Kontakt mit der technischen Abteilung auf. Der Chefingenieur meldete sich sofort. »Commander Lyons, fahren Sie die Haupttriebwerke hoch. Ich will so schnell wie möglich einsatzbereit sein.«

»Wir sind schon dabei, Captain. Geben Sie uns fünf Minuten zum Sichern des FTL-Antriebs. Danach schalten wir auf MPD-Antrieb um«, erklärte sein Chefingenieur.

Hunt erteilte weitere Anweisungen an den Ops-Bereich. »Lieutenant, setzen Sie die Satelliten aus. Ich will auf jedem Mond einen sehen. Und dann noch einige im

Orbit um Neu-Eden selbst. Wir müssen ein Gefühl dafür bekommen, was dort unten und in unserer unmittelbaren Umgebung vorgeht.«

Während Hunt die Bestätigung der technischen Abteilung erwartete, dass die Antriebe betriebsbereit waren, tasteten die aktiven Sensoren der *Rook* bereits das gesamte System auf der Suche nach dem Unbekannten ab, das sich möglicherweise dort draußen aufhielt. Ihr unglaubliches Aufgebot an ausfahrbaren Antennen und Radarsystemen arbeitete auf vollen Touren. Jetzt blieb ihnen nur noch, auf die Rückkehr der Informationen zu warten. Einiges würde sich innerhalb weniger Minuten ergeben, anderes erst nach Stunden und in einzelnen Fällen würde es sogar Tage dauern, bevor die übermittelten Daten eintrafen, die ihnen einen genaueren Überblick über das System verschaffen sollten.

Hunts Kommunikator piepste. »Brücke, Technik hier.«

»Technik, Captain hier. Sprechen Sie.«

»Sir, MPD-Drive ist startbereit«, informierte ihn Commander Lyons.

»Ausgezeichnet. Wir setzen uns in Bewegung. Bereiten Sie Ihre Leute darauf vor. Brücke, Ende.«

Hunt wandte sich an seinen Steuermann. »Lieutenant Donaldson, volle Geschwindigkeit voraus mit Kurs auf

Neu-Eden. Navigation, bringen Sie uns in eine hohe Umlaufbahn um den Planeten. Ich will mir die Situation am Boden mit unseren bordeigenen Scannern ansehen.«

Vierzig Minuten vergingen, in denen das Schiff tiefer in das System vordrang. Sie waren immer noch sechs Stunden vom Planeten entfernt. Diese Zeit würden sie zum Sammeln weiterer Informationen nutzen.

Endlich erschien Neu-Eden selbst im Bild ihrer nach vorn gerichteten Kameras. Hunt hatte ebenso gespannt wie alle anderen darauf gewartet, diesen neuen Planeten endlich aus der Nähe zu sehen. Aus diesem Grund hatte er geduldig ein Einschwenken der Kameras vermieden, bis sich ihr Abstand ausreichend verringert hatte. Den Planeten zu früh auf den Bildschirm zu bringen, würde ihnen nicht erlauben, ihn in seiner vollen Schönheit zu genießen - so hatte er sein Zögern begründet.

Eine Ewigkeit schien zu vergehen, bevor ihm sein XO endlich ins Ohr flüsterte: »Sir, wir sind nahe genug, um Neu-Eden auf den Schirm zu bringen - wenn es Ihnen recht ist?« Commander Asher Johnson konnte es offenbar selbst kaum erwarten, den Planeten zu sehen.

Hunt nickte kurz und forderte Ops auf: »Übertragen Sie die Bilder der vorderen Kameras auf den Monitor. Ich möchte sehen, wie Neu-Eden aussieht.«

Sämtliche Mitglieder der Brückencrew lehnten sich voller Spannung nach vorn. Hunt stellte sicher, dass jeder Monitor des Schiffs diesen ersten Anblick ebenfalls wiedergab. Die gesamte Mannschaft sollte am Erlebnis dieser Entdeckung teilhaben.

Einen Augenblick später tauchte ein noch recht kleines Bild des Planeten vor ihnen auf. Alle starrten wie gebannt auf das, was sich ihnen zeigte. Einer der Ops-Leute fuhr die Kamera so nahe wie möglich heran, worauf mehrere der Anwesenden mit ehrfürchtiger Stimme ein spontanes ‚Oh' ausstießen.

Der Planet sah der Erde unglaublich ähnlich, andererseits war er aber auch einzigartig anders. Captain Hunt nahm alles in sich auf - die Gewässer, die Wolken, die am Himmel hingen, Farbvariationen von Blau, Grün und Braun und eine Palette anderer Farben, mit denen diese wunderschöne Kugel vor ihnen in der Luft schwebte.

Der Planet war von drei Monden in unterschiedlichen Umlaufbahnen umgeben. Einer der Monde mit eigener Atmosphäre, mit Wasserläufen und einem eigenen Himmel schien selbst ein kleiner Planet zu sein.

Captain Hunt sah erneut auf ihr Ziel hinunter. Neu-Eden umkreiste einen einzelnen Zwergstern vom Typ K. Die beiden kleineren braunen Zwergsterne, die wiederum den Hauptstern umkreisten, reflektierten in wunderschönen Farben: der eine überwiegend violett, während der andere eine grünliche Farbe abstrahlte.

Atemberaubend, dachte Hunt.

Nachdem er sich endlich aus einer Art Trance befreit hatte, gab Hunt den Befehl, sich zunächst den Monden Neu-Edens zu nähern. Nach der Durchführung ihrer ersten Scans würden sie in eine niedrigere Umlaufbahn um Neu-Eden herum einschwenken und mit einer sorgfältigeren Untersuchung des Planeten beginnen. Oberstes Gebot für Hunt war es zunächst, sicherzustellen, dass es auf keinem der Monde Leben gab oder dass von keinem der Monde ein elektronisches Signal ausging, das ihrem Schiff oder der *Voyager* und der *Gables* Schaden zufügen könnte.

Die kommenden Tage würden sie in Atem halten. Auf dem Schiff trafen ohne Unterlass eine Unmenge an Daten ein - die Ergebnisse der Scans, der Sensoren und der Satelliten, die sie ausgesetzt hatten. Sobald er sich hinreichend davon überzeugt hatte, dass der Flotte keine unmittelbare Gefahr bei der Annäherung an den Planeten drohte, würde Hunt Admiral Halsey mitteilen, dass sie ihre Mission fortsetzen konnten.

Kapitel Dreizehn
Die Planung

RNS *Voyager*

In der Umlaufbahn – Neu-Eden

Die Deltas saßen im Besprechungszimmer und erwarteten vor ihrem ersten Besuch auf dem Planeten die endgültigen Anweisungen ihres Captains. Die vier Tage, die die Flotte sich nun schon in der Umlaufbahn um Neu-Eden aufhielt, hatte die wissenschaftliche Crew der *Voyager* dazu genutzt, sämtliche ihr zugänglichen Daten auszuwerten - Satellitenangaben und Informationen, die die in der Atmosphäre um den Planeten freigesetzten Drohnen ihren Computern übermittelt hatten. Besonderes Augenmerk richteten sie dabei auf die topografischen Gegebenheiten des Planeten, um den am besten geeigneten Ort für die erste Landung zu finden. Fest stand, dass früher oder später ein Weltraumaufzug installiert werden musste. Aus diesem Grund konzentrierten sie sich überwiegend auf das Gebiet um den Äquator des Planeten herum.

Bevor die Soldaten ungeduldig werden konnten, betrat Captain Hopper begleitet von zwei Wissenschaftlern den

Raum. Alle sprangen in Hab-Acht-Stellung auf und warteten auf die Erlaubnis, sich wieder setzen zu dürfen.

Sobald das Trio vor der Gruppe stand, befahl Captain Hopper: »Bitte setzen Sie sich und konzentrieren Sie sich auf das, was die Wissenschaftler Ihnen vortragen werden.«

Die nächsten 30 Minuten vergingen damit, die jeweiligen Aufgaben des Ersten, Zweiten und Vierten Zugs während dieser Mission darzulegen: wo sie landen, was sie tun, und wie lange sie sich vor Ort aufhalten würden.

Für den Fall, dass eine der Einheiten am Boden in Schwierigkeiten geraten sollte, befand sich eine Kompanie republikanischer Armeesoldaten als schnelle Eingreifgruppe in ständiger Alarmbereitschaft. Falls tatsächlich etwas schiefgehen sollte, würde das gesamte Bataillon mitsamt seiner schweren Ausrüstung landen und sich des Problems annehmen. Und obwohl niemand ein ernsthaftes Problem erwartete, war es dennoch gut zu wissen, dass Hilfe zur Hand war - sollte es eben doch nötig werden.

Mit dem Ende des Briefings dieser drei Züge verließen diese Soldaten den Raum. Captain Hopper, zusammen mit Lieutenant Crocker und Master Sergeant Royce warteten, bis die Männer aus der Tür waren. In der Abflughalle wartete ihre Ausrüstung auf sie.

Nachdem sich der Raum weitestgehend geleert hatte, betraten zwei andere Wissenschaftler in Begleitung von Admiral Halsey und ihrem XO, Commander Erin Johnson, das Zimmer.

Die 42 Mitglieder des Dritten Zugs hatten die Anweisung erhalten, zurückzubleiben und sich in Geduld zu üben. Ihnen würde eine andere Aufgabe zukommen. Sobald sie den Admiral sahen, nahmen alle erneut Haltung an.

»Bitte nehmen Sie Platz. Dies wird eine lange und interessante Einweisung, also machen Sie es sich bequem«, begann Admiral Halsey die Ausführungen.

Die Deltas tauschten nervöse Blicke aus. Ihnen war klar, dass es sich bei einer persönlichen Unterrichtung durch den Admiral in keinem Fall um eine Routineaufgabe handeln konnte. Da war etwas im Gange.

»Vier Monate bevor wir uns auf die Reise machten, machten unsere Wissenschaftler auf diesem Planeten eine faszinierende Entdeckung«, setzte Halsey an. »Zu unserer Überraschung identifizierten wir deutliche Anzeichen intelligenten Lebens. Dabei könnte es sich sogar um eine weiterentwickelte Rasse handeln. Derzeit sind wir nicht in der Lage, ihr Kommunikationssystem ausfindig zu machen oder ihren elektronischen Fingerabdruck zu erfassen.

Andererseits glauben wir, dass wir das Gebiet identifizieren können, in dem sich einige der Außerirdischen aufhalten.«

Sie hielt einen Moment inne, um den Effekt dieser Aussage wirken zu lassen. Erneut sahen sich die Soldaten nervös an, während sie schweigend die Fortsetzung der Unterweisung erwarteten.

»Ich will Ihnen etwas zeigen.«

Dann lief ein kurzes Video an, dass eine ihrer erst seit wenigen Tagen auf dem Planeten eingesetzten Drohnen gefilmt hatte. Trotz wiederholtem Überfliegen der Mine und deren Umfeld war es ihr wohl aufgrund einer elektronischen Störung nicht gelungen, eine Menge scharfer Videoaufnahmen zu schießen. Dennoch konnten sie eine hochgewachsene Gestalt ausmachen, die ungefähr ein Dutzend kleinerer Figuren eskortierte. Genauere Details waren nicht erkennbar, aber was die Soldaten sahen, ließ ihnen die Haare zu Berge stehen.

Nach dem Ende des unscharfen Videos räusperte Halsey sich und stellte sich wieder mitten vor die Gruppe. »Der positive Nachweis außerirdischen Lebens – unser Grund, die Mission Alpha Centauri fallen zu lassen …. und die Erklärung dafür, wieso wir ein Kontingent an Sondereinsatzkräften und ein Bataillon der Republikanischen Armee an Bord der *Voyager* beherbergen. Wir haben keine Ahnung, ob diese Lebewesen friedlicher Natur sind.«

»Ähm, Admiral ….« Einer der Sergeanten hob die Hand. »Wissen wir, wie groß diese Außerirdischen sind oder gibt es weitere Details, bevor wir tatsächlich dort unten aufsetzen?«

»Daran arbeiten wir gerade, Sergeant. Die Übermittlung in der Nähe der Berge ist zum Teil blockiert. Trotzdem hoffen wir, dass uns wenigstens eine der Drohnen beim nächsten Überflug über diesen Bereich bessere Bilder liefern wird«, erwiderte sie.

Für die Kartografie des gesamten Planeten waren einige in großer Höhe fliegende Drohnen verantwortlich, nicht die genaueren Bodenüberwachungsdrohnen, mit denen ihre Betreiber, die die Sondereinsatzteams unterstützten, gewöhnlich arbeiteten.

Halsey atmete tief durch, bevor sie fortfuhr. »Mir ist bewusst, dass wir momentan über wenig Informationen verfügen, und dass wir Sie auf einen von mindestens zwei außerirdischen Rassen bevölkerten Planeten ins Unbekannte hinunterschicken. Genau das ist allerdings auch der Punkt, weshalb wir gerade Sie mit der Untersuchung betrauen und nicht die reguläre Armee. Die Aufgabe Ihres Zugs besteht darin, sich konzentriert der

Überwachung zu widmen. Wir wissen, dass es auf diesem Planeten Leben gibt. Ihr Job ist es, das Einsatzgebiet auszukundschaften und dies aus erster Hand zu bestätigen. Danach wird unser Team des Ersten Kontakts mit den Außerirdischen in Verbindung treten und versuchen, eine Art Dialog mit ihnen aufzubauen. Zunächst brauchen wir allerdings nachrichtendienstliche Informationen. Beobachten Sie den Wald und tun Sie Ihr Bestes, festzustellen, ob es dort ein Basislager gibt, aus dem heraus die Außerirdischen operieren.«

Der Admiral sah einige der Männer direkt an, bevor sie Lieutenant Crocker und Master Sergeant Royce ansprach. »Ich weiß, dass ich Ihnen eine gefährliche Mission des Unbekannten zumute. Ihr Zug hat diesbezüglich die größte Erfahrung, und ich brauche meine besten Leute für diesen Einsatz. Sobald das Team des Ersten Kontakts es für angebracht hält, werden einige Soldaten Ihres Zugs unsere Diplomatin auf ihrem Antrittsbesuch begleiten. Unter *keinen* Umständen werden Sie auf jemanden schießen oder ihn angreifen, es sei denn, Sie haben meine persönliche Erlaubnis oder Ihre Leben befinden sich in unmittelbarer Gefahr. Ich kann gar nicht genug betonen, wie wichtig es ist, während unserer ersten Begegnung mit einer unbekannten Art nicht als feindselig zu erscheinen. Ist das klar, Deltas?«

Der Admiral ließ keine Zweifel daran aufkommen, dass die Karriere desjenigen, der während dieser Mission von ihren Anweisungen abwich, schwer darunter leiden würde.

Die Deltas waren von dem, was sie gerade gesehen hatten, geschockt und gleichzeitig voller Ehrfurcht. Das Unerwartete war tatsächlich geschehen; sie hatten fremde Lebensformen entdeckt. Jetzt stellte sich nur noch die Frage, ob sie gerade einen Freund oder einen Feind aufgetan hatten.

****

Admiral Halsey verließ den Konferenzraum und machte sich auf den Weg zur Brücke. Sie war sich sicher, den Deltas hinreichend Informationen vorgelegt zu haben, um ihren Auftrag zu erfüllen ohne sich oder die Mission in Gefahr zu bringen.

Seit ihrer Ankunft in der Umlaufbahn hielt Halsey ihre Operationsabteilung ununterbrochen auf Trab, Drohnen und Satelliten auszusenden, die jeden Zentimeter dieses Planeten scannen und durchleuchten sollten. Die Herausforderung, der sie gegenüberstanden, war die

Tatsache, dass dieser Planet einfach so verdammt unglaublich war. Fünf Prozent größer als die Erde – es würde Monate dauern, bevor ihre Satelliten eine halbwegs vernünftige Karte des gesamten Planeten erstellen, geschweige denn eine detaillierte Bildwiedergabe liefern konnten. Sie vertraute darauf, dass sie, sobald ihre Teams vor Ort am Boden waren, eine weit bessere Vorstellung von der Zusammensetzung des Planeten haben würden, und mit wem oder was sie es hier zu tun hatten. Sie mussten herausfinden, wer das Minengeschäft betrieb. Es war eindeutig eine organisierte Operation. Das neu eingetroffene Video bereitete ihr Kopfschmerzen. Entweder waren sie auf zwei fremdartige Rassen gestoßen, oder etwas stimmte da nicht. Diese große Kreatur neben der Gruppe der kleineren zu sehen, versetzte sie in Unruhe, wohl ausgelöst dadurch, dass diese schmäleren Außerirdischen menschlichen Wesen ungeheuer ähnlich sahen.

Auf der Brücke steuerte Halsey zunächst Ops an, um zu sehen, ob die letzten Stunden etwas Neues gebracht hatten.

Die Brücke der *Voyager* ähnelte im Aufbau stark den CICs, den Gefechtsoperationszentralen der alten US-Kriegsschiffe. Die Stühle von Commander und XO standen an der Rückwand der Brücke, zusammen mit dem des dienstältesten Unteroffiziers. Rechts befanden sich die Operations-, Kommunikations- und technischen Bereiche, und links waren die Navigation, das Steuerruder und die Waffenabteilung angesiedelt.

Jede Station war mit vier großen digitalen Bildschirmen ausgestattet. Sie konnten entweder als Einheit ein großes, vom Admiral gewünschtes Bild aufzeigen oder vier individuelle Abschnitte oder unterschiedliche relevante Informationen. In den Ecken des Raums hingen weitere, schräg zur Mitte hin ausgerichtete Bildschirme, um allen, insbesondere dem Admiral und dem XO, das bestmögliche Bild zu bieten. Gewöhnlich gaben sie den Status der einzelnen Abteilungen wieder, oder - falls es je dazu kommen sollte - deren Schadensberichte. Insgesamt lieferte dieser Arbeitsbereich den anwesenden Offizieren und Unteroffizieren einen kompletten Überblick über alle Einzelheiten, die das Schiff betrafen und was um sie herum vorging.

»Ops, hat sich etwas Ungewöhnliches im Bereich des Landeplatzes ergeben? Ich will sichergehen, dass unsere Leute nicht direkt mit dem Aufsetzen in einer Gefahrenzone landen.« Halsey überflog die Ansagen und Informationseinspeisungen auf mehreren Bildschirmen.

Der Chief Petty Officer, der dabei war, die Daten der Drohnen auszuwerten, sah hoch. »Bisher konnten wir nichts entdecken«, erwiderte er. »Die Drohnen beendeten vor einer Stunde ihren vierten Überflug. Das Problem ist, dass wir weiter elektronische Störungen verzeichnen. Ich kann es mir nicht erklären. Möglich, dass etwas in der Erde oder in der Atmosphäre unsere Signale beeinträchtigt.«

»Wie steht es mit den geologischen Untersuchungen?«, forschte Halsey, in der Hoffnung, die könnten eine mögliche Erklärung dafür liefern, wieso die Kommunikation mit den Drohnen so gestört war.

Der Drohnenbetreiber sah Halsey an und erwiderte: »Bisher fand nur ein Überflug statt. Wärmebild-Aufklärung, Infrarot, LiDAR und das altbewährte ‚genauer hinsehen'. Der Landeplatz sieht sauber aus, verlassen. Aber näher zu den Bergen hin gibt es tatsächlich irgendetwas, das für unsere Funkstörungen verantwortlich ist.«

Halsey nickte. Sie wusste, dass sie im Hinblick auf diese Unregelmäßigkeiten nichts weiter unternehmen konnte. Erst mussten ihre Teams vor Ort sein. Sie bedankte sich bei der Mannschaft für ihre sorgfältige Arbeit und ging zum Chief Petty Officer hinüber, der für die Drohnen zuständig war.

Halsey beugte sich leicht zu ihm hinunter. »Was ist mit der zweiten Stelle?«, flüsterte sie vorsichtig. Der Chief war über ihre dortige Aufgabe informiert und kümmerte sich persönlich um das Feed dieser Drohne.

Er bedeutete ihr, noch ein wenig näher zu kommen und erklärte mit leiser Stimme: »Ich habe etwas gefunden.«

Überrascht sah Halsey ihn an. Sie ging um seine Station herum und kniete sich neben ihn. »Was haben Sie gefunden?«

Er öffnete eine Datei. Halsey konnte sich in letzter Sekunde beherrschen, nicht laut nach Luft zu schnappen.

»Ich hatte die gleiche Reaktion und wollte Sie gerade ausrufen, als Sie auf die Brücke kamen. Ich denke, damit hat sich die Situation geändert.« Er ließ das Video weiterlaufen. Es war ihnen endlich gelungen, eine der Überwachungsdrohnen, mit denen die Deltas gewöhnlich arbeiteten, nahe dem geplanten Landungsort einzusetzen.

Mit offenem Mund starrte Admiral Halsey auf das, was sich vor ihr abspielte. »Sie sehen menschlich aus«, stieß sie schockiert hervor.

»Diese Gruppe, ja. Aber sehen Sie hier.« Der Chief nutzte den Cursor, um das Bild von etwas *ganz* anderem hochzubringen.

Mit weit aufgerissenen, kreisrunden Augen hielt sie sich die linke Hand vor den Mund. Plötzlich fiel ihr ein, dass andere auf der Brücke ihre Reaktion beobachten konnten. »Fahren Sie Ihre Arbeitsstation herunter. Wir gehen in mein Büro«, ordnete sie an, während sie sich erhob.

Auf dem Weg ins Büro schickte sie eine Nachricht an den Leiter ihrer Wissenschaftsabteilung und an Captain Hopper. Bevor das Team die Planetenoberfläche betrat, mussten seine Deltas dieses Video sehen. Danach sandte sie eine zweite Nachricht an das Flugdeck und verschob den Abflug des Teams um einige Stunden. Bevor die Männer dort unten landeten, musste entschieden werden, was sie mit der Information, die gerade zu Tage getreten war, anfangen sollten.

Sobald sie und der Chief Petty Officer allein in ihrem Büro waren, ließ sie ihn das Video erneut aufrufen.

»Was denken Sie, wohin sie gehen? Oh, und wieso haben uns unsere Satelliten bislang nichts gezeigt?«

»Die Satelliten scannen immer noch. Das braucht Zeit. Außerdem ist die Gegend dort stark bewaldet, was es einfach macht, unter der Deckung der Bäume nicht erfasst zu werden«, entgegnete der Chief.

»Denken Sie, es sind Gefangene?«, wunderte sich Halsey.

Der Chief sah erneut auf den Bildschirm und dann zu ihr hinüber. »Meiner Ansicht nach ist das der einzig mögliche Schluss. Sehen Sie sie an - heruntergekommen und ungepflegt, mit zerrissener Kleidung. Und diese größeren Figuren halten etwas in der Hand, das wir wohl als eine Art Waffe ansehen dürfen.«

Zehn Minuten später trafen der leitende Wissenschaftsoffizier und Captain Hopper endlich ein. Der Admiral zeigte ihnen die Bilder ihrer neuesten Entdeckung.

»Wow, wer zum Teufel sind die denn«, rief Captain Hopper bestürzt aus.

»Eindeutig eine fremdartige Rasse, Captain«, folgerte Dr. Milton sarkastisch.

»Ja, eindeutig, Doktor. Aber ihr Anblick beeinflusst den Ablauf unserer Bodenoperationen ein wenig. Sehen Sie sich das an.« Hopper zeigte auf etwas, was die Kreatur in ihren Händen hielt. »Das ist eindeutig eine Waffe.«

Der Commander der Deltas sah den Drohnenbetreiber an. »Ist es möglich, eine Nahaufnahme von diesem blauen Außerirdischen zu bekommen?«

Dr. Milton mischte sich ein. »Wollen wir uns nicht zuerst einmal die menschlich aussehenden Gefangen ansehen?«

Hopper wandte sich dem Wissenschaftsoffizier zu und konterte: »Bei allem Respekt, Doktor, die können Sie später studieren. Mein Team steht kurz davor, unbekannten Boden zu betreten. Hilfreiche Informationen über diese blauen Wachen zu erhalten steht im Moment im Vordergrund. Sie stellen eine Bedrohung für uns dar.«

Bevor die beiden Alpha-Männchen aneinander geraten konnten, bestimmte Admiral Halsey ruhig: »Dr. Milton, Sie und ich sehen uns die Gefangenen später im Detail an. Konzentrieren wir uns zunächst einmal auf die Wachen.«

»Lassen Sie mich die Drohne in eine andere Position bringen, um diesen Aufseher hier drüben von vorne zu sehen. Er scheint regungslos Wache zu stehen, was es einfacher macht, ihn zu beobachten«, schlug der Chief Petty Officer vor, während er ihr Auge im Himmel umdirigierte.

Der Blick auf die außerirdische Kreatur zeigte eine Figur mit muskulösen Armen, Schultern und Brustkorb, deren Haut bläulich schimmerte. Sie trug eine Uniform, an der deutlich sichtbar mehrere Ausrüstungsgegenstände hingen. Die Kreatur spielte mit ihrer Waffe, als ob sie gelangweilt wäre. Die Details ihres Gesichts blieben ihnen weitestgehend verborgen, allerdings konnten sie ihr langes pechschwarzes Haar erkennen, das ihr geflochten hinunter auf den Rücken fiel.

Der Drohnenführer sah Captain Hopper an. »Um Ihnen ein besseres Bild des Gesichts oder mehr Details zu liefern, müsste ich viel näher herangehen, Sir. Momentan kreist die Drohne in 30 Kilometer Entfernung und auf 3.000 Metern Höhe. Aus Furcht vor Entdeckung möchte ich eigentlich nicht näher heran.«

»Sind unsere Drohnen nicht mit der Tarnkappentechnologie ausgestattet?«, bemängelte Dr. Milton ganz offensichtlich enttäuscht, kein besseres Bild des Biests zu erhalten.

»Das sind sie«, bestätigte ihm der Chief. »Aber noch ist unklar, ob diese Wachen möglicherweise in der Lage sind, unsere elektronischen Signale aufzufangen, oder wie gut sie hören oder sehen können. Zu diesem Zeitpunkt wollen wir unsere Entdeckung nicht aufs Spiel setzen.«

«Ok, ich denke, das reicht für heute«, kündigte Admiral Halsey an. »Captain, sobald Ihre Soldaten gelandet sind, möchte ich, dass sie mit ihren parabolischen Mikrofonen und ihren Videokameras so viele Audio- und Videoaufnahmen wie möglich von den beiden Wachen und den menschlichen Gefangenen machen. Diese Daten schicken Sie umgehend an uns zurück, damit unsere Künstliche Intelligenz sie bearbeiten kann. Falls es uns gelingt, ein praktikables Verständnis ihrer Sprache zu erarbeiten, gibt das unserem Team des Ersten Kontakts eine weit bessere Erfolgschance.«

Der Delta-Commander erhob sich mit einem Lächeln. Er hatte seinen neuen Marschbefehl erhalten.

****

Zurück im Besprechungszimmer richtete Captain Hopper laut das Wort an seine Truppe. »Zuhören, Deltas! Unser Auftrag hat sich geändert. Wir erhielten gerade neue Informationen von einer unserer Drohnen über der Oberfläche, und ich muss zugeben, dass ich mir selbst nicht ganz sicher bin, was ich davon halten soll. Wie heißt es so schön? Semper Gumby – flexibel wie Gumby! Unser Auftrag der Beobachtung besteht unverändert weiter, dazu kommt aber, dass wir mithilfe unserer parabolischen Mikrofone und Kameras so viel Tonaufnahmen und Videos wie möglich von diesen Unbekannten aufnehmen werden. Die Wissenschaftler an Bord denken, dass unsere AI in der Lage sein wird, ihre Sprache zu analysieren - solange wir ausreichend Audioaufnahmen ihrer Gespräche untereinander zurücksenden. All das wird unserem Team des Ersten Kontakts helfen, wenn die Zeit reif ist, oder uns, falls die Sache in die Hose gehen sollte.«

Hopper schwieg einen Augenblick, um seinen Worten Gewicht zu verleihen. »Der Befehl lautet, unmittelbar nach unserer Landung unsere Überwachungskits zu aktivieren und mit dem Sammeln der Daten zu beginnen, die der Admiral von uns sehen will. Sobald Botschafterin Nina Chapman glaubt, ein ausreichendes Verständnis der Sprache erlangt zu haben, werden sie und ihr Assistent versuchen, Kontakt zu den Außerirdischen aufzunehmen. Dabei fällt uns dann die Aufgabe zu, dieses Treffen zu überwachen und sicherzustellen, dass alles problemlos verläuft.«

»Ich zeige Ihnen jetzt einige Videoaufnahmen, um Sie mit dem Aussehen dieser Außerirdischen vertraut zu machen. Sie diesem Schockerlebnis erst nach unserer Landung auszusetzen will ich vermeiden. Sie müssen wissen, mit wem wir es zu tun haben.«

Hopper spielte das Filmmaterial der Drohne ab, das er bereits im Büro des Admirals gesehen hatte, zusammen mit mehreren Nahaufnahmen von zwei Figuren. Das Video machte deutlich, dass eine der Figuren im Aussehen einem menschlichen Wesen überraschend nahe kam. Von der zweiten Figur konnte man das allerdings nicht behaupten. Verblüfft äußerten sich die Soldaten zu ihrem Aussehen und wie groß sie zu sein schien. Der Mythos der kleinen grünen Männchen hatte sich soeben in Luft aufgelöst.

Master Sergeant Brian Royce war von dem, was sie gerade gesehen hatten, ebenso schockiert wie seine Männer. Mit der Aufnahme des großen blauen Außerirdischen vor sich, erkundigte er sich: »Umfasst unser Auftrag neben den Ton- und Videoaufnahmen der beiden Gruppen auch die Suche nach ihrem Basislager?«

Captain Hopper sah seinen erfahrensten Unteroffizier an, atmete tief durch, und antwortete dann. »Eine gute Frage, Master Sergeant. Im Moment sieht der Plan folgendermaßen aus: der Vierte Trupp bleibt beim Osprey zurück, zusammen mit dem Team des Ersten Kontakts und den drei Wissenschaftlern, die die ersten Boden- und andere Proben einholen werden. Truppe Eins und Zwei beobachten die Außerirdischen um die Mine herum, und Trupp Drei wird versuchen, ihr Camp oder ihren Unterschlupf ausfindig zu machen. Nachdem die Wissenschaftler und das Kontaktteam über hinreichend Informationen verfügen, um die Außerirdischen gefahrlos anzusprechen, wird der gesamte Zug diesen Schritt unterstützen.«

Royce nickte zustimmend und stellte eine Anschlussfrage. »Wie läuft die Kommunikation vor Ort ab?«

Lieutenant Crocker meldete sich zu Wort. »Fürs Erste nutzen wir unsere Neurolinks, es sei denn, etwas geht schief. Dann sind Funkgeräte und Stimmkontakt erlaubt. Da wir momentan noch sicher wissen, ob die Außerirdischen über hochentwickelte Kommunikationseinrichtungen verfügen, ist es besser, den Gebrauch der Funkgeräte zu vermeiden. Ich sprach das CIC auf elektronische Signale auf dem Planeten an. Mir wurde mitgeteilt, dass sie gegenwärtig weder auf den Bandbreiten, die wir normalerweise abhören, noch auf einigen der weniger bekannten etwas entdeckt haben. Was allerdings nicht bedeutet, dass die Außerirdischen nicht untereinander oder sogar über diese Welt hinaus in Kontakt stehen. Es bedeutet einfach nur, dass wir zu diesem Zeitpunkt nicht wissen, ob oder wie sie in Verbindung bleiben. Das festzustellen, gehört ebenfalls zu unseren Aufgaben.«

»Vielen Dank, Lieutenant Crocker.« Captain Hopper übernahm wieder und wandte sich Master Sergeant Royce zu. »Stellen Sie sicher, dass einer der Männer des dritten Trupps unsere ELINT-Ausrüstung mit sich führt. Sobald wir das Lager der Außerirdischen gefunden haben, werden wir sie aktivieren, um zu sehen, ob sie auf einer anderen Bandbreite oder Frequenz arbeiten. Ich bezweifle sehr, dass es einer organisierten Operation wie dieser unmöglich ist, mit der Außenwelt zu kommunizieren.«

Royce nickte und schickte eine kurze NL-Nachricht an einen der Soldaten, diese Spezialausrüstung einzuladen.

Der Rest des Zugs diskutierte noch eine Weile länger, wie und wo sie in die vorgesehene Region vorrücken würden. Den ursprünglichen Plan, näher an ihrem Ziel zu landen, ließen sie fallen und beschlossen stattdessen, weiter entfernt zu landen, um eine mögliche Entdeckung zu vermeiden.

Schließlich einigten sie sich auf eine neue Position - auf eine Lichtung im dichten Wald, die etwa zehn Kilometer von ihrem Ziel entfernt lag. Dank der gesteigerten Leistungsfähigkeit ihrer verbesserten Körper und den Ektoskelett-Kampfanzügen sollte die Überwindung dieser Entfernung kein Problem darstellen.

Drei Wissenschaftler würden sie auf die Reise zur Oberfläche begleiten – ein Biologe, ein Botaniker und ein Geologe, die um den Landeplatz herum Proben einholen und dort ihre ersten Tests durchführen würden. Das Team des Ersten Kontakts, das die Verbindung zu den Außerirdischen aufnehmen würde, war ebenfalls mit von

der Partie. Leider blieb es an Trupp Vier hängen, die
Babysitter für die Zivilisten am Landeort zu spielen.

****

Fünf Stunden später, nach dem Austausch und Laden
einiger neuer Ausrüstungsgegenstände, kletterten die
Deltas an Bord der beiden Ospreys zum bevorstehenden
Transport an die Oberfläche. Im Gegensatz zu der
regulären Armee der Republik, die über ihre eigenen
orbitalen Landefahrzeuge verfügte, tendierten die
Sondereinsatzkräfte dazu, sich sowohl für orbitale als auch
für atmosphärische Landungen auf speziell darauf
eingerichtete Shuttles, auf ihre Ospreys, zu verlassen. Ihr
Handwerk unterschied sich von dem der RA und kam mit
seinen eigenen Instrumenten.

Nachdem Trupp Eins und Zwei zusammen mit
Sergeant Royce und Captain Hopper an Bord waren,
schloss der Mannschaftsführer die Einstiegsluke und
verriegelte sie. Die beiden anderen Trupps saßen mit
Lieutenant Crocker im zweiten Osprey. Wenige Minuten
danach bereitete sich der Pilot des ersten Fluggeräts auf den
Ausstoß aus der Abschussröhre vor. Die Andockklammern,
die sie vor Ort hielten, öffneten sich und erlaubten dem
Gefährt einen kurzen Moment frei zu schweben, bevor die

magnetische Röhre sie wie die Kugel aus einem Gewehr aus dem Tunnel heraus katapultierte.

Sekunden später ließ der Osprey die *Voyager* hinter sich und raste in die obere Atmosphäre des Planeten hinunter. Sobald das Raumschiff sie freigegeben hatte, kehrte plötzlich das Gefühl des freien Schwebens im Weltraum zurück. Ihr künstliches Gravitationsfeld existierte nicht länger. Die Schwerelosigkeit hatte sie wieder.

Der Abstand des Osprey zur *Voyager* vergrößerte sich. Der Planet kam näher. Das erste Eintauchen in dessen Atmosphäre verlief relativ ruhig, aber je tiefer sie in die Atmosphäre eindrangen, desto mehr wurde ihr Fluggerät von Scherwinden gebeutelt. Im vorderen Bereich und am Unterboden der Hitzeschilder des Osprey zeigte sich nun auch der erwartete Feuerschein. Dieser Zustand würde sich fortsetzen, bis sie endlich in die untere Atmosphäre des Planeten eintauchten und ihren Sinkflug verlangsamen konnten.

Mit dem Blick aus dem Fenster verfolgten die Deltas den Übergang von der Dunkelheit des Weltalls, die allein von leuchtenden Sternen unterbrochen wurde, zu den Wolkengebilden und dem Grün, Braun und Blau der Welt unter ihnen. Während sie die ersten Eindrücke dieser neuen

Welt verarbeiteten, stellte der Pilot den Antrieb auf atmosphärischen Flug um. Bereits im Weltraum hatten sich die kurzen, breiten Flügel des Ospreys entfaltet. Sobald sie ihre volle Länge erreicht hatten, stellten sich die Flügelspitzen auf, um mehr Stabilität zu garantieren, und in weniger als einer Minute hatte sich der Osprey von einem Weltraumfahrzeug in ein atmosphärisches Transport- und Kampfflugzeug verwandelt.

Gekonnt manipulierte der Pilot die Instrumente, um ihren Flug zu verlangsamen und gleichzeitig zu vermeiden, eine Schallmauer nach der anderen zu durchbrechen. Es lag nicht in ihrer Absicht, denen dort unten - wer immer sie auch sein mochten - mit einem Überschallknall ihren Besuch anzukündigen.

Der Flug zur Oberfläche hinunter zog sich beinahe eine ganze Stunde lang hin – länger als gewöhnlich, eben weil ihre Ankunft unentdeckt bleiben sollte. Gelegentlich verkündete der Mannschaftschef ihre gegenwärtige Flughöhe und die erwartete Ankunftszeit.

Sobald sie sich der Landezone näherten, öffnete sich die hintere Luke des Ospreys und erlaubte den Soldaten, ihren ersten persönlichen Blick auf den neuen Planeten zu werfen. Es war faszinierend, all diese neuen Vogelarten und die anderen fliegenden Tiere zu beobachten, die durch die Luft kreisten. Je näher sie dem anvisierten Landeplatz kamen, desto mehr verringerte sich ihre Geschwindigkeit. Eine ihrer Drohnen hatte ihnen eine Lichtung ausfindig gemacht, auf dem beiden Ospreys vertikal landen konnten. Der Pilot entdeckte sein Ziel und setzte sanft auf dem Boden auf.

»Alle Mann nach draußen!«, befahl Master Sergeant Royce durchdringend und Trupp Eins und Zwei beeilten sich, das Fluggerät zu verlassen.

Unmittelbar danach etablierte ein Trupp im Umkreis von 25 Metern einen Sicherheitsbereich. Die beiden Teams des zweiten Ospreys taten es ihm nach und vervollständigten die Sicherheitszone um beide Fluggeräte herum, während die Piloten die Motoren auslaufen ließen. Die nächsten fünf Minuten verharrten die Soldaten mit schussbereiten Waffen bewegungslos in ihrer Position und nahmen sämtliche Eindrücke und Geräusche ihrer Umgebung in sich auf. In der Zwischenzeit bauten ihre HUDs in Windeseile eine topografische Karte ihres direkten Umfelds auf der Suche nach möglichen Bedrohungen auf.

Royce kniete neben einem Baum, dessen Größe eines der ersten Dinge war, die ihm auffielen. Einige der Bäume mussten über zwei- oder sogar dreihundert Meter hoch sein. Royce hatte den amerikanischen Redwood-Nationalpark in Kalifornien besucht. Er wusste, wie hohe Bäume aussahen. Diese hier waren denen in Kalifornien weit voraus. Zudem war der Umfang ihrer Stämme am Boden gewaltig.

Er legte den Kopf nach hinten, um sich den Baum ungefähr 30 Meter vor ihm in seiner ganzen Größe genauer anzusehen. Er war massiv, sicher drei- oder viermal so groß wie die Rotholzbäume, die er in Kalifornien gesehen hatte. Gleichzeitig ähnelten er in der Art wie sich sein Baumkronendach entfaltete aber auch den Banyanbäumen – ein Teil seiner Äste wuchs nach außen und in die Erde hinunter.

Master Sergeant, schicken wir die Drohnen los. Ich will mir einen besseren Überblick über die Situation beschaffen, bevor wir ausrücken, erklärte Lieutenant Crocker über den Neurolink.

Über das gleiche System befahl Royce seine beiden Drohnenbetreibern, ihre Werkzeuge einsatzbereit zu machen.

Ein Corporal zog sich den Rucksack vom Rücken und brachte mehrere Drohnen zum Vorschein. Zwei davon würden in der Umlaufbahn über den Ospreys verbleiben, um über sie und ihre nähere Umgebung zu wachen. Eine etwas größere Drohne war die Kommunikationsdrohne, die ihre Nachrichten zunächst an die Ospreys übermitteln würde, die sie ihrerseits dann in die Umlaufbahn an die *Voyager* weitergegeben würden. Zu guter Letzt zog der Corporal fünf Drohnen von der Größe eines Golfballs hervor. Eine von ihnen würde wenige hundert Meter vor ihnen die Gegend nach möglichen Bedrohungen auskundschaften, während zwei andere für ihre rechte und linke Flanke zuständig waren. Die vierte Drohne diente ihrer Rückendeckung. Die fünfte Drohne würde sich direkt über ihnen aufhalten und dem Zug ein komplettes Situationsbewusstsein ihres Umfelds vermitteln.

Dieses von den Drohnen gelieferte Unterstützung diente dazu, die Augen und Ohren des Zugs weit darüber hinaus zu verbessern, wozu die Mitglieder des Zugs selbst in der Lage waren. Sie würden die Gruppe rechtzeitig vor jeder Gefahr, die auf sie zuzukommen schien, warnen. Die Ausstattung, die die Deltas mit sich führten, und ihre zwischenzeitlich integrierten HUDs - ihre eingebaute künstliche Intelligenz - sollten ihnen erlauben, jede auftretende unbekannte Bedrohung zu identifizieren.

Master Sergeant Royce wies den Corporal und seinen Stellvertreter Sergeant Wagman an, ein Auge auf die Drohnen zu haben und der Situation angepasst auf das, was immer sie sahen, zu reagieren. Royce selbst wollte sich allein darauf konzentrieren, den Zug zu führen. Ein neuer und gefährlicher Teil ihrer Mission stand ihnen bevor.

Royce hatte das Gefühl, er sollte etwas sagen, bevor er seine Männer in Alices Kaninchenbau hinunterführte. Er verknüpfte sich mit dem NL-Kanal des Zugs. *Aufgepasst, Leute. Hier gibt es viel Seltsames und Interessantes zu sehen. Ich kann Ihnen beinahe garantieren, dass uns weit mehr überraschen wird, sobald wir den Wald vor uns betreten und auf die Minen zuhalten. Bitte konzentrieren Sie sich! Halten Sie die Augen sorgfältig offen und lassen Sie sich nicht von all den Dingen um uns herum ablenken. Denken Sie daran, wir haben es hier mit zwei unterschiedlichen außerirdischen Rassen in unserer näheren Umgebung zu tun, von denen wir nicht wissen, ob sie freundlich oder feindlich gestimmt sind. Also lassen Sie sich weder von Gefühlen noch von Angst beeinflussen, und seien Sie auf alles, was uns bevorstehen könnte, vorbereitet.*

Royce schaltete auf einen Kanal zwischen Crocker, Hopper und ihm um und kündigte an: *Lieutenant, Captain, wir rücken aus.*

Klingt gut, Master Sergeant. Sehen wir, wie tief dieser Kaninchenbau reicht, erwiderte Captain Hopper.

Royce erhob sich betont langsam und ging mit der Waffe im Anschlag auf den fremdartigen Wald zu, der sich vor ihnen auftat. Auf dem Boden vor ihm registrierten seine Augen den Grund, einige Stellen Gras, die etwas Licht einfangen konnten, und seltsam aussehende Blumen und Pflanzen und Blattwerk, die er nie zuvor gesehen hatte.

Obwohl die Luft um sie herum den menschlichen Anforderungen entsprach, behielten sie weiter ihre abgedichteten Ekto-Anzüge an. Sie mussten den Wissenschaftlern zunächst ausreichend Zeit geben, eine Spektralanalyse der luftgetragenen Feststoffteilchen durchzuführen, um sicherzustellen, dass sie dort draußen keine unbekannten Krankheitserreger aufschnappten.

Royce schob ein Gestrüpp zur Seite und drang tiefer in den Wald ein. Er war weit dunkler, als er es sich vorgestellt hatte. Beim Hochsehen sah er, dass sich zwei oder mehr Baumkronendächer überlagerten, was wohl erklärte, weshalb das Licht mit jedem weiteren Schritt in den Wald hinein abnahm. Royce musste sich zwingen, konzentriert und alarmbereit zu bleiben. Seine Augen wollten hin und her wandern, einfach alle Eindrücke in sich aufnehmen, die ihm diese neue Welt bot, in der er sich nun wiederfand.

Zehn Minuten nach dem Einmarsch in den Wald erblickte Royce eine wahrhaft merkwürdige Kreatur.

Vielleicht ein Hirsch, aber eigentlich mehr ein Pferd, beinahe ein Minotaur. Das Biest verfügte am Oberkörper über zwei kurze Arme, ähnlich denen eines Affen oder sogar eines Menschen. Sein Kopf hingegen glich mit seiner mittelgroßen Nase und seinem Maul eher dem eines Bären, ungleich der langen Nase und dem Kopf eines Hirschs oder eines Pferdes. Es sah wie eine Fantasiefigur aus. Royce schickte eine Nachricht an seinen Zug und ermahnte sie, nicht zu verweilen und zu starren. Sie hatten eine Aufgabe zu erledigen, die verlangte, dass sie weiter zügig vorrückten.

Um weitere Ablenkungen zu vermeiden, beschleunigten sie ihren Marsch. Schließlich lag die Abbaustätte vor ihnen. Ohne echten Anhaltspunkt dafür, welche Zeit es wirklich auf diesem Planeten war, gingen sie von der Mittagszeit aus. Die drei Sonnen des Sonnensystems und mehrere Monde in der Umlaufbahn des Planeten hatten ihr Zeitgefühl komplett durcheinander gebracht.

Mit dem Erreichen der Mine nahm Trupp Eins eine rückwärtige Verteidigungsposition ein und schwärmte aus. Diese Männer würden sicherstellen, dass sich ihnen niemand von hinten näherte und ihnen in feindlicher Absicht den Rückzug verwehrte. Trupp Zwei verteilte sich weiträumig zur Beobachtung des Minenbereichs selbst, mit dem erklärten Ziel, sich einen Überblick über das Kommen und Gehen zu verschaffen und über die Arbeiten, die in der Mine stattfanden. Des Weiteren oblag es ihnen auch, ausreichend Ton- und Filmaufnahmen der beiden außerirdischen Rassen zu beschaffen, damit die Computer der *Voyager* damit beginnen konnten, ihre Sprachen zu entschlüsseln.

Trupp Drei wartete auf den Einsatzbefehl. Diese Gruppe würde versuchen, das Basislager der Außerirdischen ausfindig zu machen, sobald die Richtung feststand, in der die Außerirdischen sich bewegten.

Trupp Vier hatte noch bevor ihre Kameraden die Mine erreichten ein kurzes Update verschickt und sie wissen lassen, dass die Wissenschaftler bereits an der Arbeit waren. Trupp Vier würde weiterhin ein Auge auf alles haben und ihren Rückflug von dieser sonderbaren neuen Welt garantieren.

Nach zwanzig Minuten befanden sich alle in Position und hatten ihr Tarnsystem aktiviert. Diese fantastische neue Funktion passte sich dem Umfeld des Nutzers an und verwandelte ihre Ekto-Anzüge in die 22. Jahrhundert-Version eines Tarnanzugs für Scharfschützen. Ein aufmerksamer Blick würde sie immer noch entdecken, nicht aber ein oberflächlicher Betrachter. Und jetzt, nachdem alle in Position waren, begann das Warten.

Eine Stunde später wurde es Sergeant Wagner zu langweilig und er begann mit einer der Drohnen zu experimentieren. Er fand den Pfad, der von der Mine weg zu dem weiter zurückliegenden kleinen Haus führte. Das war ihnen bereits beim Abspielen des Drohnen-Feeds auf der *Voyager* aufgefallen.

Schnell schickte er eine Nachricht an Royce und Crocker, um sie zu informieren, dass er den Pfad gefunden hatte, und bat um Erlaubnis ihm mithilfe der Drohne zu folgen und zu sehen, wo er hinführte. Der Lieutenant war sich nicht sicher, aber Royce überzeugte ihn davon, dass es nützlich sein könnte zu wissen, wie viele Außerirdischen sich in der Nähe befanden. Außerdem zählte es zu ihren Aufgaben, herauszufinden, wo sich die Außerirdischen aufhielten. Dem Pfad zu folgen könnte bei der Entdeckung des Lagers hilfreich sein.

Mit dieser Erlaubnis steuerte Sergeant Wagner die Drohne den Weg hinunter, wobei er sich die größte Mühe gab, ihre Anwesenheit nicht preiszugeben. Neugierig erwarteten Royce und Crocker das Ergebnis dieses Erkundungsflugs. Nach ungefähr einem Kilometer mussten sie die kleine Drohne jedoch entlang des Wegs an einem sicheren Ort landen. Ihr Solar-Akku musste sich neu aufladen. Sie behielten den Pfad von dort aus weiter im Auge.

Die Mehrheit der Deltas saß im Augenblick allerdings nur gelangweilt herum. Royce schlug nach einem unbekannten Insekt, das es sich auf seinem Unterarm bequem gemacht hatte. Seit drei Stunden kauerten sie nun schon in ihren Verstecken ohne dass sich etwas rührte, außer diesen seltsamen Insekten, die offenbar vorhatten, sich die neuesten Besucher ihres Planeten näher anzusehen.

Royce wusste, das Langeweile gefährlich war. Wenn es ihm so erging, war er sich sicher, dass seine Soldaten ebenfalls in gereizter Stimmung waren. Keine gute Situation. Über den Neurolink befahl er den Truppenführern, gewisse Infanteriekenntnisse ihrer Untergebenen abzufragen - die wirksame Schussweite einiger ihrer Waffen, wann und wie bestimmte Waffen einzusetzen waren, etc. – um sie geistig auf Trapp zu halten, während sie auf das Erscheinen von jemandem oder von etwas an der Mine hofften.

Dann erinnerte er sich an das Insekt, nach dem er vor einer Minute geschlagen hatte und sah auf es hinunter. Es saß bewegungslos auf dem Boden neben ihm. Royce war sich nicht sicher, wie er es einordnen sollte. Sein schwarzgrauer Körper war mit lilafarbenen Streifen überzogen, was er für interessant hielt. Ganz sicher unterschied es sich im Aussehen von allem, was er von der Erde her kannte. Aber irgendwie erinnerte es ihn an einen der Grashüpfer von daheim. Es hatte ungefähr die gleiche Größe und ebenso lange Beine. Royce hob die kleine Kreatur vorsichtig an und brachte sie näher an seinen Gesichtsschutzschirm heran. Da sein Körper immer noch in dem Ektoskelett-Kampfanzug steckte, ging er von keiner unmittelbaren Gefahr aus.

Die Augen des Insekts starrten direkt in seine, bevor es seinen kleinen Mund öffnete und ihm eine Flüssigkeit entgegenspuckte. Erschreckt schleuderte Royce das kleine Insekt weit von sich und fluchte vor sich hin. Danach wischte er sich das Spray, mit dem das verdammte Ding ihn bespuckt hatte, schnell vom Visier.

Vor knapp fünf Minuten hatte Royce erwogen, um Erlaubnis zu bitten, endlich ihre Anzüge abzulegen und frische Luft einatmen zu dürfen. Jetzt war er froh, weiter geschützt zu sein. Der Himmel wusste, ob ihn dieses kleine Mistvieh gerade mit einem Nervengift oder ähnlichem bespritzt hatte, das ihn umgebracht oder ihm einen ernsthaften Fall von Gastroenteritis eingebracht hätte.

Lieutenant Aaron Crocker saß gegen einen Baum gelehnt vielleicht 15 Meter von ihm entfernt und sah ebenso gelangweilt wie Royce aus. *Hey, LT. Wieso sind Sie eigentlich auf die Offizierslaufbahn umgestiegen?*, sprach Royce ihn über einen privaten NL-Kanal an.

Das frage ich mich selbst oft. Bevor ich Offizier wurde, war ich ein Master Sergeant in der regulären Armee. Ich hatte gerade meine 15 Jahre-Marke erreicht und wusste, es war an der Zeit, entweder diesen Schritt zu unternehmen oder mich auf eine sehr lange Zeit als E-8 einzustellen.

Was war Ihr militärisches Fachgebiet?, wollte Royce nun interessiert wissen.

Ob Sie es glauben oder nicht, ich arbeitete in einer Versorgungseinheit hinter dem Schreibtisch. Ich war bereit, in was immer sich bot zu wechseln, aber ich steckte fest. Der einzige Weg, dem Versorgungsmanagement zu entkommen, war es, Offizier zu werden. Aber einem hochrangigen Unteroffizier standen auch hier nur beschränkte Möglichkeiten offen. Ich hatte die Wahl zwischen der Versorgungskette - nie im Leben – dem Wartungsbereich, den ich für genauso schlimm hielt, oder den Sondereinsatztruppen. Sie versprachen mir, dass sie mich, falls ich das Programm nicht schaffe, in eine Infanterieeinheit stecken würden, was mir recht war. Zu dem Zeitpunkt konnte ich entweder für zehn oder mehr Jahre ein E-8 bleiben oder als Offizier früher oder später zum Captain oder sogar zum Major aufsteigen. Die Entscheidung war einfach. Was ist mit Ihnen, Brian? Denken Sie vielleicht auch daran, zu wechseln? Ach, und nennen Sie mich in einer privaten Unterhaltung doch einfach Aaron.

Ok, Aaron. Nein, ich will nicht zum Offizier aufsteigen. Ich bin gerne Unteroffizier. Was ich wirklich möchte ist zurück zu JSOC, dem Einsatzführungskommando für Spezialoperationen. Nach zehn Jahren in dieser Einheit vermisse ich sie.

Ich wusste nicht, dass Sie zu JSOC gehörten, Brian. Was ist passiert? Wie kommen Sie in eine normale Sondereinsatztruppe?

Tja, das ist eine lange Geschichte, die besser über einem Bier oder etwas Stärkerem erzählt wird, erwiderte Royce. *Sagen wir so, ich hatte eine Mission, die nicht unbedingt reibungslos verlief. Nicht mein Fehler, aber manchmal geschehen Dinge, die außerhalb unserer Kontrolle liegen. In meinem Fall musste ich die Einheit eine Weile verlassen. Mir wurde gesagt, dass ich mich nach meinem Einsatz in dieser Expedition wieder für meine alte Stelle bewerben kann. Warten wir's ab.*

Ich glaube, Hopper hat mir gegenüber mal erwähnt, dass Sie einen Hintergrund in Nacht- und Nebelaktionen haben. Deshalb hat der Admiral also meinen Zug dazu bestimmt, diese spezielle Operation anzuführen. Sie waren ein Teufelskerl in Special Ops, was?, grinste Crocker.

Royce musste lachen. *Schon mal was von einem internationalen Vorfall mit der Asiatischen Allianz auf dem Mars gehört?*

Ich glaube ja. Eine geheime Aktion, die daneben ging. Davon hörte ich im Offiziersgrundkurs in Fort Bragg.

Ja, das war mein Team. Sie hatten uns an die CIA ausgeliehen, zur Infiltration, um Geheiminformationen von einem ihrer Informanten zu sichern. Das Problem war nur, dass dieser Informant in einer Einrichtung arbeitete, die es gar nicht gab und von einer Gruppe geschützt wurde, die sich Südliches Schwert *nannte. Etwas ging schief und wir wurden entdeckt. Und der Rest ist Geschichte, wie man so schön sagt*, beendete Royce seine Erzählung.

Verdammt, Hopper hatte Recht. Ich habe gehört, dass Sie und Ihre Leute sich gegen eine Truppe, die dreimal so groß wie die Ihre war, behauptet haben, und dass Sie sich über einen Tag - noch sechs Stunden, nachdem Ihnen offiziell der Sauerstoff ausgegangen war - vor einer feindlichen Patrouille versteckt halten mussten.

Ja, so etwas in der Art. Die Situation war angespannt, belassen wir es dabei. In Augenblicken wie diesen müssen Sie einen Weg zum Überleben finden oder Sie sterben, entgegnete Royce nüchtern.

Wie konnten Sie über Ihre Sauerstoffbeschränkungen hinaus überleben?

Sie wissen, dass wir einige Männer während der Mission verloren?, fragte Royce.

Ja, soweit ich weiß, waren es drei Soldaten. Falls Ihre EVAs im Kampf einen Riss erlitten, entleerten sich deren Geräte dann nicht auch?

Richtig, von daher konnte ihr verbliebener Sauerstoff uns nicht helfen. Mit den sieben feindlichen toten Soldaten hatten wir das gleiche Problem.

Also, was haben Sie getan?, wollte Crocker wissen.

Royce seufzte kurz. *Sechs meiner Männer waren noch funktionsfähig. Einige von ihnen waren verwundet, was bedeutete, dass sie bereits mehr Sauerstoff als erwartet verbraucht hatten. Die Berichte verschwiegen die Tatsache, dass wir außerdem acht Gefangene mit uns brachten. Als mir klar wurde, dass wir auf einen alternativen Sammelpunkt ausweichen mussten, wusste ich, dass keiner von uns mit dem Sauerstoff, der uns noch zur Verfügung stand, überleben würde, insbesondere nicht meine*

Verwundeten. Unser Lieutenant war tot. Es lag also an mir, den Rest der Männer lebend herauszubringen und das erbeutete Geheimmaterial unseren CIA-Führungsleuten zu übergeben. Es war eine schwierige Entscheidung, aber die einzig richtige, wenn meine Männer die Mission überleben und zu Ende bringen sollten.

Sie nahmen die Geräte der Gefangenen? Selbst über den Neurolink hinweg war der Schock in Crockers Stimme eindeutig vernehmbar.

Royce zögerte mit seiner Antwort. *Richtig. Ich wechselte unsere Geräte gegen ihre aus. Sie waren gefesselt, aber ich ließ ihnen ganz in der Nähe ein Messer zurück. Ich sagte ihnen, dass wir in der Zeit, in der sie das Messer erreichen und sich befreien konnten, bereits zu weit entfernt wären, um uns einzuholen. Aber mit dem Sauerstoff, der noch in unseren Geräten vorhanden war, sollten sie es zu ihrer Basis zurückschaffen. Falls sie uns entgegen meinem Rat folgen sollten, würden sie sterben.*

Verdammt, Brian. Das war ein unmögliches Dilemma. Sind Sie Ihnen gefolgt?

Wenn ja, dann ist uns das entgangen. Zwölf Stunden später schafften wir es zum Treffpunkt, von wo wir abgeholt wurden, fuhr Royce fort. *Inoffiziell erhielten wir alle einen Orden für unseren Einsatz, bevor sie uns aus der Einheit abzogen und zurück zu den Sondereinsatztruppen*

versetzten. Nachdem die Öffentlichkeit von unserem

Auftrag Wind bekommen hatte, waren wir eine ganze Weile

an den Standort gebunden. Das Weltraumreisen war uns

unmöglich, da wir zu bekannt waren. Und so landete ich in

einem Trainingsbataillon in Benning.

Es tut mir leid, wie die Sache für Sie ausgegangen ist,

Brian. Aber ich bin verdammt froh, Sie in unserem Zug und

in unserer Einheit zu haben. Falls sich die Dinge hier nicht

wie gewünscht entwickeln, werden Ihre zusätzlichen JSOC-

Talente sehr hilfreich sein, schloss Crocker.

Schon in Ordnung. Das Trainingsbataillon war nicht

mal so übel. Tatsächlich gehörten zwei unserer neuesten

Mitglieder vor Jahren zu meinen Rekruten. Gute Leute.

Und jetzt sollten wir uns wohl besser wieder auf das

Zusehen und Abwarten konzentrieren. Was sie auch taten.

****

Je länger die Soldaten in ihrem Versteck verharrten,

desto nervöser wurden sie. Sie wussten, dass es hier unten

zumindest zwei außerirdische Spezies gab, die sie ihrer

Überzeugung nach zwischenzeitlich hätten sehen müssen.

Dem war allerdings nicht so. Mittlerweile näherte sich die

Sonne bereits dem Zenit.

Gerade als Royce dem LT vorschlagen wollte, die Drohnen zu einer aggressiveren Erkundung der Umgebung auszuschicken, vielleicht sogar wieder den Pfaden zu folgen, um zu sehen, wo sie hinführen, empfing er eine Nachricht von Sergeant Wagner.

Master Sergeant, Aktivitäten auf dem Pfad .... Heiliger Strohsack, Sie werden es nicht glauben, rief er aus und schickte das Video Feed an Royces HUD.

Royce riss die Augen auf. *Captain, Lieutenant, das müssen Sie sehen,* alarmierte er sie, während er das Video-Feed übermittelte.

Still verfolgten die beiden Offiziere, was Wagner und Royce vor sich sahen. Zunächst wusste keiner, was er sagen sollte. Das war nicht das, was sie im Drohnenvideo auf der *Voyager* gesehen hatten. Hier handelte es sich um weit mehr als um eine kleine Gruppe Gefangener, die von wenigen Wärtern begleitet wurde.

Das dürften an die einhundert Gefangene mit mindestens zwei Dutzend Wachen sein, schätzte Lieutenant Crocker über den NL.

Ähm .... eine weit größere Operation als wir zunächst vermuteten, Sir, bestätigte Royce das Offensichtliche.

Ich werde den Admiral über unsere Entdeckung informieren und sehen, was sie weiter von uns erwartet.

Hat jemand von Ihnen eine Idee oder ein Vorschlag?,
bezog Hopper sie ein.

Royce überlegte einen Augenblick. *Ich denke, wir
sollten dem ursprünglichen Plan folgen. Wir sammeln so
viele Audio- und Videoaufnahmen der beiden Gruppen wie
möglich und finden ihre Basis oder ihr Lager, aus dem
heraus sie operieren. Irgendwo in der Nähe hält sich ein
relativ großes Aufgebot der Außerirdischen auf. Die
bedeutendere Frage ist, wie und wo werden wir sie letztlich
ansprechen? Hier an der Mine oder in ihrem Lager?*

Ich stimme Sergeant Royce zu, Sir, nickte Lieutenant
Crocker beifällig.

*Ok, Master Sergeant, falls der Admiral der Suche
zustimmt, nehmen Sie Trupp Drei und finden ihr
Basislager,* befahl Captain Hopper.

Die Deltas, die nun die Gefangenen und ihre Wärter
direkt vor sich hatten, kamen nicht umhin, festzustellen,
wie sehr die kleineren Gefangenen tatsächlich den
Erdenmenschen ähnelten. Sie aus der Entfernung in einem
Drohnenvideo zu sehen war eines, aber sie nun hier,
persönlich, im Abstand von vielleicht 100 Metern vor sich
zu beobachten, war etwas anderes. Die Gefangenen
schienen sich in keiner Weise von den Deltas und ihren

Teamkameraden zu unterscheiden. Die Wachen hingegen – die standen auf einem anderen Blatt.

Das müssen die hässlichsten und furchterregendsten Wesen sein, die ich je gesehen habe, kommentierte Sergeant Wagner über den NL.

Halten Sie sich zurück und bleiben Sie außer Sicht, Männer. Wir wollen nicht in einen Kampf verwickelt werden, ermahnte Lieutenant Crocker den Zug.

Eine beinahe greifbare Spannung lag in der Luft, während sie auf ihre nächsten Befehle warteten. Die Deltas hatten erwogen, sich einen oder zwei dieser Außerirdischen zu schnappen und zurück zur *Voyager* oder an einen anderen, von ihnen kontrollierten Ort zu bringen, damit Botschafterin Chapman dort mit ihnen reden konnte. Aber mit einer Ansammlung von mehreren Dutzend von ihnen an der Mine stand das nun vollkommen außer Frage.

Was machen diese menschenähnlichen Geschöpfe?, wunderte sich Captain Hopper.

Sieht aus, als ob sie in die Mine einsteigen, antwortete Royce.

Soweit sie es beurteilen konnten, erhielt der Großteil der Gefangenen je eine Spitzhacke oder eine Schaufel. Jede fünfte oder sechste Person trug stattdessen einen Rucksack, höchstwahrscheinlich, um darin Steine nach draußen zu transportieren. Sobald ein Gefangener sein jeweiliges Werkzeug erhalten hatte, wurde er in die Mine geschickt.

Royce, der keine Zeit vergeuden wollte, hob sein M85 an und zielte damit auf eine der Wachen. Er überprüfte, ob die Waffe gesichert war, schaltete das parabolische Mikrofon an und begann seine Videoaufnahme. Dann synchronisierte er diese mit der Drohne, die ihren Standort überwachte. Auf diese Weise würden seine Bilder einen der Ospreys erreichen, der sie wiederum an die *Voyager* weiterleiten würde.

Der Blick durch das optische Zielfernrohr seiner Waffe ermöglichte ihm, sich den ersten soliden Eindruck von dieser außerirdischen Kreatur zu verschaffen. Sie hatte etwas auf dem Kopf, das beinahe wie eine Baseballkappe aussah, wohl um sich die Sonne aus den Augen zu halten. Sie trug eine Uniform mit einer Weste, an der mehrere Gegenstände befestigt waren. Dieser Außerirdische entsprach genau dem Bild, wie sie es von der *Voyager* her bereits kannten. Nachdem Royce die Bekleidung der Wache festgehalten hatte, konzentrierte er sich als nächstes auf ihre physischen Eigenschaften, namentlich auf das Gesicht, da dies ein Detail war, das sie auf dem Schiff nicht hatten erkennen können. Es erschien albern, auch die kleinsten Details und Auffälligkeiten zu erwähnen, aber er kannte die Geheimdienstfritzen auf der *Voyager,* denen sie gar nicht genug Einzelheiten mitteilen konnten.

Er wählte eine Einstellung seines Zielfernrohrs, die ihm die Größe des Außerirdischen mitteilte. Die Kreatur war drei Meter groß. Ihr Haut war von bläulicher Farbe und war an den nicht von der Uniform versteckten Teilen seiner vier Arme mit dünnem schwarzem Haar bedeckt.

Unter der Mütze des Außerirdischen konnte Royce langes schwarzes Haar erkennen, das ihm scheinbar geflochten den Rücken hinunterfiel. Royce konnte nicht sagen, ob in diesen Zopf etwas eingeflochten war. Die Augen der Kreatur waren andersartig, beinahe wie die Augen einer Katze mit vertikal verlaufenden Pupillen, die wie Schlitze aussahen. Darüber, in der Mitte der Stirn und über den beiden anderen Augen, befand sich ein drittes Auge. Das Gesicht des Wächters verfügte über hohe Wangenknochen. Sobald er sprach, konnte man gleichzeitig die Zähne seines Ober- und Unterkiefers sehen, die Hundezähnen nahekamen. Das bedeutete wohl, dass diese Außerirdischen Fleischesser waren.

Kurz nachdem Royce seine Videoaufnahme und Beschreibung beendet hatte, erreichte sie die erwartete Nachricht von der *Voyager*. Ihre Vorgesetzten hatten endlich eine Entscheidung getroffen. Sie erteilten ihre

Zustimmung zu Royces Plan. Sein Trupp und er sollten das Lager der Außerirdischen ausfindig machen, sich dort umsehen, und dann zurückberichten.

Endlich! Zeit, in Aktion zu treten. Royce begrüßte diesen Befehl.

Auf dem NL-Kanal zwischen ihm und dem Captain informierte Royce ihn: *Ich werde mit meinem Trupp diesen Pfad zurückverfolgen; sehen, wo er uns hinführt. Sobald wir das Lager gefunden haben, schicke ich einige Überwachungsdrohnen nach oben, um ein besseres Bild davon zu erhalten, womit wir es zu tun haben.*

Ein guter Plan, Master Sergeant. Falls Sie Ärger befürchten oder entdeckt werden, versuchen Sie, sich so leise und unauffällig wie möglich zurückzuziehen, wies ihn Captain Hopper an.

Mit neuen Befehlen in der Hand versammelte Royce seine Männer um sich. Sie zogen sich von ihrer bisherigen Überwachungsposition zurück und suchten sich so versteckt wie möglich ihren Weg in eine Position parallel zu dem Pfad, dem die Wärter und die Gefangenen vor einer Weile gefolgt waren.

Langsam und vorsichtig bewegten sie sich durch das Gestrüpp voran, da sie nicht wussten, was sie erwartete. Alles in diesem Wald war neu für sie. Unbekannte Vögel, unbekannte Tiere, neue Blumen und andersartiges Gestrüpp. Alles war so fremd für die Deltas, dass es einen starken Akt der Selbstbeherrschung bedurfte, sich voll und ganz auf ihre Aufgabe zu konzentrieren, ohne sich von ihrem Umfeld ablenken zu lassen.

Nachdem sie zwei Stunden durch den Wald gekrochen waren, bog der Pfad, dem sie bislang gefolgt waren, ab und führte auf etwas zu, das zweifelsfrei als Lager bezeichnet werden konnte. Ihre Position verhinderte den Überblick über das gesamte Gelände, aber was sie sahen war ganz sicher ein Wachturm, ein Tor und der Teil einer Umfriedung.

Über ihre Neurolink-Verbindung schickte Royce eine Nachricht ab. *Captain Hopper, wir stehen vor dem Lager. Meine Männer werden den Umkreis näher erforschen und sich einen besseren visuellen Eindruck von dem verschaffen, was wir hier haben. Bitte erwarten Sie in Kürze einen Videolink zu unseren Mikrodrohnen.*

Royce bedeutete Sergeant Wagner sich zusammen mit seinem Feuerteam einer Seite des Camps anzunehmen, während er selbst mit einem zweiten Team die andere Seite sondierte. Unmittelbar bevor sie sich in Bewegung setzten, befahl er einem der Gefreiten eine ihrer Mikrodrohnen auszusenden.

Wenig später überflog die Drohne auf dem Weg in das Lager dessen Umzäunung. Ihr Microburst-Radar verschaffte ihnen einen großartigen Überblick über den außerhalb ihrer Sichtlinie gelegenen Bereich. Royce musste erfahren, wie groß das Camp war, und vielleicht sogar die Zahl der Gefangenen und Wachen, die sich darin aufhielten.

Sobald Sergeant Wagners und Royces Teams einen guten Beobachtungsposten nicht allzu weit voneinander entfernt gefunden hatten, richteten sie sich ein und studierten die Drohnenbilder näher, um zu sehen, ob es etwas gab, auf dass sie sich bevorzugt konzentrieren sollten.

Als Erstes fiel ihnen eine Gruppe menschenähnlicher Gefangener ins Auge, die in einer Art Gießerei oder Schmelzanlage arbeiteten. Solch eine Anlage hatte Royce noch nie gesehen, weder auf Bildern noch in Geschichtsbüchern. Sie entsprach in keiner Weise dem, wie er sich eine Gießerei vorgestellt hatte – wo große Mengen Erz eingekippt wurden um am anderen Ende in flüssiger Form abzufließen. Nicht in diesem Fall. Die Einrichtung war etwa fünf Meter hoch, mit der ungefähren Länge von zwei hintereinander geparkten Tesla Cybertrucks. Eine Gruppe Gefangener leerte Säcke kleinere Steine dort hinein, was man wohl als Vorderseite dieser Maschine ansehen durfte.

Eine andere Gruppe Gefangener schob etwas zur anderen Seite der Einrichtung hinüber. Es sah wie ein freischwebender Palettenheber aus, auf dem eine Reihe leerer, rechteckiger Formen standen. Royce war sich zunächst nicht sicher, was er da sah. Die Arbeiter schoben den Wagen unter eine Art Zapfhahn. Einer der Gefangenen legte einen Hebel um, worauf sich die leeren Formen mit einer gleißend roten, heißen Flüssigkeit füllten.

Nachdem die Formen gefüllt waren, drehte der Gefangene am oberen Ende der Anlage den Hahn zu. Ein anderer Gefangener bestreute das flüssige Erz mit Staub, bevor zwei weitere Gefangene den schwebenden Palettenheber in einen anderen Teil des Lagers transportierten.

Captain Hopper unterbrach die Übertragung für einen Moment und erkundigte sich über den NL: *Haben Sie eine Idee, was sie mit dem Zeug machen, Master Sergeant?*

Royce schnaubte. *Ich schätze, sie verarbeiten, was die anderen Gefangenen aus der Mine holen. Sieht aus, als ob sie am anderen Ende des Camps - in der Nähe des hinteren Eingangs, der auf das offene Feld hinausführt - einen Berg dieser Steinblöcke aufhäufen.*

Bleiben Sie vor Ort und beobachten Sie das Lager weiter, wies Hopper ihn an. *Versuchen Sie mittels der Drohne einen Blick auf die Gebäude innerhalb des Lagers zu werfen, mit Schwerpunkt darauf, ein Kommunikationszentrum oder etwas in dieser Richtung zu finden. Wir müssen wissen, ob diese Basis in Verbindung mit möglichen anderen auf diesem Planeten steht oder mit jemandem über ihn hinaus. Hopper, Ende.*

Royce leitete diesen Auftrag an Sergeant Wagner weiter und setzte seine Beobachtung des Lagers fort. Er begann, die für sie sichtbaren Aufseher zu zählen, 52 bislang. Zuzüglich den zwei Dutzend an der Mine hieß das, sie konnten von ungefähr 76 Wärtern ausgehen. *Eine geringe Zahl Aufseher für so viele Gefangene,* dachte Royce. Er begann, die Gefangenen des Lagers zu zählen und addierte die Zahl der Minenarbeiter. Insgesamt handelte es sich um ungefähr 342 Gefangene.

Eine der Corporals kroch zu Royce hinüber. *Master Sergeant, ich glaube nicht, dass diese Außerirdischen von diesem Planeten stammen,* teilte er ihm über den Neurolink mit.

Royce runzelte die Stirn. *Erklärung?*

Sicher, begann der Corporal. Er beschrieb, wie eine Gießerei und ein Schmelzofen daheim funktionierten, und wie diese große Maschine beides in einem zu erledigen schien. Er fügte hinzu, dass die freischwebende Palettenheber-Vorrichtung der gleichkam, die er einen Sommer lang bei der Ladung von Transportflugzeugen für UPS benutzt hatte. Das Fehlen einer Stadt auf diesem Planeten musste bedeuten, dass all diese Dinge von irgendwoher eingebracht worden waren.

Royce sah den jungen Mann ruhig an und erwiderte: *Sie haben sicher Recht, Corporal, aber im Moment erwarte ich von Ihnen, dass sie Ihre Position wieder einnehmen und weiter beobachten. Ich weiß, wie aufregend es ist, an die Existenz weiterer, von diesen Außerirdischen bewohnten Welten zu denken, aber Sie müssen sich jetzt auf das konzentrieren, was vor uns liegt. Ok?*

Ähm .... jawohl, Master Sergeant. Tut mir leid, es klang wohl ziemlich dumm, was ich da von mir gab, was?, stammelte der junge Mann.

Mit einer beruhigenden Hand auf der Schulter seines Untergebenen, sprach Royce: *Alles ok, Corporal. Wir sind alle aufgeregt. Sobald wir zurück auf der* Voyager *sind, werden wir mehr als genug Zeit haben, all das zu diskutieren.*

Verstanden, Master Sergeant, nickte der Corporal und schlich sich wieder an seine Position zurück.

Der Junge war so begeistert von seiner Entdeckung gewesen, dass er es jemandem mitteilen musste, und er, Royce, war ihm zufällig am nächsten gewesen.

Royce forderte Sergeant Wagner auf, eine der Drohnen auf ein Gebäude zuzusteuern, das ihm irgendwie deplatziert vorkam. Und tatsächlich, mit dem Näherkommen der Drohne entdeckten sie auf seinem Dach etwas, das eine Richtfunkantenne sein könnte.

Das muss das Kommunikationsgebäude sein.

Es war von mehreren Aufpassern umgeben. Einer der Wächter entriegelte gerade eine Tür um einzutreten. Beim Öffnen der Tür stellte Wagner sicher, dass die Drohne in Stellung war, um einige Videoaufnahmen vom Innern des Gebäudes zu machen. Mit dem Abspielen des Videos würden sie es Bild für Bild analysieren, um festzustellen, ob es ihnen gelungen war, elektronische Ausrüstungsgegenstände bildlich festzuhalten.

Irgendetwas stimmte das nicht. Je mehr Royce über die Kommunikationszentrale nachdachte, desto mehr bekam er das Gefühl, dass ihnen etwas entgangen war.

Wieso nahmen wir weder auf dem Planeten selbst noch beim Überflug der Drohnen oder Satelliten elektronische Übertragungen oder Aktivitäten in diesem Bereich wahr?, fragte er sich. *War es möglich, dass die Außerirdischen*

*über Kommunikationsmethoden und -mittel verfügten, die
für ihre Sensoren nicht wahrnehmbar waren. Sollte diese
Vermutung zutreffen, könnte die Flotte in der Umlaufbahn
in Gefahr sein.*

Während Royce über diesem Problem brütete, erhielt
er per Funkübertragung eine Nachricht von der Flotte im
Orbit.

»Admiral Halsey hier. Master Sergeant Royce, wir
sehen, was Sie sehen. Unsere Aufklärungsabteilung will
eine komplette Spektralanalyse des Camps, wie bereits in
der Einsatzbesprechung erwähnt. Diese Kreaturen müssen
miteinander in Verbindung stehen. Bitte finden Sie heraus,
auf welcher Bandbreite sie operieren. Ende.«

Und schon ist unser elektronischer Blackout dahin,
fluchte Royce für sich. *Flottenangehörige ....*

»Verstanden, *Voyager*. Erwarten Sie die
Datenübertragung.« Sergeant Royce versuchte, seine
Frustration und Geringschätzung zu unterdrücken.

»Corporal Coy, packen Sie Ihre Ausrüstung aus und
sehen Sie, was Sie finden können.« Royce nutzte ihr
Truppennetz. Kein Grund, Funkverbindungen geheim zu
halten, wenn die *Voyager* direkten Kontakt zu ihnen
aufnahm. Ehrlich gesagt, war der Gebrach der NLs noch
nicht vollkommen sicher. Falls der Nutzer nicht vorsichtig

war, übermittelten sie gelegentlich noch wahllose Gedanken, was sehr peinlich sein konnte.

Corporal Coy lag 15 Meter von ihm entfernt auf dem Boden. Er zog sich seinen Rucksack vom Rücken und entnahm ihm diverse Ausrüstungsgegenstände. Innerhalb weniger Minuten war sein kleines elektronisches Zaubergerät betriebsbereit.

Er sah zu Royce hinüber, um ihn wissen zu lassen, dass er bereit war. Sobald er das Gerät einschaltete, würde in ihrem Bereich eine umfassende Suche nach elektronischen Übermittlungen starten, egal wie unbedeutend sie auch sein mochten. Die Vorrichtung würde das gesamte elektronische Spektrum scannen, was gleichzeitig allerdings auch bedeutete, dass ihre Position wie ein Weihnachtsbaum aufleuchten würde – weshalb er erst um die endgültige Bestätigung bat.

Royce zuckte mit den Schultern und nickte dann. *Wenn es die Oberen so wollen, dann sollen sie es bekommen.*

Einige Minuten verstrichen, bevor Corporal Coy sich meldete. »Ich habe etwas gefunden, Master Sergeant. Sehen Sie sich das an.« Coy legte ihm über das in seinem Helm eingebaute HUD die Daten einer elektronischen Analyse vor.

Auf der Suche nach einer bequemeren Position rollte sich Royce auf den Rücken, öffnete die Datei und studierte sie über sein HUD. *Kein Wunder, dass wir ihre Signale nicht auffingen. Sie kommunizieren auf einer extrem hohen Frequenz – eine, die wir nie in Betracht gezogen hätten.* Die Außerirdischen schienen ihre Daten mittels kurzen Microburst zu verschicken. *Aber wieso haben sie uns noch nicht entdeckt?,* fragte er sich erneut.

Royce reichte alle Daten an die *Voyager* weiter und wandte sich erneut der Beobachtung des Lagers zu.

Beim Belauschen der Gespräche der Außerirdischen musste Royce zugeben, dass er Schwierigkeiten hatte, ihre eigentliche Sprache von den anderen Geräuschen, die offenbar nicht Teil der Sprache waren, zu unterscheiden. Im Umgang untereinander gaben sie eine Menge seltsamer Klick-, Knack- und bellende Geräusche von sich. Die menschenähnlichen Wesen waren anders. Im Gespräch mit ihren Aufsehern schienen sie deren Sprache zu sprechen, sobald sie sich allerdings untereinander unterhielten, klangen sie beinahe wie …. wie Menschen. Royce konnte nicht unmittelbar einordnen, welche Sprache sie sprachen, trotzdem kam sie ihm bekannt vor. Er war sich sicher, dass ihr Supercomputer und die Wissenschaftler auf der

Voyager bereits hart daran arbeiteten, den Ursprung dieser Sprache zu erschließen.

Ein leises Knistern in seiner Hörmuschel unterbrach Royces stille Betrachtungen - seine zweite direkte elektronische Übertragung seit ihrer Landung auf dem Planeten. »Master Sergeant Royce, hier spricht Commander Johnson von der *Voyager*. Die Wissenschaftler bitten darum, dass ein Teil Ihres Trupps ihre parabolischen Mikrofone ausschließlich auf die menschenähnlichen Gefangenen richtet und so viel Sprache wie möglich aufzeichnet. Sie sind davon überzeugt, dass die Künstliche Intelligenz nach einigen Stunden aufgezeichneter Gespräche in der Lage sein wird, uns eine Übersetzung des Gesprochenen zu liefern.«

Die Funkübertragung endete und Royces Zorn meldete sich erneut. Mit der Anfrage als solche hatte er keine Probleme – dieser Teil machte Sinn. Was ihn aufbrachte war, dass sein Trupp nur wenige Hundert Meter vom Basislager entfernt saß und dass bislang unklar war, ob diese Außerirdischen die Fähigkeit hatten, sie elektronisch zu entlarven und dem Gesagten zu lauschen. Die *Voyager* hätte an den Osprey übertragen sollen, wonach jemand von Trupp Vier - vom Trupp, der die Wissenschaftler beschützte - diese Nachricht an ihre NLs weitergegeben hätte. In der Nähe der Außerirdischen sollten sie den Gebrauch ihrer Funkgeräte vermeiden. So zumindest der ursprüngliche Plan.

Mit dem Druck auf die Sprechtaste bestätigte er: »Auftrag verstanden. Ende.« Er hasste es, so vorgehen zu müssen, aber den XO der *Voyager* konnte er nicht einfach ignorieren.

Gemäß ihren Instruktionen dauerte es nicht lange, bevor sich 13 Männer des Teams mit ihren Mikrofonen ausschließlich auf die Aufnahme von Gesprächen der menschenähnlichen Kreaturen konzentrierten.

Royce sah sich die Gefangenen erneut näher an. Obwohl sie ein wenig ungepflegt aussahen, unterschieden sie sich im Aussehen nicht von jedem anderen Menschen, den er je getroffen hatte. Sein Unterbewusstsein sagte ihm allerdings, dass es einen Unterschied geben musste. Der Gedanke, dass irgendwo in der Galaxie Menschen wie er lebten, war einfach schwer vorstellbar.

Seine Gruppe observierte das Camp über einen Zeitraum von fünf Stunden hinweg, währenddessen sie ununterbrochen Audio- und Videodaten an die *Voyager* in der Umlaufbahn um den Planeten herum übermittelten. Sie hatten Stunden von Sprachdaten, die der Super-AI bearbeiten konnte. Nach einer Zeit war ihnen dann aufgetragen worden, das Gleiche mit den bläulichen Außerirdischen zu tun.

Während die Deltas ihre Beobachterrolle am Basislager der Außerirdischen und an der Mine beibehielten, sammelten beide Gruppe weiterhin so viele Informationen wie möglich, in der Hoffnung, dass ihre Künstliche Intelligenz früher oder später tatsächlich die Sprache dieser beiden Gruppen entschlüsseln konnte. Sobald es soweit war, würden sie versuchen, Kontakt aufzunehmen und dabei auf das Beste hoffen. Dennoch, das Warten brachte sie fast um. Ihre Umgebung war einfach zu merkwürdig, so andersartig. Das Insekt oder Kriechtier auf deiner Waffe – war es harmlos oder vielleicht tödlich? Diese Anspannung war hart zu verkraften, ebenso die Einhaltung des Stillschweigens. Alle wollten reden und mit den anderen teilen, was sie sahen.

Die Männer verharrten solange in ihrem Versteck, bis die Sonne tief am Horizont stand und es aussah, als ob es bald dunkel werden würde. Die Arbeitskolonne der Gefangen war jetzt auf dem Weg zurück zum Lager, sicher um zu essen und zu schlafen.

******

RNS *Voyager*

Wissenschaftsdeck

Professor Audrey Lancaster sah sich die
Computeranalyse der Sprache an. Sie wollte ihren Augen
nicht trauen.

Das muss ein Fehler sein ....

Die Deltas auf der Oberfläche hatten ihr knapp 20
Stunden Konversation zwischen den menschlich
aussehenden Personen geliefert, von daher war es kein
Fehler ihrerseits. *Es muss ein Computerfehler sein,*
unterstellte sie, während sie einen Diagnosetest des
Programms durchführte. Nachdem die Systemüberprüfung
nichts Außergewöhnliches ergeben hatte, setzte sie die
Kopfhörer wieder auf und konzentrierte sich erneut auf das
Zuhören.

Das kann nicht stimmen ....

»Ihr Gesichtsausdruck verrät nichts Gutes, Aubrey.
Heißt dass, dass Sie etwas entdeckt haben oder war es
meine gestrige Einladung auf einen Schlummertrunk, der
Sie in schlechte Laune versetzt hat?«, scherzte Dr. Milton.
Sein britischer Akzent ließ seine Bemerkung weniger
anzüglich erscheinen, als sie hätte aufgenommen werden
können.

Frustriert sah sie hoch. »Nein, Jonathan. Es war nicht Ihre unangemessene Einladung. Ich denke, es ist mir gelungen, wenigstens eine der Sprachen zu entschlüsseln.«

Mit hochgezogener Braue trat Dr. Milton viel zu nahe an sie heran. »Warum ist das keine gute Sache, Aubrey?« Dieser Ausspruch irritierte sie noch mehr.

Mein Name wird mit ‚d‘ geschrieben, nicht mit einem ‚b‘, du Affe, dachte sie aufgebracht.

»Weil es keinen Sinn macht«, erwiderte sie kurzangebunden. »Hier, sehen Sie selbst.« Sie zeigte auf die Sprache, die unten auf dem Planeten gesprochen wurde, und die ihrem Vergleich nach eine Variante der chaldäischen Sprache darstellte.

Der britische Wissenschaftler runzelte die Stirn. »Eine Diagnostik des Programms brachte keine Fehlermeldung?«, fragte er mit skeptischer Stimme.

Audrey nickte. »Nein. Es ist Chaldäisch. Besser gesagt, die Variante einer älteren Version dieser Sprache. Daran gibt es nichts zu deuten. Was ich allerdings nicht verstehe ist, wie eine Gruppe von Menschen auf einem 12 Lichtjahre von der Erde entfernten Planeten eine unserer ältesten Sprachen sprechen kann.« Dr. Milton öffnete den Mund um etwas zu sagen, schloss ihn aber wieder, als seine Gedanken zu wandern begannen. Schließlich wandte er sich Audrey wieder zu. »Ich weiß nicht, wie das möglich ist, Aubrey. Aber im Moment müssen wir davon ausgehen, dass diese menschenähnlichen Außerirdischen dort unten tatsächlich Menschen sind oder zumindest eine nahe Abart unserer eigenen Spezies.« Er zögerte einen Augenblick, bevor er fortfuhr: »Dieses Sprachphänomen verwirrt mich. Aber unabhängig davon - da es uns gelungen ist, ihre Kommunikation zu entschlüsseln, müssen wir sie in den universellen Sprachenübersetzer aufnehmen und das System unserer Bodentruppen auf den neuesten Stand bringen. Sie werden es brauchen, um Kontakt mit den Planetenbewohnern aufzunehmen. Möchten Sie Ihre Erkenntnis an den Admiral weitergeben?«, erkundigte sich Dr. Milton mit einem unechten Lächeln, das ihr zeigen sollte, welchen Gefallen er ihr damit tat.

Mit überraschtem Gesichtsausdruck fragte Audrey zögernd nach. »Ich? Ich dachte, Sie würden es vorziehen, dem Admiral die Nachricht der Entschlüsselung selbst zu überbringen.«

Dr. Jonathan Milton war ein pompöser kleiner Mann, der mit Vorliebe die Entdeckungen seiner Untergebenen als seine eigenen ausgab. Es überraschte sie, dass er die Bekanntgabe in diesem Fall ihr überlassen wollte.

Er zuckte mit den Schultern, als wollte er sagen, dass es keine große Sache war.

»Sie sind der Sprachexperte, Professor. Es scheint mir angebracht, dass Sie diese Ankündigung machen.«

Er zwinkerte ihr zu. Von jetzt an würde er seine unwillkommenen Annäherungsversuche sicher im Ernst verfolgen, jetzt wo er das Gefühl hatte, dass sie ihm für dieses Zugeständnis etwas schuldig war.

»Wie Sie meinen, Jonathan, und vielen Dank.«

****

New Eden

Auf dem Planeten

Während die Deltas weiter Informationen sammelten, hatte die Künstliche Intelligenz auf der *Voyager* tatsächlich den Durchbruch erzielt. Die Bodentruppen erhielten eine Nachricht, dass die menschenähnlichen Außerirdischen eine Variante des Chaldäisch sprachen.

Sobald der Computer diesen Schluss gezogen hatte, sequenzierte er den Rest des angewandten Vokabulars um danach den Inhalt dessen, worüber die Gefangenen im Lauf des Tages gesprochen hatten, zu analysieren. Die eingegebene Information erlaubte der AI, den

Erdenmenschen mit über 97%iger Sicherheit eine Übersetzung der Gespräche der Gefangenen zu liefern. Zudem hatten sie nach der Einspeisung der neuen Daten nun auch die Möglichkeit, mit ihnen über den Universalübersetzer zu kommunizieren.

Es war gut, dass sie die Gefangenen nun verstehen konnten. Allerdings waren deren Gespräche nicht unbedingt von Interesse. Die Unterhaltung drehte sich meist um die Arbeit, die ihnen aufgetragen wurde. Manchmal ging es um die Qualität des Essens und oft genug beschwerten sie sich einfach im allgemeinen.

Weit schwerer fiel es dem Bordcomputer, die gesprochene Sprache der bläulichen Außerirdischen zu enträtseln. Er versuchte, Rückschlüsse zwischen dem zu ziehen, was die menschlichen Gefangenen auf chaldäisch sagten und wie sie in dieser klickenden, beinahe bellenden Sprache den blauen Außerirdischen antworteten. Die Künstliche Intelligenz identifizierte zwar hier und dort ein Wort, aber um einen wirklichen Erfolg zu verzeichnen, bedurfte es mehr an Interaktion zwischen den Gefangenen und den Außerirdischen.

Die Uhr, die Royces interner Persönlicher Assistent ihm anzeigte, besagte, dass sie sich bereits 31 Stunden auf dem Planeten aufhielten. Er war müde und wusste, dass es seiner Truppe nicht besser erging. Er musste ihnen allen nach und nach etwas Schlaf gönnen. Royce teilte seine Männer im Vier-Stunden-Takt in zwei Gruppen auf: eine im Dienst, die andere dienstfrei. Sobald sich die Dunkelheit völlig durchgesetzt hatte, hatten sie 13 Stunden bis zum Sonnenaufgang. Falls sie tatsächlich Kontakt mit den Außerirdischen aufnahmen, würde das sicher nicht vor dem nächsten Morgen geschehen. Und dazu mussten seine Männer ausgeruht sein.

Royce rollte sich in der Nähe seines Kommunikationsspezialisten auf den Rücken. Der Mann würde die ersten vier Stunden der Wache übernehmen, während Royce danach den Rest der Nacht bis zum Morgen Wache schieben würde. Er musste seinem AI-PA nur noch einige Verwaltungsaufgaben übertragen, bevor er endlich in einen wohlverdienten Schlaf fallen konnte.

Bevor er ins Traumland abtauchte, sah Royce hoch in den Himmel über ihm. Er sah nichts. Das dichte Baumkronendach des Waldes blockierte seinen Blick auf die Sterne und die Monde in der Umlaufbahn. Er hörte *eine Menge* bedrohlich klingender Kreaturen und Tiere im Unterholz. Er hoffte nur, dass nicht eines von ihnen die Absicht hatte, sich ihn oder einen seiner Männer zum Frühstück einzuverleiben.

Master Sergeant Royce! Wachen Sie auf!, drang ein dringender Aufruf durch den Neurolink zu ihm vor. Es fühlte sich an, als ob etwas in seinem Kopf herumschwirrte. Brutal wurde er aus dem Schlaf gerissen. Royce hatte vergessen, dass der Neurolink mit der Eingabe des richtigen Kommandocodes die Fähigkeit hatte, ihn selbst aus dem tiefsten Schlaf zu wecken.

Master Sergeant Royce hier, ich bin wach. Wer spricht da und was ist los?, reagierte er noch leicht benebelt, ohne sich vorher über den Absender der Nachricht zu informieren.

Hier spricht Captain Hopper. Der Voyager *ist es endlich gelungen, die Sprache der großen hässlichen Außerirdischen zu entschlüsseln. Vor ungefähr einer Stunde schnappte unsere Flotte eine Übertragung vom Basislager an ein Kommunikationsrelais am anderen Ende des Systems auf. Von dort aus wurde die Nachricht an einen anderen Standort außerhalb des Systems weitergeleitet. Angesichts dieser Tatsache hat Admiral Halsey neue Befehle erteilt. Sie will nun bereits im Morgengrauen Kontakt mit den Außerirdischen aufnehmen, anstatt bis später am Morgen zu warten.*

Ich schicke ihnen Trupp Eins und Zwei, um sie an Ihrem Standort in Ihrer Aufgabe zu unterstützen, fuhr

Captain Hopper fort. *Schicken Sie uns die Koordinaten, wo Sie sie postieren wollen, damit sie sich während des Transits darauf einstellen können. Schicken Sie ein Feuerteam zurück zu den Ospreys, um dort unser Team des Ersten Kontakts abzuholen und es zu Ihnen zu bringen. Sobald die Sonne aufgeht und wir einen guten Überblick über den Bereich haben, wird die Botschafterin sich zeigen und den Versuch unternehmen, Kontakt zu knüpfen. Ihre Mannschaft muss bereitstehen, sie zu extrahieren, falls etwas schiefgehen sollte. Haben Sie verstanden, Sergeant?*

Royce überlegte einen Moment, bevor sich in seinem Gehirn ein Plan formte. *Jawohl, Sir. Wir verteilen den Rest des Zugs in diesem Bereich, Sir, und sobald die Diplomaten hier eintreffen, werde ich unser Vorgehen mit ihnen koordinieren.*

Royce lächelte beim Gedanken, seinen Plan in die Realität umzusetzen. Mithilfe seines Neurolinks markierte er einige Positionen auf der topografischen Karte, die sie dank der Drohnenaufklärung hatten erstellen können. Er identifizierte mehrere Standorte, an denen er Trupp Eins und Zwei stationieren wollte. Er persönlich bevorzugte weiter den Gedanken, sich einige dieser Kerle zu schnappen und auf diese Weise Kontakt aufzunehmen, aber seine Vorgesetzten lehnten diese Idee aus Furcht ab, einen schlechten ersten Eindruck zu machen. Trotzdem, Royce war nicht davon begeistert, dass die Botschafterin auf eine unbekannte außerirdische Macht zugehen sollte, ohne eine Idee zu haben, wie sie aufgenommen werden würde.

Die folgenden Stunden vergingen wie im Flug. Alle nahmen ihre Positionen ein. Gegen einen der riesigen Bäume gelehnt war Royce gerade dabei, sein Frühstück zu beenden, als Sergeant Wagner mit dem Team des Ersten Kontakts auf ihn zukam.

»Master Sergeant Royce, darf ich Ihnen Botschafterin Nina Chapman und ihren Assistenten Justin Ramseur vorstellen?«

Royce erhob sich und ging auf die Botschafterin zu. »Guten Tag, Ma'am. Ich bin Master Sergeant Brian Royce. Gerne einfach nur Brian, wenn Sie möchten. Darf ich Ihnen einige Aspekte unserer Sicherheitsvorkehrungen für Ihre Person erklären und Ihnen den Weg zeigen, dem Sie bitte folgen, um auf die Außerirdischen zuzugehen?«

Sie lächelte und schüttelte seine Hand. »Hallo, Brian. Ja, das wäre wunderbar«, erwiderte sie mit ihrem britischen Akzent, der sie ihm noch bemerkenswerter erscheinen ließ. »Wir sahen uns die Videoaufnahmen an, die Ihre Männer gesammelt haben und hörten den AI-Übersetzungen zu. Einfach faszinierend, und das ist eine echte Untertreibung.«

Er nickte. »Es war interessant, zweifellos. Nun zum Lager. Es handelt sich um eine recht große, aber weit verstreute Einrichtung. Wir gehen von insgesamt um die 500 Insassen aus. Organisatorisch scheint das Camp in zwei Funktionen eingeteilt zu sein: eine Gruppe arbeitet in der Mine und bringt das unbearbeitete Erz zurück, während die zweite Gruppe das Erz in zwei hochentwickelten Schmelzanlagen raffiniert.«

Royce verbrachte weitere 20 Minuten damit, sie über zusätzliche Details des Lagers zu informieren. Die Botschafterin musste die Funktion von einigen der Gebäude und deren Standort kennen. Falls das erste Aufeinandertreffen positiv verlaufen sollte, würde sie sicher eingeladen werden, das Lager zu betreten. In diesem Gedanken reichte ihr einer von Royces Männern ein kleines Überwachungspaket. Es bestand aus einer Mikrokamera in Form einer Kontaktlinse und einem in ihr Ohr eingepasstes 2-Weg-Funkgerät, dass alles, was die Botschafterin hörte, zu ihnen zurückübertragen würde. Da sie ebenfalls über einen Neurolink verfügte, stellte die persönliche Kommunikation mit ihr kein Problem dar.

»Und wie sieht der Plan aus, falls es mit den Außerirdischen nicht wie gewünscht verläuft?, fragte Nina. »Laufen wir dann einfach davon?«

Ihr Assistent sah nervös aus, hütete aber seine Zunge.

»Das wird hoffentlich nicht der Fall sein«, entgegnete Royce. »Und falls doch, ist unser erster Schritt, uns zu zeigen. Wenn ihnen klar wird, dass Sie von einer Schutztruppe begleitet werden, hält sie das hoffentlich davon ab, etwas Unkluges zu tun. Und falls das nicht helfen sollte und sie einen Kampf bevorzugen – nun ja, Ma'am, das ist etwas, worauf uns unser Training vorbereitet.« Er sprach beinahe emotionslos, aber der Inhalt seiner Aussage ging nicht unbemerkt an ihr vorbei.

Nina seufzte und nickte. »Dann lassen Sie uns das Rodeo beginnen.«

****

Captain Jayden Hopper sah sich auf der Karte die Einteilung seiner Soldaten an. Er war zufrieden. Lieutenant Crocker hatte einen Trupp an der nordwestlichen Seite des Lagers postiert. Der würde Botschafterin Chapman eine gute Deckung bieten, falls Sergeant Royce und sein Team sie retten mussten.

»Captain, die M91 ist einsatzbereit, zusammen mit den beiden Standard-Maschinengewehren, für den Fall, dass etwas schiefgehen sollte«, informierte ihn einer der Truppenführer.

Hopper nickte zustimmend. »Gute Arbeit, Sergeant. Hoffen wir, ihr Einsatz wird nicht nötig sein; trotzdem gut, sie zu haben.«

Die M91 oder HB war die schwere Blasterwaffe der Infanterie, das Äquivalent zur Browning M2 .50-Kaliber-Maschinenkanone des 20. und 21. Jahrhunderts. Die M91 ähnelte den SAWs, feuerte aber mit einem weit größeren Blasterkaliber. Normalerweise verfügte jede Einheit nur über ein solches Exemplar. Eine Crew von drei Männern war nötig, um diese Waffe zu handhaben. Falls es aber zu einem ernsthaften Kampf kommen sollte, stellte sie eine willkommene Ergänzung jedes Arsenals dar.

Hopper sah zu Royce hinüber, der der Botschafterin einige letzte Anweisungen erteilte. *Eine gute Sache, dass Royce Teil der Mission war.* Obwohl sie alle Deltas waren, hoch ausgebildete Sondereinsatztruppen, hatte Royce zehn Jahre lang mit dem Einsatzführungskommando für Spezialoperationen verbracht. Die Einheit, wie sie kurz genannt wurde, gehörte der Elite der Elite an. Sie setzte sich aus einem kleinen Stab der herausragendsten RA- und Sondereinsatzsoldaten des gesamten Militärs zusammen. Außer unbestätigten Gerüchten war nicht viel über sie bekannt, nur dass sie geheime Operationen für die CIA durchführten und andere Arten von Jobs übernahmen, an denen die Regierung offiziell nicht beteiligt sein durfte oder wollte.

Auf diesen Auftrag des Ersten Kontakts hatte sie ihr Training indessen nicht wirklich vorbereitet. Hopper hegte jedoch den Verdacht, dass er genau das war, wofür Royce lebte. Hopper hatte Royce gerne diesen Teil der Mission überlassen – er wusste, was er tat, und die Männer seines Zugs vertrauten ihm.

Es sah aus, als käme Royce mit den Anweisungen für Nina zum Ende. Er trat an sie heran.

»Denken Sie, Sie sind ausreichend vorbereitet, Frau Botschafterin? Gibt es noch etwas, was wir für Sie tun können?«, forschte Hopper.

Die Botschafterin wandte sich zu ihm um. »So weit, so gut, Captain. Ich schätzte, ich sollte mich jetzt auf den Weg machen?«

Hopper nickte. »Ja, sobald Sie soweit sind, können wir loslegen. Wir stehen zu Ihrer Unterstützung bereit, sollte sie nötig werden. Master Sergeant Royce hier wird Ihr Schutzengel sein. Wir holen Sie dort heraus, Ma'am.«

Nina nickte und bedeutete Justin, ihr zu folgen. Die beiden schlichen sie aus dem Waldgebiet hinaus und hielten auf den Pfad zu, den die Gefangenen nutzten.

Nina ließ den Waldrand und ihre bislang geschützte Position hinter sich und erreichte durch kniehohes Gras und Gestrüpp den Pfad. Sie ging mit einem Maß an Selbstbewusstsein und Mut auf das Unbekannte zu, dass es selbst den Spezialeinsatztruppen auffiel. Sie ließ es wie einen gewöhnlichen Tag im Büro erscheinen.

Nach etwa 100 Metern näherte sich das Duo im Morgenlicht dem Eingang des Lagers, der im Abstand von vielleicht 30 Metern vor ihnen lag. Ganz in der Nähe stand eine Art Wachhäuschen, vor dem zwei der großen blauen Außerirdischen saßen.

Einer der beiden nahm sie wahr und sprang sofort in die Höhe. Er rief seinem Freund etwas Unverständliches zu. Der stand ebenfalls auf und griff nach seiner Waffe, die an der Wand des Wachschuppens lehnte.

Nina hielt dies für eine gute Gelegenheit, etwas zu sagen. Das kleine Universalimplantat in einem ihrer Ohren enthielt den neuesten Stand der Übersetzungshilfe für die Sprachen der menschenähnlichen als auch der großen blauen Außerirdischen. Da diese Lebeweisen nicht über eine solche Vorrichtung verfügten, hob sie ein kleines elektronisches Gerät an und sprach laut in es hinein. Der Ton erreichte die Außerirdischen. Da sie bislang noch kein umfassendes Verständnis der Sprache der blauen

Außerirdischen erlangt hatten, würde sie sich auf die Variante des Chaldäisch verlassen, die die menschenähnlichen Geschöpfe nutzten.

Mit fester Stimme sprach Nina in das Gerät. »Hallo, ich bin Botschafterin Nina Chapman. Wir kommen in Frieden und möchten mit Ihrem Anführer sprechen.«

Die blauen Außerirdischen sahen sich an, offenbar unsicher darüber, was Nina gerade gesagt hatte oder wie es möglich war, dass sie so plötzlich vor ihnen stand. Die Neulinge mussten ihnen wie zwei der Gefangenen vorkommen, die sie zu bewachen hatten. Ninas Auftreten und ihre Haltung entsprach dem allerdings nicht. Die Wachen tauschten sich in ihrer eigenen Sprache aus, was Ninas Übersetzungsprogramm dahingehend interpretierte, dass sie wie eine der Gefangenen aussah, die irgendwie aus dem Lager entkommen sein musste.

Mit lauter Stimme widerlegte Nina schnell diese Idee. »Wir sind Menschen. Wir kommen von einem anderen Planeten. Wir kommen als Entdeckungsreisende. Wir möchten Ihren Anführer sprechen.«

Einer der Außerirdischen forderte sie im Chaldäisch dieser Welt auf, nicht näher zu kommen. »Wir werden unseren Anführer rufen. Machen Sie keine plötzlichen Bewegungen.«

Einer der blauen Außerirdischen lief nun tiefer ins Camp hinein, während der andere Torhüter sie weiterhin verwirrt anstarrte. Die Waffe in seiner Hand war nach unten gerichtet. Er war eindeutig unsicher, ob diese Beiden eine mögliche Bedrohung darstellten oder nicht.

Wenige Minuten später kam eine Gruppe von sieben Außerirdischen auf sie zu - alle in Uniform und alle bewaffnet.

Nina meldete sich wieder zu Wort. »Hallo, ich bin Botschafterin Nina Chapman. Mein Freund und ich sind Entdeckungsreisende. Wir kommen in Frieden und möchten mit Ihrem Anführer sprechen.«

Die Außerirdischen sahen sich an und besprachen sich untereinander so leise, dass der Übersetzer das Gespräch nicht auffangen konnte. Schließlich trat einer von ihnen vor.

»Ich bin T'Tock. Ich bin der Leiter dieses Lagers. Wenn Sie keine entkommenen Gefangenen sind, wieso sprachen Sie dann deren Sprache?«, fragte der bläuliche Außerirdische mit einer harten, unnatürlichen Aussprache, die deutlich machte, dass ihm diese Übung schwerfiel.

»Wir haben Sie und Ihre Gefangenen einige Tage lang beobachtet«, erklärte Nina. »Unser Computer war in der

Lage, die Sprache der Gefangenen zu übersetzen, damit wir uns mit Ihnen unterhalten können.«

Die blaue Gruppe sah sich nervös um. Sie hielten ihre Waffen ein wenig fester in der Hand.

»Sie beobachten uns seit Tagen?«, wiederholte T'Tock ernsthaft besorgt. »Das bedeutet, dass Sie in der Umlaufbahn um den Planeten herum ein Raumschiff haben. Wo kommen Sie her?«

»Geben Sie ihnen nichts Konkretes«, zischte Justin und stieß Nina in die Rippen.

Ohne ihn zu beachten, erklärte Nina: »Wir kommen von einem Planeten, der sich die Erde nennt. Er ist sehr weit von hier entfernt. Wir kamen auf diesen Planeten um ihn zu erkunden. Wir kommen in Frieden, um mit Ihnen zu reden und Sie kennenzulernen.«

»In welchem Sternensystem liegt dieser Planet Erde, von dem Sie sprechen?«, forschte T'Tock mit vorwurfsvollem Ton. »Wir haben nie von ihm gehört.«

»Das können wir später weiter im Detail bereden, wenn Sie möchten. Dürfen wir näher treten, um unsere Unterhaltung fortzusetzen?«, bat Nina geduldig. Sie war die Ruhe selbst, während sie Justins Hand durch seinen Anzug hindurch deutlich zittern sah.

»Sie dürfen näherkommen«, entschied ein anderer der blauen Außerirdischen.

Die Außerirdischen hatten sich ein wenig voneinander entfernt und im Halbkreis aufgebaut. Ihre Waffen blieben gesenkt, waren aber bereit für den Fall, dass sie gebraucht werden würden.

»Folgen Sie mir«, forderte Nina Justin auf.

Fünf Meter von den Außerirdischen entfernt sprach deren Anführer erneut: »Sie sprechen wie unsere Gefangenen, sehen so aus und treten auf wie unsere Gefangenen. Wie sollen wir glauben, dass Sie nicht einfach eine Gruppe entwichener Strafgefangener sind?«

Nina lächelte. »Wenn wir entkommene Gefangene wären, kämen wir dann zurück, um mit Ihnen zu reden?«

Diese Frage veranlasste einige der Wachen sich anzusehen, während sie auf die Antwort oder die nächste Aktion ihres Anführers warteten.

T'Tock hob eine seiner vier Hände und strich sich über sein geflochtenes Haar. Das gab Nina die Gelegenheit, sich die Hand des Biestes näher anzusehen und seine Krallen gegen ihre Fingernägel zu vergleichen. Ein kalter Schauer lief ihr über den Rücken im Gedanken daran, welchen Schaden dieses Ding vor ihr wohl in einem Kampf von Mann zu Mann anrichten konnte.

»Wenn Sie von diesem Planeten Erde kommen, dann war das nur mit einem Raumschiff möglich«, stellte T'Tock fest. »Wie viele Personen sind in Ihrem Raumschiff? Wie viele von Ihnen sind jetzt hier unten mit uns auf Clovis?«

Nina furchte die Stirn. »Clovis? Ist das der Name dieses Planeten?«

Mit einer Bewegung seiner Hand schob das Biest ihre Frage zur Seite. »Der Name dieses Planeten ist irrelevant. Haben Sie ein einziges Raumschiff in der Umlaufbahn? Wie viele sind hier unten mit Ihnen …. Botschafterin?«

T'Tock hatte offenbar Probleme, ihren Titel auszusprechen.

»Ist Clovis Ihre Heimatwelt?«, lenkte Nina ab. »Wie nennt sich Ihre Spezies? Uns nennt man die Menschen.« Sie war hartnäckig.

T'Tock senkte die Hand, die sich am Kopf gekratzt hatte. »Nein, Clovis ist nicht unsere Heimatwelt. Wir kommen aus einem weit entfernten System. Dieser Planet ist Teil unseres Reichs, einer von Hunderten von Planeten, die wir kontrollieren. Sie sagten, Ihr Name ist Botschafterin Nina Chapman. Was für ein Name ist das? Welchem Clan oder welcher Sippe gehören Sie an?«

Mit der Frage nach einem Clan oder einer Sippe musste Nina ein Lächeln unterdrücken. Der Gedanke eines galaktischen Imperiums erinnerte sie zu sehr an *Star Trek* oder an *Battlestar Galactica*. »Mein Rufname ist Nina. Mein Nach- oder Familienname ist Chapman. Die Regierung meines Planeten übertrug mir die Aufgabe einer Botschafterin und verlieh mir diesen Titel. Er bedeutet, dass ich dazu berechtigt bin, im Auftrag meiner Regierung und unseres Volks zu sprechen«, versuchte sie sich verständlich zu machen.

Die Außerirdischen standen da und hören konzentriert zu. Ihr Interesse war deutlich geweckt; sie wollten mehr wissen.

»Ich bin T'Tock vom Clan der D'Shawni. Ich komme vom Planeten Shawni, eine unserer Hauptwelten. Unsere Leute ….« Er holte weit mit zweien seiner Arme aus. »…. sind die Zodark. Wenn Sie zu diesem Planeten gekommen sind, muss es ein Raumschiff geben. Wie viele Raumschiffe befinden sich in der Umlaufbahn um Clovis? Wie viele Ihrer Leute sind hier unten auf dem Planeten?«

»Als wir diesen Planeten entdeckten, wussten wir nicht, dass jemand auf ihm lebt«, erläuterte Nina ruhig. »Aus diesem Grund schickten wir mehrere Schiffe zu diesem Planeten in der Absicht, hier eine Kolonie zu etablieren.«

»Sie wollen sich diesen Planeten aneignen? Das ist ein Zodark-Planet! Er ist Teil unseres Imperiums. Wie viele Schiffe haben sie? Wie viele Soldaten befinden sich bereits auf dem Planeten?«, fuhr T'Tock Nina aufgebracht an. Die Wachen hinter ihm sahen sich angestrengt nach einer möglichen Bedrohung um.

Nina hob die Hand, um das außerirdische Biest zu beruhigen. »Nein, T'Tock. Wir sind nicht gekommen, um diesen Ort zu erobern. Wir sind in Frieden hier. Wir wollen nur reden.«

T'Tock unterbrach sie. »Dann beantworten Sie meine Frage. Wie viele Raumschiffe in der Umlaufbahn? Wie viele Soldaten sind bereits auf dem Planeten gelandet?«

Nina schüttelte den Kopf. »Diese Frage kann ich im Moment nicht beantworten.«

T'Tock unterbrach sie mit einer Geste seiner Hand. Er sah zum Himmel hinauf, als ob er ihr Raumschiff erspähen wollte. Dann richtete er das Wort wieder an Nina. »Sie beantworten meine Frage nicht. Vielleicht wollen Sie doch nicht reden, so wie Sie es behaupten.«

T'Tock sagte etwas zu seinen Begleitern. Die Gruppe verteilte sich U-förmig um Nina and Justin herum.

Nina, die den Stimmungswechsel der Außerirdischen spürte, bot an: »T'Tock, vielleicht wollen wir uns später erneut unterhalten? Vielleicht, wenn die Sonne im Zenit steht?«

Der große Außerirdische sah sie an und lachte laut. »Nein, ich denke nicht. Ich denke, Sie werden mit uns kommen und uns mehr über Ihr Raumschiff und das System, aus dem Ihre Leute stammen, berichten.«

Und dann schlossen die Außerirdischen den Kreis um sie herum und kamen auf sie zu.

Ohne ihre Augen vom Anführer zu lassen, informierte Nina Captain Hopper über ihren Kommunikations-Link: »Captain, jetzt wäre es wohl an der Zeit, uns hier herauszuholen.«

****

Royce, Ihr Trupp soll sich zeigen, ohne eine feindliche Bewegung zu machen. Sehen wir, ob die Gegenwart der Männer sie nicht auf den Boden der Tatsachen zurückholt. Wir wollen die Botschafterin kampflos extrahieren, ordnete Captain Hopper über den NL an.

Schon dabei! Royces Antwort kam schnell.

Sekunden später traten 12 Soldaten von Trupp Drei unter den Bäumen und aus dem Gestrüpp hervor, nicht einmal 60 Meter von den Zodark entfernt. Überrascht von dem plötzlichen Erscheinen dieser Figuren, die eindeutig

Soldaten waren, drehten sich einige der Außerirdischen um. Einer von ihnen sagte etwas in einem scharfen, unfreundlich klingenden Ton. Und dann stieß T'Tock einen Schrei aus, während einer seiner Arme nach Justin, Ninas Assistenten, griff. Eine seiner großen Hände schloss sich um den Hals des Mannes und hob ihn vom Boden an, bevor er im Laufschritt auf die Mitte des Lagers zuhielt.

Ehe jemand reagieren konnte und Nina wusste, wie ihr geschah, hatte ein anderer Zodark Nina in seine Gewalt gebracht und folgte T'Tock eilig ins Innere des Camps hinein.

Die verbliebenen Zodark hoben ihre Waffen und eröffneten ohne zu zögern das Feuer auf die 12 ungeschützten Soldaten, denen keine Zeit blieb, rechtzeitig zu reagieren.

Nach Deckung suchend ließ Royce sich hinter einem Gebüsch fallen, gerade als mehrere Blastereinschläge den Boden und die Bäume trafen, vor denen er soeben noch gestanden hatte.

Er rollte nach rechts ab und landete in knieender Position mit dem Gewehr im Anschlag, bereit, sein Ziel zu finden. Zu diesem Zeitpunkt zogen sich die verbliebenen zehn Zodark rückwärts in das Lager zurück, ohne den konstanten Beschuss mit Blasterfeuer einzustellen.

Mithilfe seines in seinen HUD integrierten Zielcomputers zielte Royce und drückte ab. Sein Blastertreffer traf den großen Außerirdischen, der ihm am nächsten war, mitten in die Brust. Er war gerade dabei, sich ein neues Ziel zu suchen, als er das furchterregendste Gebrüll seines Lebens hörte.

14 neue Zodark griffen von der rechten Flanke aus an und entfachten einen Feuersturm auf ihre Position. Blätter, Äste und Gestrüpp nahmen den menschlichen Soldaten die Sicht.

»Trupp Zwei, in Position, begegnen Sie der Bedrohung von der rechten Flanke her. Einsatz des SAW, sofort! Trupp Eins, eröffnen Sie das Feuer mit den schweren Kanonen und machen Sie sie fertig!«, kommandierte Lieutenant Crocker über das Kommunikationssystem des Zugs. Innerhalb von zwei Sekunden lag ein halbes Dutzend der Angreifer vor der Crew, die die M91 HB bemannte, am Boden. Vier der Soldaten mit SAWs trugen mit ihrer Feuerkraft zur Verteidigung gegen die angreifenden feindlichen Außerirdischen bei.

Mit dem Blick nach rechts sah Royce, wie einer seiner Männer von zwei Blasterschüssen getroffen wurde und zu Boden ging. Ein anderer schrie vor Schmerzen laut auf, als ihm sein linkes Bein von einem Blastertreffer weggerissen wurde. Die Rufe nach einem Sanitäter wurden dringender, während Blasterfeuer und aufgeregtes Geschrei die Morgenluft durchdrangen.

»Splittergranate auf dem Weg!«, schrie einer der Soldaten, während ein Objekt auf zwei Zodark zuflog, die versuchten wollten, ihre schweren Waffen zu umgehen.

Die Granate landete nahe einer Gruppe feindlicher Soldaten, bevor sie mit einem ohrenbetäubenden Donnern mehrere Zodark wie Stoffpuppen durch die Luft fliegen ließ.

Vom Lager her erklang plötzlich ein surrendes Geräusch, bevor zwei etwa zwei Meter große Drohnen über dem Kampfplatz erschienen. Eine der Drohnen eröffnete mit einem Schnellfeuer-Blaster das Feuer auf Royces Trupp. Noch bevor Royce einen Warnruf abgeben konnte, fielen drei seiner Männer den fliegenden Killermaschinen zum Opfer.

Mit einer der Drohnen im Visier legte Royce den Wahlschalter von Blaster auf Magrail um und feuerte 5.56mm Kugeln ab, die die Drohne in Stücke riss und zerstört zu Boden fallen ließ.

Die zweite Drohne hatte die Bedrohung für ihre Existenz wahrgenommen und begann mit Ausweichmanövern. Sie überzog die Position von Trupp

Zwei mit einer Flut von Blasterschüssen, während diese Männer sich gleichzeitig weiter gegen die angreifenden Zodark verteidigen mussten. Zwei weitere Soldaten kamen ums Leben, ohne die Chance zu bekommen, auf diese neue Bedrohung zu reagieren.

Royce konzentrierte seine Bemühungen weiter allein auf die zweite Drohne; Schuss auf Schuss in kurzer Abfolge, leider ohne Erfolg. Gekonnt wich die Drohne all seinen Angriffen aus, ohne dabei den Beschuss auf Royces Männer aufzugeben.

Doch dann ereigneten sich nahe der Drohne zwei Explosionen. Einer der Soldaten hatte seine 20mm präzisionsgelenkte Munition verschossen. Die Killerdrohne wurde getroffen, was sie in ihrer Beweglichkeit hinreichend beeinträchtigte, um Royce und einigen anderen zu erlauben, sie mit einigen Dutzend Magrail-Projektilen aus dem Verkehr zu ziehen.

Die Überreste der Drohne stürzten noch zu Boden, als vom Lagereingang her um die 30 dieser blauen Außerirdischen zum Angriff nach vorn stürzten und direkt auf Royces dezimierten Trupp zuhielten. Die AI in seinem Helm informierte ihn, dass er nur noch Augenblicke hatte, bevor die großen Biester bei gleichbleibender Geschwindigkeit ihre Stellung überrollen würden.

»Rückzug auf Sammelpunkt Charlie!«, ordnete die dringende Stimme Captain Hoppers über das Kommunikationsnetz des Zugs an.

Royce stellte den Schalter seines M85 wieder auf Blaster um und ließ ein Trommelfeuer auf die angreifenden Zodark los. Er traf drei von ihnen direkt, bevor sie in Deckung gehen konnten.

Royce sprang auf und rannte zu einem Sanitäter hinüber, der einen seiner verwundeten Männer versorgte. »Wir müssen gehen!«

Der Sanitäter sah zu ihm hoch und nickte. Er ließ den Soldaten am Boden zurück und setzte sich mit dem Erste-Hilfe-Koffer und seinem Gewehr in den Händen so schnell er konnte zum Sammelpunkt in Bewegung. Im Vorbeilaufen sah Royce, dass der Mann am Boden seinen Verletzungen bereits erlegen war.

Royce griff sich eine Granate aus seiner Weste, zog den Stift und warf sie in Richtung einer Gruppe von Zodark, die ihnen nachsetzte. Lichtfetzen ihrer Blaster umgaben ihn und trafen bei seinem Rückzug in den Wald die Bäume und Büsche um ihn herum.

Augenblicke später vernahm Royce die Explosion der Granate und hoffte, dass sie ihre Verfolger ein wenig aufhalten würde. Zwei seiner Männer lehnten mit angelegten Gewehren gegen einen Baum und ließen einen Sturm von Blasterfeuer auf mögliche verbliebene Verfolger los. Nachdem sie 30 oder mehr Schüsse abgefeuert hatten, fielen sie zurück und überließen das Feld zwei weiteren Deltas, die bereit standen, ihre SAWs zur Deckung ihrer Kameraden einzusetzen.

Nachdem die sich zurückziehenden Deltas ebenfalls an Royce vorbei waren, eröffnete die Gruppe mit den SAWs das Feuer. Es klang wie eine Kreissäge, als ihre schweren Blaster den gesamten Bereich mit über 1.000 Blitzen pro Minute überzogen und Bäume, Sträucher und eine Handvoll der Zodark, die sie in den Wald verfolgt hatten, niedermähten.

Royce sah sich um. Der Rest des Zugs hatte unter dem Schutz der SAW-Schützen den Sammelpunkt Charlie so gut wie erreicht. Noch 200 Meter.

Royce zielte in Richtung des Camps und dorthin, wo er die sie verfolgenden Außerirdischen vermutete. Er konnte sich nicht sicher sein, ob die sechs Schuss seiner 20mm-präzisionsgelenkten Munition ein Ziel finden würden, aber gegenwärtig kam es nur darauf an, die Außerirdischen aufzuhalten oder sie hoffentlich zum Rückzug zu zwingen.

Sobald es so aussah, als habe der Feind die Jagd aufgegeben, befahl Royce all seine Männer zurück zum

Sammelpunkt. Dort hatten die verbliebenen Soldaten der zweiten und dritten Truppe bereits im Umkreis von 100 Meter einen weiten Verteidigungsbereich organisiert. Trupp Vier, der das Shuttlefahrzeug bewacht hatte, schickte eines ihrer Feuerteams zur Unterstützung. Die Zodark mochten sie überrascht und einige von ihnen sogar getötet haben, aber so schnell gaben die Deltas nicht auf.

Captain Hopper forderte bereits per Funk von der *Voyager* das Aussenden der Schnellen Eingreiftruppe, der QRF, zur Landung am Standort der Ospreys. Das Feuerteam, das dort weiter Wache hielt, würde einige der Bäume fällen um eine größere Landezone zu kreieren. Zudem hatte Hopper auch die drei anderen Züge der Einheit zurückbeordert. Innerhalb von zwei Stunden würden knapp 100 zusätzliche Deltas bereitstehen, das Lager der Außerirdischen zur Rettung der Botschafterin zu stürmen.

Lieutenant Crocker sprach Sergeant Royce an. »Schicken Sie einige Ihrer Männer mit den Verwundeten zu den Ospreys zurück. Ich will, dass sie umgehend zur Behandlung auf die *Voyager* transportiert werden. Danach können die Ospreys die regulären Armeesoldaten zurückbringen, die uns aushelfen werden. Ich fürchte, unser nächstes Zusammentreffen mit diesen Hunden wird weit schwieriger werden. Sie wissen nun, dass wir hier sind.«

»Gute Idee, Sir. Die Männer von Trupp Drei werden sich darum kümmern. Nach dem letzten Angriff haben sie sich eine kurze Pause verdient«, nickte Royce.

Er suchte den Bereich auf, wo die Sanitäter des Zugs ihre Verwundeten behandelten. Sechs ihrer Männer hatten Verletzungen erlitten und zwölf ihrer Kameraden waren im Kampf gefallen. Nach dem erfolgreichen Gegenangriff auf das Camp würden sie deren Leichen bergen. Der letzte Kampf hatte sich so schnell entwickelt, dass er ihnen vor ihrem Rückzug die Gelegenheit versagt hatte, sich um ihre Toten zu kümmern.

Beim Blick auf die Verwundeten schreckte Royce beinahe zurück. Einige von ihnen litten unter Blasterwunden, aber die meisten von ihnen wiesen tiefe offene Wunden an den Armen, auf der Brust oder im Gesicht auf, die die krallenähnlichen Fingernägel der Außerirdischen verursacht hatten. Mit ihrer eingeschränkten Ausstattung und ihrem limitierten Training konnten die Sanitäter hier nur bis zu einem gewissen Grad Gutes tun. Die Verwundeten mussten auf die *Voyager* in deren weit besser ausgestattetes Traumazentrum verlegt werden.

Der Bereich um ihren Verteidigungsperimeter herum blieb weiter ruhig. Lieutenant Crocker hatte ihre verbliebenen Überwachungsdrohnen zur weiteren Kontrolle freigesetzt. Nur noch wenige Stunden bevor sie ausreichend Verstärkung hätten – und dann mehr als genug, um das Lager der Außerirdischen unter Kontrolle zu bekommen und die Gefangenen zu befreien. Und nach der Rettung der Botschafterin und des Assistenten, unterstellt, die beiden lebten noch, würden sie herausfinden, wer diese Außerirdischen waren.

****

Je tiefer sich der Kampf außerhalb des Lagers in den Wald fortsetzte, desto mehr verringerte sich sein Lärm. T'Tock wandte sich an einen seiner Commander. »Schicken Sie eine Nachricht an die anderen Camps, dass wir auf eine neue Rasse von Menschen gestoßen sind. Und senden Sie eine Nachricht nach Ka'Cha mit der Information, dass sich in der Umlaufbahn über dem Planeten feindliche Schiffe aufhalten und dass wir um sofortige Unterstützung bitten.«

»Zu Befehl«, erwiderte der Untergebene und machte sich auf den Weg zum Kommunikationsgebäude.

T'Tock richtete seine Aufmerksamkeit nun wieder auf den Mann und die Frau, die seine Wachen an einen Stuhl gefesselt hatten. Als Erstes trat T'Tock an den Mann heran. »Wo kommen Sie her?«

Der Mann sah nervös und verängstigt aus. Sein flüchtiger Blick auf die Frau enthielt die Frage, ob er in diesem Verhör antworten sollte.

T'Tock hob eine seiner Hände vor dem Mann in die Höhe und streckte ihm seine Krallen entgegen.

»Wie schon gesagt, wir kommen von der Erde«, platzte der Mensch ganz offenbar in Angst und Schrecken hervor. »Es ist ein Planet, der viele Lichtjahre von hier entfernt liegt.«

»Na also. So schwer war das doch nicht, oder?«, lobte T'Tock ihn in Alt-Chaldäisch. Er zog ein Tablet hervor, das eine 3-D-Karte des bekannten Universums zeigte. »Warum zeigen Sie mir nicht, wo sich Ihr Sternensystem befindet?«

»Verraten Sie ihm nichts, Justin!«, warnte Nina eindringlich.

T'Tock drehte sich zu Nina um und schlug ihr mit einer seiner vier Hände ins Gesicht. Der Schlag ließ ihre Nase bluten und spaltete ihre Lippen.

T'Tock baute sich vor Nina auf. »Sieht aus, als ob Sie hier die Verantwortung tragen. Also machen wir folgendes,

Nina. Ich stelle eine Frage und jedes Mal, wenn Sie sich weigern, eine dieser Fragen zu beantworten, wird Ihr Freund darunter leiden.«

Hasserfüllt sah Nina dem bläulichen Außerirdischen ins Gesicht. »Meine Leute werden mich befreien und euch alle umbringen!« Sie spuckte ihm ihr Blut ins Gesicht, was ihn nur noch weiter erzürnte. Das Biest boxte ihr hart in den Magen. Nina schnappte nach Luft.

T'Tock ging wieder zu Justin hinüber. Mit einem durchdringenden Blick auf Nina fragte er erneut: »Wo ist dieses Sternensystem, dem die Erde angehört?«

Als sie ihm die Antwort schuldig blieb, nutzte T'Tock eine seiner Krallen um das Hemd des hilflosen Mannes aufzuschlitzen. Mit Brust und Bauch nun unbedeckt vor sich, öffnete T'Tock mit der Kralle Justins Abdomen. Er riss ihn nicht den ganzen Weg auf – die Wunde war etwa sechs Zentimeter groß; gerade groß und tief genug war, um einen kleinen Teil seiner Eingeweide hervortreten zu lassen. Justin schrie vor Qual und Schmerzen auf. Die Wunde blutete stark.

»Es tut mir leid, Justin«, war alles, was Nina sagen konnte.

T'Tock wiederholte seine Frage an Nina. Als sie ihren Kopf hob und ihn schweigend ansah, hakte T'Tock eine seiner Krallen unter Justins Darm und zog ihn ein Stück heraus. Justin stieß einen durchdringenden Schmerzensschrei aus. Sein Gesicht wurde fahl und er war schweißgebadet. Sein Körper reagierte mit einem Schock.

»Nina, ich könnte dieses Spiel mit Justin den ganzen Tag spielen, aber das wäre weder fair noch nett. Warum verraten Sie mir nicht einfach, was ich wissen will, und dann verarzten wir Justin? Sie beide werden leben. In welchem Sternensystem liegt Ihre Heimatwelt?« T'Tock wiederholte seine Frage.

Gerade als T'Tock ansetzte, Justin weiter auszuweiden, gab Nina endlich nach. »Geben Sie mir das Tablet!«, schrie sie ihn an und deutete, nachdem sie es in der Hand hielt, auf einen Bereich. Sie erklärte: »Die Erde liegt im Indus-System.«

****

Ninas Antwort war falsch, aber sie hoffte, die Zodark würden das nicht erkennen. Sie musste den Deltas mehr Zeit für ihre Rettung gewinnen und hoffte, dass ihr das mit der Angabe falscher Informationen gelingen würde.

»Die Erde soll hier im Indus-System liegen?« T'Tock klang mehr als skeptisch. »Das ist ein weiter Weg von hier.

Hat Ihr Volk das Schneller-als-die-Lichtgeschwindigkeit-Reisen entwickelt?«

Nina sah zu Justin hinüber. Er war beinahe bewusstlos vor Schmerzen. Sein Bauch blutete weiter. Sie stellte ihre Forderung an das Biest: »Ja, das haben wir. Unsere Technologie erlaubt uns, viele Lichtjahre schnell hinter uns zu bringen. Und jetzt habe ich mehrere Ihrer Fragen beantwortet. Mein Freund braucht medizinische Hilfe, im Fall, dass wir uns weiter unterhalten sollen.«

Das große blaue Biest spielt mit seinen Zöpfen und schwieg einen Augenblick. »Also schön, Nina«, stimmte er zu. »Wir gehen folgendermaßen vor. Mein medizinisches Personal wird sich um Ihren Freund kümmern. Sobald Sie sich weigern, meine Fragen zu beantworten, beginnt der Spaß von vorn. Möglich, dass Justin dabei sterben wird, aber ich versichere Ihnen, dass wir die Fähigkeit haben, ihn wieder zum Leben zu erwecken und das viele Male hintereinander. Tun Sie das Ihrem Freund nicht an, Nina. Beantworten Sie einfach meine Fragen.«

****

Nach mehreren Stunden Vorbereitung standen drei Delta-Züge zusammen mit einer Einheit republikanischer Armeesoldaten bereit, das Feindeslager anzugreifen und ihre Leute zu befreien. Die RA-Soldaten hatten zwei ihrer 3,5 Meter hohen Mechs mitgebracht, um ihre Schlagkraft zu erhöhen. Das stark bewaldete Gebiet war für schwere Panzer ungeeignet. Die Mechs mussten genügen.

Captain Hopper kniete zusammen mit vier seiner Lieutenants und erfahrensten Unteroffiziere neben einem Baum. Der Bataillonskommandeur der regulären Armee, Major Jenkins, sowie Captain Foster, sein Kompaniechef, gesellten sich ebenfalls zu ihnen, um die räumliche Aufteilung des Gefangenenlagers zu studieren.

Das Camp war ungefähr drei Kilometer lang und zwei Kilometer breit. Ein Großteil davon wurde von industriellen Verarbeitungsmaschinen eingenommen, zusammen mit einem umfangreichen Vorrat an bearbeitetem Erz nahe dem hinteren Eingang.

Basierend auf ihren besten Informationen lief der Pfad, der dort das Lager verließ, nach 200 Metern in einem großen Feld aus, das aussah, als ob dort regelmäßig eine schwere Transportmaschine landete.

Entlang der Umfriedungsmauer standen einige Wachtürme, die aber unbemannt zu sein schienen. Es handelte sich wohl um autonome Türme, die jeweils mit zwei Blastern bewaffnet waren. Die Wände dieser

Aufbauten waren vier Meter hoch. Woraus sie gebaut waren, war bislang nicht sicher.

Captain Hopper ging gerade den Angriffsplan durch, als er eine kodierte Nachricht von der *Voyager* empfing. Er entschuldigte sich für einen Moment bei den anderen und akzeptierte den Videolink in einigem Abstand von ihnen.

»Admiral, wir sind gerade dabei, unseren Angriffsplan zu besprechen. Was kann ich für Sie tun?«

Admiral Halseys Gesicht erschien auf seinem HUD. »Wir fingen mehrere Nachrichten aus dem Lager auf; sie wurden an mindestens sechs Standorte auf diesem Planeten versandt. Ich bin mir nicht sicher, ob es sich dabei auch um Bergbaulager handelt oder ob auf dem Planeten eine außerirdische Garnison stationiert ist. Größere Sorgen macht mir allerdings unsere Entdeckung, dass mehrere Nachrichten über das Rhea-System hinaus versendet wurden. Wir gehen davon aus, dass es sich dabei um Hilferufe handelt.«

Frustriert schüttelte Hopper den Kopf; sollte dies tatsächlich zutreffen, blieb ihnen wenig Zeit. Das war ihm klar. Entweder würden die anderen Camps Verstärkung schicken oder es bestand die Möglichkeit, dass ein oder zwei Raumschiffe neben ihren eigenen Schiffen in der Umlaufbahn erscheinen würden.

»Ich verstehe. Wir müssen diesen Ort schnell und hart treffen, bevor Hilfe eintrifft.«

»Genau. Die *Rook* hat sich aus der Umlaufbahn entfernt und wird jedes Schiff, das in diesem System eintrifft, konfrontieren. Ihre Aufgabe ist es, unsere Leute zurückzubringen und das Lager zu befreien. Fragen Sie die Gefangenen, ob sie mit uns zurückkehren oder ob sie bleiben und auf die Rückkehr ihrer Aufseher warten möchten. Ach, und bevor ich es vergesse: unsere Wissenschaftler wollen sicherstellen, dass sie etwas von dem, das dort abgebaut wird zur Analyse mitbringen - bearbeitete Blöcke des unbekannten Minerals. Mit mehreren Lagern auf diesem Planeten ist dieses Material für die Außerirdischen eindeutig wichtig. Und was ihnen wichtig ist, ist uns ebenfalls wichtig. Haben Sie verstanden?«

Hopper musste sich zwingen, Haltung zu bewahren. Seine Aufgabe war es, ihre Leute zu retten und das Camp zu befreien. *Und jetzt verlangt das Wissenschaftsteam, dass unsere Männer zusätzlich noch gereinigte Mineralien einsammeln?*

Dank der Videoübertragung konnte der Admiral seine Frustration deutlich erkennen. »Captain, konzentrieren Sie sich darauf, unsere Leute herauszuholen und das Lager zu befreien. Falls Sie die Zeit finden, die bearbeiteten Blöcke mitzubringen, dann tun Sie das. Sobald aber ein feindliches Kriegsschiff in diesem System erscheint, müssen wir so schnell wie möglich von hier verschwinden. Wir haben keine Ahnung, wozu ihre Schiffe in der Lage sind.«

Er nickte. »Verstanden, Admiral. Unser Angriff beginnt in etwa 20 Minuten. Bereiten Sie zwischenzeitlich zwei unserer Versorgungsschiffe vor? Falls diese Gefangenen mit uns kommen wollen, benötigen wir Raum, um sie hoch zur *Voyager* zu transportieren

»Ich kümmere mich darum, Captain. Und jetzt befreien Sie unsere Leute. Halsey, Ende.«

****

Hopper kniete sich erneut in seiner vorherigen Position nieder und legte die Angriffsordnung und wie er vorgehen wollte fest. Ihre Mikrodrohnen hatten ihnen verraten, dass alle Gefangenen in zwei großen Baracken untergebracht waren. Darüber hinaus hatten die Drohnen etwa 50 Verstärkungen, die bereits aus einem anderen Lager eingetroffen waren, bemerkt. Hoppers Mann an den Drohnen hatte versucht, ihnen mit spezialisierteren Drohnen einen besseren Überblick über das zu verschaffen, was sich im Lager abspielte, aber die Sensoren der

Wachtürme hatten sie entdeckt und umgehend zerstört. Bislang kreisten ihre Mikrodrohnen von der Größe einer 50-Cent-Münze noch unentdeckt über dem Camp und erwiesen sich als nützlich. Dennoch, zur Unterstützung eines Angriffs wie diesem, hätte sich Hopper etwas Differenzierteres gewünscht.

Major Jenkins meldete sich zu Wort. »Captain Hopper, da in den bevorstehenden Kampfhandlungen Delta- und RA-Truppen Seite an Seite kämpfen, habe ich neue Rufzeichen designiert. Alle Delta-Einheiten sind nun Untergruppen von ‚Geist'. Sie sind Befehlshaber Geist. Ich bin Befehlshaber Hammer. Captain Foster ist Befehlshaber Amboss. Ich denke, Admiral Halsey ließ uns beiden die gleiche Nachricht zukommen. Wieso fahren Sie nicht fort? Ich weiß, wir haben wenig Zeit.«

Hopper nickte dem RA-Major zu. Er war froh, nicht der Einzige zu sein, der hier auf dem Planeten die Entscheidungen treffen musste. »Captain Foster, Ihre gesamte Kompanie und die beiden Mechs werden das Camp von der südwestlichen Ecke her angreifen«, ordnete er an. »Das ist nahe am hinteren Eingang zum Lager und dem Pfad, der auf das offene Feld führt. Wenn möglich, sollen Ihre Mechs die Mauer zerstören. Falls das nicht klappt, tun Sie es mit präzisionsgelenkten Raketen. Sie müssen die feindlichen Linien aufbrechen und ihre Aufmerksamkeit erregen. Schicken Sie mir eine Nachricht, sobald Sie glauben, dass die Kräfte der Außerirdischen voll auf Sie konzentriert sind. Dann starten wir den nächsten Angriff.«

Hopper wandte sich dem Lieutenant zu, der dem Ersten Zug vorstand. »Lieutenant Able, Sie sind Geist Eins. Sobald ich es verlange, wird Ihr Zug ein Loch in die nördliche Wand sprengen, genau hier, in der Mitte des Camps, nahe den industriellen Einrichtungen. Bleiben Sie hinter der Wand, nachdem Sie sie geöffnet haben. Der Feind soll zu Ihnen kommen, worauf Sie ihr Bestes geben, ihn zu beschäftigen.«

Als nächstes instruierte Hopper nun Lieutenant Crocker and Lieutenant Hales. »Nachdem der Feind mit diesen Angriffen zu schaffen hat, nehmen der zweite und dritte Zug den vorderen Eingang ein. Sie sind Geist Zwei und Geist Drei. Dringen Sie so schnell wie möglich in das Lager ein und bewegen Sie sich voran. Eliminieren Sie sämtliche Bedrohungen, die sich Ihnen entgegenstellen. Zug Vier, Sie sind Geist Vier, Sie sind meine Reserve. Sie sind für die Zerstörung der Wachtürme mit Ihren präzisionsgelenkten Panzerabwehrraketen verantwortlich. Danach verfolgen Sie den Ablauf der Schlacht und stehen zum Einsatz bereit, wo immer Sie am dringendsten gebraucht werden.«

Bevor er die Besprechung beendete, fügte Hopper noch hinzu: »Falls es uns möglich sein sollte, einige dieser blauen Außerirdischen gefangen zu nehmen, sollten wir das tun. Ich bin mir sicher, Sie können uns hilfreiche Informationen liefern. Und jetzt holen wir uns unsere Leute zurück und machen das Camp dem Erdboden gleich!«

»Hooah!«, war die einzige Antwort, die er erhielt, bevor sich alle in ihre Positionen begaben und die letzten Vorbereitungen trafen. Showtime in 20 Minuten!

****

Major Jenkins und Captain Hopper hielten sich am Waldrand versteckt, während die unterschiedlichen Gruppen ihre Stellungen einnahmen. Je länger das dauerte, desto nervöser wurde Hopper im Wissen, dass die Außerirdischen dieses Lagers sowohl benachbarte Camps alarmiert als auch über dieses Sternensystem hinaus Alarm geschlagen hatten. *Nur eine Frage der Zeit, bevor zusätzliche Kräfte eintrafen.*

»Befehlshaber Amboss und Geist, wir starten unseren Angriff«, verkündete Captain Foster endlich über ihr gesichertes Kommunikationssystem.

Die Stille des späten Vormittags wurde vom Lärm eines großkalibrigen Blasters und von einem halben Dutzend präzisionsgesteuerter Raketen unterbrochen. Die beiden Mechs hatten gute Arbeit geleistet, die in schneller Abfolge von 100 das Feuer eröffnenden Armeesoldaten der Republik fortgesetzt wurde.

Inmitten des Blasterfeuers und der Explosionen kam den Erdenbewohnern deutlich ein lautes gutturales Kreischen aus der Mitte des Lagers zu Ohren. Es war mehr als beunruhigend, dies zu hören und nicht zu wissen, wer oder was diesen Laut verursachte.

Sofort nach dem ersten Angriff der RA schoss die Spezialwaffentruppe ihre präzisionsgesteuerten Panzerabwehrraketen auf die Wachtürme ab. Einige der Raketen wurden vor dem Einschlag in die Türme abgewehrt, aber viele andere trafen ihr Ziel. Die verbliebenen Wachtürme würden in wenigen Minuten offline sein.

Sobald diese Strukturen keine Bedrohung mehr darstellten, setzte Captain Hopper erneut Überwachungsdrohnen über dem feindlichen Lager ein. Sie brauchten bessere Augen und Ohren, weit über das hinaus, was ihnen die Mikrodrohnen bieten konnten.

Hoppers Funkgerät erwachte zum Leben gerade als die Drohnen die Mauer überflogen. »Befehlshaber Geist und Hammer. Der Feind greift in voller Stärke unsere Position an.«

»Verstanden.« Der Major bestätigte den Empfang der Nachricht.

Hopper drückte auf die Sprechtaste seines Funkgeräts, um den zweiten Teil des Angriffsplans umzusetzen. »Geist Eins, Geist-Befehlshaber hier. Beginnen Sie Ihren Angriff. Schlagen Sie hart zu.«

In einem anderen Abschnitt des Camps der Außerirdischen waren nun neue Explosionen zu hören, begleitet von mehr Blasterfeuer und den lauten tierischen Schreien dieser blauen Wilden.

Major Jenkins, der die Drohnenvideos studierte, zeigte auf etwas. Hopper sah es ebenfalls. Sie hatten ihre Gegner zur Aufspaltung ihrer Kräfte gezwungen, um die separaten Einfälle an ihrem Schutzwall abzuwehren. Der Kampf entwickelte sich ganz nach Plan.

Hopper drückte den Sprachknopf. »Geist Zwei und Drei, beginnen sie Ihren Angriff!«

Major Jenkins nickte, als Hopper diesen Befehl erteilte. Die Einspielung der Drohnenvideos, die von einer wogenden Schlacht mit Laser- und Magrailwaffen zeugten, schien mehr als befremdlich. Außer beim Training mit echter Munition hatte keiner dieser menschlichen Soldaten je an einem solch großen Gefecht mit hochentwickelten Waffen teilgenommen. Die letzte große Auseinandersetzung zwischen den Menschen hatte in den 2040ern stattgefunden.

Das Erste, was Hopper an den blauen Außerirdischen auffiel, war ihre absolute Furchtlosigkeit. Sie stürzten direkt auf die RA-Soldaten zu und hielten den Beschuss ununterbrochen aufrecht. Diese vierarmigen Biester in Aktion zu sehen war ein furchterregender Anblick. Drei Blauen war es gelungen, eine Gruppe menschlicher Soldaten zu umzingeln, wonach sie ihre krallengleichen Nägel dazu nutzten, die Soldaten in Stücke zu reißen. Einer der Außerirdischen nahm sich tatsächlich die Zeit, mit der Hand in der Brust eines RA-Soldaten dessen Herz herauszureißen und es wie ein wildes Tier aufzufressen. Der Außerirdische stieß ein blutrünstiges Geheul aus, während er es mit einem einzigen Biss verschluckte. Hellrotes Blut lief ihm das Gesicht hinunter.

»Geist Vier, unterstützen Sie Hammer. Verstärken Sie deren Position. *Sofort!*«, schrie Hopper. Er wusste, dass die RA-Einheit in Kürze überrannt werden würde, selbst wenn Major Jenkins das noch nicht erkannt hatte. Hopper musste sicherstellen, dass der Feind sich auf diese beiden Angriffsorte konzentrierte, damit die beiden anderen Züge das Eingangstor des Lagers stürmen und während ihres Vormarschs die Außerirdischen von hinten überraschen konnten.

Bumm .... Bumm .... Bumm ....

Eine Reihe von Explosionen schüttelte den vorderen Bereich des Lagers. Der zweite und dritte Zug hatte seinen Angriff gestartet. Die wenigen Wachen, die noch nach Deckung gesucht hatten, flogen mit in die Luft. Sekunden später war auch der letzte Wachturm, der die Basis selbst überwachte, zerstört.

Hopper und Jenkins sahen zu, wie die ersten zehn Deltas mit unablässig feuernden Waffen auf das Gelände vordrangen und jeden feindlichen Aufseher, den sie erwischen konnten, mit einem Doppelschuss zu Boden streckten. Die nächste Reihe der Deltas folgte und die beiden Gruppen verteilten sich. Nachdem der Zutritt gesichert war, preschte dann auch der Rest des zweiten Zugs vor. Sie bildeten kleinere Teams und durchkämmten methodisch und schnell das Camp.

In der Zwischenzeit hatte Geist Vier endlich Hammers Bereich erreicht. In letzter Minute. Der Feind stand kurz davor, ihre Linien zu durchbrechen. Beide Mechs waren außer Gefecht. Die Außerirdischen hatten sie umzingelt und ihre Fähigkeit, sich selbst zu verteidigen, so gut wie zerstört.

Der Blick auf den Tracker, der den blauen Biestern folgte, verriet Captain Hopper, dass Hammers Einheit knapp über die Hälfte ihrer Männer verloren hatte. Er musste zweimal hinsehen, um zu glauben, dass der hohe Verlust an getöteten Kämpfern korrekt war. Er hätte nie gedacht, dass sie so dezimiert werden würden, und trotzdem war es eingetreten. Glücklicherweise war nun Geist Vier vor Ort und füllte die Ränge auf.

Irgendwie wurde dem Feind dann bewusst, dass der Lagereingang angegriffen worden war. Sie wechselten die Position und zogen sich aus Hammers Bereich tiefer in die Mitte der Basis zurück. Das gab Geist Vier die Chance, ihren eigenen Angriff in Verfolgung der sich nun zurückziehenden Feinde voranzutreiben.

»Captain Hopper, ich befahl Vorschlaghammer, sich im offenen Feld außerhalb des Lagers zu formieren. In zehn Minuten stehen uns 212 Soldaten und vier zusätzliche Mechs zur Verfügung«, kündigte Major Jenkins mit Zuversicht in der Stimme an.

Hopper hatte so gut wie vergessen, dass er direkt neben Jenkins stand. »Gute Entscheidung, Sir. Ich denke, die Gegner stehen kurz vor dem Aus. Leider wissen wir nicht, ob Verstärkung zu ihren Gunsten auf dem Weg ist. Wir müssen unsere Verwundeten evakuieren.«

»Richtig«, bekräftigte Jenkins, bevor er die neuen Einheiten zur Landung auf der Oberfläche anwies.

Der Kampf zog sich noch etwa zehn Minuten hin, bevor er nach und nach einschlief. Hopper sprach über ihr Kommunikationssystem Lieutenant Crocker an. »Wie ist die Situation im Camp? Es scheint keine größeren Kampfhandlungen mehr zu geben.«

Crocker erwiderte umgehend. »Wir haben etwa ein Dutzend Außerirdischer in einem Gebäude umstellt. Der Rest ist entweder tot, liegt im Sterben oder ist verwundet.«

»Wir sollten ins Lager gehen, Captain. Sehen, ob wir nicht einige Gefangene finden und sie verhören können«, schlug Major Jenkins vor.

Hopper nickte einvernehmlich. »Lieutenant, der Major und ich sind auf dem Weg. Wir versuchen, einige der Blauen gefangen zu nehmen. Und dann überlegen wir uns, was wir mit den letzten Kämpfern machen wollen. Vielleicht können wir sie zum Aufgeben überreden.«

****

Major Jenkins und Captain Hopper betraten das Lager. Der Umfang der Zerstörung, die ihre Kräfte dem Feind in solch kurzer Zeit beigebracht hatten, überraschte Hopper. Dies war die erste echte Kampfsituation, die ihre Streitmacht gesehen hatte und gleichzeitig das erste Mal, dass so gut wie all ihre Ausrüstungsgegenstände und Waffen in der Absicht echten Schaden zuzufügen, eingesetzt worden waren.

Das Lager war mit toten Zodark und auch Erdenbewohner übersät. Kleinere Feuer brannten und viele Gebäude befanden sich nach erfolgreichem Beschuss in schlechtem Zustand. Einige Deltas und die neu eingetroffenen RA-Soldaten halfen ihren verwundeten Kameraden, verbanden sie provisorisch und trugen sie aus dem Camp auf das offene Feld hinaus, wo ausgebildetes medizinisches Personal bereitstand, ihre Wunden fachmännisch zu versorgen. Einigen der neu Eingetroffenen fiel die Aufgabe zu, ihre Toten zu bergen und alle den Erdbewohnern gehörenden Ausrüstungsgegenstände einzusammeln. Sie wollten nichts zurücklassen.

Ein Delta-Soldat verließ gerade mit Botschafterin Nina Chapman auf dem Arm ein Gebäude. Er bemerkte Hopper und Jenkins und bat sie laut, zu ihnen herüberzukommen.

»Ist sie in Ordnung?«, fragte Jenkins beim Näherkommen voller Sorge.

Nina sah blass aus. Der Schweiß tropfte an ihr herunter, als ob sie unter Schock stehen würde.

»Ich denke, sie wird sich erholen. Ich begleite sie zu den Transportern, um sie mit der ersten Welle nach oben zu schicken. Aber Sie müssen sich dort drinnen umsehen, Sirs. Was sie ihrem Assistenten angetan haben ….« Die Stimme des Soldaten versagte. Und ehe jemand weitere Fragen stellen konnte, setzte er sich mit der Botschafterin im Arm in Richtung der Transporter in Bewegung.

Nachdem die Kampfhandlungen ganz offensichtlich ihr Ende gefunden hatten, zeigten sich einige der menschlich aussehenden Außerirdischen vorsichtig an den Fenstern der beiden größeren Gebäude, in denen sie sich aufhielten.

Major Jenkins trat neben Hopper. »Captain, warum übernehmen Sie es nicht, mit ihnen zu reden, während ich mich auf die Dinge hier draußen konzentriere? Ich wurde gerade informiert, das Professor Audrey Lancaster auf dem Weg ist, sich hier mit uns zu treffen. Sie kam mit dem letzten Transporter nach unten. Sobald der Hauptwaffenmeister der Voyager eintrifft, will ich mit ihm in dem Gebäude dort drüben das Geschehen dokumentieren.«

Hopper stand einen Moment still da und musterte die menschlichen Gesichter hinter den Fenstern. Endlich wandte er sich dem Major zu und nickte. »Verstanden, Sir. Ich werde versuchen, einige Antworten für uns zu finden. Ich will immer noch wissen, wer zum Teufel diese Außerirdischen sind und wieso sie uns so gewalttätig angegriffen haben. Falls Sie weitere Hilfe von meiner Geist-Gruppe brauchen, wenden Sie sich bitte an Lieutenant Crocker, meinen XO. Er wird Ihnen behilflich sein.«

Ohne weitere Worte trennte sich der Major von Hopper und machte sich auf den Weg zur anderen Seite des Lagers, wo sich ebenfalls einige der menschenähnlichen Gefangenen in einer Barracke verschanzt hatten. Den Antennen auf dem Dach des Gebäudes nach handelte es sich hier wohl um die Kommunikationszentrale. Mit dem Näherkommen von Jenkins verschwanden alle Köpfe wieder hinter Türen und Fenstern, im Versuch, ungesehen zu bleiben.

Vor der Tür eines der großen Gebäude schaltete Hopper den externen Lautsprecher seines Helms an und versicherte sich, dass sein AI-Übersetzer die aktuelle Form der chaldäischen Variante beinhaltete.

Er räusperte sich und setzte dann an: »Hallo, mein Name ist Captain Jayden Hopper von der Armee der Republik. Meine Soldaten kamen in friedlicher Absicht. Wir wollen Ihnen keinen Schaden zufügen. Heute früh versuchte unsere Botschafterin zu einem Außerirdischen namens T'Tock Kontakt aufzunehmen. Seine Leute griffen uns an; aus diesem Grund fielen wir in dieses Lager ein – um unsere Botschafterin zu retten und um mit Ihnen zu reden. Wer unter Ihnen ist Ihr Anführer?«

Hopper hatte keine Ahnung, ob er das Richtige gesagt hatte. Er hatte nicht damit gerechnet, mit den Gefangenen reden zu müssen. Das war der Job der Botschafterin, nicht seiner. In diesem Moment gesellte sich Professor Audrey Lancaster zu ihm.

Sie begrüßte und lobte ihn. »Das war ein guter Anfang, Captain.«

»Vielen Dank, Professor. Trotzdem bin ich froh, dass Sie nun hier sind.«

Hoppers Frage an die Gefangenen wurde zunächst mit Schweigen beantwortet. Schließlich trat eine Figur aus dem Schatten im Inneren des Gebäudes hervor und zeigte sich an einem der Fenster.

Der Mann, der Mitte Fünfzig sein mochte, meldete sich zögernd zu Wort. »Sie sprechen unsere Sprache?«

Hopper sah zu dem Fenster im zweiten Stock hoch und nickte nur. »Mit der Hilfe eines Übersetzungsprogramms, ja. Mein Name ist Captain Jayden Hopper, und das ist Professor Audrey Lancaster. Sind Sie der Anführer dieser Gruppe?«

Schüchtern bestätigte er das. »Das bin ich. Mein Name ist Hadad.« Mit einer Geste, die sowohl sein Gebäude als auch das danebenstehende einschloss, erklärte er: »Und das sind meine Landleute.«

Nachdem er seinen Helm abgenommen hatte, bat Captain Hopper den Mann nach unten zu kommen, um ihre Unterhaltung dort fortzusetzen, Alle anderen Erdenbewohner trugen weiter ihre Helme, mit Ausnahme von Professor Lancaster.

Hadad trat durch die Eingangstür hinaus auf sie zu. Hopper zog eine kleine Packung hervor, die er Hadad reichte. »Wissen Sie, was das ist?«, fragte er.

Hadad nahm die Packung entgegen und lächelte, als er ihren Inhalt sah. »Ich denke, die soll ich mir in die Ohren stecken, um etwas zu hören? Ist das richtig?«

»Ja. Wir nennen Sie Im-Ohr-Kopfhörer. Wenn Sie sich die in die Ohren stecken, verstehen Sie unsere Sprache, so wie alle meine Männer Ihre verstehen«, ermunterte Hopper ihn.

»Haben Sie mehr davon?«, wollte Hadad wissen und drehte sich zu seinen Mitgefangenen um.

Hopper schüttelte den Kopf. »Nicht hier. Aber auf dem Raumschiff, das uns hierher gebracht hat, haben wir mehr. Gehen wir ein wenig spazieren. Ich möchte mich gern privat mit Ihnen unterhalten. Tatsächlich würden sich auch einige Leute von meinem Schiff über die Gelegenheit freuen, mit Ihnen reden zu dürfen - um mehr über Sie und Ihre Leute zu erfahren; und darüber, wie Sie auf diesen Planeten gekommen sind und wer diese blauen Außerirdischen sind.«

Während der Captain, die Professorin und Hadad sich gemächlich auf eines der leeren Gebäude zubewegten, begannen die RA-Soldaten Einmalpackungen, ihre MREs, an die Gefangenen auszuteilen, die diese zunächst skeptisch beäugten. Sobald zwei der Soldaten ihre Packungen öffneten und den Inhalt zu essen begannen, folgten die anderen ihrem Beispiel. Schon bald trug die gesamte Gruppe ein Lächeln auf dem Gesicht, als sie zum ersten Mal die Mahlzeit einer vollkommen fremden Kultur und unbekannten Welt zu sich nahmen.

Wenige Minuten später betraten Hadad, Hopper und Lancaster ein Gebäude des Lagers, das den Kampf unbehelligt überstanden hatte. Zwei Zivilisten waren dabei, einen Tisch und einige andere Dinge aufzubauen. Hopper bedeutete Audrey, nun die Führung zu übernehmen.

****

Audrey konnte nicht glauben, wie sehr das Lager und der gesamte Bereich gelitten hatte. Riesige Bäume waren jetzt nur noch Streichhölzer, Teile der Umfriedung waren zerstört, in Gebäudewänden klafften gähnende Löcher, und so gut wie alle Wachtürme waren nur noch rauchende Ruinen. Sie war noch nie in einer Kriegszone gewesen; jetzt wusste sie, wie eine aussah. Dieser Ort war hart umkämpft worden. Überall lagen Leichen. Einige Menschen, überwiegend aber die Außerirdischen.

Beim Hinsetzen wählte Audrey den Stuhl direkt neben dem menschenähnlichen Gefangenen. Als Erstes fiel ihr nun ins Auge, wie schmutzig und heruntergekommen der Mann namens Hadad aussah. Sie wusste nicht, was sie von ihm halten sollte.

Gerade als sie etwas sagen wollte, brachte ihnen einer der Soldaten einige Flaschen Wasser und öffnete mehrere MRE-Packungen auf dem Tisch vor ihnen. Hadad sah mit dem hungrigen Blick eines Mannes, der in letzter Zeit wenig gegessen hatte, auf das Wasser und die Verpflegung hinunter. Audrey, die seinen Blick bemerkt hatte, lud ihn zum Essen und Trinken ein.

Hadad öffnete eine der Wasserflaschen und leerte sie beinahe auf einen Zug. Dann probierte der Gefangene zögernd und vorsichtig die Nahrungsmittel, bis er sich sicher sein konnte, dass sie genießbar waren. Nachdem er sie für sicher befunden hatte, bediente er sich reichlich.

Während Hadad aß, begann Audrey ihre visuellen Beobachtungen. Er wusste, was eine Flasche war und wie er sie zu öffnen hatte. Das bedeutete, dass er Ähnliches bereits einmal gesehen haben musste, oder dass sein Volk dem gleichen Konzept folgte. Danach sah sie ihm beim Essen zu. Er verschlang die Nahrung nicht wie eine unzivilisierte Person, die sich so viel wie möglich auf einmal in den Mund stopfte. Er biss kräftig zu, kaute, und trank zwischendurch einen Schluck Wasser. Er aß mit einer vorsichtigen Besonnenheit, die verriet, dass er an einem Punkt in seinem Leben an qualitativ hochwertige Nahrungsmittel gewöhnt war. Er verstand es auch ohne laute Geräusche zu essen und klang nicht wie ein Tier, das sein Futter wiederkäut. Seine Zähne und sein Mund unterschieden sich in keiner Weise von den Menschen, die sie kannte. Audrey brauchte keine Maschine, die die DNS dieses Außerirdischen sequenzierte. Hadad war ein Mensch. Sie verstand nur nicht, wie das möglich sein konnte.

»Hadad …. Sie sagten, Ihr Name ist Hadad, richtig?«, begann Audrey vorsichtig.

Der Mann nickte, schwieg aber, während er sie und Captain Hoppers Gesicht und ihre Ausrüstungsgegenstände musterte.

»Hadad, nachdem Sie nun etwas zu sich genommen haben, würde ich gerne ein eingehenderes Gespräch mit Ihnen führen.« Audrey sah ihm in die Augen und wartete auf Antwort.

Mit dem Ärmel wischte er sich einen Krümel vom Mund und nickte. »Ja, Professor. Sehr gern. Ich habe ebenfalls eine Menge Fragen. An erster Stelle, wer sind Sie und woher kommen Sie?«

Audrey holte tief Atem und erwiderte dann: »Wir kommen aus einem anderen System. Von dem Planeten Erde.«

Ohne mit der Wimper zu zucken, reagierte Hadad schnell. »Das erklärt, weshalb wir Ihre Art hier noch nie gesehen haben. Die Ausrüstung Ihrer Soldaten unterscheidet sich sehr von unserer eigenen. Wieso sind Sie hier?«

»Wir sind Forscher. Diesen Planeten entdeckten wir bereits vor einigen Jahren. Unsere Expedition sollte feststellen, ob es auf diesem Planeten Leben gibt.«

Er sah sie direkt an und hielt ihr entgegen: »Sie hätten nicht herkommen sollen. Dies ist nicht Ihre Welt.«

Audrey runzelte die Stirn. »Ist es Ihre Heimatwelt? Wessen Welt ist es?«

Der mysteriöse Mann musste bei dieser Frage lachen. »Nein, nein. Clovis ist eine Förderkolonie. Mein Volk stammt von dem Planeten Sumara, der weit von hier entfernt liegt. Und wem diese Welt gehört? Die gehört anderen.«

»Den Zodark?«, drängte sie mit seitlich geneigtem Kopf. »Was tun Sie hier, wenn Sie nicht hierher gehören?«

Hadad griff nach einer zweiten Flasche Wasser und trank einige Schlucke, bevor er antwortete. »Sie befinden sich in einer Strafkolonie, bevölkert von denjenigen, die die Zodark und unsere Regierung als Bedrohung ansehen. Wir arbeiten in ihren Minen und früher oder später sterben wir hier.«

Hadad zögerte einen Augenblick, bevor er voller Abscheu den Kopf schüttelte. »Dies ist ein Ort der

Verzweiflung und des Todes, Professor. Kein Ort, den ein Sumarer je freiwillig besuchen möchte.«

»Und dies ist der Planet Clovis?«, bat sie um Bestätigung.

Hadad nickte. »Ja, die Berge hier enthalten reiche Vorräte an Trimar- und Morean-Ressourcen. Wir holen das Roherz aus den Bergen, die Maschinen dort drüben reinigen es und gießen es in die Blocks, die regelmäßig abgeholt und auf die Hauptwelten der Zodark transportiert werden.«

Captain Hopper meldete sich zu Wort. »Dieser T'Tock, mit dem unsere Botschafterin sprach – der ist also Ihr Oberaufseher?«

Hadad wandte sich dem Soldaten zu. »Ja, T'Tock ist der Lagerführer. Ein brutaler Sklavenhalter, wenn Sie mich fragen. Heute Morgen hörten wir am Eingang des Camps einen Tumult, hatten aber keine Ahnung, worum es ging oder was sich da abspielte. Dann sahen wir, wie er und zwei seiner Wachen zwei Leute, die wir noch nie gesehen hatten, in eines ihrer Gebäude zerrten, und wir wussten, dass es Probleme geben würde. Die Zodark befahlen uns im Lager zu bleiben. Und einige Stunden später griffen Ihre Leute das Camp an.«

»Was können Sie uns über diese Zodark sagen?«,
forschte Captain Hopper.

Gereizt sah Audrey ihn an. Sie sollte dieses Interview
führen.

Hadad lächelte bei dieser wortlosen
Auseinandersetzung. »Ich sehe, dass Sie die Forscherin und
er der allseits bereite Krieger ist. Unser Planet hatte auch
einmal Kämpfer. Die haben wir in der einen oder anderen
Form wohl immer noch, nur nicht so, wie es einmal war.«

Audrey errötete, stellte aber nun ihre eigene Frage.
»Was können Sie uns über die Zodark sagen?«

»Leider eine ganze Menge. Wie Sie es bereits am
eigenen Leib erfahren haben, ist es eine bestialische
Spezies. Äußerst aggressiv, was es schwer macht, mit ihnen
zurechtzukommen. Über Hunderte von Jahren hatten
unsere beiden Rassen eine heikle und störungsanfällige
Beziehung, die uns dennoch erlaubte, nebeneinander zu
existieren. Gegen ein jährliches Entgelt gestanden sie uns
weitestgehend unsere eigenständige Entwicklung und ein
unabhängiges Wachstum zu. Wir durften sogar einige
Raumschiffe zur Erforschung unseres eigenen
Sternensystem entwickeln. Aber nichts, was auch nur
entfernt dem nahekam, was die Zodark hatten. Sie wollten

verhindern, dass wir zu stark werden und sie möglicherweise herausfordern könnten.«

Captain Hopper unterbrach ihn mit einer dringenden Frage. »Wissen Sie, ob sich auf diesem Planeten oder ganz in der Nähe mehr Zodark aufhalten?«

Hadad zuckte mit den Achseln. »Das kann ich Ihnen nicht sagen. Außer den Minen und dem Lager habe ich bisher nichts von diesem Planeten gesehen.«

»Was wissen Sie über ihre Raumfahrttechnik?«, wollte Hopper als nächstes wissen.

Hadad lehnte sich vor. »Als wir mit der Erforschung des Weltraums begannen, sah es zunächst so aus, als ob die Zodark zulassen würden, dass wir neben ihnen im All als eigene Raumfahrtnation bestehen. Sie teilten sogar eine Art Kraftwerk mit uns, das das veredelte Trimar-Mineral, das wir in diesen Bergen abbauen, verarbeitet. Es generiert enorme Mengen an sauberer Energie, ungleich den Kraftstoffen, die wir vorher gebrauchten. Und dank dieser enormen Antriebsquelle entdeckten unsere Wissenschaftler eines Tages einen Weg, von einem Solarsystem in ein anderes zu reisen. Sie falteten den Weltraum. Es war eine unglaubliche Entdeckung für unser Volk, die uns erlauben würde, wie die Zodark über unser Solarsystem hinauszusehen.

»Und dann, wenige Tage nach diesem Durchbruch, fielen die Zodark auf unserem Planeten ein und bemächtigten sich unserer Technologie. Das war vor ungefähr 200 Jahren«, berichtete Hadad.

Danach beschrieb er im Detail die Beziehung seines Volks zu den Zodark. Audrey, Captain Hopper und die beiden Zivilisten hingen mehrere Stunden lang an jedem Wort, das Hadad ihnen über sein Volk, seinen Planeten und die Zodark mitteilte. Die kleine Video-Drohne schwebte derweil in verschiedenen Positionen über ihnen, um sicherzustellen, dass das gesamte Gespräch von jedem Blickwinkel her festgehalten wurde.

Bevor sie eingehender auf die technischeren Aspekte der neuen Form des Weltraumreisens eingingen, kehrte Captain Hopper zu einem Thema zurück, das Hadad bereits vor einer Weile angesprochen hatte.

»Hadad, als unsere Botschafterin mit T'Tock sprach, wieso griff er sie und dann unsere Männer an? Wir kamen in friedlicher Absicht, nicht um zu kämpfen, sondern in der Hoffnung, Gespräche zu führen.«

Hadad schüttelte den Kopf. »Mit einem Zodark kann man nicht diskutieren oder verhandeln«, seufzte er. »Es sei denn vor dem Hintergrund enormer Stärke. Sie hielten Ihre Botschafterin wohl für schwach und gingen davon aus, dass sie ihre Fragen widerstandslos beantworten würde, ohne dass die Zodark etwas über sich selbst preisgeben mussten. So sind die Zodark. Eine brutale Rasse, Captain. Ich fürchte, dass Sie das jetzt, nach Ihrem ersten Zusammentreffen, noch erkennen werden.«

Audrey war interessiert. »Hadad, Sie sagten, die Zodark verlangten ein Entgelt von Ihnen. Welche Zahlung wurde Ihnen abverlangt?«

Hadad wandte sich ab und sah aus dem Fenster - aus Furcht oder aus Scham vor dieser Enthüllung? Endlich erwiderte er den Blick des Soldaten, der ihm gegenüber saß, und begann. »Einmal im Jahr, am Ende unserer Wintersonnenwende, landeten die Zodark mit ihren großen Transportschiffen auf unserem Planeten und trieben fünf Prozent unserer Leute, die die Fünfzig überschritten hatten, zusammen. Dazu nahmen sie uns noch jedes zehnte Kind, das jünger als drei Jahre alt war. Was aus ihnen wurde .... das weiß keiner von uns wirklich. Manche spekulierten, dass sie sie auffraßen. Andere sagten, dass sie in Sklavenkolonien oder auf anderen von ihnen versklavten Welten die Bevölkerung erneuern sollten. Nachdem eine Person oder ein Kind zum Transport identifiziert worden war, hörten wir nie wieder etwas von den Opfern. Ich persönlich glaube, dass sie sie auffressen. Sie sahen mit eigenen Augen, wie die Zodark Ihre gefallenen Soldaten verstümmelten und ihnen das Herz aus dem Leib rissen. Es sind barbarische Monster.«

Audrey hielt sich die Hand vor den Mund und schnappte nach Luft. Sie kämpfte darum, den Ausdruck ihres Schocks, des Terrors und den Zorn, den sie in diesem Augenblick empfand, zurückzuhalten.

Captain Hopper hingegen ließ einige Flüche los, bevor er vor sich hin brummte: »Verdammte Schweine.«

Zornig schüttelte Hadad den Kopf. »Nein, Captain. Nicht sie, wir .... wir sind ihre Tiere! Wir sind ihre Viehherde. Und das schon so lange, wie sich unsere Leute erinnern können.«

Hopper zwang sich, das Thema zu wechseln. »Hadad, wir wissen von mindestens fünf weiteren Lagern. Gibt es auf diesem Planeten noch mehr Camps oder andere Zodark-Stützpunkte, von denen wir wissen sollten?«

Der Mann zuckte mit den Achseln. »Wie gesagt, da bin ich mir nicht sicher. Es sieht aus, als wüssten Sie bereits mehr als ich. Was mich tatsächlich überrascht, Captain, ist die Tatsache, dass die Zodark Ihre Anwesenheit in der Umlaufbahn und Ihre Landung auf diesem Planeten nicht bemerkt haben. Wie lange beobachten Sie uns schon?«

»Wir halten uns seit fünf Tagen in der Umlaufbahn auf. Ehrlich gesagt ist es uns entgangen, dass von diesem Planeten oder von anderer Stelle in diesem System elektronische Emissionen ausgingen. Diese Entdeckung machen wir erst nach einer detaillierteren Spektralanalyse.«

Bei der Erwähnung elektronischer Emissionen verzog Hadad überrascht das Gesicht. »Was bedeutet der Begriff ‚elektronisch‘? Und das Wort ‚Emission‘? In unserer Sprache sind diese Worte nicht bekannt.«

Die Erdenbewohner erklärten die Bedeutung dieser Begriffe und wie ihre Technologie diese Art von Ausstrahlung entdecken konnte. Hadad informierte sie, dass das Kommunikationssystem der Zodark auf einer Art Microburst-Übertragungstechnologie beruhte, die es ihnen erlaubte, große Mengen an Daten über weite Entfernungen zu übermitteln, ohne dabei einen deutlich erkennbaren elektronischen Fußabdruck zu hinterlassen. Er bat einen der Soldaten, ihm einige Teile der noch intakten Kommunikationsanlage der Zodark zu bringen, um zu demonstrieren, wie sie im Einzelnen funktionierte und auf welcher Frequenz sie operierten.

Hopper hob die Hand um ihn zu stoppen. »Dafür ist später noch Zeit, Hadad. Im Moment ist es wichtig zu wissen, dass eine kleine Gruppe der Zodark sich in dem

Gebäude, das wir für das Kommunikationszentrum halten, verschanzt haben. Wir arbeiten daran, sie zum Aufgeben zu bewegen.«

Hadad sah plötzlich sehr besorgt aus. »Wenn T'Tock und seine Leute sich im Kommunikationszentrum eingeschlossen haben, dann müssen Sie sie *sofort* dort herausholen. Aller Wahrscheinlichkeit nach haben sie bereits Hilfe aus anderen Camps angefordert, oder was noch schlimmer wäre, von einem in der Nähe operierenden Raumschiff, das ihnen zur Hilfe kommen kann.«

»Wir arbeiten daran, Hadad, und wir wissen, dass sie bereits einige Nachrichten über dieses System hinaus abgesetzt haben. Nachdem Sie und Ihre Leute nun frei sind, werden wir dieses Sternensystem in Kürze verlassen. Wir bieten Ihnen an, mit uns auf unsere Welt zurückzukehren, oder möchten Sie, dass wir Sie hier zurücklassen?« Hopper hoffte, alle Gefangenen würden sich einverstanden erklären, freiwillig mitzukommen.

Hadad nickte. »Alle in diesem Lager werden die Gelegenheit willkommen heißen, mit Ihrer Hilfe diesen Ort zu verlassen. Das ist alles, worüber wir geredet haben. Aber bisher war es nicht mehr als ein Traum. Ja, wir werden mit Ihnen kommen.«

»Ausgezeichnet. Dann lassen Sie uns zu Ihren Leuten zurückgehen, wo ich ihnen alles erklären werde. Unsere Transporter sind bereits auf dem Weg hierher, um alle auf unser Schiff zu überführen.«

Hadad griff über den Tisch hinweg nach Hoppers Hand. »Ich schlage vor, Sie nehmen so viel bearbeitetes Trimar und Morean wie möglich mit. Es gibt viel, wobei wir Ihnen helfen können, aber einiges davon setzt diese beiden Materialien voraus.«

Hopper lächelte und nickte zur Bestätigung.

****

RNS *Voyager*

Admiral Abigail Halsey wusste nicht, wo sie anfangen sollte. Die Sensation, einen neuen, bewohnbaren Planeten entdeckt zu haben - eine neue Welt für die Menschheit - hatte sich plötzlich in eine tödliche Gefahr verwandelt. Obwohl sie von der Möglichkeit ausgegangen waren, dass es auf diesem Planeten Leben geben könnte, hatte sie immer noch nicht verinnerlicht, dass eine der Spezies dort unten offensichtlich eine Gruppe von Menschen war. Hinzu kam, dass es einfach unmöglich erschien, dass diese Gruppe eine Variante des alten Chaldäisch sprach.

Ihre Gedanken kehrten in die Gegenwart zurück, als ihr leitender Wissenschaftsoffizier, Dr. Jonathan Milton, an das Podium trat und sich der Bildschirm hinter ihm mit Daten füllte – zumindest mit denen, die ihnen gegenwärtig zur Verfügung standen.

Er räusperte sich laut und setzte dann zum Sprechen an. Sein ausgeprägter britischer Akzent unterstrich nur weiter sein pompöses Auftreten, das er bei jedem Vortrag vor einer Gruppe an den Tag zu legen schien.

»Admiral ….«, begann er; jede Silbe so betont, als ob er die Dummheit eines Schülers, der seine Lektion nicht verstanden hatte, hervorheben wollte. » …. lassen Sie mich kurz zusammenfassen, was uns bis zu diesem Punkt bekannt ist. Ich halte es für wichtig, dass wir einige grundlegende Fakten hervorheben, auf deren Basis wir unser Wissen aufbauen.« Er machte eine wirkungsvolle Pause und senkte das Kinn, was ihn beinahe auf sie und den Rest der anwesenden Mannschaft heruntersehen ließ.

Jonathan Milton war ein aufgeblasener Egomane, der seine gesamte Karriere am British Astronomy Technology Centre verbracht hatte. Zudem hatte er einen Lehrstuhl an der Universität von Cambridge inne. Andererseits war er sicher einer der intelligentesten Teilnehmer an dieser Expedition und hatte in weiser Voraussicht einen führenden

Anthropologen der Universität von Kalifornien-Berkeley und eine soziolinguistische Spezialistin an der Harvard-Universität mitgebracht. In Zusammenarbeit mit dem leitenden Datenwissenschaftler und Programmierer der Carnegie- Mellon-Universität, Professor Ekhard, hatten diese drei innerhalb von 24 Stunden die Sprache der menschenähnlichen Außerirdischen entschlüsselt.

Halsey stöhnte unmerklich vor sich hin, nickte ihm aber aufmunternd zu. »Sie alle wissen, dass wir einige Tage nach dem Eintreffen in der Umlaufbahn um Neu-Eden neben den Aufklärungsmannschaften auch geologische- und Vermessungsteams an verschiedenen relevanten Standorten rund um den Planeten abgesetzt haben. Eines dieser Teams, ein Zug der Deltas, sollte mögliche Anzeichen intelligenten Lebens erforschen.«

Wieder hielt der Doktor einen Augenblick inne. Er genoss jede Sekunde seines monumentalen Vortrags. »Was sie fanden war einfach unglaublich.« Hinter ihm erschienen mehrere Bilder der großen bläulichen Außerirdischen auf dem Monitor. »Was sie darüber hinaus noch fanden, möchte ich jetzt mit Ihnen diskutieren.« Fotos der menschlich aussehenden Gefangen erschienen als nächstes.

»Solange wir nicht wussten, um wen es sich bei diesen Gefangenen handelt, hatten unsere Soldaten mit ihren parabolischen Mikrofonen vor Ort den Auftrag, ihre Kommunikation untereinander aufzuzeichnen. Das Gleiche gelang ihnen mit den großen blauen Außerirdischen. Knapp 20 Stunden Video- und Tonaufnahmen inklusive des Wechselspiels zwischen den beiden Rassen machte es dann unserem Quantencomputer mithilfe eines von Professor Ekhard kreierten AI-Algorithmus möglich, ihre Sprache zu sequenzieren. Dank Professor Audrey Lancaster waren wir daraufhin in der Lage, die Sprache der Menschen auf Neu-Eden in ihrer Gesamtheit zu entschlüsseln. Des Weiteren verfügen wir mittlerweile auch über ausreichend praktische Kenntnisse hinsichtlich der Sprache der blauen Außerirdischen.«

Dr. Milton hob das Kinn in Triumph, als hätte er allein diese Entdeckung gemacht und nicht die Gruppe, die vorne neben ihm stand.

»Es stellte sich heraus, dass diese menschenähnlichen Kreaturen eine Form des klassischen Chaldäisch sprechen – wir gehen davon aus, dass ihre Sprache mit dem Chaldäisch verwandt ist, das vor circa 5.000 Jahren auf der Erde gesprochen wurde. Dieser Dialekt versetzt uns zurück in die Zeit der sumerischen Zivilisation Mesopotamiens und in das Elam der Antike, das ungefähr um das Jahr 4050 vor Christus existierte.«

Ein hörbares Schnappen nach Luft und ein spürbares Gefühl der Erregung ging durch den Raum. Der überwiegende Teil ihres Führungsteams vernahm diese Tatsachen gerade zum ersten Mal. Halsey tolerierte den Ausbruch kurz, bevor sie die Hand hob und Stille forderte.

»Dr. Milton, dies ist ein fantastischer Durchbruch. Meinen Glückwunsch an Ihr Team für diese Leistung. Aber wie ist es in der Weite des Weltraums möglich, dass ausgerechnet wir 12 Lichtjahre von der Erde entfernt eine Gruppe von Menschen entdecken, die zufällig eine Variante der chaldäischen Sprache sprechen, die mit einer 5.000 Jahre alten Zivilisation auf der Erde verwandt ist?«, ließ Admiral Halsey die Luft aus dem intellektuellen Hoch, an dem der Doktor sich gegenwärtig erfreute.

Professor Audrey Lancaster, die gerade von der Planetenoberfläche zurückgekehrt war, antwortete ihr, bevor Milton die Chance hatte, sich zu besinnen. »Daran arbeiten wir noch, Admiral.«

Dr. Milton lächelte ihr kurz zu, als sei er ihr für ihren selbstverständlich vollkommen überflüssigen Hilfeversuch dankbar.

Halsey lehnte sich vor und forschte weiter. »Wie nennen sich diese Leute und was sagen sie darüber aus, woher sie kommen?«

Audrey richtete sich zu ihrer vollen Größe aus. Sie war die Einzige, die einige Stunden mit den neuen Menschen verbracht hatte. Diese Frage würde sie gerne beantworten. »Der Anführer der Gefangenen ist ein Mann namens Hadad. Er sagt, sie kommen vom Planeten Sumara. Das macht Sinn, falls wir davon ausgehen, dass sie tatsächlich von einer antiken chaldäisch-sprechenden Erdbevölkerung mit sumerisch-akkadischem Hintergrund abstammen.

»Er sagt, der Planet, den wir gerade umkreisen, heißt Clovis. Er gehört den Zodark, den großen blauen Außerirdischen, aus deren Händen wir gerade Botschafterin Chapman befreit haben.«

»Entschuldigen Sie, Admiral«, mischte Jonathan sich ungebeten ein. »So sehr Professor Lancaster uns auch mit der Geschichte und Herkunft des sumerischen Volkes vertraut machen möchte, denke ich, dass wir uns eher auf die Bedrohung konzentrieren sollten, die von dieser anderen Spezies ausgeht und auf dieses sogenannte Zodark-Reich.«

Halsey nickte. »Sie haben Recht, Dr. Milton. Professor Lancaster, wir diskutieren die Sumarer bei anderer Gelegenheit. In der Zwischenzeit finden Sie bitte so viel wie möglich über sie heraus. Zum jetzigen Zeitpunkt hat die unmittelbare Bedrohung Vorrang. Doktor, bitte fahren Sie fort.«

Zufrieden, dass er nun wieder die Kontrolle über die Lagebesprechung hatte, setzte Dr. Milton erneut an. »Die Sumarer informierten uns, dass sich diese andere Spezies die Zodark nennen. Wie Sie sehen, sind es große, brutal aussehende Kreaturen, die offensichtlich bereits Hunderte, wenn nicht sogar Tausende von Jahren in der Raumfahrt bewandert sind. Bislang wissen wir von ihnen nur, dass sie eine Rasse fortgeschrittener Spitzenprädatoren sind, der bisher noch keine Rasse fühlender Wesen begegnet ist, die sie nicht unterwerfen oder ausmerzen konnten.« Admiral Halsey bemerkte, dass diese Aussage einige ihrer Militäroffiziere in Unruhe versetzte. Captain Hunt hingegen, der via Hologramm an der Besprechung teilnahm, schien davon nicht beeindruckt zu sein.

Natürlich versetzt ihn das nicht in Angst und Schrecken – schließlich kommandiert er unser mächtigstes Kriegsschiff, dachte Halsey eifersüchtig.

»Die Sumarer konnten uns einige Hinweise auf die Schiffe der Zodark geben, insgesamt waren sie allerdings keine große Hilfe. Die Sumarer sind seit einigen Hundert Jahren ebenfalls erfolgreiche Weltraumreisende. Ihr technologischer Fortschritt wurde von den Zodark allerdings gravierend eingeschränkt. Ihnen waren allein interplanetarische Aktivitäten innerhalb ihres eigenen Sonnensystems erlaubt.«

Einer der Offiziere im Raum stieß einen überraschten Pfiff aus. »Zweihundert Jahre? Klingt, als ob diese neu entdeckten Menschen uns technisch weit voraus sind, wenn sie tatsächlich die Raumfahrt schon vor so langer Zeit entdeckt haben. Schließlich haben wir die Fähigkeit, unser eigenes Sonnensystem zu verlassen, erst über die letzten 20 Jahre erlangt.«

Dr. Milton nickte zustimmend, bevor er fortfuhr. »Ganz recht – ein guter Punkt, Commander. Ich hoffe, dass unser Debriefing mit den Sumarern uns genauere Informationen über ihren tatsächlichen Entwicklungsstand liefern wird. Aber jetzt zurück zu den Schiffen der Zodark. Dank der Sumarer verfügen wir über einige Grundkenntnisse, wie etwa, dass ihre Waffensysteme überwiegend auf Impulsstrahlung basieren. Was auf eine Weise gut für uns ist, da wir in diesem Forschungsbereich Erfahrung haben. Die heutigen als auch die künftig geplanten Kriegsschiffe des Weltraumkommandos sind mit einer modulierten Panzerung ausgestattet, die speziell entwickelt wurde, um den Effekt einer Pulsstrahlwaffe zu negieren. Unklar ist allerdings, wie stark die Waffen der Zodark sind und deren effektive Reichweite.

»Zudem wissen wir, dass sie eine moderne Form des Weltraumreisens beherrschen. Die Sumarer behaupten, dass es ihren Wissenschaftlern gelang, eine Art Wurmloch-Technologie zu entwickeln, die daraufhin umgehend von den Zodark beschlagnahmt wurde. Allerdings sind sie sich nicht sicher, ob die Zodark deren Prinzip verstanden oder es in die Praxis umsetzen konnten. Der Sprecher der Sumarer teilte uns mit, dass die Reise in ihre Heimatwelt mit einem Zodark-Schiff heute zwei Monate in Anspruch nimmt. Da wir keine Idee von der Reisegeschwindigkeit eines Zodark-Schiffs haben, ist unklar, von welcher Entfernung wir hier reden. Wir wissen nur, dass die Reise über ein Lichtjahr zwei Wochen unserer Zeit in Anspruch nimmt.«

Captain Hunts holografische Darstellung unterbrach den Vortrag. »Wenn ich einen Vorschlag machen darf …. Doktor, Admiral …. warum zeigen wir den Sumarern nicht einige Sternenkarten und bitten sie, ihr eigenes System oder ihre Region zu identifizieren? Danach errechnen wir, wie weit entfernt ihr Heimatplanet ist und möglicherweise auch, wo wir die Hauptwelten der Zodark finden. Unser momentanes Unwissen setzt uns und damit auch die Erde der Gefahr eines Angriffs einer fremden Rasse aus, die nun weiß, dass wir existieren. Ich halte es für wichtig, umgehend so viele Information wie möglich zu sammeln und zurück an Sol zu senden. Wir müssen Sol darüber informieren, was wir hier vorgefunden haben und sie dringend vor einer Bedrohung durch die Zodark warnen. Sol muss vereint dastehen, um sich gegen die Zodark zu verteidigen, im Fall, dass sie herausfinden oder bereits herausgefunden haben, woher wir kamen, Admiral.«

«Ganz Ihrer Meinung, Captain. Doktor, Sie tragen bitte alles zusammen, was wir zu diesem Zeitpunkt wissen, und senden so schnell wie möglich eine Kommunikationsdrohne aus«, wies Admiral Halsey Milton an.»Halten Sie Ihre Leute dazu an, in Zusammenarbeit mit den Sumarern weiterhin absolut alles über diese Bedrohung herausfinden und täglich eine aktualisierte Kommunikationsdrohne abzusetzen – solange, bis wir dieses Systems verlassen. Stellen Sie sicher, dass Dr. Johnson Teil des Teams ist. Außerdem müssen wir die Ressourcen von DARPA und NRO in Anspruch nehmen.«

Halsey drehte sich zu Major Jenkins um, der erst seit kurzem von der Oberfläche zurück war. Captain Hopper war mit einem kleinen Kontingent auf dem Planeten zurückgeblieben, um ihre Spuren im Lager zu verwischen, und - der Empfehlung der Sumarer folgend - alle raffinierten Mineralien auf den Transport vorzubereiten.

»Major, berichten Sie uns von Ihrem Angriff auf das Camp und über die Zodark, die wir gefangennehmen konnten.«

Jenkins nickte und erhob sich. »Wie wir gerade hörten, sind die Zodark eine harte und brutale Spezies. Zunächst schienen sie am Gespräch mit unserem Team des Ersten Kontakts interessiert. Das änderte sich jedoch schlagartig, als Botschafterin Chapman sich weigerte, unser Sternensystem und den Standort der Erde preiszugeben. Nachdem sich auf diese hitzige Diskussion hin unsere Spezialeinheiten zu erkennen gaben, verloren die Zodark jegliche Kontrolle. Sie nahmen die Botschafterin gefangen und griffen unsere Soldaten an. Die Unmittelbarkeit und Brutalität ihres Angriffs überraschte uns so vollkommen, dass wir gleich im ersten Moment eine Reihe guter Leute verloren.«

Major Jenkins fuhr einen Moment später mit belegter Stimme fort. »In Folge verlegten wir zusätzliche Kräfte auf die Oberfläche und entwickelten einen Plan, um sowohl die Botschafterin als auch das Camp zu befreien. Zusätzlich zu den Videos werden Ihnen in Kürze unsere Einsatznachberichte vorliegen, die den genauen Ablauf detailliert beschreiben. Um es kurz zu machen, es war ein harter Kampf. Mein Bataillon beklagt den Tod von 53 Soldaten und musste 48 Verwundete versorgen. Captain Hoppers Einheit verlor 29 Männer und 18 wurden verwundet. Drei unserer Mech-Einheiten wurden zerstört, in Stücke gerissen durch die elektrifizierten Schwerter, die die Zodark im Nahkampf einsetzen. Am Ende gelang es uns, 12 Zodark gefangen zu nehmen, einschließlich ihrem Anführer T'Tock. Insgesamt töteten wir 152 der Außerirdischen. Captain Hoppers Soldaten, die sich noch auf dem Planeten befinden, sind mit einigen unserer Synthetiker dabei, die Leichen zu begraben und das Lager von jeglichen Spuren zu befreien, die die Zodark zurück zur Erde führen könnten.«

Halsey holte tief Luft. »Ich gehe davon aus, dass diese Zodark hinter Schloss und Riegel sitzen?«

Jenkins nickte. »Sie sitzen im Bau. Zur Unterstützung des Waffenmeisters stellten wir zusätzlich einige Soldaten ab, die ihm mit der Bewachung assistieren.«

»Ich gehe davon aus, dass sie vor ihrer Festnahme einen Hilferuf aussenden konnten?«, war ihre nächste Frage.

Besorgnis zeigte sich in Jenkins Gesicht, während er erklärte: »Wir vermuten, dass sie das bereits mit dem

Kidnapping der Botschafterin taten. Zudem schickten sie aller Wahrscheinlichkeit nach mit dem Beginn unseres Angriffs eine zweite Nachricht über dieses Sternensystem hinaus. Zusätzlich können wir sicher davon ausgehen, dass die anderen Zodark-Lager auf Clovis von unserer Anwesenheit und unseren Fähigkeiten wissen.«

Der Admiral sprach Captain Hunt über sein Hologramm an. »Captain, Sie sind der taktische Flottenkommandant. Was ist unser nächster Schritt? Wie beschützen wir die *Voyager* und die *Gables*?«

Hunt nahm sich für die Antwort einen Augenblick Zeit, bevor er seinen Vorschlag unterbreitete. »Etwa zwei astronomische Einheiten von diesem Planeten entfernt gibt es einen Asteroidengürtel, in dem wir uns zunächst verstecken und auf die mögliche Ankunft eines Schiffes warten können. Nach dessen Eintreffen verlassen wir entweder das System oder bleiben und kämpfen, um die Stärke unserer Schiffe gegen ihre zu testen.«

Der Admiral durchdachte diese Möglichkeiten. Einerseits wäre es wohl das Klügste, so schnell wie möglich von hier zu verschwinden und mit ihrem bisherigen Wissen nach Sol zurückzukehren. Andererseits könnte sich jedwede zusätzliche Erkenntnis über die feindlichen Schiffe als unbezahlbar erweisen, insbesondere dann, wenn es doch zu einem Kampf kommen sollte.

Halsey sah Jenkins an. »Wie lange braucht unser Bodenpersonal, um die Materialien zu sammeln und den Kampfort zu säubern?«

Jenkins musste nicht lange überlegen. »Ich rechne mit weiteren 12 Stunden.«

Halsey lehnte sich in ihren Stuhl zurück und legte grübelnd die Stirn in Falten. Wieder an Hunt gewandt verkündete sie: »Wir werden Folgendes tun. Sobald das Bodenpersonal auf der Oberfläche fertig ist, schicken wir die *Gables* mit allem, was wir gesammelt haben, und mit so vielen Verwundeten und Sumarern wir irgend möglich Richtung Heimat. Die *Rook* und die *Voyager* bleiben vor Ort und warten ab, welche Art von Raumschiff auftauchen wird. Und falls sie tatsächlich kommen, nehmen wir sie ins Gebet.«

Kapitel Vierzehn
Eine neue Führungsriege

Die Erde - Sol

Das Weltraumkommando

Vice Admiral Chester Bailey überflog die monatlichen Berichte der beiden orbitalen Schiffswerften. *Eigentlich sollte er mit ihrem Fortschritt zufrieden sein,* dachte er; *schließlich waren sie bei zwei Schiffen deutlich dem Zeitplan voraus.* Demgegenüber hinkten sie bei einigen der größeren Transportschiffe dem Zeitplan hinterher. Und gerade diese Fahrzeuge benötigte die Republik, falls sie den Wettlauf in die Sterne gegen die GEU und die Asiatische Allianz gewinnen wollte.

Nach einem leisen Klopfen steckte Admiral Jose Sanchez den Kopf durch die geöffnete Tür. »Darf ich hereinkommen, Chester?« Sein Gesichtsausdruck verriet, dass er Wichtiges zu sagen hatte. Dazu hielt er noch einen kleinen mysteriösen Beutel in der Hand.

Vizeadmiral Bailey, der nicht sicher war, was sein Chef von ihm wollte, winkte Admiral Sanchez herein. Er schloss die Akte, an der er gerade arbeitete, während sein Besucher es sich bereits auf einer Couch am anderen Ende seines Büros bequem machte. Ein Vorteil der Ansiedlung des Weltraumkommandos im Kennedy Space Center war die Aussicht: Palmen, weiße Strände und der Atlantische Ozean. Baileys Fenster gaben die Sicht auf das Meer frei.

Nachdem Bailey ihm gegenüber Platz genommen hatte, zog Sanchez zwei Gläser und eine ungeöffnete Flasche Gran Patrón aus seiner Tasche. »Ich bin sicher, Sie fragen sich, weshalb ich hier bin, Chester«, begann er. Er öffnete die Flasche guten Tequilas und schenkte ein großzügiges Maß in beide Gläser ein, bevor er Bailey eines davon reichte. »Den hat mir meine Frau nach ihrem letzten Besuch in Mexico City mitgebracht. Sie schließt den Kauf unseres neuen Hauses dort ab, eine große, schöne Anlage direkt am Meer in Cabo. Von dort aus sind wir den Kindern und Enkelkindern viel näher.«

Bailey furchte die Stirn bei dieser Aussage. »In der Nähe der Familie zu wohnen ist eine gute Sache. Planen Sie, künftig zwischen hier und dort zu pendeln?«

Sanchez lachte leise auf. Er sah einen Augenblick aus dem Fenster, bevor er sich Bailey wieder zuwandte. »Das kommt vielleicht etwas überraschend, Chester, aber ich gehe in den Ruhestand. Ich habe vor genau zwei Stunden dem Verteidigungsminister und dem Präsidenten schriftlich meine offizielle Amtsniederlegung mitgeteilt. Mein letzter Arbeitstag ist an diesem Freitag, also übermorgen.«

Bailey saß mit offenem Mund da; die richtigen Worte wollten sich nicht einstellen, zumindest nicht sofort. »Ich …. ich dachte, Sie würden zumindest noch einige Jahre weitermachen – wenigstens lange genug, um die Ergebnisse der Rhea-Expedition zu erfahren.«

Sanchez schüttelte den Kopf. »Nein, ich werde älter, genau wie meine Frau, selbst mit diesen medizinischen Nanobots in meinem Blutkreislauf. Hier oben werde ich trotzdem älter.« Dabei zeigte er auf seinen Kopf. »Meine Frau und ich wollen mehr Zeit miteinander verbringen. Ich habe 68 Jahre lang dem Weltraumkommando gedient. Zeit, die Zügel jemand anderem zu überlassen.«

Bailey beschlich ein Gefühl der Besorgnis. Dieses abrupte Ausscheiden hatte ihn tatsächlich überrascht. Soweit er wusste, kursierten keinerlei Gerüchte, dass sein Chef bereit war, die Flinte ins Korn zu werfen. Demzufolge hatte er auch keine Idee, wer nun an seine Stelle treten sollte.

Sanchez, der die Verwirrung auf Baileys Gesicht deutlich sehen konnte, fuhr fort: »Chester, ich brachte diesen feinen Tequila in Ihr Büro, um Ihnen mitzuteilen, dass ich meine militärische Karriere beende. Gleichzeitig wollte ich Sie allerdings auch darüber informieren, dass ich Sie als neuen Befehlshaber des Weltraumkommandos vorgeschlagen habe. Die endgültige Entscheidung kommt mir nicht zu, das wissen Sie, Chester. Diese Stelle nimmt ein vom Präsidenten ernannter Amtsträger ein. *Falls* Sie auserwählt und vom Senat bestätigt werden, halten Sie den Posten für sieben Jahre, bevor sie erneut im Amt bestätigt werden müssen. Falls Sie beim zweiten Mal nicht bestätigt werden, bedeutet das die Versetzung in den Ruhestand. Es gibt keine Vorschrift, die festlegt, wie viele Amtszeiten Sie dienen können, Chester. Ihnen muss nur bewusst sein, dass es immer eine politische Entscheidung ist.«

Der alte Mann zögerte einen Augenblick und musterte ihn. »Ich will Sie nicht anlügen. Sie sind jung genug, um weitere 20 oder 30 Jahre in Ihrer jetzigen Position zu verbringen oder sogar als Flottenadmiral die Schiffe über Sol hinaus zu kommandieren. Mit der fortschreitenden Entwicklung der Nanotechnologie können Sie gut 150 Jahre oder sogar noch älter werden. Das bedeutet, dass Sie 50 oder sogar 70 Jahre länger als ich in ihrer jetzigen Position als Leiter der Weltraumoperationen tätig sein könnten. Demgegenüber kann eine Berufung zum Befehlshaber des Weltraumkommandos Ihre militärische Karriere bereits nach Ihrer ersten Amtszeit beenden, falls

Sie in der nächsten Runde nicht bestätigt werden. Wenn Sie politisch nicht klug navigieren, besteht die Chance, dass Sie als Kommandeur nach nur einer Amtszeit untergehen. Denken Sie einige Tage darüber nach, ok? Ich persönlich halte Sie für den richtigen Mann, uns an der Spitze des Weltraumkommandos in dieses neue Gebiet der Erkundung zu leiten. Ich würde allerdings nur ungern erleben, wie Ihre Weltraumkarriere durch die Politik des falschen Präsidenten oder Senators zerstört wird.«

Der Vizeadmiral wusste, dass sein hitziges Temperament gelegentlich die Überhand bekam. Er war dafür bekannt, sich einige Male Feinde gemacht zu haben. Bailey setzte sich zurück und trank einen kräftigen Schluck seines Tequilas, der ihn angenehm erwärmte. Es war immer sein Traum gewesen, Befehlshaber des Weltraumkommandos zu werden. Sanchez' Warnung hatte ihn allerdings zum Grübeln gebracht. Dass er nur eine Amtsperiode dienen könnte, war ihm nie in den Sinn gekommen. *Andererseits brauchten sie mit der Entwicklung von Neu-Eden dort draußen einen Gouverneur und einen Flottenkommandanten. Ich könnte meine Position als Leiter des Weltraumkommandos dazu nutzen, mein eigenes Königreich im Rhea-System aufzubauen ....*

Bailey leerte sein Glas und sah Sanchez in die Augen. »Sie mussten mir nichts über die Hürde einer Bestätigung der folgenden Amtsperioden mitteilen. Wieso tun Sie es trotzdem?«

Sanchez lächelte den jüngeren Mann an, der, wie er wusste, nun schon seit Jahren auf seine Position spekulierte. »Trotz aller Unstimmigkeiten zwischen uns, Chester, halte ich Sie für den richtigen Mann für den Job. Sie haben ein strategisches Auge für die Dinge, und genau das ist es, was das Weltraumkommando jetzt braucht. In Bezug auf die Transportflotte hatten Sie vollkommen Recht. Ich hätte das sehen sollen, tat es aber nicht. Und jetzt leiden wir unter meiner Entscheidung.«

Seufzend schenkte er sich nach und hielt das Glas in der Hand. »Wir treten in einen neuen Wettstreit mit der GEU und den Asiaten. Das verlangt nach einem jüngeren, stärkeren Mann am Steuer. Politiker taugen dafür nicht; hier muss das Weltraumkommando in Führung gehen. Ich glaube, dass Sie der Mann sind, den Befehlshaber des Weltraumkommandos als stärksten und mächtigsten Mann im Land zu etablieren. Ich kann Ihnen die politischen Feinheiten aufzeigen und Sie mit einem Kreis von Förderern bekannt machen, aber früher oder später müssen Sie Ihren eigenen Weg finden – unterstellt, Sie wollen meinen Job noch. Ich würde verstehen, wenn ich Sie abgeschreckt hätte. Sie haben heute die zweitmächtigste Position im Militär inne. Ich kann Ihnen keinen Vorwurf machen, wenn Sie dort bleiben wollen.«

Bailey schüttelte den Kopf. »Ich mache es«, erklärte er mit fester Stimme. »Wenn Sie mir dabei helfen, die politischen Hürden zu überwinden, werde ich die Position in Ihrem Sinne verfestigen.«

Sanchez lächelte erfreut. »Ich wusste, ich kann mich auf Sie verlassen. Und jetzt, als eine Ihrer ersten Aufgaben als Flottenadmiral müssen Sie entscheiden, wie Sie hiermit umgehen.«

Sanchez zog eine kleine holografische Diskette aus der Tasche, die er vor sich auf den Tisch legte und auf die Abspieltaste drückte. Das Bild eines Mannes erschien, zusammen mit einigen neben ihm aufgereihten Dokumenten.

»Was ist das?«, fragte Bailey erstaunt.

»Als Präsident Roberts und der Senat entschieden, das Abkommen zur Erkundung des Weltraums nicht zu erneuern, verlängerten die GEU, die Afrikanische Union und die Asiatische Allianz es unter sich. Dabei beließen sie es allerdings nicht. Vielmehr planen sie die Einberufung eines neuen Verwaltungsrats, der ihre Volkswirtschaften, ihre Technologien und ihre Völker zusammenbringen soll, um in einem gemeinsamen Vorstoß die weitere Erkundung und Kolonisierung der Centaurus- Konstellation und all ihrer Monde und Planeten zu verfolgen.

»Unserem Spion in ihrem Weltraumprogramm gelang es, eine Kopie ihrer Entdeckungen auf Alpha Centauri und der übrigen Konstellation, die sie bisher erforscht haben, an uns weiterzuleiten. Es ist einfach unglaublich, Chester. Der Planet ist reich an Ressourcen, genau wie alle anderen Planeten dieses Systems.«

Der Admiral zögerte einen Augenblick, bevor er zugab: »Sie hatten Recht, Chester. Ich lag falsch, absolut falsch, der Aufgabe dieser Mission zuzustimmen. Wir hätten die Teilnahme an dieser Expedition nie aufgeben oder das SET aufkündigen dürfen. Unsere größten Befürchtungen bestätigen sich nun, weil ich Präsident Roberts nicht widersprochen habe, wie es meine Aufgabe gewesen wäre. Jetzt stehen wir einer vereinten Weltregierung gegenüber, die mehrere bewohnbare Planeten ihr Eigen nennen kann.«

Bailey nickte benommen. Der Alkohol und die Erkenntnis, wie schwerwiegend die Lage war, in der sie sich nun befanden, wirkten gleichzeitig auf ihn ein. Plötzlich verstand er, wieso der alte Knabe in Rente ging.

Er wollte weder mit den Konsequenzen seiner Entscheidung konfrontiert werden noch mit dem, was ihnen bevorstand, umgehen müssen. Monate waren vergangen, seit sie das letzte Mal eine Sonde mit Neuigkeiten oder Details über den Verlauf der Rhea-Expedition oder über deren Entdeckungen erhalten hatten. Die Nachricht der anderen Nationen über die unvorstellbaren Funde in der Centaurus-Konstellation war das Einzige, was ihnen im Moment vorlag.

Bailey schüttelte den Kopf. »Vielleicht war es gut, dass Sie sich über mein Argument hinwegsetzten und wir uns zunächst auf die Kriegsschiffe konzentrierten. Möglich, dass wir sie brauchen werden.«

Sanchez sah Bailey beschwörend an. »Sie müssen die Produktion der im Bau befindlichen Transporter beschleunigen und weit mehr in Auftrag geben. Die Rhea-Expedition kann sich immer noch als eine größere Entdeckung für die Menschheit erweisen als die Centaurus-Konstellation. Sie müssen es unser Volk darauf vorbereiten, diese Chance, sobald sie sich ergibt, wahrzunehmen.«

Die beiden Männer diskutierten noch eine Weile weiter, während sie dem weichen Tequila zusprachen. Die kommenden Wochen und Monate würden sich dem

Weltraumkommando als eine schwierige Herausforderung präsentieren.

****

Musk Industries

Orbitalstation John Glenn

Andrew Barry saß hinter seinem Schreibtisch und musterte den neu ernannten Flottenadmiral Chester Bailey skeptisch. Mit zusammengekniffenen Augen lehnte er sich ein wenig in seinem Stuhl nach vorn und beäugte den Admiral kritisch. »Sie verlangen viel, Admiral«, kommentierte er endlich.

Ohne viel Aufhebens zu machen, konterte Admiral Bailey: »Falls Sie es nicht schaffen, erkundige ich mich gern bei BlueOrigin, ob die Ihnen gegebenenfalls aus der Patsche helfen können.«

Mit der Erwähnung seines größten Rivalen schnaubte Andrew nur. »Ich sagte nicht, dass es uns unmöglich ist. Allerdings erwarten Sie eine ganze Menge von uns in sehr kurzer Zeit.« Er drehte sich in seinem Stuhl zu den deckenhohen Fenstern seines Büros in der Orbitalstation um. »Wie Sie sehen, arbeiten wir hart daran, Ihrer ursprünglichen Nachfrage nach den Ark-Klasse-Schiffen nachzukommen. Außerdem wird die Fertigstellung des zweiten Schlachtkreuzers, unsere *Queen Mary*, ungefähr zwei Jahre in Anspruch nehmen. Und darüber hinaus soll ich nun eine Flotte von 60 Transportschiffen nicht nur konzipieren, sondern auch in aller Schnelle bauen? Und gleichzeitig ein Angebot für den Bau eines neuen Kreuzers und eines Raumfrachters abgeben? Die Technologie, die Sie in diesen Schiffen sehen wollen, wurde bisher nicht einmal erfunden, Admiral.«

Andrew drehte seinen Stuhl wieder Bailey zu und erwischte ihn dabei, wie er aus dem Fenster starrte. Sicher beneidete er ihn um die Aussicht. Am unteren Ende der Orbitalstation waren rechts und links die beiden Werften sichtbar. In Richtung des weiter entfernt gelegenen afrikanischen Kontinents war auch dessen Orbitalstation zu erkennen, mit einem ähnlichen Arrangement an Schiffswerten, die zweifellos so ausgelastet wie die der Republik waren.

Mit leiser Stimme hob Bailey hervor: »Andrew, unser Land befindet sich momentan in einer prekären Lage. Ich brauche die Hilfe Ihrer Firma, um das Gleichgewicht zu erhalten – um uns so gut wie möglich auf die Zukunft vorzubereiten.«

Andrew sah ihn direkt an. »Mir ist die Situation, in der wir uns befinden, vollkommen klar, Admiral. Dieser Witzbold, den wir gegenwärtig Präsident nennen, und sein Senat haben uns alle in eine gefährliche Lage gebracht. Ohne das SET verfolgen die Schiffswerten der anderen Allianzen nun aktiv den Bau ihrer eigenen Kriegsschiffe. Es genügt nicht, dass sie dabei sind, zwei neue Planeten zu kolonisieren, nein, sie bauen auch eine Marine auf, die unsere eigene im Lauf der beiden nächsten Jahrzehnte überholen wird. Ich bin mir nicht sicher, ob BlueOrigin oder Musk Industries diesen vereinten Bemühungen die Stirn bieten können.«

Diese Neuigkeit ließ den Admiral ein wenig niedergeschlagen aussehen. »Wie steht es um die Mars-Station? Die Kapazitäten der Werften dort wurden erweitert, richtig?«

Andrew nickte. »Das stimmt. Im Moment arbeiten wir dort an vier neuen Fregatten. Sobald sie die Werft verlassen, ist die Konstruktion von vier weiteren geplant. Unsere Kapazitäten auf dem Mars wachsen weiter. Die Mehrheit der Transporter sind für die Versorgungsflüge zwischen Mars und Gürtel bestimmt. Ich sage es nur ungern, Admiral, aber es werden noch zwei Jahrzehnte vergehen, bevor der Mars als autarke Kolonie und selbständiges Industriezentrum auf eigenen Beinen stehen wird.«

Bailey seufzte. »Andrew, haben Sie vielleicht etwas Stärkeres zum Trinken zur Hand?«

Aus der unteren Schublade seines Schreibtischs kam eine Flasche Kentucky Bourbon zum Vorschein, aus der Andrew ihnen ein nicht zu knappes Glas einschenkte.

»Andrew, Musk Industries und BlueOrigin haben wirklich gute Arbeit mit dem Ausbau ihrer Schiffswerften geleistet. Aber die künftige Kolonisierung des Weltraums und die Einrichtung einer waschechten Weltraum-Kriegsmarine setzt das Vorhandensein weit größerer und leistungsfähigerer Schiffswerften voraus. Die Werften, die gegenwärtig mit der John Glenn verbunden sind, sind nur eingeschränkt dazu in der Lage. Ich denke, wir sollten den Bau einer unabhängigen Werft in Betracht ziehen – eine, die hinreichend Platz für Wachstum hat und deren massiver Grundriss dem Ausmaß der Kriegsschiffe, die wir künftig brauchen werden, entgegenkommt.«

Andrew reagierte verblüfft. »Ein beeindruckender Vorschlag«, registrierte er mit Interesse. »Wo sollte Ihrer Meinung nach eine solche Schiffswerft eingerichtet werden?«

»Diese Frage möchte ich Ihnen stellen. In der hohen Umlaufbahn um die Erde oder um den Mond oder irgendwo dazwischen? Was denken Sie?«

Andrew trank einen Schluck seines Bourbons und überlegte. »Um eine auf lange Zeit relevante militärische Schiffswerft zu bauen, müssen wir sicher gehen, dass hinreichend Raum für künftigen Ausbau und Erweiterung vorhanden ist. Außerdem muss sie groß genug sein, um den monströsen Schiffen, die wir früher oder später bauen werden, Platz zu bieten. Die Arks, deren Bau wir in unseren derzeitigen Einrichtungen planen, bereiten uns aufgrund ihrer Größe jetzt schon Schwierigkeiten. Ich denke, es wäre am besten, diese neue Einrichtung ein Stück hinter dem Mond zu bauen. Nahe genug zur Erde, damit die Arbeiter jederzeit heimreisen können, aber weit genug davon entfernt, um uns ausreichend Platz zum Arbeiten zu geben. Die größte Herausforderung eines solchen Projekts liegt allerdings in der Beschaffung der Ressourcen. Die reichen gegenwärtig gerade noch aus, um die Schiffe, die bereits in Auftrag sind, zu bauen.«

Bailey nickte. »Daran habe ich bereits gedacht. Und ich habe einen Plan. Die Schiffswerft selbst wird dem Weltraumkommando gehören, aber das Management werden wir erfahrenen Schiffsbauern wie Ihnen und

BlueOrigin überlassen. Um die benötigten Ressourcen zum Bau beizubringen, richte ich einen neuen Zweig der Marineflotte ein. Wir werden Hunderte von Minenschiffen in den Gürtel hinausschicken, um die nötigen Ressourcen für unsere Werft einzubringen. Damit stellen wir sicher, dass wir die Lieferkette für Ihre bereits in der Planung befindlichen Projekte nicht unterbrechen.«

Andrew stieß einen Seufzer der Erleichterung aus. »Freut mich, das zu hören, Chester. Die Beschaffung von Materialien für die derzeit geplanten Schiffe ist schon schwer genug. Wenn wir uns mit dem Weltraumkommando um die Ressourcen für eine neue Werft streiten müssten, müsste ich Sie warnen, sich besser auf lange Wartezeiten in der Fertigstellung Ihrer Aufträge einzustellen.«

»Absolut verständlich, Andrew. Aus genau diesem Grund spannen wir das Militär ein. Ihre Aufgabe besteht allein darin, sich für mich auf den Bau unserer neuen Schiffe zu konzentrieren. Und da wir gerade davon sprechen, wie lange bis zur Fertigstellung der *Ark*-Schiffe?«

»Mindestens drei Jahre«, erwiderte Andrew ohne Zögern. »Vielleicht könnte ich diese Zeit um sechs Monate verkürzen. Dafür müsste ich allerdings mindestens 30.000 zusätzliche Synthetiker kaufen. Die Arbeit an dem neuen

Schlachtschiff muss warten, bis wir mit den Ark fertig sind. Neben der Anzahl der Arbeiter, die ich für den Ark-Auftrag benötige, verschlingt er auch mehr Ressourcen als Sie sich vorstellen können.«

Der Admiral stieß einen frustrierten Seufzer aus. »Ich verstehe, Andrew. Trotzdem brauche ich innerhalb von sechs Monaten einen vorläufigen Entwurf des Schlachtschiffs. Nachdem das Weltraumkommando dann zwei Monate Zeit hatte, die Designs auseinanderzunehmen, werden wir Ihnen und BlueOrigin noch offene technische Fragen stellen, bevor wir entscheiden, wem der Vertrag zugesprochen wird. Nehmen Sie die Angelegenheit nicht auf die leichte Schulter, Andrew. Das wird ein Vertrag über zehn Schiffe mit der Option, zehn mehr zu bauen – wir reden von einem Auftrag im Wert von 12 Billionen USD.«

Andrew lächelte mit halbgeschlossenen Augen. *Eine Menge Geld. Das würde den Wert seiner Firma verdoppeln.* »Ich bin mir sicher, dem Weltraumkommando wird das Design, das uns vorschwebt, gefallen«, versprach er mit selbstbewusster Stimme. Er hielt kurz inne, bevor er schließlich stolz verkündete: »Unsere Ingenieure denken, dass sie einen Weg gefunden haben, die Geschwindigkeit des FLT-Drives zu verdoppeln. Eigentlich wollte ich das noch gar nicht erwähnen – wir müssen diese Theorie noch testen. Falls es aber funktioniert, Admiral, dann schlage ich vor, dass wir diese verbesserte Technologie in alle Schiffe übernehmen, die sich gerade bei uns im Bau befinden.«

Diese Nachricht ließ Bailey aufhorchen, bevor sich sein Blick leicht verdüsterte. »Lassen Sie mich raten – eine solche Aufbesserung wird das Weltraumkommando eine Stange Geld kosten?«

Andrew zuckte mit den Achseln. »Forschung und Entwicklung ist teuer, Admiral. Ich habe Verantwortung meinen Aktionären gegenüber. Aber ich bin mir sicher, dass wir uns auf einen akzeptablen Preis einigen werden.«

Der Admiral kicherte. Dann beugte er sich nach vorn, um den Abstand zwischen ihnen zu verringern. »Falls die Tests positiv ausfallen und das neue System seinen Weg in die derzeit im Bau befindlichen Schiffe findet und Sie die *Rook* und die *Voyager* nach ihrer Rückkehr ebenfalls nachrüsten, denke ich, dass ich die Angebotsanfrage für unser neues Schlachtschiff auf einen Anbieter beschränken kann.«

Andrew hatte Admiral Chester Bailey immer schon gemocht. Der Mann verstand es, zu verhandeln. Bailey hatte ihm genug Verträge vom Weltraumkommando zukommen lassen, um sicherzustellen, dass Musk Industries sich gegenüber BlueOrigin behaupten konnte.

Einen Alleinanbietervertrag für die neuen Schlachtschiffe der Flotte – so viel Bargeld und Kapazitätsauslastung über Jahre hinaus würde Musk Industries jahrzehntelang an die Spitze aller Wettbewerber stellen.

Andrew streckte dem Admiral die Hand entgegen. »Ich bin mir sicher, wir werden eine Lösung finden, Admiral. Kommen Sie, begleiten Sie mich zum Abendessen. Solch eine Erfahrung haben Sie noch nie gemacht. Meine Ingenieure haben es mir gebaut. Es ist ein rundum aus Glas bestehender Speisesaal mit einem Tisch und vier Stühlen, der praktisch frei im Raum schwebt. Allein speziellen Gästen ist der Zutritt erlaubt. Es ist, als ob Sie ein wundervolles Essen direkt im Weltraum zu sich nehmen.«

Kapitel Fünfzehn
Der erste Kontakt

Das Rhea-System
Die RNS *Rook*

Captain Miles Hunt lag nackt unter den Bettlaken seiner Kabine. Die Tür war verschlossen. Er musste erst in zwei Stunden auf der Brücke sein. Gerade eben hatte er sich den holografischen Schirm auf den Kopf gesetzt und das Gerät eingeschaltet – und schon trug er ihn auf die Erde zu einem wilden Nachmittag mit seiner Frau zurück.

Über mehrere Wochen vor Miles' Abflug hatten Lilly und er während ihrer intimen Stunden VR-Kameras getragen. Seine Frau hatte dies damit begründet, dass sie aufgrund der bevorstehenden zweijährigen Trennung zumindest einige dieser holografischen Videos von sich machen sollten. Sie wollte sichergehen, dass ihr Mann während seines Einsatzes nicht in Versuchung geführt wurde, und sie wollte eine visuelle Erinnerung an ihn zu ihrem eigenen Vergnügen.

Aus Angst, dass diese Aufnahmen gestohlen werden könnten, hatte sich Miles zunächst absolut gegen diese Idee gesträubt. Schließlich hatte ihn Lilly doch dazu überredet.

Und heute, nachdem er nun schon sieben Monate von seiner Frau getrennt war, war er froh, dass sie ihn überzeugt hatte. Diese VR-Simulationen boten ihm etwas, worauf er sich in der geringen Freizeit, die er hatte, freuen konnte.

Außer ihren Schlafzimmerbegegnungen hatten sie zudem noch Dutzende von Unterhaltungen zwischen sich aufgezeichnet. In einigen frühstückten sie zusammen, in anderen gingen sie am Strand von Florida spazieren. Seine Lieblingsaufnahme war die, in der sie einfach zusammen auf dem Sofa saßen und sich einen Film ansahen.

Der Stress der letzten Tage hatte sich in Miles angestaut. Er brauchte ein Entkommen, das sich von den gewöhnlichen Lastern der Menschen auf der Erde, wie Alkohol oder Drogen, unterschied.

Er vermisste seine Frau. Lilly bedeutete ihm alles, sie war seine wahrhaft bessere Hälfte. Sie kannten sich seit ihrem letzten Jahr in der Space Force-Academy. Kurz nach ihrem Abschluss hatten sie geheiratet und zwei Jahre lang zusammen gedient, bis Lilly mit ihrem Sohn schwanger war. Danach hatte sie den Rest der Zeit, für die sie sich verpflichtet hatte, in der Reserve gedient. Das war nun schon zweiunddreißig Jahre her. Sie hatten mehrere Jahre auf der Neil Armstrong-Basis auf dem Mond verbracht, bevor sie zehn Jahre auf dem Mars stationiert wurden, gefolgt von Mikes Einsätzen auf zwei Militärraumschiffen. Danach hatte er sechs Jahre lang Admiral Bailey, dem obersten Kommandanten der Flottenoperationen, als dessen Stabschef gedient.

Auf der *Rook*, 12 Lichtjahre von der Erde entfernt und versteckt hinter einem Asteroiden, fühlte sich Captain Hunt sehr einsam. Er vermisste seine Frau so sehr. Selbst während sein Gehirn seinen Körper gerade davon überzeugte, dass er zu Hause mit seiner Frau schlief, wünschte er sich dennoch, dass sie hier bei ihm auf der *Rook* sein könnte. Er wollte mit ihr die Erfahrungen der Erkundung eines neuen Planeten teilen und einige der beeindruckendsten Sternenformationen und Nebel, die er je gesehen hatte, zusammen mit ihr studieren. Obwohl seine Frau das Weltraumkommando verlassen hatte, hatte sie weiter im Bereich der Astrophysik gearbeitet. Sie liebte das Studium der Sterne und war ungeheuer eifersüchtig auf seine Stationierung auf der *Rook* und auf seine neue Mission.

Monate absoluter Dunkelheit beeinflussen die Psyche einer Person. Sicher, während ihrer Stopps, die zur wiederholten Ladung der FTL-Drives unumgänglich waren, hatten sie einige außergewöhnliche Aussichten genossen. Trotzdem ersetzte das nicht die Wärme eines Sonnenstrahls auf der Haut oder die plätschernde Unterhaltung von Menschen in einem Restaurant oder Café. Miles vermisste Lillys Umarmung und sein Zuhause so sehr, dass er es kaum noch ertragen konnte. In der Tiefe des Weltalls gab es allein die Menschen und die Dinge, die sie mit an Bord gebracht hatten.

Sein Gehirn hatte gerade einen Punkt der Ekstase erreicht, als plötzlich durch seinen Zimmerlautsprecher ein dringendes ‚Captain auf die Brücke!' zu hören war. Dann erklang der Alarm für ‚Alle Mann auf Gefechtsstation!'.

Entschuldigen Sie die Störung, Captain. *Langstreckensensoren entdeckten gerade den Eintritt eines Schiffs in dieses System,* teilt ihm Commander Longman, sein XO, über den Neurolink mit.

Danke, XO. Stellen Sie den Alarm ab, aber halten Sie alle Männer auf ihren Gefechtsstationen. Es klingt, als ob sich das Schiff noch in einiger Entfernung befindet. Ich bin in zehn Minuten da.

Miles verstaute das VR in einer Schublade neben dem Bett, sprang auf und eilte unter die Dusche. Das kalte Wasser half ihm, einen klaren Kopf zu bekommen. Seit fünf Tagen trieben sie nun schon durch den Gürtel in Erwartung dieses Schiffs. Jetzt war es da.

Allein der Zeitpunkt war schlecht gewählt, dachte er belustigt.

Wenige Minuten später betrat Hunt in einer frisch gereinigten Uniform die Brücke und nahm im Kapitänsstuhl Platz. »Ok, Leute. Was haben wir?«

Commander Longman, der zum Zeitpunkt der Entdeckung im Dienst gewesen war, berichtete. »Sir, wir entdeckten ein Schiff, das ungefähr eine astronomische Einheit von Neu-Eden entfernt in das System vordrang. Seit seiner Ankunft im System bewegt es sich mit großer Geschwindigkeit auf den Planeten zu.«

Hunt unterbrach ihn mit erhobener Hand. »XO, anstatt mir von der ‚großen Geschwindigkeit‘ des Schiffs zu berichten, brauche ich genaue Angaben. Wie schnell oder wie langsam bewegt es sich im Vergleich zu uns voran?«

Longman lief rot an. »Mit Impulsgeschwindigkeit reist es 25 Prozent schneller als unser MPD-Drive bei Höchstgeschwindigkeit. Wie schnell sie tatsächlich sind wissen wir noch nicht. Die Analyse ihres Antriebssystems ist noch nicht beendet. Sieht aus, als ob sie einen Plasmaantrieb nutzen, der unserem ähnlich ist, aber das steht noch nicht eindeutig fest – wir studieren immer noch die von den Sensoren übertragenen Daten.«

Hunt nickte. »Ok, hat jemand der *Voyager* mitgeteilt, dass wir Besuch haben? Wenn irgend möglich, sollen sie keine elektronischen Emissionen ausstoßen. Das einzige Schiff, dass gegenwärtig seine Elektronik nutzt, sind wir.«

Lieutenant Arnold, der Ops-Offizier, meldete sich zu Wort. »Jawohl, Captain. Unmittelbar nach der Entdeckung des neuen Kontakts informierten wir die *Voyager* von unseren Besuchern. Sie hat sich unsichtbar gemacht. Keine Aktivitäten der Sensoren und keine Kommunikation.«

Halsey hatte ihr Transportschiff, die *Gables*, bereits vor drei Tagen zurück zur Erde geschickt, während die *Voyager* und die *Rook* ausharrten und angespannt darauf warteten, mit welcher Art Schiff die Zodark auftauchen würden.

»Taktischer Offizier, liegen uns bereits Informationen über die technischen Daten des Schiffs vor?«, erkundigte sich Hunt.

»Die Information kommt gerade herein. Einer der passiven Satelliten, die wir in der Umlaufbahn um den Mond 3AF zurückgelassen haben, schickt uns detaillierte Bilder des Schiffs«, erwiderte Commander Fran McKee und transferierte ein Foto auf einen der größeren Bildschirme.

»Zeigen Sie uns das auf dem Hauptschirm, damit wir es uns genauer ansehen können. Und schicken Sie es zur CIC hinunter. Die Gefechtsinformationszentrale soll umgehend mit einer tiefgreifenden Analyse des Schiffs beginnen«, befahl Hunt, nachdem er einen ersten Blick auf das Fahrzeug der Außerirdischen geworfen hatte.

Das Schiff erinnerte ihn an ein Kriegsschiff der Klingon, das er von Wiederholungen der alten *Star Trek*-Serien her kannte. Am hinteren Ende schienen sich zwei Motoren zu befinden. Sie glühten, was bedeutete, dass dieses Schiff wohl einen ähnlichen, aber weit stärkeren Plasmaantrieb wie den ihren nutzte. Die weitere Inspektion ergab, dass es auf diesem Schiff wohl nicht die auf den irdischen Raumschiffen übliche Brücke gab, die über die Aufbauten des darunterliegenden Schiffs hinausragte.

»Navigation, eine Idee, wann das Schiff die Umlaufbahn um Eden erreichen wird?«, fragte Commander Longman.

»Bei gleichbleibender Geschwindigkeit sollte es in neun Stunden dort eintreffen«, beantworte Lieutenant Hightower die Frage. Ihre Finger flogen über das Keyboard, während sie weiter ihre Kalkulationen vornahm. Und dann war das Bild des Raumschiffs plötzlich verschwunden.

Hunt wandte sich an seinen Kommunikationsoffizier. »Wurde das Signal zum Satelliten unterbrochen?«

Lieutenant Branson schüttelte den Kopf. »Es sieht so aus, als hätten sie ihn gerade in die Luft gejagt.«

Einen Moment lang blieb alles ruhig, während sie auf das warteten, was als nächstes kommen würde.

Lieutenant Commander Robinson, ihr elektronischer Kriegsführungsoffizier, auch EWO genannt, rief plötzlich laut: »Sie haben uns entdeckt! Captain, das Schiff versucht, uns zu scannen.«

Ein Großteil des Brückenpersonals drehte sich zu Hunt um, um zu sehen, was er als nächstes vorhatte. Dies war eine vollkommen neue Erfahrung für jeden Einzelnen von ihnen.

Hunt war sich bewusst, dass das Schicksal der Menschheit von den Entscheidungen abhängen könnte, die nun von ihm gefordert waren. Er musste ruhig bleiben und seinem Instinkt und seinem Training vertrauen, falls sie diese Situation überstehen wollten.

Hunt sah seinen taktischen Offizier, Commander Fran McKee, an. »Was tut das feindliche Schiff jetzt?«

Ohne ihre Augen vom Bildschirm abzuwenden, erwiderte sie: »Sie halten weiter auf den Planeten zu.«

Hunt nickte. »Kom, schicken Sie unsere Nachricht in ihrer eigenen Sprache, in Chaldäisch und in Englisch los. Sehen wir, ob es noch eine Chance gibt, mit ihnen in den Dialog zu treten.«

Während sie im Gürtel auf das eventuelle Eintreffen eines Zodark-Schiffs warteten, hatten die Wissenschaftler auf der *Voyager* eine Nachricht des Ersten Kontakts entworfen, um sie einem Zodark-Schiff zukommen zu lassen. So gut sie konnten, hatten sie die Nachricht in allen drei Sprachen formuliert, in der Hoffnung, dass ein Gespräch doch noch möglich war.

Minuten wurden zu Stunden, in denen sie sich eine Antwort des Zodark-Schiffs erhofften, das mittlerweile dem Planeten immer näher kam. Auf dem Weg dorthin fand und zerstörte es die verbliebenen Satelliten, die die *Voyager* um den Planeten herum zurückgelassen hatte.

Verdammt, dachte Hunt. Diese Satelliten hatten sie mit wichtigen Informationen versorgt. Sie hatten die weiteren Minenlager der Zodark identifiziert und etwas, das wie ein kleiner, abseits gelegener militärischer Stützpunkt aussah.

»Captain, wir erhalten eine Nachricht vom Schiff der Zodark«, verkündete Lieutenant Branson.

»Spielen Sie sie ab«, befahl Hunt.

Die Nachricht zeigte einen furchterregend aussehenden Zodark, der auf einer Art Brücke seines Raumschiffs zu stehen schien. Es war dunkel, mit Ausnahme einiger roter Lichter, die den Zodark und sein Umfeld illuminierten. Die Nachricht war kurz und grob und bestimmte, dass sich die Erdenbewohner umgehend der Regierung der Zodark zu unterwerfen und deren Befehlen zu folgen habe.

»Das war ziemlich direkt«, kommentierte Commander Longman, Hunts XO.

Hunt schnaubte. »Ja, nicht unbedingt das, worauf ich gehofft hatte. Lieutenant Branson, schicken Sie eine Nachricht an die *Voyager* und informieren Sie den Admiral von der Forderung der Zodark. Bitten Sie um ihre Antwort.«

Die Erwiderung des Admirals ließ nicht lange auf sich warten. Sie befahl Hunt und seiner Mannschaft, sich auf das Verlassen des Systems vorzubereiten. Es würde keine Diskussion mit den Zodark geben.

»Steuermann, planen Sie unseren Kurs aus dem Gürtel heraus und bereiten sie uns auf den FTL-Sprung zur nächsten Zwischenstation auf dem Weg nach Hause vor - solange uns das noch möglich ist!«, befahl Hunt.

****

RNS *Voyager*
Flugdeck

Admiral Halsey musterte den frischgewaschenen Sumarer, der bereits auf dem Rücksitz des Osprey saß. Da Raum auf der *Voyager* knapp war, hatten sie bereits mehr als die Hälfte der Sumarer mit dem Transporter zurück zur Erde geschickt. Einer ihrer Geheimdienstoffiziere hatte Halsey jedoch in weiser Voraussicht vorgeschlagen, einige der befreiten Gefangenen im hinteren Abteil der Osprey unter vier Augen zu befragen. Und Halsey hatte eine Menge Fragen, auf die sie sich eine Antwort erhoffte.

Halsey musste zugeben, dass der Mann, den sie vor sich sah, wie jedes andere menschliche Wesen auf der Erde aussah. Die genetischen Tests, die ihr medizinisches Personal durchgeführt hatte, hatten dies zudem einwandfrei bestätigt. Die Sumarer verfügten über die gleiche DNS wie die Erdenbewohner.

Professor Audrey Lancaster stand bereit, sich zu ihnen zu gesellen – mehr als bereit. Sie konnte es offensichtlich kaum erwarten, mit dem Mann namens Hadad, dem Anführer der Sumarer, zu reden.

Halsey nickte Audrey zu und sie bestiegen den Osprey.

Mit dem Näherkommen der beiden Frauen nahmen die Wachen die Hab-Acht-Stellung ein. Der Sumarer verstand zwar nichts von ihren Protokollen, war aber klug genug zu wissen, dass die Frau in Uniform, wer immer sie auch sein mochte, wichtig war. Er zeigte Respekt und erhob sich.

Mithilfe des Universalübersetzers stellte Halsey sich vor. »Hallo, Hadad. Mein Name ist Admiral Abigail Halsey. Ich kommandiere dieses Schiff und die Soldaten, die Sie befreit haben.«

Sekundenschnell wurde ihre Ansage in seine Sprache übersetzt. Hadad nickte und dankte ihr für seine und die Rettung seiner gefangenen Landsleute.

»Und ich bin Ihnen dankbar, Hadad, für die Informationen über die Zodark, die Ihre Leute mit uns geteilt haben«, begann Halsey. »Und ja, Sie hatten Recht – auf die Nachricht, die wir dem neu im System aufgetauchten Zodark-Schiff zukommen ließen, verweigerten sie jeden Dialog. Stattdessen forderten sie uns auf, uns sofort ihrer Herrschaft zu unterwerfen und ihnen unsere Schiffe zu übergeben.«

»Wie haben Sie auf diese Aufforderung reagiert?«, fiel Hadad ihr betroffen ins Wort.

Halsey, die ihm diese Unterbrechung nicht im Geringsten übel nahm, erwiderte: »Wir verließen das

System und sind jetzt auf dem Heimweg in unser eigenes System.«

Hadads Besorgnis legte sich mit dieser Mitteilung. Er ließ sich gegen den Sitz fallen und stieß einen hörbaren Seufzer aus. »Eine gute Entscheidung, Admiral. Hätten Sie sich weiter in diesem System aufgehalten, hätten die Zodark Ihr Schiff angegriffen.«

Halsey beugte sich vor. »Falls die Zodark herausfinden sollten, wo unser Heimatsystem liegt, halten Sie es dann für möglich, dass sie uns angreifen?«

Hadad schwieg einen Augenblick, bevor er sich zu einer Antwort entschied. »Schwer zu sagen. Ich habe wenig Erfahrung mit dem Zodark-Militär oder wie dessen Führung denkt. Wenn sie nicht wissen, wo sich ihr System befindet, werden sie sich vielleicht nicht die Mühe machen, es zu suchen.«

Er rutschte auf seinem Sitz hin und her. »Sie sollten mit einem anderen Gefangenen namens Hosni sprechen. Ich kann nicht dafür bürgen, dass seine Information korrekt ist, aber ich weiß, dass er weder auf unserer Heimatwelt geboren noch aufgewachsen ist. Er sagt, er wurde auf dem Hauptplaneten der Zodark geboren und war der Sklave eines NOS, eines Admirals oder eines anderen hochrangigen Militärkommandanten. Vielleicht kann er

Ihnen mehr Einsicht in interne Details liefern. Aber noch einmal, ich kann nicht sagen, ob etwas von dem, was er Ihnen mitteilt, der Wahrheit entspricht. Eine Person wie ihn habe ich noch nie getroffen.«

Halsey nickte. »Ok, das klingt gut. Wir werden ihn in jedem Fall darauf ansprechen. Aber jetzt wieder zu Ihnen, Hadad. Erzählen Sie mir doch bitte mehr von sich und aus welchem Grund Sie in einer Strafkolonie auf Clovis gelandet sind.«

Der Sumarer schien einen Augenblick lang tief in Gedanken versunken. Vielleicht dachte er an glücklichere Zeiten. Dann sprach er. »Admiral, das ist eine schwierige Frage. Bevor mich die Zodark gefangennahmen, war ich Forscher für angewandte Physik an einer unserer Universitäten. Als ein Kollege von mir entdeckte, dass ich mich mit einer Technologie beschäftigte, die zur Entwicklung neuartiger Waffen zum Kampf gegen die Zodark eingesetzt werden konnte, lieferte mich die Verwaltungsbehörde unserer Stadt an die Zodark aus, wegen des Verstoßes gegen die Vereinbarung, keine Forschung in der Waffentechnologie ....«

»Entschuldigen Sie, Sie sagten, Sie wurden ausgeliefert?«, unterbrach ihn Halsey. »Warum taten sie Ihnen das an, Hadad?«

Niedergeschlagen sah er unter sich. »Das ist eine lange Geschichte, Admiral. Um es kurz zu machen …. Als die Zodark vor 200 Jahren unseren Planeten einnahmen, regelte eines der Gesetze, die sie uns auferlegten, welche Forschung wir betreiben oder auch nicht betreiben durften. Unter anderem waren die Waffentechnologie und Fortschritte in der Raumfahrt streng untersagt. Den Zodark ist es wichtig, ihre Hegemonie und Macht über uns aufrechtzuerhalten. In ihren Augen sind wir nicht mehr als das Vieh. Sie wollen, dass wir uns fortpflanzen und sie sind mehr als bereit, uns großzügig mit Nahrungsmitteln oder in medizinischer Hinsicht zu versorgen. Dabei zählt für sie allerdings nur das Bevölkerungswachstum unseres Planeten, um uns weiter nach Bedarf ‚ernten' zu können.«

Halsey fiel es schwer, dies als die offizielle Version von Hadads Situation zu akzeptieren, aber sie hielt ihre Zunge in Zaum.

Professor Lancaster demgegenüber schien unfähig, diesen Vorwurf zu akzeptieren. »Das ist ja entsetzlich, Hadad. Ich kann nicht glauben, dass Ihr Volk das einfach so hinnehmen würde. Sind Sie sicher, dass es wirklich so abläuft? Wir sprachen mit anderen Gefangen, die all das nur für ein Gerücht hielten.«

Hadad zuckte mit den Achseln. »Professor, es sind viele Gerüchte im Umlauf, was die Zodark mit denen machen, die sie als Tribut einsammeln. Manche sagen, sie fressen uns auf. Davon bin ich überzeugt. Andere glauben, dass sie unsere Bevölkerung ausdünnen, um mit den Opfern Menschen auf anderen Planeten zu zeugen. Dann gibt es Gerüchte, nach denen sie Menschen züchten, um sie als Sklaven in ihren Minenkolonien einzusetzen, und noch etliche weitere Varianten. Um ehrlich zu sein, weiß niemand von uns genau, was sie mit uns machen. Das Einzige was wir wissen ist die Tatsache, dass die Zodark jedes Jahr zur Zeit des fälligen Tributs viele Menschen, die wir kennen, mitnehmen, und wir sie danach nie wieder sehen.«

Halsey wechselte das Thema. »Sie sagten, dass Sie im Bereich der Waffentechnologie arbeiteten, bevor Sie verraten wurden. Sind Sie bereit, mit unseren Waffenexperten und Wissenschaftlern zusammenzuarbeiten, um die Zodark zu besiegen, falls es zu einer Auseinandersetzung kommen sollte?«, fragte sie ihn direkt und ohne Umschweife.

Zum ersten Mal, seit sie Hadad kennengelernt hatte, erschien ein teuflisches Grinsen auf seinem Gesicht. »Ich hoffte und betete, dass Sie mir diese Frage stellen würden,

Admiral. Es gibt Vieles, wobei ich Ihnen helfen kann.« Er hielt kurz inne. »Mit welchem Antrieb betreiben Sie Ihre Schiffe?«

Halsey lehnte sich zurück und sah ihn prüfend an. »Da wir uns gerade erst begegnet sind, wäre ich normalerweise zunächst etwas skeptisch, auf diese Frage zu antworten. Angesichts der aktuellen Situation werde ich eine Ausnahme machen. Warum folgen Sie mir nicht einfach in die technische Abteilung and ich zeige es Ihnen?«

Der Admiral wies die Wachen an, ihnen in angemessenem Abstand zu folgen. Gleichzeitig unterrichtete sie die technische Abteilung davon, dass sie mit einem der Sumarer auf dem Weg war und sie den Chefingenieur bei ihrem Eintreffen dort zu sehen wünschte.

Die Gruppe verließ den Hangar und betrat das eigentliche Raumschiff. Hadad bewunderte das interne Design. Der zur Verfügung stehende Raum wurde optimal genutzt. Die Flure, die das Raumschiff durchkreuzten, waren sauber und hell und freundlich anzusehen. In regelmäßigem Abstand von nur wenigen Metern befand sich jeweils ein Schott mit einer Luke. Als Hadad stehen blieb, um sich eine näher anzusehen, erklärte Halsey: »Sie dienen dazu, das Schiff im Fall einer Beschädigung des Rumpfs abzudichten.«

Die Wand des Ganges war mit einer Reihe farbkodierter Linien markiert, die von einem Knotenpunkt aus in verschiedene Richtungen verliefen. »Diese Linien helfen der Mannschaft und anderen an Bord, die verschiedenen Abteilungen auf dem Schiff zu finden«, erläuterte sie weiter.

»Wie haben Ihre Leute das künstliche Gravitationsproblem gelöst?«, fragte Hadad interessiert.

»Tatsächlich war es einer unserer Verbündeten, eine Gruppe, die als die Asiatische Allianz bekannt ist, die die Lösung fand«, erwiderte Halsey. »Ehrlich gesagt fehlt mir das technische Verständnis wie all das funktioniert, aber grundsätzlich ist es so, dass das Raumschiff selbst ein künstliches Gravitationsfeld aufbaut, das das gesamte Schiff umfasst. Die meisten der Schiffe, die wir gebaut haben, verfügen noch nicht über diese Technik, aber ja, die größeren Raumschiffe schon.«

Vor den Aufzügen, die sie in die Technische Abteilung bringen würden, räusperte sich Hadad. »Admiral, wenn Sie mir die Frage gestatten, befinden wir uns auf einem Kriegsschiff? Ich sehe viele Uniformen und nur wenige Personen in Zivilkleidung wie Professor Lancaster.«

Audrey hielt sich zurück und wartete auf die Antwort des Admirals.

Halsey drückte den Knopf neben der Aufzugstür, bevor sie auf Hadads Frage einging. »Sie befinden sich auf dem republikanischen Marineraumschiff *Voyager.* Sein Design dient mehreren Funktionen, von denen die Erkundung des Weltraums an oberster Stelle steht. Man könnte uns gleichzeitig wohl auch ein Kriegsschiff nennen. Wir werden von einem Kontingent Soldaten begleitet, verfügen aber auch über ein großes Labor und eine eigenständige Forschungseinrichtung an Bord. Bisher war ich davon überzeugt, dass die Waffen, die wir mit uns führen, überaus schlagkräftig sind, aber nachdem ich die Zodark kennengelernt habe, bin ich mir nicht mehr so sicher.«

Die Aufzugstür öffnete sich und die fünf Passagiere traten ein. Eine der Wachen drückte auf den Knopf zur Technischen Abteilung, wonach der Aufzug sie in Sekundenschnelle zum gewünschten Deck transportierte. Die Gruppe stieg aus uns ging auf den Technikraum zu.

Mit ihrem Eintritt hielten die Anwesenden einen Augenblick in ihrer Arbeit inne, um Halseys Anwesenheit zu honorieren und um Hadad zu beäugen. Über die Buschtrommel hatte sich eilends herumgesprochen, dass sie auf dem Planeten Menschen angetroffen hatten. Und jetzt, da sie einen von ihnen in voller Lebensgröße vor sich sahen, war der Drang einfach unwiderstehlich, ihn offen anzustarren. Halsey vergab ihnen diese Reaktion – auch sie war der Meinung, dass es wirklich seltsam, ja sogar unheimlich war, auf einem anderen Planeten außerhalb der Erde Menschen zu begegnen.

Commander Aimes Morgan trat auf sie zu. »Guten Tag, Admiral. Hallo, Herr Hadad«, begrüßte sie der Chefingenieur, der dem Besuch des Neuen in seiner Abteilung etwas skeptisch gegenüberstand.

»Hallo«, erwiderte Hadad.

»Commander, gehen wir in Ihr Büro«, schlug Halsey bestimmt vor. »Mr. Hadad möchte gern einige Aspekte der sumarischen Technologie mit Ihnen diskutieren. Gleichzeitig hat er auch einige Fragen an unsere.« Sie deutete in Richtung des Büros, einem privaten Ort, an dem sie sich frei von neugierigen Augen und Ohren unterhalten konnten.

Im Büro des Commanders nahmen sie um einen kleinen Konferenztisch herum Platz.

»Hadad, das ist Commander Aimes Morgan. Er ist unser Chefingenieur. Ich möchte, dass Sie zusammen mit ihm unsere Technologie im Vergleich zu der ihren durchgehen. Vielleicht gibt es etwas, dass wir von Ihrem

Volk lernen und im Umgang mit den Zodark zu unserem Vorteil nutzen können«, bestimmte der Admiral.

Nickend begrüßte Hadad diese Herausforderung des Admirals und sah den Chefingenieur an. »Ähm .... Sagen Sie mir bitte, wie ich Sie ansprechen soll? Mit Ihrem Rang, oder sind Sie Aimes oder Morgan?«

Audrey ging plötzlich auf, dass Hadad ihre Namensregeln oder die Rangeinstufung nicht verstand. »Tut mir leid, Hadad. In unserer Kultur haben wir alle einen Vornamen und dann einen Nachnamen oder Familiennamen. Sein Vorname ist Aimes, der Nach- oder Familienname ist Morgan, und sein Rang ist Commander.«

Commander Morgan fügte noch hinzu: »In meinem privaten Büro oder in informeller Unterhaltung nennen Sie mich doch bitte Aimes, Hadad. Commander Morgan wäre allerdings aus formellem Anlass und vor meinen Untergebenen und außerhalb dieses Büros die geeignete Anrede.«

Hadad nickte und kam zur Sache. »Ok, das macht Sinn, Aimes. Im Gespräch mit dem Admiral stellte ich die Frage über Ihren Antrieb. Auf meiner Heimatwelt arbeitete ich im Feld der angewandten Physik. Vielleicht kann ich Ihnen in einigen Bereichen helfen, unterstellt, dass ihre Entwicklung unserer nicht voraus ist.«

»Das würden wir sehr begrüßen«, dankte ihm Commander Morgan halbherzig und weiterhin skeptisch. »Bevor wir ins Detail gehen, sollte ich Ihnen vielleicht eine Aufstellung über unsere Reaktoren und deren Energiequellen geben, und welche Leistung sie erbringen. Darauf können Sie sich dann berufen.«

Aimes griff nach seinem Tablet und brachte einige Informationen hoch, die er auf den Computermonitor auf seinem Schreibtisch übertrug. Er drehte den Bildschirm so weit, dass Hadad ihn einsehen konnte. Dann reichte er Hadad sein Tablet und verbrachte die nächsten zehn Minuten damit, ihm den Schiffsantrieb zu erklären, das Maß ihrer Energieeinheiten, ihre Energiequellen und wie sie Geschwindigkeit, Zeit und Entfernung maßen. Aimes gab Hadad die Rahmenbedingungen innerhalb denen die *Voyager* operierte.

Nach der Darstellung dieser Ausgangstatsachen fuhr Aimes fort. »Wie Sie sehen, Hadad, für interplanetarisches Reisen nutzen wir einen mit Lithiumpellets betriebenen MPD-Antrieb, während unsere Fusionsreaktoren uns mit dem Rest der benötigten Energie versorgen. Um es weiter zu erklären, MPD steht für magnetoplasmadynamisch. Wissen Sie, was das ist?«

Hadad sah auf die Schaubilder hinunter, die ihm Morgan überlassen hatte. »Ja, das MPD-Drive-System ist uns bekannt. Als unser Volk in die Raumfahrt einstieg, benutzten wir den gleichen Antriebstyp. Er ist äußerst effizient.«

Er hielt einen Moment inne und verschob etwas auf dem Chart, den Morgan ihm gezeigt hatte. »Ihre Information sagt mir, dass wir auch vergleichbare Messeinheiten benutzen. Das ist gut. Das macht es einfacher, Ihnen die Dinge zu erklären. Der große Unterschied zu unseren Triebwerken ist, dass wir seit über dreihundert Jahren das Modell der Fusion nicht mehr anwenden. Wir fanden eine weit sauberere Energiequelle, die zudem auch weit mehr Energie produziert. Zum Beispiel, unsere interplanetarischen Antriebe bauen bis zu 400 Newtons auf, mit einer Austrittsgeschwindigkeit von 250 Kilometern pro Sekun…«

»Wow, langsam, Hadad …. Wie gelingt es Ihnen, dieses Niveau von Antriebskraft und Geschwindigkeit zu erreichen?«, unterbrach ihn Morgan aufgeregt.

Hadad runzelte die Stirn. »Sie tun das nicht?«

Morgan schüttelte den Kopf. »Unmöglich. Unsere Antriebskraft und Geschwindigkeit liegen weit unter Ihren

Zahlen. Wir sind vom Umfang der Energie abhängig, die wir produzieren können.«

»Wir benutzen den sogenannten Trimar-Reaktor. Er arbeitet mit dem Mineral, das wir unten auf der Oberfläche finden. Wir bauen das Erz ab und verarbeiten es in kleine Blöcke, die dann als Brennstoff für die Reaktoren auf unseren Schiffen dienen. Die Zodark nutzen die gleiche Energiequelle. Es ist ein unglaublich leistungsstarkes Material – was den Zodark problemlos erlaubt, die Galaxie zu durchqueren und die Kontrolle über so viele Planeten und Systeme aufrechtzuerhalten«, erläuterte Hadad.

Der Admiral mischte sich ein. »Das war also der Grund, weshalb wir das Material vor dem Verlassen des Planeten einsammeln sollten?«

Hadad wandte sich ihr zu. »Ich konnte nicht wissen, welche Art Reaktor Sie betreiben. Ich wollte sicherstellen, dass Sie hinreichend Antriebsmittel hatten. Wir ließen Sie auch ein zweites, auf dem Planeten raffiniertes Material sammeln. Es ist der Schlüssel zum Bau unserer Reaktoren.«

Halsey nickte anerkennend. »Nun, ich denke, dass Sie und Hadad viel zu bereden haben, Commander. Wieso setzen Sie Ihre Unterhaltung nicht fort, um zu sehen, ob es etwas Nützliches gibt, das wir umsetzen können? In der

Zwischenzeit lasse ich die Wachen hier. Sie können Hadad, nachdem Sie fertig sind, zur Shuttlerampe zurückbringen.«

Nun richtete sie das Wort an die Professorin. »Audrey, ich denke es ist an der Zeit, sich mit den verbliebenen Sumarern zu beschäftigen. Finden Sie heraus, welchem Beruf sie vor der Inhaftierung nachgingen und alles, was sie uns über ihre eigene Geschichte, ihre Heimatwelt und über die Zodark berichten können. Wir treffen uns dann später zu einer weiteren Besprechung. Jetzt muss ich nach jemandem sehen.«

****

Von der Technik aus ging Halsey direkt zur Krankenabteilung, um nach Botschafterin Chapman zu sehen. Nina hatte viel durchgemacht.

Beim Betreten der Abteilung lief Halsey Dr. Hani Gupta, ihrem medizinischen Direktor, über den Weg.

Hani lächelte sie an. »Abby, du siehst müde aus. Du brauchst mehr Schlaf.«

Hani war ein niedergelassener Arzt, ein hervorragender Mediziner aus Chicago, wo zufällig auch Halsey aufgewachsen war. Hani und Halsey hatten es sich zur Gewohnheit gemacht, zweimal wöchentlich eine Stunde miteinander zu verbringen, in der sie angefangen von der

Crew bis hin zum Leben auf der Erde alle möglichen Themen diskutierten. Dies half Halsey, einen Draht zur Mannschaft zu halten und jemanden aus ihrer Heimatstadt näher kennenzulernen. Als Raumfahrerin hielt sie sich selten auf der Erde auf. Sie hatte ihre Karriere vorwiegend unter den Sternen verbracht, beschäftigt mit der Entdeckung und Erkundung ihres eigenen Sonnensystems.

Halsey lächelte belustigt. »Hallo, Hani. Ich bekomme fünf Stunden Schlaf. Mehr braucht ein Körper nicht. Das solltest du wissen.«

Sie umarmten sich und er küsste sie sanft auf beide Wangen – eine Gepflogenheit von ihm.

In professionellem Ton erkundigte sich Hani nun: »Du bist hier, um nach Nina zu sehen?«

Abby nickte. »Richtig. Wie geht es ihr, Hani?«

Halsey machte sich echte Sorgen. Seit sie sie aus dem Lager der Zodark befreit hatten, lag Nina praktisch in katatonischem Zustand da. In der kurzen Zeitspanne von weniger als sechs Stunden, die sie in der Gewalt der Zodark verbracht hatte, hatten sie ihr Schlimmes angetan. Es schien, als ob ihr Geist sich irgendwo in ihrem Kopf verkrochen hätte und sich weigerte, aus seinem Versteck zu kommen. Sie reagierte weder auf Fragen, noch nahm sie Nahrung oder Flüssigkeit zu sich. Sie lag einfach in eine

Decke gewickelt auf ihrem Bett, mit weit offenen aber absolut leeren Augen.

Hani seufzte auf dem Weg zu seinem Büro, in dem sie beide Platz nahmen. Er sah Halsey mit seinen ausdrucksstarken braunen Augen an. Sie waren warm und mitfühlend, als er erklärte: »Nina hat ein emotionales Trauma erlitten, das sich keiner von uns vorstellen kann, Abby. Seit sie gerettet wurde, hat sie kaum ein Wort gesprochen. Ich kann mir nicht sicher sein, was sie ihr angetan haben, aber es war etwas Unbeschreibliches.«

Abby verzog das Gesicht. »Flößten sie ihr Drogen ein oder fügten sie ihr weiteren körperlichen Schaden über den hinaus zu, von dem wir bereits wissen?«

»Du meinst die Vergewaltigung? Ja. Bei ihrer Einlieferung machten wir eine volle Spektralanalyse ihres Blutes. Die wies Spuren fremder Substanzen nach, die mir vollkommen unbekannt sind. Außerdem hatte sie einen Gehirn-Scan und ein MRT. Ihr Hirn zeigt alle Anzeichen einer Person, die für sehr lange Zeit physisch und psychisch misshandelt wurde. Im Moment sieht es so aus, als ob sich ihr Geist in einem defensiven Mechanismus tief in sich selbst zurückgezogen hat. Bislang vermied ich, Medikamente oder andere Reize einzusetzen, um sie zurückzuholen, aber früher oder später wird uns wohl nichts anderes übrig bleiben.«

Abby sank bei dieser Prognose in ihren Stuhl zurück. Sie mussten unbedingt mit ihr sprechen. Was die Zodark mit ihr gemacht hatten, war schrecklich. Was sie ihrem Assistenten Justin angetan hatten, war noch schlimmer. Halseys dringendste Sorge zu diesem Zeitpunkt war, dass sie keine Ahnung hatten, was einer von ihnen oder beide den Zodark mitgeteilt hatten. Gut möglich, dass die Zodark genau wussten, in welchem Sternensystem die Erde lag. Sie musste zu Nina durchkommen.

Resolut hob sie das Kinn und forderte: »Hani, du musst versuchen, sie zurückzubringen. Wir müssen mit ihr reden. Es ist schon zu viel Zeit vergangen.«

»Abby …. sie braucht Zeit. Wenn wir diesen Vorgang überstürzen, erholt sie sich vielleicht nie wieder.«

»Ich weiß, Hani. Glaube mir, ich würde ihr gerne mehr Zeit geben. Aber wir müssen wissen, welche Informationen sie an die Zodark weitergegeben haben. Die Erde könnte in Gefahr sein. Es geht hier um mehr als nur um sie.«

Hani nickte ernst im Verständnis, dass sie Recht hatte. »Ok, Abby, ich werde versuchen, sie aus ihrem jetzigen Geisteszustand hervorzulocken.«

Bevor er sich erhob, um das Büro zu verlassen, erkundigte er sich: »Hast du das Video gesehen, was sie ihrem Assistenten angetan haben?«

Die Erwähnung des brutalen und grausamen Videos ließ Abby erschauern. Die Zodark hatten Justin ausgeweidet und seine Genitalien abgetrennt. In den knapp sechs Stunden, bevor Major Jenkins Bodentruppe sie befreien konnte, hatten die Zodark Justin und Nina einer unglaublichen Tortur unterworfen.

»Das habe ich, Hani. Das ändert allerdings nichts daran …. Gerade deswegen, muss ich umgehend mit ihr reden. Wir müssen wissen, was geschah. Wir müssen wissen, ob einer der beiden den Zodark verriet, in welchem System sich die Erde befindet.«

»Konnten wir denn den Tonaufnahmen oder dem AI-Übersetzer in ihrem Ohr gar nichts entnehmen?«, erkundigte sich Hani beinahe flehentlich. »Eine dieser Vorrichtungen sollte doch in der Lage sein, uns ein Audioarchiv von dem, was vor sich ging, zu liefern. Schließlich erhielten wir die Videoaufnahmen ja auch über ihre Kontaktlinsen.«

Abby seufzte tief. »Wir haben etwas Ton, meist von dem, was in der ersten Stunde geschah. Aber die Zodark foltern mit Elektroschocks. Die Kontaktlinse nahm weiter auf, aber das Aufnahmegerät in ihrem Ohr wurde überlastet. Und der AI-Übersetzer zeichnen nicht auf, zumindest nicht die Version, die sie trug. Wir müssen mit ihr reden. Zu Anfang log sie ihnen vor, dass die Erde im Indussystem liegt. Wir brauchen die Bestätigung, dass die Zodark ihr das tatsächlich abnahmen. Falls sie allerdings wissen, wo die Erde liegt, müssen wir Sol auf einen Überfall vorbereiten.«

Kapitel Sechzehn
Unvorhergesehene Überraschungen

Florida

Kennedy Space Center

Hauptquartier des Weltraumkommandos

Entlang der sandigen Küstenlinie verlangte Admiral Chester Bailey seinem Körper während der letzten Etappe seines Laufs alles ab. Mit jedem Schritt spritzte das Wasser nach oben und fügte der morgendlichen Routine des Admirals mit dem konstanten Rollen der Wellen seinen eigenen Rhythmus hinzu. Mit jedem Schritt fühlte er, wie der tägliche Stress des Jobs seinem Körper entfloh, vertrieben von den Endorphinen, die ihm den Kopf freimachten. Der plötzliche Energieschub kurz vor dem Ende seines Laufs vermittelte ihm ein beinahe euphorisches Gefühl - wie das High einer Droge - nur dass seines sich natürlich aufbaute.

Bailey atmete schwer und sein Herz raste. Seine Füße schlugen hart auf dem sandigen Boden auf, während seine Augen die Sonne entdeckte, die sich vor ihm aus dem Wasser zu erheben schien. Die Morgendämmerung machte der Sonne Platz, die langsam ihre Reise hoch an den

Himmel antrat. Die ersten Sonnenstrahlen wärmten bereits seine Haut.

Noch zwanzig Meter .... Beinahe geschafft ....

Er lief an seinem offiziellen Endpunkt vorbei und verlangsamte seine Geschwindigkeit zu einem gemütlichen Spaziergang. Bailey wandte sich dem Wasser zu und wanderte bis zur Höhe seiner Knie hinein. Ab und zu erreichten die Wellen seinen Bauch und seine Brust und bespritzten ihn mit kaltem Wasser, was nach dem harten Training eine willkommene Abkühlung war.

Er wusste, dass er sein System nicht allzu stark mit kaltem Wasser erschüttern sollte, aber es fühlte sich so gut an. Er trat ein wenig weiter vor und tauchte schließlich in eine hohe Welle ein, die auf den Strand zurollte. Das Eintauchen in das eiskalte Wasser versetzte seiner Haut und seinen Muskeln einen Schock. Sobald sein Gesicht über der Wasseroberfläche auftauchte, schnappte er gierig nach Luft und fühlte sich in diesem Moment wie neugeboren. Dann war es an der Zeit, ans Ufer zurückzuschwimmen. Auf dem Parkplatz wartete sein Jeep auf ihn.

Am Fahrzeug stellte Bailey die Verbindung zu seinem Neurolink wieder her und synchronisierte ihn mit dem WLAN des Wagens. Eine Flut von Nachrichten brach über ihn herein; einige dringend, andere uninteressant. In der

Regel überließ er es dem PA des Neurolinks, die weniger wichtigen Nachrichten zu bearbeiten. Bailey konzentrierte sich in der Regel nur auf die kritischen Themen und gab den Rest an seinen Stab weiter. Eine Nachricht erweckte jedoch sofort seine Aufmerksamkeit: eine als DRINGEND markierte Nachricht der DARPA-Einrichtung auf dem Mars.

Bailey trocknete sich ab, kletterte in den Jeep und fuhr ins Büro. Dort würde er sich das Salzwasser abduschen, die Uniform anziehen und später DARPAs Nachricht öffnen. *Was wohl so dringend war?*

****

Beim Betreten des Vorzimmers begrüßte ihn sein Adjutant, ein frischgebackener Captain: »Guten Morgen, Admiral. Ich habe eine Nachricht von Senator Walhoon für Sie. Er sagt, es ist dringend. Und eine Nachricht von Musk Industries.«

»Stellen Sie keine Anrufe durch, Captain. Ich muss mich erst um eine weit wichtigere Mitteilung kümmern. Ach, und Captain, für diese Mitteilung benutze ich das SCIF in meinem Büro, also keinerlei Störung, ok?«, wies Bailey seinen Assistenten an. Dann verschwand er in seinem Büro und schloss fest die Tür.

An seinem Schreibtisch schaltete er die spezielle elektronische Anlage an, die den Raum abschirmte und vor neugierigen Ohren schützte. Sie stellte sicher, dass kein Abhör- oder Aufnahmegerät in seinem Büro, das gesprochene Wort belauschen oder mitschneiden konnte. Die Spionagekunst hatte in den letzten Jahren große Fortschritte gemacht, hinter der die elektronischen Vorrichtungen, sie zu umgehen, allerdings nicht zurückgeblieben waren.

Bailey stellte das holografische Sichtgerät auf seinen Schreibtisch und synchronisierte es mit seinem Neurolink. Die nächsten zehn Minuten hörte er Dr. Johnson zu, die die Informationen der letzten Kommunikationsdrohne, die sie gerade von Admiral Halsey und ihrer Flotte erhalten hatten, für ihn zusammenfasste. Die vorherige Drohnennachricht hatte ihnen mitgeteilt, dass die Flotte im System eingetroffen war und dass alles reibungslos verlief – das war vor drei Tagen gewesen. Alle waren davon ausgegangen, dass mindestens eine Woche verstreichen würde, bevor sie Weiteres zu hören bekämen. Irgendwie war es schon ironisch, dass ein Raumschiff 15 Tage für die Überwindung eines Lichtjahrs brauchte, die Kommunikationsdrohne den gleichen Weg aber in einem einzigen Tag zurücklegen konnte.

Je mehr Bailey von der führenden Wissenschaftlerin und F&E-Direktorin des Weltraumkommandos hörte, desto mehr wollte sich ihm der Magen umdrehen. Als er danach den Bericht über die Existenz von Menschen auf dem Planeten durchlas, dachte er, dass dies ein Fehler sein musste. Aber dann sah er das Video. Es ließ keine Zweifel zu. Und was noch schlimmer war, er sah ein Video seiner ersten außerirdischen Kreatur. Ein Zodark, so hieß er offenbar. Er war sich nicht sicher, was er von dieser Figur halten sollte, aber eines war sonnenklar. Sie überragte einen Menschen um beinahe das Doppelte; sie war mindestens drei Meter groß.

Als nächstes studierte Bailey den Bericht über einen Bodenkampf zwischen einem Kontingent an Delta- und RA-Truppen und den Zodark, die auf dem Planeten eine Strafkolonie betrieben. Zunächst brachte es ihn auf, dass das erste Zusammentreffen mit einer unbekannten, fühlenden, außerirdischen Rasse mit deren Tod enden musste. Dann aber kam er zu dem Bericht, der von der Entführung der Botschafterin und ihres Assistenten durch die Zodark handelte, und vom grundlosen Angriff auf ihre Truppen. Admiral Halsey, die Befehlshaberin vor Ort, hatte dann die Entscheidung getroffen, die Gefangenen zu befreien und die Botschafterin zu retten.

Was Bailey absolut in Erstaunen versetzte und Dr. Johnson und ihre Forscher ratlos zurückgelassen hatte, war die Frage, wie es möglich war, dass es Menschen auf einem Planeten außerhalb der Erde geben konnte. Und gleich die nächste Frage: wie war es möglich, dass diese Menschen eine Variante einer uralten Erdensprache sprachen?

Und als ob diese Nachrichten nicht schon schockierend genug waren, lehrten die Informationen, die die befreiten Gefangenen über die Zodark geliefert hatten, ihn weiter das Grauen. Diese Rasse war eindeutig ein Spitzenprädator. Ein Bericht behauptete sogar, dass sie Menschen wie Vieh züchteten und versorgten. Die Aussagen der Gefangenen, was sich auf ihrer Heimatwelt abspielte, waren furchterregend, um es gelinde auszudrücken.

Zwei Stunden später, nach dem Ende der Nachricht, hatte Bailey Einiges zu verdauen. Er saß da und überlegte, wie er auf Dr. Johnsons Mitteilung reagieren sollte. Schließlich entwarf er eine kurze Nachricht, die sie aufforderte, ihr Wissen strikt und als ‚Kenntnis nur bei Bedarf‘ für sich zu behalten und die Daten weiter zu analysieren. Des Weiteren teilte er ihr mit, dass sie sich in zwei Tagen auf einen Besuch beim Weltraumkommando vorbereiten sollte. Nach dem Eintreffen der nächsten Kommunikationsdrohne der *Voyager* würden sie und andere auf die Erde zurückkehren müssen, um diese beunruhigenden Fakten zu diskutieren.

Bailey brauchte selbst erst einige Tage, um zu überlegen, wie er der zivilen Führung hier auf der Erde diese neue Sachlage am besten beibringen sollte. Es würde einen Aufruhr geben. Potenziell könnte sich die Situation zu einem echten Problem mit der neugebildeten Tri-Parte Allianz, oder auch TPA, wie sie sich selbst nannten, entwickeln. Nachdem die Republik sich vehement der Erneuerung des ursprünglichen Weltraumerkundungsabkommens widersetzt hatte, hatte ein neues Übereinkommen zum Zusammenschluss der Asiatischen Allianz, der Erweiterten Europäischen Union und der Afrikanischen Union geführt. Dieser neuen politischen, ökonomischen und militärischen Einheit gehörten nun beinahe dreiviertel der gesamten Erde an. Die einzigen Länder, die ihr nicht angehörten, waren die Partner der Republik, nämlich Kanada, Mexiko, Zentralamerika, Großbritannien und bald noch Südamerika, sobald die letzten Einzelheiten geklärt waren. Die TPA hatte sich vollkommen auf die Kolonisierung von Alpha Centauri und des Centaurus-Systems konzentriert. Sie hatte öffentlich und privat kundgetan, dass sie keinen Konflikt mit der Republik anstrebte, vielmehr hoffte, eine einvernehmliche Beziehung und den Frieden mit der Republik aufrechtzuerhalten, damit alle Parteien ihr gewünschtes Ziel verfolgen konnten – die Kolonisierung anderer Planeten über die Erde hinaus.

Bailey stellt das SCIF-Gerät ab und das Licht in seinem Büro veränderte sich. Die elektronischen Rollos über seinen Fenstern hoben sich und erlaubten mehr natürliches Licht im Raum, während die Deckenbeleuchtung erlosch. Einen Augenblick später stand sein Adjutant, Captain Tippins, in der Tür.

»Sir, ich hielt alle Anrufe zurück, aber ich denke, Sie sollten mit Senator Walhoon sprechen. Er besteht darauf, dass es dringend ist.«

»Das ist typisch für den guten Senator, wenn er etwas will. Aber gut, lassen Sie mich mit ihm reden«, gab Bailey nach.

Kurz darauf stand Senator Chuck Walhoons holografisches Bild vor Admiral Baileys Schreibtisch. Der Senator lächelte. »Ah, Admiral. Schön, Sie zu sehen. Tut mir leid, dass ich Sie bereits früh am Morgen belästige. Ich bin sicher, Sie sind sehr beschäftigt. Aber ich muss mit Ihnen über Ihren neuesten Antrag auf finanzielle Mittel sprechen. Besteht die Möglichkeit, dass wir dies persönlich diskutieren können? Ich hasse es, Geschäftliches über diese holografischen Maschinen abzuwickeln.«

Senator Chuck Walhoon war der dienstältere Senator des großartigen Staates Texas – derzeit der größte und wirtschaftlich wichtigste Staat des Landes. Außerdem war er Vorsitzender des Verteidigungsausschusses des Senats, was bedeutete, dass er Baileys Budget kontrollierte. Im regelmäßigen Abstand von drei Jahren stand dies zur Debatte und Bailey musste sich mit dem Komitee um jeden Pfennig streiten und um Zahlung betteln. Da dies bereits Teil seiner vorherigen Position in der Flottenoperation gewesen war, war dies zum Glück etwas, womit er sich auskannte und worin er relativ gut war.

Lächelnd erwiderte Bailey auf diese Bitte, die wirklich keine Bitte war: »Senator, tatsächlich hatte ich heute ebenfalls vor, Sie anzurufen, um Sie aufgrund einer äußerst wichtigen Angelegenheit zu uns einzuladen. Wäre es Ihnen möglich, in drei Tagen herzukommen?«

»Wenn die Sache so wichtig ist, Admiral, warum treffen wir uns dann nicht morgen?« drängte Senator Walhoon.

»Senator, heute traf eine zweite Kommunikationsdrohne von der Rhea-Expedition ein. Wir sind noch dabei, die Daten, die Admiral Halsey uns überließ, zu sortieren und zu analysieren. Ich würde zunächst gerne zwei Tage darauf verwenden, den gesamten Inhalt dieser Sendung hinreichend zu verstehen«, wisch Bailey diesem Vorschlag aus, in der Hoffnung, den Senator nicht zu alarmieren.

»Hmmh …. ok, Admiral. Dann sehen wir uns Freitag. Das gibt Ihnen anstatt drei ganze vier Tage, um sich vorzubereiten. Soll ich das Komitee mitbringen?«, bot der Texaner an.

Bailey schüttelte den Kopf, um die holografische Darstellung davon abzubringen. »Nein, noch nicht, Sir. Ich denke, im Moment sollten wir die Informationen für uns behalten. Später können wir dann eine Entscheidung treffen, wie mir mit ihnen umgehen wollen.«

Jetzt war der Senator neugierig. »Ist alles in Ordnung? Muss ich mir Sorgen machen, Admiral?« Walhoon runzelte die Stirn. Von der Rhea-Expedition hing eine Menge ab.

Wieder schüttelte Bailey den Kopf. »Nichts ist schiefgelaufen, Senator, aber es gibt einige Dinge, über die wir reden müssen.«

Der Senator schien mit dieser Antwort zufrieden zu sein. Er hakte nicht weiter nach. »Ok, wir sprechen Freitag. Ich freue mich darauf, Sie zu sehen, Admiral.«

Das Gespräch war beendet.

Captain Tippins reagierte sofort. »Was soll ich veranlassen, Sir?«

Bailey trommelte eine Weile mit den Fingern auf seinen Schreibtisch, bevor er sich dem jungen Captain zuwandte. Auch er war einer der loyalen Offiziere, den Bailey auf die Kommandoführung eines Schiffes vorbereitete; einer der früher oder später durch die Ränge zum Admiral aufsteigen würde. Bailey arbeitete stetig daran, sein Kader loyaler Offiziere, die in seinem Gefolge zur Spitze aufsteigen würden, zu erweitern – engagierte Offiziere, die ihm zur Seite standen, nachdem er Admiral Sanchez' Leute stufenweise in Pension schicken und sie durch seine eigenen Leuten ersetzen konnte.

»Schicken Sie eine Nachricht an Dr. Johnson, dass Ihre Anwesenheit auf der Erde am Freitag erforderlich ist«, wies Bailey ihn an. »Und informieren Sie Admiral Laughton, dass er ebenfalls hier sein muss. Und bevor ich es vergesse, lassen Sie General Pilsner wissen, dass ich ihn morgen sehen will. Sagen Sie ihm, er soll den Befehlshaber der Sondereinsatztruppen mitbringen. Wir müssen die Infanterie in eine Situation einweihen.«

Sobald diese Planung erledigt war, interessierte sich Bailey für die Nachricht von Musk Industries. Es war der endgültige Entwurf der neuen Klasse der Kriegsschiffe, um den das Weltraumkommando gebeten hatte. Was er sah war kein einfaches Kriegsschiff – nein, es war ein wahrhaft brachiales Schlachtschiff. Wenn nur die Hälfte von dem zutraf, was er gerade über die Zodark erfahren hatte, dann waren mehr als nur einige Kreuzer erforderlich.

Admiral Baileys Untergebene diskutierten seit Monaten mit den konkurrierenden Firmen Musk Industries und BlueOrigin über das optimale Design: welche Leistungsmerkmale erfüllt sein mussten, über welche Funktionen das Schiff verfügen sollte, und welche Abwehrvorrichtungen eingebaut werden mussten. Es war eine lange Liste von Voraussetzungen, auf deren Erfüllung das Weltraumkommando bestand. Hunderte von Mitarbeitern hatten an dieser Aufgabe gearbeitet. Mit dem Gedanken an die Videobilder, die er gerade von den Zodark gesehen hatte, war Bailey erleichtert, dass der Prozess des Schiffdesigns bereits weitestgehend abgeschlossen war. Jetzt mussten sie nur noch entscheiden, welchem Vorschlag sie folgen und wer den Vertrag erhalten sollte.

****

Die Mars-Niederlassung
DARPA

Ein Blick auf ihr Handgelenk sagte Katherine, dass ihr noch 42 Minuten Sauerstoff zur Verfügung standen. Sie beugte sich vor und hob einen Stein vom Boden auf, den sie sorgfältig auf seine kleinen Einbuchtungen und Mulden hin begutachtete. Er bestand aus einem harten Material, das nicht in ihren Händen zerbröckelte. Schließlich warf sie ihn wieder auf den Boden zurück und sah sich weiter um.

In einiger Entfernung entwickelte sich ein Staubsturm, der auf den Militärposten zuhielt. Die Wolke hatte beinahe schon die Zivileinrichtungen erreicht. Deren gewaltige Biosphären und Hochhäuser würden in Kürze von einer Wand aus Sand und Schmutz getroffen werden, wonach die Wolke sich ihren Weg erst zum militärischen Außenposten und dann weiter in die Berge suchen würde.

»Dr. Johnson, wir sollten umkehren. Unser Sauerstoffvorrat ist niedrig und der Sturm kommt schnell näher«, schlug ihr Assistent ängstlich vor.

Nicht alle ihre Mitarbeiter begleiteten sie gern auf diesen Ausflügen. Der Mann hatte gute Absichten, hatte allerdings absolut keine Ahnung, aus welchem Grund sie diese langen Spaziergänge auf dem Mars in ihren EVA-Anzügen machten. Auf seine Vorgesetzte wirkte das Verlassen der Biosphäre therapeutisch. Es half ihr, sich daran zu erinnern, dass sie sich auf einem fremden Planeten befanden, in einem lebensfeindlichen Umfeld, das sie ohne die entsprechenden Vorsichtsmaßnahmen schnell umbringen könnte.

Still seufzte sie für sich, bevor sie einlenkte und sie zum Rover zurückkehrten. Johnson kletterte hinein und verband das Sauerstoffkabel mit einem der Ports ihres Anzugs. Gleich darauf atmete sie die Luft des Fahrzeugsystems ein, während sich ihre Sauerstofftanks füllten. Schweigend bereiteten sich die beiden auf den Weg zurück zur Ankopplungsbucht vor.

Auf diesem Planeten gibt es noch so viel Unbekanntes, das wir bisher noch nicht entdeckt haben. Ich möchte noch so viel über diesen Ort erfahren ....

Katherine lebte nun schon seit 32 Jahren auf der Oberfläche des Mars. Sie gehörte einer sehr kleinen Gruppe an, die sich so lange hier aufgehalten hatte. Ihre Kinder waren erwachsen und lebten auf der Erde, während sie und ihr Mann den Mars zu ihrer Heimat gemacht hatten. Dr. Johnsons Mann war Geologe, der nicht wie sie für die Regierung, sondern für eine Universität auf der Erde arbeitete. Sie beneidete ihn. Sein Job war es, die verschiedenen Aspekte des Mars zu erkunden, nach Anzeichen einer verlorenen Zivilisation zu suchen oder andere einzigartige und interessante Dinge über den Planeten herauszufinden.

Katherine und ihr Assistent fuhren die wenigen Minuten zur Militäreinrichtung zurück und hielten auf einen der zentralen Kontrollpunkte zu. Nach der Eingabe ihres Codes und dem Lesen ihrer Sicherheitskarte öffnete sich das gepanzerte Eingangstor. Danach war es nur noch eine kurze Fahrt zu einer der Ankopplungsbuchten, die sie mit dem internen Bereich der Einrichtung verbinden würde.

Sie warteten auf die Druckentlastung eines Fahrzeugports, um Zugang zu erhalten. Nach gut zwei Minuten öffnete sich die äußere Tür, die ihnen die Einfahrt in die Bucht erlaubte. Sobald sie drinnen waren, schloss sich die äußere Tür, wonach der Raum umgehend wieder genügend Druck aufbaute, um dem der internen Ankopplungsbucht zu entsprechen. Zu guter Letzt öffnete sich nun die interne Tür, durch die sie in die Einrichtung selbst hineinfuhren.

Katherine erblickte Commander Niles, der sie mit den Händen auf den Hüften bereits ungeduldig zu erwarten schien.

»Hatten Sie einen schönen Ausflug ins Grenzland, Doktor?«

»Erholsam und aufbauend wie immer, Commander. Vielen Dank, dass Sie mir erlaubten, das Labor zu verlassen. Es hilft mir, besser zu denken«, vertraute sie ihm an und zwinkerte ihm verschwörerisch zu.

Sie musste seine Zustimmung zum Verlassen der Basis nicht einholen, aber sie ließ ihn gerne glauben, dass dem so war. Sie mochte Commander Niles – er war ein guter Mann, ein intelligenter Mann. Das Kommando über ein Raumschiff, wie Captain Hunt es innehatte, würde ihm wohl nicht übertragen werden, dafür war er aber ein weit besserer Wissenschaftler als Hunt. Hunt war eindeutig dazu bestimmt, Raumschiffkommandant zu werden, vielleicht eines Tages sogar Admiral, wenn sie näher darüber nachdachte.

»Sind wir ausreichend vorbereitet, Admiral Bailey und Senator Walhoon die Informationen der *Voyager* zu präsentieren?«, fragte sie, während die beiden den Sicherheitsschritten folgten, die nötig waren, zum Forschungslabor und dem SCIF-Teil der Einrichtung Zugang zu erhalten.

»Um das zu besprechen, bin ich hier.«

Ohne ihren Schritt zu verlangsamen sah sie ihn an. »Stimmt etwas nicht?« Sie hoffte, sie hatte nichts Wichtiges übersehen. Commander Niles und sie sollten in zwei Stunden die Station per Raumtransporter verlassen. Der würde sie an Bord eines Zerstörers mit Kurs auf die Erde bringen. Obwohl der eigentliche Flug nur acht Stunden in Anspruch nahm, würden sie angesichts der Bedeutung der Information, über die sie verfügten, von einem Kriegsschiff befördert werden.

Auf ihre Frage hin hielt Niles einen Moment inne. Katherine tat es ihm nach und sah ihm forschend ins Gesicht. »Was ist passiert, Commander?«

»Vor einer Stunde traf eine weitere Kommunikationsdrohne der *Voyager* ein. Nachdem wir die Daten heruntergeladen hatten, kam ich sofort, um sie abzuholen. Wir …. wir haben ein Problem.«

****

Stunden später brüteten Commander Niles, Dr. Johnson und sechs ihrer besten Analytiker im Konferenzzimmer des Zerstörers über die neuesten Daten, die ihnen aus dem Rhea-System zugegangen waren. Sie enthielten eine Unmenge an Informationen – Bilder, wie die Kriegsschiffe dieser neuen Rasse aussahen, Berichte über deren Antriebssysteme, über ihre Bewaffnung, ihre Energieproduktion und ihre FTL-Fähigkeiten. Insgesamt besorgniserregend, da bestand kein Zweifel.

Von all den Enthüllungen, die so massiv auf ihr Team eingestürmt waren, fand Katherine die Sache mit den beiden Mineralien namens Trimar und Morean am interessantesten. Diese Art chemischer Zusammensetzung hatte sie noch nie gesehen. Am hilfreichsten diesbezüglich fand sie die Analysen des Wissenschaftsteams auf der *Voyager*, das sich große Mühe gegeben hatte, diese Mineralien so präzise wie möglich zu untersuchen. Sie hatten über ein Dutzend unterschiedlicher Berichte angehängt, die Details über die Zusammensetzung dieser Mineralien enthielten, wie die Zodark sie nutzten, wie die neue Rasse der Sumarer sie eingesetzt hatten, wie sie sie abbauten und bearbeiteten, und auf welche Weise sie ihnen sonst noch im täglichen Leben dienten.

Dr. Johnson legte es so aus, dass diese Mineralien den gleichen Stellenwert für die Zodark hatten als das Öl oder das Uran für die Erdenbewohner: es war ein Rohmaterial, das nach seiner Raffinierung ein ungeheures Energiepotenzial hatte. Beim Lesen eines Interviews über die Reaktoren der Zodark - offensichtlich der gleiche Typ Reaktor, mit dem die Sumarer ihren eigenen Energiebedarf befriedigt hatten – gingen ihr beinahe die Augen über. Die Energieproduktion dieser Reaktoren ging weit über das hinaus, was sie angesichts des Stands ihrer eigenen Technologie auch nur entfernt verstehen konnte.

Beim erneuten Durchsehen der Unterlagen über die Trimar- und Morean-Minerale wurde ihr bewusst, dass sie der Schlüssel zu allem waren. Aus welchem Grund auch immer, diese Grundstoffe waren die kritischen Elemente, die diesen Superreaktor befähigten.

Der achtstündige Flug vom Mars zur Erde gewährte Dr. Johnson und ihrem Team ausreichend Zeit, die Flut der eingegangenen Meldungen zu verarbeiten und in überschaubare Diskussionsthemen zu unterteilen. Zur Abwechslung war sie tatsächlich dankbar dafür, auf einem älteren, langsameren Raumschiff des Weltraumkommandos unterwegs zu sein, nicht auf einem mit FTL-Antrieb ausgestatteten neueren Gefährt. Sie brauchte zusätzliche Zeit, um den Wert der erhaltenen Aussagen zu verarbeiten und in ihrer Gesamtheit zu verstehen. Eine Reihe wichtiger Entscheidungen würden der heutigen Lagebesprechung folgen, in der ihr Team seine Berichte und Schlussfolgerungen vorlegen würde. Es war absolut wichtig, die Entscheidungsträger nicht mit Informationen zu bombardieren, die sie nicht verstehen konnten. Sie waren weder Wissenschaftler noch Forscher. Sie gehörten der militärischen und politischen Führungsspitze an – eine

Gruppe, in deren Händen eine falsch verstandene Information gefährlich sein konnte.

Nach dem Einschwenken in die Erdumlaufbahn bestieg Katherines Team ein Shuttlefahrzeug, das sie direkt zum Kennedy Space Zentrum bringen würde. Mit dem Ablegen des Transitfahrzeugs erhaschte Dr. Johnson einen Blick auf die Schiffe, die sich in den Werften rund um die Orbitalstation im Bau befanden. Die Mehrzahl dieser Einheiten waren Transportschiffe, die wohl zur Kolonisierung von Neu-Eden beitragen sollten. Insgeheim fragte sie sich, wie viele Transporter nach ihrem heutigen Bericht noch in Auftrag gegeben würden. Sie bezweifelte, dass es viele waren.

****

Florida

Kennedy Space Center

Hauptquartier des Weltraumkommandos

Senator Chuck Walhoon griff mit zitternder Hand nach dem Wasserglas, das vor ihm stand. Er hob es an die Lippen und trank hastig einige Schlucke, um das Gallensekret, das sich in seiner Kehle gebildet hatte, zu verdrängen.

Das Video, das einer der Deltas von dem Raum gemacht hatte, in dem Botschafterin Chapman und ihr Assistent gefoltert wurden, war mehr, als die meisten von ihnen verkraften konnten. Besonders die Aufzeichnung, die über die Kontaktlinse der Botschafterin gefilmt worden war, schlug ihm auf den Magen. Er wollte sich übergeben. Nicht seit er als junger Soldat im letzten Großen Krieg gekämpft hatte, hatte er etwas so Grausames, Abstoßendes wie das gesehen.

»Geht es Ihnen gut, Senator?«, erkundigte sich Admiral Bailey mit besorgtem Gesicht.

Walhoon stellte das Glas auf den Tisch zurück und erwiderte: »Ich – ich bin …. nicht daran länger daran gewöhnt, ein solch barbarisches Verhalten zu sehen. Es …. es brachte einige unangenehme Erinnerungen an den Krieg zurück, die ich all diese Jahre erfolgreich unterdrückt habe.«

Die anderen Männer im Raum, die den Streitkräften angehörten, nickten bestätigend. Sie teilten einige derselben Erinnerungen. Die anderen Anwesenden waren ebenfalls von dem, was sie gerade gesehen hatten, schwer betroffen.

»Admiral, ich weiß, dass dies eine formelle Berichterstattung ist, aber haben Sie vielleicht etwas Stärkeres zum Trinken zur Hand? Nachdem ich mir das ansehen musste, brauche ich etwas, um meine Nerven zu beruhigen«, gab Senator Walhoon verlegen zu. Der arme Mann war weiß wie die Wand.

Admiral Bailey stand auf und verließ das Zimmer auf der Suche nach einem Drink für den Senator.

Dr. Johnson strich sich die Jacke glatt und entschuldigte sich bei dem Senator, ihnen gerade dieses Video gezeigt zu haben.

Kurz darauf betrat der Admiral gefolgt von einem seiner Adjutanten mit zwei Flaschen Kentucky Bourbon und einigen Gläsern den Raum.

»In der Regel bin ich gegen das Trinken in Uniform oder während der Arbeit, aber heute verstehe ich, wenn es jemandem nach einem starken Getränk verlangt. Wie der Senator bereits sagte, wir sahen erschütternde Aufnahmen.« Bailey stellte die Flaschen auf den Tisch. Fürsorglich schenkte er dem Senator persönlich ein und reichte ihm das Glas. Der Mann nickte dankbar, während er danach griff.

Nur einer der Offiziere, ein Kommandeur der Republikanischen Armee und der Senator akzeptierten Baileys Einladung. Die anderen Uniformierten verzichteten.

Nachdem der Senator sich mit einem einzigen Schluck ein halbes Glas Bourbon einverleibt hatte, sah er Dr.

Johnson beinahe flehentlich an und bat: »Sagen Sie mir, dass es bei all diesem auch gute Nachrichten gibt. Nennen Sie mir den Grund, warum wir gerade dieses Video sahen.«

Sie nickte leicht. »Die gibt es, Senator. Ich möchte mich nochmals für diese schrecklichen Bilder entschuldigen, aber ich hielt es für wichtig, dass jeder der Anwesenden hier genau versteht, wie barbarisch diese außerirdische Rasse ist. Wir sandten eine Friedensdelegation aus, um Kontakt mit ihnen aufzunehmen, um uns vorzustellen. Und das war ihre Antwort. Einer der befreiten Sumarer drückte es so aus, dass diese Zodark unsere Rasse kaum über der Stufe des Viehs und von Sklaven einordnen.«

Chuck spürte, wie sich der Alkohol in seinem Körper ausbreitete. »Dr. Johnson, versprechen Sie sich von einem erneuten Verhandlungsversuch mit den Zodark einen Erfolg?«

Katherine schüttelte den Kopf. »Das würde ich gerne glauben. Leider …. Als ihr Schiff in das System vordrang, nahmen wir ein weiteres Mal Kontakt zu ihnen auf. Zumindest versuchten wir mit ihnen zu reden. Die Antwort, die wir erhielten, war nicht sehr entgegenkommend. Wie Sie in der Abschrift nachlesen können, gibt es nur Eins, was sie von uns akzeptieren werden.«

Diese Erklärung trug weiter zur Niedergeschlagenheit der Anwesenden bei. Es wurde deutlich, dass viele der Beteiligten darauf gehofft hatten, dass sich das Problem mit einem zweiten Kommunikationsversuch erledigen würde. Das war nun sicherlich nicht der Fall.

Der Senator blätterte einige der vor ihm liegenden Berichte durch, bevor er sich wieder an Dr. Johnson wandte. »Doktor, wissen wir, ob Botschafterin Chapman oder ihr Assistent diesen Zodark verrieten, wo die Erde zu finden ist?«

Sie seufzte. »Eine gute Frage, Senator. Wie Sie dem medizinischen Bericht des Schiffsarztes entnehmen können, hat Botschafterin Chapman Schreckliches durchgemacht. Vielleicht ist es ihnen mittlerweile gelungen, zu ihr durchzukommen und mit ihr zu reden, aber zur Zeit des Absetzens der Kommunikationsdrohne war sie immer noch nicht ansprechbar.«

Frustriert schüttelte der Senator den Kopf. »Wir müssen wissen, ob die Zodark den Standort der Erde kennen. Wenn ja, könnte uns eine Katastrophe bevorstehen.«

Admiral Bailey meldete sich zu Wort. »Hoffentlich erfahren wir mehr mit der nächsten Kommunikationsdrohne, die die Flotte auf den Weg bringt.

Im Moment halte ich es für unsere wichtigste Aufgabe, die zivile Führung von der Situation zu unterrichten. Die Lage ist viel zu ernst, um sie geheim zu halten. Die TPA muss ebenfalls informiert werden.«

Der Senator nickte zustimmend. Er wollte mehr Auskünfte, wusste aber genau, dass sie während des Wartens nicht die Hände in den Schoss legen durften.

Senator Walhoon wechselte das Thema. »Doktor, der nächste Abschnitt ihrer Berichterstattung beschäftigt sich mit den neuen Ressourcen, die wir auf dem Planeten fanden. Sie deuteten an, dass diese neuen Materialien unser Raumfahrtprogramm auf den Kopf stellen könnten. Würden Sie das bitte näher erläutern? Gibt es - basierend auf diesen Mineralien - eine neue Technologie, die uns helfen kann, die Erde und unsere Schiffe zu beschützen?«

Dr. Johnson und ihr Team verbrachten die nächste Stunde damit zu erklären, wie das Trimar die Reaktoren anfeuert und dass das Morean eine ausschlaggebende Komponente beim Bau dieser Reaktoren darstellte. Dazu legte ihr Team den Anwesenden den Energieausstoß der Zodark-Reaktoren vor. Das erklärte, wie es den Zodark-Schiffen möglich war, mit der unglaublichen FTL-Geschwindigkeit von einem Lichtjahr am Tag zu reisen ß fünfzehn Mal schneller als die gegenwärtige Technologie der Erde.

Am Ende der Konferenz waren sich der Senator und Admiral Bailey einig, dass die Notwendigkeit bestand, den Präsidenten und den Senat aufzuklären. Es war an der Zeit, sie und die TPA auf die Neuigkeiten vorzubereiten, die die *Voyager* und ihre Flotte zur Erde übermittelten.

Kapitel Siebzehn
Überraschungen

Orbitalstation John Glenn
Hauptquartier der Ersten Flotte

Admiral Chester Bailey stand vor dem versammelten
Publikum – Politiker, Offizierskollegen, und die, die täglich
auf der Orbitalstation arbeiteten und hier lebten – und sah
auf die beiden Drohnenkameras, die neben ihm schwebten.
Er wusste, dass sein Bild und bald auch seine Worte um die
Welt und wahrscheinlich durch das gesamte System gehen
würden.

Er sammelte sich einen Moment, überdachte seine
Rede und die Worte, die er aussprechen wollte. »Liebe
Erdenbürger, heute beginnt ein neues Kapitel unserer
Geschichte. Ich gebrauche bewusst das Wort ‚Erdenbürger‘
und nicht ‚Bürger der Republik‘, da wir heute EIN Volk
sind – nicht eine Ansammlung verschiedener Nationen, die
untereinander im Wettbewerb stehen. In diesem neuen
Unterfangen treten wir vereint als ein Planet auf. Heute
schließen sich die Weltraumkräfte der Tri-Parte Allianz mit
denen der Republik offiziell zu einer alliierten Flotte

zusammen, um der neu entdeckten Bedrohung unser Spezies zu begegnen.

»Im Lauf der letzten 30 Tage trafen mehrere Kommunikationsdrohnen der republikanischen Flotte aus dem Rhea-System ein, die uns detailliert über eine neue und gravierende Bedrohung unserer Existenz und unserer Lebensart berichteten. Zudem machte die Flotte eine Entdeckung, die sehr wohl die tiefgreifendste Entdeckung unserer Zeit sein mag: nicht nur, dass es außerhalb unseres Systems tatsächlich intelligentes Leben gibt, vielmehr existieren auf weit entfernten Planeten offenbar auch andere menschliche Rassen. Wir wissen immer noch nicht, wie diese Gruppe von Menschen auf diese Planeten gelangt sind, allerdings wissen wir, dass sie versklavt wurden.«

Er ließ diesen letzten Satz einen Augenblick auf das Publikum einwirken, bevor er fortfuhr: »Auf Gedeih und Verderb hat die Menschheit zudem auch die Rasse der Zodark entdeckt – eine furchterregende blauhäutige Spezies Außerirdischer, die eine Anzahl an Planeten erobert und unsere Mitmenschen auf diesen Planeten unterworfen und zu Sklaven degradiert hat, um ihrem wachsenden Reich zu dienen.«

Bailey wusste, dass während er sprach, die Videoaufnahmen der Zodark auf den Bildschirmen gezeigt wurden, um seinen Punkt zu unterstreichen.

»Aber wir hatten Glück. Wir erfuhren von dieser Bedrohung, bevor sie sich auf uns stürzen und sich unseren Planeten Erde, wie so viele andere vorher, zu eigen machen konnten. Wir haben Glück, dass so viele tapfere Männer und Frauen als Teil unserer Streitkräfte bereit sind, unsere Lebensweise und Kultur zu verteidigen. Am heutigen Tag formieren die Bewohner dieser Erde die Erste Vereinte Flotte, eine gemeinsame Front zur Verteidigung unseres Planeten. Diese Wochen beginnen gemischte Stoßtrupps republikanischer und TPA-Marineeinheiten ihre gemeinsamen Patrouillen um Sol und um die Kolonien innerhalb unseres Systems herum. Sofort nach der Rückkehr der Rhea-Expedition werden wir gemeinsam mit Admiral Halsey eine zweite, weit größere Flotte zusammenstellen, mit der wir ins Rhea-System zurückkehren und es zu unserem Eigentum erklären werden. Dieses neue System wird uns als Sicherheitszone und vorgeschobene Verteidigungsstellung dienen, um Sol gegen die Bedrohung der Zodark noch effektiver zu schützen.

»Gleichzeitig kündigen wir heute auch den Bau einer Flotte neuer Kriegsschiffe zum Schutze Sols an, die sicherstellen wird, dass unsere Bevölkerung nicht diesen grausamen und bösartigen Außerirdischen zum Opfer fällt, die unsere Rasse zu einem Leben der Sklaverei verdammen würden. Bitte erwägen Sie, zum Schutz unseres Planeten und zur Erhaltung unserer Lebensart den Eintritt in unsere Streitkräfte. Wir schaffen eine Armee und bauen eine Flotte als Garantie dafür, dass unser Planet niemals dieser Barbarei ausgeliefert sein wird. Und damit gebe ich das Wort nun weiter an Präsidentin Luca. Frau Präsidentin ….«, lud Bailey sie ans Podium ein, während er selbst einige Schritte zurücktrat.

Präsidentin Alice Luca war als neue Präsidentin erst vor wenigen Monaten eingeschworen worden. Sie hatte ihr Bestes getan, mit den Problemen umzugehen, die ihr in den Schoß gefallen waren. Der ehemalige Präsident hatte ihr mit dem Austritt der Republik aus dem SET und der abgesagten Teilnahme an der Centaurus-Mission eine verzwickte Situation hinterlassen, zu der nun auch noch die Entdeckung der Zodark hinzu kam.

Der Anführer der TPA trat an das zweite Podium, das gerade hereingetragen worden war. Die beiden würden nun ein gemeinsame Aussage machen, die mehr oder weniger all das bestätigte, was Admiral Bailey gerade gesagt hatte, nur mit politischer Doppelzüngigkeit und höflichen Feinheiten.

Ihre vorbereiteten Ansprachen nahmen beinahe eine ganze Stunde in Anspruch, bevor sie einige Fragen der Anwesenden akzeptierten. Danach verließen die Politiker gemeinsam die Bühne, um in einem Nebenraum, der für Einzelinterviews eingerichtet war, zusätzliche Fragen der Reporter zu beantworten. Es war ein gut organisierter Zirkus, von dem Bailey froh war, dass er nicht daran teilnehmen musste.

Admiral Bailey selbst verließ umgehend den Raum, ohne einem Reporter eine Chance zu geben. Er sah, dass der CEO von Musk Industries ihm eine Seitentür offenhielt und ihm ein Zeichen gab, in seine Richtung zu entkommen. Bailey lächelte bei dieser Geste. Der Mann wusste genau, was Bailey vorhatte und war ihm dabei behilflich. Mehrere Reporter sahen, dass er verschwinden wollte, konnten ihn aber nicht erreichen, bevor er bereits durch die Tür war und sich der Reichweite neugieriger Reporter entzogen hatte.

»Vielen Dank, Andy. Ich schulde Ihnen etwas«, freute sich Bailey, während er die Tür direkt vor dem Gesicht eines besonders neugierigen Reporters ins Schloss fallen ließ.

»Kein Problem, Admiral. Sobald die Präsidentin ihre Rede beendet hatte, sah ich, wie die Geier sich darauf vorbereiteten, sich auf Sie zu stürzen. Wenn es Ihnen nichts ausmacht, warum gehen wir nicht in mein Büro? Nein, ich habe eine bessere Idee. Folgen Sie mir bitte«, lud Andrew ihn geheimnisvoll ein.

Erstaunt sah Bailey ihn ab, schwieg aber, während sie schnell durch einen ihm unbekannten Korridor der Station voraneilten. Zwei lange Flure später erreichten sie das Gebiet der Station, in dem Musk Industries angesiedelt war. Von hier aus führte Andrew ihn hoch zum Glaszimmer, in dem sie vor einer Weile zu Abend gegessen hatten. Bailey musste zugeben, dass dies wohl das beeindruckendste Esserlebnis seines Lebens gewesen war: am Tisch in einem über der Station und über der Erde schwebenden Glaskasten zu sitzen, während er teuren Scotch trank und sich an einem Kobe-Steak gütlich tat. Er bezweifelte, dass ihm jemals etwas Besseres geboten werden würde.

Beim Betreten des Glaskastens erhoben sich die Geschäftsführer von BlueOrigin und den beiden größten Schiffswerften der Tri-Parte-Allianz, jeder mit einem Glas Scotch bewaffnet, und begrüßten ihn.

»Wieso habe ich das Gefühl, dass dieses Treffen von langer Hand geplant war?«, fragte Bailey überrascht und steuerte auf den leeren Stuhl zu, wo auf dem Tisch vor ihm ein Glas braunes Gold auf ihn wartete.

Achselzuckend erwiderte Andrew einfach: »Die Politiker hatten ihr Treffen. Wir hielten es für angebracht, unsere eigene Konferenz abzuhalten. Unser letzter Gast sollte jeden Moment eintreffen.«

Admiral Baileys Amtskollege in der TPA, der soeben eintrat, schien ebenso überrascht zu sein wie Bailey. Die beiden schüttelten sich die Hände, bevor sie nebeneinander Platz nahmen.

Mit einem Gespür für das Unbehagen der alten Soldaten begann Andrew die Diskussion. »Meine Herren, wir entschuldigen uns dafür, unsere Zusammenkunft auf diese Weise arrangiert zu haben. Wir dachten, es sei besser, unsere Unterhaltung fern von den neugierigen Augen der Presse und der Politiker durchzuführen. Ich hoffe, Sie haben nichts dagegen.«

Andrew hatte bereits die elektronischen Abwehrmaßnahmen eingeschaltet, die verhinderten, dass jemand in den Würfel hineinsehen oder ein Wort von dem Gesprochenen verstehen konnte.

Die Admirale sahen sich an und zuckten mit den Schultern. Sie hatten ebensowenig Geduld für die Presse wie diese Industriekapitäne. Bailey schaltete die Medien ein, wenn sie ihm nutzen konnten, andernfalls hielt er sie auf Abstand.

»Admiral Bailey, das war eine hervorragende Ansprache. Aber wir alle sahen die Aufnahmen und die Informationen, die Dr. Johnson zusammentrug, und wir müssen zugeben, dass all dies doch sehr alarmierend ist. Ich fürchte, dass unsere politischen Anführer die Ernsthaftigkeit dieser Situation nicht wirklich verstehen.« Andrews Stimme klang besorgt und auch ein wenig bitter.

»Was meinen Sie damit?«, erkundigte sich der chinesische Admiral Zheng Lee. Interessiert beugte er sich vor, sah bei dieser Ankündigung allerdings ein wenig skeptisch aus.

Andrew sah nach Unterstützung heischend zu seinen Schiffsbau-Kollegen hinüber, bevor er erwiderte: »Die Schiffe der Zodark haben eine beachtliche Größe. Als wir uns den Energieausstoß ihrer Reaktoren ansahen, kamen wir schnell zu der Überzeugung, dass sie beinahe 1.000 Mal mehr Energie abgeben, als unsere Technologie es kann. Ohne die Zuverlässigkeit der Informationen von Admiral Halseys Team anzuzweifeln sind wir davon überzeugt, dass unsere Schiffe den Zodark-Lasern nicht gewachsen sind. Des Weiteren gehen wir davon aus - falls ihre Energieproduktion tatsächlich so groß wie beschrieben ist - dass die Außenwände ihrer Schiffe hinreichend gepanzert sind, um gleichwertigen Angriffen ähnlicher Raumschiffe und Waffen standzuhalten. Falls das der Fall sein sollte, stecken wir in größeren Schwierigkeiten, als der Öffentlichkeit gerade vorgegaukelt wurde.«

Admiral Bailey mischte sich ein. »Was wollen Sie damit sagen, Andy? Wir stehen vor dem Beginn der größten Erweiterung einer Kriegsschiffflotte in der menschlichen Geschichte.«

»Damit will er sagen, Admiral, dass wir glauben, dass das wenig Unterschied machen wird, solange wir unsere heutige Technologie einbauen«, erklärte der europäische Schiffsbauer mit tonloser Stimme.

Einen Moment herrschte Schweigen. Der chinesische Admiral sah Bailey mit besorgten Augen an. Bailey wiederum sah die Männer an, in dessen Verantwortung es lag, ihnen die Werkzeuge des Kriegs zu bauen, um den bevorstehenden Konflikt zu ihren Gunsten zu entscheiden.

»Das Aufgeben ist inakzeptabel, meine Herren. Nicht schon, bevor es überhaupt zu einem Kampf mit den Zodark kam. Was schlagen Sie also vor, was wir mit den uns zur Verfügung stehenden Information anfangen sollen?«, erkundigte sich Bailey. Er sah jeden Einzelnen der

Vertragsnehmer an, um ihnen das Gefühl der Dringlichkeit und des Optimismus zu vermitteln.

»Admiral Halsey bringt über 1.000 dieser befreiten Sumarer mit zurück. Wir möchten zusammen mit Ihnen daran arbeiten, das Trimar-Reaktorsystem der Sumarer und der Zodark zu rekreieren«, kündigte einer der chinesischen Schiffsbauer an. »Wir glauben, dass wir auf der Grundlage eines vergleichbaren Energieausstoßes Waffenplattformen konzipieren können, die uns erlauben, die Zodark zu besiegen. Wir haben mehrere Vorteile auf unserer Seite. In der Hauptsache der, dass sie wahrscheinlich noch nie gegen jemanden wie uns gekämpft haben. Trotzdem müssen wir die Schutzschilde unserer Schiffe gegen einen so mächtigen Laser wie den ihren testen. Sobald wir die Stärke ihrer Impulsstrahler kennen, sind wir in der Lage, Abwehrmaßnahmen dagegen zu entwickeln.«

Bailey stieß einen Seufzer aus, mehr aus Erschöpfung und Stress als aus Sorge. »Meine Herren, ich kann verstehen, dass Sie so viele Aspekte der neuen Technologie wie möglich in unsere Schiffe einbauen möchten. Das werden wir. Aber im Moment arbeitet die Zeit womöglich gegen uns. Wie wäre es, wenn sie mit dem Bau der Grundstrukturen beginnen und wir die Reaktoren und technischen Abteilungen erst später, nach Kenntnis der neuen Technologien integrieren? Wäre das eine Lösung?«

Der Geschäftsführer von BlueOrigin schüttelte den Kopf. »Ja und nein. Sie müssen verstehen …. Bis wir den Reaktor bauen und mit Hilfe der Sumarer ermitteln können, wie stark die Laser der Zodark sind, wissen wir nicht, wie stark der Schiffsrumpf sein muss oder welche Art von Panzerung wir brauchen, um einem Beschuss standzuhalten. Heute bauen wir mit einer einzigen Lage modulierter Panzerplatten, um einen Pulsstrahler abzuwehren. Es ist ein technisches Problem, Admiral. Da wir nicht wissen, wie dick die Schicht modulierter Panzerung sein muss, um den Pulsstrahlern der Zodark zu widerstehen, ist es gut möglich, dass wir die Schiffe, mit deren Bau wir beginnen, mit einer zu dünnen Panzerung versehen.«

Und da er nun schon dabei war, wies er die Admirale auf weitere technische Herausforderungen hin. »Uns stellt sich ein weiteres Problem – bis wir wissen, inwieweit wir die Reaktoren der Zodark nachbauen können, ist es unmöglich zu sagen, welchen Umfang die durch das gesamte Schiff verlegten Netzleitungen haben oder wie isoliert sie sein müssen, oder wie wir die technische Abteilung oder die Decks strukturieren müssen. Der Bau eines Raumschiffs basiert auf mehreren Schlüsselfaktoren, Admiral: der Reaktor und die technische Abteilung, die Waffensysteme und die Panzerung. Die genauen Größen dieser Variablen sind uns derzeit weitgehend unbekannt. Erst mit deren Definition sind wir in der Lage, ein Schiff zu bauen, das diesen Kampf gewinnen wird.«

Admiral Bailey ließ sich in seinen Stuhl zurückfallen. Endlich verstand er das Problem. Und was noch wichtiger war, er verstand ihr Zögern und wieso diese Männer sich genötigt sahen, dieses geheime Treffen zu organisieren, um die Konstruktion der neuen Flotte bis zur Rückkehr der *Voyager* aus dem Rhea-System zu verschieben.

»Ich verstehe Ihre Bedenken, meine Herren, und habe Sie zur Kenntnis genommen. Aber wir können nicht zwei Monate lang tatenlos herumsitzen und auf die Rückkehr von Admiral Halsey warten«, betonte Bailey mit Nachdruck. »Sie schickt uns diese Vorab-Informationen, um uns Zeit zu geben, einen Plan zu entwickeln. Wir verloren gerade einen ganzen Monat an das politische Gerangel, uns auf ein Übereinkommen hinsichtlich der Organisation der Ersten und Zweiten Flotte zu einigen. Was schlagen Sie also vor?«

Wenn diese CEOs glauben, wir drehen Däumchen bis die Flotte zurück ist, dann sind sie auf dem Holzweg.

Der europäische Schiffsbauer meldet sich zu Wort. »Denken Sie bitte nicht, dass wir nutzlos herumsitzen wollen. Der Gedanke ist, vorab in aller Eile unsere Transportflotte auszubauen. Wir wollen mit Evakuierungsmaßnahmen in das Centaurus-System beginnen und einige unserer Werften dort ansiedeln. Weg von der Erde. Gut möglich, dass wir einen Kampf gegen die Zodark gewinnen …. oder ihn verlieren. Sollten wir verlieren, wollen wir zumindest sichergehen, dass die Menschheit eine echte Chance zum Überleben hat. Das bedeutet, dass wir umgehend mit der Verlegung von Menschen, Ausrüstung und Produktionsstätten auf Alpha Centauri beginnen sollten.«

Der CEO von BlueOrigin fügte noch hinzu: »Sehen Sie es nicht als Aufgeben oder als Rückzug an, Admiral. Betrachten Sie es als eine kluge Verteilung unserer Kräfte. Falls es uns gelingt, eine Region auf Centaurus kurzfristig zu entwickeln, können dort mehr Schiffswerften die Waffen des Krieges bauen, während wir gleichzeitig eine Reservebasis schaffen, für den Fall, dass Sol von den Zodark überrannt wird, ohne dass wir sie aufhalten können.«

»Das ist eine politische Frage, keine militärische«, stellte der chinesische Admiral fest. »Allein der Oberste

Führer kann diese Entscheidung treffen. Trotzdem bin ich ganz Ihrer Meinung. Wir brauchen einen Fluchtplan. Wenn Admiral Bailey einverstanden ist, werde ich dem Obersten Führer persönlich vorschlagen, Ihrem Vorschlag zu folgen.«

In Erwartung seiner Antwort sahen nun alle gespannt zu Bailey hinüber. Er dachte einen Moment nach, bevor er sich äußerte. Im Laufe der Verhandlungen über die neue Flotte hatte die TPA sich einverstanden erklärt, der Republik auf einem der vier Kontinente des Planeten in Alpha Centauri eine Kolonie zuzugestehen. Im Gegenzug hatte sich die Republik verpflichtet, die von den Sumarern erhaltene Technologie mit der TPA zu teilen. Diesem Handel stimmten beide Seiten ohne Zögern zu. Somit hatte die Republik einen Rückzugsort und konnte zumindest einen Teil ihrer Bevölkerung evakuieren, sollte es tatsächlich zu einem Kampf um die Erde kommen.

»Ich .... ich verstehe. Erlauben Sie mir Folgendes – lassen Sie mich Rücksprache mit unserer Präsidentin nehmen und ihre Zustimmung dazu einholen. Ich werde vorschlagen, dass wir sämtliche uns zur Verfügung stehenden Ressourcen auf die Fertigstellung der *Ark*-Transporter, die bereits im Bau sind, verwenden, ebenso auf die anderen Frachter und Transporter, die sich gegenwärtig im Bau befinden. Dementsprechend werden Sie keine neuen Konstruktionsaufträge annehmen. Nach der Fertigstellung der bereits in Arbeit befindlichen Schiffe konzentrieren Sie all Ihre Zeit und Mühe darauf, die Teile und Ressourcen einzulagern, die Sie für die schnellstmögliche Konstruktion der neuen Kriegsschiffe benötigen - was wir unmittelbar nach der Rückkehr der Voyager mit Hilfe der Sumarer und der Technologie der Zodark in Angriff nehmen werden. Verstehen wir uns?« Obwohl keine der Allianzen bislang ihre in Privatbesitz befindlichen Schiffswerften verstaatlicht hatte, wollte Bailey sicherstellen, dass die Schiffsbauer die Regierungsaufträge, die sie in Kürze erhalten würden, auch befriedigen konnten.

»Ich habe eine Frage, Admiral Bailey.« Admiral Zheng suchte nach einer weiteren Antwort. »Ich weiß, dass Sie unmittelbar hinter dem Mond mit dem Bau einer rein auf das Militär ausgerichteten Schiffswerft begonnen haben. Wie lange dauert es, bis diese neue Einrichtung betriebsbereit ist? Kann sie die Konstruktion eines Kriegsschiffes übernehmen?«

Normalerweise würde Bailey eine solche Frage nicht beantworten. Aber da sie nun alle in der gleichen Klemme steckten, sah er hierin nicht länger ein Problem.

»Momentan sieht es so aus, als ob sich die Fertigstellung der ersten drei Werftbuchten noch mindestens zwei Jahre hinziehen wird. Nach der Einrichtung der Primäranlagen und der Fabrikatoren sollten wir pro Jahr sechs Buchten fertigstellen. Diese Werft ist noch zwei Jahre davon entfernt, die Art von Schiff zu bauen, die wir benötigen.«

Zheng nickte. » Zum Zeitpunkt der Fertigstellung dieser Werft sollte uns die Integration der neuen Technologie in unsere Kriegsschiffe möglich sein. Zeitlich kommt das hin. Das gibt uns eine weitere große Anlage, in der wir die zur Verteidigung von Sol notwendigen Schiffe bauen können.«

Kapitel Achtzehn
Reverse Engineering

RNS *Voyager*
Wissenschaftsdeck

Dr. Jonathan Milton sah auf das grobe Diagramm, das die Frau, die vor ihm saß, skizziert hatte. *Es machte einfach keinen Sinn.* Egal wie oft sie versuchte, es ihm zu erklären, er war unfähig, es mit den Gesetzen der Physik, die er sein Leben lang als absolut erachtet hatte, in Einklang zu bringen. Es sollte nicht funktionieren .... und trotzdem tat es das offenbar.

Satet, die Sumarerin, sah ebenso frustriert aus, wie Jonathan sich fühlte. Sie hatte ihr Bestes getan, ihm ihre Version theoretischer Physik darzulegen. Ohne viel Erfolg.

»Jonathan, es kommt nicht darauf an, ob es Sinn für Sie macht oder nicht. Es funktioniert – das ist das Einzige, was Sie wissen müssen«, seufzte sie schließlich. Ihre Geduld war am Ende.

Jonathan biss sich auf die Unterlippe und schüttelte den Kopf. »Unserem Verständnis der Physik nach ist das einfach unmöglich«, bestand er auf seine Zweifel.

Leicht amüsiert entgegnete sie ihm: »Zogen Sie je in Betracht, dass Ihr Volk vielleicht nicht alles, was es über die Physik zu wissen gibt, tatsächlich schon weiß? Nach dem, was Sie mir erzählt haben, erkundet Ihr Planet den Weltraum erst seit 150 Jahren. Wir entdeckten den Weltraum für uns vor über 250 Jahren. Die Rasse der Zodark bereist ihn bereits für Tausende von Jahren. Es gibt viel, was Ihr Volk noch über das Universum lernen muss.«

Jonathan spürte, wie er Rot anlief, als sie ihm in aller Freundschaft mitteilte, dass er nicht so intelligent war, wie er es jedem gegenüber vorgab. Er musste zugeben, er fühlte sich stark zu ihr hingezogen. Sie war nicht nur eine unglaublich schöne Frau, nachdem sie die Gelegenheit gehabt hatte, sich etwas zurechtzumachen – nein, es war ihr Intellekt, das ihn wirklich anzog. Sie war schlichtweg brillant – er konnte sich nicht vorstellen, wieso gerade sie als Tribut für die Zodark ausgewählt worden war. Auf ihrer Heimatwelt hatte sie eine Professorenstelle an der Universität innegehabt, ebenso wie er. Sich eine Gesellschaft vorzustellen, die freiwillig Menschen ihres Intellekts aufgab, verschlug ihm die Sprache. Andererseits hätten sie es nicht getan, hätten sich ihre Wege nie gekreuzt.

Resigniert gab er schließlich vorübergehend auf, ihre Erklärung zu verstehen. »Ist es mit der Technologie und den Materialien, die uns gegenwärtig auf meiner Heimatwelt zur Verfügung stehen, möglich, einen dieser Trimar-Reaktoren zu bauen?«

Höflich lächelte sie ihn an. »Ja, das ist möglich, aber nur, weil Ihre Leute klug genug waren, mehrere Tonnen raffiniertes Morean zu laden, wie Hadad es vorgeschlagen hat. Dieses besondere Mineral, das wir mit einigen anderen Materialien vermischen um das Sicherheitssystem des Reaktors zu bauen, kann nicht künstlich hergestellt werden.«

Erleichtert fuhr sich Jonathan mit den Händen durch die Haare. »Wie lange dauert es, einen solchen Reaktor nach der Rückkehr auf unsere Heimatwelt zu konstruieren?«

»Das kommt auf Ihren industriellen Entwicklungsstand an. Wenn er dem meiner eigenen Heimatwelt entspricht, könnte das innerhalb weniger Wochen geschehen. Angesichts der Konstruktion dieses Schiffs und der Tatsache, dass Sie das FLT-Reisen gemeistert haben, schätze ich, dass Ihre Industrie dazu mehr als fähig sein wird«, gestand sie ihm zu.

»Wie viele Reaktoren können wir mit dem an Bord befindlichen Material bauen und unterhalten? Was denken Sie?«, fragte er.

Sie lächelte. »Sie wollen wissen, wie viele Raumschiffe Sie bauen können?«

Jonathan errötete erneut. »Da wir jetzt die Gefahr kennen, die von den Zodark ausgeht, wollen wir auf eine Auseinandersetzung mit ihnen vorbereitet sein.«

Satet furchte die Stirn. »Sie glauben ernsthaft, dass ihre Welt einem Kampf mit ihnen überstehen und sie sogar besiegen können?«

Jonathan zuckte mit den Achseln. Er war Brite und kein Amerikaner, von daher hatte er weder militaristische Neigungen, noch war er so aggressiv wie seine amerikanischen Kollegen. Nach dem Ende des letzten Krieges hatte sich Großbritannien als einer von 100 neuen Mitgliedsstaaten der Republik angeschlossen. Diesem Bündnis waren die Briten eigentlich mehr aus Abneigung gegen die alte Garde Europas beigetreten als aus Liebe zur Republik. Ihre Entscheidung hatte sich allerdings als Glücksfall für sie herausgestellt: Russland und Deutschland hatten Europa in kürzester Zeit in militärischer und ökonomischer Sicht überwältigt und stellten nun die einzigen herausragenden Kräfte auf dem Kontinent dar.

»Das weiß ich nicht, Satet«, erwiderte Jonathan. »Ich bin Wissenschaftler, ein Forscher. Wenn ich nicht mit Muskelkraft sondern dank meines Gehirns unserem Volk helfen und unseren Lebensstil bewahren kann, dann bin ich mehr als bereit, dies zu tun.«

Sanft lächelte sie ihn an, bevor sie das Thema wechselte. »Wirklich, Jonathan. Tribut zu zahlen ist wirklich nicht so schlimm. Auf seine Weise erlaubt es uns Sumarern erfülltere Leben zu leben, als wir es andernfalls tun würden. 40 Lebensjahre sind uns garantiert. Das wissen wir. Aus diesem Grund nutzen wir die Zeit, die wir haben, weit besser aus. Jede Zeit darüber hinaus ist ein Geschenk, das gefeiert werden muss.«

Jonathan empfand nichts als Widerwillen und Empörung. »Aber wie können Sie das akzeptieren, Satet?«, drängte er. »Unsere Gesellschaft kann durch die Fortschritte der modernen Medizin und der Nanotechnologie das Leben eines Menschen weit über seinen einhundertsten Geburtstag hinaus verlängern. 40 Jahre sind so kurz.« Allein der Gedanke an eine solch kurze Lebenszeit war haarsträubend.

Über den Tisch hinweg griff sie nach seinen Händen und sah ihm tief in die Augen. »Jonathan, wichtig ist nicht die Lebenszeit, die dir zusteht, sondern wie du die Zeit nutzt, die dir zur Verfügung steht. Wie du dein Leben gelebt hast. Wie du die Menschen, die dich umgaben, geliebt hast. Ich schätze, ich habe in meinen 42 Jahren mehr gelebt als die meisten Menschen Ihrer Heimatwelt in dieser Zeit. Ich habe Frieden mit der Tatsache geschlossen, dass mir 40 Jahre Leben zugestanden wurden und nicht mehr. Alles was darüber hinausgeht, ist ein Geschenk.«

Jonathan sah ihr herzliches Lächeln, diese ausdrucksstarken braunen Augen und wusste, dass sie Recht hatte. Er war 56 Jahre alt, unverheiratet und meist nicht wirklich glücklich. Er hatte versucht, mit Frauen zu flirten, aber er wusste, dass er kein Adonis war. Er war Wissenschaftler und verkörperte bis ins Detail den Stereotyp eines Universitätsprofessors oder Forschers. Der einzige Zugang zum weiblichen Geschlecht, den er sich erhoffen konnte, setzte die Übergabe von Geld oder Examensnoten voraus. Im Endeffekt ließ ihn das mit dem Gefühl zurück, schmutzig, benutzt und wertlos zu sein. Sie hatte Recht – sie hatte sicher ein weit glücklicheres und zufriedeneres Leben als er geführt. Insgeheim wünschte er sich, die gleiche Erfahrung gemacht zu haben.

Er öffnete den Mund zur Erwiderung, schloss ihn dann aber wieder, da ihm aufging, dass er nichts zu sagen hatte. Satet stand auf, ging um den Tisch herum und setzte sich neben ihn. Lächelnd sah sie ihm in die Augen. »Jonathan, Sie sind ein wahrhaft brillanter Mann. Aber Sie müssen lernen, dass es mehr im Leben als Intelligenz, Reichtum oder Ehrungen gibt. Es gibt *leben* und es gibt *glücklich sein*. Es gibt ein Gefühl der Erfüllung, das weit über all diese Dinge hinausgeht.« Sie beugte sich vor und drückte ihm einen warmen, sanften Kuss auf die Lippen, bevor sie ihn in sprachlosem Staunen zurückließ.

****

Truppendeck - RNS *Voyager*

Captain Hopper musterte den Sumarer Hosni, der vor ihm stand. Er trug die Uniform der republikanischen Armee mit seinem Namen über der rechten Brusttasche. Das Wort ‚Weltraumkommando‘, das normalerweise unter dem Namen stand, wurde in seinem Fall durch das Wort ‚Sumarer‘ ersetzt.

»Die Waffen, die die Zodark-Aufseher trugen, waren also keine regulären Militärwaffen?«, wollte Hopper wissen.

»Nein, nur die Wachen tragen diese Waffen«, erläuterte Hosni. »Die Zodark-Soldaten – wahrhaft furchteinflößende Krieger – sind weit härter und besser ausgebildet als die Wachen, die Ihnen im Camp begegnet sind. Sie verfügen über andere Waffen, in vielen Fällen oft über weit bessere. Die Waffen der Soldaten haben einen kürzeren Lauf als diese hier. Außerdem haben sie in diesem Bereich hier eine Vorrichtung, mit der ein Energiestoß auf ein Gebäude oder in eine Gruppe feindlicher Soldaten abgefeuert werden kann.«

»Hosni, haben Sie eine dieser Waffe tatsächlich schon einmal im Einsatz gesehen?«, fragte Master Sergeant Royce, der von diesem Thema absolut gefesselt war. Hosni drehte sich zu ihm hin und nickte. »Ich bin Sumarer, wuchs aber nicht auf unserer Heimatwelt auf. Ich wurde auf dem Planeten Zincondria groß. Das ist der Hauptplanet und Regierungssitz der Zodark. Ihre eigentliche Heimatwelt, wenn Sie es so ausdrücken möchten. Um Ihre Frage zu beantworten, ich sah diese Waffen wiederholt im Einsatz bei meinem Herren und auch bei seinen Soldaten.«

Mit hochgezogener Augenbraue hakte Captain Hopper nach. »Sie wurden auf dem Hauptplaneten groß? Was können Sie uns über diesen Planeten berichten, Hosni? Und noch besser, wer war Ihr Herr und was können Sie uns über ihn mitteilen?«

Sowohl Sergeant Royce als auch Lieutenant Crocker folgten angespannt jedem Wort des Gesprächs.

Hosni richtete sich zu seiner vollen Größe auf. »Mein Herr war ein NOS. In Ihrem Militär entspricht das einem Admiral oder einem General«, verkündete er voll Stolz.

»Und was war Ihre Aufgabe? Was mussten Sie für ihn tun?« Captain Hopper prüfte, wie weitreichend der Zugang des Sumarers zu seinem Herrn gewesen war.

»Ich .... ich war ein Sklave, wie alle Sumarer auf dem Heimatplaneten der Zodark. Um es genauer zu sagen, ich war sein Sklave. Meine Mutter war der Haussklave seiner Frau, und nach meiner Geburt wurde mir erlaubt, in ihrem Haus zu leben. Als ich alt genug war, fing der Herr an, mich überall mit hinzunehmen. Ich war sein Laufbursche. Später begleitete ich ihn dann auf sein Schiff oder wenn er in den Kampf zog. Ich erledigte alles, was er mir aufgab, von der Reinigung seiner Kleidung bis zum Putzen seiner Stiefel oder was immer er sonst brauchte.«

»Das klingt, als ob Sie Ihrem Herrn eine große Hilfe waren, Hosni. Was ist geschehen?«, erkundigte sich Lieutenant Crocker.

Hosni schüttelte bewegt den Kopf. »Verloren Sie jemals die Beherrschung, Lieutenant? Ich schon. Ich murmelte etwas über einen seiner Vorgesetzten vor mich hin, der meinen Herrn abfällig behandelt hatte. Der schnappte meinen Kommentar auf und forderte voller Zorn von meinem Herrn, dass er mich für meine Unverfrorenheit bestrafen sollte. Angesichts der vielen Jahre, die ich ihm gute Dienste geleistet hatte, verbannte mich mein Herr auf eine Minenkolonie, um den Rest meiner Tage dort auszuleben. Das klingt grausam, aber ich versichere Ihnen, es war weit nachsichtiger als die Strafe, die er mir hätte auferlegen können.«

Captain Hopper wechselte das Thema. »Hosni, einer der Sumarer, Hadad, erwähnte, dass die Zodark den Sumarern jährlich einen Tribut abverlangen. Hadad glaubt, dass die Zodark diese Tribute mitnehmen um sie aufzufressen. Die anderen Sumarer, die wir befragten, glauben das ebenfalls. Trifft dieses Gerücht tatsächlich zu?«

Hosni schwieg eine kleine Weile. Er sah aus, als suche er nach der richtigen Antwort. »Ich möchte das, was Hadad Ihnen mitgeteilt hat, nicht bestreiten, aber in meiner Erfahrung mit den Zodark entspricht das nicht der Wahrheit. Ich halte es für einen Mythos, den die Zodark in meinem Volk lebendig halten, aber persönlich konnte ich das nie beobachten. Womit ich nicht sagen will, dass es nicht so ist. Aber gesehen habe ich es nie.«

»Was glauben Sie, passiert mit den Opfern?«, drängte Hopper.

»Sicher weiß ich das nicht. Ich hörte davon, dass es auf anderen, von den Zodark kontrollierten Welten, Sumarer gibt, die nicht versklavt sind – Menschen, die Seite an Seite mit den Zodark kämpfen. Ich habe meinen Meister nie danach gefragt. Deshalb kann ich nicht sicher sein, ob das der Wahrheit entspricht oder auch nicht, oder ob es ein weiterer Mythos ist, dessen Verbreitung sie zulassen.«

Die Art, wie Hosni von seinem Herrn sprach, verriet, dass der Sumarer eine positive emotionale Verbindung zu seinem Herrn verspürte, auch wenn er dessen Sklave gewesen war. Zusätzliche Fragen konnten Hosni nicht dazu bewegen, schlecht von seinem ehemaligen Meister zu sprechen. Tatsächlich sah es so aus, als hätte zwischen ihnen eine gute Beziehung bestanden.

Captain Hopper identifizierte das Verhalten des Sumarers. *Das Stockholm-Syndrom*, dachte er für sich. Hopper entschied, erneut das Thema zu wechseln. »Was halten Sie von diesem Gedanken, Hosni? Ich möchte Sie bitten, mit einem unserer Programmierer zu arbeiten, um uns bei der visuellen Programmierung des Sturmgewehrs der Zodark-Soldaten zu helfen. Wir wollen wissen, wie es funktioniert, und auch wie es klingt, wenn es abgefeuert wird. Dann übertragen wir das in unsere virtuellen Simulatoren und korrigieren den Prozess so lange, bis wir ein echtes Duplikat kreiert haben. Danach wären wir Ihnen für Informationen darüber, wie ihre Soldaten kämpfen, welche Taktiken sie gebrauchen - Dinge wie diese - wirklich dankbar. Ich bin mir sicher, dass unsere Mariner auf den Kriegsschiffen Ihre Unterstützung in Fragen der Bewaffnung und der Verteidigungskapazitäten der Zodark-Schiffe ebenfalls in Anspruch nehmen möchten.«

Captain Hopper griff nach der Hand des Sumarers. Er sah dem jungen Mann direkt in die Augen und fügte hinzu: »Sie gehören jetzt zu uns, Hosni. Wenn Sie möchten, machen wir Sie zu einem Soldaten, so wie wir es sind, und Sie leisten einen großen Beitrag dazu, unsere Heimatwelt vor den Zodark zu beschützen. Wenn wir Glück haben, gelingt es uns eines Tages vielleicht sogar die Heimatwelt der Sumarer zu befreien.«

Der junge Mann, der vielleicht Ende 20 war, strahlte voller Stolz. In seinen Augen glitzerten die Tränen. »Nichts würde mich mehr freuen, als Ihnen behilflich zu sein, Captain. Ich kann es nicht erwarten, eine Welt ohne die Zodark zu sehen. Ein Leben frei von Sklaverei hätte ich nie für möglich gehalten. Zu wissen, dass es einen ganzen Planeten mit freien Völkern gibt …. das ist beinahe mehr als ich mir vorstellen kann.«

Die verbliebene Zeit der Rückreise nach Sol verbrachten sie mit einer realistischen Charakterisierung des Zodark-Militärs, angefangen von den Bodentruppen bis hin zu ihrer Weltraumflotte. Die Soldaten und Mariner befragten und arbeiteten mit den Sumarern daran, den Typ des Feindes, den sie möglicherweise bald bekämpfen mussten, so exakt wie möglich herauszukristallisieren.

Die kleine Geheimdiensteinheit auf der *Voyager* verbrachte ihre Zeit damit, die zehn gefangenen Zodark ohne Pause zu befragen und zu verhören. Die Befragung lief zuerst recht einfach. Sobald die Gefangenen allerdings erfuhren, dass sie in ein System außerhalb der Kontrolle ihrer Rasse transportiert wurden, gestaltete sie sich weit schwieriger. Der Hunger machte ihnen ebenfalls zu schaffen. Als Fleischfresser fiel es ihnen schwer, die Beschränkungen in ihrer Ernährung hinzunehmen.

****

RNS *Voyager* – Schiffsgefängnis

Halsey stand vor der verstärkten Plexiglaswand, die sie von dem Zodark dahinter trennte. T'Tocks Arm- und Fußketten waren am Boden des Raums verankert und limitierten damit seine Bewegungsfreiheit. Nachdem er gewalttätig geworden war, auf die durchsichtige Wand eingeschlagen und versucht hatte, die Wachen anzugreifen, musste er gebändigt werden.

T'Tock kam ihr, soweit es ihm seine Ketten erlaubten, näher. »Mein Volk wird Ihren Planeten finden und ihn zerstören«, knurrte er mit heißem Atem, der vorübergehend das Glas, das sie trennte, erblinden ließ.

Halsey sah ihn an. »Ihr Volk wird die Erde niemals finden. Und eines Tages werden wir das sumarische Volk von Ihnen befreien.«

T'Tock stieß einen gutturalen Schrei der Frustration aus. Mit aller Kraft kämpfte er gegen die Fesseln, die ihn zurückhielten. Seine Muskeln traten vor Anspannung in diesem Befreiungsversuch stark hervor, bis er sich dann doch eingestehen musste, dass seine Anstrengungen zu nichts führten und er gefangen war.

»Fühlt sich gar nicht gut an, ein Gefangener zu sein – der Sklave anderer, was?«, höhnte Halsey sarkastisch.

T'Tock sah sie mit lodernden Augen an, während er weiter an seinen Fesseln riss.

Der Sicherheitschef trat näher an Halsey heran und gab zu Bedenken: »Vielleicht ist es keine gute Idee, ihn so in Rage zu bringen. Früher oder später müssen wir ihm sein Essen liefern.«

Halsey drehte sich um und sah ihren Sicherheitschef an. Sie errötete ein wenig. *Natürlich hatte er Recht.*

»Tut mir leid, Chief. Ich denke manchmal daran, was diese Monster Botschafterin Chapman und ihrem Assistenten angetan haben. Es fühlt sich gut an, ihm vor Augen zu führen, dass er jetzt unser Gefangener ist und nicht umgekehrt.«

Der Chief lächelte. »Ich sage nicht, dass es keinen Spaß macht, ihnen ihre Situation zu verdeutlichen, Admiral. Das tun wir wohl alle gern. Vieles an ihnen ist uns unbekannt. Ich wünschte mir nur, sie wären uns gegenüber nicht so gewaltbereit.«

In dem Moment trat einer der Wissenschaftler ein, der die Zodark studiert hatte. Er signalisierte dem Admiral, dass er sie sprechen wollte.

»Was haben Sie für mich, Khalid?«, fragte sie beim Näherkommen.

Khalid, in Zusammenarbeit mit zwei weiteren Wissenschaftlern, hatte sich der Psychologie und Biologie der Zodark angenommen, um ein besseres Verständnis für deren Körper und - basierend auf ihrer sozialen Wechselwirkung – deren Geisteshaltung zu entwickeln.

»Admiral, sollten wir uns nicht besser im Labor anstatt hier unterhalten?«

Khalid war sichtlich nervös in der Gegenwart des Zodark. Er hatte seine Zeit überwiegend damit verbracht, die toten Zodark-Exemplare, die sie auf dem Planeten eingesammelt hatten, zu untersuchen und virtuelle Scans an den lebenden durchzuführen.

»Er sitzt fest, Khalid. Kein Grund zur Sorge. Sagen Sie mir, was Sie über unsere Gäste herausgefunden haben.« Halsey ging hinüber zur Wachstation und nahm dort Platz.

Mit einem frustrierten Seufzer setzte sich Khalid neben sie. »Admiral, wie Sie wissen, untersuchten wir die Anatomie des Zodark-Körpers und dessen physische Aspekte, um ein besseres Verständnis dieser Rasse zu entwickeln. Unsere Entdeckungen bei der Ansicht ihres Gehirns sind einfach faszinierend. Nicht nur, dass ihr frontaler Cortex außerordentlich groß ist, dazu ist er auch noch sehr aktiv. Wir sind überzeugt, dass sie dies zu einer unglaublich intelligenten Spezies macht, die außerdem noch weit weniger Schlaf als die Menschen braucht.«

Halsey nickte, während sie diese Information verinnerlichte. »Ist das etwas, was wir gegen sie verwenden können? Etwas, woraus wir vielleicht einen Vorteil ziehen können?«

Khalid überdachte diese Frage. »Schwer zu sagen, Admiral. Der einzigartige Aufbau ihrer Lungen erlaubt ihnen, in einer Vielzahl von Atmosphären zu überleben. Sie verfügen über eine dritte Lunge, die wie ein Filter wirkt. Mit dem Einatmen scheint ihr Körper die Zusammensetzung der jeweiligen Luft dahingehend zu verändern, dass er den genauen Sauerstoffgehalt herausfiltert, den die Zodark benötigen, bevor eben diese Luft in die eigentlichen Lungen weitergeleitet wird.«

Halsey wollte es nicht glauben. »Wie bitte, sie haben drei Lungen? Wie ist das möglich?«

Khalid zuckte mit den Achseln. »Es gibt viel, was wir an ihrer Körperstruktur nicht verstehen, Admiral. Leider steht uns kein Zodark-Arzt zur Verfügung, der es uns erklären könnte. Stellen Sie sich vor, Neu-Edens Atmosphäre hätte einen prozentual höheren Kohlenstoffanteil. Um dort atmen zu können, müssten wir eine Maske tragen, die uns dabei behilflich ist, diesen höheren Anteil auszufiltern. Die zusätzliche Lunge der Zodark führt dieses Prozess organisch durch.«

Halsey ließ das einen Moment auf sich wirken, bevor sie das Thema wechselte. »Welches Experiment haben Sie heute geplant?«

Khalid lächelte. »Heute versetzen wir T'Tocks Mahlzeit und sein Wasser mit einem Kontrastmittel, um zu sehen, wie es durch seinen Körper zirkuliert. Das wird uns mit der Bestimmung helfen, für welche Krankheitserreger sie basierend auf ihrem Verdauungs- und Kreislaufsystem empfänglich sein könnten.«

»Denken Sie daran, eine Biowaffe gegen sie zu entwickeln?«, erkundigte sich Halsey besorgt.

Er schüttelte den Kopf. »Nicht wirklich. Im Augenblick wollen wir nur mehr darüber erfahren, wie ihr Körper funktioniert. Das heutige Experiment klärt uns darüber auf, auf welche Weise sie Proteine abbauen und durch ihren Körper bewegen. Ich bin kein Virologe, aber falls wir jemals darauf angesprochen würden, ist dieses Wissen der erste Schritt, eine biologische Waffe oder einen Nervenkampfstoff gegen sie zu entwickeln.«

In diesem Moment betrat einer von Khalids Assistenten mit einem Tablett den Gefängnisbereich und kam auf sie zu. »Hallo, Admiral, Khalid. Hier ist das Zeug. Wir sind soweit, wenn Sie anfangen möchten.«

Einer der Wachen trat an sie heran. »Ist das das besondere Essen, das er heute erhalten soll?«

Khalid drehte sich zu dem Wärter um und nickte. »Es ist …. Servieren Sie es ihm einfach wie jede andere Mahlzeit auch.«

Der Wärter wandte sich um und forderte zwei seiner Kollegen auf, näherzukommen.

»Also, Männer, das ist das Zeug. Schere-Stein-Papier, wer es ihm bringen darf.«

Seine Kollegen murrten leise, widersprachen aber nicht. Niemand wollte in die Zelle, um dem Zodark seine Mahlzeit zu liefern. Meist konnten sie das Tablett durch die Klappe am Boden der Tür hindurchschieben, allerdings nur, wenn der Zodark nicht angekettet waren. Sobald er angekettet war, konnte er das Essen nahe der Türklappe nicht erreichen. Dann musste jemand in die Zelle hinein, um es ihm in Reichweite zu stellen.

Zum Erstaunen des Admirals trugen die drei Gefängniswärter ihr Spiel direkt vor ihren Augen aus, um die unparteiische Entscheidung zu treffen, wer T'Tock seine Mahlzeit liefern musste.

»Verdammt. Ich musste es schon das letzte Mal tun«, beschwerte sich der Verlierer.

»Tut mir leid, Mann, die Schere schneidet das Papier jedes Mal«, klärte ihn einer seiner Kollegen grinsend auf.

»Wie auch immer, gib mir einfach das verfluchte Tablett«, erwiderte die Wache irritiert.

»Na komm schon, Dave. Keine Bange, wir passen schon auf dich auf«, versicherte ihm der Chief und lächelte den Admiral entschuldigend an.

»Ignorieren Sie uns einfach, Admiral. Wir versuchen, fair zu entscheiden, wer hineingehen und ihn füttern muss. Bisher hat keiner von ihnen sich übertrieben aggressiv verhalten oder einen meiner Männer angegriffen. Sie sehen einfach nur furchterregend aus«, erklärte ihr der Petty Officer.

Halsey musste über die Szene lachen, die sich vor ihr abgespielt hatte. »Schon ok, Chief. Mir gefällt das Geplänkel. Es ist schön zu sehen. Ich bleibe einfach hier drüben bei Khalid, um niemandem im Weg zu stehen.«

Halsey sah, dass sich T'Tock in seiner Zelle nun vollkommen ruhig verhielt. Er hatte sich in die entfernteste Ecke seines Gefängnisses zurückgezogen und schien sich beinahe in einem meditativen Zustand zu befinden.

Der Aufseher, den das Los getroffen hatte, trat an die Tür, die einer seiner Kollegen aufgeschlossen hatte und ihm nun offen hielt. »Nur zu, Dave. Keine Sorge. Wir sind hier, wenn du uns brauchst«, versicherte ihm sein Freund aufmunternd.

Behutsam betrat Dave T'Tocks Zelle, ohne etwas zu sagen oder falls irgend möglich, ohne ein Geräusch zu machen. Er wollte einfach nur das Tablett hineintragen und so schnell wie möglich wieder verschwinden.

T'Tock, der weiter an der hinteren Wand des Raums saß, rührte sich nicht. Er hatte gerade genug Freiraum, um aufzustehen, falls er das wünschte, aber in diesem Moment schien er wie eine Statue mit zwei geschlossenen Augen. Allein das dritte Auge war offen.

Beobachtet er uns oder ist er weggetreten?, fragte Halsey sich, die von dem unheimlichen Gefühl beschlichen wurde, dass er nur darauf wartete, sich auf sie zu stürzen.

Dave ließ T'Tock nicht einen Augenblick aus den Augen. Er zitterte praktisch vor Angst zur gleichen Zeit mit diesem Biest, dem Anführer der gefangenen Zodark, in einem Raum zu sein. In ungefähr drei Metern Entfernung vor T'Tock bückte Dave sich, um das Tablett auf den Boden zu stellen.

Ohne Vorwarnung öffnete T'Tock die geschlossenen Augen und sah Admiral Halsey durch die Plexiglaswand hindurch direkt ins Gesicht. Dann stieß er ein gutturales Heulen aus und stürzte sich auf Dave mit einer Schnelligkeit, die niemand von solch einer großen Kreatur erwartet hätte.

T'Tock war wie eine zusammengerollte Schlange nach oben geschnellt, bevor auch nur einer der Beobachter reagieren konnte. Er zerriss die Kabelbinder an seinen Händen und die Fesseln an seinen Füßen, als ob sie aus

Zuckerwatte wären. Seine langen Armen schlugen nach Dave und warfen ihn zu Boden. In Sekundenschnelle hatten sich die krallenartigen Fingernägel von zweien seiner vier Hände in Daves Bein verhakt und zerrten seinen Körper zu T'Tock hinüber.

T'Tock warf sich über Dave und vergrub seine Zähne in dessen Hals und Oberkörper. Die Reihe seiner scharfen Fangzähne senkte sich tief in das weiche menschliche Fleisch durch Knochen und Muskeln hindurch - wie durch einen Teller voller Pâté. Blut brodelte und besprühte die Wände und begann dann, sich am Boden um Dave herum zu sammeln. Der Wärter versuchte verzweifelt um Hilfe zu rufen, bevor er nur Sekunden nach diesem gewalttätigen Angriff still liegen blieb.

Eine Handvoll seiner Kollegen eilten in die Zelle, um T'Tock durch ihre Taser zum Aufgeben zu zwingen und ihren Freund zu retten. Sie trafen das Monster mit mehreren Projektilen.

Wutentbrannt brüllte T'Tock auf und schnippte die Elektroden von seinem Körper, als seien sie nichts weiter als lästige Pferdefliegen. Dann attackierte er die neu hinzugekommenen Wärter mit wild um sich schlagenden Armen, die den Körpern seiner Opfer keine Chance ließen.

Eine von T'Tocks Händen riss einem der Aufseher die Brust auf. Seine Krallen durchtrennten die Rippen des Mannes – und als T'Tock den Arm aus der Brusthöhle seines Opfers zurückzog, hielt er dessen blutgetränktes, noch schlagendes Herz in der Hand.

T'Tock schlug mehrere der Männer, die ihn hatten kontrollieren wollen, zu Boden und schleuderte ihre Körper gegen die Wand. Mit unbändiger Rage in den Augen sah er Admiral Halsey erneut an, bevor sich die Hand, die das Herz hielt, seinem blutverschmierten Mund näherte. Mit einem einzigen Bissen verschlang er das Organ, bevor er sich auf der Suche nach weiterer Beute über die verbliebenen Körper hermachte.

Der Chief, der für die Wache zuständig war, drückte den Notfallknopf an der Seite der Wand und schlug Alarm. Sekunden später löste Admiral Halsey den ‚Alle Mann auf Gefechtsstation'-Alarm aus und verlangte nach mehr Männern in der Gefängnisabteilung.

Mit seinem ausfahrbaren Schlagstock eilte nun der Chief furchtlos und ohne Zögern in die Zelle und schlug auf T'Tock ein. Mit aller Kraft zog er ihm den Schlagstock über den Kopf, sodass bläuliches Blut zu fließen begann.

Der Hieb ließ T'Tock einen Augenblick lang schwanken. Mit erhobener Hand versuchte er, einen weiteren Schlag des Chiefs zu blockieren. Die bläuliche Flüssigkeit aus der Wunde lief unterdessen stetig weiter an T'Tocks Kopf und Gesicht herunter. T'Tocks freie Hand griff nach dem Chief und erwischte den Arm des Mannes beim Ausholen. Mit einem laut vernehmbaren Zerschmettern der Knochen schleuderte er ihn quer durch den Raum an die hintere Wand. Gequält schrie der Chief laut auf.

Dann stand niemand mehr T'Tocks Weg aus der Zelle und durch das Eingangsportal der Gefängnisabteilung hinaus im Weg. Er rannte direkt auf Halsey zu.

Admiral Halsey war absolut schockiert. Das Ganze hatte sich so schnell abgespielt. T'Tock hatte sämtliche Wärter ohne die geringste Anstrengung außer Gefecht gesetzt. Sie stand wie angewurzelt da. Sobald sie jedoch sah, dass T'Tock auf die unbewachte Tür zulief, wusste sie, sie mussten hier raus, bevor auch sie in Stücke gerissen wurden.

Halsey schnappte Khalid am Arm und schob ihn vor sich aus dem Eingangsportal zum Gefängnis hinaus. »Schnell, Khalid, wir müssen hier raus!«, stammelte sie mit Panik in der Stimme.

Während sie so schnell sie konnten den Gang entlangliefen, alarmierte sie über ihren Neurolink die militärische Sicherheitseinheit auf dem Schiff: *Ein Zodark ist ausgebrochen und wird sich in Kürze frei auf dem Deck bewegen!*, warnte sie.

Die blinkenden Lichter des ‚Alle Mann auf Gefechtsstation' zusammen mit den durchdringend schrillen Warnsignalen ließen die Szene noch surrealistischer erscheinen. Sie rannten um ihr Leben. Halsey hörte hinter sich einen lauten Schlag und drehte sich um. Sie sah, wie die Tür zur Gefängnisabteilung mit ungeheurer Kraft aus den Angeln gerissen wurde und auf den Boden aufschlug. T'Tock stieß einen urweltlichen Schrei aus, dessen Echo sich über den ganzen Gang fortsetzte, bevor er ihnen oder allen nachsetzte, die seinen Weg kreuzen mochten.

»Sie gehören mir, Admiral«, brüllte T'Tock und schien seine Geschwindigkeit zu verdoppeln.

Lieber Gott, lass mich nicht von diesem Biest gefressen werden!, dachte sie egoistisch. Khalid lief hinter ihr. Um die nächste Ecke herum sah sie zwei Soldaten der Republikanischen Armee mit erhobenen Waffen auf sich zueilen. Sie konnte den Ausdruck von Unsicherheit und Angst in ihren Gesichtern sehen, als der Zodark erneut einen seiner bestialischen Laute ausstieß und unbeirrt weiter den Abstand zu seinen menschlichen Gegner verringerte.

»Blaster auf Töten! Es ist direkt hinter uns«, rief sie den Soldaten atemlos beim Vorbeirennen zu. Etwa viereinhalb Meter hinter ihnen kamen Khalid und sie zum Stehen und drehten sich um, um dem erwarteten Tod des psychotischen Untiers durch ihre Soldaten zuzusehen.

Einer der Soldaten drehte sich leicht zu Halsey um und behauptete zuversichtlich: »Keine Sorge, Admiral. Alles unter Kontrolle.«

Sekunden später stürzte das beinahe drei Meter große, vierarmige bläuliche Biest namens T'Tock um die Ecke und stieß beim Anblick der Soldaten ein markerschütterndes tierisches Gebrüll aus.

Der erste Soldat, der Halsey so selbstbewusst zugesprochen hatte, eröffnete mit seinem Blaster das Feuer. Er traf einen der linken Arme des Zodark. Und obwohl der Zodark versuchte, dem Beschuss der Soldaten zu entkommen, trennte der Blaster den Arm des Biestes säuberlich von seinem Körper ab und landete mit einem widerwärtigen Aufschlag auf dem Boden, während eine bläuliche Flüssigkeit die nahegelegene Wand bespritzte. T'Tock gab einen wutentbrannten Schrei von sich und überrannte den Soldaten, der ihn angeschossen hatte. Zwei seiner drei verbliebenen Arme ergriffen den Mann, der ihn seinen Arm gekostet hatte, und rissen ihm mit einem Ruck den Kopf ab. Sein dritter Arm schlug wild mit ausgefahrenen Krallen nach dem zweiten Soldaten und zerkratzte ihm das Gesicht und den Brustkorb, bevor dieser auch nur entfernt die Chance hatte, seinen Blaster abzufeuern.

Der Soldat fiel zu Boden. Durch die Kraft seines Aufpralls entglitt ihm der Blaster. T'Tock sicherte sich die Waffe und versuchte herauszufinden, wie er sie gegen seine Gegner einsetzen konnte.

Beim verzweifelten Versuch zu Entkommen stolperte Admiral Abigail Halsey rückwärts über ein Schott und stürzte zu Boden. Von Entsetzen gepackt und starr vor Angst starrte sie auf T'Tock, der ihr nun langsam immer näher kam. Hass, Zorn und Schmerz standen ihm in den Augen, während sein Blick nicht von ihr abließ. Das Blut tropfte ihm vom Mund und von seinen krallenähnlichen Fingern.

Beim Näherkommen musste T'Tock verstanden haben, dass sie keine Waffe trug, was ihn zu einem sardonischen Lächeln veranlasste. »Das ist nur der Anfang, Admiral. Mein Volk wird ihre lächerliche Spezies verschlingen.«

T'Tock lachte zufrieden als er über ihrem zitternden Körper stand und ihre Hilflosigkeit voll auskostete. »Es wird mir ein Vergnügen sein, Ihr Herz zu verschlingen und Ihnen das Gehirn durch die Augenhöhlen auszusaugen, Admiral.«

In diesem Augenblick stand Halsey ihr Tod vor Augen – tot, weil *sie* es versäumt hatte, ihre Mannschaft und die Mission ausreichend vor diesem Monster zu beschützen.

Und dann brach T'Tock unter einem Trommelfeuer an Blasterschüssen zusammen, mit denen mehrere gerade noch rechtzeitig eingetroffene Soldaten sie und Khalid vor dem sicheren Tod bewahrten.

****

Dreißig Minuten später auf dem Untersuchungstisch der Krankenabteilung sah Admiral Halsey auf ihre Hände hinunter, die immer noch leicht zitterten. Sie ballte ihre Hand zur Faust, damit niemand diese Schwäche sehen konnte. Obwohl das furchteinflößende Biest tot war, hatte die Angst sie noch nicht verlassen. Das soeben Erlebte war bei weitem das Schrecklichste, was sie in ihrem Leben durchgemacht hatte. Niemals hatte sie je eine solche Panik verspürt, als T'Tock aufgebaut zu seiner vollen Größe über ihr stand und sie in seinen Augen lesen konnte, dass er für sie nichts weiter als ein Nahrungsmittel war.

Eine Schwester mit einer kleinen luftbetätigten Spritze kam auf sie zu. »Das wird Ihren Nerven gut tun, Admiral. Es ist normal, sich nach einem solchen Erlebnis so zu fühlen.«

Halsey nickte, ohne etwas zu erwidern. Sie versuchte, stark und stoisch zu sein, wusste aber, dass sie Hilfe brauchte, um weiter ihrem Dienst nachzukommen.

»Vielen Dank. Ich …. ich muss vor der Mannschaft stark bleiben.«

Die Krankenschwester lächelte ihr zu. »Richtig, Admiral. Und das wird Ihnen dabei helfen.«

Dann wandte sich die Schwester den anderen beim Angriff verletzten Patienten zu.

Kurz darauf fühlte sich Halsey bereits weit besser. Ihre Nerven hatten sich beruhigt. Der Vorfall fühlte sich nicht länger als das Ende der Welt an. Sie suchte zwei ihrer verletzten Mannschaftsmitglieder auf und sprach einige Minuten mit ihnen.

Captain Hopper betrat die Krankenabteilung. Er sah Halsey und steuerte auf sie zu. Er trug seinen Ekto-Kampfanzug samt Waffe, bereit auf den Decks ihres

Raumschiffs Krieg zu führen, sollte sich dies als notwendig erweisen.

»Admiral, ein Trupp meiner Deltas bewacht die verbliebenen Zodark-Gefangenen. Ich habe mir erlaubt, rund um die Uhr einen Wachplan zu etablieren, um sicherzugehen, dass so etwas nie wieder vorkommt«, kündigte er mit befehlsgewohnter Stimme in bestimmtem Ton an.

Sie nickte dem Krieger, der vor ihr stand, nur einvernehmlich zu. Die Ekto-Anzüge ließen die Deltas um acht Zentimeter ,wachsen', da sie den größten Teil ihrer Körper mit einen schützenden Panzer umgaben. Der Anzug passte sich ihren wohlgeformten Körpern mühelos an und erlaubte ihnen weitreichende Mobilität.

»Danke, dass Sie dafür gesorgt haben, Captain. Ich halte es für wichtig, der Mannschaft zu versichern, dass diese gefährlichen Biester eingesperrt und sicher hinter Schloss und Riegel sitzen. Noch zwei Wochen bis zu unserer Ankunft in Sol. Bis dahin möchte ich nicht, dass die Mannschaft abgelenkt ist - nicht über das hinaus, was bereits geschehen ist«, erklärte Halsey.

Die beiden diskutierten noch einige Minuten weiter, bevor sie gemeinsam die Krankenabteilung verließen. Hopper hatte vor, sie zurück in den Gefängnisbereich zu führen, um ihr seinen Sicherheitsplan zu erläutern. Halsey blieb mitten auf dem Gang stehen.

»Ich bin sicher, Sie wissen was Sie tun«, dankte sie ihm und ließ ihn stehen, um auf die Brücke zurückzukehren. Es war einfach zu früh für sie, sich noch einmal das Blutbad anzusehen, das T'Tock angerichtet hatte. Es stand ihr noch viel zu deutlich vor Augen.

Ich werde einige Zeit brauchen, um mich hiervon zu erholen, wurde ihr bewusst.

Wenige Stunden später – zusätzlich zu den Deltas, die rund um die Uhr die Gefängniszellen bewachten - hatte sie auf jedem Deck Soldaten der republikanischen Armee als Wachposten etabliert, die dem offiziellen Lockdown, den sie der Mannschaft auferlegt hatte, Nachdruck verliehen. Die verbliebene Zeit ihrer Reise wollte Halsey alle in Sicherheit wissen, bis sie endlich in der Lage sein würden, dem Weltraumkommando die neun verbliebenen Zodark zu übergeben.

Kapitel Neunzehn
Die Schnellstraße zur Kolonisierung

Orbitalstation John Glenn
Erde, Sol

Admiral Bailey bewunderte das riesige
Transportschiff, das gerade andockte. Es hatte soeben mit
überragendem Erfolg seinen fünftätigen Testflug hinter sich
gebracht. BlueOrigin und Musk Industries hatte so gut wie
all ihre Fertigungsprojekte zurückgestellt, um die ersten
Transporter der *Ark*-Klasse zu bauen. In Rekordzeit standen
drei Schiffe zur Auslieferung bereit; drei weitere befanden
sich noch im Bau.

Aufgabe der drei einsatzbereiten *Arks* war die
Evakuierung Zehntausender republikanischer Bürger von
der Erde hinüber auf Alpha Centauri, um dort die neue
Kolonie einzurichten. Währenddessen richtete das Militär
all seine Bemühungen darauf, Sol auf die Verteidigung
gegen eine potenzielle feindliche Invasion vorzubereiten.

Admiral Bailey sah weiter auf die neuen Schiffe und auf
all die Menschen hinaus, die sich eingefunden hatten, um
diese beeindruckenden neuen Flugmaschinen zu bestaunen.
Er erinnerte sich daran, dass die *Voyager* und die *Rook* in

wenigen Tagen auf Sol eintreffen würden. Die *Gables,* die den Heimathafen bereits erreicht hatte, hatte für beträchtliche Aufregung gesorgt. Jetzt erwarteten alle mit einiger Spannung die Ankunft der übrigen Flotte. Sie führten den Beweis außerirdischen Lebens mit sich – zehn dieser Zodark. Es war aufregend, aber auch furchteinflößend.

Und dann waren da noch die Sumarer. Menschen aus einem anderen System, von einem anderen Planeten, die basierend auf ihrer Sprache eine Verbindung zur Erde haben könnten. Der Gedanke, dass es in der Galaxie weitere Planeten gab, auf denen Menschen existierten, stürzte die Religionen der Welt ins Chaos. Viele fragten sich nun, ob ein Gott allein das Leben auf der Erde kreiert hatte, oder ob auch auf anderen Planeten Menschen kreiert worden waren. Dann gab es da natürlich noch die Theorie des intelligenten Designs. Einige vermuteten, dass eine außerirdische Rasse Menschen wie Vieh oder Nutzpflanzen genetisch entworfen und dann auf verschiedene Planeten zum Wachsen und Gedeihen verpflanzt hatte, um zu einen späteren Zeitpunkt eine reiche Ernte einzubringen.

Diese Idee, dass Menschen als Nahrungsmittel gezogen wurden, ließ Bailey erschauern. Wieder sah er auf das gigantische Transportschiff vor der Station hinaus und beglückwünschte die glücklichen Passagiere, denen das, was möglicherweise auf Sol zukam, erspart bleiben würde. Andererseits, gab es tatsächlich Anlass, sie zu beglückwünschen? Sie ließen alles ihnen Bekannte für einen neuen und fremdartigen Planeten hinter sich, von dem niemand sicher wusste, dass er besser als die Erde war. Egal wie, das Ganze war ein Glücksspiel.

»Ein wunderbarer Anblick, was?«, freute sich Andrew Berry, der neben Bailey an das Fenster trat.

»Es ist ein großes Schiff. Ich kann immer noch nicht glauben, dass wir etwas so Gewaltiges konstruieren konnten.« Bailey schüttelte den Kopf.

»Lassen Sie es mich so ausdrücken – es war nicht einfach. Wir mussten mehrere FTL-Drive-Systeme entlang des Rumpfs installieren, um sicherzugehen, dass sich eine ausreichend große Warp-Blase um das gesamte Raumschiff herum aufbaut. Es ist ohne Übertreibung eine unglaubliche technische Errungenschaft.«

Bailey nickte. »Zweifellos. Was mussten Sie tun, um ein solch riesiges Raumschiff während des Flugs abzubremsen?«

»Das, Admiral, war die einhundert-Millionen-Dollar-Frage«, zwinkerte Andrew ihm zu. »Auf einem normalen Kriegsschiff aktivieren wir im vorderen Teil des Schiffs ein zweites MPD-Strahlruderset zur Kontrolle der

Geschwindigkeit. Bei einem Schiff dieser Größe ist das unmöglich. Das Plasma-Drive-System würde zu viel Energie verlieren. Um der Belastung standzuhalten, die die Arks verkraften müssen, waren wir gezwungen, im vorderen Teil des Schiffs einen zweiten Maschinenraum einrichten.«

Admiral Bailey brummte. »Admiral Halseys Flotte wird in wenigen Tagen auf der Erde eintreffen. Stehen Ihre Crews bereit, nach dem Erhalt zusätzlicher hilfreicher Informationen mit der Arbeit an den neuen Kriegsschiffen zu beginnen?« Seinen eigenen Herren im Senat war es sehr daran gelegen, umgehend mit der Konstruktion der neuen Flotte zu beginnen. Ihre Panik, dass die Erde sich in die Speisekammer einer grauenvollen außerirdischen Rasse verwandeln könnte, war beinahe greifbar. Ein wahrgewordener Science Fiction- Albtraum.

»Eine ganze Armee von Ingenieuren wartet darauf, die Daten, die die *Voyager* uns über die Zodark-Schiffe, ihre Waffensysteme, ihre Energiequellen und Antriebssysteme übermitteln wird, auszuwerten. Wir haben hinreichend Teile eingelagert, um wenigstens vier der original geplanten Schlachtschiffe zu bauen. Wir sind so gut es irgend geht auf den Beginn der Konstruktion vorbereitet«, versicherte ihm Andrew. »Musk Industries hat sogar eine

Dringlichkeitsbestellung über viertausend zusätzliche synthetische Humanoide abgegeben, um mit der Arbeitslast zurechtzukommen.«

Vertraulich trat er dann einen Schritt näher an Bailey heran und fragte mit leiser Stimme, um nicht überhört zu werden: »Treffen die Gerüchte zu, dass wir eine Synth-Armee aufbauen?«

Der Admiral sah sich vorsichtig um, um sicher zu gehen, dass sich niemand in ihrer Nähe aufhielt. »Sie fragen mich nach einer streng geheimen Information«, erwiderte er mit gedämpfter Stimme.

Mit hochgezogenen Brauen flüsterte Andrew nach dieser kryptischen Antwort: »Dann stimmt es also? Ich dachte, das sei illegal – ein Verstoß gegen das ‚Gesetz der Bewaffneten Auseinandersetzung‘.«

Das LOAC regelte, über welche Art militärischer Ausrüstung jede Nation verfügen durfte – eine Vorsichtsmaßnahme nach dem letzten Großen Krieg, um nie wieder ein solches Blutbad erleben zu müssen.

Bailey zuckte mit den Achseln. »Regeln treten außer Kraft, wenn Sie einer Bedrohung gegenüberstehen, die Ihre Rasse ausmerzen kann, Andy.«

Betroffen neigte Andrew den Kopf. »Sie spielen mit dem Feuer, Admiral. Wir sahen, was passiert, wenn humanoide AI-Drohnen sich plötzlich selbständig machen. Das letzte Mal hätte das Blutbad beinahe die gesamte Menschheit vernichtet.«

»Ich weiß, was passiert ist«, fauchte Bailey ihn an. »Mir wurde versichert, dass die zusätzlich eingebrachten Sicherheitsvorkehrungen ein solches Ereignis künftig ausschließen werden«, betonte er. »Außerdem weiß ich nicht einmal, ob sie je zum Einsatz kommen werden. Wir stellen einfach nur sicher, dass sie, *falls* wir sie brauchen, in ausreichender Zahl vorhanden sind, um sie gegebenenfalls im richtigen Moment aktivieren zu können.« Er hielt Andrews Blick einen Moment stand, bevor dieser seinen Blick senkte.

Das letzte Jahr des Großen Kriegs in den 2040ern war den Menschen noch in Erinnerung. Der Krieg hatte sich dahingehend verändert, dass es nicht länger ein Krieg war, den zwei Seiten gegeneinander austrugen, sondern ein Krieg, der von Maschinen geführt wurde, die die Kontrahenten aufeinander losgelassen hatten. Nachdem es so aussah, als würden die Vereinigten Staaten im Kampf gegen China unterliegen, hatten sie eine Armee kämpfender AI-Drohnen gegen die Chinesen freigesetzt. Die Drohnen hatten eine Art Bewusstsein und verfügten über die Fähigkeit zu lernen, sich anzupassen und den Feind, den sie bekämpften, zu überwältigen. Mehrere Monate lang erbrachten die marodierenden Maschinen nichts als wundersame Leistungen, die den Ausgang des Kriegs zugunsten der Republik so gut wie garantierten.

Die Drohnen arbeiteten weitgehend autonom. Versorgungsdrohnen lieferten ihnen die benötigte Munition. Sie konnten sich selbst abschalten, um ihre Batterien entweder über eine Solarplatte oder an einem mit fossilen Brennstoffen betriebenen Generator neu aufzuladen. Nachdem ihrer Freisetzung bedurften sie nur minimaler Wartung oder Unterstützung. Das war es, was sie so effektiv machte. Aber dann gelang es einem chinesischen Hacker, im Versuch, den Drohnencode zu deaktivieren, in das Drohnenprogramm einzudringen.

Anstatt die Drohnen handlungsunfähig zu machen, deaktivierte er versehentlich die Sicherheitsvorrichtungen, wonach die Drohnen vollkommen außer Kontrolle gerieten. Sie begannen einen Amoklauf biblischen Ausmaßes, in dem sie alles menschliche Leben angriffen und ausmerzten. Allein der konzertierten Anstrengung der verbliebenen chinesischen und amerikanischen Streitkräfte war es schließlich zu verdanken, dass die Drohnen ausgeschaltet werden konnten. In der schwerwiegendsten Stunde der bevorstehenden Vernichtung ihrer Spezies ging es den sich bekämpfenden Parteien auf, was sie getan hatten und sie beendeten den Kampf. Schlussendlich hatten sie zusammengefunden, um diese unbeabsichtigte Bedrohung aus dem Weg zu räumen und die Menschheit zu retten.

Das Versagen der Drohnen, eine der Drohnenproduktionsstätten einzunehmen oder sich in eine schlüssige Kampftruppe zu organisieren, trug zum Überleben der Menschheit bei. Kleine Gruppen dieser die Menschheit terrorisierenden Bots überrannten solange alles und jeden, der sich ihnen in den Weg stellte, bis sie überwältigt und vernichtet werden konnten.

Von diesem Zeitpunkt an war es allein zivilen Synthetikern unter besonders restriktiven Sicherheitsprotokollen gestattet, für die Menschen zu arbeiten. Die Armeen der Welt hatten sich in einem Moratorium gegen den Einsatz solcher Kriegswaffen geeinigt. Dieses Stillhalteabkommen schien nun mit der Entdeckung der weit tödlicheren Gefahr, die von den Zodark ausging, sein Ende zu finden.

Kapitel Zwanzig
Die Heimkehr

RNS *Voyager*
Sol

»Wir kommen aus dem Warp, Admiral«, kündigte der Steuermann an.

Sekunden später kollabierte die Warp-Blase, die das Schiff umgab, und die Dunkelheit des Weltalls kehrte zurück. Das Licht der allgegenwärtigen Sterne funkelte und dann lagen die allseits bekannten Planeten Sols vor ihnen. Ein überaus willkommener Anblick nach all dem, was sie durchgemacht hatten. Sie waren zu Hause.

Admiral Halsey gab ihrem Steuermann seine Anweisungen. »Sichern Sie den FTL. Bereiten Sie das Schiff für die MPD-Strahlruder vor und reduzieren Sie die Geschwindigkeit um ein Viertel. Nehmen Sie Kurs auf John Glenn. Kommunikationszentrum, teilen Sie dem Weltraumkommando mit, dass wir sicher in unserem System eingetroffen und auf dem Weg zur Orbitalstation sind.«

»Jawohl, Ma'am«, bestätigten mehrere der Mannschaftsmitglieder ihre Aufträge und machten sich daran, sie zu erledigen.

Auf ihrem Radar sah Halsey, dass die *Rook* ebenfalls sicher angekommen war und ihr zur Orbitalstation folgte. Trotz ihrer vorzeitigen Rückkehr waren sie 14 Monate unterwegs gewesen. Während ihrer Abwesenheit hatte sich viel Neues ergeben.

Lieutenant Adam George, ihr Kommunikationsoffizier verkündete: »Admiral, wir erhalten eine Nachricht vom Weltraumkommando. Sie heißen uns nach dem Ende einer erfolgreichen Mission willkommen. Außerdem bitten sie uns, sämtliche Informationen, die wir während unserer Reise gesammelt haben, an die DARPA-Einrichtung auf dem Mars zur Analyse und Verteilung weiterzugeben.«

Halsey nickte. »Selbstverständlich. Schicken Sie alles über erweiterte Verschlüsselung. Teilen Sie ihnen mit, dass es sich um sehr viele Daten handelt.« Sie war froh, endlich jemanden zu haben, mit denen sie ihren Schatz an Informationen teilen konnte.

Während ihrer sechsmonatigen Reise zurück zu Sol hatten ihre Leute viel Zeit gehabt, die Sumarer und die neun verbliebenen Zodark zu befragen. Sie hatten zehntausende Audioaufnahmen, in denen sie sämtliche

Aspekte und Nuancen beider Kulturen, Planeten, Bewohner, Wirtschaften, Technologien und andere Themen angesprochen hatten, die eventuell von Wert sein konnten. Der Quantencomputer, ihre hochentwickelte künstliche Intelligenz, schluckte sämtliche Informationen und identifizierte daraufhin zusätzliche Fragen, die die Interviewer stellen oder Bereiche, die sie nachdrücklicher hinterfragen sollten. Ihr AI hatte eine unglaublich detaillierte Zusammenfassung von dem erstellt, was sie über die Sumarer und die Zodark gelernt hatten.

Admiral Halsey bat sogar einige Sumarer, sich den Bericht des AI anzuhören, um ihn gegebenenfalls zu verbessern oder bestehende Lücken zu füllen. Die Sumarer selbst waren wiederum erstaunt und beeindruckt, wie schnell die Erdenbewohner ein Profil ihres Volkes und eines der Zodark erstellen konnten.

Einige der wichtigsten Informationen, die hilfreich sein würden, betrafen die Technologie, über die sowohl die Sumarer als auch die Zodark verfügten – insbesondere im Hinblick auf ihre Antriebsysteme, die Energieerzeugung und die Raumfahrt. Wie es den Zodark gelang, die Entfernungen eines solch umfangreichen, weitläufigen Reichs zu überwinden, war Admiral Halsey allerdings immer noch ein Rätsel. Nur eine Handvoll der befreiten

Sumarer hatten je ihren Heimatplaneten verlassen, außer für den unfreiwilligen Aufenthalt in der Strafkolonie auf Clovis. Ihr Wissen darüber, wie die Zodark Hunderte von Lichtjahren überwinden konnten, war beschränkt. Sie konnten nur Gerüchte weitergeben – und bis diese Gerüchte bestätigt waren, war fraglich, wieviel Gewicht ihnen zugesprochen werden konnten.

Hosni, einer der Sumarer, dessen Herr offenbar ein Admiral gewesen war, hatte ausgesagt, dass die Zodark eine Art Transwarp-Technologie verwendeten. Sie wirkte wie ein Portal oder ein Miniatur-Wurmloch, das kreiert wurde, um ein System mit einem anderen zu verbinden. Danach nutzen sie ihr FTL-System um zwischen diesen sogenannten Toren hin und her zu reisen. Halsey war skeptisch, was sie von diesem Konzept halten oder wie so etwas überhaupt möglich sein sollte. Hadad hatte berichtet, dass die Zodark sein Volk erst ernsthaft unterdrückt und ihnen künftige Reisen in den Weltraum hinaus untersagt hatten, nachdem sein Volk eine Technologie entwickelt hatte, die im Wesentlichen ein Wurmloch öffnen und ein Reisen zwischen verschiedenen Punkten auch ohne den Gebrauch dieser Sternentore ermöglichte.

Hosni hatte vehement dem widersprochen, was die anderen sumerischen Gefangenen behauptet hatten.

Während die Sumarer darauf bestanden, dass die Zodark ihre Welten als Teil ihrer Futterquellen betrachteten, bestand Hosni darauf, dass dies ein Mythos war, den die Zodark selbst in Umlauf gebracht hätten. Er erzählte von anderen, von Sumarern besiedelten Kolonien, auf denen die Zodark Sumarer für den Kampf innerhalb des Zodark-Reichs ausbildeten und konditionierten, um sie in ihrem Expansionsdrang im Kampf gegen andere Spezies einzusetzen.

Halsey war sich nicht sicher, wie sie diese Behauptung einordnen sollte. Niemand konnte sie bestätigen und niemand hielt sie für wahr, aber Hosni bestand darauf, dass all das Teil dessen war, wie die Zodark andere Spezies ausnutzten und manipulierten. In ihrem abschließenden Bericht über diese Unterhaltung merkte sie an, dass dieser Sachverhalt weiterer Nachforschung bedurfte und nicht unmittelbar abgetan werden sollte. Etwas stimmte hier nicht, aber sie war sich nicht sicher, wo das Problem lag.

Eine Technologie, die die Zodark gemeistert hatten, war deren Version der künstlichen Schwerkraft, von der Halsey sicher war, dass sie mit großer Schnelligkeit in die Schiffe der Erde integriert werden würde. Die Erdenbewohner verließen sich auf ein enorme Energien schluckendes künstliches Gravitationsfeld, um auf einem großen Raumschiff oder auf einer Orbitalstation eine 1-g-Atmosphäre zu kreieren. Die Zodark hatten einen weit effektiveren Weg gefunden. Neben dem Trimar-Reaktor war das künstliche Gravitationssystem oder AGS, wie sie es mittlerweile nannten, wohl die bedeutendste technologische Entdeckung, die der Menschheit zugutekommen konnte.

Die Entdeckung menschlichen Lebens auf anderen Planeten und die der Zodark selbst stellten jedoch alle technologischen Erkenntnisse in den Schatten. Gleichzeitig hatten sie hierdurch allerdings auch die Büchse der Pandora für alle Erdenbewohner geöffnet. Naiv wie sie waren – das musste Admiral Halsey nun zugeben – hatten die Erdenbewohner unterstellt, das einzige intelligente Leben im Weltraum zu sein. Vielleicht war dem nur so, weil sie bislang keinerlei Hinweise gefunden hatten, die diese Theorie untergraben konnte. Das hatte sich nun geändert. Was sie gefunden hatten war aus anthropologischer Sicht gesehen so weltbewegend, dass es Jahrhunderte von Maximen und religiösem Glauben auf den Kopf stellen würde.

»Admiral, eine private Nachricht für Sie vom Weltraumkommando. Soll ich sie in Ihr Büro durchstellen?«, erkundigte sich der Kommunikationsoffizier.

Halsey lächelte und erhob sich. »Ja bitte, tun Sie das. XO, die Brücke gehört Ihnen«, kündigte sie an, bevor sie hinüber in ihr Büro ging.

An ihrem Schreibtisch loggte sie sich in ihren Computer ein, öffnete die Kommunikations-App und wartete. Flottenadmiral Chester Baileys Gesicht erschien auf dem Schirm. Überrascht lächelte sie ihn an. »Admiral Bailey, ich wusste nicht, dass Admiral Sanchez in den Ruhestand getreten ist. Herzlichen Glückwunsch zu Ihrer Beförderung!«

Admiral Bailey hatte darauf bestanden, ihr das Kommando dieser Mission zu übergeben. Dafür schuldete sie ihm etwas. Admiral Sanchez wollte einem alten Freund die Führung der ersten republikanischen Expedition über Sol hinaus zukommen lassen, aber Bailey hatte dem widersprochen. Er hatte darauf bestanden, dass diese Ehre einem jüngeren Admiral zugestanden werden sollte, einem der diese Erfahrung über Generationen weitergeben konnte, anstatt kurz nach seiner Rückkehr und dem Einheimsen des erwarteten Ruhms und der Auszeichnungen aus dem Dienst auszuscheiden.

»Vielen Dank, Admiral«, bedankte sich Bailey. »Während Ihrer Abwesenheit hat sich viel ereignet. Und meinen Glückwunsch zu einer gelungenen Mission. Ich hörte bereits kurz von dem Zwischenfall mit dem Zodark auf Ihrem eigenen Schiff. Ich bin froh, dass Ihnen nichts zugestoßen ist. Ihr Tod wäre ein großer Verlust für uns gewesen.«

Beim Gedanken an diesen unglückseligen Tag verzog Halsey das Gesicht. Sie hatte ihn immer noch nicht vollkommen überwunden. Ihr Herz begann mit jedem Gedanken daran zu rasen, was sich damals abgespielt hatte.

Bailey fuhr fort. »Ich weiß, dass der Verlust eines jeden Mannschaftsmitglieds schwer zu verkraften ist. Ich wollte nur sagen, dass Sie gute Arbeit geleistet haben, den Verlust auf ein Minimum zu beschränken und Ihre Flotte zu beschützen. Ihr Trick, sich in einen nahen Asteroidengürtel zurückzuziehen, war genial. Ein schwächerer Admiral wäre entweder geflüchtet oder hätte blindwütig das Zodark-Schiff bei dessen Eintritt in das System angegriffen. In beiden Fällen wäre uns der ungeheuer große Beitrag an Informationen und Daten entgangen, die Sie für uns sammeln konnten. Ich vermute beinahe, dass Sie mit Ihrem Einsatz nicht nur unsere Nation, sondern auch den Rest der Welt gerettet haben, Abigail.«

Sie errötete mit dem überschwänglichen Lob ihres Mentors und Leiters des Weltraumkommandos. »Ich tat genau das, was Sie und andere Führungskräfte mir beigebracht haben. Um fair zu sein, es war Captain Hunt, der vorschlug, im Asteroidengürtel Deckung zu suchen. Er war während dieser Mission eine große Hilfe.«

Sie trommelte mit den Fingern auf ihren Schreibtisch. »Was erwarten Sie von uns, sobald das Schiff die Station erreicht hat, Sir?«

Bailey lächelte ob ihrer Direktheit. »Immer im Dienst – das gefällt mir an Ihnen, Abigail. Ok, dann eins nach dem anderen. Ihre Leute, die nicht auf dem Planeten waren, werden 48 Stunden lang an einer Nachbesprechung teilnehmen und über das berichten, was während der Mission vorgefallen ist. Danach stehen ihnen zwei Wochen Urlaub zu, bevor sie auf das Schiff zurückkehren und dort erneut ihren täglichen Pflichten nachgehen. Die Personen, die auf Rhea Ab waren oder intensiven Kontakt entweder mit den Zodark oder den Sumarern unterhielten, werden fünf Tage lang an einer Abschlussbesprechung teilnehmen, bevor sie Urlaub machen dürfen. Von ihnen müssen wir so viel Information wie möglich erhalten.«

Halsey nickte.

Bailey fuhr fort. »Die Sumarer behalten wir solange auf der John Glenn, bis wir es für medizinisch unbedenklich halten, sie auf die Erde zu verlegen. Nicht, dass sie plötzlich von etwas auf der Erde krank werden, gegen das sie keine natürliche Immunität besitzen. Danach bringen wir sie nach unten und teilen sie auf. Die Hälfte wird in der Republik angesiedelt, die andere Hälfte in der Tri-Parte Allianz, wo sie weiter interviewt werden. Wenn es Sumarer gibt, die Sie gern auf unserer Seite behalten möchten, informieren Sie bitte das Weltraumkommando vor dem Ablauf der Quarantäne.«

»Die Tri-Parte Allianz? Wer ist das? Was hat sich während unserer Abwesenheit ereignet?«, erkundigte sich Halsey verwirrt.

Admiral Bailey erwiderte nur: »Abigail, wir haben uns viel zu erzählen. Geben Sie Ihre Verantwortung sofort nach der Ankunft an der Station an Ihren XO ab und melden Sie sich direkt im Hauptquartier des Weltraumkommandos. Sie und ich müssen reden.«

Bevor sie den Anruf beendeten, verbrachten sie weitere 20 Minuten mit anderen Themen. Danach kalkulierte Halsey, dass ihr der Navigationskarte nach noch ungefähr acht Stunden bis zum endgültigen Andocken verblieben und ihre Mannschaft bereit wäre, das Schiff zu verlassen. Sie plante, einige Stunden dieser Zeit damit zu verbringen, sich auf die Geheimdienstberichte zu konzentrieren, die sie gerade vom Weltraumkommando erhalten hatte. Sie musste sich dringend darüber informieren, was während ihrer Abwesenheit vorgefallen war.

****

John Glenn Orbital Station
Dock 5

Das Erste, was Captain Miles Hunt beim Verlassen der Fluggastbrücke sah, war seine Frau, die ihn mit einem selbstgebastelten ,Willkommen daheim'-Schild in einem figurbetonten Kleid erwartete, das ihn beinahe zum Wahnsinn trieb. Nachdem er seine Frau nun lange 14 Monate nicht mehr in eigener Person gesehen hatte, war er mehr als bereit, sich wieder mit ihr vertraut zu machen.

»Hey, Matrose .... wie wär's mit einem Schäferstündchen?«, scherzte Lilly, bevor sie ihr Schild fallen ließ und die Arme um ihn schlang. Sie küssten sich lang und leidenschaftlich.

Sie an sich zu drücken fühlte sich so gut an. Der über 14 Monate angestaute Stress fiel einfach von ihm ab. In diesem Moment fühlte er sich sicher und beschützt. Nach einer Weile ließ er Lilly los, griff nach seiner kleinen Tasche und führte sie zu der vorläufigen Unterkunft, in der sie die nächsten Tage verbringen würden. Er hatte noch fünf Tage Arbeit vor sich und musste vor dem Antritt seines Urlaubs noch unzählige Berichte erstellen.

Auf dem Weg unterhielten sich die beiden ein wenig. Er unterhielt Lilly mit Geschichten ihrer Entdeckungen, insofern er sie mit ihr teilen durfte. Er versprach ihr einige Bilder und Videos zu zeigen, die sie während ihrer vielen Aufenthalte zur Ladung des FTL-Antriebs gefilmt hatten.

Sobald sie das Quartier erreicht hatten, verschlossen die beiden schnellstens die Tür und erledigten erst einmal das dringendste Bedürfnis. Eine Stunde später lag Miles neben Lilly im Bett und zeigte ihr eine Reihe von Bildern und Videos, die sie auf dem Weg ins Rhea-System aufgenommen hatten. Lilly war begeistert. So war er, da er nun endlich Gelegenheit hatte, diese unglaublichen Momente mit jemandem zu teilen. Lilly war ebenfalls ein Astronomie-Freak. Das war einer der vielen Gründe, weshalb sie vor so vielen Jahren ins Weltraumkommando eingetreten war. Sie hatte immer vorgehabt, gemeinsam mit Miles die Sterne zu erkunden – was bisher allerdings leider noch nicht wahrgeworden war.

Nachdem sie sämtliche Videos und Fotos ausgiebig studiert hatten, machten sie sich zum Abendessen zurecht. Auf der Promenade gab es ein fantastisches Restaurant mit riesigen Fenstern, die den Blick auf die darunterliegende Erde freigaben. Mit dem Eintreffen der ersten Passagiere für die Reise nach Alpha Centauri und der Rückkehr von Admiral Halseys Flotte wartete leider bereits eine lange Reihe von Gästen auf einen Tisch.

Einer von Hunts Offizieren sah, dass er und seine Frau in der Schlange standen und sprach mit dem Maître d'. Er musste erwähnt haben, wer Hunt war, denn nur knappe 20 Minuten später saßen Lilly und er an einem der begehrten Tische direkt am Fenster.

Nachdem sie ihre Bestellung abgegeben und ein Glas Wein vor sich hatten, fragte Hunt neugierig: »Also, wie ist die Stimmung hier? Ich war so lange weg und es sieht aus, als hätte sich inzwischen Einiges ereignet.«

»Oh wow, Schatzi. Halt so, wie sich eben alles während deiner Abwesenheit verändert hat ….« Mit ihrer übertrieben hohen Stimme klang sie wie eines ihrer Kinder.

»Nein, nun mal im Ernst. Was ist passiert? Mir kommt alles anders vor.«

Sie zuckte mit den Achseln und griff nach ihrem Glas. »Das Weltraumkommando veröffentlichte einige der Informationen, die ihr zurückgeschickt habt – dass ihr auf anderen Planeten Menschen entdeckt habt und diese schreckliche neue außerirdische Rasse, die Zo… wie auch immer. Dem folgte die Ankündigung des neuen Abkommens mit der Tri-Parte Allianz. Plötzlich waren wir alle wieder die besten Freunde. Keine Rede von möglichen Feindseligkeiten, einfach die besten Kumpels. Sie erlauben uns sogar, unsere eigene Kolonie auf Alpha Centauri zu gründen.« Mit zwei Zügen leerte sie ihr Glas, bevor sie hinzufügte: »Man hat den Eindruck, als ob das Weltraumkommando eine schreckliche Nachricht vor uns verbergen will. Kennst du sie vielleicht?«

Miles war sich nicht sicher, was er ihr zu diesem Zeitpunkt sagen durfte, also gab er Unwissen vor. »Ich weiß es nicht, Lilly. Ich kam gerade erst zurück. Ich muss mich erst wieder orientieren. In einigen Tagen oder Wochen kann ich dir vielleicht mehr sagen kann. Aber im Moment wollen wir uns keine Sorgen machen. Freuen wir uns an dem Hier und Heute und genießen ein perfektes Abendessen mit einer spektakulären Aussicht auf die Erde.«

Der Rest des Abends verging damit, über ihre Kinder und deren Pläne zu reden. Beide besuchten mittlerweile die Weltraumakademie und hatten vor, in den Fußstapfen von Vater und Mutter Weltraumfahrer zu werden.

****

Hauptquartier des Weltraumkommandos
Kennedy Space Center

Captain Miles Hunt saß neben Admiral Halsey am Tisch, während die Führungsriegen des Weltraumkommandos und der Tri-Parte Allianz sie nun schon den dritten Tag über die Zodark-Schiffe ausfragten. Vier Wochen waren seit ihrer Rückkehr vom Rhea-System vergangen – mehr als genug Zeit, die Daten, die sie gesammelt hatten, zu analysieren und beiden Gruppen, deren AI-Computern und Tausenden von Analytikern zugänglich zu machen. Sie hatten die unbedeutendsten elektronischen Informationen, alles Bildmaterial, die Gesprächsnotizen mit den Sumarern – was immer auch zur Verfügung stand - bis ins kleinste Detail untersucht, um die Bedrohung durch die Zodark richtig einzuschätzen.

»Captain Hunt ….«, hakte einer der TPA-Admirale nach, »…. falls Ihr Schiff in seiner gegenwärtigen Kapazität in einen Kampf gegen die Zodark verwickelt worden wäre, denken Sie, Sie hätten gewonnen?«

Diese Frage hatte Hunt sich selbst schon hundert Mal gestellt. Es war eine, auf die er keine Antwort wusste. Er erwiderte dem Admiral der Allianz deshalb einfach: »Ich würde es gern glauben, aber um ehrlich zu sein, ich weiß es nicht. Während unseres Transits zurück nach Sol nahm ich mir die Zeit, mir den Energieausstoß dieser Schiffe näher anzusehen. Anhand des Energieaufkommens denke ich, dass ihre Impulsstrahler relativ stark sind. Ich bin mir nicht sicher, ob unsere derzeitige Panzerung ihnen standgehalten hätte. Ohne konkretes Wissen über die Stärke ihrer Laser ist unklar, ob sie bereits aus weiter Entfernung angreifen können, während wir zum optimalen Einsatz unserer Waffen gezwungen sind, den Abstand zu ihnen zu verringern.«

Viele der militärischen Führungskräfte nickten ihre Zustimmung zu seiner Einschätzung. Seine Logik war nicht zu widerlegen, was aber nicht bedeutete, dass sie es nicht auf einen Versuch hätten ankommen lassen.

»Admiral, solange sie sich nicht sicher über die militärischen Fähigkeiten des Feindes waren, warum unternahmen Sie nicht den Versuch, sie zu stellen oder ihre eigenen Waffen an ihnen zu testen?«, fragte ein anderer Offizier, wieder von der TPA.

Admiral Halsey beugte sich in ihrem Stuhl vor. »Ich war für mehr als nur für mein eigenes Schiff verantwortlich. Ich hatte die *Rook*. Unsere Informationen hinsichtlich des Systems deuteten an, dass weder dieses System noch ein Planet bewohnt waren. Wir sahen die

Anzeichen möglichen Lebens, aber keine Städte, keine elektronischen Aktivitäten in der Umlaufbahn, im System oder auf dem Planeten. Dementsprechend traten wir nicht mit einer Flotte von Kriegsschiffen an, um eine Schlacht zu schlagen. Das Risiko der Zerstörung unserer Schiffe durfte ich nicht eingehen. Die soeben entdeckten und dringend benötigten Informationen mussten die Erde erreichen.«

»Sie griffen ohne zu zögern eine der Förderkolonien an und befreiten einige Hundert Sumarer. Dabei töteten sie über einhundert Wachen der Zodark«, hielt ihr ein TPA-General vor.

Dem Aussehen nach war er Russe, schätzte Halsey. *Ja, er ist Russe ….*

»General, nach der Entführung der Botschafterin und ihres Assistenten durch die Zodark blieb uns keine Wahl. Schließlich konnten wir sie nicht einfach zurücklassen«, erwiderte sie mit einem erzwungen neutralen Gesichtsausdruck.

Dann räusperte sich Admiral Bailey. »Admiral Halsey, glauben Sie, dass die Zodark zu einem Gespräch mit uns bereit wären, falls wir sie erneut ansprechen würden?«

»Nein«, erwiderte Halsey vielleicht ein wenig zu schnell. »Ich bin überzeugt davon, dass die Zodark unsere Rasse seit Hunderten, wenn nicht schon seit Tausenden von

Jahren als ihre Sklaven oder als Nahrungsmittel betrachten. Sie werden uns solange nicht ernst nehmen, bis wir sie dazu zwingen, uns ernst zu nehmen.«

Mehrere Generale und Admirale reagierten auf ihre Aussage, bevor Admiral Bailey den Raum wieder zur Ordnung ermahnte. »Admiral, wie bewegen wir sie Ihrer Meinung nach dazu, uns ernst zu nehmen? Haben Sie einen Vorschlag?«

Alle Augen waren auf sie gerichtet. Ruhig sah sie jedem der Anwesenden in die Augen und sprach: »Wir versetzen ihnen einen Schlag ins Gesicht. Wir kehren ins Rhea-System zurück und nehmen ihnen Neu-Eden ab. Danach verwandeln wir das gesamte System in eine Festung. So stellen wir sicher, dass sie uns ernst nehmen.«

Einer der TPA-Generäle – der gleiche Russe von vorhin – schnaubte bei diesem forschen Vorschlag. »Und falls das nicht funktioniert, Admiral, wie sieht Ihre Alternative aus?«, erkundigte er sich abfällig.

»Falls das nicht funktioniert, General, dann tragen wir den Kampf vor ihre Haustür. Wir befreien die Heimatwelt der Sumarer, die Welt einer hochentwickelten Rasse. Sie zu Verbündeten zu machen wäre ein echter Coup«, konterte Halsey.

Admiral Bailey hob die Hand, um den Raum davon abzuhalten, erneut frei zu diskutieren. »Obwohl ich Ihre Aggressivität begrüße, Admiral, denke ich nicht, dass wir momentan realistisch dazu in der Lage sind.«

Halsey gab nicht auf. »Dann rüsten wir rapide auf, basierend auf den neuen Technologien und den Informationen, die uns die Sumarer geliefert haben. Und greifen sie damit an. Ich glaube, dass diese Rasse sich einem falschen Gefühl der Sicherheit hingibt. Ich persönlich unterhielt mich über einhundert Stunden mit den gefangenen Zodark und den Sumarern und bin zuversichtlich, dass wir sie vollkommen überrascht überrumpeln können. Ihr einziger Umgang mit Menschen ist der mit ihren Sklaven. In dem Moment, in dem sich die Menschen, die sie kontrollierten, als mögliche Gefahr entpuppten, bereiteten sie dem ein Ende. Sie haben nie einen menschlichen Feind bekämpft, der etwas vom Kämpfen versteht. Wenn es eines gibt, von dem die Erdenbewohner etwas verstehen und worin sie gut sind, dann ist es sich untereinander zu töten. Diese Talent können wir auch den Zodark zugutekommen lassen.«

******

Vier Stunden später

»Ein mutiger Vorschlag, den Sie in der Besprechung machten.« Admiral Bailey sah Halsey an.

Sie zuckte mit den Schultern. »Sie wollten meine Meinung, was ich tun würde wenn ich das Sagen hätte. Genau das würde ich tun.«

Bailey mochte Halsey. Selbst unter Druck behielt sie einen kühlen Kopf und nahm kein Blatt vor den Mund, falls es angesagt war. Militärführer wie sie brauchte er. Dennoch mussten seine Kommandeure auch ein Verständnis dafür entwickeln, dass es manchmal besser war, nicht mit dem Kopf durch die Wand zu gehen – etwas, das er selbst über die Jahre hatte lernen müssen.

Im Stuhl zurückgelehnt stieß er einen leisen Seufzer aus. »Ich stimme Ihrer Einschätzung zu, Abigail. Aber während Ihrer Abwesenheit hat sich hier eine Menge verändert. Die Entdeckung der Zodark und der Sumarer trug ein gutes Stück dazu bei, einen neuen Krieg auf der Erde zu verhindern. Plötzlich wurde uns allen klar, dass es in der Galaxie weit gefährlichere Bedrohungen gibt als wir es untereinander sein sollten.«

Bailey sah ihr an, dass sie seine Aussage ohne Kommentar überdachte. Still wartete sie auf seinen nächsten Zug.

»Rein theoretisch, Abigail …. Wenn wir Ihrer Schlag-ins-Gesicht-Politik folgen würden, wie viele Schiffe sollten wir bringen, und weit wichtiger, ist unsere gegenwärtige Technologie gut genug, um zu gewinnen?«, forschte er.

»Das Rhea-System liegt weit von der Erde entfernt.«

Abigail erwiderte bedächtig. »Ich glaube, dass unsere Magrail stark genug sind, um ihnen Schaden zuzufügen. Da bin ich optimistisch. Bei unseren Impulsstrahlern bin ich mir nicht so sicher. Nicht mit dem jetzigen Energieausstoß. Wenn wir aber die Fusionsreaktoren unserer Schiffe auf die neuen Trimar-Reaktoren umrüsten, dann sollte der Anstieg im Energieausstoß der Impulsstrahler uns eine Chance geben. Außerdem würde das die Reisezeit in das System beträchtlich verkürzen.«

Sie überlegte einen Moment, bevor sie hinzufügte: »Admiral, unsere Magrail-Systeme sind der Schlüssel zum Erfolg gegen die Zodark, denke ich. Sie werden ihre Schiffe durchlöchern.«

Bailey runzelte die Stirn. »Tatsächlich? Sie denken, unsere Magrail durchschlagen die Panzerung ihrer Schiffe?« Sein Interesse war geweckt. Woher rührte ihre Überzeugung, wenn die Analytiker zu diesem Zeitpunkt nichts dergleichen vermuteten?

Abigail lächelte verschmitzt. »Ich sprach mit einem der Sumarer, der angibt, der Sklave eines NOS gewesen zu sein. So nennen die Zodark ihre Version eines Admirals. Er erzählte, dass er mit seinem Herrn an Bord seines Schiffes war, als sie eine andere fremde außerirdische Rasse bekämpften. Die Laser der Außerirdischen konnten den Zodark-Schiffen nichts anhaben, da sie nicht stark genug waren, die Panzerung ihrer Schiffe zu durchdringen.

»So kamen wir auf die Panzerung zu sprechen, und woraus sie besteht. Er erklärte, dass sie mit einer organischen Mixtur beschichtet ist, die den Großteil der Energie eines Laserbeschusses absorbiert. Er war sich nicht sicher, wie diese Technologie funktioniert und ehrlich gesagt, verstehe ich es genauso wenig, aber das brachte mich ins Grübeln. Wenn das Hauptaugenmerk der Zodark darauf gerichtet ist, die Laserenergie umzulenken oder zu absorbieren, dann stehen die Chancen gut, dass sie auf die Abwehr eines direkten kinetischen Angriffs wie den unserer Magrail nicht vorbereitet sind.«

In Gedanken versunken kaute Bailey auf seiner Unterlippe. »Eine gute Theorie, Abby. Aber sicher können wir uns dabei nicht sein. Außerdem ist uns die effektive Reichweite ihrer Laser unbekannt – möglich, dass sie lange bevor wir nahe genug sind, um mit unserer Magrail-

Munition ihre Schiffe zu erreichen, den Laserangriff starten. Außerdem müssten wir sehr viel Munition einsetzen, um für einen Kurswechsel ihrerseits zu kompensieren.«

»Ganz Ihrer Meinung. Aber dank unserer Drucker ist es kein Problem, genug Munition herzustellen, um den Beschuss aufrecht zu erhalten. Unser Kanonen behalten regelmäßig eine hohe Feuergeschwindigkeit bei«, versicherte Halsey ihm. »Admiral, wir sollten ein Schiff nach Rhea zurücksenden, um diese Theorie zu testen. Falls sie sich bestätigt, hilft uns das, unsere Flottenoperationen optimal zu konfigurieren. Falls sie versagt, wissen wir, dass wir umdenken müssen, bevor wir eine Flotte losschicken und alles aufs Spiel setzen.«

Bailey schnaubte bei ihrem Vorschlag. »Ein riskantes Manöver, Abby. Als Erstes müssten wir eines der Schiffe mit einem Trimar-Reaktor ausstatten. Dann müssten wir die Waffensysteme auf die neue Energiequelle hochrüsten. Und dann müssten wir gewillt sein, dieses Schiff gegebenenfalls dem Test Ihrer Theorie zu opfern. Sie haben nicht zufällig ein Schiff und eine Mannschaft im Auge, der Sie dieses Risiko zumuten würden?«

Mit hoch erhobenem Kopf erklärte sie: »Ich könnte die *Voyager* nehmen, natürlich ohne das Truppenkontingent.«

Kopfschüttelnd verwarf Bailey diese Idee.

»Ausgeschlossen. Sie sind meine erfahrenste Flottenkommandantin. Ihren Verlust kann ich nicht riskieren, Abigail, nicht für einen Test wie diesen.«

»Dann die *Rook*. Sie könnte die Zodark auf die Probe stellen - zunächst den Versuch einer erneuten Kontaktaufnahme machen und nach deren Fehlschlag die Auseinandersetzung suchen. Ich könnte auf der Voyager die Schlacht aus der Entfernung beobachten und über deren Ablauf berichten«, bot sie als Kompromissvorschlag an.

»Hat Captain Hunt Sie auf der letzten Reise irgendwie verärgert?«

Mit der Erkenntnis, dass sie möglicherweise gerade ihren ehemaligen XO und Freund – und Baileys ehemaligen Stabschef – den Wölfen zum Fraß vorgeworfen hatte, errötete sie leicht. »Oh nein, Sir. Die *Rook* ist einfach das beste Schiff für den Job und er ist ihr Captain.«

Bailey holte tief Luft, bevor er sie hörbar wieder ausstieß und nickte. »Ok, Abby, wir machen Folgendes. Die *Rook* und die *Voyager* werden umgehend mit den neuen Reaktoren ausgestattet und ihre Waffensysteme dementsprechend nachgerüstet. Diese beiden Schiffe kehren nach Rhea zurück, um dort Ihren Test durchzuführen. *Falls* er schiefgehen sollte, werden Sie uns darüber berichten. Diese Information wird für die erfolgreiche Verteidigung von Sol und für unser Überleben ausschlaggebend sein. Haben Sie verstanden?«

Admiral Halsey nickte. »Jawohl, Sir. Sie können sich auf mich verlassen.«

Kapitel Einundzwanzig
Volle Deckung

Sol

Ein Testgelände auf Jupiter

Captain Miles Hunt starrte mit angehaltenem Atem auf den fünfhundert Kilometer entfernt liegenden Asteroiden. Alle auf der Brücke taten es ihm nach. Dies war der erste Test ihres neuen, verbesserten Impulsstrahllasers.

Die neun Monate seit der Rückkehr von Rhea waren in Windeseile vergangen. Sein Schiff, die *Rook*, war gemäß den neuen Technologien der Sumarer und der Zodark auf der Werft von Grund auf aktualisiert worden, mit der Nachrüstung der technischen Abteilung, des Antriebs und der an Bord befindlichen Waffensysteme.

Hunt hatte es für unmöglich gehalten, das Schiff – wie es ihnen tatsächlich gelungen war - auseinanderzunehmen, zu entfernen, was entfernt werden musste, es durch die neue außerirdische Technologie zu ersetzen, und die *Rook* wieder zusammenzubauen, und all das innerhalb von neun Monaten. Aber sie hatten es geschafft. Das für ihre Ankunft bereitstehende Trockendock und die Arbeitskraft einer

Armee menschlicher und synthetischer Arbeiter hatte natürlich zu diesem Erfolg beigetragen.

Und nun, zwei Monate später, befanden sie sich auf dem Testgelände des Jupiters und führten die Endkontrolle des Waffensystems durch. Die FTL- und Antriebssysteme hatten sie bereits getestet. Sie funktionierten, weit besser als ihre alten Systeme. Mit ihren MPD-Drives bewegten sie sich nun 400 Prozent schneller innerhalb ihres eigenen Systems voran, und der FTL-Drive beförderte sie mit Geschwindigkeiten von bis zu einem Lichtjahr pro Tag - 15 Mal schneller als mit dem alten System.

Der Waffenoffizier, Lieutenant Cory LaFine, unterbrach mit angespannter Stimme Hunts Gedankengang: »Die Strahlenkondensatoren sind voll hochgefahren. Wir sind feuerbereit, Sir.«

Der junge Lieutenant und die Ingenieure um ihn herum waren sichtlich nervös. Sie würden einen unglaublich hohen Energieaufwand durch bestimmte Knotenpunkte an die vordere Laserbank weiterleiten. Alle hofften, dass es bei diesem Energietransfer in den vorderen Teil des Schiffs weder zu Explosionen kommen noch das etwas schmelzen würde.

Mit dem Blick auf seine Mannschaft konnte Hunt die Aufregung aller sehen und spüren. Die Anspannung wuchs ins Unerträgliche. Bei diesem Test ging es um den gefährlichsten Teil der außerirdischen Technologie. Er wusste, dass er vielleicht etwas sagen sollte, um die Nerven um ihn herum zu beruhigen. *Aber was…?*

»Ok, Leute, alles was wir bisher getestet haben, hat funktioniert. Unsere sumarischen Gäste und Ingenieure haben fabelhafte Arbeit geleistet. Warum sollten wir jetzt an ihnen zweifeln? Nehmen wir einen der Asteroiden aufs Korn und versuchen wir es. Waffenoffizier, finden Sie uns ein Ziel und Feuer frei.« Hunt befahl dies so nonchalant, als ob es sich um eine alltägliche Begebenheit handelte. Er tat sein Bestes, seiner Mannschaft durch sein ruhiges Auftreten Mut einzuflößen. Er wollte das Bild eines entspannten, zuversichtlichen Captains porträtieren, der bedingungslos auf seine Waffensysteme und auf die Fähigkeiten seiner Leute vertraute.

»Abschuss!«, verkündete der Waffenoffizier mit lauter Stimme, die alle beinahe zusammenzucken ließ.

Vor ihren Augen schoss ein Laserstrahl ins All hinaus und traf den Asteroiden, auf den sie gezielt hatten. Die Anwesenden auf der Brücke verfolgten, wie er sich ein Loch in den Stein fraß …. bevor der gesamte Brocken sich in eine Million kleinerer Teile auflöste.

Hunt schnaubte. *Verdammt noch mal. Es hat funktioniert ....*

»Ziel zerstört«, berichtete Lieutenant LaFine aufgeregt. Andere Beobachter auf der Brücke stießen einen hörbaren Seufzer der Erleichterung auf. Der Test hatte funktioniert, ohne dass sie sich dabei selbst in die Luft gesprengt hatten.

»Ausgezeichnete Arbeit, Lieutenant«, lobte Hunt. »Ingenieure, haben Sie alle Daten, die sie brauchen?« Die Waffeningenieure hatten den Energieaufwand jedes einzelnen Impulses analysiert, wie schnell der Kondensatorblock neu geladen und wie schnell der Laser wieder abgefeuert werden konnte – alles wichtige Informationen, über die sie in der Hitze der Schlacht verfügen mussten.

»Die ersten Zahlen haben wir, Captain. Als nächstes müssen wir das System einem ununterbrochenen Stresstest unterziehen. Können wir sofort damit beginnen?«, bat einer der Ingenieure um Erlaubnis.

«Waffenoffizier, bitte finden Sie uns weitere Ziele und setzen Sie den Test dem Wunsch der Ingenieure entsprechend fort«, befahl Hunt. Dann pingte er seinen Chefingenieur an. »Commander Lyons, wie sieht es bei Ihnen aus?«

Der Chefingenieur Commander Jacob Lyons reagierte umgehend. »Alles scheint gut zu verlaufen. Einer meiner Männer gab an, dass das Leistungsrelais an Steuerbord beim Abschuss höher als normale Werte anzeigte, ohne allerdings Probleme zu verursachen.«

Frustriert schob Hunt die Unterlippe vor. »Lieutenant LaFine, Test einstellen. Ich will, dass zunächst das Leistungsrelais an Steuerbord überprüft wird.«

Diese Nachricht ließ mehrere der Ingenieure aufhorchen. Einer kam auf Hunt zu. »Captain, nennen Sie uns bitte den Bereich? Wir schicken umgehend ein Team zur Überprüfung los. Eventuell müssen wir das System verstärken, falls es über akzeptable Werte hinausgeht.«

Hunt erklärte ihnen, wo sie das Leistungsrelais finden konnten, worauf sich eine Gruppe auf den Weg machte, um diesen Bereich zu inspizieren. Das war eines der Ding, um die Hunt sich Gedanken machte. Sein Schiff war ursprünglich nicht mit diesen neuen Technologien im Sinn gebaut worden. Sie hatten die Kompatibilitäten der alten Zuliefersysteme einfach unterstellt, in der Hoffnung, dass alles einvernehmlich funktionieren würde.

Vier Stunden später war das Problem identifiziert und eine Lösung lag vor, deren Umsetzung die Ingenieure einen ganzen Tag kostete. Dann war es an der Zeit, die

Laserreihen erneut zu testen, um zu sehen, ob das Problem aus der Welt geschafft war.

Hunt befahl mehrere Testabschüsse der Laser, jeder mit zunehmender Stärke, bis sie ihr Maximum erreicht hatten. Die Ingenieure hatten mit jedem Pulsausstoß eine Auge auf die Relaisfunktionen des gesamten Schiffs, überprüften, ob die Kabel standhielten, und ob die Relaisgehäuse ihre Arbeit taten. Nach weiteren drei Tagen waren sie bereit, das Schiff als kampftüchtig zu deklarieren – das erste menschliche Raumschiff, das über die Technologien der Sumarer und der Zodark verfügte.

Kapitel Zweiundzwanzig
Ein Schlag ins Gesicht

Das Rhea-System
RNS *Rook*

»In zehn Sekunden verlassen wir den Warp«, meldete Lieutenant Donaldson, der bereits seit ihrem ersten Besuch in diesem System für Captain Hunt arbeitete.

»Ok, Leute, aufgepasst. Ich brauche in weniger als 10 Sekunden einen kompletten systemweiten Scan. Aktivieren Sie, was immer Sie haben. Verstanden?«, wies Hunt seinen taktischen Offizier, Commander Fran McKee, an. Es fiel in ihre Verantwortung, mit CIC und den anderen Abteilungen auf der Brücke zu koordinieren, um ein taktisches Gesamtbild des Systems zu erstellen. Diese Information würde ihren nächsten Schritt bestimmen. Dem Gefechtsbereich kam eine wichtige Stellung auf dem Schiff zu. Fran McKee lag in der Kommandostruktur an dritter Stelle.

McKee nickte mit ernsten Gesichtsausdruck. »Jawohl, Sir. Wir sind bereit.« Sie hatte ihre Abteilung hart trainiert, hatte sichergestellt, dass alle genau wussten, was sie in dem Moment zu tun hatten, sobald das Schiff aus dem FTL-

Antrieb heraus in ein System eindrang, insbesondere in ein potenziell feindlich gesinntes.

Die *Rook* befand sich nun seit 12 Tagen im Transit, ein weit kürzerer Zeitraum als die sechseinhalb Monate, die es sie das letzte Mal gekostet hatte. Worin sie sich nicht sicher sein konnten, war die Antwort auf die Frage, was oder wer sie bei ihrer Ankunft erwarten würde. Vor ihrem letzten Rückzug aus dem System hatten sie eine Minenkolonie befreit und sämtliche Zodark-Aufseher, die sie bewachten, ausgemerzt. Hunt war begierig darauf zu erfahren, ob das den Zodark aufgefallen war und wenn ja, was sie dagegen unternehmen wollten.

Hunts schob diesen Gedanken allerdings schnell zur Seite, als das Schiff aus dem Warp heraus eine astronomische Einheit vor dem Planeten Neu-Eden oder Clovis, wie ihn die Sumarer und Zodark nannten, zum Stillstand kam.

»Steuermann, stellen Sie auf MPD-Drive um. Einviertel Antrieb auf Neu-Eden zu«, erteilte Hunt Anweisung an die Mannschaft.

Der Blick in Frans Richtung zeigte Hunt, dass ihre Leute getreu ihrem Training alles einsetzten, was ihnen zur Verfügung stand. Mehrere elektronische Sondierungsantennen wurden ausgefahren, Radarkuppeln traten unter ihrer Panzerbeschichtung hervor und wurden online gebracht. Ihre Abteilung aktivierte die unterschiedlichen Näherungssensoren und die elektronischen Ortungsgeräte. Ihre Radar- und Lidarvorrichtungen würden das gesamte Rhea-System mit einem vollen Spektrum an Radiowellen überfluten. Und in Kürze würde ihr Team in der Gefechtsinformationszentrale hinter der Brücke, im CIC, damit beginnen, die eingegangenen Daten zu analysieren und sie auf jede mögliche Gefahr, der ihr Schiff in diesem Bereich ausgesetzt sein könnte, aufmerksam machen.

Einige Minuten vergingen ohne nennenswerte Ereignisse. Auf visuelle Eindrücke mussten sie warten. Erst nach dem Eingang der ersten elektronischen Wiedergaben der verschiedenen Scans würden sie in der Lage sein die Situation im System zu überblicken. Abhängig davon, ob und in welcher Entfernung sich ein Zodark-Schiff in diesem Bereich aufhielt, würde es eine Weile dauern, bis diese Information zu ihnen durchkam. In der Zwischenzeit würden sie ihre Reise Richtung Neu-Eden fortsetzen und sehen, was es auf der Planetenoberfläche zu entdecken gab.

Ich hoffe, der Voyager ist es gelungen, unentdeckt ins System zu gelangen, dachte Hunt, während er geduldig auf seinen taktischen Offizier wartete, der ihm hoffentlich bald die Rückmeldung einiger Signale ansagen konnte. Er wusste, dass der Plan, den das Weltraumkommando auf die Schnelle zusammengeschustert hatte, ein unglaublich gefährlicher war. Allerdings wusste er ebenso, dass genau ihre Mission zunächst erfolgreich durchgeführt werden musste, bevor sie eine weit größere Gruppe nach Neu-Eden auf den Weg brachten.

Zwei Stunden später trafen die ersten Bilder vom System ein. Und siehe da, im hohen Orbit um Neu-Eden lag ein Zodark-Schiff. Es schien ihre Gegenwart entdeckt zu haben und war gerade dabei, die Umlaufbahn zu verlassen.

»Gefechtsabteilung, wie lange, bevor wir uns in Schussweite auf das Zodark-Schiff befinden?«, erkundigte sich Commander Asher Johnson. Hunts XO war ebenso wie er darauf erpicht, sich mit den Zodark anzulegen.

McKee in ihrer üblichen kontrollierten Stimme gab ruhig Auskunft. »Commander, sie scheinen die Umlaufbahn noch nicht verlassen zu haben. Ich kann Ihnen besser Auskunft geben, nachdem ich weiß, wie schnell ihr Antriebssystem ist. Falls sie ihre gegenwärtige Geschwindigkeit beibehalten, dann sind sie in sechs Stunden in Abschussentfernung.«

Hunt wandte sich an Lieutenant Commander Robinson, seinen EWO, seinen elektronischen Kampfführungsoffizier. »Überwachen Sie das feindliche Schiff auf elektronische Signale. Ich will wissen, welche Art von Zielsensoren sie verwenden. Sobald Sie das herausgefunden haben, setzen Sie sich mit den Leuten in CIC zusammen und überprüfen, ob wir sie blockieren oder ihre Effektivität verringern können.«

»Verstanden, Captain. Wir sind dran«, bestätigte Robinson sofort.

Die elektronische Kriegsführung war eine Kunstform, eine wichtige Komponente der irdischen Kriegsführung. Das Weltraumkommando hoffte, dass sie sich auch in der Weltraumauseinandersetzung so erfolgreich erweisen würde wie in der Luft, am Boden und auf dem Meer für konventionelle Truppen. Das Weltraumkommando hatte diese Kriegsform mit großem Erfolg in Sol eingesetzt. Das Zielerkennungssystem eines Gegners zu blockieren machte es für den Feind in dem Moment, in dem er es am meisten benötigte, funktionsuntüchtig. Das könnte Hunt genau die Zeit liefern, die er und seine Mannschaft brauchten, um einen vernichtenden Schlag zu landen.

****

Mehrere Stunden vergingen, in denen die Erdenbewohner unablässig auf das Schiff der Zodark zusteuerten.

»Kommunikation, grüßen Sie die Zodark auf allen uns bekannten Frequenzen. Nutzen Sie unsere vorprogrammierte Nachricht in ihrer Sprache. Dann wissen wir bereits, bevor wir in Schussweite gelangen, ob sie Interesse an einem Dialog mit uns zeigen«, befahl Hunt.

Er drückte die Daumen. *Vielleicht, womöglich, wollen sie dieses Mal reden*, hoffte er. Der letzte Versuch der Republik hatte sich als nicht sehr erfolgreich erwiesen.

Zwanzig Minuten vergingen ohne Reaktion. Hunt musste sich selbst daran erinnern, dass zwischen der *Rook* und diesem Zodark-Schiff eine große Entfernung lag. Er musste sich gedulden und abwarten. In der Zwischenzeit ließ er das CIC analysieren, inwieweit sich dieses Schiff von dem Schiff unterschied, das sie bei ihrem letzten Besuch im Systems angetroffen hatten.

Bisher wussten sie, dass dieses Schiff größer als das letzte war – etwa doppelt so groß, dazu noch 50% größer als ihr eigenes Schiff. Dieses Zodark-Schiff schien zudem ein echtes Kriegsschiff zu sein; zumindest ließen die Reihen der Laserpulswaffen, mit denen das Raumschiff ausgestattet war, einen solchen Schluss zu. Hunt war sich nicht sicher, ob das Schiff, auf das sie beim letzten Mal gestoßen waren, nicht vielleicht ein Transporter gewesen war. Klar war jedenfalls, dass die beiden Schiffe eindeutig verschiedene Aufgaben hatten.

Nach 30 Minuten verkündete Lieutenant Molly Branson, sein Kommunikationsoffizier: »Captain, das Schiff reagiert nicht.«

Bevor Hunt erwidern konnte, meldete sich Commander McKee zu Wort. »Captain, wir entdecken einen Zielradar oder -sensor, der versucht, unser Schiff anzupeilen.«

Hunt wandte sich an seinen EWO-Offizier. »Commander, sehen Sie, ob Sie das Signal blockieren können. Kein Grund, ihnen einen guten Blick auf uns zu erlauben, wenn wir es vermeiden können.« Dann brachte er alle Mann auf Gefechtsstation. Das würde das gesamte Personal aus den Betten an ihre Arbeitsplätze bringen und die Mannschaft veranlassen, die *Rook* so gut wie möglich zu sichern.

»Wir blockieren das Signal. Sieht aus, als seien sie nicht in der Lage, uns weiter anzupeilen«, rief der EWO-Offizier hocherfreut aus.

Diese Meldung brachte Hunt zum Lächeln. Sie hatten soeben einen ihrer bedeutenden Tests gegen die Zodark-Schiffe erfolgreich bestanden.

»Captain, das feindliche Schiff beschleunigt. Sie halten jetzt mit weit höherer Geschwindigkeit auf uns zu«, berichtete Commander McKee. Ihre Stimme klang vor Aufregung eine ganze Oktave höher.

Genau darauf hatten sie spekuliert. Sobald das Zodark-Schiff feststellen würde, dass ihr Zielradar blockiert oder außer Gefecht gesetzt war, würden sie den Abstand zwischen den Schiffen verringern, um die Blockade zu brechen.

»Wie lange, bevor sie sich in Schussweite befinden?« Hunt versuchte eiligst, eine Rechnung im Kopf durchzuführen. Die Spannung auf der Brücke nahm mit der um sich greifenden Erkenntnis zu, dass sie in wenigen Minuten in ein Gefecht verwickelt sein würden.

»Bei gleichbleibender Geschwindigkeit fünf Minuten. Sie sind immer noch beinahe 400 Megameter[1] entfernt«, antwortete Lieutenant Cory LaFine, der Waffenoffizier. Aufmerksam beobachtete er Hunt, erpicht auf seinen Befehl.

»Weps, sobald das Zodark-Schiff seine Laser abfeuert, aktivieren Sie umgehend die SWs. Warten Sie nicht auf die

---

[1] Ein Megameter entspricht 1.000 Kilometern. 400 Megameter sind 400.000 Kilometer.

Bestätigung dieses Befehls, tun Sie es einfach. Falls sie angreifen, bleibt uns nicht viel Zeit. Verstanden?«

Lieutenant LaFine nickte.

Die SWs waren eine Mischung aus Sand und Wasser, die, gepackt in kleine Hochgeschwindigkeitsraketen, zwischen ihnen und dem feindlichen Schiff explodieren und eine Wolke aus Sand und Wasserkristallen kreieren sollten. Die Experten gingen davon aus, dass diese Wolken die Stärke der feindlichen Laser vor dem Einschlag auf die *Rook* reduzieren würden. Allerdings war diese Theorie zu diesem Zeitpunkt nichts weiter als eine ungetestete Vermutung.

An den Kommunikationsoffizier gewandt, versicherte sich Hunt: »Wir grüßen sie weiterhin?«

»Jawohl, Sir. Sie antworten immer noch nicht.«

Er schüttelte den Kopf. *Na schön, wenn sie den Kampf wollen, sollen sie ihn haben..*

»Steuermann, volle Geschwindigkeit. Seien Sie für das Einschwenken nach Steuerbord bereit, damit wir ihnen mit den Magrail eine gute Breitseite liefern können. Weps, Raketen eins bis sechs feuerbereit! Aktivieren Sie unsere vorderen Impulsstrahler und bereiten Sie die Magrail vor.« Hunts Befehle setzte eine Reihe von hektischen Aktivitäten auf der Brücke in Gang.

Neben einem großen Vorrat an Schiff-zu-Schiff-Raketen und vier Reihen von Impulsstrahlern - zwei an jeder Seite ihres Schiffs - stellten die drei Magrail-Türme die wichtigsten Schiff-zu-Schiff-Waffen der *Rook* dar. Wie die Großlinienschiffe von vor einigen hundert Jahren verfügte die *Rook* über drei nach vorn gerichtete Geschütztürme. In jedem Turm waren zwei 24-Zoll Magrail untergebracht, die ein 5.000 Pfund schweres Projektil mit einer Höchstgeschwindigkeit von bis zu dreißig Megametern pro Stunde abschossen. Die gepanzerte Spitze des Geschosses war ausgelegt, ein Loch durch eine sechs Meter dicke Schicht moderner Verbundpanzerung zu schlagen, wonach ein 2.000 Pfund schwerer hochexplosiver Gefechtskopf im Innern des feindlichen Schiffs explodieren würde.

»Noch eine Minute bis zum Erreichen der Raketenreichweite«, verkündete Lieutenant LaFine, während er ihre Waffensysteme für den ersten Beschuss auf die angreifenden Zodark vorbereitete.

»Der Zielradar der Zodark ist wieder aktiv. Unsere Blockade ist nicht länger effektiv«, warnte Commander Robinson dringend.

Hunt rief aufgeregt: »Störsender verstärken. Versuchen Sie weiter, ihre Systeme zu beeinträchtigen!« Er wollte so lange irgend möglich verhindern, den Zodark einen soliden Zielpunkt zu bieten. Schließlich hatte er keine Idee, wie mächtig ihre Waffen waren und aus welcher Entfernung sie ein Ziel treffen konnten.

»Das feindliche Schiff verlangsamt die Geschwindigkeit. Sie bringen sich an unserer Steuerbordseite in Position«, rief der taktische Offizier. Der Schweiß, der sich auf ihrer Stirn gebildet hatte, lief ihr nun am Gesicht hinunter.

»Das Zodark-Schiff ist 100 Megameter entfernt und nähert sich schnell. Sie haben uns fest im Visier …. und sie schießen!«, verkündete Commander McKee lauthals kurz darauf.

»Gegenmaßnahmen gestartet!« Lieutenant LaFine reagierte prompt.

Zwei SW-Raketen verließen das Schiff, um eine Anti-Laser-Barriere zwischen den feindlichen Parteien zu kreieren.

In diesem Augenblick heulte der automatische Alarm ‚Bereit machen für Einschlag!‘ durch die *Rook*.

Der hoch aufgeladene Impulsstrahl der Zodark traf auf die Sand-Wasser-Wolke und verlor einiges an Energie, bevor es in den vorderen Teil ihres Schiffes einschlug. Die *Rook* wurde vom Einschlag gewaltig geschüttelt, während die Warnungen auf der Brücke laut den Schaden wiedergaben, den sie erlitten hatten.

»Rumpfschaden in Abteilung Eins Bravo. Schadenskontrollteam auf dem Weg«, versicherte Lieutenant Arnold, Hunts Stabsoffizier.

»Raketen eins bis sechs, Feuer! Setzen Sie die Laser ein!«, schrie Hunt, um die Alarme zu übertönen. »Jemand soll den verdammten Krach abschalten«, fügte er noch hinzu.

»Abschuss jetzt!«, rief Lieutenant LaFine. »Raketen auf dem Weg. Jetzt die Laser.« Der donnernde Lärm der Schiff-zu-Schiff-Raketen erschütterte ihre Gehäuse und informierte alle, dass sie sich auf den Weg zu ihrem Ziel befanden. Dann feuerten die beiden an Steuerbord angebrachten Impulsstrahler einen drei-Sekunden-Burst. Beide Laser trafen die Seite des feindlichen Schiffs und rissen Löcher in dessen Panzerung, ohne jedoch tiefer in den Rumpf vorzudringen.

»Gegenmaßnahmen abgefeuert!«, schrie jemand, der weiter versuchte, die Stärke der feindlichen Laser durch ihnen entgegengeschleuderte Objekte zu entschärfen.

»Bereit machen für Einschlag!«

Die *Rook* wurde von einem zweiten Laser getroffen, der ihre Panzerung weiter aufriss. Neue Warnungen ertönten, die sie wissen ließen, dass zwei Bereiche ihres Rumpfs durchlöchert waren.

»Steuermann, wenden Sie das Schiff und aktivieren Sie die Querstrahlsteueranlage!«, befahl der XO dringend. Er musste versuchte, die feindlichen Laser von der Panzerung der *Rook* fernzuhalten.

Lieutenant Arnold rief: »Rumpfschaden in Sektion Drei Delta. Sauerstoffverlust auf Deck Zwei. Feuer in Sektion Sechs.«

»Abschuss der Hauptkanonen!«, brüllte Hunt rasend vor Wut, dass sein Schiff diesen Schaden erleiden musste. Er wusste, dass er Mannschaftsmitglieder verloren hatte – er wusste nur noch nicht, wie viele.

Die schweren Projektile der Magrail, die auf das feindliche Schiff losließen, schüttelten die *Rook*. Drei Türme schickten massive panzerbrechende Munition aus den 24 Zoll-Magrail in Richtung der Zodark. Die Türme würden so lange weiterfeuern, bis ihre Magazine leer waren.

Hunt befahl ununterbrochenen Beschuss durch die Kanonen. Der Flugweg des feindlichen Schiffs sollte mit einer Unzahl an Projektilen gepflastert sein, um dem AI-Zielcomputer der *Rook* dank dieser dichten Decke zu erlauben, eine gute Anzahl von Treffern zu landen. Ihre

Projektile brauchten um die sechs Minuten, um das Zodark-Schiff zu erreichen.

Die *Rook* musste einen weiteren Einschlag von den Impulsstrahlern des Feindes hinnehmen. Mit jedem Einschlag führte der Steuermann einen Notfallkurswechsel durch, um den Laserstrahlen zu entgehen.

Während sein Schiff eine Reihe von Drehungen, Wendungen und Tauchmanöver durchführte, konnte Hunt sehen, wie die erste Runde ihrer panzerbrechenden Munition das Zodark-Schiff erreichte. Sie drang unaufhaltsam direkt durch den Schutzpanzer hindurch in ihren Rumpf vor, wonach 2.000 Pfund hochexplosiven Sprengstoffs seine Aufgabe erfüllte. Flammenschweife schossen aus den sechs Löchern hervor, die die *Rook* dem Zodark-Schiff beigebracht hatte, gefolgt von Folgeexplosionen, die deren Raumschiff weiter erschütterte.

»Sie manövrieren, um unserem Beschuss auszuweichen«, sagte der Zielauswahloffizier an.

Im Rausch ihres ersten Erfolges schrie Hunt aufgeregt und voller Enthusiasmus: »Magrailbeschuss aufrechterhalten. Wir löchern sie wie einen Schweizer Käse!«

»Das feindliche Schiff versucht abzudrehen, um Sicherheitsabstand zu gewinnen«, berichtete Commander McKee aus der taktischen Abteilung.

»Einschlag in fünf Sekunden«, ließ Lieutenant LaFine mit begeisterter Stimme hören.

Das fortgesetzte Donnern der Magrail-Türme klang wie Musik in ihren Ohren. Der ständige Strom an Projektilen, die sie dem feindlichen Schiff entgegenwarfen, erzielte ein Treffer nach dem anderen. Das feindliche Schiff wurde von immer größeren Bränden und mehr und mehr Explosionen geschüttelt, während der Beschuss von der *Rook* aus unbeirrt sein Ziel erreichte. Erst als das Zodark-Schiff eine scharfe Wendung bewerkstelligte, verfehlte eine Kette von dreißig Schuss ihr Ziel komplett.

Die Kanoniere der *Rook* passten sich dem Kurswechsel an und begannen mit ihren Waffen, den Kurs des feindlichen Schiffs nachzuverfolgen. Zwischen den drei Türmen war es ihnen möglich, mehrere Positionen, in die die Zodark möglicherweise hatten manövrieren wollen, so mit Beschuss zu überziehen, dass sie weitere Treffer landen konnten - insbesondere, da die beiden Schiffe mittlerweile weniger als 3.000 Megameter voneinander entfernt lagen.

Dann schlugen sechs Hammerkopf-Raketen ein, deren zweistufige Gefechtsköpfe erst die Panzerung durchbrachen und danach im Rumpf des Zodark-Schiffs explodierten. Flammen und Detonationen richteten ein Chaos im Innern des feindlichen Raumschiffs an.

»Bereit machen für Einschlag!«, erklang eine neue Warnung, als es dem Schiff der Zodark gelang, einen weiteren Lichtstrahl auf die *Rook* abzuschießen. Der Laser traf ihre Mitte und hatte die Gelegenheit, sich drei Sekunden lang in das Schiff hineinbohren, bevor es dem Steuermann gelang, sie aus dem Gefahrenbereich zu entfernen.

Eine gewaltige Explosion ließ die *Rook* erbeben. Die Lichter und Computerbildschirme erloschen. Mit der Rückkehr der Energieversorgung mussten alle Systeme neu hochgefahren werden.

»Was zum Teufel ist passiert?«, verlangte Hunt zu wissen, während er sich wieder in seinem Stuhl aufrichtete. Ohne seinen Sicherheitsgurt hätte ihn der Einschlag quer durch den Raum geschleudert.

»Captain, Technik hier. Der letzte Treffer hat unsere Energiekondensatoren erwischt. Wir haben ein drei Meter großes Loch auf Deck Vier, Sektion Acht«, meldete sich Commander Lyons über Hunts persönliches Kommunikationsgerät.

»Verdammt, Lyons, ich brauche Energie. Die Magrail müssen weiter feuern. Wir brauchen die Querstrahlsteueranlage!«, fuhr Hunt seinen Chefingenieur an.

»Wir arbeiten daran, Captain. Zwei Dutzend Synthetiker sind bereits auf dem Weg zu den Schadensstellen. Geben Sie uns 20 Minuten und wir sind wieder voll einsatzbereit.«

»Einige Systeme sind wieder online«, rief eines der Brückenmitglieder aus.

Der Hauptmonitor schaltete sich wieder ein. Das erlaubte ihnen, sich einen Überblick über die Situation außerhalb ihres Schiffs zu verschaffen. Trotz des Schadens den sie selbst gerade erlitten hatten, schien das Zodark-Schiff in weit schlechterem Zustand zu sein. Der endlose Strom an Munition, den die *Rook* abfeuerte, ließ kein Entkommen zu. Die Zodark versuchten weiter, zu wenden und die Flucht vor der Schlacht zu ergreifen. Sie mussten Abstand zwischen sich und die Kanonen der Magrail bringen.

Zwanzig endlose Minuten vergingen, in deren Verlauf Hunt zusehen musste, wie sich die Entfernung zwischen ihnen und dem verwundet davonhinkenden Feind in seinem Versuch zu entkommen langsam wieder vergrößerte. Dann wechselten die Brückenlichter von der Notstromversorgung zurück zum regulären System.

Hunts Kommunikationsgerät piepste. »Captain, die Relaisschaltung ist wieder online. Wir mussten über das Hilfsnetzwerk gehen. Im Moment halte ich alles mit Klebeband und Alleskleber zusammen. Die Magrail sind einsatzfähig, aber ein Lasereinsatz steht vollkommen außer Frage«, erklärte Commander Lyons.

»Gute Arbeit, Commander. Tun Sie was Sie können, um die MPD-Antriebe zu versorgen. Der Feind versucht zu entkommen und das werde ich nicht zulassen"«, donnerte Hunt angespannt.

»Magrail wieder im Einsatz«, bestätigte Lieutenant LaFine mit dem Öffnen der drei Türme. Im Moment stellten sie ihre einzigen offensiven Waffen dar.

Die Brückenbesatzung verfolgte, wie die Magrail-Türme den Zodark eine Unzahl an Projektilen hinterherschossen. Das feindliche Schiff gab sein Bestes, dem Beschuss zu entgehen, aber es war klar ersichtlich, dass es ernsthafte Probleme hatte. Eine Handvoll Munition traf einen ihrer Motoren. Die nachfolgenden Explosionen rissen ihn in Stücke. Im Anschluss gaben die anderen Motoren ebenfalls auf. Entweder hatte das Schiff einen

Energieverlust erlitten oder es hatte seinen Antrieb verloren. Egal, jedenfalls lag es manövrierunfähig da.

Hunt löste seinen Sicherheitsgurt. Beim Aufstehen sah er seinen Waffenoffizier an. »Befehlen sie den Kanonieren, den Rest ihrer Magazine zu verschießen und danach den Beschuss einzustellen. Ich denke, sie haben genug, aber ich gehe lieber auf Nummer sicher.«

In diesem Augenblick ereigneten sich auf dem Zodark-Schiff mehrere Sekundärexplosionen, wonach der vordere Teil des Schiffs einem Flammenmeer gleichkam. Dann warf das größere Schiff eine Reihe kleinerer Raumfahrzeuge aus – dies waren wohl die Rettungskapseln.

Der Feind verließ sein untergehendes Schiff.

Es dauerte noch fünf Minuten, bis die Brände, die durch die große Zahl der Löcher in seinem Rumpf ersichtlich waren, endlich erloschen. Die Atmosphäre fütterte sie nicht länger. Und dann, zu guter Letzt, flog das riesige Raumschiff selbst in die Luft und zerbrach in mehrere große Teile. Die Mehrzahl der Rettungskapseln schien es über den Explosionsradius hinaus geschafft zu haben.

Hunt konnte kaum glauben, was er da vor sich sah. Vor ihnen lag ein Schiff in Schutt und Asche. Die Republik hatte ihre erste wichtige Weltraumschlacht zugunsten der Erde gewonnen. Sie hatten überlebt.

Plötzlich erinnerte sich Hunt daran, dass auf der Brücke immer noch Warnmeldungen erklangen. Er war so auf die Ausschaltung des Feindes konzentriert gewesen, dass er darüber den Schaden vergessen hatte, den sie selbst erlitten hatten.

»Ops, Schadensbericht«, verlangte Hunt. Er spürte, wie er bei dem Gedanken errötete, dass er sich bereits im Verlauf der Schlacht danach hätte erkundigen müssen. Er hatte seine ganze Konzentration auf das Schiff des Feindes gerichtet und dabei das Wohl seiner eigenen Besatzung vergessen. Das durfte nie wieder vorkommen.

»Wir verzeichnen Schäden an der Steuerbordseite vorne und in der Mitte des Schiffs. Deck Eins und Zwei in Sektion Alpha und Bravo geben Sauerstoff ab und stehen in Flammen. Unsere Schadenskontrollteams riegelten diese Bereiche ab. Wir werden den gesamten Sauerstoff abziehen und so die Feuer löschen«, erklärte Lieutenant Arnold. »Sektion Kilo auf Deck Sechs ist ebenfalls beschädigt. Die Panzerung wurde wohl nicht durchschlagen, aber die MPD-Strahlruder an Steuerbord erlitten Schaden.«

»Was ist mit dem Treffer im mittleren Bereich des Schiffs?«, wollte der XO wissen.

Lieutenant Arnold brachte einen Grundriss des Schiffs auf den Bildschirm. Mehrere Bereiche waren gelb, einige sogar mit Rot markiert. »Der Einschlag in unserer Mitte war tatsächlich recht massiv, Sir – mit Abstand der größte Schaden, den wir erlitten. Die technische Abteilung ist noch mit der Schadensanalyse beschäftigt, aber fest steht bereits, dass wir eine drei Meter breite Öffnung in unserer Mitte haben, die sich halbwegs durch das Schiff fortsetzt - um genau zu sein, sie erstreckt sich über 48 Meter.« Er hielt kurz inne, bevor er weitersprach. »Wenn sie den Laserbeschuss zwei bis drei Sekunden länger aufrechterhalten hätten, hätten sie uns in zwei Hälften zerteilt.«

Hunt stieß einen leisen Pfiff aus, als ihm klar wurde, wie knapp sie einer Katastrophe entgangen waren. Die *Rook* wäre beinahe von einem Loch, das von einer Seite zur anderen reichte, durchbohrt und in zwei Teile gespalten worden. »Wie schwerwiegend ist der Schaden am Rumpf?«

Arnold zuckte mit den Achseln. »Das ist eine Frage für Commander Lyons.«

»Wie viele Tote und Verletzte?«, sprach Hunts XO als nächstes an.

»Gegenwärtig berichtet die Krankenabteilung von 42 Verletzten. Einige Sektions- und Abteilungsleiter reichen ihre Zahlen ebenfalls ein. Es sieht so aus, als hätten wir 63 Mannschaftsmitglieder verloren«, ließ Lieutenant Arnold sie wissen.

Hunt traf diese Nachricht schwer. Ihm war klar gewesen, dass sie womöglich mehrere Dutzend Leute verloren hatten, aber 63 und dazu noch 42 Verletzte – es war schwer zu hören, dass ein Viertel seiner Mannschaft entweder verletzt oder getötet worden war.

»Danke, Lieutenant Arnold. Sind die Schadenskontrolleinheiten in der Lage, die betroffenen Bereiche des Schiffs abzuriegeln?«, erkundigte sich der XO, Commander Johnson, weiter. »Stellen Sie sicher, dass Rettungsteams alle Verletzten in die Krankenabteilung verlegen. Captain, wenn Sie einverstanden sind, übernehme ich die Zuständigkeit für die Schadenskontrolleinheiten, damit Sie mit den Zodark abschließen können.«

Hunt nickte und überließ seinem XO diese Aufgabe, damit er die noch anstehenden letzten Aufgaben bewältigen konnte. Er befahl seinem Ops-Lieutenant: »Arnold, weisen Sie die Shuttleabteilung an, unsere Shuttles auszusenden. Sie sollen die Rettungskapseln einsammeln und zurück zum Schiff bringen. Stellen Sie sicher, dass genug Deltas zu ihrem Empfang bereitstehen. Danach schicken Sie eine Nachricht an die *Voyager* und bitten um Hilfe, Bruchstücke des Zodark-Schiffs einzusammeln. Ich denke, es lohnt sich, einiges mit uns zurückzubringen, damit DARPA es sich näher ansehen kann.«

Die nächsten sechs Stunden hielten alle in Atem. Der Schaden an der *Rook* wurde behoben, zumindest in dem Maß, dass ihr Betrieb nicht dauerhaft unterbrochen war. Die Schadenskontrolleinheiten arbeiteten an den bedeutenderen Sektionen des Schiffs. Die Schubdüsen waren im Moment einsatzfähig. Der FTL-Drive war außer Betrieb, aber bis zur Versiegelung der weit offenen Löcher in ihrem Rumpf durfte er sowieso nicht aktiviert werden.

Die *Voyager* und die *Rook* klaubten 132 Zodark in ihren Rettungskapseln auf. Sie würden bis zu ihrer Heimkehr im Gefängnisbereich der *Voyager* untergebracht werden.

Die republikanischen Schiffe hatten zudem auch mehrere Teile des Zodark-Schiffs an Bord gebracht, in der Hoffnung, dass ihre F&E-Abteilung die Struktur und Zusammensetzung des Rumpfs und der Panzerung analysieren konnte. Je mehr sie über das Design und die Anfälligkeiten der feindlichen Schiffe wussten, desto eher würden sie eventuell bevorstehende Auseinandersetzungen zu ihren Gunsten entscheiden können.

****

Zehn Stunden später arbeiteten die Schadenskontrollteams immer noch an den Reparaturen, um das FTL-System wieder funktionsfähig zu machen. Das Loch, das die Zodark in den mittleren Bereich der *Rook* gebohrt hatte, hatte die strukturelle Integrität des Raumschiffs beeinträchtigt. Je deutlicher sich der entstandene Schaden herauskristallisierte, desto bewusster wurde ihnen, wie nahe sie vor dem Auseinanderbrechen ihres Schiffes gestanden hatten. Das dringendste Problem war nun, ihr Schiff so weit zu reparieren, dass sie das System verlassen konnten, bevor ein anderes Zodark-Schiff eintraf. Ein zweites Gefecht würden sie nicht überstehen.

Seine Absicht, sich selbst einige der Schäden anzusehen, verlangte Hunt einen Umweg ab. Normalerweise nutzte er das Transportsystem, das eine Person quer durch die Mitte des Schiffs hindurch schnell von einem Ende des Fahrzeugs zum anderen brachte. Dieses System war durch den Laserangriff schwer beschädigt worden.

An der ersten abgeriegelten Sektion beobachtete er zwei Schadenskontrollmitarbeiter, die einer Handvoll Synth erklärten, woran sie im exponierten Teil des Schiffs arbeiten sollten.

Commander Lyons kam um die Ecke herum auf ihn zu. »Gut, Captain. Ich hatte gehofft, sie zu finden. Die Brücke sagte, Sie seien auf dem Weg zu mir.«

Hunt fragte sorgenvoll: »Wie schlimm ist es, Jake?«

Lyons Gesichtsausdruck wurde ernst. »Es ist schlimm, hätte aber noch schlimmer ausgehen können.«

»Wie lange, bevor wir springen können? Ich möchte aus dem System verschwinden, bevor ein zweites Zodark-Schiff eintrifft.«

Lyons zuckte mit den Achseln. »Im Moment ist nicht daran zu denken. Ja, wir könnten es versuchen, aber ohne Garantie, dass das Schiff nicht unter dem Druck des Sprungs in sich zusammenfällt. Ich brauche einige Stunden, um die Aufbauten zu verstärken und mehr der Unterstützungsbereiche zu reparieren. Wir können die gesamte Last des Schiffs nicht einem Schlüsselbereich zumuten, der ernsten Schaden erlitten hat. Einige der Supportabteilungen müssen repariert und versiegelt werden. Die Synth kümmern sich darum. Zum Glück sind es Reparaturen, die wir hier durchführen können. Aber sie kosten Zeit. Sicher den Rest des heutigen Tages, vielleicht sogar noch morgen, nur um sicher zu gehen, dass wir ok sind.«

Hunt schüttelte den Kopf. In seiner Frustration musste er sich daran erinnern, dass sie gerade eine schwere Weltraumschlacht überstanden hatten. Sie konnten von Glück sagen, dass sie noch lebten und diese Probleme angehen konnten.

»Tun Sie Ihr Bestes, Jake«, bekräftigte Hunt. »Bitte denken Sie immer daran, dass wir - falls die Zodark auftauchen – möglicherweise einen Not-FTL-Sprung durchführen müssen. In unserem jetzigen Zustand überleben wir eine zweite Auseinandersetzung nicht.«

Commander Lyons nickte. Er verstand. »Wir tun unser Bestes, Captain. Darauf können Sie sich verlassen.«

Zwei nervenaufreibende Tage vergingen, während sie die *Rook* hinreichend reparierten, um den FTL-Antrieb zurück zur Erde nutzen zu können. Endlich waren sie zuversichtlich genug, einen erneuten Sprung zu wagen. Sie waren bereit nach Sol zurückzureisen, in der Hoffnung, dass das Opfer, das sie gerade erbracht hatten, die 63 Seelen wert waren, ein Waffensystem und einige Theorien zu testen.

Kapitel Dreiundzwanzig
Aufrüstung

Alamogordo, New Mexico
Walburg Technologies

»Bei diesem Gedanken fühle ich mich nicht wohl, Admiral«, wiederholte Dr. Alan Walburg seine Bedenken hinsichtlich dieses Programms.

Admiral Bailey seufzte hörbar, während er sich dem reichsten Mann der Welt zuwandte, der noch dazu ein Gewissen hatte. »Doktor, sie sahen ein streng geheimes Video von den Zodark – wozu sie in der Lage sind, und was noch wichtiger ist, wie sie uns Menschen einschätzen. Sie sahen, was ein einziger Zodark auf der *Voyager* nach dem Ausbruch aus seiner Zelle angerichtet hat – und er gehörte nicht einmal ihrem Militär an. Können Sie sich vorstellen, was passiert, falls ihnen die Invasion der Erde gelingt? Hier geht es um weit mehr als nur um Sie und mich.«

Admiral Bailey wurde zunehmend ungeduldiger mit dem Händeringen des Mannes darüber, was er für sie bauen sollte. Er lenkte das Thema wieder und wieder auf das zurück, was im letzten Krieg geschehen war und dass er so etwas nie wieder sehen wollte.

»Ich verstehe die Bedrohung, die von dieser neuen außerirdischen Spezies ausgeht, Admiral. Ich bin mir nur nicht sicher, ob das die beste Lösung ist. Es wird Jahre dauern, einen Kampfsynth zu entwickeln, der die gleiche Beweglichkeit, Wachsamkeit und Kampffähigkeit seines menschlichen Gegenstücks besitzt. Aufgrund der gesetzlichen und vertraglichen Beschränkungen einer solchen Waffenforschung war dieses Thema bisher tabu. Das ist nicht etwas, was wir in aller Eile aus dem Hut ziehen können, Admiral.«

»Doktor, Sie müssen eines verstehen. Wenn wir die Zodark mit den Soldaten der Republikanischen Armee angreifen müssen, verlieren wir eine große Anzahl unserer Leute. Sie sahen, wie die Zodark kämpfen. Allein ihre Größe macht es schwer, mit ihnen umzugehen, und die Tatsache, dass sie vier Arme haben, die ihr Gehirn unabhängig voneinander kontrollieren kann, macht es noch weit schwerer. Ich erwarte von Ihrem Unternehmen nicht, die menschlichen Soldaten zu ersetzen. Ich bitte Ihr Unternehmen darum, unsere Männer am Boden zu stärken und uns eine bessere Chance zum Sieg zu geben«, erklärte

Bailey mit einem neuen Denkanstoß in dieser festgefahrenen Diskussion.

Frustriert senkte Walburg den Kopf. »Admiral, ich verstehe ihr Problem und bin geneigt, Ihnen zu helfen. Das Programmieren und der Trainingsprozess kann unmittelbar beginnen. Aber ich muss Ihre Erwartungen einschränken. Es wird allein 12 Monate dauern, bevor die erste Testreihe der Kampfsynth erprobt werden kann.

»Als erstes müssen wir den Körperbau und den Panzer bestimmen, den wir ihnen geben wollen. Dann muss dieser Panzer auf seine Haltbarkeit im Gefecht geprüft werden. Während dies geschieht, müssen wir ihre AI programmieren, wie echte Soldaten zu denken, zu handeln und Leistung zu erbringen. Allerdings warne ich davor, Admiral, zu erlauben, die Programmierung intuitiv und die Synth zu einer Selbstlerneinheit zu machen. Wenn wir diesen Weg einschlagen, kreieren wir womöglich eine Maschine, die ein intelligenterer und listigerer Kämpfer als unsere eigenen Leute ist. Ich will keine Wiederholung des letzten Kriegs sehen. Erlauben Sie uns bitte zumindest die Kontrolle darüber, wie weit wir die AI entwickeln.«

Bailey drehte sich um und sah aus dem Bürofenster auf den Produktionsbereich hinunter. So ungern er es auch zugab, Walburg hatte Recht. Der Gedanke, eine kleine

Armee kampftrainierter Super-AI-Synth auf einige der Zodark-Welten loszulassen, war verlockend, aber eine Wiederholung des gefährlichen unkontrollierten Alleingangs der Synth zu erleben – dieses Risiko durften sie nicht eingehen. Damals hatten sie beinahe die gesamte Menschheit zerstört. Die Entwicklung von Technologie und Waffen war seitdem weit vorangekommen. Er brauchte keine Synth-Armee, die sich plötzlich entschied, statt weiter für die Menschen zu kämpfen lieber ihre eigene Gesellschaft zu gründen.

Mit diesem Gedanken wandte sich Admiral Bailey Dr. Walburg zu und nickte. »Ok, Doktor, Sie haben mich überzeugt. Ich stelle einen Zug Deltas und einen Zug RAS ab, um mit Ihnen in Ihrer Einrichtung zu arbeiten. Nutzen Sie sie, um so viele virtuelle und realistische Simulationen durchzuspielen, wie Sie zum Training der AI brauchen. Denken Sie bitte immer daran, dass Sie dieses Programm so schnell wie möglich umsetzen müssen. Ich habe keine Ahnung, wie groß der Einflussbereich der Zodark ist und wie viele Planeten sie kontrollieren, aber eines kann ich Ihnen versprechen: wir werden unser Bestes geben, die menschlichen Welten von ihren barbarischen Herrschern zu befreien und der Bedrohung der Menschheit ein Ende zu bereiten.«

****

Orbitalstation John Glenn
Hauptquartier der Ersten Flotte

Fühlt sich an wie déjà vu, dachte Captain Hunt, der einem halben Dutzend Militäroffizieren und hochrangigen Zivilisten an dem großen Konferenztisch gegenüber saß.

»Captain, beschreiben Sie uns bitte, was geschah, als Sie Ihre Impulsstrahler auf das feindliche Schiff abfeuerten?«, fragte einer der TPA-Admirale. In Erwartung von Hunts Antwort beugte er sich interessiert nach vorn.

Hunt versuchte, seinen Gesichtsausdruck neutral zu halten. »Admiral, aus meinem Bericht und aus den Videos der Auseinandersetzung geht hervor, dass unsere Impulsstrahler nicht stark genug waren, um die Panzerung der Zodark zu durchschlagen. Ich bin mir nicht sicher, wie solide ihre Panzerung ist und aus welchem Material sie besteht. Genaue Auskunft kann ich Ihnen darüber leider nicht geben. Aber die Videos beweisen, dass unsere Laser es nie bis ins Innere des Raumschiffs schafften.«

Der Admiral schien gleichermaßen zufrieden mit dieser Antwort und alarmiert darüber, was sie bedeutete. Er machte sich einige Notizen. Ein anderer Admiral, dieses

Mal ein Angehöriger des Weltraumkommandos, wollte wissen: »Warum griffen Sie das Schiff zunächst mit unseren Raketen, dann mit den Impulsstrahlern und als letztes mit den Magrail an? Was versprachen Sie sich von dieser speziellen Abfolge?«

Hunt versuchte, seinen Ärger über diese Frage zu unterdrücken. Er wusste, dass diese Männer nie an einer Weltraumschlacht teilgenommen hatten. Niemand hatte das. Trotz aller Waffensysteme, die über die Jahrzehnte in ihre glänzenden Spielzeuge eingebaut wurden, waren sie nie gegen ein anderes Schiff angetreten. Von daher wusste auch niemand genau, wie die Kampftaktik eines Raumschiffs aussehen sollte.

Captain Hunt lehnte sich in seinem Sitz vor, um den Eindruck zu vermitteln, er wollte ihnen etwas Persönliches mitteilen. »Admiral, die Entscheidung, welche Waffe wann einzusetzen, basierte größtenteils auf der effektiven Entfernung des Feindes zu unserem Schiff, nicht auf einer taktischen Entscheidung meinerseits. Die Raketen sind sicher unsere langsamsten Waffen. Wir schossen sie zuerst ab, damit sie sich in Position bringen konnten.«

Er fuhr fort. »Als nächstes nutzten wir unsere Impulsstrahler. Wie Sie wissen, kreiert eine Laserwaffe beinahe unmittelbar ihren Effekt. Beim Einsatz der Laser war das feindliche Schiff ungefähr 110 Megameter von uns entfernt. Wie Sie sehen konnten, erzielten die Laser nur eine minimale Wirkung.

»Schließlich brachten wir die Magrail ins Spiel. Aber bei dieser Entfernung und der Geschwindigkeit unserer Projektile dauerte es fast sechs Minuten, bevor sie ihr Ziel erreichten. Aus diesem Grund ordnete ich an, die Munition so verstreut zu verschießen, dass sie das feindliche Schiff dort treffen würde, wo sich eben dieses Schiff in sechs bis acht Minuten aller Wahrscheinlichkeit nach befinden würde. Und während sich all dies abspielte, schossen wir noch eine Reihe von SW-Raketen ab, im Versuch, ihre Laserangriffe zu minimieren. Insgesamt waren sie allerdings nicht sehr hilfreich. Zum einen ist möglich, dass wir ihren Einsatz bisher noch nicht hinreichend gemeistert haben, oder aber, dass das Störfeld, das sie zwischen uns und dem Feind aufbauen sollten, nicht dicht genug war, um die Stärke ihrer Laser wirklich zu beeinträchtigen.«

Hunt versuchte sich in Geduld zu üben. Er wusste, dass alle Anwesenden die Berichte gelesen und die Videos gesehen hatten. Aber eine Erzählung aus erster Hand, was sich zugetragen hatte, war in jedem Fall die beste Alternative. Bevor ihm noch jemand eine Frage stellen konnte, fügte Hunt hinzu: »Wenn es mir die Admirale erlauben, würde ich gern erläutern, wie wir meiner Überzeugung nach diese Auseinandersetzung überlebt und schlussendlich das Schiff der Zodark erfolgreich zerstören konnten.«

Die Gruppe nickte ohne zu zögern, erpicht darauf, zu hören, was er zu sagen hatte. Hunt unterhielt sie mit einem detaillierten, von Anfang bis Ende spannungsgeladenen Bericht über ihren Zusammenstoß. Atemlos hingen die Admirale an jedem seiner Worte.

Nachdem Hunt ihnen die Schlacht in vollem Umfang dargelegt hatte, sahen die Admirale und Ingenieure zufrieden mit dem Ergebnis aus, gleichzeitig schienen sie allerdings auch nervös hinsichtlich des Resultats. Er hatte deutlich gemacht, welche Dinge sich als effektiv erwiesen hatten, identifizierte allerdings auch einige bedeutende Mängel im gegenwärtigen Raumschiffdesign der Republik und auch ihrer Waffensysteme.

Die Fähigkeit des Feindes, ihre Schiffe aus weiterer Entfernung zu orten stellte sicherlich ein Problem dar. Die Laseranlage sollte eigentlich die wichtigste Waffe auf einem Kriegsschiff sein, da Laser nach dem Abfeuern so gut wie unmittelbar ihr Ziel trafen. Im Fall der Zodark hatten sie jedoch versagt. Die Raketen – trotz ihrer Gebrauchseignung – waren die langsamsten Waffen in ihrem Arsenal. Die Magrail, die sich bewährt hatten, waren insofern limitiert, als sie zuerst die Entfernung zwischen den Schiffen überwinden mussten. Und falls das feindliche Schiff manövrierte, verfehlten sie ihr Ziel komplett. Eine große Anzahl an Projektilen war notwendig, um praktisch im Stil einer Schrotflinte auf alles zu schießen, um möglicherweise einige wenige Treffer zu landen.

Den Vorteil, den die Erdenbewohner allerdings nun für sich verzeichnen konnten, war die Tatsache, dass sie ein Zodark-Schiff geschlagen und überlebt hatten, um von diesem Ereignis zu berichten. Sie konnten das, was funktioniert hatte, übernehmen und auf diesen Erfolg aufbauen, während sie sich bemühten, die Mängel ihrer heutigen Technik zu bewältigen.

Die Konferenz nahm noch eine weitere Stunde in Anspruch, bevor die Admirale ihre Aufmerksamkeit auf Admiral Halsey richteten, deren Schiff die Schlacht aus der Entfernung beobachtet hatte. Sie wollten wissen, welche Daten sie von der Seitenlinie aus gesammelt hatte und was ihrer Meinung nach anders hätte verlaufen sollen. Nach der Beantwortung unzähliger Fragen der Admirale fand das Gespräch endlich ein Ende.

Hunt schätzte sich glücklich, diesem Raum endlich zu entkommen. Er war es leid, dieses Ereignis ständig neu durchleben und sein Versagen als Kommandant wieder und wieder darlegen zu müssen. Sie hatten die Schlacht gewonnen, aber der Verlust von einem Viertel seiner Crew setzte ihm weiter stark zu. Diesem Gefühl war mit zwei Tagen ungestörtem Schlaf oder einigen Flasche Bourbon nicht beizukommen. Das brauchte Zeit, und an dieser Zeit fehlte es ihnen – das war ihm klar.

»Captain Hunt!«, rief Admiral Bailey hinter ihm her, bevor er ungesehen verschwinden konnte.

Hunt sah, dass der Admiral ihn winkend dazu aufforderte, zu ihm und Admiral Halsey herüberzukommen. Er wusste, dass er das, was ihm nun bevorstand, nicht umgehen konnte. Also tat er sein Bestes, ein freundliches Gesicht aufzusetzen und schlenderte zu ihnen hinüber.

»Sir, was kann ich für Sie tun?«, erkundigte er sich mit einem Lächeln, das dem widersprach, wie er sich innerlich fühlte. Am Abend vorher hatte er endlich den letzten Brief an die Angehörigen der Gefallenen geschrieben. Er musste sich zwingen, seinen Trost nicht in der Flasche zu suchen und sich unter einem Stein zu verstecken. Dreißig Minuten unter der Dusche hatten ihn heute Morgen so weit von seinem Kater befreit, dass er an dieser Konferenz teilnehmen konnte.

Admiral Bailey sah Hunt beim Näherkommen einen Moment lang prüfend an. Hunt war sich sicher, dass Bailey wusste, wie elend er sich fühlte. In der Öffentlichkeit würde er nie darauf eingehen, aber in einem privaten Gespräch würde es sicher zur Sprache kommen.

Nachdem die anderen Konferenzteilnehmer den Raum verlassen hatten, erklärte Bailey: »Miles, Ihr Vortrag war äußerst informativ. Wir werden eine Menge Änderungen in der Konstruktion unserer Schiffe vornehmen müssen. Und da wir gerade davon sprechen …. Nach dem Mittagessen habe ich einen Termin mit Musk Industries und BlueOrigin, um die revidierten Pläne der neuen Schlachtschiffe und Zerstörer zu diskutieren, die wir jetzt bauen werden. Ich möchte, dass Sie und Admiral Halsey ebenfalls anwesend sind. Wenn wir diese Zodark-Bedrohung in den Griff bekommen wollen, brauchen wir Informationen aus erster Hand, welches Design unserer neuen Kriegsschiffe am besten geeignet ist uns dieser Herausforderung zu stellen.«

Captain Hunt beschäftigte eine Frage. »Sir, ist es unseren Analytikern gelungen, das Material des feindlichen Schiffs zu bestimmen?«

Als die *Rook* und die *Voyager* Überlebende aus dem Zodark-Schiff gerettet hatten, hatten sie gleichzeitig auch eine beachtliche Menge an Materialien, die sie bei sich trugen, und in den Trümmern gefunden. Hunt hatte gehofft, hieraus nützliche Informationen zu gewinnen.

Bailey nickte. »Tatsächlich, ja. Das sumarische Team war dabei ungemein hilfreich. Ich weiß nicht, wie es Ihnen gelungen ist, aber ein Bruchstück des explodierten Schiffs, das Sie zurückbrachten, enthielt ein Teil der Stammdaten des Schiffs. Einer der Sumarer behauptet überzeugend, dass wir eine echte Kopie der Sternenkarte des Schiffs in Händen haben. Falls dem so ist, verfügen wir über brauchbare Kenntnisse über das Reich der Zodark und wo sich die besetzten menschlichen Welten befinden.«

Hunt starrte den Admiral entgeistert an. »Falls dem so ist, Admiral, dann ist das ein erstaunlicher Aufklärungserfolg, den ich gern erschließen möchte.« Hunt lächelte breit. Es war an der Zeit, sich für die gefallenen Mannschaftsmitglieder zu revanchieren.

»Ganz Ihrer Meinung, Captain«, versicherte ihm Bailey mit einem Nicken. »Treffen wir uns um 13:50 Uhr in meinem Büro. Die Schiffsbauer werden uns die ersten Konzepte ihrer Schiffe vorstellen. Bevor wir uns für eines der beiden entscheiden, möchte ich Ihre Meinung zum Design hören. Sobald uns die endgültigen Pläne vorliegen, gehen wir umgehend in Produktion.«

Damit ließ Admiral Bailey Hunt und Halsey auf dem Weg zu seinem nächsten Termin zurück. Sie hatten nun einige Stunden für sich.

Sie sahen sich an. »Wie wäre es mit Mittagessen, Miles?«, schlug Halsey vor.

»Ja, das klingt gut, Abby. Ich brauche eine Pause«, nahm Hunt dankend die Einladung an.

Halsey lächelte. »Trotz Hunderte von Jahren militärischen Fortschritts ist der Tod durch PowerPoint einfach nicht auszumerzen«, scherzte sie.

****

Nach einem entspannten Mittagessen fand sich Captain Hunt in einem Raum wieder, in dem der Repräsentant von BlueOrigin die neuen Schiffdesigns vorstellte. »Wie Sie sehen, verfügt das Schlachtschiff der *Ryan*-Klasse über vier Impulsstrahler-Batterien: zwei im vorderen Teil des Schiffs und zwei im hinteren Bereich. Das erlaubt dem Schiff, mehrere Ziele in verschiedene Richtungen zu verfolgen. Außerdem ist das Schiff mit 24 Schiff-zu-Schiff-Raketen für ein Langstreckengefecht bestückt. Hierbei handelt es sich um die neueste Generation der Havoc-Raketen mit vier Startphasen bei steuerbarer Distanz. Entsprechend dem gewünschten Ziel können sie entweder mit einem 10.000-

Pfund schweren Gefechtskopf oder mit einem individuell einstellbaren nuklearen Gefechtskopf bewaffnet werden.«

Während er sprach bekamen die Anwesenden mehrere 3-D-Zeichnungen des Schiffs zu sehen, gefolgt von einem Video, mit dem BlueOrigin ihr Design in Action vorstellte. Der Repräsentant war deutlich stolz auf das Design und die Fähigkeiten ihres Schiffs.

»Wie sieht die Panzerung des Schiffes aus?«, forschte einer der Marine-Captains. Er blätterte durch seine Aufzeichnungen, als ob er nach etwas suchte.

»Das Schiff hat eine Doppelhülle«, betonte der Firmenabgesandte schnell. »Die wichtigsten Funktionen des Schiffs sind im inneren Bereich untergebracht, wo sie mit einer zwei Meter dicken Panzerwand getrennt von der äußeren Hülle des Schiffs geschützt werden. Die äußere Hülle des Schiffs besteht aus einem vier Meter dicken Panzer aus moduliertem und reaktivem Material, um sowohl kinetische als auch auf Energie basierende Waffeneinschläge wegzustecken.«

»Was ist mit den Magrail? Sie sind hier nicht aufgeführt«, wunderte sich ein anderer Offizier am Tisch.

Der Repräsentant nickte. »Das Schiff hat zehn 40mm-Magrail-Systeme. Die sind mehr zum Abfangen kleinerer

Schiffe gedacht, und zur Abwehr kinetischer Projektile, die auf unser Schiff abgefeuert werden.«

Admiral Halsey und Captain Hunt tauschten skeptische Blicke aus. Es wäre ein großartiges Schiff im Kampf gegen die Tri-Parte Allianz, aber mit seiner unzureichenden Panzerung und ohne schwere Magrail würde es gegen ein Zodark-Schiff nicht den Hauch einer Chance haben.

Dem Repräsentanten von BlueOrigin war ihr Blickwechsel nicht entgangen. Die nächste Frage richtete er an sie. »Ähm ...., entschuldigen Sie, Captain Hunt. Sie haben die Zodark bekämpft. Wenn Sie das mit dem Schlachtschiff der *Ryan*-Klasse getan hätten, wie hätte es Ihrer Meinung nach abgeschnitten?«

Hunt sah Admiral Bailey an, so als ob er um Erlaubnis bat, direkt sein zu dürfen. Bailey lächelte leicht und nickte ihm zu.

Hunt atmete tief durch, bevor er dem Mann antwortete. »Wenn ich dieses Raumschiff während des Gefechts kommandiert hätte, wäre ich aller Wahrscheinlichkeit nicht hier. Der äußere Schutzpanzer ist nicht dick genug. Der Impulsstrahler der Zodark schnitt durch das Schutzschild der *Rook* wie ein Messer durch Butter. Unsere eigenen Laser waren nicht stark genug, ihren Panzer zu durchbrechen und in den Rumpf einzudringen. Dafür mussten wir uns auf unsere Magrail verlassen, und Ihr Schiff ist leider nicht annähernd mit der Projektilgröße ausgestattet, die wir zur Erledigung des Jobs brauchen.« Danach ging er auf die unterschiedlichen Aspekte des Modells ein und wie sie gegen das Zodark-Schiff abgeschnitten hätten.

Nachdem Hunt und Halsey ihre Kritik an dem BlueOrigin-Schiff beendet hatten, sah der arme Mann aus, als ob er sich nichts sehnlicher wünschte, als in den Erdboden zu versinken.

Das Design des nächsten Kandidaten Musk Industries' wies unglücklicherweise viele der gleichen Unzulänglichkeiten auf. Beide Firmen hatten ihre Entwürfe nach dem Aussehen des ersten Zodark-Schiffs und dessen vermuteter Waffenstärke ausgelegt. Angesichts der Auseinandersetzung, die Hunt und Halsey gerade hinter sich gebracht hatten, war sehr schnell ersichtlich, dass die soeben vorgelegten Schiffsentwürfe vollkommen unzureichend waren.

Nach dem Ende der Präsentation bat Hunt die beiden Repräsentanten, noch einen Augenblick zu bleiben. Mit Admiral Baileys Zustimmung ließ er die beiden Männer ein elementares Design eines Schiffs aufrufen – keine Panzerung, nur ein Skelett. Dann nutzte Hunt einen Stylus, um das Schiff zunächst auf 4.500 Meter Länge, 500 Meter Höhe und 500 Meter Breite zu vergrößern. Er flachte das Schiff etwas ab, mit einer leichten Erhöhung im Zentrum und einer Ausbuchtung am Unterboden des Schiffs. Dort sollte seinem Vorschlag nach die elektronische Ausstattung untergebracht werden. Die Brücke und das CIC platzierte er in der Mitte des Schiffs, wo sie am besten geschützt wären. Verteilt über die gesamte Oberfläche und den Unterboden des Schiffs skizzierte er eine Reihe von gedrungenen Türmen; jeweils sechs Türme oben und unten entlang der Backbordseite und je 12 oben und unten an der Steuerbordseite des Schiffs. Dieser Entwurf glich dem eines Schlachtschiffs aus dem 20. Jahrhundert, außer dass Hunts Schiff an beiden Seiten über Waffen verfügte.

Auf die Türme platzierte er jeweils drei 36-Zoll Magrail. Damit war das Schiff an Back- und Steuerbord oben mit insgesamt 48 Kanonen ausgestattet, plus der gleichen Anzahl am Unterboden. Zwischen den Haupttürmen brachte Hunt noch insgesamt 8 Impulsstrahlertürme auf jeder Seite seines Schlachtschiffs unter. Damit verfügte das Schiff über 16 Laserwaffen. Nahe dem Aufbau der großem Kanonen addierte er auf jeder Seite des Schiffs noch 12 kleinere Türme. Das waren die nachgeordneten Magrailtürme, die duale 24-Zoll Munition abschießen würden.

Der Einsatz der primären und sekundären Magrail würde ein enormes Trommelfeuer an Munition auf den Feind loslassen. Das war von entscheidender Bedeutung, da es so gut wie sicher war, dass ein feindliches Schiff im Abstand von einhundert Megametern seinen Kurs änderte und damit Dutzende, wenn nicht Hunderte von Projektilen ihr Ziel verfehlen würden. Es war wichtig, dem Feind in den Positionen, die sein Schiff möglicherweise ansteuern wollte, so viel Munition wie möglich entgegenzuschleudern, in der Hoffnung, dass eine oder mehrere der Abschussmuster einen Treffer landen würden. Die primären und nachgeordneten Türme waren zudem auch während eines orbitalen Bombardements geeignet, Ziele auf einem Planeten außer Gefecht zu setzen. Das war etwas, was die Schiffsbauer in ihrem Design vollkommen außer Acht gelassen hatten.

Entlang den Seiten der Schiffe, unterhalb der Türme und in der Nähe der Mittellinie des Raumfahrzeugs, zeichnete Hunt eine Reihe von Raketenabschussrohren ein. Er zählte insgesamt 36 auf jeder Seite des Schlachtschiffs. Dank der neuentwickelten Schiff-zu-Schiff-Raketen würde ihnen das eine gewisse Langstrecken-Schlagkraft geben.

Zum Schutz beim Nahkampf fügte Hunt 107 Batterien von 20mm-Geschützen hinzu, die so angeordnet waren, dass sie rund um das Schiff mehrere ineinandergreifende Schussfelder abdecken konnten. Ungleich der mit Projektilen geladenen Waffen, würde dieses System mit standardmäßigem Flüssigkeitstreibstoff betrieben werden, nicht über Schienenkanonen. Das garantierte, dass die Kanonen zur Selbstverteidigung eine hohe Feuerkadenz beibehielten.

Gerade als die Ingenieure dachten, Hunt hätte all seine Ideen eingebracht, zeichnete der ein ausfahrbares Flugdeck am Unterboden des Schiffes ein. Diesen Bereich deutete er nur vage an. Die Designer sollten sich in dieser Hinsicht etwas einfallen lassen. Dabei betonte er allerdings, dass dieses Deck während eines Schiff-zu-Schiffs-Kampf entweder in den unteren Teil des Schlachtschiffs eingefahren werden oder so schwer gepanzert sein musste, dass es eine große Anzahl an Treffern hinnehmen konnte. Er wies die Ingenieure auch darauf hin, dass sie seinen Vorschlag, Waffen am Unterbauch des Schiffs anzubringen, nach der Einbeziehung des Flugdecks auf seine Umsetzbarkeit hin überprüfen mussten. Selbst wenn das komplette Ensemble nicht möglich war, wollte er dort idealerweise dennoch einige der Waffen sehen. Der

Weltraumkampf fand in drei Dimensionen statt; er war nie linear.

Einer der Ingenieure hakte nach. »Das Flugdeck, das sie erwähnten …. Welche Funktion wird es haben? Planen Sie von dort aus die Koordination der Flugoperationen eines möglichen Starfighters oder soll es den orbitalen Angriffsschiffen ähneln?«

Hunt überlegte einen Augenblick. »Beim Bau eines solchen Schlachtschiffs müssen wir bedenken, dass es - falls es nicht zerstört wird - mindestens einhundert Jahre seinen Dienst tun wird. Das bedeutet, dass wir die Entwicklung der Technologie vorhersehen und dementsprechend ein Schiff entwerfen müssen, dass diesen Fortschritten offensteht. Wie Sie bereits erwähnten, haben wir gegenwärtig keine Starfighter. Das wird jedoch nicht immer so sein.

»Ursprünglich denke ich, wird dieses Flugdeck entweder unsere Spezialeinheiten oder die Soldaten der Republikanischen Armee unterstützen. Vielleicht auf Bataillonsebene - noch besser wäre es allerdings, wenn wir mindestens zwei Bataillons samt ihrer Ausrüstung unterbringen könnten. Das würde dem Schiff eine unglaubliche Flexibilität verleihen. Tatsächlich ist dieses Fahrzeug groß genug, um zwei separate Flugbuchten darin unterzubringen; eine für Kampfschiffe und die andere für unsere Bodentruppen? Der Punkt hier ist, meine Herren, dass dieses Schiff einer Vielzahl von Aufgaben und Missionen gerecht werden muss.«

Ein anderer Ingenieur erkundigte sich: »Wie dick sollte die äußere Panzerhaut Ihrer Meinung nach ausfallen?«

»Basierend auf der Stärke der Impulsstrahler der Zodark und dem Schaden, den sie meinem Schiff zugefügt haben, schlage ich vor, dass wir das Schiff mit einer 12 Meter dicken Panzerhaut um die kritischen Funktionen und die Waffenplattformen herum verkleiden, während das übrige Schiff von acht Metern umgeben wird. Das erlaubt uns, die wichtigsten Teile des Schiffs während eines Kampfs zu schützen, während wir den Umfang der Panzerung um einige der weniger entscheidenden Bereiche reduzieren«, erläuterte Hunt und fügte seiner Zeichnung noch einige Notizen hinzu.

»Ich habe keine Idee, wie Sie es am besten angehen, aber wir müssen einen Weg finden, die SW-Anti-Laser-Waffen zu verbessern und sie über das Schiff verteilt zu integrieren. Wir brauchen einen Abwehrmechanismus gegen ihre Laser, insbesondere wenn wir mehreren feindlichen Schiffen gleichzeitig gegenüberstehen. Des Weiteren empfehle ich, Dutzende von

Querstrahlsteueranlagen einzubauen, um dem Schiff nach einem erlittenen Treffer beim Wenden und Manövrieren zu helfen. Wir dürfen den Lasern nicht erlauben, sich auf einen einzigen Punkt des Panzers einzuschießen, oder sie brennen sich einen Weg durch uns hindurch.«

Nachdem Hunt die äußeren Waffensysteme vorgegeben hatte, wandte er sich den internen Mindestvoraussetzungen zu, die das Schiff haben musste. In der Hauptsache wollte er zwei Trimar-Reaktoren, nicht nur einen. Das würde ihre Impulsstrahler verstärken. Darüber hinaus präsentierte er seine Idee, die Fähigkeit des Schiffs zu verbessern, die Kommunikations- und Sensortechnik feindlicher Schiffe zu blockieren. Er betonte die Notwendigkeit, die Zodark-Schiffe in Waffennähe zu bringen, um den Magrail die Gelegenheit zu geben, sie in Stücke zu reißen.

Als Hunt mit der Vorstellung seines optimalen Kriegsschiff geendet hatte, platzte es aus einem der Schiffsbauer - womöglich aus Frustration - heraus, dass etwas so Kompliziertes und Weitreichendes Jahre des Designs und des Baus in Anspruch nehmen würde. Alternativ dazu schlug er vor, eine Flotte kleinerer Schiffe zu bauen, die einfacher zu produzieren seien und sie in einem Schwarm einzusetzen, anstatt sich allein auf zwei riesige Moloche zu verlassen.

»Ich lehne Ihren Vorschlag nicht rundheraus ab«, erwiderte Hunt. »Die Entwicklung einiger fähiger Zerstörer ist sicher keine schlechte Alternative. Im Moment wissen wir allerdings nicht, ob das Zodark-Schiff, das wir bekämpften, ihr Standardschiff war oder ob sie womöglich über noch größere, zerstörerische Kriegsschiffe verfügen. Ihre Idee mit den Zerstörern klingt gut. Allerdings braucht es mehr als einen, um ein Zodark-Schiff kampfunfähig zu machen. Die Panzerung eines Zerstörers wäre außerdem nicht einmal so dick, wie die der *Rook* war, als wir es mit einem Feind dieser Größe aufnahmen. Wenn wir eine Handvoll Schlachtschiffe nach meinem Entwurf bauen und ihnen die gleiche Anzahl an Zerstörern mitgeben, dann wären wir gut darauf vorbereitet, eine sehr beeindruckende Flotte in den Kampf schicken, denke ich.«

Einer der Admirale meldete sich zu Wort. »Ich glaube, dass Sie beide Recht haben. Wir müssen uns ins Zeug legen, so viele dieser Zerstörer wir möglich zu bauen, während wir gleichzeitig die Arbeit an den Schlachtschiffen beginnen, die früher oder später die Kernpunkte unserer Flotte darstellen werden. Zum jetzigen Zeitpunkt bereitet es mir Sorge, dass wir keine angemessene Flotte haben, um Sol zu verteidigen, viel weniger um den Kampf zum Feind zu tragen. Höchste Priorität muss der Sicherung unseres Heimatsystems zukommen, bevor wir uns auf die Expansion nach draußen konzentrieren.«

Admiral Halsey räusperte sich. »Ob es uns gefällt oder nicht, als Erstes müssen wir Neu-Eden einnehmen und halten. Wir brauchen die Lagerstätten der Trimar- und Morean -Vorkommen. Der Planet verfügt über mehrere sehr große Mineralablagerungen, die für künftige Schiffskonstruktionen absolut notwendig sind .... oder all unsere Pläne sind verlorene Liebesmüh.«

Plötzlich kam allen siedend heiß zu Bewusstsein, den Bau dieser massiven Flotte diskutiert zu haben ohne auch nur einen Gedanken darauf zu verschwenden, dass die Grundvoraussetzung zur Einführung all dieser fortschrittlichen neuen Technologien die Eroberung von Neu-Eden inklusive seiner Bodenschätze war. Das brachte ihre grandiosen Pläne unvermittelt zum Einsturz. Sie brauchten Neu-Eden, da gab es keinen Zweifel. Und jetzt stellte sich die Frage, wie sie das am besten anstellen sollten, mit den Ressourcen, die ihnen gegenwärtig zur Verfügung standen.

Kapitel Vierundzwanzig
Der Gürtel

Asteroidengürtel - Sol

Handelsposten Gaelic

Captain Liam Patrick näherte sich dem riesigen Asteroiden. Mehr als zwei Dutzend Raumschiffe unterschiedlicher Größe hingen an den Dock-Armen, die sie mit dem von Menschen gebauten Zugang zu dem enormen schwebenden Stein verbanden.

Fünfzehn Jahre Schwerstarbeit .... und nun ist es endlich geschafft, dachte Captain Liam Patrick, während sein Shuttle die Station anflog.

»Ich kann es kaum erwarten, dir die letzten Verbesserungen an der Station zu zeigen, die wir seit deiner Abwesenheit gemacht haben.« Sara Alma drückte ihn voller Freude an sich.

Liam fühlte eine solche Energie und freudige Erregung in sich aufsteigen, wie er sie lange nicht empfunden hatte. Einen massiven Asteroiden, praktisch einen Planetoiden, in eine bewohnbare Station zu verwandeln, war keine einfache Aufgabe. Es hatte sie über 15 Jahre Arbeit im Geheimen gekostet. Liam war nicht stolz darauf, was er getan hatte, um diesen Traum zu verwirklichen – Piraterie, Diebstahl und Mord.

Liams Shuttle dockte mit einigem mechanischen Klappern und lauten Geräuschen an. Wenige Minuten später versiegelte sich die Luke, bevor eines ihrer Mannschaftsmitglieder die Verbindungstür öffnete und ihnen den Weg in die Station freigab.

»Nun komm, Liam. Das musst du sehen«, drängte Sara und zog ihn an der Hand hinter sich her. Sie war wie ein aufgeregtes kleines Mädchen, dass ihre Eltern kurz vor Weihnachten in ein Spielwarengeschäft zog, um dort seine Geschenke zu kaufen.

Liam folgte Sara aus der Shuttle hinaus durch den Hangar, wo die Schiffe andocken und ihre Fracht entladen würden. Das Terminal, wenn man es so nennen wollte, war direkt mit den Warenlagern und Speichereinrichtungen vor Ort verbunden. Das würde die Abwicklung der unterschiedlichen Geschäfte, die auf der Station getätigt würden, vereinfachen.

Liam und Sara folgten anderen Passagieren weiter die Straße hinunter, die vom Stationseingang zur großzügigen Promenade führte. Dort unterbreiteten digitale Beschilderungen den Neuankömmlingen auf der Station wichtige Informationen und informierten sie über die Regeln, denen sie folgen mussten.

Danach passierten alle Neueingetroffenen einen Eingangskontrollpunkt, an dem sie ihre Anwesenheit auf der Station registrieren mussten. Dort wurden sie auch mit Hinweisen auf Übernachtungsmöglichkeiten, Stellenangebote und andere Aufenthaltsbedingungen und möglicherweise benötigte Genehmigungen versorgt. Außerdem mussten sie eine Visumgebühr bezahlen – um die Station profitabel zu machen und für die Dienste zu zahlen, die die Station seinen Bewohnern und Gästen bot.

Auf dem Weg vom äußeren Bereich der Station ins Innere hinein, hörte Liam eine Menge Leute freudig erregt und lachend im Gespräch. Sobald sie dem Lärm allerdings näher kamen, wurde es mit einem Mal vollkommen still.

Liam lächelte, als er verstand. Sara hatte eine Überraschung- oder Willkommen Daheim-Party für ihn organisiert.

Am Ende des Korridors sah er eine große Menschenmenge, die dort mit glücklichen Gesichtern auf ihn wartete und ihm ihre Begrüßungsposter entgegenhielten. Kinder saßen auf den Schultern ihrer Eltern und dann brachen alle in ein wildes lautes Jubeln aus.

»Überraschung!«, schrien alle gleichzeitig.

Die allein ihm gewidmete Aufmerksamkeit ließ Liam
Rot anlaufen. Sein Herz stolperte ein wenig, als er all die
Menschen sah, die sich zu seiner Begrüßung versammelt
hatten – für den Mann, der so schwer gekämpft und alles
riskiert hatte, um diese Oase in den Sternen einzurichten.

Gratulanten schüttelten ihm die Hand, andere wollten
zusammen mit ihm fotografiert werden. Viele dankten ihm
einfach dafür, dass er einen gastfreundlichen Ort und ein
neues Zuhause für sie kreiert hatte – ein Heim weg von den
Zentralregierungen und der Politik der Erde, einen Ort, an
dem Menschen einen neuen Anfang machen konnten.

Nach einer Weile entführte Sara ihn von diesem
Trubel, um ihm eine private Tour ihres neuen Zufluchtsorts
in den Sternen zu geben.

Mit in den Nacken gelegtem Kopf bestaunte Liam die
Ausmaße der Station. Er konnte immer noch nicht glauben,
dass sie diesen Ort endlich bewohnbar gemacht hatten. Es
hatte sie allein zehn Jahre ihres Lebens gekostet, die Mitte
dieses enormen schwebenden Steins auszuhöhlen. Erst
danach konnten sie endlich damit beginnen, einen voll
funktionierenden Lebensbereich zu schaffen. Das
Erdgeschoss nahm eine ungefähre Fläche von drei auf
zweieinhalb Kilometer ein und war 1.200 Meter hoch. Es

war eine riesige Höhle, in der sie Wohnungen, Büros, Geschäfte, eine Schule, ein Krankenhaus, Forschungszentren und landwirtschaftliche und Tierhaltungseinrichtungen angesiedelt hatten. Hinsichtlich der Versorgung mit Nahrungsmitteln waren sie absolut autark.

Entlang den Steinwänden hingen blühende Ranken und andere Grünpflanzen. Verteilt über der Station hatten sie große Gärten mit Bambushainen und anderen Bäumen und Sträuchern angelegt, die als Kohlenstoffsenke dabei halfen, die Luft sauber und frisch zu halten. Die modernste Wasseraufbereitungsanlage und ihr eigener Generator zur Erhaltung der künstlichen Schwerkraft machten all dies möglich. Jetzt brauchen Sie nur noch Menschen, um die Station zu füllen – das war der Grund für Liams Abwesenheit gewesen.

»Komm hier entlang«, forderte Sara ihn spitzbübisch auf. Sie führte ihm zum Eingang des Foyers, wo das größte Gebäude der Einrichtung stand. Sie nahmen den ersten Aufzug, der für sie eintraf.

Sekunden später stiegen sie im obersten Stockwerk aus. In der 180. Etage, um genau zu sein. Sara lenkte ihn auf eine große eichene Doppeltür zu. Der Gang war mit einem wunderschönen Marmorboden ausgelegt, der speziell aus Italien angeliefert worden war. Das oberste Stockwerk des Gebäudes war wahrlich prachtvoll. Sara bewegte ihre Hand vor einem elektronischen Pad hin und her, worauf sich die Tür leise hissend öffnete. Lächelnd führte sie Liam in die Penthouse-Suite.

Beim Betreten des vielleicht elegantesten Wohnbereichs, den Liam je gesehen hatte, breitete Sara die Arme aus. »Und das, mein Liebster, ist unser neuer Wohnbereich. Nie wieder leben auf einem beengten Schiff. Nie wieder das Teilen unserer Zimmer mit Dutzenden von Arbeitern. 200 m² ganz für uns allein. Die neuen Einwohner von Gaelic bestanden darauf, diesen Ort für uns in einen echten Palast in den Sternen zu verwandeln.«

Sara gab ihm eine kurze Tour, stellte aber sicher, dass er alles sah. Dann betraten sie das größte Zimmer der Suite, das stattliche Wohnzimmer. An den Wänden hingen berühmte Malereien, es gab ein Bücherregal mit echten Büchern und mehrere gerahmte Fotos von ihnen beiden über die Jahre.

All dies war großartig, aber der Ausblick auf die Station unter ihnen war einfach unglaublich. Die wandhohen Fenster der Suite boten die Sicht auf alles, was sie über 15 Jahre lang erbaut hatten.

Voller Freude drehte Sara sich zu ihm um. »Der Ausblick ist der absolut beste, den die Station zu bieten hat. Von diesem Punkt aus kannst du so ziemlich alles sehen, was du möchtest, im Wissen, dass niemand hier hereinsahen kann. Unsere Suite ist außerdem komplett von der Außenwelt abgeriegelt. Falls es also, Gott bewahre, je zu einer Umweltkatastrophe kommen sollte und die Einrichtung gefährdet wäre, können wir hier monatelang überleben, während wir auf Hilfe warten.«

Kopfschüttelnd über das, was Sara während seiner Abwesenheit geschaffen hatte, trat Liam auf sie zu. Die schönste Frau, die er je gekannt hatte, stand vor ihm, und die einzige und wahre Liebe seines Lebens.

Sara lächelte verführerisch. Mit der rechten Hand spielte sie mit einer Strähne ihres schulterlangen lockigen blonden Haars und drehte sich erneut dem Fenster zu. Liam trat hinter sie, umschlang sie mit seinen Armen und zog sie eng an sich. Er beugte sich vor und streifte ihr linkes Ohr mit seinen Lippen.

»Du bist wirklich unglaublich, Sara«, flüsterte er.

Sara wand sich ein wenig in seiner Umarmung, um ihm in die Augen sehen zu können. »Ohne dich, Liam, wäre mir das nie gelungen. Ich liebe dich.«

Sie küsste ihn auf die Lippen mit dem Feuer und der Leidenschaft einer Frau, die ihren Mann seit langer Zeit nicht gesehen hatte. Der Kuss dauerte an, bevor sie sich in aller Eile ihrer Kleider entledigten und sich leidenschaftlich liebten.

Mehrere Stunden später, immer noch im Bett, brach es aus Sara heraus. »Eine Weile war ich mir nicht sicher, ob du zurückkehren würdest.«

Sanft lächelnd strich Liam ihr eine Haarsträhne aus dem Gesicht und erwiderte: »Mir ging es ähnlich, Sara. Ich versicherte den Behörden der MOS, dass unser Unternehmen eine halbe Milliarde Dollar an die Familie der Piratenopfer zahlen wird. Meine eigene Rolle dabei musste ich nicht eingestehen, nur, dass Mitarbeiter unserer Firma daran beteiligt waren, und dass sie dafür zur Rechenschaft gezogen wurden.«

Sara furchte die Stirn. »Und das haben sie dir abgenommen? Niemand hat vermutet, dass du entweder beteiligt oder sogar der Anführer der Piraten warst?«

Liam kicherte. »Oh, ich denke, der Gedanke kam ihnen schon. Vielleicht hätten sie sogar etwas unternommen, wenn sie nicht so einseitig auf ein anderes Thema konzentriert wären. Aber ich denke, dass ihre Aufmerksamkeit und ihr Fokus einzig auf die Bedrohung durch die neue außerirdische Rasse gerichtet ist, nicht auf hinter uns liegende Piraterie.

»Du hättest die Werften sehen sollen, Sara. Die Aktivität dort ist ungebremst. Ich habe noch nie den Bau so vieler Kriegsschiffe erlebt. Und keine kleinen, das kommt dazu. Das Weltraumkommando baut sogar eine eigene riesige Schiffswerft. So etwas habe ich noch nie gesehen. Sie muss größer sein als die gesamte MOS oder sogar die Station John Glenn. Enorme Ausmaße!«

Interessiert stützte Sara den Kopf auf den Arm und hakte nach: »Wirklich? Wie viele dieser Kriegsschiffe hast du gesehen?«

Liam verspürte das erneute Aufleben seiner Kräfte und wollte eigentlich nicht über Kriegsschiffe, sondern viel lieber über eine zweite Runde mit seiner Liebsten diskutieren

Sara kannte den Blick, den er ihr zuwarf, und brachte ihn schnell in die Realität zurück. »Hey, Liam, das ist wichtig. Der Sex kann warten. Wie viele Kriegsschiffe im Bau hast du gesehen?«

Ein wenig irritiert stieß Liam einen Seufzer aus. Er legte sich zurück aufs Bett und starrte gegen die Decke. »Ich sah die Gerippe von drei neuen Zerstörern. Außerdem lief die Konstruktion von vier weiteren Schiffen auf

Hochtouren. Ich bin mr nicht sicher, welche Art Schiff es sein wird, aber sie sehen riesig aus – vielleicht zwei oder drei Kilometer lang. Wohl ein neues Schlachtschiff oder so. Wieso zeigst du plötzlich ein Interesse an dem, was sie bauen? Wir kamen zu einer wunderbaren Vereinbarung mit der Republik and der TPA. Sie werden uns hier im Gürtel in Frieden lassen, um unsere eigene kleine Gemeinde zu gründen. Und das ist doch genau das, was wir immer wollten.«

Sara war ganz anderer Meinung. »Sie lassen uns in Ruhe, Liam, da sie diese neue Bedrohung ernst nehmen. Ich weiß, du schenkt aktuellen Geschehnissen wenig Aufmerksamkeit. Die Republik hat offenbar eine abscheuliche neue außerirdische Rasse entdeckt, die Menschen wie das Vieh zieht, um sie an ihre Bevölkerung zu verfüttern. Es ist grauenvoll, Liam.«

Liam schnaubte. »Ich habe Gerüchte über diese neue Spezies aufgeschnappt. Manche sagen, sie fressen Menschen, andere sagen, sie versklaven die Menschen. Ich weiß nicht, ob oder was davon zutrifft, aber die einzigen Gedanken, die ich mir im Moment mache, ist sicherzustellen, dass unsere Leute genug Nahrungsmittel, einen Platz zum Schlafen und vielleicht sogar etwas Geld in der Tasche haben.«

»Wir *müssen* dem unsere Aufmerksamkeit schenken, Liam«, betonte Sara. »Uns fällt jetzt die Aufgabe zu, eine Station zu managen - unsere eigene kleine Welt, in der sich die Anwohner darauf verlassen, dass wir ihnen mehr als einen Job oder einen Ort zum Wohnen geben. Ich denke, wir sollten damit beginnen, unsere eigenen Verteidigungskräfte ins Leben zu rufen.«

Liam musste sich das Lachen verkneife. »Schatz, die Piratentage liegen hinter uns. Die Fregatten der Republik als auch der TPA patrouillieren den Gürtel und die Handelsrouten mittlerweile regelmäßig. Die Werften werden uns keine Kriegsschiffe verkaufen, während sie damit beschäftigt sind, eine Flotte für die Großmächte zu bauen.«

Sara legte den Kopf schief. »Dann bauen wir eben unsere eigenen«, konterte sie. »Unsere Schiffswerft ist so gut wie einsatzfähig. Wir können unsere eigenen Schiffe bauen, unsere eigenen Leute im Umgang mit ihnen trainieren und unseren Außenposten eigenhändig verteidigen.«

Liam schüttelte den Kopf. »Nein, es macht mehr Sinn, unsere Station in eine gut verteidigte Festung zu verwandeln. Wir haben einen endlosen Vorrat an Rohmaterialien, aber was uns fehlt ist die entsprechende

Technologie und die Ausrüstung, um ein echtes Kriegsschiff zu bauen. Ich denke, wir sollten unsere eigenen Impulsstrahler- und Magrail-Verteidigungsposten einrichten, entweder nahe der Station oder auf einigen der Asteroiden um uns herum. Das Geld und die Ressourcen dafür haben wir. Sie reichen allerdings nicht aus, um Kriegsschiffe zu bauen. Zumindest nicht sofort.«

Sara schmollte einen Augenblick, bevor sie laut und tragisch seufzte und sich Liam wieder zuwandte. »Ok, Liam, ich muss dir Recht geben. Manchmal spielen meine Gedanken einfach verrückt. Die Bilder von diesen Zodark-Kreaturen, die ich sah, haben mich erschreckt. Es sind wahrhaft bösartige Kreaturen, Liam – furchteinflößend! Ich hoffe, die Republik zusammen mit dieser neuen Allianz kann sie vernichten.«

Lächelnd zog Liam Sara an sich heran. Beruhigend flüsterte er ihr zu: »Ich bin sicher, dass werden sie. Lass uns jetzt einfach weiter die Eröffnung der Station feiern.«

Kapitel Fünfundzwanzig
Zeit für eine Entscheidung

Kennedy Space Center

US-Weltraumkommando

»Diese Entscheidung ist endgültig?«, hakte Captain Hunt nach, nicht sicher, ob er mit diesem Ausgang glücklich war.

Admiral Bailey sah ihn und Rear Admiral Halsey an. »Ganz recht. Sie beiden werden die Angriffskräfte leiten, um Neu-Eden und das Rhea-System zurückzuerobern. Sobald wir Fuß gefasst haben, verwandeln wir den Ort in eine Festung.«

Admiral Halsey nickte bei dieser Nachricht. »Verstanden. Warten wir mit dem Beginn des Einsatzes, bis einige der neuen Schiffe betriebsbereit sind?«

Sobald die Entscheidung gefallen war, dass Neu-Eden eingenommen werden musste, hatten die Schiffsbauer eine Bestandsaufnahme des vorhandenen Trimar und Morean gemacht, um zu kalkulieren, wie viele Schiffe sie bauen konnten. Das Material reichte für ein Schlachtschiff oder für acht Zerstörer. Die Entscheidung, die acht kleineren Kriegsschiffe zu bauen, war gefallen, neben der

Aufbesserung der Waffensysteme der *Voyager* und der *Rook*. Aber selbst mit der Hilfe der Synth würde der Schiffsbau Zeit in Anspruch nehmen.

»Nicht alle acht Zerstörer werden rechtzeitig fertig sein«, erklärte Admiral Bailey. »Wir warten, bis Schiff Nummer vier startbereit ist, nicht einen Augenblick länger. Das sollte nicht allzu lange dauern.«

Die verantwortlichen Offiziere nickten grimmig. Es war nun schon beinahe ein Jahr her, dass sie Neu-Eden verlassen hatten. Zweifelsohne hatten die Zodark das System mittlerweile abgesichert – die Frage war, in welchem Umfang.

»Wie steht es mit Transportern für die Bodentruppen?«, lautete Halseys nächste Frage. Sie plante bereits über den Kampf, das System zu sichern, hinaus.

»Das fällt in unseren Verantwortungsbereich«, erläuterte Bailey. »Der TPA fehlt es an den orbitalen Kampflandeschiffen, wie wir sie haben. Sie steuern acht schwere Schiffe zum Transport zusätzlicher Soldaten bei, aber den Planeten selbst anzugreifen - so wie wir es können - ist ihnen nicht möglich. Wir werden alles schicken, was uns zur Verfügung steht.

»Die *Voyager* wird ein komplettes Bataillon Deltas mitführen. Außerdem haben wir noch drei weitere orbitale

Angriffsschiffe, die jeweils drei Bataillone der Republikanischen Armee samt ihrer Ausrüstung aufnehmen werden. Das sind insgesamt zehn Bataillone, die den Planeten gleichzeitig angreifen werden. Darüber hinaus bringen die schweren Transporter 21 zusätzliche Bataillone, die zum Einsatz entweder auf die orbitalen Kampfschiffe verlegt werden oder warten müssen, bis wir einen Weltraumaufzug konstruiert haben«, führte Bailey weiter aus. Das war bei weitem die größte Truppenbewegung, die sie jemals angestrebt hatten: 24.000 Soldaten, verlegt über 12 Lichtjahre.

»Stehen uns Kampf-Synth-Einheiten zur Verfügung?«, erkundigte sich Hunt zögernd. Er war sich nicht sicher, ob er dieses Thema wirklich ansprechen sollte, da er gerade erst vor einer Woche in dieses geheime Programm eingeweiht worden war.

Bailey lehnte sich kurz in seinem Stuhl zurück und musterte Hunt und Halsey, bevor er antwortete. »Darüber wurde diskutiert. Wenn es meine Entscheidung wäre, dann ja. Aber vorerst wurde ich überstimmt. Sehen wir, wie sich die Situation auf Neu-Eden allein mit den RAs und den Deltas anlässt. Ich bin mir absolut sicher, dass unsere Soldaten ihrer Aufgabe gewachsen sind. Die Einheiten, die an dieser Mission teilnehmen, trainieren so gut wie rund um die Uhr, insbesondere im Simulator gegen die Zodark. Sie werden so gut wie irgend möglich auf die echte Auseinandersetzung vorbereitet sein.«

Hunt nickte. »Ok, und wann soll es losgehen?«

Admiral Bailey lachte leise. »Darauf müssen Sie noch einige Monate warten. Die Haupttürme der Magrail und die Ladesysteme der *Rook* und der *Voyager* werden noch aufgebessert und gegen das größere Kaliber der 36-Zoll-Projektile ausgetauscht. Zudem werden sie mit den neuen Havoc-Raketen ausgestattet und erhalten pro Schiff 16 variable nukleare Sprengköpfe.«

Captain Hunt brummte etwas vor sich hin, was als Zustimmung ausgelegt werden konnte. Auf Gedeih und Verderb, die *Rook* und die *Voyager* würden die Großkampfschiffe der Flotte sein, was bedeutete, dass sie mit der stärksten Feuerkraft, die ihnen zur Verfügung stand, ausgestattet sein mussten, um den positiven Ausgang des bevorstehenden Kampfs zu garantieren.

Nach dem Ende der Besprechung bat Bailey Hunt, noch einen Augenblick zu bleiben. Nachdem Halsey und der Rest der Beteiligten das Zimmer verlassen hatten, lud Bailey Hunt in sein privates Büro ein. Es war ein kleiner Raum, der an sein Hauptbüro angeschlossen war.

Mehrere große Bücherregale waren in die Wand eingebaut. Es gab sogar einen Kamin, was angesichts der Tatsache, dass sie in Florida waren, seltsam erschien. Vor dem Kamin standen zwei ausladende Ledersessel, die durch einen Tisch getrennt waren.

»Setzen Sie sich, Miles. Ich möchte etwas mit Ihnen besprechen, das mir aufgefallen ist.« Baileys einladende Handbewegung wies auf einen der Stühle, in dem Hunt Platz nehmen sollte.

Bailey schaltete den elektrischen Kamin ein. Die beiden Männer schwiegen eine ganze Weile und verfolgten den Tanz der künstlichen Flammen. Endlich seufzte Bailey und setzte an. »Miles, was ist los mit Ihnen?«, fragte er mit leiser, beinahe väterlicher Stimme. »Seit Ihrer Rückkehr aus dem Rhea-System sind Sie nicht der Alte. Sie haben sich verändert.«

Diese Frage hatte Hunt nicht erwartet; er fühlte sich angegriffen. »Ich bin mir nicht sicher, was Sie meinen, Sir.«

»Miles, wir sind hier unter uns. Kein Sir, kein Admiral. Als ich deinen XO, Commander Longman, beförderte und ihm das Kommando über das Zerstörergeschwader übertrug, erwähnte er, dass du eine harte Zeit durchmachst.

Ist zwischen dir und Lilly oder den Kindern alles in Ordnung? Gibt es etwas, wobei ich helfen kann?«

»Nach allem, was ich für Asher getan habe ....«, flüsterte Hunt aufgebracht zu sich selbst.

»Hey, es ist nicht sein Fehler, Miles. Er hat den größten Respekt für dich. Er betrachtet dich als seinen Freund und Mentor. Er macht sich einfach Sorgen. Was ist denn los? Was kann ich für dich tun, Miles?« Mit seiner ruhigen Stimme konterte Bailey den Ausbruch seines Protegés.

Plötzlich ließ Hunt sich tiefer in den Sessel fallen. Er atmete tief ein und hielt einen Augenblick die Luft an. Er musste sich beherrschen. Vor den Augen seines Flottenadmirals in Tränen auszubrechen, selbst wenn der sein Freund war, das durfte er nicht zulassen.

Bailey streckte seine Hand vor und berührte Hunts Arm. »Es ist ok, Miles. Du hast viel durchgemacht. Du kannst mit mir reden – ich werde nicht urteilen. Ich will dir helfen.«

Hunt starrte weiter in die Flammen und begann. »Während dem Kampf mit den Zodark war ich so auf die Schlacht konzentriert, dass ich darüber vollkommen den Schaden vergaß, den das Schiff erlitten hatte. Ich war mehr daran interessiert, das feindliche Schiff zu zerstören, als mein eigenes Schiff zu schützen oder den Schaden zu registrieren, den wir hinnahmen. Ich verlor ein Viertel meiner Mannschaft, Chester. Männer und Frauen, die mir ihr Leben anvertraut hatten, deren Familien aufgrund meiner Befehle einen geliebten Menschen verloren …. Ihnen gegenüber habe ich versagt, Chester. Ich hätte mehr retten sollen ….«

»Nein, Miles, du hast ihnen gegenüber nicht versagt und ganz sicher trifft dich keine Schuld an ihrem Tod«, bekräftigte Bailey mit Nachdruck. »Die Zodark haben sie getötet. Die Zodark sind für ihren Tod verantwortlich, nicht du. Du hast das getan, was jeder Schiffskapitän tun muss - du hast gekämpft und gewonnen. Die Schadenskontrollaufgabe obliegt deinem Führungsstab. Deine Aufgabe ist es, den Kampf zu leiten und sicherzustellen, dass ihr überlebt und gewinnt. Hättest du das nicht getan, wäre vielleicht die komplette Mannschaft verloren gewesen. Du hast das genau das getan, wofür wir dich ausgebildet haben und ich bin ungeheuer stolz auf dich.«

Captain Hunt wischte sich eine Träne aus dem Augenwinkel. »Danke, Chester, ich denke, das musste ich hören.«

»Hör zu, Miles, wir schicken dich in Kürze wieder in den Kampf. Du wirst mehr Mannschaftsmitglieder und Soldaten verlieren. Uns steht ein Krieg mit einer brutalen neuen Spezies bevor, über die wir noch viel zu wenig wissen. So leid es mir auch tut, das sagen zu müssen, in den kommenden Monaten werden wir eine Menge guter Leute verlieren. Leider gehört es auch zum Job eines Kommandeurs, Untergebene in Positionen und Situationen zu befehlen, von denen wir wissen, dass viele von ihnen von dort nicht zurückkehren werden. Das ist schlimm, ist aber unvermeidlich. Und in diesem neuen Krieg, in dem wir uns nun wiederfinden, wird es weit öfter geschehen.«

Er hielt inne. »Ich will dir eines sagen, Miles. Du bist nicht der Einzige, der darüber Schlaf verliert. Du musst deinen Offizieren ein starkes Vorbild sein. Sie machen dasselbe durch wie du und brauchen deine Führungskraft und Anleitung. Du musst Stärke zeigen und für sie da sein, so wie ich für dich da bin, ok? Denkst du, du kannst das schaffen, Miles?«

Nach einer Minute des Überlegens sah Hunt seinem Freund in die Augen. »Das kann ich und das werde ich. Vielen Dank, Sir. Danke, dass Sie mit mir geredet und mir eine andere Perspektive aufgezeigt haben.«

****

Orbitalstation Mars

RNS *Rook*

Das kleine Shuttlefahrzeug schwebte 1.000 Meter vor dem Bug der *Rook*. Captain Hunt und zwei Inspektoren sahen aus dem Fenster auf die vordere Steuerbordseite des Raumschiffs hinaus. Dort hatte der Impulsstrahler der Zodark die Außenhaut und den Rumpf der *Rook* aufgeschlitzt. Die Ingenieure hatten knapp fünf Monate gebraucht, diesen Teil des Schiffs zu reparieren. Die Beleuchtung durch die Scheinwerfer zeigten, dass dieser Abschnitt wieder so gut wie neu war.

Die Männer setzten die Inspektion entlang der Steuerbordseite des Schiffes fort. Während dieser abschließenden Kontrolle des Außenbereichs der *Rook* arbeiteten mehrere Crews fieberhaft an den letzten Aufrüstungsmaßnahmen. Seit ihrem letzten Abstecher in das Rhea-System hatte sich in diesem Bereich viel geändert. Sie hielten mehr als nur einige böse Überraschungen für die Zodark bereit.

****

Während ihrer fünf Monate im Trockendock hatte die *Rook* eine beachtliche Verstärkung ihrer Feuerkraft erfahren. Die 24-Zoll Magrail waren gegen 36-Zoll-Kanonen ausgetauscht worden, um ihr mehr Schlagkraft zu geben. Der 50%ige Zuwachs an Größe erlaubte ihnen, ein revolutionäres neues Design in die Waffe zu integrieren.

Einer der F&E-Ingenieure von BlueOrigin entpuppte sich als ein Fan historischer Waffen. Eines Abends hatte er auf dem History Channel - einem Fernsehkanal, der seinen Zuschauern vorwiegend historische Dokumentationen bot – eine Episode über den Ersten Golfkrieg gesehen, in der eine Koalition mehrerer Nationen sich zusammengetan hatte, um das Land Kuwait von der Besetzung durch den Irak zu befreien. Die Episode hatte darüber berichtet, dass die Amerikaner einen zusätzlichen Bausatz an ihren Freifallbomben angebracht und sie damit in durch Laser gelenkte intelligente Bomben verwandelt hatten.

Am darauffolgenden Tag hatte sich dieser Ingenieur die neuen 36-Zoll-Projektile angesehen, mit denen die *Rook* und die *Voyager* ausgestattet wurden. Mit dem Gedanken an die gestrige Episode im Kopf überlegte er, wie er ein ungelenktes Magrail-Projektil in ein lenkbares, hochexplosives Geschoss verwandeln konnte. Und dann fiel es ihm wie Schuppen von den Augen: Wenn er die gleiche Menge Sprengstoff wie in der 24-Zoll-Munition verwenden würde, bliebe ihm ausreichend Platz, im Innern des Projektils einen kleinen Kanister mit Druckluft unterzubringen.

Als nächstes sah sich der Ingenieur die Außenseite des Projektils an. Wenn er im hinteren Teil der Hülle einige Furchen einritzen würde, könnte er mithilfe eines kleinen Druckluftkanisters die Steuerung des Projektils nach dessen Abschuss ermöglichen. Danach musste er noch ein Leitsystem am vorderen Ende der Munition entwickeln, das dem hochleistungsfähigen Magneten standhalten konnte, der das Projektil mit unglaublicher Geschwindigkeit aus dem Kanonenrohr beförderte. Um das zu erreichen, verkleidete er die Projektilspitze mit einem Stahlmantel, der automatisch nach dem Feuern der Waffe abfallen würde. Das würde dem Leitsystem erlauben, eine kurze Microburst-Nachricht vom Raumschiff zu erhalten, die ihm sein Ziel vorgab. Und während das Projektil auf den Feind zuflog, konnte es dank der Druckluft Feinsteinstellungen an seiner Flugbahn vornehmen und damit seine Chance erhöhen, das vorgegebene Ziel zu treffen.

Zunächst hatten alle diese Idee für unsinnig gehalten, Nachdem sie den Prototyp allerdings einige Male getestet hatten, waren nur noch wenig Änderungen nötig, bevor sich der Erfolg einstellte. Sie hatten offiziell einen Weg gefunden, eine Freifall-Projektil in ein lenkbares Projektil zu verwandeln.

****

Der Inspektor lenkte das Shuttle, in dem er und Hunt saßen, gekonnt zum nächsten Abschnitt des riesigen Raumschiffs. »Ich beneide Sie nicht darum, gegen die Zodark kämpfen zu müssen, Captain. Aber diese Verbesserungen sollten Ihnen erlauben, ihnen die Hölle heiß zu machen.« Der Inspektor von Musk Industries unterzeichnete elektronisch seinen Teil der Unterlagen.

Hunt nickte zustimmend. Er übernahm das Tablet und fügte seine Unterschrift der Inspektionsabnahme hinzu. *Außenpanzerung komplettiert, Geschützturmverbesserungen komplettiert. Jetzt müssen wir nur noch unsere neue Artillerie laden, die Schiffsvorräte aufstocken und auf das Eintreffen des Rests der Mannschaft warten.*

»Hier bitte, Bob. Alles sieht gut aus. Bitte bedanken Sie sich bei Ihren Männern für ihre harte Arbeit. Wir lieferten Ihnen ein angeschlagenes Schiff, das Sie und Ihre Leute in weniger als 13 Monaten repariert und kampfbereit gemacht haben. Eine enorme Leistung«, lobte Hunt zufrieden und händigte dem Ingenieur das Tablet wieder aus. Die elektronischen Formulare würden an ihre Hauptquartiere gehen, von wo aus sie an das Weltraumkommando zur Zahlung der letzten Rate weitergeleitet würden.

»Halten Sie uns diese Schweinehund einfach vom Leib, Captain. Wir alle haben die letzten 50 Jahre zu hart daran gearbeitet, hier oben in den Sternen ein Stück Himmel einzurichten. Das würde ich ungern an eine feindliche außerirdische Rasse verlieren«, beschwor ihn der Mann mit ernster Stimme.

Das Shuttle kehrte nun zur *Rook* zurück und dockte an. Der Pilot lenkte sie gekonnt in die Landebucht hinein, wo sich das magnetische Fahrgestell des Shuttlefahrzeugs auf dem Boden der Landebucht festsetzte und während des Schließens der äußeren Türen vor Ort hielt. Nach dem Druckausgleich der Bucht folgte ihr Shuttle einigen anderen in den Hauptflughalle des Schiffes hinein. Es war ein etwas mühsamer Prozess, Shuttles vom inneren Hangar zu den äußeren Abflugbuchten zu transferieren und vice versa. Leider war dies gegenwärtig der einzige Weg, der der *Rook* zur Verfügung stand, um Schiffe auszusenden und wieder einzuholen, ohne sie zunächst an der Außenseite des Mutterschiffs anlegen zu lassen. Ungleich der orbitalen Angriffsschiffe war ein konventionelles

Schlachtschiff wie die *Rook* nicht auf ständigen Shuttleverkehr eingestellt.

****

Zwei Tage später traf ein Transporter von der Erde ein, der ihnen die letzten Mannschaftsmitglieder an Bord brachte. Die *Rook* war komplett - ausgestattet mit den nötigen Vorräten, ihren Waffen, dem nötigen Treibstoff, hinreichend Munition und jetzt auch noch mit dem Personal. Sie waren soweit.

Hunt saß in seinem Büro und sah sich die Personalakten seiner neuen Offiziere und Mannschaftsdienstgrade an, die ihm zugeteilt worden waren. Leider waren eine Reihe seiner ursprünglichen Offiziere entweder befördert oder von seinem Schiff versetzt worden, um das Kommando oder leitende Positionen auf den acht Zerstörern einzunehmen.

Insgesamt vier Zerstörer waren einsatzbereit und würden die *Rook* und die *Voyager* nach Neu-Eden begleiten. Die übrigen vier würden innerhalb eines Monats die Schiffsbauwerften verlassen. Diese Schiffe würden in Sol verbleiben, zusammen mit dem Schwesterschiff der *Rook*, der RNS *Bishop*.

Die *Bishop* war nur der zweite Schlachtkreuzer, den sie gebaut hatten. Das Weltraumkommando hatte eigentlich vorgehabt, eine kleine Flotte zu bauen. Angesichts der Bedrohung durch die Zodark konzentrierte sich die Navy aber mittlerweile darauf, Kriegsschiffe und Fregatten zu bauen. Hunt hoffte, dass sie auch weiterhin Schlachtkreuzer wie die *Rook* und die *Bishop* bauen würden; sie brauchten ein mittelgroßes Kriegsschiff, um die Lücken zu füllen. Allerdings hatte er keine Befehlsgewalt über das Beschaffungswesen oder den Flottenbetrieb. Diese Entscheidungen unterlagen nicht seiner Kontrolle.

Der einzige Lichtblick, so empfand Hunt, war sein taktischer Offizier, Commander Fran McKee, die sie ihm gelassen hatten. Das Hauptquartier der Flotte hatte sie zum Captain von einem der neuen Kriegsschiffe machen wollen, aber er hatte darauf bestanden, dass er zumindest einen Offizier brauchte, der in der letzten Auseinandersetzung Erfahrung gesammelt hatte. Die taktische Abteilung würde während ihrer nächsten Mission die wichtigste Funktion innehaben. Diese Stelle musste qualifiziert besetzt sein. Da er McKee gleichzeitig aber auch keine künftigen Beförderungsmöglichkeit versagen wollte, hatte er es geschafft, sie parallel dazu zu seinem neuen XO zu machen. Außerdem hatte er eine geheime Abmachung mit

Admiral Bailey getroffen, dass sie das Kommando über die *Rook* übernehmen würde, sobald Hunt selbst eines der neu erbauten Schiffe sein eigen nennen würde.

Obwohl es ihnen an den Rohmaterialien fehlte, die Konstruktion der neuen Kriegsschiffe zu Ende zu bringen, hatte Musk Industries bereits mit dem Bau von sechs neuen Schiffen begonnen, zusammen mit 20 zusätzlichen Zerstörern. BlueOrigin hatte einen Vertrag über den Bau von 40 neuen orbitalen Truppenschiffen in der Tasche, neben dem Entwurf eines Design für einen neuen Truppentransporter. Beide Aufträge stellten eine enorme Herausforderung dar. Ihr Bewältigung war allerdings unbedingt erforderlich.

Commander McKee kündigte ihren Eintritt durch ein Klopfen an Hunts Bürotür an. »Na, was halten Sie von unseren neuen Mannschaftsmitgliedern?« Sie trat an seinen Schreibtisch und nahm davor in einem der Stühle Platz. Die beiden arbeiteten nun beinahe dreieinhalb Jahre lang zusammen. Sie hatten eine hervorragende professionelle Beziehung entwickelt.

Hunt zuckte mit den Achseln. »Ich vermisse die alte Crew, kann aber die Notwendigkeit der Versetzungen verstehen. Die anderen Schiffe brauchen ebenfalls erfahrene Offiziere und Mannschaftsmitglieder.«

»Ich mache mir mehr Sorgen darum, inwieweit die Kampffähigkeit der *Rook* durch diese Entscheidungen beeinträchtigt wird«, trug Commander McKee ihre Bedenken vor. »Diese Mission unterscheidet sich von unserem ersten Besuch auf Neu-Eden, Captain. Auf unserem Jungfernflug hatten wir sechseinhalb Monate Zeit, die Crew ununterbrochen zu trainieren und deren Zusammenarbeit untereinander zu verbessern. Dieses Mal erreichen wir Neu-Eden in 18 Tagen, egal ob wir ausreichend auf den Kampf vorbereitet sind oder nicht.«

Hunt grinste. »Ok XO, dann ist es wohl Ihr Job, sie rechtzeitig auf Vordermann zu bringen, oder?«

Sie erwiderte sein Lächeln. »Das trifft wohl zu, Sir. Wenn ich fragen darf, was erwartet uns Ihrer Meinung nach mit der Ankunft in dem System?«

Hunt überlegte einen Moment. »Das ist eine gute Frage, Fran. Entweder erwartet uns bei unserer Ankunft ein verteidigungsbereites System oder die Zodark sind weiterhin so unvorbereitet, wie sie es beim letzten Mal waren.«

Sie biss sich auf die Unterlippe. »In drei Wochen wissen wir es, was?«

Hunt nickte. »Ja, XO. Ich denke, es ist an der Zeit, das Schiff auf den Weg zu bringen. Wir müssen zurück zur

Erde, um den Rest unserer Flotte abzuholen. Sie wollen, dass wir in vier Tagen abheben.«

Gemeinsam verließen sie das Büro und machten sich auf den Weg zur Brücke. Es dauerte 20 Minuten das Schiff auf das Ablegen von der Station vorzubereiten. Sie mussten das Fahrzeug abdichten, sich von ihrer Landebucht lösen und auf den Schlepper warten, der ihnen half, sich von der Station abzustoßen. Erst dann konnten sie ihre Motoren starten.

Zwei Stunden später war die *Rook* endlich weit genug von der Orbitalstation entfernt, um die MPD-Antriebe auf dem Weg zur Erde anwerfen zu können. Bei Höchstgeschwindigkeit würde es sechs Stunden dauern, die Entfernung zur Erde zu überwinden. Nicht allzu lange, verglichen mit der Zeit, die es sie noch vor zehn Jahren gekostet hatte. Mit dem FTL wären sie in einer Minute am Ziel, aber Hunt wollte, dass sich die Mannschaft in dieser zusätzlichen Zeit etwas besser kennenlernen und ein Gefühl für ihr neues Zuhause entwickeln sollte.

Mit der Annäherung an die Erde blieb Hunt beim Anblick der Flotte beinahe der Atem stehen. Mit den Jahren hatte er die Größe und die Anzahl der Raumschiffe ständig zunehmen gesehen, aber was er jetzt sah, war einfach unbeschreiblich. Die Flotte war massiv, ungleich allem, was er je zuvor an einem Ort versammelt gesehen hatte. Da war die *Voyager*, die vier neuen Raumschiffe der Zerstörer-Klasse, drei orbitale Truppenschiffe und acht schwere Transportschiffe, die die TPA gestellt hatte. Zum Schutz dieser schweren Transporter hatte die TPA zusätzlich zwei ihrer eigenen Kriegsschiffe abgestellt.

»Das ist eine verdammt gut aussehende Flotte«, rief Commander McKee von der taktischen Station her aus.

»Insgesamt 19 Schiffe – die erste militärische Raumflotte der Erde«, stellte Hunt mehr für sich selbst als für die Umstehenden fest. Die anderen auf der Brücke waren ebenso beeindruckt wie er.

»Wir erhalten einen Nachricht von der *Voyager*«, kündigte Lieutenant Molly Branson, sein neuer Kommunikationsoffizier an. »Admiral Halsey schickt Grüße und heißt uns zur Flotte willkommen. Sie sagt, wir legen in 24 Stunden ab.«

»Sehr schön, grüßen Sie sie ebenfalls. Teilen Sie ihr mit, dass wir bereitstehen«, erwiderte Hunt äußerlich ruhig. Er bemühte sich, stoisch und unbeeindruckt zu wirken. Dies war ein kritischer Moment in der menschlichen Geschichte. Sie standen kurz vor dem Beginn einer Kampagne zur Eroberung eines neuen Planeten und der Einrichtung ihres ersten militärischen Außenpostens entlang der Grenze eines galaktischen Reichs, über das sie sehr wenig wussten.

Sie verbrachten den Rest des Tages damit, das Schiff auf sein endgültiges Ausrücken vorzubereiten. Die Mannschaftsmitglieder schickten letzte Nachrichten an ihre Familien, überprüften ein letztes Mal ihre Ausrüstungsgegenstände, und stellten sicher, dass das Schiff zur Abreise bereit war, sobald der Befehl eintreffen würde.

Am folgenden Tag reihte sich die Armada der 19 Schiffe auf. Sie würden gemeinsam nach Neu-Eden springen. Diese Reise würde 12 Tage in Anspruch nehmen. Ihr neues FTL-System war nun in der Lage, ein Lichtjahr am Tag zurückzulegen – ein unglaublicher Unterschied zu der Zeit, die sie das vor der Integration der sumarischen Technologie gekostet hatte.

»Captain, wir erhalten eine weitere Nachricht von der *Voyager*. Sie schicken uns einen neuen Zeitplan. Wir sollen in 30 Minuten die FTL-Reise beginnen«, verkündete Lieutenant Branson.

Hunt nickte zustimmend und erwiderte: »Sehr gut. Bestätigen Sie den Erhalt der Nachricht und des Zeitplans. Navigation, legen Sie einen Kurs auf Neu-Eden ein.

Steuermann, stellen Sie die MPD-Antriebe ab und bereiten Sie uns auf das FTL-Reisen vor.«

Nach der Ausgabe dieser ersten Befehle war es nun an der Zeit, auf den Beginn dieses unglaublichen Kapitels der menschlichen Geschichte zu warten: auf den Befehl, in ihr erstes besetztes Gebiet einzufallen und es zu erobern.

****

Das Rhea System
RNS *Rook*

»Wir kommen aus dem FTL, Captain«, kündigte Steuermann Lieutenant Donaldson an, während die Warp-Blase um das Schiff herum kollabierte.

Captain Miles Hunt erhob sich aus seinem Stuhl und richtete das Wort an die Brückenmannschaft. »Ok Leute, es ist soweit. Volle Energie auf unsere aktiven Sensoren. Pingen Sie das gesamte System auf jegliche Anzeichen elektronischer Aktivität, mit besonderer Aufmerksamkeit auf Neu-Eden und seine Monde. Falls sich ein Zodark-Schiff in diesem System aufhält, will ich es gefunden haben. Gehen wir auf Zodark-Jagd!«

Kommunikationsoffizier Molly Branson meldete sich zu Wort. »Captain, wir erhalten eine Nachricht von der

Voyager. Admiral Halsey sagt, sie halten direkt auf Neu-Eden zu. Sie bittet darum, dass wir der Angriffsflotte bei maximaler Geschwindigkeit den Weg freimachen.«

Hunt wandte sich ihr zu und erwiderte: »Bestätigen Sie den Befehl und lassen Sie den Admiral wissen, dass wir uns sofort zur Kontaktaufnahme nähern.« Dann wies Hunt den Steuermann an: »Donaldson, volle Geschwindigkeit mit Ziel Neu-Eden.«

Mit der Zunahme der Geschwindigkeit ging eine leicht Vibration durch das Schiff, als die Antriebe auf die erhöhte Energiezufuhr reagierten. Das mächtigste Schlachtschiff der Erde raste vor der Angriffsflotte her.

Die nächsten 30 Minuten war die Mannschaft gezwungen, auf eingehende Signale der Sensoren zu warten, die ihnen die gewünschten Daten übermitteln würden. Sie hatten ihr gesamtes elektronisches Arsenal ausgefahren. Das erlaubte dem Schiff bei der Annäherung an den Planeten der Vielzahl der Pings, die sie abgaben, so viele Informationen wie möglich zu entlocken. Falls es in diesem System ein Schiff oder elektronische Aktivitäten geben sollte, würden sie sie entdecken.

Commander Fran McKee befragte den Navigationsoffizier, der einige Stationen von ihr entfernt saß. »Wie lange, bevor wir die Umlaufbahn erreichen?«

»Bei gleichbleibender Geschwindigkeit in zwei Stunden«, erwiderte Lieutenant Hightower.

Tim Hightower hatte der Mannschaft bereits bei ihrem letzten Abenteuer in diesem System angehört. Er verfügte über ausgezeichnete praktische Kenntnisse hinsichtlich ihres Ziels, was in der gerechtfertigten Annahme, dass ihnen eine Schlacht bevorstand, sehr hilfreich war.

»Captain! Unsere ersten Signale kehren zurück«, verkündete Commander McKee plötzlich mit besorgter Stimme. »Es sieht so aus, als befänden sich zwei Zodark-Schiffe im System. Eines verlässt gerade die Umlaufbahn um Neu-Eden, und das andere befand sich in der Umlaufbahn um einen seiner Monde. Beide scheinen auf uns zuzusteuern.«

Die irdische Flotte befand sich gerade erst 68 Minuten im System, bevor sie von den Zodark entdeckt wurde.

»Also schön, lasst den Krieg beginnen«, proklamierte Captain Hunt mit geballten Fäusten.

Anmerkung der Autoren

Miranda und ich hoffen, dass Ihnen dieses Buch gefallen hat. Buch 2, *In die Schlacht*, jetzt auf Amazon vorbestellen.

We always have more books in production; in addition to the military science fiction series you've just been enjoying, we're also working on another riveting military thriller series, The Monroe Doctrine. If you'd like to preorder Volume One of this action-packed page-turner, please click on the following link.

If you like to listen to audiobooks, we have several that have recently been produced. All five books of the Falling Empire Series are now available in audio format, along with the six books of the Red Storm Series, and our entire World War III series. *Interview with a Terrorist* and *Traitors Within*, which are currently standalone books, are also available for your listening pleasure.

If you would like to stay up to date on new releases and receive emails about any special pricing deals we may make available, please sign up for our email distribution list. Simply go to https://www.frontlinepublishinginc.com/ and sign up.

As a bonus, if you sign up for our mailing list, you will receive a dossier for the Rise of the Republic Series. It contains artwork of the ships we've written about, as well as their pertinent stats. It will really help make the series come to life for you as you continue reading.

As independent authors, reviews are very important to us and make a huge difference to other prospective readers. If you enjoyed this book, we humbly ask you to write up a positive review on Amazon and Goodreads. We sincerely appreciate each person that takes the time to write one.

We have really valued connecting with our readers via social media, especially on our Facebook page https://www.facebook.com/RosoneandWatson/. Sometimes we ask for help from our readers as we write future books—we love to draw upon all your different areas of expertise. We also have a group of beta readers who get to look at the books before they are officially published and help us fine-tune last-minute adjustments. If you would like to be a part of this team, please go to our author website, https://www.frontlinepublishinginc.com/, and send us a message through the »Contact"tab. You can also follow us on Twitter: @jamesrosone and @AuthorMirandaW. We look forward to hearing from you.

******

Vielleicht gefallen Ihnen auch einige unserer anderen
Arbeiten. Nachfolgend finden Sie die vollständige Liste:

Sachliteratur:

Iraq Memoir 2006–2007 Troop Surge

Interview with a Terrorist (Erhältlich auch als
Hörbuch)

Romane:

Serie: The Monroe Doctrine

Band Eins (Vorbestellung möglich, erwarteter
Erscheinungstermin 30. November 2020)

Band Zwei (Vorbestellung möglich, erwarteter
Erscheinungstermin 20. März 2021)

Band Drei (Erscheinungsdatum noch offen)

Serie: The Rise of the Republic:

Into the Stars

Into the Battle

Into the War

Deutsche Fassung der Serie *Aufstieg der Republik*:

In die Sterne

In die Schlacht (Vorbestellung möglich, erwarteter Erscheinungstermin 15. April 2021)

In den Krieg (Vorbestellung möglich, erwarteter Erscheinungstermin 15. August 2021)

Serie: Falling Empires

Rigged (Erhältlich auch als Hörbuch)

Peacekeepers (Erhältlich auch als Hörbuch)

Invasion (Erhältlich auch als Hörbuch)

Vengeance (Erhältlich auch als Hörbuch)

Retribution (Erhältlich auch als Hörbuch)

Serie: Red Storm

Battlefield Ukraine (Erhältlich auch als Hörbuch)

Battlefield Korea (Erhältlich auch als Hörbuch)

Battlefield Taiwan (Erhältlich auch als Hörbuch)

Battlefield Pacific (Erhältlich auch als Hörbuch)

Battlefield Russia (Erhältlich auch als Hörbuch)

Battlefield China (Erhältlich auch als Hörbuch)

Serie: Michael Stone

Traitors Within (Erhältlich auch als Hörbuch)

Serie: World War III

Prelude to World War III: The Rise of the Islamic Republic and the Rebirth of America (Erhältlich auch als Hörbuch)

Operation Red Dragon and the Unthinkable (Erhältlich auch als Hörbuch)

Operation Red Dawn and the Siege of Europe (Erhältlich auch als Hörbuch)

Cyber Warfare and the New World Order (Erhältlich auch als Hörbuch)

Kinderbücher:

My Daddy has PTSD

My Mommy has PTSD

Einrichtungen, an die wir glauben

Ich habe nie damit zurückgehalten, wie tiefgehend PTBS, eine posttraumatische Belastungsstörung, mein eigenes Leben beeinflusst hat. Es war eine lange Reise, dort anzugelangen, wo ich heute bin. Glücklicherweise hat mir die Schreibtherapie entscheidend dabei geholfen. Allerdings ist mir bewusst, dass so viele Veteranen dort draußen immer noch in dunklen Zeiten stecken und Hilfe im Umgang mit ihren persönlichen Dämonen brauchen. Miranda und ich einigten uns darauf, dass ein Teil unseres Einkommens an die folgenden Organisationen gehen wird: *Southeastern Guide Dogs* und *Tunnels to Towers Foundation.*

Southeastern Guide Dogs hilft mit dem Training von Servicehunden für Veteranen mit PTBS. Den Veteranen entstehen keine Kosten, obwohl die Abrichtung eines einzigen Hundes etwa USD 2.500 in Anspruch nimmt. Wir wissen, dass diese Hunde enorme positive Auswirkungen auf das Leben eines Veteranen haben. Bitte besuchen Sie die folgende Webseite: www.guidedogs.org, um mehr über *Southeastern Guide Dogs* zu erfahren oder um selbst zu spenden.

Die *Tunnels to Towers Foundation* ist bekannt dafür, Gold Star-Familien ein Zuhause zur Verfügung zu stellen. Des Weiteren installieren sie adaptive Zusatzeinrichtungen für Angehörige des Militärs, die im Dienst verletzt wurden. Diese zusätzlichen Ausrüstungsgegenstände und die gebotene Unterstützung bedeuten einem Veteranen viel, der sich zum Beispiel plötzlich ohne Beine wiederfindet. Bitte besuchen Sie die folgende Webseite: www.tunnels2towers.org, um mehr über die *Tunnels to Towers Foundation* zu erfahren oder selbst zu spenden.

Wir wissen, dass es weit mehr verdiente Organisationen gibt, die einen Unterschied im Leben der Veteranen machen. Wir werden uns auch weiterhin für andere Wohltätigkeitsaktionen zugunsten von Veteranen engagieren. Falls eine bestimmte Organisation Ihr Leben entscheidend beeinflusst hat, lassen Sie es uns auf unserer Seite https://www.facebook.com/RosoneandWatson/ wissen. Vielleicht werden wir diese Organisation künftig unterstützen oder sie auf unseren Sozialen Medien-Plattformen bewerben.

PTBS ist ein komplexes Thema, aber gemeinsam können wir einen Unterschied machen.

Abkürzungsschlüssel

AC   Alpha Centauri

AG   Antigravitation

AGS   Artificial Gravity System [=Künstliches Gravitationssystem]

AI   Artificial Intelligence [= Künstliche Intelligenz)

CIC   Combat Information Center [= Gefechtsinformationszentrale]

CMS   Commercial Mining Ship [= Kommerzielles Minenschiff]

DARPA Defense Advanced Research Projects Agency [= Organisation für Forschungsprojekte der Verteidigung]

DZ   Drop Zone [= Absetzzone]

ELINT   Electronic Intelligence [= Elektronische Aufklärung]

EM   Electromagnetic [= elektromagnetisch]

EMP   Electromagnetic Pulse [= elektromagnetischer Puls]

EVA   Extravehicular Activity Suits [= Weltraumanzug]

EWO	Electronics Warfare Officer [= Elektronischer Kampfführungsoffizier]
FRAGO	Fragmentation Order [= Abänderung des ursprünglichen Befehls]
FTL	Faster-than-light [= Schneller als das Licht]
GEU	Greater European Union [= Erweiterte Europäische Union]
GQ	General Quarters [= Alle Mann auf Gefechtsstation!]
HUD	Heads-Up Display [=Weitwinkel-Scheiben-Display]
JSOC	Joint Special Operations Command [= Einsatzführungs-kommando für Spezieloperationen]
KIA	Killed in Action [= im Kampf gefallen]
LOAC	Laws of Armed Conflict [= Gesetze der Bewaffneten Auseinandersetzung]
MA	Master-at-Arms [= Bootsmann mit Polizeibefugnis]
MASINT	Measurement and Signature Intelligence [= technische Geheimdienstabteilung, die oft radargesteuerte, akustische, nukleare, chemische und biologische Daten sammelt]
MOS	Mars Orbital Station [= Orbitalstation Mars]
MPD	Magnetoplasmadynamic

	[= magnetoplasmadynamischer Antrieb]
MRE	Meals Ready to Eat [= Notration / Einmannpackung]
NASA	National Aeronautics and Space Administration [= Nationale Luft- und Raumfahrtbehörde]
NL	Neurolink
NOS	Zodark admiral or senior military commander [= Zodark Admiral oder hochrangiger Militärkommandeur]
NRO	National Reconnaissance Office [= Nationales Aufklärungsbüro]
PA	Personal Assistant [= Persönlicher Assistent]
PT	Physical Training [= Körperliches Training]
QRF	Quick Reaction Force [= Schnelle Eingreiftruppe]
R & D	Research and Development [= Forschung und Entwicklung]
RA	Republic Army [= die Armee der Republik]
RAS	Republic Army Soldier [= Soldat der Armee der Republik]
RNS	Republic Navy Ship [= Marineschiff der Republik]

SAW	Standard Automatic Weapon [= Standard-Maschinengewehr]
SCIF	Secured Comparted Information Facility [= Gesichert untergliederte Dateneinrichtung]
SET	Space Exploration Treaty [= Abkommen zur Erkundung des Weltraums]
SF	Special Forces [= Sondereinsatzkräfte]
SW	Sand and Water (missiles) [= Sand und Wasser (Raketen)]
TPA	Tri-Parte Alliance [= Tri-Parte Allianz]
UK	United Kingdom [= Vereinigtes Königreich]
VR	Virtual Reality [= Virtuelle Realität]
XO	Commanding Officer [= Kommandierender Offizier mitVerwaltungsaufgaben]